历史传记小说丛书

范仲淹传

不以物喜 不以己悲

词奴儿 著

中国文史出版社

图书在版编目（CIP）数据

不以物喜，不以己悲 : 范仲淹 / 词奴儿著. -- 北京 : 中国文史出版社, 2017.3
ISBN 978-7-5034-9087-3

Ⅰ. ①不… Ⅱ. ①词… Ⅲ. ①范仲淹（989-1052）—传记 Ⅳ. ①K827=441

中国版本图书馆 CIP 数据核字(2017)第 050471 号

责任编辑：　徐玉霞

出版发行：**中国文史出版社**
社　　址：北京市海淀区西八里庄 69 号院　邮编：100142
电　　话：010-81136606　81136602　81136603（发行部）
传　　真：010-81136655
印　　装：廊坊市海涛印刷有限公司
经　　销：全国新华书店
开　　本：16 开
印　　张：23
字　　数：494 千字
版　　次：2018 年 3 月北京第 1 版
印　　次：2021 年 11 月第 4 次印刷
定　　价：56.00 元

序

一

我曾在邹平市逗留过一段日子。

邹平市的黛溪路，是全市最繁华之地。大街中央，耸立着范仲淹的雕像。雕像栩栩如生，一双深邃的眼睛，默默地凝视着远方。也许是被他的目光所吸引，我穿过车水马龙，来到他面前，一字一句地读着基座上的文字，原来是画家范曾为他的先祖——900 多年前的著名政治家、军事家、文学家范仲淹，撰写的铭文。

范仲淹自幼家境贫寒，两岁丧父，随母改嫁，由江苏吴县到了山东邹平县的长山，改为朱姓。少年时，他寄身寺中求学，因口粮不足，他将米掺些野菜熬成粥，盛于碗中，待冷却后划为四块，分餐而食。由此便有了“划粥断齑”的成语，也成就了一代名相。

二

青州市是一个县级城市，但在古代却是九州之一，今天的青岛、济南都归其管辖。青州拥有全国经济百强县、国家卫生城市、国家园林城市、国家优秀旅游城市、中国历史文化名城等 17 个国家级荣誉称号。慕名而来的游人如涌似潮。有的人去了仰天山、云门山、驼山等著名景点，更多的则是为拜谒范仲淹而来。

一到范公亭，就能看到院中数株唐楸、宋槐等古树。树龄虽已逾千年，但依然躯干如铁，老枝如虬，生机盎然，忠诚地守护着亭中的主人。树旁有石碑一方，刻有一副楹联，是爱国将领冯玉祥所题：

兵甲富胸中，纵教他虏骑横飞，也怕那范小老子。
忧乐关天下，愿今人砥砺振奋，都学这秀才先生。

在范公井的亭柱上，也有一副楹联：

井养无穷兆民允赖；泉源不竭奕世流芳。

言辞简约而意味深长，展示了后人对范公“居庙堂之高，则忧其民”的品格的慕念。

范公亭旁边的三贤祠，是后人纪念曾经任职青州的范仲淹、富弼、欧阳修而建。祠后有一座“后乐堂”，取自范仲淹“先天下之忧而忧，后天下之乐而乐”的座右铭。

三

我曾多次登过岳阳楼，也曾站在烟波浩渺的君山上眺望过岳阳楼。小岛自古就有“神仙窟宅”之称，据说，水下是神仙居住的金堂华屋，四时常闻丝竹之声。但与隔水相望的岳阳楼相比，只有高山仰止了。

岳阳楼并非巍峨，但它的一砖一瓦都沉淀着厚重的文化因子，因为楼中有篇不朽的传世之作《岳阳楼记》。

范仲淹的《岳阳楼记》融记事、写景、抒情、议论于一体，阐述了他的气魄、情操、学识和人品，通篇虽只有386字，却字字珠玑，句句金玉。

登临斯楼，是一种人格的提炼。拜读斯文，是一种灵魂的净化。凭栏鸟瞰，心若八百里洞庭。

这是我读词奴儿的《范仲淹》随手记下的一些文字，权作序。

刘敬堂

2016年暮秋于江南古城鄂州

目　录

第一章　洞庭湖畔　少年朱说断奇案

司马道长目送朱说在夕阳下跳跃着跑下石阶，捋着花白的胡须，面带微笑，若有所思。

他身边的弟子摇头叹息："唉！真是可惜了！"

司马道长转头望向他，不解地问："可惜？如何可惜了？"

"朱说小小年纪，绝顶聪明，只可惜不是朱县令亲生的。"

道长捋着胡须问："不是朱县令亲生的又怎样？"

年轻的弟子见道长目光澄澈，神色超然，便垂下眼睑，但仍然嗫嚅道："朱说不是朱县令的亲生儿子，只怕他日后……"

道长抬眼望向山下浩渺的湖面："日后的事，谁能说得清呢！"

朱说见天色尚早，便放慢脚步，沿着湖岸逶迤而行。

夕阳下的洞庭湖，别有一番情致。微风轻拂，波光粼粼，落日的余晖在湖面洒上一层细碎的金子，闪闪烁烁。渔船三三两两地归来，给静谧的湖乡带来了一天的收获与喜悦。

朱说最喜欢这样的光景了，天色湖光相连，碧波万顷，鱼儿畅游，白鸥翩跹。他俯身掐了一根萱草，嗅着萱草新鲜而香甜的气息。

"朱说，放学还不回家，又看湖景了？"一个爽朗的声音自朱说身后响起。

朱说不用看就知道是谁，转身笑道："水松哥，你回来了！今天捕的鱼儿多么？"

水松是朱说在湖边看风景时认识的捕鱼人。

水松边收渔网边回道："只要风平浪静，每天捕的鱼都不相上下。洞庭湖就是咱们的衣食父母，人不能太贪心，捕的鱼儿够咱过日子就很知足了。"

朱说敬佩地望着水松黝黑的脸膛，由衷地说："水松哥，我长大了，也要像你一样：懂感恩，不贪心。"

水松露出两排雪白的牙齿，憨厚地笑道："我一个捕鱼的汉子，懂什么呀？哪像你，小小的年纪就读四书五经，还跟兴国观的司马道长学念经。"

朱说笑道："水松哥，我跟司马道长学的是《易经》。"

"管它什么经，反正都是极高深的学问。"水松从鱼篓里抓出一条大青鱼递给朱说，"把这条鱼拿回家给你娘煮鱼汤喝吧。"

朱说忙跑开几步："我娘不让我再拿你的鱼。"

水松把鱼扔进鱼篓，神情沮丧："是啊！你是县令的儿子。县令家什么没有？怎会看得上我这小鱼小虾的？"

朱说走近水松，轻声道："水松哥，我爹是县令，可我不是县令啊！我跟水松哥一样是普通人。我爹说，水松哥是善良、勤劳的好人，交朋友就要交水松哥这样的朋友。而且，你每天日晒雨淋，在风浪里讨生活，实属不易，我们不能总是白白地吃你捕的鱼。"

水松惊喜道："你爹真是这么说的？"

朱说重重地点头："我爹真是这么说的。"

"水松，天快黑了，还不回家，你娘该着急了。"一老者在远处喊。

水松扬声应着，又扭头叮嘱朱说："你也快回家吧，不要让你娘担心！"

暮色四合，湖面上雾气渐起，湖水柔柔地拍打着堤岸，空气中流转着鱼草新鲜的腥味。

远远的，朱说就望见母亲在门前那株桂花树下向湖边张望。见母亲瘦削的身影，朱说的心一紧，加快了脚步。

谢夫人看着暮色中跑向自己的儿子，紧锁的眉头舒展开来，但仍不免轻声道："说儿，你又去湖边玩了？天黑了也不知回家！"

朱说牵了母亲的手往屋里走："娘，你是不知道，黄昏的洞庭湖有多美！"

"洞庭湖再美，天色向晚，也该回家了。"谢夫人抬手指向屋后的竹林，归巢的鸟儿正叽叽喳喳，"你看，天黑了，鸟儿也知返巢的。"

"孩儿以后放学早早回家，不让娘担心！"

母子二人说着话，不觉已至中堂。

等候在堂前的侍女香草见他二人进门，迎上前道："夫人，少爷回来了！"

谢夫人点头，又转身看看门外的天色："你爹爹往日这个时候早已回家了，今日这是怎么了？"

朱说握着母亲的手，安慰道："娘不必忧心，定是衙门里有事，爹爹一时走不开。"

正说着，忽听得门外有脚步声，朱说眼尖，喜道："娘，爹爹回来了！"

谢夫人回头看时，丈夫朱文翰正披着月色跨进院门。

朱文翰，淄州长山（今山东邹平长山镇）人氏，现任澧州安乡（今湖南省安乡县）县令。

安乡县虽是小郡，却倚山环水，风光旖旎，是洞庭湖畔一颗璀璨的明珠。安乡人勤劳善良，淳厚朴实，邻里相处和睦，待客如宾。

可就在今日，朱文翰一早来到衙门，便有兴盛珠宝行的老板刘长兴来报案。

朱文翰见他满头大汗，心急如焚的模样，便吩咐随从朱冲倒碗茶给他，温和道："刘老板别着急，先喝口茶，有事慢慢道来。"

刘长兴说，他清晨刚刚起床，店里的伙计急匆匆来报，昨夜珠宝行被盗。震惊之下，也顾不得洗漱，忙随伙计来到店铺，果见店铺被洗劫一空，这才来县衙报案。

朱文翰面上虽镇静，心里着实吃惊不小，忙问："刘老板，被盗的珠宝折合多少银两，你有数么？"

刘长兴神情沮丧：“大约五万两。最令人烦恼的是，城东赵员外给女儿定做的金银首饰也被盗走，过几日便是他女儿出嫁的好日子，这可怎么办呢？”双手抱着脑袋，唉声叹气。

朱文翰任安乡知县两年来，发生这样的大案还是头一遭。他的心情格外沉重，如果破不了此案，追不回被盗的珠宝，将如何向老百姓交代？当下，便带了捕头王顺与几名干练的捕快，随刘长兴来到他的兴盛珠宝行。

兴盛珠宝行位于闹市之中，左边是如意绸缎庄，右边是烟雨楼茶社，街对面是一字排开的惜今春胭脂铺、昨日东风酒楼、藏珍堂古玩店，还有一家五湖赌场。在安乡最负盛名的乐坊——倚霞阁，也在这条街上。

正是暮春时节，大街上人来人往，柳荫花树下的叫卖吆喝，茶坊酒肆中的丝竹管弦，人声嘈杂中显出一番融融之乐，哪里看得出昨夜发生了盗窃案。

朱文翰与捕头王顺细细察看了店铺，很明显，盗贼从后院翻墙进院，捅破窗纸，用迷香使守店伙计的睡眠更加深沉，然后撬门而入，盗走了店内金银珠宝。

王顺拓下几只比较完整的脚印：“大人，从众多的脚印与屋里的零乱来看，作案的绝非一人，尚有四五人之多。”朱文翰点头赞同。

回到县衙已是午饭时分，朱文翰召集众人，询问最近有没有听说绿林强盗打家劫舍之事。

王顺回道：“大人，绿林好汉掳掠百姓财物，以前倒是有过。可最近几年风调雨顺，收成尚好，百姓安居乐业。若真有打家劫舍的，还不早报到衙门里来了？”

朱文翰想想也是，便吩咐王顺带捕快四下去打探，尤其是到那乐坊、茶庄、酒楼去，也听听人们是如何议论此事的。

及至傍晚，王顺没有查到任何蛛丝马迹。

谢夫人听了丈夫的述说，也只能陪着叹息。

说话间，香草早已点灯摆好饭菜，谢夫人道：“老爷先吃饭吧，案情总会有水落石出的时候。”

“话是这么说，如果不尽快把盗贼绳之以法，我将如何担得起父母官之名？百姓将如何安心过日子？今日下午，衙门里所有的捕快都出动了，仍没有一丝一毫的消息。”朱文翰扒了口饭，味同嚼蜡。

一家人都闷声不响，朱说突然道：“爹爹，孩儿有一妙计，可让盗贼自动现形。”

谢夫人轻斥道：“小孩子懂什么？你爹爹正烦恼呢，不许捣乱！”

朱家的长子朱谆与次子朱诚相视而笑，在昏黄的灯光下，露出一丝不易察觉的鄙夷。

朱文翰看着朱说澄澈的双眸，饶有兴致地说：“噢？你倒是说来听听。”

朱说见父亲许可，便起身绕到父亲身边，在他耳边轻轻说了几句话。

朱文翰听了，捋着胡须，面带笑容，频频点头：“说儿果然聪慧！好！就这么办！”

爷儿俩的神情，让谢夫人与朱谆、朱诚目瞪口呆。

第二天，大街小巷贴满了告示，告示上说，兴盛珠宝行的刘老板只求好汉还了那颗祖传的价值连城的夜明珠，至于其他的金银可以奉送。

告示贴出去后，朱文翰命王顺，只要是在茶楼酒肆打架斗殴的，一个不漏地抓回来，捕快们领命而去。

果然不出所料，午饭后，王顺来报，在城西一家小酒肆里抓到四个喝酒打架的壮汉。

朱文翰命把这四人关进牢房，待明日再审。

这四人原以为喝酒打架没多大的事儿，县老爷出来教化几句也就放了，并不以为意，哪承想关到天黑也无人过问，心里这才惶恐不安起来。

张三生得虎背熊腰的，坐在屋角，身子一动不动，声音却冷得令人生畏："我再问一遍，你们当中，究竟是谁私自留下了那颗夜明珠？"

小个子狗剩摸着肿起的半边脸，凑近他："三哥，小弟真没见那宝贝，你只问铁柱铁蛋俩兄弟有没有见过。"

铁蛋捂着眼睛骂道："好一坨臭狗屎！你自己吃独食，反而栽赃给我兄弟。"

铁柱则扑上前要打狗剩，却听得牢门一声响，随即牢灯也亮起。

牢房霎时安静下来，四个人八只眼睛齐刷刷盯向栅栏外。

是牢卒送饭来了。

张三忙来到门边，满脸堆笑地问牢卒："大哥，我兄弟几个不过是醉酒打闹，如何就关进大牢了？"

牢卒冷脸道："如何就关进大牢了？你心里就没个谱？"

张三心里一沉，见牢卒要走，又问："既是关进来了，县老爷如何不审案呢？"

牢卒头也不回："你是急着去见阎王呀？等着罢！"

这四人听得心惊肉跳。

铁柱忍不住道："三哥，难道事发了？不可能啊！这事儿做得神不知鬼不觉的，哪会这么快就被官府知道了？"

第二天一早，张三等四人被带上大堂。

县令不拍惊堂木，衙役不喊"威武"，也无人叫他四人跪下，大堂上全不是往日审案时的肃穆气氛。

四人正疑惑间，却见县令背着双手，缓步踱到他们面前，明亮的双眸从四人面上扫过，最后停在狗剩面前。

狗剩见县令笑吟吟的，也嘿嘿傻笑。

县令突然喝道："狗剩，前天夜里，在兴盛珠宝行盗得的夜明珠呢？是不是藏在你家地窖里？"

狗剩吓得跪在地上，哭喊道："大人，小民冤枉啊！前儿夜里，小的把迷香吹进窗户后，就在门口望风啊！"

铁蛋忙扯着张三的衣袖："三哥，夜明珠果然是他独占了。"又上前踢了狗剩一脚：

“臭狗屎，肯定是我三人在柜台上收拾金银首饰时，你觅得夜明珠便起了私心，独吞了。”

张三想制止铁蛋，但已经来不及了。县令已稳步走向案前，惊堂木一拍，吓得他四人齐刷刷跪下。

“张三，你四人还不从实招来？”县令声音不大，却透着威严。

张三心里恨恨地骂铁蛋、狗剩这两个没用的东西，还没经过堂棍子，就把做的案子说了出来，自己再死撑着也无益，便把前天夜间到兴盛珠宝行盗窃的经过一一招了。

原来，他四人是城南郊外张湾村的，在五湖赌场输了银子，回家时路过兴盛珠宝行，见高悬在门前的大红灯笼下，闪闪发光的招牌，便起了盗窃之心，竟然一举得手。

按说，盗了珠宝行，应该远走高飞，如何又回城里呢？张三自小闯荡江湖，自以为见多识广，认为最危险的地方，也就是最安全的地方。

第二天四人便又回到县城，钻进一家酒肆中喝酒，以便探听官府消息。见大街小巷都张贴了告示，告示上说兴盛珠宝行的刘老板，只求好汉交还那颗祖传的价值连城的夜明珠，其他的金银就算奉送了。

四人看了告示，便在酒肆中打了起来，后来稀里糊涂地就被关了县大牢。

张三一气说完，又有些迷惑：“县令大人，小民虽有些偷鸡摸狗的习惯，却也从未做过伤天害理之事。好汉做事好汉当，兴盛珠宝行确实是我四人盗的，但告示上说的夜明珠，小民真的没有见过。”

县令捋着胡须笑道：“若真有夜明珠，你四人还能站在这大堂之上？本县之所以说有夜明珠，是要引起你们之间的内讧，自动现形。”

朱文翰所用的，正是儿子朱说给他献的计谋，三天便破了这起案子。欣喜之余，心里认定朱说日后必定大有作为，因此，对他的教化比别的孩子更加严谨。

真宗景德元年（1004 年），也就是大宋与辽国签订“澶渊之盟”的这一年，朱文翰调任山东淄州长山县令。

淄州县南的长白山，因山巅常有白云缭绕而名长白。其山势峻拔，重峦叠嶂，遍布奇松怪石，又有“小泰山”之称。

长白山北面山麓的醴泉寺，相传于南北朝时期，由庄严法师所建。后来寺庙坍塌，至唐中宗时期，本寺僧人仁万重建寺院。因东山山岩间有泉水涓涓流出，清澈而甘甜，唐中宗赐名为“醴泉寺”。

朱说随父亲来到山东淄州，就寄宿在醴泉寺，拜住持为师，学习经史子集。

寺院每日的早课完毕，住持便给朱说讲授一个时辰，从经史子集中的儒学经典讲起。随后，朱说便自己读书，遇到不解的难题，第二天再请教住持师父。

醴泉寺是远近闻名的大佛寺，香火旺盛，每天香客络绎不绝，钟声悠悠，经声袅袅。

每逢寺院做大法事时，朱说就到寺院外的山上读书。有次意外地在东山及南山找到了几个小山洞，这些山洞冬暖夏凉，宛如石室，整洁幽静，正是读书的好去处。后来朱说常到山洞读书，有时一待就是一天，饿了，寻些野果充饥；渴了，喝口山泉水。

第二章　断齑划粥　僧房掘金又埋金

醴泉寺掩映在一片茂密的苍松翠竹之中，清澈的山溪，绕寺而过。此时正是棠梨欲谢，草长莺飞的季节。寺院后门依山坡而开辟的菜园里，豆角、蔬菜，绿意盎然。

这日清晨，朱说正煮小米粥，寺里的和尚残月推门进来，笑问：“朱公子在屋里？往日经过你窗下，总听你读些之乎者也、先生子曰的，今日怎么悄无声息呢？莫不是病了？”

朱说把中手的书放在灶台一角，往灶膛里塞把柴，笑道：“多谢残月师兄牵挂！小生无病，正煮粥呢！”

残月揭开锅盖，两道浓眉皱到一处：“又煮小米粥？清汤寡水的。”

朱说起身拉残月坐至桌边，笑道：“才下锅呢，待会儿熟了就浓稠了。”

“你是官宦之家的公子，读书用功，寺里从方丈到僧人，都非常钦佩。只是你的日子过得如此清苦，难道是你家里不给你接济么？”残月摸着自己光秃秃的脑袋，不解地问。

朱说坐回灶下烧火，笑道：“家父虽是朝廷命官，却官小位卑，一年也不过那点儿俸禄，而且家大口阔的，我能省则省。再说，隔三岔五地回家拿吃的，来来去去，也浪费了读书的时光。”

残月叹道：“你的日子，过得比我这出家人都清苦。”摇头出门而去。

一会儿，残月又回来，提了一只装满青菜的竹篮，他把菜倒在桌上：“朱公子，你炒点青菜就粥，或把菜洗净了，切细放到粥里，加点盐一起煮，也强过那清汤寡水的。不吃油盐，哪有精神读书？”又从怀里摸出两个玉米面饼子放在锅边，“这是师父让我捎给你的。”

朱说忙道：“残月师兄，蔬菜小生留下。饼子，小生不能要。”

不待他说完，残月早已出去。

朱说呆立半天，小心地把饼子放在碗里，看看锅里照得见人影的小米粥，便洗了几片菜叶子，摘了一小把韭菜，用刀切细了放进锅里，撒了几粒盐晶，又往灶膛里添了把柴。

再揭开锅盖时，一股浓浓的菜香味升腾而起，原先清水般的粥也浓稠了，金色的小米与碧绿的菜叶子，在锅里欢快地冒着一个个小气泡。

朱说趁热吃了一碗，又清香又暖胃，他抚着肚子惬意地想，世上还有哪种食物能比得上自己亲手做的小米青菜粥呢！

他收拾了碗筷，把剩下的半锅粥盛进一只陶盆，把锅洗干净了，再把陶盆放在锅里，盖上锅盖，这便是晚餐了。

山里的黄昏来得早，太阳方才还斜斜地照在窗棂上，一会儿工夫便滑向山背，在山坳处留下几朵飘逸的红云。

朱说揉揉发胀的眼睛，看窗外渐渐暗下来的山林，放下书卷，开门出来。他住的屋子，是醴泉寺后院靠近山坡的僧舍，紧隔壁一间屋子存放柴草、农具等杂物，朱说的房门正对着菜园。

山风起处，树叶飘舞，归巢的鸟儿叽叽喳喳。菜园里，残月带几个小和尚正忙着，有的浇水，有的给豆角扎架子。

朱说返身进屋拿了水桶，到溪边汲了水，往菜地而来。

残月笑道：“朱公子，读书挺累的，你歇歇吧。这点活儿，我们师兄弟几个一会儿就做完了。”

朱说边浇水边回道：“小生自到寺院读书以来，多承残月师兄关照，时常吃园子里的新鲜蔬菜，已于心中有愧。偶尔做点事，活动一下筋骨，也算是休息了。”

残月走近朱说：“昨儿听师父说，三年来，所有寄宿读书的学子中，唯有你的提问，越来越让师父回答得吃力了。朱说，你应该去别的地方请教学问更高的人了。”

朱说惊问：“残月师兄，莫非方丈不要小生在贵寺寄宿读书了？”

残月忙摇头摆手：“师父的意思是，他不能再教给你更高深的学问了。”

夜幕低垂，山林间飘忽着一层薄薄的青色雾气，残月丢下呆立着的朱说，招呼众人道：“大伙儿收工罢，天黑了，仔细点儿，不要把菜苗给踩了。”

众人应着，陆续出了菜园，把手中的工具送至柴房。

朱说提着空桶，绕过山溪，去菜园西头的水井提水饮用。

月亮升上东边天际，月色清凉如水，山风阵阵，竹影摇曳，偶尔惊起一两只鸟儿，扑棱着翅膀飞向山林的更深处。

朱说点亮油灯，吃了一碗青菜小米粥。上午煮的小米粥早已凉透，吃进肚子里，半天不舒服，他揉着肚子，打着嗝，把油灯挪至窗下的书桌。昏黄的灯光下，一眼瞥见两只脚沾满了泥。

脚上穿的是母亲纳的千层底的布鞋，刚才浇菜时沾了泥，他走至书桌的横头，使劲跺了跺脚，房间顿时回响起一阵空洞的声音。

朱说惊奇极了，怎么会是这种声音？他又使劲儿跺跺脚，耳边依然回荡着空洞的声音。他忙走至屋中间的几处地方试了又试，都是砰砰结实的声音。

他断定窗下的地面有古怪，去屋角拿了鹤嘴锄，刨了一层厚厚的土，便碰到坚硬的石板。他的心咚咚地跳起来：这下面是地窖？还是坟墓？他放下鹤嘴锄，拿着油灯仔细看了看那块石板，不像是墓地。又用锄头剔除周边的土块，使劲撬起石板，石板下是一个地窖。一只深褐色陶瓮赫然显露在眼前，这只陶瓮足有他用来装水的水缸那么大。

朱说小心地揭开瓮口的盖子，一瓮银锞子，在灯光下闪着耀眼的光。

朱说第一次见这么多白花花的银子，他不知道这瓮里的银子到底有多少，是何年何

月何人所埋。心里想着，手却麻利地盖上盖子，又费力地盖上石板，拿鹤嘴锄将土刨回原处，用脚使劲儿踩结实了。想了想，把原本靠近床头的书桌拖至地窖上面，这才松了口气。

这日早课后，朱说像往常一样，捧了本书来到方丈的净室。

室内窗明几净，香炉里，青烟袅袅，方丈正闭目盘腿坐在蒲团上。

朱说心想，方丈定是做早课累了。便轻轻走至书橱前，随手翻一本《周易》，却听方丈浑厚的声音道："朱说，你来了？在看什么书呢？"

朱说忙转身给方丈施礼，垂手答道："师父，学生刚才看的是《周易》。"

方丈起身来至窗下的书案边，从一只钵盂里拿出两个玉米面饼子递给他："这是早上厨房做的饼子，还是温热的，你快吃了。"

朱说忙摆手："师父，学生早晨煮的青菜粥，吃得肚儿滚圆。不信，师父请看。"说着便把肚子腆起来。

方丈笑道："老衲知道你那青菜粥，稀得照得见人影，上一次茅房，肚子便空了。快把饼子吃了，再推却便有违师之嫌了。"

朱说双手接过饼子："多谢师父！学生收起来，留着晚上吃。"

方丈点点头，心里叹道：这孩子在如此清苦的状况下，尚能自律，而且学而不倦，将来必成大器。

回头看他翻的那本《周易》，沉吟道："经史子集里的经部分为：'易类''书类''诗类''礼类''春秋类''孝经类''群经总义类''四书类''乐类''小学类''石经类''汇编类'，这些皆为儒家经典和注释研究儒家经典的名著。重要的有《周易》《尚书》《周礼》《礼记》《仪礼》《诗经》《春秋左传》《春秋公羊传》《春秋谷梁传》《论语》《孝经》《尔雅》《孟子》。"

朱说轻声道："仅仅是经部便有如此丰富的经典学说，学生所读的书真如沧海一粟。"

方丈喝口茶："史部分为：正史类、编年类、纪事本末类、别史类、杂史类、诏令奏议类、传记类、史抄类、载记类、时令类、地理类等等。各种体裁的历史著作，如《史记》《汉书》《后汉书》《三国志》《战国策》等。"

朱说听得入神，却听方丈说："老衲能给你讲授的也仅仅是经部的儒学。"朱说急道："师父是嫌弃学生蠢笨而不愿教学生了么？"

方丈双掌合十："阿弥陀佛！出家人不打诳语。你是寄宿在本寺读书的学子中，最刻苦用功，学业精进最快的。老衲以为，读书，要活学活用，不能读死书，死读书。你应该结交有识之士，互相交流读书经验与体会，要走遍名山大川，寻古探幽，访民问俗，以开阔视野，增长阅历。"

见朱说不语，方丈又笑道："老衲肚子里的东西，已经倾囊相赠，再也不能教给你更高深的学问了。"

朱说跪下叩首："师父，学生不想离开师父。"

方丈忙拉他起来，从书橱里抽出几本书："这些书送与你，希望你积学于书，得道于心，做一个经世济民治国的有用之士。"

朱说双手接过书，心里万分感激，只不知如何开口。方丈走到书橱背后，再出来时，手中多了一柄长剑："这是老衲出家前用过的剑，虽不是名贵之物，却也年代久远，曾随老衲游历过很多地方，今天一并赠送与你。国家的栋梁之材，要文能治国，武能安邦，方能担负起天下重任。"

朱说垂首道："师父，学生虽有远大的志向，只如今学无所成，恐怕于国家无望。"

方丈闭目合掌："阿弥陀佛！你所学的儒家经典已经为你今后要走的路，为你做人的准则打下了坚实的基础。只是，后面的路还很长，艰难困苦，玉汝于成！"

朱说再次跪倒在地，叩首道："多谢师父教导之恩！"

方丈睁开眼睛含笑点头："阿弥陀佛！善哉善哉！"

朱说辞别方丈，到菜园里找到残月："残月师兄，我要走了。这两年多来，多承师兄关照！"

残月低眉合掌："阿弥陀佛！出家人以慈悲为怀，公子无须挂怀。"

谢夫人一手端了装针线碎布头的小笸箩，一手拖了小矮椅，来至后院的梧桐树荫下坐了，做起针线活来。

正是暮春时节，午后的阳光明亮而温暖，清风微拂，梧桐树洒下一地斑驳摇曳的影子，偶尔一两只鸟儿从院子上空飞过，鸣声清脆悦耳。

侍女香草走近来，轻声道："夫人，这纳鞋底的活儿，还是奴婢来做罢。"

谢夫人温和笑道："你眼神好，做鞋面。我纳鞋底，这样，一双鞋不经意的就完工了。"

"夫人有头痛的毛病，若总是这样垂着头，过会子，脖子酸了，头也会痛的。"

"闲着也闲着，针线活儿又不是体力活，不碍事。"谢夫人说着话，抬头向西边院墙下的菜地看去，三块地上的菜长势极好，靠墙边满满地栽了一块地的黄瓜。中间一块，一半是辣椒一半是豆角，外面则栽了整整一块地的茄子。还有院墙边随意播种的几棵丝瓜，青藤顺着墙脚向上爬，碧绿的叶片遮掩了土坯砌的墙头，几只花骨朵儿在风中摇晃。

谢夫人正欲嘱咐香草记得明儿提醒她给黄瓜、豆角上架，回头却见香草进屋去了。

一会儿，香草又转来，把一只有些脱漆的圆木桶放在石桌上，笑道："夫人，隔壁李婶送来一些花生和炒果。"

谢夫人抬眼看去，小木桶分上下两层，香草正把第一层取下，里面装满炒得焦黄的面粉做的果子，底层是花生，也是炒熟了的。

"李婶呢？快叫她进来坐呀！"谢夫人回头望向门口。

香草回道："方才奴婢见几只鸡往后院来，就赶到前院了去，恰巧遇上李婶过来。奴婢说夫人在后院做针线活，请她进来坐坐。可李婶说她家里有事儿，待闲了再来坐。"

谢夫人叹道："李婶总是这样忙忙碌碌的，也总是惦记着我们，隔三岔五地送些吃

的喝的来。”

香草笑道：“夫人，李婶说，街坊邻居都夸老爷是个好官清官。有谁见过县太爷家这样节俭的？县令夫人亲手缝衣做鞋子，还自家开地种菜。”

“老爷生性耿直，对上不会巴结逢迎，对下不会欺压百姓、鱼肉乡邻，永远也只能做这么个小官，吃不饱，也饿不死。”

香草道：“夫人，奴婢虽然不懂事理，却也知道，像老爷这样的清官，最得老百姓的爱戴。那些攀高结贵、欺压良善的贪官，一世要遭人唾骂的。”

谢夫人低头纳鞋底，时而拿针在头发上篦两下，曼声应道：“谁说不是呢！”

香草笑道：“夫人，这面果子闻着挺香的，你尝尝吧。”

谢夫人把针别在鞋底上，抓一大把面果子递给香草：“你也吃点，整天跑进跑出的，没个消停的时候。”

香草不接，双手藏向背后：“夫人，奴婢午饭吃得饱饱的，不饿。”

谢夫人抬眼看了看日头：“午饭？这会子什么时候了？俗话说，正月长长，二月夭夭，三月四月，饿死老小。这四月的日子长着呢，比不得冬天，午饭一吃，眨眼就天黑了。”

香草伸手接过，轻声道：“奴婢真的不饿，放着饿了再吃罢。”

谢夫人道：“我这鞋底也快纳成了，这双鞋原本是给说儿做的，待你把鞋面做好了，缝上，给李婶送去，给她家大小子穿。”

香草点点头，就近在石礅上坐下，从针线篓里拿了做了一半的青布鞋面，飞针走线地缝起来。

谢夫人见了，忙道：“你不要坐在石礅上，快进屋去拿木凳子来坐，眼下虽是四月天气，石头却是又潮又凉的，女孩儿家家的受凉了可不好。”

香草儿手不停，嘴上笑道：“夫人，奴婢没有那样娇贵的。奴婢是洞庭湖边长大的孩子，从小捞鱼虾、捡田螺、摘菱角、挖莲藕，哪天不是蹚在水里泥里？自跟了夫人，才过上这样的好日子。”

主仆二人低头做针线，一时无话。

半晌，谢夫人停下手，又望向菜地，那紫色的茄子正开出许多小小的淡紫色花朵，有的茄子可以摘了，辣椒也挂起了一只只绿色小灯笼。她叹道：“也不知说儿怎样了，从上次离家到如今也有四五个月了，带去的粮食怕是早就吃完了罢。”

香草道：“说少爷正是长身体的年龄，寺院里的日子原本就清苦，夫人该让说少爷多带些粮食去的。”

“谁说不是呢？可每次让他多带些米面，他就是不要，说他住在寺院里读书，不做体力活，不用太多的粮食。”

香草停了穿针引线的手，低声道：“家里的几位少爷，就属说少爷最懂事体，最勤快，最知道节省了。”

谢夫人深深看了她一眼：“莫不是朱谆朱诚他们两个又生事了？”

香草闭了嘴，低头缝鞋面。

谢夫人伸手拍了拍她的手臂：“香草，你说话啊！”

香草怯怯地看了谢氏一眼，轻声道：“两位少爷也没有做什么出格的事儿，夫人别多心，都怪奴婢多嘴。”

谢夫人叹息一声，仍然低头纳鞋底：“你不说，我也知道。他俩本自小衣来伸手，饭来张口。以为县令的儿子，应该过锦衣玉食般的日子，根本就不懂得节俭。”

香草放下手中的活儿，快步去里屋端来一盏茶：“夫人，喝口茶罢！

谢夫人接过喝了两口，便将茶碗放在石桌上，抬头盯着菜园子，凝神片刻，对香草道：“若说儿回来，你千万别在他面前说起他兄弟俩的事儿。”

香草回道：“夫人放心，奴婢不说。奴婢隐约知道，他俩对少爷很是不满，嫌说少爷爱管闲事儿，喜欢充大教训他们。”

二人正说着话，老家人忠伯扛了一捆棍棍棒棒进后院来。

香草忙过去帮忠伯接下：“忠伯，柴火应送到灶间去啊！”

忠伯把这些棍棍棒棒抱至菜地横头：“这可不是烧的木柴。”

谢夫人起身笑道：“忠伯，劳你费力了！我正想着给黄瓜、豆角扎架上藤呢！”

忠伯拍拍身上的灰尘：“看夫人说的，什么费不费力？这都是老奴分内的事儿。”

谢夫人道：“忠伯，你且歇会儿，吃点面果子。”吩咐香草去屋里给忠伯倒茶来。

忠伯道声谢，坐在石磴上，眼睛看着菜地：“前年，多亏说少爷开了这几块地，不然，我这把老骨头闲都闲散架了。今儿老奴闲着无事，去后山砍些枯树枝回来，给黄瓜豆角扎架子，眼看着就要牵藤挂果了。”

谢夫人笑道：“忠伯一把年纪了，以后上山下河的事儿千万别做了，万一有个闪失，可不是闹着玩儿的。”

香草端了茶来：“忠伯喝口水罢，温热的。”

忠伯接过，一气喝干，抹了把嘴：“老爷夫人没把老奴当奴才看待，老奴可不能倚老卖老，顺着杆子上天。人老了，多活动筋骨，少生病。”

正说得热闹，忽听得身后有人笑道：“我说家里怎么不见人呢，原来都在院里。”

众人回头看时，不禁惊喜，香草叫道：“说少爷回来了！”

说话的正是朱说。

忠伯忙迎上去，喜滋滋的：“少爷，半年不见，你可是长高了许多，比老奴高出一头了。”

朱说拉住忠伯的手：“忠伯，你老人家还好么？”

忠伯抹着泪道：“好、好、好着呢！少爷在外读书，可是受苦了。”

香草低声道：“忠伯，看你！少爷才到家，是喜事呢！你怎么就流泪了？”

忠伯忙用衣袖揩眼泪：“我这是老糊涂了不是。”

谢夫人道：“香草，你可是没大没小了！上了年纪的人流泪是常有的事，何必大惊小怪！”香草不语，收拾了茶碗进屋去。

朱说走近母亲，笑道：“娘，说儿回来了！”

谢夫人拉了儿子的手，轻轻拍了拍，眼里满是慈爱：“说儿，你真的长高不少呢！娘跟你说话得仰着头了。”

朱说扶母亲坐下，自己则蹲在旁边，抬头看着母亲笑道：“娘，孩儿在醴泉寺，除了读书就是吃饭睡觉，从未做过体力活，自然要长个子了。”

“说是个子长高了，实则是骨骼清瘦。想必这四五个月里，你从未吃饱过肚子。”谢夫人抹泪道。

朱说爽朗地笑了：“娘如何也落泪了？孩儿上次去醴泉寺，带足了大半年的米面。而且，方丈与残月师兄他们都很善良，经常接济孩儿，孩儿怎能吃不饱呢？”

忠伯在一边道：“夫人，我养的那群鸡正关在前院，我去捉一只老母鸡宰了，让香草给说少爷炖碗鸡汤喝，补补身子。”

谢夫人点点头。

朱说急道：“忠伯，这可使不得，我年纪轻轻的，喝什么鸡汤？晚上吃一碗香草姐姐做的面，就很好了。”

忠伯不说话，挣开他的手，径直往前面去了。

忠伯来到前院，在桂花树下撒了些陈麦子，那群正到处觅食的鸡立即飞一般地抢过来。忠伯东扑西扑的，才在院墙下抓住了那只肥硕的芦花母鸡，杀了，交给香草。

朱说见靠墙堆一捆棍棍棒棒，笑问：“娘，这些棍子是用来给黄瓜、豆角扎架子的吧？”

“谁说不是呢，这些枝丫是忠伯去后山砍来的。”

“前天，我在醴泉寺时，残月师兄也给豆角扎架子。师兄的菜种得可好了。”顺手挑了粗细均匀的木棍放到一边，回头见忠伯一手拿了铁锤，一手拿了短木钎过来。“忠伯，你拿铁锤短钎做什么？莫不是要仿古人燧石取火么？”

忠伯嘿嘿笑道：“少爷，燧石取火的典故，倒是听老爷给谆少爷讲过，我今儿不取火，只帮黄瓜豆角牵藤挂果。”说罢，便在每棵黄瓜豆角旁边用铁锤将木钎子打一个小洞。

朱说见了，恍然道：“原来如此！将棍子半截埋入洞中，也不至于被风吹倒，也不至于被藤绊倒。正如读书一样，根基要深、要稳。”

谢夫人在一边道：“忠伯是种庄稼的好手，你可得学着点。”

朱说朗声道：“娘，这些孩儿自然是要学的，但是孩儿的志向不在此！”

谢夫人依然在树下纳鞋底，听了儿子的话，不以为然地笑笑：“你的志向可以说给娘听听么？”

“当然可以。娘，孩儿的志向是：经世、济民、治国。”

谢夫人停了飞针走线的手，望着清瘦单薄的儿子：“年轻人有高远的志向，是好事儿。就怕你志大才疏，眼高手低，成不了大事。”

朱说回道：“娘，孩儿在醴泉寺跟师父学的儒家经典，为的就是打下求学的坚实基础。往后，孩儿定能成为治国安邦的栋梁之材。”

朱谆朱诚两兄弟刚进后院，听了朱说的话，朱谆讥讽道：“这是谁在吹牛呢？难怪一路走来，全镇子不见一头活牛，原来都被你吹死了。”

谢夫人见他二人回来，忙放下针线活儿，听了朱谆的话，眉头微蹙，正想说几句，却听朱说笑道：“是不是吹牛，咱哥俩往后走着瞧！”

哪知朱谆不屑地一笑：“谁跟你哥俩？走着瞧就走着瞧！你以为咱是没见过世面的人？像父亲这样学问高深的人，也不过做个县令。而你，穷小子一个，能做什么大事？”

忠伯听了，停了手，紧紧地盯着谢夫人。

朱说纳闷了，你我一家人，你骂我是穷小子，难道你是富家公子哥？

谢夫人压抑着嗓门，低声喝道：“谆儿，如何说话呢？”

一直没吭声的朱诚忙扯了朱谆的衣袖，向谢夫人笑道：“娘，孩儿肚子饿了，有吃的么？香草呢？”

忠伯见朱说眼睛盯着朱谆，手摸着后脑勺，忙道：“说少爷，趁天还早，咱把架子都扎起来吧，早一天是一天，这季节雨肥露润的，青藤长得可快了。”

朱说笑道：“忠伯放心，今儿天黑前一定能做妥当了。”

谁知朱谆又道：“忠伯，也不知你整日里忙些什么，种这些劳什子是能发财，还是能怎么样？不如养几头肥猪，杀了还有几餐肉吃。”

朱说听了，正要说话，却见忠伯连连眨眼，便把到嘴边的话咽了回去。

朱诚见他越说越离谱，拉了他就往屋里去：“大哥，咱去厨房看看，香草今晚做什么好吃的了。”

“能有什么好吃的？左右不过是棒子面加饼子而已，我都吃腻了。”

兄弟二人刚到厨房门口，便有一股浓香绕鼻而来，朱谆高声嚷道：“好香啊！香草，做什么好吃的了？”

香草见他二人进来，忙从灶下起身，低眉垂首道：“今儿忠伯把自己养的鸡宰了，给说少爷炖汤。”

朱谆冷笑：“我说呢，今天怎么就煨鸡汤了？原来是给他做的。”

朱诚走近香草，盯着她阴阴地笑：“香草，你方才说什么呢？忠伯把自己养的鸡宰了？难道鸡不是我们朱家的？忠伯不是我们朱家的奴才么？”

香草低头不语，两只手卷着褂子边。

朱谆揭开锅盖：“二弟，别听这死丫头乱嚼舌头。鸡汤熟了，咱们先喝了。”便去碗柜拿了两只碗来。

香草低声道：“谆少爷，鸡肉尚未煮烂呢！”

朱谆拿汤勺舀了一块鸡肉，递给朱诚：“你尝尝，咬得动么？”

朱诚也不用筷子，用手抓了往嘴里送，嚼了几下，皱眉道：“哥，真的没煮烂。”

朱谆丢下汤勺：“咱待会儿再来。”走至门口，突然返身回到香草身边，点着手指，一字一句地：“香草，你给本少爷听好喽，若鸡汤都给那小子喝了，你得小心点儿，说不定哪天就把你给卖了。”

第三章　游学关中　结识名士啸山川

晚饭，每人一碗鸡汤面，两只玉米面饼子。大家虽是一样的，朱谆心底仍是愤愤地，但终究没有发作出来。

饭后，在忠伯的小屋里，朱说坐在那张泛着光的旧藤椅上，眉心拧成结："忠伯，有些事我再也想不明白。"

忠伯正用小木棍拨弄灯芯，烧焦的灯芯拨去后，小小的油灯霎时亮了许多。微黄的灯光映照着他苍老的面容，额头上的皱纹如刀刻一般。他眉也不抬地问："何事想不明白？"

朱说眼睛望着油灯，神思不知飘向哪儿。

忠伯见他神思恍惚，不紧不慢道："你若是在想谆少爷说的话，想不明白就不要去想了。你读的是圣贤书，要做的是天下大事，何必在些微小事上斤斤计较？"

朱说回头笑道："忠伯有双火眼金睛，竟然看得见我在想什么。"

忠伯走至床边坐下，笑着摆手："什么火眼金睛？老眼昏花了。"

朱说起身道："忠伯说得好，这些家长里短的琐事不想就不想，我还有好多正经事要做呢！忠伯忙了一天了，早些歇息。我去看看我娘，明儿一早，我就要离开家，去游学了。"说到游学，朱说亮晶晶的眸子闪烁着几分抑制不住的兴奋。

忠伯笑道："老爷在衙门里忙，极少回家，夫人经常念叨少爷，快去陪陪夫人罢。"

谢夫人在灯下比试着一块瓦灰色布料，香草忙了厨房里的活儿，来夫人房里，就着灯光缝鞋面。

"香草，你看这块布料给说儿做件长衫，如何？"

"夫人，说少爷如今是大小伙子了，又是读书人，夫人为何老是给他做这种粗布衣裳？"

谢夫人奇怪地看了香草一眼："读书人不穿粗布衣裳，要穿怎样的衣裳呢？"

香草低头做针线，并未看见夫人的眼色："谆少爷诚少爷的衣裳都比说少爷的好，出门会个朋友，也有几件绸缎衫。"

朱说捧了那柄长剑，一步跨进门来："香草姐姐，谁说出门会朋友一定要穿绸缎衫呢？"

他也不待香草回答，喜滋滋的："娘，这是醴泉寺方丈送给孩儿的长剑。"

香草脱口道："说少爷莫不是要弃文从武了？"

朱说笑道："香草姐姐，我不是要弃文从武，而是要做个文能治国，武能安邦的栋梁之材。"

谢夫人摇摇头："说儿，你的志向、愿望都是极好的。但俗话也说得好：艺多不养家。读书人要心无旁骛，方能学以致精。你今天读书，明儿舞剑，如何能做到专心致志？"

朱说退开几步，拔剑出鞘，随手挽了个剑花，双足并立，双手抱剑，朗声道："娘，孩儿要效仿前人祖逖，闻鸡起舞，读书、练武两不误。"

"若真的如此，娘也就放心了。"谢夫人看儿子洋溢着青春气息的面孔，心里满是欣慰。

朱说轻声道："娘，孩儿明日又要走了，孩儿不能承欢膝下，孝敬娘了。"

谢夫人惊问："明日就走？不能在家多住几日么？"

"孩儿明儿不去醴泉寺，而是去游历天下。"灯下，朱说那双有神的眼眸跳动着两团火苗，"醴泉寺的师父说，孩儿不仅要读圣贤书，还应走遍名山大川，寻古探幽，访民问俗，结交有识之士，互相交流读书经验与体会，方能开阔视野，增长阅历。"

"师父的话当然有道理，可你也得住几日再出门啊！娘正要为你缝件新衣裳呢！"谢夫人殷切地看着朱说。

母亲花白的鬓发和期待的眼神，让朱说思绪停顿，留下来陪陪母亲吧！可朱谆朱诚二人的冷嘲热讽，又时刻在他耳边回旋。

他始终想不明白，同在一个屋檐下长大的兄弟，为什么会生疏得形同路人？难道这个家会另有隐情？可冷眼瞧去，父亲母亲相敬如宾，恩爱非常。父亲整天忙衙门里的公务，无暇顾及这个家。母亲勤俭节约，持家有方，又善良贤惠，深得下人的敬爱，邻里乡亲也莫不赞叹母亲的为人。

"少爷，在家多住几日吧，夫人想你常常夜不能眠。"香草的话打断了朱说的沉思。

谢夫人突然说："明天走也好，说儿已经长大了，应该去外面游历一番。常言说得好，不见世面，不经风雨，如何成人？这成人，首先要学会如何做一个堂堂正正、清清白白的人，方能成就一番经天纬地的事业！"

此刻，朱说心里反而涌起一股难舍之情，但去意已决，只说："孩儿定不负娘的期望！"

谢夫人点头："娘自然相信你！只是你明天就走，这衣裳还未裁就，将如何是好？"

"娘，孩儿有衣裳穿啊！"

"你如今正是长个儿的时候，你看看，衣袖都这么短了，还如何穿？"

香草在一边笑道："夫人，老爷不是有几件长衫么？说少爷的身量如今跟老爷差不多，何不把老爷的衣裳给少爷穿了，日后再给老爷缝新的？"

谢夫人喜道："这倒也是，老爷整天穿官服，也不常穿百姓的服饰，就是要穿，明日起就开始做新的，也未尝不可。只是这几件长衫都是半新不旧的。"

朱说眉开眼笑："娘啊，孩儿有衣裳穿就很知足了，哪里还去管它是新的旧的？"

谢夫人心里叹息一声：若朱谆朱诚俩人也似你这般勤快节俭，善解人意，那该是多好的事儿呢！

她本想让儿子留下多住几天，可一想到朱谆朱诚的无理取闹，心里便惴惴不安。她不想让儿子在朱谆朱诚面前太忍让、太难堪，却又无能为力。她除了让儿子离开、逃避这个家，还能做什么呢？她又为自己而羞愧。

羞愧？是的，羞愧。此刻，谢夫人心里就是这种感觉。

朱说见她低头沉思，以为是舍不得自己走，便安慰道："娘，孩儿在醴泉寺苦读，虽然长进不少，但是缺乏同学朋友共同切磋探讨。既不懂民间习俗，更不知山外有山，人外有人。在长山这个小天地里，也不过是井底之蛙。"

"去吧！娘不拦你。只是你这次是游学，居无定所，一日三餐更是没有着落，你多带些盘缠，也不要太苛刻自己了。"

"娘，孩儿今年二十岁了，会照顾好自己的。"朱说笑道。

谢夫人望着儿子宽阔的额头，心里溢满忧虑："说儿，此次出门，比不得在醴泉寺。醴泉寺有师父、有残月师兄他们照顾你。从明天起，你只身在外，要冷暖自知。冷了添衣，饿了吃饭。无论何人，任凭学识多么渊博，阅历多么丰富，若没有一副强健的体魄，何谈经世、济民、治国？"

朱说忽然觉得有泪涌上眼眶，跪下叩首道："孩儿谨记娘的教诲！"

这日，朱说在圭峰山中，因贪看风景而错过了宿头。眼看夕阳西下，山风渐凉，暮归的鸟儿一群群地飞向山林，崇山峻岭的羊肠小道上，前不巴村，后不着店，更不见有行人，他有些着急了。

或许是赶路，或许是心里焦急，朱说早已汗水涔涔，一阵山风吹来，身上冷浸浸的。

蓦地，一串爽朗的笑声随着山风飘进耳朵。随即，有人道："山色两间供步障，松阴半亩当邮亭。周翰兄，如此好句，何时所作？小弟如何今日才见？"

"哪里好了？不过应景而已，前年与屈道长云游春陵古城而作。"

先前说话的那人又道："屈道长，你看夕阳西下，倦鸟归林，山溪流翠，叶落无声。如此美景，何不弹奏一曲，以尽游兴？"

朱说听了这隐隐约约的说话声，心头狂喜，没想到这山野之处竟有文人雅士聚集于此，自己竟莽莽撞撞地遇到了，便急急忙忙地循声寻去。

转过山嘴，眼前一片茂密的相思林，落日的余晖映照得青郁郁的林子金碧辉煌。一条清澈的溪流沿着山崖迭宕而下，从相思林中曲折流去。溪边的草亭中，有三人席地而坐，一头白驴正悠闲地在溪边吃草。

朱说走近草亭，迎面一人一袭藏青色衣衫，头顶绾着道士髻。背向朱说之人着白色衣衫，不见面容。侧身而坐的灰衣人正专注地看着青衣人。

青衣人双手微抬，正欲抚琴，抬眉见朱说走来，便停了手。

朱说站定，躬身施礼："叨扰几位先生了！"

灰衣人闻声侧过头来，白衣人起立转身，正面对朱说。

三人打量片刻后，白衣人赞道："好俊朗的后生！"

朱说长身而揖："小生淄州长山人氏，姓朱，名说。游学关中，今日因贪看风景而错过了宿头，正彷徨无计，却有幸在此得遇三位高人。”

青衣道士挥手拨弄一下琴弦，一缕清灵之声荡漾开去，相思林里，清水溪上，余韵袅袅。最奇的是那头白驴，竟昂首向天长鸣。

青衣道士笑问：“这位小哥，何以见得我三人是高人？”

朱说回道：“三位先生仙风道骨，在此清净无尘之境，谈笑自若。小生心里好生羡慕，便认定为高人。”

白衣人左手托着右臂，右手则捋着颔下几绺黑色胡须，饶有兴味地看着朱说。

灰衣人走近朱说：“既是相逢在这清净无尘之境，必是有缘人，贫道乃汝南周德宝。”

朱说正欲施礼，却被周德宝一把拉至白衣人面前：“先别忙着施礼了，好教你认识一人，这便是长安名士王镐，王周翰是也。”

朱说心中一凛，一双有神的眼睛紧盯着白衣人，此人身材匀称，剑眉朗目，面带微笑，莫非就是那位监终南山上清太平宫，却喜欢与道士啸傲山林的隐吏王镐？

白衣人见朱说面呈惊讶，因而含笑点头道：“不错，我便是王镐，字周翰，澶渊人氏，寓居长安，监终南山上清太平宫。”

朱说啊呀一声，对着王镐一揖到地：“先生风神儒雅，超然物外。小生早有耳闻，今日一见，果然名不虚传。”

王镐笑道：“什么超然物外？周翰不过是天性散淡，喜欢游山玩水而已。”抬手挥袖指向青衣人：“这位操琴者与周道长便是我的方外之交。”

青衣道士抱琴离地而起，颔首道：“贫道临海屈元应。”

王镐笑道：“屈道长，你也别一本正经的模样儿了，朱说虽然年纪不大，看上去也是性情中人。既与我等邂逅在这夕阳下的相思林中，谁能说不是上天安排的一段奇遇呢！”

朱说忙道：“小生朱说，淄州长山人，今年二十岁。此次来关中，正是为了结交有识之士，寻古探幽，访民问俗，将书中所学，与自然之观结合起来，以开阔视野，增长阅历。”

“嗬！志向不小啊！”周德宝笑道，“若说想结交有识之士，你算是遇着了，要不，怎么有‘机缘巧合’四字呢！这位王先生，无论是经史子集，还是琴剑书画，那可是无一不精，无一不晓啊！”

王镐打断周德宝的话：“周道长，方外之人切不可轻言狂语。”转而对朱说道：“我见你天庭饱满，眉宇清朗，身体虽有些瘦弱，却昂扬着一股蓬勃之气，日后必有一番作为。”

王镐回头见周德宝笑眯眯的，又道：“周道长对王某的夸赞有些言过其实。他与屈道长倒真可谓是当今奇人。周道长擅长篆书，屈道长则通晓《易经》，他二人于琴艺、剑术上都有着深厚的造诣。”

屈元应突然道：“虽有作为，只是性情太过刚直却是致命弱点，日后的路怕是不好走啊！”

朱说听得一怔一怔的，不知屈元应这没头没脑的话是说谁的，正欲请教，却听王镐笑道："你呢，先别掐时算卦了。今日在此遇朱说，也算是奇缘。天色也不早了，是在这相思林中待玉兔东升，还是随我打驴回府？"

朱说见他说"打驴回府"，心里揣摩，刚来长安就听说名士王镐平素爱着白衣，骑白驴，那溪边吃草的白驴自然是他的坐骑了。因而回道："小生随王先生罢。"

王镐宽大的袍袖一挥，仰面笑道："朱说，你别先生先生的叫，叫我一声王镐足矣！"

朱说忙道："先生，这万万不可！自古尊卑有别，长幼有序，小生岂可无礼！"

王镐见他一本正经的模样儿，笑道："嗯，这样吧，我痴长几岁，你就称我为兄，如何？"

朱说喜道："好！王兄实乃性情中人，小弟拜见兄长！"

周德宝一旁手报子午诀，口宣："福生无量天尊！"

王镐扭头笑问："周道长莫非要修炼了？"

屈元应面无表情："他修炼得不到火候，见你与朱说称兄道弟，心里正嫉妒呢！"三人相视片刻，竟哈哈大笑起来。

朱说看着三人，摸着后脑勺："二位道长，小生小生……"

周德宝见他半天也说不出一句囫囵话来，知他无处可去，又踌躇着不知跟谁走，就冲他笑道："朱说，今日既不在这相思林中赏月，也不跟王先生'打驴回府'。你跟我回道观如何？我见你背着剑呢，咱们或月下舞剑，或听琴品茗，也不枉了你与我们这番相遇之缘，也不辜负了这美妙的月夜。"

不等朱说回答，王镐笑吟吟的："周道长，如此良辰美景，赏心乐事，不打算叫上我么？"

一直面无表情的屈元应，此刻怀抱着古琴，满脸灿烂地笑道："他呀，言外之意，是请你骑上你心爱的白驴，先行回到道观，吩咐他的徒儿备好酒菜，我们随后就到了。"

朱说听着他们的对话，心里惊诧不已，他万万想不到，这几位被长安文人倍加推崇的饱学之士，竟是如此的和睦可亲，又不拘小节。

他深信，这些人一定会成为他的良师益友。他抬眼向天，默默感激上苍让他在这崇山峻岭的相思林中遇到他们。

西边山坳，晚霞已渐渐隐去，一碧如洗的天空正娴静地等待着月亮从东方冉冉升起。相思林暗了下来，风越发的凉了。

王镐果真骑上他心爱的白驴，嘚嘚地远去。

朱说已经醒来，但他不愿睁开眼睛，他就这么静静地躺着，用心聆听窗外的琴声。

琴声时而婉转柔和，时而铿锵有力。朱说放任自己的思绪随琴声悠扬，一会儿在巍峨挺拔的高山之上，一会儿又在滔滔不绝的江河之滨。

他知道自己遇到了奇人。昨夜，与王镐、屈元应来到周德宝的道观，平生第一次饮酒赏月，第一次听经史子集以外的故事，第一次听这悠扬跌宕的琴声。

窗外的琴声悠然而止，他一骨碌爬起来，趿鞋跑向院子。

屈元应正挽袖收琴，周德宝在一边拔剑起舞。

朱说跑向屈元应：“请问道长，方才所奏是何曲目？小生听得时而在高山之上，时而在江河之侧，洋洋洒洒，好不畅快淋漓。”

屈元应笑道：“贫道方才所奏的曲目实为两曲，一为《高山》，一为《流水》。”

周德宝收了长剑：“老道，看你的脸笑成了一朵花，是不是很得意有了知音？”

屈元应笑而不语。

周德宝见朱说痴痴的：“朱说，屈道长的琴艺尚在其次，他最精通的要属《易经》了，你可别错过眼前的老师。”

朱说老实地回道：“我既想学琴，也想聆听道长讲授《易经》。”

“操琴，只是一种爱好、一种兴趣，也是一种修身养性的方式。学琴，也未尝不可，只是不可沉溺其中。而《易经》，虽是一本薄薄的册子，却是集众家之长，融百家之说的经典之作。”话不多的屈元应盯着朱说，见他急切的眼神，知他求知心切，便慢慢道来。

朱说是突然从床上爬起来的，头未梳，脸未洗，衣衫不整，还趿着鞋。听屈道长说《易经》，不知如何见礼，又想进屋收拾了再出来，又怕打断了屈道长的话。

正犹豫不决，屈元应拉他席地而坐：“《周易》上的（乾卦）象曰：天行健，君子以自强不息；（坤卦）象曰：地势坤，君子以厚德载物。这其中的含义，想必你是懂的。做到‘自强不息’或许很容易，而‘以厚德载物’，却不是人人可以做到的了。”

“道长，小生以为：君子处世，不仅要像天宇一样刚健强劲，运行不息。重要的是，即使身处逆境，也应不屈不挠，排除万难，坚持正义，这才是‘自强不息’的要旨所在。而君子更应进德修业，其自身的度量，则要像大地一样广博无私，方可以承载世间万物。”朱说说罢，看着屈道长。

屈元应笑道：“昨日相思林中初次见面，便知你会做到这两点，而且你日后必将不凡。”

周德宝接道：“老道，我记得你昨日说过这样一句话：‘日后的路怕也不好走啊’，你今日何不指点一番？”

屈元应道：“卦象上是这样说的，此乃天机，不可泄露。再说还不到时候，我如何指点？往后，老道若在他身边，倒是可以指点一二的。”

朱说不知他俩是打趣，还是玩笑，虽然很想知道日后的路如何走，却也不敢问。又见屈元应说天机不可泄露，便把此事放到一边，只专注地思索《易经》里的句子，有哪些不懂的，提出来请教。

“易经，是群经之首，是大道之源。易学，历代帝王用于朝纲，便是政道；用于带兵打仗，便是兵道；生意人用于买卖，便是商道；医者用于治病救人，便是医道了。”屈元应捋着胡须侃侃而谈。

朱说问：“道长，儒家与道家对《易经》的研究有区别么？”

“儒家研究《易经》，将易学以天道应用于人事，测定天下之凶吉，以成就天下生

生不息，代代相传的事业。而道家研究《易经》，则是从天地的自然变化与人类自身的生理去钻研的。”

朱说道：“难怪通易学的人会治病救人。”

“而孔子则强调天人合一，以阴阳刚柔言天道，以凶吉悔吝言人事。”屈元点点头，接着说。

朱说道：“道长，小生一定要学好《易经》，日后若不为良相，也要做个悬壶济世的良医。”

屈元应与周德宝相视而笑。

也不知过了多久，屈元应的道童来唤他们吃午饭，朱说这才觉得早餐没吃，已饥肠辘辘。

周德宝吩咐道童：“你快带他去洗漱，好吃饭去，我早就听见他肚子咕咕地叫了。”

朱说嘿嘿笑着，随道童进屋洗脸，这才想起老半天不见王镐，便问：“王先生还没起床么？”

道童笑道：“昨夜你酒后睡下，王先生趁着月色，骑着驴子回家了。”

朱说惊道：“王先生回家了？可我还有好些事情向他请教呢！”

“你别着急，快洗了吃饭。”道童舀了水来，“王先生跟我师父隔三岔五地在一起说经论道，说不准明儿就来了。”

第四章　劝兄向善　遭羞辱惊闻身世

王镐的府第就坐落在圭峰山下，朱说随屈、周二位道长来到王府时，已是黄昏时候。

王府也不见奢华，只于简约的摆设之中见其风雅而与众不同。

三人在前厅坐下，王镐见朱说满眼惊奇，又不敢随意走动，因笑道："朱说，你不必太拘束，可去前后院随意逛逛。他二人是常来的，不必顾及他们。"又问周、屈二人今日想喝哪种茶，是对弈，还是听琴。

周德宝回道："今日既不对弈，也不听琴，贫道还是随朱说去前后院逛逛。"

王镐伸手拦住："既不对弈，也不听琴，那就写字。你还欠我一幅字呢！"

周德宝舒眉而笑："若说贫道欠你一壶酒，还实有其事。若说欠你一幅字，那可是没有的事。"转头望向屈元应。

屈元应笑而不语。

"如何没有？你看那墙上的留白。"王镐抬手指向进门右面的墙壁。

朱说环顾四周，会客厅正面是四扇山水画屏风，左边的紫檀木架上，错落有致地摆放着各种古玩及卷起的字画，只右边墙上一处空白最为显眼，实在是美中不足。

王镐道："这处留白可是一直给你留着的，看你几时才给我补上！"

周德宝举手搔头，那样子似在极力回忆某件遗忘久远的事儿。

屈元应笑道："老道，你别装模作样了，你不是准备着给王老夫人写幅字祝寿的么？"

周德宝朝他翻白眼："就你这老道多嘴多舌！你不说话，谁还能当你是哑巴？"

王镐喜道："此话当真？"

周德宝昂了头："老道说话做事何曾不当真？老夫人的寿辰不是还未到么？到时一定奉上！"

王镐道："既如此，你今日是听琴、是品茶、是对弈，就随便罢！"拉了朱说就往后花园去。

二人转过回廊，穿过月亮门，便有一缕馨香绕鼻而来。

朱说不觉精神一振，心想，这是何种花卉，如此沁人心脾，抬眼看时，原来已置身于花园之中了。

"朱说，你看，那就是圭峰山。"顺着王镐的手指看去，朱说眼前一亮。原来，王镐的府第就在圭峰山下。

"朱说，站在山脚看山，与在山中看山有何不同？"

朱说似乎没听见王镐这句颇有哲理的问话，只觉得眼前的圭峰山山姿秀美，层峦叠嶂，苍翠的底色中点缀着赤橙黄紫。山顶上，几缕白云染了夕阳的红艳，悠闲惬意地随

风缭绕。抬头仰望，圭峰山如一片巨大的涂了五颜六色的叶子，横在黄昏的天空。

朱说思忖着说：“站在此处，小生看到的圭峰山挺拔、秀美、多彩、横绝天表而高不可攀。可这些日子天天在圭峰山中，看到的是在山外看不到的细微之处啊！”

王镐一双睿智的眼睛看着朱说，微笑不语。

朱说犹自道：“这就好比朝廷与民间，那些手握重权的人只管高坐朝堂，焉知民间疾苦？而我这样的小民，又如何知晓朝廷之事？”想到此，似有满腹的话儿，却又无法言明，正欲向王镐讨教。

忽然，身后有人推他一把：“你痴痴呆呆的，想些什么呢？酒菜已摆上桌子了。”

朱说回头看时，是周德宝。

王镐道：“朱说，先吃饭去。”

暮色四起，远处的山峦，近处的村庄，笼罩在一层薄薄的紫色雾气之中，田埂上，时而传来一声悠悠长长的牛哞，与牧童的吆喝。

朱说痴迷了，这暮色中的山峦、原野、村庄，农家屋顶上的炊烟，还有那晚归的牧童，这一切看上去都如此的祥和而宁静。

蓦然，他想起了家，想起了母亲。母亲头上的白发又添了几缕？母亲的鞋底又纳了几双？门前那株桂花树下，留下了母亲几多盼儿的身影与足迹！

王镐与周德宝出了花园的拱门，回头不见朱说，正欲高声唤他，却见朱说低着头出来了。

周德宝眼尖，见朱说红着眼睛，惊问：“朱说，你哭了？这却是为何？”

朱说心里一惊，王镐的母亲在府上，怕老人忌讳他无缘无故地流泪，忙用袖子抹了把眼角，咧嘴笑道：“哪里哭了，方才从树下走过，叶子扫了眼睛。”又见王镐探究的眼神，忙拉了周德宝往前厅而来。

餐桌上摆了八只大海碗，朱说叫不上菜名，只在一边看着，就觉得色香味俱佳。

王镐见他立在一边，笑道：“朱说，入座啊！”

朱说道：“令堂大人还未到呢！”

“母亲长斋绣佛，是不跟我们一起用餐的。”王镐拉他坐下。

周德宝边斟酒边摇头：“他呀，年纪轻轻的，一肚子礼节。”

屈元应回道：“有礼节不好吗？若人人都似你，岂不乱了纲常？”

“好好好！这第一樽酒先敬了你，算不算是礼节呢？”周德宝笑着给屈元应斟了一盏酒。

朱说今夜不敢多喝，每样菜倒是吃了不少，这是他有生以来，第一次吃到的美味佳肴。

他向王、周、屈三人告礼下了席，又来到后院。

此时，月亮已悬挂于东南天际，天空愈加澄澈高远，圭峰山愈加雄浑挺拔。清风长拂，旷野中的夜岚雾气已消失殆尽，花草树木都沉浸在如水的月色中了。

朱说心境澄明，忽听得有笛声清扬而起，似天籁之声，拂过深邃而悠远的汉霄；似白云出岫，漫过空山幽谷，夹带着满天的花雨，向他缤纷而来。一时间，他竟不知身在何处，不知今夕何夕，只觉得自己与月亮、与圭峰山同在这个冰清玉洁的天地里，物我两忘。

不知何时，王镐的声音自身后响起：“这是一个落拓书生在吹笛，四十年来，每逢月明之夜，他便会吹奏几曲。”

原来，笛声起时，王镐与周、屈二人也来到院中。

朱说惊问：“四十年？”一个在圭峰山下的月夜吹了四十年长笛的人，他的心境该是多么宁静！难怪他的笛声如此的清幽、淡远而干净。

屈元应悠然道：“这是隐者的坚持不懈，真君子也！”

朱说听了屈元应的话，若有所思。

“王先生，二位道长，”朱说对王镐与周、屈二人道：“小生打算明日起程，回山东淄州。”

“如何突然就想回淄州了？”周德宝问。

朱说抬眼望向月光下的圭峰山，轻声道：“小生从淄州到长安，一路行来，所见所闻，已胜过小生的几年苦读。而遇到王先生与二位道长，更是上天对小生的垂怜，也更坚定了小生的志向。”说毕，转身对着三人一揖到地：“小生立即回客栈收拾行李，就此别过。”

王镐道：“先前见你流泪，便知你是想家了。从长安回淄州，山长水远，路途险恶，你要昼行夜宿，切不可像那日一样在山林中迷路！大山之中，能遇见人的机会毕竟少之又少！”

周、屈二位原本就是洒脱之人，并不相留。

朱说谢过王镐的盛情款待，辞别三人，踏月色而去。

朱说从长安出发，晓行夜宿，也不知走了多少时日。这天到了山东地界，脚步不由得轻快起来，可有件事一直困扰着他。回到长山，还去醴泉寺读书么？可不去醴泉寺，又能上哪儿求学呢？又想到不久就能见到日夜思念的母亲，心里便涌出一股浓浓的暖意，他把头一甩，读书的事暂且不管他，回家见了母亲再说。

这天，朱说风尘仆仆地赶到长山镇，已是掌灯时分。他从前门绕到后院，母亲居室的窗口，闪着昏黄却是温暖的灯光。

朱说在窗前静静地站了一会儿，屋里有说话声。他拍了拍衣衫上的灰尘，用袖子抹了把额头上的汗水，轻声唤道：“娘，说儿回来了。”

屋里的说话声霎时停了，似在聆听窗外的声音。

朱说依然轻声唤道：“娘，说儿回来了。”

这时，朱说听见屋里传来急促的细碎的脚步声，大门吱呀打开，谢夫人跟香草一齐抢出门来，朝漆黑的院子张望。

谢夫人向黑暗中颤声问：“说儿，是你回来了么？”

朱说从窗下几步跨过去，握紧母亲的手：“娘，是说儿回来了。”

谢夫人抹着眼泪："回来就好！回来就好！"

朱说扶母亲进屋，香草点了灯，接过朱说的行囊："少爷黑灯瞎火地赶路，定是没有吃晚饭的罢？"

朱说笑道："香草姐姐，我今儿只想到快点回家，还是早晨吃了一张卷葱大饼，这时候啊，肚子已咕咕地叫了。"

谢夫人心痛不已，忙对香草说："香草，快去厨房给他做吃的，把陶瓷坛子里的鸡蛋拿出来，多煮两个。"回头责备儿子："看你这么大的人了，还不会照顾自己。"

香草应声去了。

朱说走近八仙桌，摸摸茶壶，茶壶是温热的，便取了茶碗，边倒茶边笑道："娘，孩儿在外面可会照顾自己了，你看，孩儿体格是不是很健壮？"

谢夫人在灯光下打量着儿子，出门两年了，个头长高了，虽然有些瘦，却显得精干；皮肤是晒黑了些，那两条卧蚕眉下的大眼睛，却炯炯有神，溢满青春、睿智的光彩。

她拍拍儿子的手臂："看上去是不错，这两年在外面，必定吃了不少苦头。"

"孩儿在幼年时,就常听娘说,不吃苦中苦,难为人上人。"朱说一口气喝下大半碗茶，抹掉嘴角的茶水，"孩儿这次游学关中，有吃有穿，沿途有旖旎的风光相随，哪能叫吃苦？两年来，这一路上，眼见了多少人，衣不蔽体，食不果腹。还有孩儿尚未见到的，也不知有多少。"

谢夫人微笑着，满眼慈爱地看着儿子，觉得儿子长大了，成熟了，那双深邃的眼睛里，露出几许悲天悯人的神色。

她太了解自己的儿子，她知道儿子生性纯朴厚道，天生一副侠骨柔肠。她觉得儿子的话题太过沉重，便有意换个话题："你这次在关中，没有结识朋友吗？"

果然，朱说收起迷茫的眼神，脸上溢满快乐的笑："怎么没有结识朋友呢？孩儿遇到三个真正的饱学之士。"

谢夫人静静地看着儿子。

朱说道："被人们称为关中名士的王镐先生，还有他的两位方外朋友，周德宝道长与屈元应道长。"

谢夫人奇道："噢！方外之人！难道他们也读经史子集？"

朱说回道："不仅如此，他三人还各怀绝技。王先生琴艺精湛，周道长擅长篆书，屈道长精通易经。孩儿跟他们在一起的日子虽然不多，却胜过读书千卷。他们饮酒赋诗，弹琴舞剑，从未有过名利之语，也不闻世俗之味。真君子也！"

正说着，香草端着托盘来到桌边，托盘上一大海碗热气腾腾的切面。

"少爷，你趁热吃，锅里还有。"香草把碗和筷子放到桌上，收起托盘，夹在胁下。

朱说笑道："香草姐姐，你好快啊！"

香草道："这也能叫快？和面、揉面、擀面、切面，哪个姑娘家不会做？"

谢夫人笑道："香草做事儿可麻利呢！你快吃吧。"

朱说嗅着面香，更觉得肚子饿极了，拿筷子挑面，碗底竟卧着四只荷包蛋。

他把筷子递给母亲："娘，鸡蛋太多了，娘先吃一个。"

谢夫人急道："看你这孩子！饿了就快吃！这是在自己家里，哪来的许多礼节！你这样婆婆妈妈的，往后如何能成大事？"

朱说往嘴里扒拉着面条，口齿不清地说："成大事者，凡事要从点滴做起。在家里不讲礼节，何以与天下人讲理？"

香草在一边嘀咕："夫人，他们若能有说少爷一半懂事理，该多好。"

谢夫人深深看了香草一眼，轻轻摇了摇头，似在责备她，又似暗示她不要说话。

朱说听了香草的话，正欲问什么，见母亲给香草递眼色，便把到嘴边的话咽了回去。出门两年多了，不知家里发生了何事，他不敢细想。

朱说抬眼望去，烛光下的母亲，花白的鬓发，布满皱纹的额头，让他心惊，这些都不是母亲这个年龄该有的。霎时，那香喷喷的鸡蛋面吃在嘴里，竟了无滋味。

谢夫人似看出朱说的心事，含笑道："天不早了，你吃了去洗漱，早点歇息，明日咱娘儿俩再好好地说话。"

朱说忙放下碗筷，起身道："娘，孩儿吃饱了，送娘回屋罢。"

谢夫人按他坐下："你把面吃完，娘有香草侍候着呢！"回头望向香草，香草忙过来扶了她，二人往后堂而去。

谢夫人倚床沿坐下，深深叹息一声。

香草拔了头上的木簪子拨灯芯，油灯亮了许多，扭头见夫人正揉着太阳穴，忙问："夫人头痛病又犯了？"

谢夫人摆摆手："不碍！你去看说儿是否吃饱，烧锅热水让他洗洗，换身衣衫。也不知他多少时日没有换衣衫了，身上一股浓浓的汗酸味儿。"

香草笑道："说少爷不过是个大孩子，一个人在外面，哪会照顾自己。"转身出门。

谢夫人又唤住她，嘱咐道："香草，在说儿面前不要提朱谆朱诚二人的事儿！"

香草欲言又止。

"我不想让说儿跟他俩兄弟的关系闹得太僵，更怕他为我操心。往后，只怕日子会更难过。"

香草见夫人焦虑的模样，点头道："夫人放心，奴婢不会乱说话的。"

朱说已经吃完，坐在桌前正胡思乱想。抬头见香草来了，忙问："香草姐，我娘怎么了？是不是病了？"

香草麻利地收拾碗筷："夫人没有病啊！这一向身体很好的。"

"那一定是家里的事太多，你看，我娘头发都白了。"

香草笑道："少爷，你别瞎操心了，人上了年纪，头发都会白的。你且坐坐，我去烧锅热水你洗洗，夫人说你身上有股子汗酸味。"

朱说抬起手臂，嗅着自己的胁下，不好意思地咧嘴笑了："嘿嘿，是有股子汗臭味。忠伯还好么？怎么不见他老人家？"

香草已走进隔门，回头道："忠伯年纪大了，晚上睡得早，明日一早再找他罢。"

朱说本想向香草打听家里的事儿，此刻见香草的神情，怕是什么也问不出来了，便拿定主意，明儿问忠伯。

第二天，朱说原想早早起床，跟忠伯到山脚溪边随意转转，说说家常。不承想，他一觉醒来，太阳温暖的光芒已从那扇木窗的缝隙里挤进来，洒落在床头的地面上。

他在床上绷直了身体，伸了个懒腰，正欲穿衣下地，却听门外传来一阵嘈杂之声。

有个陌生的声音干巴巴地笑道："我说谆少爷，这几个银子钱对于你来说，实在是小事一桩。"

朱谆压低嗓音："马老板，你不要高声嚷嚷！欠你的银子，我朱谆一定会还你，只需宽限几日。"

那马老板并没有降低声调，反而扬声道："又宽限几日？这点银子也不知宽限了多少日子了！"

朱谆不吱声。

马老板干笑几声："谆少爷若真没银子，也可不还，只需应我一事。"

朱谆忙问："何事？"

"你父亲不是县太爷么？他上月抓了我小舅子……"

朱谆不等他说完，警觉地问："你想怎样？"

"嘿嘿！我还想怎样，你若能让县太爷放了我小舅子，你欠的银子连本带利一笔勾销。"马老板笑道。

朱说听了，心头怒起，他在屋里看不见朱谆是何等的表情，只听他语无伦次道："你知道你小舅子犯了什么罪么？岂是这几个银子能抵消得了的！"

朱说穿上鞋正要冲出门去，却听得母亲不亢不卑的声音："马老板，有道是，杀人偿命，欠债还钱。朱谆欠你的银子，自然会还你，跟你小舅子的事不相干。"

马老板干笑几声："这位想必是老夫人罢！谆少爷欠我的银子，是跟我小舅子的事无关，可他也要拿得出银子来还呀！"

谢夫人道："我倒想知道，马老板是做何种营生的？我家朱谆是如何欠了你的银子？又如何一再拖再拖不能还了你？"

朱诚在一边说："马老板是开赌坊的，在长山镇有两间赌坊，也是有名的'马滚利'。当初，就是他一而再，再而三地叫我兄弟俩去他赌场玩儿。不承想，一来二去的，谆哥就赌上了瘾。可除了第一次赢了银子，以后就再也不曾赢过。没有银子赌，马老板好心借银子给哥哥，可那利钱太重了，如今那利钱竟比本钱都高出几十倍！"

"诚儿住嘴！"谢夫人喝住朱诚，回头对马老板道，"马老板，请你先回去，欠你的银子必定是要还的！待我今日跟我们家老爷商量商量，算一算账，过两日，连本带利一并还你，如何？"

马老板心想，我原本也不怕你跑了，只是想个法儿把小舅子弄出来。还银子也好，放人也罢，你县太爷的儿子欠钱，总得给我个说法。便向谢夫人拱手道："既是夫人发了话，马某就等候夫人的回音。告辞！"哼了一声，甩袖而去。

谢夫人气得手心冰冷，忽然一阵昏眩，忙扶了桌沿慢慢坐下。

香草见了，忙倒碗热茶过来，轻声道：“夫人，喝口茶罢。”

谢夫人接过茶碗正要喝，斜眼瞥见朱说从房里出来，不由得手一颤，茶水洒了一身。

朱谆不知朱说何时回家的，见他从天而降一般的出现在眼前，倒吓了一跳，倒退几步：“你、你如何在家里？”

朱诚笑着迎上来：“说弟，你几时回来的？”

朱说口里应着：“昨儿夜间到家的。”人却走近朱谆，脸上全无笑容，一双虎目，闪着寒光：“一个读圣贤书的人，不学圣贤之德，竟出入赌场，有何面目对师尊？作为家里的长子，不以身作则，有何面目上对父母，下对兄弟姐妹？一个县令的儿子，竟如此胡作非为，叫父亲如何教化一方民众？”

朱说越说越激动：“你也老大不小了，还让母亲为你操心，为你在人前受辱，你于心何忍？你这是大不孝！”

朱诚见朱说两手紧握，以为他会挥拳揍朱谆，忙抢上前拦住他。

朱谆脸红一阵，白一阵，他正为今儿在家人面前丢尽了脸面而气恼，不承想，朱说却半路杀出，当着众人数落自己。霎时，胸中的怒火与怨气喷涌而出，他一把推开朱诚，指着朱说的鼻子骂道：“你！也配骂我？你以为你是谁？你不过是个拖油瓶的野种！吃我朱家的，喝我朱家的，拿我朱家的钱财，名义上是读圣贤书，实则是去游山逛水。你回来了，是在外面玩腻了？还是钱财玩空了？”

一时间，屋子里的空气凝固了，所有的人都惊呆了。谢夫人痴坐着，如木雕一般。香草与忠伯张着嘴巴，竟说不出话来。

朱说先前听得一头雾水，渐渐的，他听明白了。往日所有的不解都一一浮现在眼前，为什么兄弟之间没有一点点手足亲情；为什么母亲在朱谆面前显得有几分低声下气？为什么？为什么？太多的为什么今天都有了答案。

朱诚抬手想掩住朱谆的嘴，被朱谆一把甩开。

朱谆犹自不解气，继续道：“看你人大马高，五大三粗的，不去赚钱养活自己，在朱家白吃白喝，还敢指手画脚。我用我朱家的银子，与你何干？我就是把朱家的财产都拿去赌了，你又能如何？”

第五章　别母自立　求学南都应天府

淳化元年（990年），苏州吴县人范墉，病故于徐州节度掌书记任上。

范墉生前娶有两房妻室，共生五子。正室夫人陈氏生有四子，长子夭折。次子范仲温，三子范仲滋（后来进士及第，但未入仕便病故），四子夭折。

范墉之妾谢氏，生有一子，名范仲淹，此时方满两岁。

昨日，是范墉七七忌日。

今日午后，陈氏夫人端坐在前堂，吩咐侍女招谢氏前来。

谢氏正躲在自己的房里暗自悲伤，老爷说走就走了，不曾留下只言片语。老爷在时，夫人就对她冷眉冷眼的，如今老爷不在了，还能容得下她母子么？她看着怀里儿子熟睡的脸庞，心里一阵酸楚。

“谢姨娘，夫人叫你去前堂。”侍女在门外直着嗓子喊。

谢氏抹了眼泪，把儿子轻轻放到床上，盖上被子。她悲哀地想，真是人走茶凉，老爷七七刚过，范家仆人对她的称呼与说话的方式都变了。

她就着盆里的冷水洗了把脸，对着镜子梳了发髻。她不想让陈氏看到她的悲伤，或者是狼狈，她换了身干净衣衫来到前堂。

陈氏一双饱含怨毒的眼睛紧盯着谢氏，她忌恨眼前这个女人，虽然生的儿子也有两岁了，可她依然面目姣好明妍，身段窈窕丰盈。老爷在时，她虽妒而不敢言，如今老爷死了，看你还能靠谁！

谢氏上前施礼，陈氏半天不语，只盯着她看，让她心里发怵。她不知道等待她的是什么，但她心里明镜似的，她母子二人的命运就握在陈氏手中。

陈氏从衣袖里抽出帕子，揩了揩那不曾流泪的眼睛，哽咽道：“妹妹，你说咱姐俩怎么就如此命苦？老爷说走就走了，一句半句的热心话都不曾留下，咱孤儿寡母的，这往后的日子可怎么过啊？”

这句话正中谢氏的心坎，她热泪长流，哭倒在地。

谢氏正哭得伤心，耳边却响起陈氏冷冷的声音：“我说妹妹，你也别哭了。老爷走了，你就是哭倒长城也哭不回老爷来。”

谢氏停了哭泣，脑子里嗡嗡地响，一片混乱。

陈氏又道：“我看妹妹还年轻，模样儿又周正，不如趁早寻一家好人家嫁了，也好把孩子拉扯大。”

谢氏抬起一双泪眼，惊恐地望着陈氏：“我是范家媳妇，老爷走了，我理当守节，如何能再嫁？”

陈氏心里冷笑：你倒是贞节得很！这个家可是我跟着老爷一手积攒起来的，岂能容你母子俩坐享其成！口中却抽泣道："老爷这一生官小位卑，又不曾利用官职搜刮钱财，也无大宗的遗产留下。你也看见了，就这么一点家当，与其大家在一起饿死，不如妹妹带着仲淹另择良家，求条活路，也好让孩子长大成人。"

谢氏哭泣着摇头。

陈氏道："妹妹，你不想自己，也该替孩子着想不是？"

想到孩子，谢氏哭得更伤心了。

陈氏厌烦地皱了皱眉头，却依然耐着性子细细说道："妹妹，不是姐姐心狠，实在是家道不好。前儿我娘家嫂嫂来看我，说有个淄州长山人，去年没了妻子，正想续弦。我叫嫂嫂托媒人去打听，原来这人还是个县令，也还忠厚老实，虽然前妻留下两个儿子，你过门了就是正室夫人了，仲淹跟着你也不会吃亏受苦。"

谢氏听陈氏把话说到这一步，便停止了哭泣。老爷刚过七七忌日，她就为自己找好了人家，可见她要赶走自己的决心是何等的坚决。再哭，再求，也无济于事。

陈氏见她不哭了，满脸堆笑："妹妹，有道是，择日不如撞日。那长山人过几日便要赴澧州安乡（今湖南省安乡县）上任了，你今日就过去，再随他一起赴任，岂不好？"

谢氏站起身，心绪茫然。她不知该说什么，是道谢？还是道恨？二者都不合适。既是要离开这个家，还在乎是今天、是明天？还管它是吉日、是凶日？此刻，或者往后，她心里只有一个牵挂，那就是她的儿子，她的小仲淹。

她回到自己的房间，儿子早醒了，见了她，一头扑进她怀里，仰着稚嫩的脸连声唤道："娘，娘。"

她捧着儿子的脸，含泪道："娘在这儿呢！"

陈氏的侍女在门外道："朱家的轿子来了，在门外候着呢！夫人吩咐了，你可以带走自己的随身衣物，还有仲淹少爷的随身衣物。"

她听懂了言外之意，除了自己和儿子的随身衣物，她不能带走这里的一针一线。但她拿定了主意，她可以不要任何贵重的东西，却一定要带走那张琴。

谢氏背着包袱，牵着儿子的小手出门时，有一个中年女子已等候在轿子旁边。她没有回头，因为她知道不会有人来送她，这样或许更好，她也好，儿子也罢，从此与范家再无瓜葛。

陈氏的话不假，淄州长山人朱文翰果然忠厚老实，娶了谢氏进门，以正室相待，并将谢氏两岁的儿子仲淹改名为朱说，带往澧州安乡任上，视同己出。

谢夫人眼里没有眼泪，她平静地讲述着，似在说一个年代久远的与自己毫不相干的故事。

朱说坐在母亲身边，如老僧入定。他的思绪似乎凝固了，又似乎在某个不为人知的地方游弋，让人琢磨不定。

谢夫人见儿子痴痴呆呆的，心里涌起一股难以言明的愧疚。她凝视着儿子那张轮廓分明的脸，微蹙的眉头，深邃的眼睛，还有挺直的鼻梁，这张脸太像他的生身父亲了。

谢夫人不知是该庆幸，还是该担忧。在这张青春的脸上，作为母亲，她看到了儿子过早的成熟与刚毅，还有几分她不愿看到的，却真真切切地刻在儿子额头上悲天悯人的忧愁。

“夫人，少爷，喝口水罢。”不知何时，香草送了两碗茶进来，轻轻唤道。

朱说如梦初醒，他起身离开座椅，跪倒在母亲脚边：“娘，孩儿今年已有二十二岁，本应娶妻生子，侍奉双亲。无奈孩儿心怀天下，仍需继续求学，不能孝敬于母亲膝前，请饶恕孩儿的不孝之罪！”

谢夫人心悸地问：“你，你要去哪里求学？”

朱说没有回答，而是转向香草。他依然跪在地上，拉了香草的衣袖，流泪道：“香草姐姐，请你好好照顾我娘，我娘这一辈子不易。我以十年为期，十年以后，我一定来接我娘，也报答你的恩情！”说毕，起身回到自己的住处，收拾衣物书籍。

不知何时，朱诚站在他身后，小声问：“你真的要走么？真的要离开朱家？”

朱说没料到，朱诚会来问这个问题。他盯着他的脸，心里猜测着：他是来取笑我，还是来挽留我？但他在朱诚眼里看到的是坦诚。

朱说笑道：“我要去求学。”说出这句话的同时，他已经解开了与朱谆朱诚两兄弟的怨结。

朱诚低头道：“方才，我与谆哥听到了你跟娘的谈话。谆哥不好意思来，叫我来请你留下，不要离开朱家。”

朱说点点头：“谢谢你们的好意！走，我是一定要走的，但我也必定会回来接我娘。十年之内，还请你们好生看待我娘。”

“说儿。”谢夫人在门边唤道，朱诚见了，忙退了出去。

“娘！”朱说迎上去，扶母亲进屋，见母亲手中捧着一件物事，正欲询问。

谢夫人走至桌边，把手中捧的东西轻轻地放在桌上，取下外面的黑色布套，一张乌木古琴出现在朱说眼前。

他惊叫一声：“琴！”

谢夫人抚摸着古琴：“这是我当年从范家带出来的唯一的东西。当时，大太太已经吩咐下人传话给我，不准带走范家的一针一线。我不明白她为什么又让我带走这张古琴，如今想来，她或许是想把你父亲最喜欢最珍爱的古琴留给你罢。她的心，还是善良的。或许范家的家境是真的不好，是为娘错怪她了。”

朱说抬手轻轻触动琴弦，说不出心里的滋味。

谢夫人又把琴衣套上，边系带子边说：“这张古琴，你带在身边，你是范家之后，却是朱家养大的。你的天性像极了你的生父，认定了的事情，必定会坚持到底。你要离开朱家，娘不拦你。但你也要记住，为民也好，为官也罢，最要紧的是先要做个顶天立地的人。你的生父、养父都是这样的人。”

朱说道：“孩儿谨记娘的教诲！孩儿也会记住养父的养育之恩，教导之德！娘！孩儿走了，十年之后，必来迎接娘亲，侍奉于膝下！”说毕，担了琴剑书囊，头也不回地出了朱家大门。

朱说走至村口，忍不住回头张望，见母亲依然倚在门前那株桂花下，单薄的身影，显得那样的无助而孤独。霎时，两行热泪夺眶而出，他负气出走，心里并不知该往何方而去。

前路茫茫，朱说孑然而行，思绪混乱。一只鸟儿鸣叫着掠过他的头顶，飞进前面的山林。

他蓦然想起，醴泉寺方丈曾经说过，自景德年间起，朝中执宰大臣不下十人，其性格不一，人品各异。内中最受人称道的当数李迪了，此人学识渊博，且公正严明，疾恶如仇。

李迪是濮州鄄城（今山东鄄城县）人，自幼聪慧，博闻强记，胆识过人。青年时，曾揣着自己的文章去拜见当时的名士柳开。柳开读了他的文章后，非常惊讶，对他说：“读君之文，须沐浴始敢见。”（宋代邵伯温《邵氏闻见录》）

宋真宗景德二年（1005 年），三十五岁的李迪举进士第一，钦点状元。入仕后，曾在多处任地方官，两度任宰相，因性格耿直、刚正不阿而得罪当权奸臣，多次遭贬谪。如今正通判兖州，以右司谏知郓州。

朱说一路走一路想，当年，李迪能去见柳开，今天，我为何不能去见李迪？我虽没有好文章作为进见之礼，但若能请他指一条读书之路，也不枉了我这次负气出走。

他为自己这一想法兴奋不已，振作精神，整理了琴剑书囊，往郓州而去。

李迪接见了远道而来的朱说。

当年，他在朝中任宰相时，门庭若市，慕名找他的人络绎不绝。而今身遭贬谪，门庭冷落，居然有人求见，心里不免有几分诧异。

他眼前的朱说，虽衣着简朴，却干净利索；虽身材清瘦，却不减英武之气。那张轮廓分明的脸上，一双漆黑的眸子，透着睿智和刚毅。

李迪暗暗称奇，心想：此人万万不可小觑了！

朱说见李迪温文尔雅，和蔼可亲，便将自己的身世与想读书的愿望一一相告。

李迪思索片刻，盯着朱说眼睛问：“有朝一日，你若金榜题名，将何以为官？”

朱说挺直背脊，双目炯炯，不紧不慢道：“有朝一日，小生若能金榜题名，入仕做官，应清正廉明，奉公守法。以天下为己任，置国计民生为首位。先天下之忧而忧，后天下之乐而乐。”

“好一个‘先天下之忧而忧，后天下之乐而乐’！”李迪拍案而起，连声赞叹。兴奋开心之余，忙唤家人快快准备酒菜，他要与朱说一醉方休。

席间，李迪侃侃而谈，向朱说介绍了一所读书的好去处。

大宋朝的政府机构设施，从朝廷到地方，是相当紧密而繁复的，而能供求学者读书的地方，除了朝廷设立的国子监，民间没有一所正规的学堂。

国子监是宋朝的最高学府，又称为国子学，七品以上的朝廷官员子弟，方可入国子学读书。可见，国子学是达官贵人的学堂，民间百姓的子弟望尘莫及。而国子学的学生，大多都徒有其名，并无真才实学。

民间的有志之士子，若想步入仕途，取得一官半职，便要有丰富的学识，才能通过科举考试。于是，民间便有了私人设立的聚徒讲授的场所。

南都应天府，秦时设置为睢阳县，唐时为宋州。宋太祖曾为归德军（即宋州）节度使，登基后定都宋州，国号为宋。

至真宗景德三年，宋真宗感念太祖皇帝“应天顺时”创建大宋，便将宋州改为“应天府”。

早在五代的后晋时期，儒生杨悫在归德军赵直将军的扶持下聚众讲学，赵直将军为其建书舍数间，称为南都书舍。因为南都书舍在睢阳县，人们又称之为睢阳书舍。

有位叫戚同文的，出身于儒学世家，幼时父母双亡，随祖母一起寄养于祖母的娘家。在当地，戚同文虔心侍奉祖母，以孝闻名。祖母故去时，戚同文日夜悲泣，数日不食，乡邻颇为感动。

南都书舍初办之时，戚同文投学而来，杨悫听了戚同文的身世，见其求学心诚，便收留了他。天资聪颖的戚同文，刻苦向学，长期衣不解带，仅仅一年工夫，竟熟读五经，深得杨悫的器重，并将妹妹许配给他为妻。

时值后晋末年，天下混乱，赵直劝戚同文入仕途，造福于天下。戚同文立志不去做官，却希望天下统一，因此取名为同文。其为人忠厚纯朴，乐善好施，不蓄钱财，不建居室，主张“人生以行义为贵，不必积蓄钱财”。

杨悫死后，由戚同文继续主持办学。

赵直将军非常器重戚同文，病重之时，将家事托付于他，礼遇有加，并帮其扩建书舍，广收学子。慕名的求学者，不远千里而来。

大宋立国初，开科举之考，南都书舍百余名应考的学子中，竟有五十六人进士及第，南都书舍从此名扬天下。

大中祥符二年（1009 年），应天府首富曹诚，仰慕戚同文先生的“纯质尚信义”，筹巨资重建南都书舍，增学舍 150 余间，收集上千卷名著，广收学子，并请戚同文的孙子戚舜宾主管书舍，一时盛况空前。

应天府尹将这一盛况上奏朝廷，真宗皇帝听了欣喜不已。

太祖皇帝建立大宋以后，天下复归一统。从太祖皇帝到真宗皇帝，都注重文治，所以当真宗皇帝听说应天府学风蔚然，欣喜之余，赐名南都书舍为“应天府书院”。

朱说听了李迪的介绍，兴奋不已：“李大人，且不说皇帝为学府赐名，单是那戚同文先生贫贱不屈、刻苦向学和主张‘人生以行义为贵，不必积蓄钱财’，就让学生倍加仰慕与尊敬。”

李迪道：“你既有心向学，不如去应天府书院。书院的老师都是来自天南地北的饱学之士，他们的藏书更是聚史上之名家经典，多达千余册。”

朱说起身施礼：“多谢李大人指点！学生就去应天府书院求学。”又道：“学生从家里跑出来，并非真心憎恨朱氏兄弟。虽是一时性起，实则是想继续求学，也想自立门户。常言道，滴水之恩，当涌泉相报。养父对我的养育之恩、教导之德，我铭记在心，永生不忘！”

辞别李迪，朱说昼行夜宿，几经周折，终于进了应天府书院，这一年，是大中祥符三年（1010 年）。

岁月不居，时节如流。

一晃四年过去了，在应天府书院的读书生涯里，朱说的刻苦，比之在长山醴泉寺，有过之而无不及。常人读书，常以头悬梁、锥刺股来激励自己。而朱说，以先贤戚同文当年读书“累年不解带”为楷模，昼夜苦读。寒冷的冬天，夜晚读书疲倦不堪，他就以冷水洗面来提神，确实太累了，就和衣倒在床上眯缝一会儿，从不曾脱衣睡个囫囵觉。

大中祥符七年（1014 年）正月，宋真宗率文武百官到亳州太清宫拜谒老子，加封老子“太上老君混元上德皇帝”。随即，又往应天府赵家祖庙——圣祖殿拜祭。

这日，真宗的御辇刚至圣祖殿前，便听人惊呼：“有‘天书’降于皇帝的车驾之上！”

众人抬头看时，果见庙宇上方，霞光普照，一朵黄云冉冉而降。霎时，百官跪地朝贺，山呼万岁，震天动地。

自大宋在景德元年（1004 年）跟辽国签订“澶渊之盟”以来，边境再无战事，宋朝境内风调雨顺，物埠民安，这一派安稳祥和之气，常常使宋真宗庆幸与辽国的讲和。而资政殿学士王钦若私下里奏说：寇准主持的与辽国签订的“澶渊之盟”，表面上是议和，实质上是“城下之盟”。

王钦若一番话把事情的性质完全颠覆，“城下之盟”是敌人兵临城下之时，被迫与敌国签订的休战条约，是以丧权辱国为代价的。

真宗不知王钦若说的这番话，其实是因为对刚直不阿的寇准的嫉妒。这种妒贤嫉能的奸佞行为未能引起他的注意，反而对所谓的“城下之盟”耿耿于怀。

真宗想：作为太祖太宗皇帝的子孙与继任者，应该是大宋帝国的圣明天子，岂能容忍这样一个平和清静的太平盛世，是出自与辽国签订的“城下之盟”？若真如此，大宋皇帝的颜面何在？但将如何补救呢？

王钦若便怂恿真宗“封禅”。

封禅，是祭祀天地的大典，是圣德之事，若不是明德之君的祭祀，天地是不能接受的。

真宗不辨是非，而是满腹疑虑：“封禅，乃圣德之君所为，不是随便哪个皇帝就能做的，要有天瑞昭示，朕方可封禅。”

王钦若不假思索道：“没有天瑞昭示，就不能人力为之么？古人不是也借造化神妙弄出河《图》洛《书》以教化天下？”

真宗听了，恍然开悟，这便有了“天降祥瑞”以示天下太平，皇帝是圣明之君，便有了大中祥符元年（1008 年）耗资巨大的泰山“封禅”。

今日在应天府圣祖殿，又有祥瑞降临，岂不是天大的荣耀！真宗皇帝大喜之余，立即下诏，升应天府为南京。对应天府境内以及出巡以来所经过的各县州实行特赦，并恩准在“重熙颁庆楼”大宴臣民三日。

一连几日，应天府热闹非凡，陌上杨柳飞花，城内流光溢彩。街上，香车宝马，行人如织，都争着去看皇帝是什么样子，也赶着去品尝御赐的美酒佳肴，真是一片太平盛世的繁华景象。

书院里的学子也不例外，这日都早早起床，梳洗干净，穿戴整齐，去瞻仰天子圣颜，唯有朱说不为所动，读书如故。

平日里几位要好的同学非常奇怪：“朱说，你还不快换身干净衣裳？大家都要走了。”

“何事？”

一位同学夺了他手中的书卷：“咦！天下竟有你这样的人！是不是读书读痴了？”

朱说不解：“读书如何能读痴？读书只会去愚昧、长见识，修身齐家治国平天下。”顺手抢回自己的书。

“可天下人莫不想瞻仰天子圣颜。这次皇帝巡游应天府，实乃千载难逢的机会，难道你不想去？”

朱说依旧坐回到桌前，翻开书，不紧不慢的：“天子真容，日后再见也不迟。”

“哟！你好大的口气！日后再见也不迟。”那位同学撇撇嘴，学着朱说的腔调。

另一位同学问：“你当真不去？”

“当真不去！我现在发奋读书，将来金榜题名时，皇帝自会在金銮殿上召见于我。”

大伙儿心里嘀咕了一声“狂妄”，便不再理睬朱说，一同出了书院，往街上而去。

第六章　矢志不渝　不为良相为良医

应天府既升为南京，便是天子的所在地，当即便修建了一座巍峨的宫殿，设“留守”为最高官职，封官代天子留守。

南京留守的儿子子俊恰恰与朱说要好，朱说的怪诞行为，并不以为意。

这日，子俊回家，吃饭时，他父亲问他是否趁此大好机会瞻仰天子圣颜？

子俊道：“去是去了，人多太挤，不曾看清圣上真容。”

留守颇为惋惜。

子俊夹块肉放进嘴里，口齿模糊道：“还是朱说有先见之明，何必去凑这个热闹。”

留守脸一沉，用筷子头敲着桌沿：“凑热闹？谁叫朱说？居然把瞻仰天子圣颜叫作凑热闹！真是胆大妄为！”

子俊见父亲生气，心里不以为然，但还是解释道：“朱说是我在应天府书院的同学，他认为，我们这些青年学子应‘两耳不闻窗外事，一心只读圣贤书’，将来金榜题名时，皇帝自会在金銮殿上召见我们，何必现在浪费时间去凑这个热闹。”

留守想了想：“此话也有几分理儿。这朱说是个怎样的人？唐朝有个叫张说的，是玄宗时的宰相，颇有文名，掌朝廷制诰著作，人称‘燕许大手笔’。此人叫朱说，莫不是他前辈希望其子孙效仿先贤？”

子俊吃饱了，放下碗筷，抹着嘴边的油：“我这个同学朱说，还真是与众不同。不仅行为与众不同，其读书刻苦更是众人所不及。同窗四年多，从未见他脱衣裳睡觉，也未见他吃过一顿像样的饭菜。”

留守奇道：“噢！应天府书院竟有这样的青年学子？是哪里人氏？”

子俊打着饱嗝：“只知他是淄州长山人，至于其他的事从未听说过，这几年也不见他家有人来书院探望他，想必家里非常穷困。”

“既能出来求学，家里也不会太穷。只是年轻人正是体力旺盛的时候，读书刻苦，更应该吃饱。”

子俊道：“爹爹不信？朱说每天只吃两餐，而且，每餐都是咸菜就清粥，几年来，从未间断过。”

留守问：“学院无人接济他么？”

“书院主管戚舜宾先生很是器重他，只不曾见有人接济他。”

留守起身离开餐桌，子俊忙去沏茶。

“若真如你所说，此心高气傲之人，人穷志不穷，是断不肯受他人接济的。这样的人，值得我儿深交啊！”

子俊笑道：“朱说还真像父亲所说的，人穷志不穷。读书刻苦，无人能比，他常把自己比作‘人不堪其忧，回也不改其乐’的颜回。”

子俊想不到父亲竟对朱说如此感兴趣，又道：“爹爹，朱说昨天还写了首诗呢，待孩儿读来。”

子俊歪着脑袋想了想，念道：

白云无赖帝乡遥，汉苑谁人奏洞箫？多难未应歌凤鸟，薄才犹可赋鹪鹩。
瓢思颜子心还乐，琴遇钟君恨即销。但使斯文天未丧，涧松何以怨山苗。

——《睢阳学舍书怀》

留守听了，捋着胡须道：“有道是诗言志，词言情。他这首诗里有些许困扰与抱怨，但他运用圣贤的典故激励自己，那些‘恨’与‘怨’便烟消云散了。这诗便是他的心声，由此看来，这年轻人是有远大志向的。”

留守抬头见儿子不以为然的神气，心里叹息一声：“你明日回书院时，带点吃食给他。像他这样的人，接济他钱财是断不肯收的，也显得我们太俗了。带点熟食，倒也无伤大雅。”

第二天一早，子俊带了自家厨娘精心做的饭菜回到书院，兴致勃勃地给朱说送去。

朱说闻着香喷喷的饭菜，惊讶地问：“你这是做什么？”

子俊笑道：“这饭菜是家父让我捎给你的。”

“令尊如何突然想起要给我送饭菜？”朱说颇为疑惑。

子俊拍手道：“嘿！昨天回家，家父问我有没有去瞻仰天子圣颜，我说去了，人多太挤，没看清。并说，还是朱说有先见之明，不去凑热闹。”

朱说恍然：“噢！我明白了！想必令尊大人问，朱说是哪路神仙？如此胆大妄为，把瞻仰天子圣颜叫作凑热闹。”

子俊竖大拇指赞道：“你果然聪明绝顶！家父正是这样说的。”

“于是，你便向令尊介绍了我，说我日食清粥，穷困不堪，令尊便着你给我带了这些美味佳肴。”

子俊摸着后脑勺，腼腆地笑道：“家父以为，你有高远的志向，读书又刻苦，若常常吃不饱，有碍身体健康，便叫厨娘特地做了几样菜，命我捎给你。日后，每逢家人再送饭菜时，也必有你的一份。”

朱说起身道：“代我感谢令尊大人！也感谢你的高情厚谊！我收下了！”

过了几日，子俊又去给朱说送饭菜，一位同学拦住他：“你又给朱说送饭菜？”

子俊道：“是啊！这是我家里人方才送来的，还热乎着呢！”

“我劝你别送了，你上次给他送去的饭菜至今未动！”

子俊斥道：“哪有放着鱼肉不吃，去喝清粥的！”

“不信？你自个儿瞧瞧去！”

子俊提了食盒，来到朱说的书舍，见上次送来的饭菜果然就搁在窗台上，已经长了绿霉。

子俊脸红了，心中陡然升起一股怒气：“朱说，你莫不是怕我送的饭菜有毒？”

朱说见他生气，忙道：“你怎会有如此可怕的想法？”

“难道是怕我贿赂于你？”

朱说笑道：“看你说的，令尊大人是南京留守，是应天府最高的官。我一个穷小子，怕你贿赂？”

子俊不解地问：“你宁可浪费这样好的饭菜，而餐餐咸菜就清粥，究竟是为什么？”

朱说拉他坐在自己的身边：“子俊，我非常感激你与令尊大人的好意！不是我不想吃好的饭菜，而是多年来，我已经养成了吃咸菜就清粥的习惯。如果暂时改变不了吃粥的现状，今天吃了你带来的鸡鸭鱼肉，那么明天后天，我的舌头就变挑剔了，就吃不惯咸菜就清粥了。”

他话音不高，眼神柔和，骨子里却透着一股刚毅与傲气。

子俊提起食盒，悻悻道：“似你这种不通情理，性情怪诞之人，世间绝无仅有。”

东京汴梁的二月，河边的杨柳已吐嫩芽，大内禁宫仍是一片冷清，似乎春风尚未吹到这金碧辉煌的楼台亭阁之间。

今年是大比之年，真宗皇帝心里有几分兴奋，也有几分焦虑。兴奋的是，朝廷急需有见识、有学问的人才，录天下有识之士为己用，何愁大宋百业不日新月异？焦虑的是，科考在即，而主考官尚无着落。

这日早朝，真宗端坐在金銮殿上，目光从容地扫过殿中分两排而立的文武朝臣，含笑道：“今年是大比之年，贡举选才便是今春的头等大事。而眼下最急迫之事便是选定主考官，众位爱卿若有最佳人选，可一一道来。”

众大臣便私下议论起来，一时，殿中一片嗡嗡声。

真宗见群臣交头接耳，皱起眉头，重重地哼了一声。

殿中顿时安静下来，宰相王旦上前一步，施礼道：“启禀陛下，臣举荐四人。”

真宗忙问：“爱卿快说，哪四位？”

“王钦若、赵安仁、王曾、丁谓。”

王旦话音刚落，殿中嘈杂声起，反对者居多。

真宗干咳一声：“众爱卿肃静！有话慢慢道来，朝堂之上起哄，成何体统！”

众人安静下来，真宗望向寇准：“寇爱卿为何一言不发？朕想听听你的意见。”

寇准出班施礼：“陛下，臣是直性子，不会转弯抹角，也不怕得罪同僚。”他回头看了一眼丁谓与王钦若，又面向真宗：“臣以为，王大人的举荐有失偏颇。人才是江山社稷之栋梁，选拔人才是国家大事，不是儿戏，岂可任王钦若、丁谓这样的人为主考官！”

殿中一片赞叹之声。

真宗心里赞道：此人真是大宋朝第一刚直之人！口中却问：“以爱卿之见，何人可任今年主考官？”

“臣以为，翰林学士赵安仁学识丰富，公正严谨，理应选其为今科主考官。其次，臣举荐王曾、张知白二位大人辅助赵安仁。”寇准回道。

太常博士邓余庆出列：“陛下，微臣赞同寇大人的举荐。”

殿中群臣也纷纷表示赞同。

丁谓一肚子不忿，想说点什么，抬头见寇准铁塔一般立在前面，便打消了念头。

真宗环视殿中群臣，笑道：“寇爱卿说得好，人才，是治国安民之根本，是国之大事，也是朕之大事，所以要慎之又慎。朕已决定，今年特命赵安仁主掌贡举考试，翰林学士钱惟演、王曾，参知政事张知白协助赵安仁。”

赵安仁、钱惟演、王曾、张知白出列领旨谢恩。

退朝后，人们悄悄议论：钱惟演这等趋炎附势之辈如何能做主考官？有人道，他与刘皇后是姻亲，是皇上跟前的红人，不选他选谁？好在是赵大人知贡举，又有王曾与张知白二人协助。议论归议论，却也无可奈何。

大中祥符八年（1015 年）二月，朱说、子俊与书院同窗就来到了东京汴梁，众人都找各自合意的客栈住下。

子俊欲拉朱说住腾飞客栈，朱说却独自来到贡院后街，找到一家门前冷清的小店。他抬头望去，窄小的门楼上龙飞凤舞地写着四个字：春来客栈。

朱说笑了，心想，这不正是春天来了！真是好兆头！便一步跨了进去。

店老板是个五十开外的男人，见朱说进来，笑脸相迎：“公子是住店吧！你来我这春来客栈，可是对了。你看，我这儿虽然门脸窄小，但环境幽静，干净整洁，价钱也便宜。”

店老板边说边打量朱说，见他身着寒素，却骨骼清奇。令人惊叹的是，这年轻人方正的脸膛上，那双浓眉下的眸子深邃而清澈，让心存邪念之人不敢直视。

老板见朱说不说话，忙道：“公子，想必你是来京应考的，住我这儿最合适了。你看，价钱不贵，茶水伙食侍候周全。离开科考试尚有月余，公子还可以温习经史子集，绝无人吵闹。”

朱说环视店堂，这像是一所居民住房改建的，低矮阴暗，但收拾得很整洁，最要紧的是价钱便宜，便放下了行囊。

老板见了，眉开眼笑，忙吆喝：“小二，快来帮公子担行李。”

店小二忙跑来，笑道：“公子住二楼吧，二楼宽敞明亮又干燥。”说毕，挑了行李就往楼上去。

朱说进了二楼的一间上房，看上去并不是店小二所说的宽敞，倒是很明亮、安静，能读书就足够了。

小二放下行李，一阵风似的下楼，再上来时，一手提桶，一手提茶壶，进门笑道：“朱公子，你先洗把脸，喝口茶，待会儿便是午饭时候了，小的再给公子送上来。”

朱说正从书箱里拿笔墨纸砚及书卷，抬头笑道：“有劳小二哥了！”

小二话多：“朱公子，你别看今儿咱这客栈冷清，要不了几日，那些赶考的举子进城了，这春来客栈也会住得满满的。”

朱说笑道：“那好啊！生意红火不正是你家老板所愿望的么！”

“朱公子，你若是读书累了，也可出去逛逛。这东京城里吃的、喝的、玩的，应有尽有。最热闹的去处，是那朱雀门大街、四牌楼大街，青楼、歌馆、酒店、茶坊，是应试的举子最喜欢的地方。”

朱说疑惑地问：“应试的举子也去这些地方闲逛？”

小二眼里流露出几许京城人的自豪与不屑，他见朱说一副寒碜书生的模样，便断定其家境贫寒，但见其气格不凡，倒也不敢小瞧了。便收拾起目光中的不屑：“公子有所不知，一些有钱人家的公子哥儿，他们早早地来到京城，住进四牌楼大街最好的旅馆，包下心仪的青楼女子，说是‘红袖添香夜读书’。”

朱说笑道：“小二哥知道的事情可不少啊！”

小二见朱说夸他，倒有些不好意思，摸摸后脑勺：“小的做了十几年的店小二，见过各种人，听过各种传闻。小的看朱公子也不是那号人，不去那地方也罢。”出了房门，又转身倚着门框：“公子，前街有家名为陶然亭的茶坊，公子可去坐坐。”

“陶然亭？这名儿倒是雅气得紧，”朱说问，“这家茶楼，小生为何又可以去坐坐呢？”

小二见朱说兴致颇高，索性进门来：“陶然亭是一家年代久远的茶坊，听说主人在太宗皇帝时就考中了进士，却不愿为官。他家祖上颇有资产，便在前街开了间茶坊，说是闹中取静，叫什么隐的。”小二歪头想着。

朱说笑道：“叫大隐隐于市，小隐隐于野。”

小二拍下脑袋:“正是此等说法。谁知这茶坊主人的儿子跟他老子一样，也不愿为官，连考都不去考，便接过他老子的茶坊经营起来，奇怪的是，这儿子竟比老子经营得更好，茶坊的生意越来越红火。”

见朱说露出疑惑的眼神，小二道：“新年过后，陶然亭便召集各路进京赴考的举子去茶坊，免费供应茶水点心，只为举子们畅谈读书的事儿。”

朱说奇道：“畅谈读书的事儿？有这等事？”心里却想，或许是畅谈人生与前程，这小二哥道听途说的，说不清楚也难怪。

朱说正待询问，却听得店老板在楼下喊:“小二，死哪儿去了？还不快来接待客人！”

小二吓得一溜烟地跑下楼去。

这天，朱说倚着窗台读书，觉得眼前的字迹一片模糊，便放下书卷，揉着发胀的眼睛。忽然想起那日刚刚住进来时，小二说起的陶然亭茶坊，便收拾了书桌，换了件干净衣衫，下楼向小二问明了路径，往陶然亭茶坊而来。

二月的京城，午后的太阳高高悬着，一阵风过去，依然有几分寒怯。大街两旁的店铺，货物琳琅满目，吆喝声、叫卖声不绝于耳。街上的行人络绎不绝，有锦衣绣服骑着高头大马的，有衣衫不整疲惫不堪的，有蓬头垢面沿街乞讨的，也有坐在轿子里掀开轿帘往外瞧的，这些看上去都是进京赴考的举子。

朱说感叹着人间百态，不觉来到一家店铺门前，抬眼看去，绛红色的木质门楼，雕花精致，三个金色大字“陶然亭”在阳光下熠熠生辉。

陶然亭果然门庭若市，骑马来的，坐轿来的，徒步来的，进进出出，好不热闹。

朱说进得门来，大堂上几乎客满，侍者见他犹豫着不知是进还是退，上前笑道：“公子想必是初次来陶然亭罢，请随我来。”便带他到屋旮旯的一张空椅上坐了，随后又送来茶水点心。

朱说忙道：“我不要点心，只要一壶茶便可。”

侍者笑道：“公子放心饮用，初次来陶然亭的举子可随意饮用茶水点心，不收钱。”

朱说奇道：“你如何判断是初次来访，或是常客？”

侍者笑道：“像我这样的茶水侍者，见过的人何止千万？只要见过一面，便会记下客人的体貌特征。公子你虽然衣着朴素，骨子里却透着一股刚正之气，给人的印象极为深刻，公子一定是第一次来陶然亭。”

朱说忙摆手：“小哥你就别寒碜我了！我一个穷书生，哪有什么刚正之气？你这不是要活活的羞煞小生了！不过，我还真是初次来此茶坊。”

不想那侍者却一本正经：“我们这些侍候人的，平时说话虽爱奉承客人，今儿的话，却是出自内心，一点也没有奉承巴结的意思。”说毕，又去给别的客人倒水冲茶了。

朱说心想，我一介寒儒，既无华服宝马，又无小厮相随侍候，他何必奉承于我？不禁哂然一笑，端起茶碗，边品茶，边四下打量。

眼前已是济济一堂，有锦衣绣服的富家子弟，有身着布衣的贫困学子，朱说正揣摸着这些人因何聚集在此。忽听得一个洪亮的声音说：“诸位静一静！在下想，在座的想必都是来京赴考的举子。大家来自天南地北，既然聚到一起，也是缘分使然，何不畅所欲言？在下姓杨，名四海，字云帆，湖南岳阳人。家有良田千顷，牛羊无数，祖上八代却无一个做官的，富则富也，却不显贵。在下十年寒窗，为的就是金榜题名，耀我杨氏门楣，实无为国为民之念头。”

杨四海一番话说得坦诚率直，众人不禁为他叫好。

杨四海坐下，推着他身边的一位书生：“蔡兄，该你了。”

那书生起身对众人施礼道：“小生姓蔡，名齐，字子思，莱州胶水（今山东平度）人，少年时失去双亲，跟在外祖父身边长大。小生以为，读书无外乎两件事：一是解惑去愚、修身齐家；二是参加科考。读书人唯有步入仕途，方能经世济民。当今圣上思贤若渴，任贤为用，正是我辈大显身手的好时机，原本科举考试为三年一次，大中祥符五年停考，诸位何不珍惜这六年才有的一次科考？”

朱说极专注地看着这个蔡齐，此人身材适中，容貌俊美，举止庄重，一番话说得不亢不卑。他禁不住高声喝彩：“蔡兄说得好啊！”

蔡齐抬眼望向朱说，见他方正的脸上一双深邃的眼睛闪着睿智的光，浑身上下透着一股不可抑制的凛然正气。心里叹道：此人若金榜题名，为朝廷所用，必是不可多得的栋梁之材。遥远地对朱说抱拳施礼。

坐在朱说对面窗下的人起身道：“在下江西新喻人氏，姓萧，名贯，字贯之，家境贫寒，但在下今科必中！”

只这一句“今科必中”，如一块石头投进平静的湖面，激起圈圈涟漪，众人一齐望向萧贯。

萧贯是个身材瘦削的年轻人，一双如豆荚般细长的眼睛透着一股冷傲与自信。在座之人，无不被他的自信所折服，一时大堂之上竟鸦雀无声。

“在下滕宗谅，字子京，西京洛阳人。”朱说身后一人打破了短暂的寂静，“在座诸位学长学弟，皆为应考而来，且不说鸿鹄之志，就那身上衣，口中食，是最最要紧的，是人在世间生存的根本。若今科一举而中，为官一方，只应造福于民，决不能追逐荣华，唯利是图。在下以为，清廉，才是为官之道的根本。”

朱说转头望向滕宗谅，此人身材颀长，玉树临风，轮廓分明的脸上，隐现着一股勃勃英气。

“滕公子说得好，清廉，实乃为官之根本！”朱说心里有几分莫名的激动，因为滕宗谅说的就是他的心声。

他起身环视众人，朗声道：“在下朱说，淄州长山人。方才听诸位所言，实在是受益匪浅。我辈欣逢盛世，又遇贤明君主求贤若渴，是何等的幸运！在座诸位，今科一旦金榜题名，步入仕途，当以天下民生为己任。正如滕公子方才所说，以清廉为本，不以物喜，不以己悲。若榜上无名，不为良相，则为良医，方不负我辈十年寒窗苦读的圣贤之书。”

朱说话音未落，大堂上便响起掌响与喝彩之声。

杨四海扬声道：“大家读书、科考、入仕，是为国计，为民生，为天下，这些令在下羞愧不已，今日大家的茶水点心，就由小生一人包了！”

滕宗谅拉着朱说的衣袖小声问：“朱兄的不以物喜，不以己悲，尤使小弟动情！不知朱兄贵庚几何？现住何处？”

朱说见滕宗谅实乃性情中人，心里非常喜欢，笑道：“我今年 27 岁，住在后街的春来客栈。”

滕宗谅喜道：“小弟今年 26 岁，住横街的鸿鹄旅馆。明日，请朱兄出来，咱兄弟找家酒馆，把酒畅叙如何？”

朱说道：“贤弟，离考试还有几天，咱们不如好好地温习一下功课，待大考完毕，再把酒言谈，一醉方休，岂不好？”

滕宗谅朗声笑道：“兄长说得在理！离三月三大考还有七天，谁说这七天就不能温习出一个进士来呢！”

三月三日，东京的阳光格外明艳，汴河两岸的杨柳映绿了河水，河边浣纱的女子，那嫣红的面颊，让桃花也羞怯几分。

贡院，今日的气氛格外凝重，墙外的鸟儿在树枝间悄无声息地穿行，生怕惊扰了墙内的考生，那一间间考棚里，更是寂静无声。

今科的试题为：《置天下如置器》赋，《君子以恐惧修省》诗，《顺时慎微其用何先》论。

科举考试从唐代起实行弥封誊录制。弥封，就是把考生的姓名用墨汁涂抹了，只留考号。誊录，则是把所有考生的试卷由专门的人抄写一遍，再按照抄写的试卷改分，防止在试卷上作弊，或是防止认识考生的笔迹而作弊。

第七章　金榜题名　携母赴任广德军

大考完毕，殿试也颇为顺利，朱说轻松了许多，虽有几分担心，对自己的文章仍然充满了自信。

杜工部说：文章千古事，得失寸心知。朱说由衷希望，皇帝与主考大臣能慧眼识英雄。在陶然亭茶坊里畅谈的举子中，有多少栋梁之材亟待朝廷去发现，去任用。

今天是发榜的日子。早饭后，朱说换件干净衣衫正欲去看皇榜，忽听店小二敲门道：“朱公子，有客人找你。”

“谁会找我呢？”朱说拉开门，有些诧异地看着店小二。

小二指着楼下：“那位公子个头跟你差不多，说是姓滕。”

“哎呀！”朱说猛地拍下额头，“是滕学弟来了！”忙掩了房门，快步下楼去。

果然是滕宗谅来了。

见朱说冲下楼来，滕宗谅笑道：“兄长莫非忘了今天是发榜的日子？还在闭门苦读？”

朱说喜道：“愚兄正要去看皇榜呢！不想贤弟来了。”

“小弟本欲直接去贡院门前看皇榜，又怕榜上无名，一个人未免有些失落。便打听明白了春来客栈的位置，来邀兄长同去。”

朱说携了滕宗谅的手，出了春来客栈：“贤弟如此高才，没有不中的理儿！”

“那可没准儿！”滕宗谅笑道，“若小弟榜上无名，只要兄长高中了，小弟也高兴。”

街上的行人摩肩接踵，拥挤不堪，几乎都朝着一个方向涌去。

朱说、滕宗谅二人心里明白，这都是去看皇榜的，有的举子亲自去看，也有举子是家里人代替去看的。

贡院门前人头攒动，挤在前面的人，有哭的有笑的，形态各异，不一而足。后面看不见皇榜的人则拼命往前挤，朱说滕宗谅二人不用劲，被身后的人推着往前面而来。

朱说被人们推揉着，站立不稳，正睁大眼睛，费劲地在榜上寻找自己的名字。

突然，滕宗谅在远处大喊：“兄长，你中了！中了！第九名朱说！第九名朱说！”

原来，二人不知不觉已被人群挤散，滕宗谅正在第一张皇榜跟前。

朱说好容易挤到第一张皇榜跟前，细细看去，第一名：蔡齐；第二名：萧贯；第三名：沈严。再顺着名次往下，果然，第九名上写着自己的名字：朱说。他再接着往下看去，刚刚看到第九十七名滕宗谅，便听滕宗谅大喊道：“兄长，小弟也中了！小弟也中了！哈哈！”

管他第几名呢，只要榜上有名，就对得起父母，对得起自己十年寒窗苦读。又有多少人，榜上无名。

朱说挤出人群，立在墙根之下，挥手示意滕宗谅过来，二人相携着来到大街上。

滕宗谅激动不已："兄长，小弟要回鸿鹄旅馆，给家里写信报喜，明日再去春来客栈请兄长出来把酒畅谈！"

朱说也兴奋不已，听滕宗谅说要给家里报喜，心里升起一股深切的思念。五年前，他离开朱家的那一天，曾跟母亲相约，以十年为期，十年后，必定回去接母亲出来，亲自侍奉她老人家。如今的期限提早了五年，此时此刻，他已拿定主意，等朝廷的任命下达了，无论在何处任职，也要先回淄州长山，接母亲一同赴任。

第二天，滕宗谅果真来春来客栈邀朱说。

滕宗谅兴致颇高，拉着朱说："兄长，听说明月楼在京城是数一数二的，不仅菜烧得好，歌舞也是天下第一。"

朱说迟疑道："这样的地方，咱能去么？"

滕宗谅爽朗一笑："虽然朝廷严禁官员狎妓，可明月楼是酒楼啊！那歌儿舞女只是歌舞侍候，并不以色侍人。再说，我们不是还在等候朝廷任命么？还不能算是官员。"

"虽是在等候任命期间，也不能做出格之事！否则，将前功尽弃！"

滕宗谅见朱说一本正经的，笑道："兄长放心！小弟担保无事！"拉了朱说就往明月楼来。

明月楼的老板见二人风流倜傥，喜气盈腮的模样，料定二人必是今科金榜题名的进士，便笑容可掬地亲自引他们上二楼雅间。

朱说道："贤弟，咱二人也不必太破费，就在外面大堂靠窗坐了，既可观赏街景，也可闲话，岂不好？"

滕宗谅依了他，选了临街的桌子坐下，老板忙唤小二先沏壶好茶来。

"茶来喽！"小二唱喏着送茶来，笑眯眯地问，"二位客官，想吃什么喝什么只管说，我们这明月楼聚天下之美味佳肴、极品佳酿，只有客官想不到的，没有我们做不到的。"

朱说笑道："小二哥好一张利嘴！我兄弟二人也吃不尽你家美味，只赶快上两道拿手的菜便可。"

滕宗谅拦道："兄长不必如此！今儿小弟请客，一来庆祝咱兄弟二人一见如故，二来庆祝咱兄弟二人同登金榜。"

小二惊讶道："原来二位公子是新科进士！了不得！了不得！那还不得吃好喝好！"

滕宗谅点了四道菜，一道汤，一壶菊花酒。

朱说环顾大堂，堂中的桌子几乎都有客人，有三五人的，有两三人的，也有一人独酌的。欢笑的，苦闷的，都在那一盏酒的酸甜苦辣里混杂着，各人慢慢斟酒，细细品味。

酒菜很快就上来了，二人你推我让地喝将起来。

"再过几日，朝廷的任命也就下来了，"滕宗谅问，"不知兄长有何打算？"

朱说回道："待朝廷的任命下来了，我要回长山接母亲一同赴任。"

"噢！兄长家里只有令堂一人么？"滕宗谅有些惊讶。

朱说喝干杯中酒，又提壶斟满，眼睛却望向窗外，欣赏街上的车水马龙，思绪却不知飘向何处。

滕宗谅见此情景，颇为诧异，正想询问，却听他缓缓言道："这是我跟家母的约定。"接着，便把自己的身世细细说了一遍。

滕宗谅听完，心里对朱说的敬重又深了一层："小弟猜想兄长家境贫寒，却未曾想到兄长在如此困境之中，仍贪读如饥渴，力学不懈。"

朱说道："愚兄少年时，家母时常教诲：人生在世，要有大节，不能因富贵而骄淫，不能因贫贱而颓废。养父的养育之恩，教导之德，对我也尤为重要，今生今世，怕是不能报答万分之一。"

滕宗谅十分动容："小弟为兄长的母亲而满饮此盏！令堂大人说得好，我辈既熟读圣贤书，又生逢盛世，当有志于天下！"说毕，举杯一饮而尽。

二人正感慨不已，忽听对面酒桌的客人道："听说虫娘是东京城里曲子唱得最好的，今日何不给我兄弟几个唱首最新最妙的曲子？"

朱说诧异地问："还有女子叫虫娘的？"

滕宗谅笑道："兄长对于玩乐，恐怕是外行了。小弟听同住的举子们说过，东京城里最有名的教坊，当属紫烟阁。而紫烟阁里，容貌娇妍，琴艺歌喉俱佳的，就是这位叫虫娘的女子。想必是明月楼的老板，为了迎合进京赶考的举子，特意把她请来的。"

朱说笑道："愚兄还真是井底之蛙！咱别出声了，且欣赏她的歌喉罢。"

大堂里顿时安静下来。

那虫娘随手调整了琴弦，轻声慢语："前日，有位落榜的举子填了阕词，已谱了曲，待小女子唱来。"

话音刚落，便听得琴声叮咚，虫娘随即也唱了起来。

琴声有如溪水，晶亮跌宕，汩汩淙淙，清心洗耳。歌声似黄莺出谷，低回婉转，荡气回肠。直把这满堂的客人，听得挠首弄耳，忘了吃喝。

朱说却听得惊心动魄，原来那词儿唱的是：

黄金榜上，偶失龙头望。明代暂遗贤，如何向？未遂风云便，争不恣狂荡。何须论得丧。才子词人，自是白衣卿相。

烟花巷陌，依约丹青屏障。幸有意中人，堪寻访。且恁偎红倚翠，风流事、平生畅。青春都一晌。忍把浮名，换了浅斟低唱。

"黄金榜上，偶失龙头望"，一股愤慨，冲天而起，词人并不满足于登进士第，而是要夺取那黄金榜上的头名状元。"明代暂遗贤"，一个"暂"字，说明他不会因此而放弃，他相信自己有能力再次拼搏，也透出他狂傲自负的个性。

朱说以为词人在此道出了所有落第举子的辛酸与无奈，他除了同情，心底隐约有着一股自己也说不清的情愫。

词人发泄一通后，词的下片却转向了另一个极端，既然已经落第，就去“偎红倚翠”，就去“浅斟低唱”。这惊世骇俗，放荡不羁的词句，让朱说惊骇不已。

他起身走向那歌女，滕宗谅吃惊地看着他。

朱说微微俯身，微笑着问：“姑娘，能否告诉在下，这阕《鹤冲天》由何人所作？又由何人谱曲？”

虫娘抬眉望向朱说，见他虽是一身布衣，却仪表堂堂，和蔼可亲，便展颜笑道：“是今科落第举子柳三变所作，曲子也由他所谱。”

朱说道谢回到自己的坐处，低声叹道：“原来是柳三变所作！若不是他所作，世上还会有谁能作出此等惊世骇俗之语！”

滕宗谅惊道：“柳三变？就是人们传说的，那个专给教坊歌女填词谱曲的浪子词人柳三变么？”

朱说道：“正是此人！柳三变是崇安人，自小被誉为‘鹅仔峰下一支笔’的少年才子，当年在杭州，所作的《望海潮》，一夜之间唱遍大江南北。”

滕宗谅见说起柳三变，朱说神情有些恍惚，便道：“兄长，喝酒喝酒！咱哥俩幸逢人生一大幸事：金榜题名！正该畅怀痛饮，何必为旁人之事而伤神！落第的举子跳河的、上吊的比比皆是，柳三变填词谱曲发牢骚，算是另一种解脱。”

朱说道：“落第的举子中，不乏真才实学者，实在是太可惜了！然，科考是座独木桥，千军万马要挤过这座独木桥，着实不易。”想想自己，在长山醴泉寺三年，在应天府书院五年，夜不解衣，日食淡粥，力学不懈，人所不堪，才换来今日的金榜题名。这其中的辛酸不正是柳三变词中所唱的吗？想毕，举起酒杯，一口喝干。

朱说放下酒杯，又向虫娘走去。

滕宗谅正侧身唤小二哥拿酒，因为第一酒壶已经见底，转头见朱说立在虫娘面前，只听他道：“小生可否借姑娘的琴一用？”

大堂之上，众人都好奇地看着朱说，鸦雀无声。

虫娘嫣然笑道：“公子若想弹琴，请便！”起身让出琴台。

朱说撩起衣衫下摆坐下，抬手调弦试音，回头问虫娘：“姑娘唱过周朝伯奇的《履霜操》么？”

虫娘温婉道：“《履霜操》？小女子唱过的。西周太师尹吉甫公，有长子伯奇，次子伯邽。伯邽是后母所生。后母屡进谗言，陷害伯奇。吉甫公信以为真，便把伯奇逐出家门。伯奇离家到了野外，‘编水荷以为衣，采楟花以为食’。他清晨踩着寒霜，悲叹自己无罪而被逐，于是弹着自己带出来的琴，唱着自己的苦闷，作成了琴曲《履霜操》，其词云：

履朝霜兮采晨寒，考不明其心兮听谗言。孤恩别离兮摧肺肝，何辜皇天兮遭斯愆。痛殁不同兮恩有偏，谁能流顾兮知我冤。”

虫娘念罢诗，问朱说：“公子说的可是这个典故？”

众人听她娓娓道来，无不被她悦耳的嗓音与博学所折服。

朱说心中叹道：万没料到，教坊歌馆中，竟有如此清雅而又才华飘逸的女子！眼前的虫娘，妩媚秀雅，举止庄重，浑身上下无一丝一毫青楼女子的脂粉俗气。

朱说正欲弹琴，忽听旁边一人道：“你道这虫娘是谁？就是那浪子词人柳三变的红粉知己。”

朱说心想，原来如此！真应了才子佳人的话了！抬眼见虫娘走近琴台，便挥袖拨弦，一时，明月楼的大堂之中，众人便似跟着伯奇踏着清晨的寒霜，“编水荷以为衣，采楟花以为食”了。

宋代举子一登进士第即释褐，待遇远较唐代为优。释褐，就是脱去平民衣衫，开始任官职。

宋朝，自太祖皇帝建国以来，总结反思唐代兴衰盛亡的教训，如宗室之祸、父子兄弟相残、后妃之祸、外戚之祸以及宦官之祸，这些祸乱直接威胁到一个王朝的命运。所以，自太祖皇帝至真宗朝，对这几种政治势力采取了极大的抑制。

按理说，治理天下，应当武以靖之，文以持之，两者不可或缺。但宋朝却是重文抑武，选择与士大夫共同治理天下。而士大夫都是来自社会底层、通过科举步入仕途的文人，只有依附皇室，才能发挥他们的特长。

皇帝信任的就是这个阶层，依赖、委托他们共同治理国家。而皇帝则是权力的核心，操纵着生杀大权，在这些来自底层的士大夫身上，权力可以收放自如。

朱说，正是这样一个来自最底层的、挤过科举这座独木桥的文人，被任命为广德军司理参事。

广德军，就是现在的安徽省广德县，军与州大小同等。司理参事是掌管讼狱、审理案件的职位，一般由初入仕途者担任，从九品。

这日，朱说收拾了行囊，决定先回长山，正欲去鸿鹄旅馆向滕宗谅告别，不想，滕宗谅已到春来客栈。

滕宗谅问：“兄长都收拾妥当了么？”

朱说道：“愚兄正欲去鸿鹄旅馆与贤弟告别呢！不承想，贤弟倒先来了。快请坐！”忙去倒茶。

滕宗谅拦道：“兄长不必忙乎，小弟接到任命，受泰州（江苏泰县）军事判官，特来向兄长告别！”

“愚兄受广德军司理参事。”

滕宗谅道：“好是好啊！咱兄弟二人都受官职，只是今后各自天涯，不知何时何地才能相见，倒叫人伤感。”

朱说抚着他的肩膀：“贤弟莫伤感。有道是，海内存知己，天涯若比邻。到任以后，记得给愚兄写信。”

滕宗谅问：“兄长是先去广德上任，还是先回长山接伯母？”

“先回长山。以免母亲思儿之苦，然后去广德。”

“小弟已在青云阁酒楼订了酒菜，特为兄长饯行。”

“贤弟，送君千里，终须一别。”朱说按下心头难舍之情，“咱二人不如就此别过，也免了十里长亭送行的离愁别恨之苦。”

滕宗谅扬眉笑道：“好！兄长爽快，小弟也不婆婆妈妈的。”挥挥手，径自出了房门。

朱说目送他下了楼，出了春来客栈的大门，这才返身担了书籍与包裹下楼来结账。

店老板迎上前笑问：“朱公子这是要去任上么？”

朱说应道：“是啊！烦老板把账算算，今日结清。”

“方才那位滕相公已代公子付了所欠银两，还给公子留下了这个。”店老板从柜台后的桌上拿来一只小布袋。

朱说接过，打开看时，是一些碎银子，足够他回长山了。

他心里涌起一股热流，忙跑出门去追滕宗谅，把银袋子还给他，可哪里还有人影。如今唯有领了这份深情厚谊，容日后再图报答。

朱说思母心切，日夜兼程，风雨无阻。

这日行至长山镇，看到熟悉的街道与店铺，朱说一颗因旅途而疲惫的心，禁不住狂跳起来。即将要见到阔别五年的母亲了，还有养父。养父的谆谆教诲与亲切和蔼的面容，一直在他心里温馨地存留。不知年迈的忠伯，身子骨是否依然硬朗；善良勤快的香草姐姐，是不是已经离开母亲而嫁人了呢？朱谆朱诚不知怎样了，该娶妻生子了罢。

朱说摇头笑笑，当年一气之下离开朱家，是因为朱谆的一番言语。如今五年过去了，今日重新回到这个既熟悉又陌生的地方，心里对朱氏兄弟竟毫无恨意，反而是满腔的牵挂。

朱说正思绪万千，冷不防街边一人大声道：“这不是朱说么？”

朱说循声望去，见街边店铺门前一男子紧盯着自己，一脸的惊奇。

“朱说，我是朱谆。”那人叫道。

朱说凝神细看，不是朱谆还能是谁？只是比五年前消瘦了许多，也苍老了许多。

“兄长，你为何如此憔悴？生病了么？家里如何？”朱说按住心悸，他不敢想，这几年家里发生了什么，但又不得不问。

朱谆走过来，接了朱说肩上的行囊，边走边道：“你去应天府的第二年，父亲就过世了。母亲因为想念你，常常流泪，眼神已大不如从前了。前年，忠伯中风，躺在床上一年之久，药石无效，也走了。”

“父亲不是很健硕的么？”朱说拉住朱谆的袖子，心里一阵迷茫，他想报答养父的养育之恩，而今竟是阴阳两隔。那疼爱自己的老家人忠伯，也不在了。

“也不知为何，父亲或许是在衙门里太劳累了罢。”朱谆不看朱说的眼睛，担了行李，低头走在前面。

二人默默走了一会儿，朱谆突然问：“你不是进士及第了么？长山方圆百十里都知道呢！醴泉寺的住持逢人就夸你。朝廷授你为广德军司理参事，你不去任上就职，如何又回到长山来了？”

朱说神色黯然：“我以为父亲年迈，已回家养老，本想接双亲大人随我去广德军任上，谁知他老人家已故去。”

二人说着话，不觉已到自家门前。

朱说心酸地看去，门前那株桂花树依然枝繁叶茂，树底下依然有一群鸡在觅食。只是母亲的眼睛再也看不清远处是否有儿子归来的身影，忠伯再也不会拿了玉米粒儿喂鸡了。

朱说抢在朱谆前面，几步跨进门去，却见母亲正坐在大门右侧。

谢夫人正倚门而坐，一双混浊的眼睛茫然地望向门外，门外那条通往镇外的路，似乎有她期盼的游子归来。

“娘！”朱说扑倒在母亲脚边，一声“娘”未出口，滚烫的泪水早已夺眶而出。

谢夫人惊慌地立起身，抬起双手颤抖地试探着，连声问：“谁？谁在叫娘？”

“娘！是说儿回来了！”朱说见母亲的眼睛几近失明，一把抱住母亲瘦弱的身躯，肝肠寸断。

“说儿？说儿回来了？”谢夫人惊喜道，她的眼睛只看得见眼前模糊的人影，但她已听出儿子的声音。她抬手抚摸着儿子的眉骨、脸颊，是的，这是她的儿子，方正的脸上，眉峰高挺，鼻梁挺直，轮廓分明。“天啊！真是我的说儿回来了！”

朱文翰在世时，朱谆已娶妻。第二年，朱文翰与忠伯相继过世，朱诚尚未成家。

香草依然在谢夫人身边侍候着，自夫人眼神越来越差后，她更加勤劳而忙碌了。

谢夫人想着香草也到了该出嫁的年龄，不能无故地误了她的青春，便想找户好人家，把她像闺女一样嫁了。无奈香草死活不肯。说是当初说少爷离家之时，把夫人托付给她，与她以十年为期，十年后，说少爷必回长山接夫人，她不能顾了自己嫁人而违了与少爷的约定。

晚饭后，朱说倚在母亲身边，听母亲细细述说他离家之后的事情，心里五味杂陈。百善孝为先，身为五尺男儿，对父母尚不能尽孝，还谈什么有志于朝廷与天下苍生？心里岂不愧得慌？

香草，一个身份、地位如此卑贱的女孩儿，竟能为了一句承诺而不移心志，其行为举止让他肃然起敬。

“娘！”朱说给母亲揉着肩膀，轻声道，“孩儿进士及第，受朝廷任命为广德军司理参事，按到任命，理应及时赴任的。孩儿担心娘日夜惦念，便赶回长山，接娘跟孩儿一起赴任。”

谢夫人轻轻拍打他的手，示意他停下：“说儿，你接为娘去任上，将如何对待朱谆朱诚呢？自你父亲去世后，家里越发困顿。他二人也懂事多了，跟以前的为人处事决然不同。这几年，娘得了眼疾，多亏了他兄弟，娘才能支撑着等你回来。”

朱说一时无语。

谢夫人回头看着朱说："你还在记恨朱谆当年对你说的那番话么？"

朱说笑道："娘！孩儿可不是那种小肚鸡肠之人。当年，孩儿确实是因为他那番话才离开朱家，自立门户的，但孩儿早已把这事儿抛开了。"

谢夫人连连点头："抛开了就好！抛开了就好！大丈夫胸怀天下，志存高远；斤斤计较，实在是小人所为。"

朱说拉张小凳子坐下，握着母亲瘦骨嶙峋的双手，心里泛酸："娘！孩儿不能在此耽搁太久。孩儿先去广德，待安定好了家，再接朱谆夫妇和朱诚过去团聚。娘以为如何？"

谢夫人喜道："如此甚好！"

"只是香草姐姐……"朱说迟疑道。

"香草若愿意随我们去广德，那再好不过。这些年来，为娘早已习惯了香草在身边的日子。你去广德，自然有公务在身，有了香草，你也省了心了。"

"不知香草姐姐是愿意，还是不愿意呢！"

不想香草一步跨进门来，急切道："夫人、少爷，奴婢愿意！"

谢夫人笑着招手："来来来，愿意就好！将来我一定要找户好人家把你嫁了。"

香草低声道："夫人，为何总是想着要把奴婢给嫁了呢？"

谢夫人笑道："男大当婚，女大当嫁，理所应当的。"

朱说起身道："娘，我去跟朱谆商量明天的事，过两日便起程，孩儿没工夫去醴泉寺看望师父师兄，只有待将来再说了。"

第八章　聆母教诲　断案公正法如山

这日黄昏，朱说带着母亲、香草风尘仆仆地抵达广德。

朱说扶母亲下了马车，暮色渐起的街市，行人稀少。街道两旁的房屋高低错落，店铺不见有人进出。路边一家叫“六和轩”的茶楼，引起他莫大的兴致，在这萧条冷落的街市，竟有如此雅致而富有禅韵的茶楼，他不假思索，扶母亲走了进去。

朱说道：“娘，你跟香草在此喝口茶，歇歇脚。孩儿去找家客栈，今儿先住下，明日再去衙门报到。”随即唤小二沏茶。

谢夫人笑着点头应允。

朱说仰脖喝了一碗茶，把嘴一抹，起身就要出门。

茶馆老板是个五十开外的男人，见朱说相貌堂堂，又听他说明日去衙门报到，便拦住他，笑问：“客官请留步！客官是来广德任职的么？”

朱说微笑道：“正是。”

“恕小老儿无理！客官年纪轻轻，来广德任何职，想必是今科进士？”

朱说心想，此人想必是有追根究底的嗜好，开茶馆倒合了他的秉性。因笑道：“我叫朱说，正是今科进士，来广德军任司理参事。”

“休怪小老儿多嘴。”茶老板拉朱说坐下，唤小二重新沏上好茶来。

朱说见他郑重其事的，有几分奇怪，又想，或许是听了他来广德任司理参事，是不是有何话要说呢？

“小老儿在此开茶馆已十年有余，”茶老板道，“这街头巷尾的街坊邻居，没有不认识小老儿的，都管小老儿叫茶痴。”

朱说笑道：“茶痴？想必先生是嗜茶如命的了。”

茶痴笑着摇摇头：“茶的妙处，世间能有几人知晓？唉！”那神情甚是落寞，竟如琴者未遇知音一般。朱说心里不禁诧异，不免重新打量此人。

茶痴面色红润，颔下几绺黑色胡须，略微瘦削的身躯，着一袭湖水蓝的长衫，飘飘洒洒，显出几分出尘的儒雅。

朱说心想，此人定是读书人出身，这广德也必定是文风盛行的了。

茶痴见朱说一双深邃的眼睛打量着自己，竟有几分腼腆，笑问：“朱大人，想必这二位是大人的家眷了？”

朱说走近母亲：“这是家母。”又指着香草：“这是家母的侍女。”

茶痴忙上前施礼：“原来是老夫人！”

谢夫人向茶痴道声谢，又对朱说：“这天也快黑了，你就在附近找家客栈，今儿先住下罢。”

茶痴忙道：“老夫人，小老儿在这茶馆后面有几间旧屋，家具用品一应俱全。原本也是租给人住的，前儿租户去了福建贩茶，一时半会也回不来，朱大人不必去找客栈了，就在此住下罢。”

朱说见屋外天色渐暗，街道两边的店铺也稀稀落落地亮起了红灯笼。回头见母亲疲惫的脸色，忙问：“娘，就在此住下如何？”

谢夫人道：“有何不可？照付租金不就是了。”

茶痴忙摆手：“老夫人只管住，小老儿不收租金。”

朱说道：“那哪成？我朱说官职虽小，却也是朝廷命官，岂能占治下百姓的便宜？我们今夜先住下，若衙门里有官舍，我便搬走；若没有官舍，我跟其他客人一样付你租金。”

茶痴道：“好！就随大人。你们远道而来，必是很累了，赶快去屋里歇着罢。”忙唤小二帮朱大人从马车上卸行李。

这是一所小院落，暮色朦胧中，见院角的枣树旁有一眼水井，那枣树绿叶婆娑的。朱说在后面搬行李，香草扶夫人走进堂屋，屋里漆黑一片，不知灯盏在哪儿。她怕夫人磕着碰着了，便扶了夫人立在原地不动，只等朱说进来。却见茶老板提了灯笼，一路小跑地跟来，连声道：“对不住！对不住！小老儿忘了叫小二过来点灯了。”说毕，点亮了堂屋那张高脚长几上的两盏油灯。

谢夫人道：“茶老板，多谢你帮忙！你且忙去吧！”

茶痴答应着，把手中的灯笼挂在门外墙壁上的挂钩上，小院落里顿时亮堂起来。

待朱说搬完行李，香草把桌椅上的灰尘也抹干净了。

谢夫人有些疑虑：“说儿，我觉得这位茶老板似乎要有求于你。”

朱说笑道：“娘，孩儿也看出他是有话要说。待明日把事情安排妥当了，孩儿要找他细细询问。”

香草在里屋铺好了床，挽了件夹袄出来，给谢夫人披上，笑道：“奴婢看他是想巴结少爷，哪有什么话要说。”

朱说敛了笑容：“香草姐，我一个小小的司理参事，掌管讼狱、审理案件的职务，又初来乍到的，他没来由巴结于我。若他真有话要说，那必定是有冤情倾诉。”

香草低了头，轻声道：“少爷，奴婢往后再不瞎说乱猜了。”

谢夫人笑着拍拍香草的手：“往后啊，他跟衙门里的事，咱女人家就不掺和了。”

正说着话儿，朱说听见院门响，便迎了出去，见小二一手提了灯笼，一手提了食盒，跟茶痴一起进来。

小二把食盒里的饭菜端出来，摆在堂屋的八仙桌上，四菜一汤，还有一大钵白米饭。

茶痴走近谢夫人，神态恭谦：“老夫人，天色已晚，集市上已买不到鸡鸭鱼肉，小老儿吩咐厨子做了几样素菜，请老夫人朱大人慢用。”说毕，就要出门。

朱说一把拉住他，从怀里掏出几颗碎银子，塞在他手里。

茶痴岂肯要银子，又塞给朱说。

朱说沉声道：“我来广德尚未上任，你这样做是要让我授人以话柄么？你若不收银子，就请把饭菜端走，我也另找客栈去。”

茶痴无奈收了银子，眼里却流露出几许不易觉察的赞赏。

第二天，天未大亮，朱说起来，在院子里舞剑，直到院外的嘈杂声渐起，他才收了剑。在井边洗了脸，抹了身上的汗水，拉开院门，正要出去。却听香草在背后问：“少爷要出去么？不知早饭如何做？”

是啊，早饭如何做呢？朱说想，不能总吃那茶痴送来的。再说，像那样吃，也吃不起。想毕，对香草道：“你先去把厨房收拾干净了，我去街上转转，顺便买些米面回来，自己做。”

早晨的街市，人来人往，比昨日黄昏显得热闹了许多，却也看不出繁华的迹象。叫卖声、争执声、讨价还价声，还有骂娘声，充盈于耳。

朱说细细看去，这些买卖人大多衣着朴拙，言语粗俗，相互之间互不谦让，心里未免有些诧异。昨夜见那茶痴，言谈举止之间流露出的书卷气，让他以为这座县城必定文风斐然，可眼前的情景又让他心存疑虑。

正一路走一路看一路想，忽然前面的人群骚动起来，后面的人也往前面涌，有人在喊：“快去看啊！打架喽！儿子打老子喽！”那喊声里满是抑制不住的兴奋。

朱说十分惊奇，竟有儿子打老子的？而这高喊之人为什么如此幸灾乐祸？不由得加快脚步，随着人群向前走去。

一家简易的店铺门前，门楣上笨拙地写着“李记肉铺”几个字，门前的案上摆了一把砍刀，一把铁刺，并不见有肉，案边已围了一堆人。

朱说拨开人群，见地上躺着一个衣衫褴褛、须发皆白的老人，旁边立着一个气势汹汹的中年汉子。那老人嘶哑地哭诉道：“苍天啊！我养的儿子不孝啊！我前世作了孽啊！今世遭遇报应啊！”

边上的中年汉子飞起一脚，踢在老人腰间，嘴里骂道：“我让你哭！我让你嚎！你个丢人现眼的老不死的东西！”

围观的人大多只指指点点，并无人阻止中年汉子。朱说正待上前，却见汉子背后闪出一个柿饼脸、三角眼的女人来。她一手叉着水桶腰，一手拉着汉子的手，盯着地上的老者，冷声道：“这是要赖呢，还是装疯卖傻？还不赶快起来去烧水杀猪！”回头又朝围观的人群斥道：“这是看戏法么？哪家没有个家长里短的？哪家的锅碗瓢盆没有个磕磕碰碰的？”

有人嬉笑着回道：“家家的锅碗瓢盆都有磕碰的时候，就是没有你家的多，也没有你家的新奇。”

柿饼脸跺脚道：“哪里就新奇了？”

"儿子打老子，还不新奇么！"说得众人哄堂大笑，并无人理睬那地上的老者。

朱说上前，弯腰去扶那老人："老人家，快起来吧，地上潮湿，躺久了腰腿会痛的。"

汉子见了，又飞起一脚，照朱说右边腰间踢来，口中犹自骂道："哪里来的野小子，多管闲事！"

众人都替朱说捏把汗，暗道：这年轻人要吃亏了！

也不见朱说伸腰站直，也不见他向右边观看，只见他陡地伸出右手，接住那踢向自己腰间的脚，一抻一送，汉子笨重的身躯便向后飞去，摔个仰八叉。

人群中一片寂静，待明白过来，鼓掌的，叫好的，乱成一片。

柿饼脸忙扑过去，号啕大哭。

那汉子慢慢爬起来，揉着摔得生疼的臂膀，朝柿饼脸骂道："哭丧啊！你！"他想不明白，他的脚明明挨着那年轻人腰间的衣衫了，为何反被他向后面掀去？

朱说已经把老人扶起来，走向肉案旁边的一张破旧的藤椅："老人家先坐下。"

老人不敢坐，又站立不稳，只得顺势坐下。

朱说返身，中年汉子正赶过来，两人一照面，那汉子见朱说不怒而威的眼神，不由自主地后退两步。结结巴巴地问："你、你是哪里来的？在这镇上，我、我如何从未见过你？"

人群中有人道："这位是新上任的司理参事朱说朱大人。"

朱说回头看去，说话的正是"六和轩"茶楼的老板茶痴。

众人暗暗惊奇，这朱大人好身手啊！

柿饼脸冲上来，正要开口骂娘，那汉子一把拉开她，小声道："这是衙门里的人，不得多嘴！"

朱说问："这位老人是你何人？"

汉子不语。

围观的人越来越多，有人笑着大声道："那老人是他老子，隔三岔五地打一顿。那女人是他老婆，像祖宗一样供着。"

朱说道："为人子者，不孝敬父母，反而百般殴打，成何体统？"

汉子或许是有些怕衙门里的人，不敢回嘴，只翻了翻眼皮。

朱说问："看你开肉铺、做生意，想必也念过几句书，岂不知羊有跪乳之恩，鸦有反哺之义？"

汉子翻着一双眼白看着朱说，脸上流露出茫然无知的错愕。

朱说环顾四周，众人也是一副懵懂无知的神情。

他望向茶痴，茶痴道："羊有跪乳之恩，鸦有反哺之义。是说羊羔跪下食母乳，是感激母羊的喂乳之恩；小乌鸦长大了，有衔食喂养老乌鸦的情义。而为人子者，更要懂得孝顺父母。"

众人一阵唏嘘，不知是感叹，还是讶异。

朱说沉声道："孟子曰：'事孰为大？事亲为大。'也就是说，为人子者，侍奉谁最重要，当然是侍奉父母双亲最为重要。普天之下，谁无父母？一个人若不能对有生养之恩的父母尽孝心，还如何去爱他人，如何与邻里和睦相处？你这样打骂年迈的父母，真是猪狗不如！”

人群中有年老者抹着眼泪哭泣。

朱说见时辰不早了，想着应该先去衙门，朝那汉子道：“日后，若让我再看见你殴打老人，休怪我不客气！”说毕，分开人群往回走。

茶痴在身后小跑着赶上来，笑道：“今儿若不是朱大人，那李老汉又要挨一顿毒打了。”

朱说奇道：“茶痴先生既然在场，为何不劝住？”

茶痴道：“小老儿去的时候，见大人已经把李得宝掀翻在地。再说，李得宝时常打他爹，谁敢劝阻，他就连劝的人一起打。”

“那中年汉子叫李得宝么？”

“是的，大人。李得宝是李老汉的独生儿子，李老汉早年开了家肉铺，中年得子，夫妇俩如同得了珍宝一般，把儿子宠得不知天高地厚。长大后，游手好闲，好吃懒做不说，对李老汉夫妇恶声恶气，动不动就拳脚相加。后来给她娶了媳妇，把肉铺交给他经营，以为会收敛些。谁知那媳妇跟他一个德行，甚至比他还坏十倍，成日里挑唆李得宝不是打爹骂娘，就是跟邻居扯是非，前年，把他老娘活活给气死。”

朱说道：“难道李老汉没有送他这个宝贝儿子去念书么？大凡念书之人，总懂得一点礼法。”

茶痴无奈地摇摇头：“念书？小老儿来到这个小城，开起那片茶楼，也有二十多年了，从未听说过这方圆几十里有学堂，连家私塾也不见有，就不用说有念书的孩子了。”

朱说点头道：“这就是了。我见街市上的买卖人讨价还价时，言语粗俗，相互之间毫不谦让。有些人则以看人家打架为赏心乐事，当你给他们讲道理时，他们则懵懂无知。”

说话间，二人已到茶馆门前，朱说突然拍着脑袋叫道：“哎呀！我娘还未吃早饭，我忘了买米面了。”说毕，要去找米店。

茶痴笑道：“朱大人，小老儿见你一早就在院里舞剑，后来又去了集市，半天不见你回转，怕你迷路。便吩咐小二给老夫人送早餐，小老儿自己则去街上找你，谁知在李家肉铺门前遇到了。”

“掌柜的，”小二见他二人只顾在门前说话，便走近来道，“小的去询问老夫人想吃点什么，谁知香草姑娘已去街上买了早餐回来。”

茶痴斥道：“你看你！这一点小事都不会做！”

朱说笑道：“茶先生，你就别难为小二哥了。我娘想吃的东西，还真只有香草姐姐知道。”说毕，穿过茶馆大堂，从后门回到住处。

谢夫人见儿子回来，忙问：“说儿，你一大早去哪儿了？是去衙门了么？”

“娘，孩儿还未去衙门，去街市上转了一圈，”

香草盯着他的两只空手：“少爷忘了买米买面了。”

“谁说不是呢！”朱说摸着脑袋，“有人无故打人，我只顾看了，竟把正事儿给忘了。”

谢夫人笑道：“想必你是去劝架了，说不定还饿着肚皮呢！”

朱说笑道：“知儿莫若娘！娘，孩儿还真饿了。”

香草早端了一碗白米粥，两个白面馒头出来：“少爷，快吃罢！这是夫人给你留下的。”

谢夫人问：“香草，那粥是不是已经冷了，快拿去热了再给他吃。”

朱说一口气喝下半碗粥，又咬一口馒头，回道：“娘，不热不冷，正好。”

朱说从茶痴的小院搬到这处官舍，已有月余。

在此之前，这几间房舍没人住，县衙便当作仓库使用，堆放一些杂物。

太守见朱说是带着家眷来的，若无官舍，便要花银子租赁房屋，便命人将那几间屋子收拾干净了，请匠人里里外外修整一番，看上去倒也如新的一般。

东边一间做了谢夫人的卧房，香草因为要侍候夫人，便在夫人房里搭了一张床。

西边一间，朱说从街市上买回一扇屏风，当中一隔，里面做卧室，外间做书房。

安顿好这一切，朱说悄悄松了口气，不管如何，从今日起，算是有了自己的家了。虽然家徒四壁，但是能在母亲身边，侍奉母亲，孝敬母亲，便是他最大的满足与愿望。

司理参事，从九品，芝麻大的官儿，任是谁，也不拿它当回事。因为所有的讼狱、案件审理，都是太守一人说了算。

朱说的前任，闲散地做了三年的司理参事，留下一堆蒙了灰尘的刑狱案卷，交给朱说留存。

开头几天，朱说坐在那张陈旧的司理参事的案桌前，有些茫然。以前的案卷，都是经过了前任与太守审理的，这些日子又无案可审，一时他还真不知该做什么。

谢夫人见他减了初来上任时的兴奋，回家也只是嘘寒问暖，从不说衙门里的事儿，显得心事重重的。忍不住问：“说儿，你平日在衙门里很忙么？是不是这份差事太累了？”

朱说回道：“娘，衙门里的事儿不忙，就是这份差事太清闲了，孩儿才觉得有劲无处使。”

谢夫人道：“你还年轻，又是刚进衙门里做事，凡事要谦虚谨慎，切不可显出怀才不遇的样子。一个无所事事，而又觉得英雄无用武之地的人，是不会得到前辈同僚的认可的。你的生父与养父，都是脚踏实地之人。”

朱说给母亲揉着肩膀，低头回道：“娘的话，孩儿铭记在心！”

谢夫人点头：“你从小就让人省心，娘不担心你的差事做得好不好，也不奢望你的官做得多大，娘只要你平平安安的就好。”

“娘放心！孩儿天天在娘身边，”朱说悄悄抹去眼角的泪水，“孩儿已经托了茶痴先生，请他帮忙找医眼疾的郎中，给娘看眼睛。”他不敢告诉母亲，他们如今所在的广德军，距离江苏、浙江交界处很近，与他的生身父亲范墉的老家吴县只隔着太湖。

“自你回家后，娘不再流泪，眼睛竟好了许多，不必再劳神费力了。”谢夫人拍拍朱说的手，“衙门里的事虽然清闲，在那儿一守也是一天，回家了，不必跟我耗着。我有香草呢，你去歇着罢，或者读读书也好。”

朱说每日在衙门里坐着，无人喊冤，无案可审。百无聊赖之中突发奇想，与其这样干坐消耗时光，不如把那旧的刑狱案卷拿来翻阅，也可学些前人审案的经验。便将那蒙了灰的刑狱案卷抱来，一卷卷的细细看去。

朱说捧着案卷，越看越心惊，这些案卷中，大到杀人放火，小到偷鸡摸狗，真是无奇不有。

有的案件，在审理过程中漏洞百出，疑点重重。

朱说便把自认为有疑点的案件整理出来，反复阅读，详细记录。亲自去狱中找在押犯人仔细询问、分析、辨别其供词中的真假，向狱卒打听他们在狱中的生活习惯与言行举止。并不顾路途遥远，去犯人的家乡，从他们的亲人与邻居的言谈中获取可靠证据。

这天，朱说拿了几件自己仔细分析与核对后，认为有冤情的案卷，来找太守。

“大人，卑职近来仔细查阅了所有案卷，认为这几桩案件在审理过程中存有疑点，还请太守大人重新审核。”

太守已年过六旬，他接过朱说递来的案卷，一双浑浊的眼睛紧盯着朱说，足有半盏茶的工夫，随后把案卷往桌上一扔，冷声道：“你才来了几日？便说这些案子有疑点？”

朱说回道：“大人，卑职来此上任已半年有余。这些案件，卑职到案发地作了周密的查询与多方取证，在查察与分析推理之下，卑职才认为有疑点，还请大人明察！”

太守不看案卷，也不看朱说，左手握着官服上的腰带，右手对着虚空频频指点，傲然道：“这些案件都是本官经过三番五次的审察才得出的结论，你一个新上任的司理参事，吃了几天讼狱的饭？敢来翻案！莫不是受了犯人的贿赂？”

朱说听了“贿赂”二字，心里的屈辱与愤怒陡然而起，但他强压着怒火，仍然恭敬道：“卑职是不是受了犯人的贿赂，大人可以强加查察。不错，卑职是新任司理参事，对讼狱、审理案件确实不太熟悉。然而，为官一方，保护百姓的生命与财产，是卑职的责任。卑职凭着为百姓办事的信念，经过一步一步认真的核对，勘查，加上多方取证，才得出了正确的结论。”

太守不耐烦地打断朱说的话：“本官知道你是今科进士，也知道你初入仕途，想一显身手。本官当年也是进士及第，到如今仍然是一方太守，在这浅沟深壑的官场上，本官吃的盐比你吃的米都多，你想重新审核这些案件，就是翻案，绝不可能！”说毕，拂袖而去。

朱说如同被当头浇了一盆冷水，怔怔地立在原地。

主簿走近朱说，悄声道：“朱参事，你可别往心里去。太守他人不坏，为官多年，不贪不占，只是为人迂腐而又有些倔强，听不进下属的意见。”

朱说奇道：“难道我的上任司理参事，从未反驳过太守？”

“上任司理参事从未违拗过太守大人，”主簿笑道，“所有案件皆由太守一人定夺。”

朱说面带忧虑，轻声却是坚定地说：“我决不能像我的前任，对冤案错案听之任之。”

主簿道：“太守大人说起过，朱参事在应天府求学时，五年未尝解衣就寝，力学不懈，大通六经之旨，尤长于《易》，我辈同僚皆敬佩不已。”

朱说摆手道：“读书人就该刻苦，有何敬佩不敬佩的。既已登科及第，受朝廷委任，官职虽小，也当为朝廷尽力，替百姓做主。不冤枉一个好人，也绝不放纵一个坏人，秉公断案，是治理狱讼的原则。”

“太守大人是很看重朱参事的，”主簿又道，“今儿或许是当着众人，太守拉不下脸面，所以才大发其火。”

朱说若有所思地点点头，俯身收拾被太守扔了一桌子的案卷。

主簿道：“朱参事，这些案卷还是留下罢，等会太守大人平静了，读了案卷，或许会同意你的结论。”

朱说施礼道：“多谢主簿开导，朱说在此谢过。”

主簿慌忙还礼：“哪里！哪里！”

第九章　兴办学堂　愚顽读书蔚成风

朱说出了衙门，见天色尚早，便往“六和轩”茶楼而来。

茶楼的小二哥原是认识的，见了朱说，忙笑着迎上来，恭谦道：“朱大人来了，朱大人快请！”

朱说笑问：“小二哥，茶痴先生在家么？”

“在呢！老板若知道朱大人来了，不定有多高兴！小的这就去请。”

小二话未说完，便见茶痴从里间出来，笑道：“哎呀！朱大人，小老儿正想着大人呢，可巧大人就来了。”

朱说笑道：“茶痴先生若再大人前大人后的，朱说从此不再进六和轩的门。”

茶痴也是性情中人，见朱说言语诚恳，朗声道：“好！那日黄昏，你第一次跨进六和轩的门，小老儿便看出你骨子里的大气与不凡。我痴长几岁，你称我为老兄，我称你为小弟，如何？”

朱说点头笑道：“茶兄，你又言过其实了，我一介寒儒，有幸登科及第，虽受朝廷委任，也不过是芝麻大的官儿，哪里来的大气与不凡。”

茶痴见他眉头微蹙，似有解不开的心结，却也不便问，笑道：“你看我高兴糊涂了，站着说话，快请进！”把朱说拉里间。

这是一间单独的屋子，与大堂隔着一道走廊，屋子甚为宽敞，用四扇山水画屏风隔为里外两间，墙上也不见名人字画。里面一间，有一张古色古香的花梨木书案，案上陈列着文房四宝。靠墙的两张架子上搁满了书卷。还有一些朱说从未见过的大大小小的茶饼，茶痴说那是普洱茶，是从茶贩子手中买来的，极为珍贵。

屏风外面，靠墙一溜安置了四张矮椅，一张矮脚茶几搁在当中，茶几上的茶具尚有残茶，想必，在朱说进来之前，茶痴正在自斟自饮。

朱说赞道：“茶兄这真是神仙过的日子啊！”

茶痴笑道：“老哥我这是在闹市之中求得一席之安宁。”

“人们常说，大隐隐于市，小隐隐于野，”朱说挨着茶几坐下，这才看见屋角有个烧木炭的小火炉，“茶兄是要做闹市中的隐士了，了不得。”

“哪里的话！老哥我既无济民之才，也从未愤世妒俗，不学那酸文人去做隐士。”茶痴拿了只干净的茶碗，用木勺子从陶罐里挑了茶叶，“我只是凭着祖上留下的一点积蓄，做点小买卖。而今年纪大了，想安定下来，不再四处奔波。”

说话间，小火炉上的水烧开了，茶痴冲了茶，递给朱说。

朱说接过茶碗，嗅了嗅，轻轻啜了一口，啧啧嘴：“好香！茶兄说自己无经世济民

之才，我看未必。”

茶痴不知何意，静静地看着朱说。

朱说指着里面的书架：“你这里的经史子集，想必你都读过，既然通晓群书，何不学以致用？”

朱说的话，如一粒石子，激起了茶痴心底的涟漪，他放下茶盏：“不错，我自小就通读经史子集，儒学经典，曾两次进京赴考，却无缘登科及第。如今年迈，早已死了那颗进取之心了。你说学以致用，用在何处？何处可用？”

朱说道：“你开口老朽，闭口年迈，你何曾老了？我见你比我年长几岁，才尊你为兄。”

“好好好！在你面前，我本不敢倚老卖老，此话不提了。”

朱说问：“茶兄，你这茶楼后面的房舍可曾租赁出去？”

茶痴道：“前儿是有人问过，但我不想租了。怎么？你要住么？”

朱说沉吟道：“我想跟老兄商量件事儿。”

茶痴见朱说面色凝重，颇为惊讶，忙问：“何事？”

“你虽开着茶馆，却是十分的清闲，”朱说道，“这茶馆后面的房舍也闲着，何不办个学堂？”

茶痴惊问：“办学堂？”

朱说点头：“是的，办学堂。”

茶痴见他郑重其事的，思索着说：“那房子我倒是可以给你办学堂，只是哪里去请先生？还有，这广德多少年来都没有读书的风气，又有谁会把孩子送来读书呢？”

朱说看着小火炉里红艳艳的火：“有了学堂，有了教书的先生，自然就会有学生。只是我位卑官小，俸禄微薄，实在是拿不出银子来办学堂。”

茶痴道：“只要你有这份心，茶痴我愿意捐出房子做学堂。兴学育人，是积善存德的大好事，可上哪儿去找通晓经史的讲学先生呢？”

“你不就是么？”朱说笑道，“还用别处去请？这就是我方才说的学以致用。”

茶痴竟有几分迷茫：“我这样的愚痴，也能教学生么？”

朱说端起茶碗，与茶痴的茶碗撞一下，笑道：“一定能的！你的茶馆也不能关了，我再托人去请两位先生来，助你一同办学。”

茶痴有些疑虑：“我有间茶馆，可以不收工钱。可请来的先生，他们是要吃饭过日子的啊！”

朱说道：“这事儿我也想到了，来入学的学生，家境好的收取学费，家境贫寒的，可以免费。收取的学费权当先生的工钱，若有剩余，就付你的房屋租金。你看如何？”

茶痴点头赞许。

朱说叹息道：“我从小到过很多的地方，湖南的安乡、山东的长山。游学关中时，长安城里文风斐然，人才辈出。后来进应天府南都学舍，来自中原各地的学子，读书更是蔚然成风。可广德，居然无人向学，目不识丁者，混沌愚钝，连父母都打，与禽兽何异！”

茶痴又斟上热茶：“难为你为广德百姓着想，小老儿我没看错人，你的大气与不凡，正在于此处。”

朱说起身告辞：“你别老是夸我了。天色向晚，若再不回去，家母该着急了。待学堂办起后，我向太守大人禀告，看能否筹措些资金，以补贴学堂的开销。”

茶痴急道：“等等，有件事我忘了告诉你，郊外有位郎中，专治疑难杂症，我已着人去请了。郎中说过几日正要进城看望亲戚，到时我带他去给老夫人看眼睛，如何？”

朱说一揖到地：“茶兄把这件小事放在心里，朱说感激不尽！”

茶痴笑着推他：“你赶快回家罢，免得老夫人担心。”

转过街角，朱说就见母亲倚在门边向巷口张望，那雪白的鬓发与单薄的身躯，在黄昏的凉风中，显得格外的落寞而凄清。

他几步跑上去，挽了母亲的手臂，心疼道：“娘，这巷口风大，吹了风头痛，眼睛也会流泪的。”

谢夫人见儿子回来了，眉眼都是笑：“不碍事的！娘在屋里闷得慌，出来透透气。”

朱说知道母亲倚门盼他回家，一时忍不住泪流满面，他悄悄抹去泪水：“娘，往后孩儿早点回家，陪娘说话解闷儿。”

“你呀，先把衙门里的差事做好了，再陪娘说话。”

香草见二人进门，忙把做好的饭菜端上桌子。

吃过晚饭，朱说陪母亲说话，直到香草把厨房收拾妥了，烧了热水来给母亲泡脚，这才回到自己的房间。

朱说坐在桌前，回想这些日子所做的事。他没料到，办学堂的事竟如此顺利，一个民间的商人，竟有如此无私而博大的胸襟，他打心眼里钦佩、感激茶痴。明日多写几张告示，张贴在街头巷尾，把学堂的位置告诉人们，鼓励年轻人来读书。

他也没料到太守对狱讼中的冤案竟然不闻不顾，一意孤行。自到广德以来，他读案卷，查案情，走访民间，从大量的人证物证中收集重要的证据，辛苦得来的结果，竟被太守的几句话一笔抹杀。

他想，只要自己收集的证据是真实的，分析、推理是正确的，就要据理力争，就不能屈服在太守的权威之下。想毕，便一手擎灯，一手握笔，把自己对案情的分析，和太守对案情的看法，一条条的写于屏风之上。

“少爷，你在屏风上作画么？”香草提桶热水进来，见他在屏风上笔走龙蛇，惊讶地问。

朱说笑道：“不是作画。是把白天在衙门里跟太守争论过的事情，一条条地记录下来，以便天天可以看到，提醒自己如何处理下一个案件。”

香草站在他身后：“少爷，你在衙门里做事，可千万别得罪了太守。凡事留个心眼，也好有个退路。”

朱说放下笔，哈哈笑道：“香草姐姐足不出户，说的话却可以行遍天下啊！”

香草见朱说夸她，开心地笑了：“这是热水，少爷趁热洗了，夫人嘱咐你早点歇息，明儿还要上衙门办差呢！”

茶痴家里有现成的桌椅板凳，只须再添置些笔墨纸砚，待学生来了，便可以授课了。

他抚摸着书架上的书卷，心里感慨万千。这些伴随着自己走过少年、青年乃至中年的经史典集，在多少个酷暑严寒的日子里，曾给过自己多少乐趣与期望。

然而，两次落榜，让他突然厌倦了这些书卷。与其说厌倦了书卷，不如说是厌倦了考场上的角逐。俗话说，三十老明经，五十少进士。他今年是可以再度科考的，只是他那颗曾经雄心勃勃的去挤科考这座独木桥的心，已归于沉寂。

原以为，他所读的这些圣贤之书，在他的肚子里，将会随着他日日饮下的茶水，一起化了，一起灰飞烟灭。

哪曾想，朱说，这个看上去英武刚毅的年轻人，天生一副悲天悯人的热心肠，在广德这片贫瘠的土地上兴办学堂，让他英雄有了用武之地。他不仅仅是六和轩茶楼的老板，他也将是人人敬重的教书先生。

“老板，”小二哥在门外的喊声打断了他的遐思，“来了几位街坊，说是找老板有事。”

茶痴来至前堂，见肉铺老板李得宝与几位街坊已等候在大堂之中。正待问候，李得宝抢先道：“茶先生，我不识字，看不懂告示，听人说你要办学堂？”

旁边一人笑道：“他是听他爹说的，他爹识得几个字儿。”

李得宝朝那人瞪眼：“是啊！我不识字，我爹小时候在老家可是上了几天学堂，识得几个字的。”回头见茶痴笑吟吟地看着他，忙解释道：“自那天朱大人教训了小人后，小的再也不敢打人了，不信你问街坊邻居。”

茶痴与众人都哈哈笑起来。

茶痴道：“还是朱大人教训得好！不然，任是谁，怕也不能让你这个浪子回头。”

茶痴请大家坐下，唤小二上茶。

茶痴已猜出众人的来意：“不是我茶痴要办学堂，小老儿原只想守着这座小小的茶楼安度晚年。是朱说朱大人，见我们广德人不读书，不懂礼法，不孝敬父母，不思上进，懵懂无知，这才要兴办学堂，教育我们的后代子孙。”

米店老板道：“办学堂是好事啊！早年我就想给儿子找个启蒙先生，就是找不着。这一晃，我儿子已经十五岁了。茶先生，请帮忙问问朱大人，像我儿子这般年纪，还能入学堂么？”

“能啊！”

“咱也不求他光宗耀祖，只让他识得几个字儿，会拨打算盘，会记账，也强过我这睁眼瞎。”米店老板一脸苦笑。

年轻的绸缎庄老板道：“谁说不是呢？自我祖父那辈人来广德做生意，就没见过学堂，眼下我儿子也该启蒙读书了。”

一向目中无人的李得宝，此时竟扭捏难当：“茶先生，你是知道的，我两个儿子上树掏鸟，下河摸鱼，顽皮得紧。不知朱大人的学堂，收，还是不收？”

茶痴和颜悦色地说：“小老儿虽然不能代替朱大人说话，但小老儿可以理解他的初衷，凡是愿意读书的，不论年纪大小，也不论他是否顽皮，学堂都愿意收，先生也愿意教。”

众人正七嘴八舌的，从门外进来两位中年男子，其中一人开口道：“茶痴先生，他们都是广德城里的生意人，有钱送孩子读书，可我们这些庄户人家的穷孩子，不知能否进学堂？”

茶痴忙迎上去：“二位兄弟快请坐！小二快上茶！”

“不坐不坐，”那人道，“我二人是进城来卖柴的，在街上听人说茶痴先生要办学堂，便壮着胆子来问个讯儿。”

茶痴把小二送来的茶端给二人：“朱大人交代了，家境好的人家收取学费，贫困人家的孩子则免费。”又望向李得宝等人：“收你们的学费也不会太多，眼下只我一人讲授，我依靠这间茶楼的买卖尚可度日。朱大人若再请先生来授课，他们也得吃饭过日子不是？”

李得宝等人道：“谁说不是呢？广德人能有学堂读书便是千百年的好事儿，谁还去与穷人争学费！这也显得我们生意人太不厚道了。”言语之间，颇有几分慷慨大度。

于是，众人商定，由茶痴先生选黄道吉日开学授课。

茶痴笑道：“小老儿原本不该自作主张，只是又想，朱大人在衙门里公务繁忙，又有老母亲要照顾，不能总去麻烦他。”他环顾众人：“依小老儿之见，择日不如撞日，明日开学如何？”

众人道：“明日就明日，我们听先生的便是了。”

茶痴道：“学堂就在这茶楼后面，原是小老儿的旧屋，如今暂且作学堂。桌椅板凳，笔墨纸砚，皆已备齐，只待各位明日一早把孩子送来，拜了先师孔子的牌位，便可授课了。”

众人无不欢喜而归。

这日清早，朱说在街角拐弯的豆腐店里打了碗豆腐脑，又去对面糕铺买了两块绵软香甜的米糕，送回家给母亲。才到衙门，拿了一桩新的案卷，正待细读，却见主簿隔着窗儿笑道：“朱参事好早啊！”

朱说待他进来，笑问：“主簿何事喜上眉梢？”

主簿举了举手中的案卷：“恭喜恭喜！太守大人已把你提出来的这几桩案卷重读了，赞同你的推论。”

朱说欢喜不已：“太守大人真的同意我的推论？那这几桩案子将如何处置？”

“方才，太守大人已派人再做核实，若真如你所言，决定无罪释放这几桩案子中的一干人犯。”

朱说兴奋得挥着拳头："太好了！谢谢主簿！"

主簿道："谢老朽？老朽不过是太守的文书，对任何事情都无能为力。老朽应该替这些无辜的人谢谢你！你虽然年轻，却有一双洞察是非的眼睛，有一副悲天悯人的慈悲心肠。更值得称道的是，你有着不畏权势，且坚定不移的意志。"

朱说歪头想了想，笑问："我有你说的那样好吗？"

"或许，你比我说得的还要好！"主簿把手中的案卷放到朱说手中，"这些案卷可以归档留存了。"

朱说接过卷宗，放进柜子。忽有衙役闯进门来，匆忙道："朱参事，城南发生了命案，太守大人已经赶去，让你放下手头的事情，速速前往！"

朱说忙问："城南何处？你快带我前往！"

当朱说飞马赶到时，太守已经在勘查现场。

朱说冷眼看去，这是一家独门独院的农户，锄头、铁锹等家具都倚墙而放，一个着粗布裙钗的妇人，悬挂在堂屋的横梁之上。

朱说见过太守，太守问他对此案有何看法。

朱说环视四周，屋里只有几件简单的家什，一只木椅倒在妇人脚下。户主是一位中年男人，此时正垂手立在太守面前，低声诉说："太守大人，小人万料不到，小人只跟她争吵了几句，她竟然寻了短见。这往后的日子，小人可怎么活啊！"说毕，号啕大哭。

朱说弯腰扶起妇人脚下的椅子，那椅子离妇人的脚尚有三尺来高，朱说心里一声冷笑，起身走近户主，他右颈上的一道血痕，骇然映入眼帘。

朱说重新打量着这个男人，此人一身旧衣衫，却干净整洁。

朱说问："请问你何时与你妻子争吵？"

男人回道："早饭后，我与她争吵几句，便下地了。待我回家时，她已经上吊，好端端的人，一忽儿便已阴阳两隔。"

朱说冷笑道："你从地里收工回家，见妻子上吊，还有心思把锄头放在墙边靠好？还有心思去屋里换身干净衣衫？"

那男人听了朱说的话，浑身哆嗦，冷汗流淌，说不出话来。

朱说围着他绕了一圈，突然问："你颈上的抓痕是哪里来的？"

"我抓痒不小心划破的。"

"噢！那太巧了。"朱说又问："那这把椅子，你又作何解释？它离你妻子的脚有三尺高，难道你妻子是自己飞上房梁上吊的？"

那男人吓得瘫坐在地上，两只眼睛惊恐地盯着朱说。

朱说厉声道："分明是你打死了妻子，又想逃脱罪责，便把她吊在房梁之上，制一个她自缢而亡的假象。"

太守听了朱说的分析，喝道："好个刁钻凶残的恶贼！若不是朱参事细致入微的察看与精确的推理，本官差点被你的眼泪与伪装蒙骗，还不从实招来！"

果然，那男人早起与女人口角时，朝她脸上甩了一巴掌，手指划了女人的眼睛。情急之下，女人双手乱抓，抓破了男人的脖子，撕了他的衣衫。

男人一时怒起，操起屋角的锄头，朝她背心猛然砸去。可怜女人只重重地哼了一声，便倒在地上。男人见她半天不动弹，也不吭声，上前翻过她的身子，发觉自己失手打死了妻子，顿时吓得脸色苍白。

他忙去门外看了看，见四下无人，便回到堂屋，关紧大门。匆忙收拾了方才与妻子扭打时弄倒的桌椅板凳，把锄头捡起来，放在墙边靠好。找了根拴牛的绳子，系了女人的头颈，搭梯子把女人扯上房梁，拉了一张椅子歪倒在女人脚下，又去房里找件干净衣衫换上，这才扛了锄头下地去，至午方回。回到家里，便托邻居报官。

朱说不到一盏茶的工夫便破了一起命案，一传十，十传百，在广德沸沸扬扬地传了开去。

肃杀的冬日，阳光显得倍加珍贵而温暖，门前那株粗壮的蜡梅树，也不知何人所植，叶子早已落尽，只剩下光洁的枝干，似虬龙盘曲。

早饭后，朱说把母亲平日坐的木椅子搬出来，放在老梅树下，再去屋里搀扶母亲："娘，今儿太阳正好，多晒太阳有好处。"

香草忙赶出来，把一块棉垫子铺在椅子上："椅子冰冷的，垫上垫子罢。"

朱说笑道："还是香草姐心细！"

谢夫人见这红底白碎花的垫子，疑惑地问："哪里来的棉垫子？"

香草回道："奴婢的一件旧夹袄，袖子破了补了又补，已不能再补了，就把前胸与后背合缝在一处，做个垫子正好。夫人先坐一会子，药已经快煎好了，奴婢去端来。"

看着香草的背影，朱说轻声道："娘，这些日子，孩儿一直在想，把香草姐姐留在咱家，是不是太不厚道了？如今，她也老大不小了，该给她找个合适的人家了。"

谢夫人点头："谁说不是呢？每天见她为我忙前忙后地操劳，我心里也过意不去。"

"娘放心，若遇有合适的人，就说给香草姐姐。"朱说蹲下，仰头看着母亲的眼睛，"茶痴先生请来的郎中，配的药效果还好么？娘的眼睛是不是要好些了？"

谢夫人拍着他的手笑道："看你瞪眼的样子！娘的眼睛好多了，你的浓眉大眼，娘都看得一清二楚呢！"

朱说喜道："娘能看见孩儿的眼睛眉毛了？娘的眼睛真的好多了！多亏了茶痴先生，两年来，找了好几个郎中。"

"说儿，你得感谢茶痴先生！"

"娘！孩儿记住了。"朱说辞了母亲，往衙门里去。

朱说在司理厅读了半天案卷，扭头看看外面院墙上的日头影子，便收拾了桌子，锁了门，往六和轩茶楼而来。

远远的，朱说就见茶痴在门前跟人说话，待走近时，原来是那卖肉的李得宝。

李得宝见了朱说，忙躬身作揖："小人见过朱大人。"

朱说笑着拦道："李老板，这不是衙门公堂，不必多礼。"

李得宝摸着脑袋嘿嘿笑道："在认识朱大人之前，小人是从不给人施礼的。自从朱大人开导了小人以后，又办起了学堂，小人的两个孩子都比小人懂礼，小人能不学着点么？"

李得宝几句话说得朱说与茶痴哈哈大笑。

李得宝却红了脸："朱大人与茶先生有正经事，小的就告辞了。"

茶痴看着远去的李得宝，捋着胡须笑道："朱大人兴学育人的远见卓识已经得到了证实，李得宝就是一个很好的例子。一个连自己的亲生父亲都能打骂的人，懂得了如何尊重外人，这真是一个了不得的改变。"

朱说沉思道："我并非有远见卓识，只觉得古人说得好。人之初，性本善，说的是人的本初。但若不读书，仍然处于混沌愚顽、懵懂无知的境地。唯有读圣贤书，才会通情理，晓大义，才懂得感恩父母，孝敬父母，才懂得与邻里和睦相处，这是从近里说。从远处说，兴学育人，则是为我大宋朝培育更多更有用的人才。"

"谁说不是呢？"茶痴笑问，"你道那李得宝今日来此何事？"

朱说饶有兴致地问："何事？"

"他送了几斤猪肉来，"茶痴道，"说明日冬至，给几位先生打打牙祭。"

朱说笑道："难为他想得周到，我都忘了明日就冬至了。"

"我茶痴在这条街上住了二十多年，还从未听说，有人白吃过李得宝的猪肉。"茶痴拉朱说进了茶楼。

"你跟两位先生也不算白吃，你们是他儿子的启蒙先生。"朱说笑道。

茶痴忽想起一事："噢！有件事不知朱大人有无兴趣？"

"何事？"

茶痴边给朱说斟茶边道："明日不是冬至么？学堂休学一天，陈先生说，出广德城，往东南方向不足二十里地，有一处绝妙的去处，明儿请朱大人一同前去欣赏，如何？"

朱说喜道："我来广德两年有余，为核实案情，寻求线索，着实跑过不少山村野湖，若说风景绝佳之处，还真未去过。"

茶痴笑道："那就一起去游赏一番吧！"

"可明天还得上衙门办差啊！"

"冬至日衙门里不放假么？"

朱说摇头笑道："尚未听说放假。不过，既然你与陈先生他们商议好了，衙门若不放假，我也告假一日，随你们一同前往。诗仙李白在《春夜宴桃李园序》里说，'夫天地者，万物之逆旅；光阴者，百代之过客。而浮生若梦，为欢几何？古人秉烛夜游，良有以也。况阳春召我以烟景，大块假我以文章。'此时虽不是春天，却也有冬日暖阳，有你三位知己，我朱说若不去，岂不辜负了良朋与美景？"

茶痴拍手称道："好！明日一早，我与陈先生、许先生在街口的古柳树下等候朱大人。"

第十章　复姓归宗　要留声名清且直

出了广德城，朱说与茶痴、陈先生、许先生四人四骑一路向东。抵达石龙山下的小村庄时，太阳刚刚爬上山头，路边枯草上的白霜尚未融化。

陈先生下马，嘱咐他三人在此等候，自己则向村中走去。

朱说抬头望向石龙山，虽是肃杀的冬日，山上仍然是苍翠的松柏与飘红的枫叶，那深红浅紫浓翠，五彩缤纷，在眼前一层层地铺了开去，如一幅打翻了调色板的水彩画，让人耳目为之一新，心胸为之开阔。这山上的冬日竟比阳春三月更让人赏心悦目，心旷神怡。

朱说禁不住问："茶先生，这里就是你所说的绝妙之处么？"

茶痴笑道："先看了这里的佳境，再去另一绝妙之处。"

说话间,陈先生转来了,身边跟了一中年汉子与一孩童,手中拿了几根未点燃的火把。

中年汉子把马牵至树下拴好，嘱咐孩童给马喂草，不要让马跑了。

一切准备妥当，汉子带他四人来到山下的长乐洞口，点燃火把，一人一支，向洞中走去。

这是一个深邃莫测的洞穴，洞中的路径曲折迂回，天然而成。朱说一行举着火把，慢慢行走，幽静的洞穴中，他们的脚步声在洞里回响，清晰有力。待眼睛适应了以后，借着火把的亮光,他发现这个长乐洞里,洞中有洞,洞中有溪,溪水清澈,而且洞洞相连。蓦然，他觉得有水滴在头上，便高举火把仰头看去，只见一根根钟乳石犹如山间雨后的春笋，正从洞顶倒长出来，晶莹的水珠滴答而下。

朱说看着这神奇壮观、千姿百态的情景，心里不禁惊叹大自然的鬼斧神工，造化神妙，真乃人间仙境也。

出了长乐洞，朱说意犹未尽，见洞口处存有笔墨，便在一处较为平展的石壁上挥毫写上"跫然岩"三个遒劲有力的大字。

陈先生见了拊掌笑道："跫然者，足音也。在幽深静谧的洞穴中，人的脚步，经过洞壁的反射，大有空谷足音之感。朱大人真乃神人，语言精练而形象。"

带路的汉子看看日头，向陈先生道："陈先生，这时已过午饭时刻了，大伙儿在洞里走了大半天，想必也饿了。"

陈先生笑道："是啊，我肚子已在叫唤呢！"

那汉子腼腆道："出门时，我已吩咐了我家婆娘，叫她做了饭菜等候我们的。"

朱说道："这样不好，已经麻烦你带了半天路，又上你家吃饭，太打搅你了。"

中年汉子道："穷人有的是闲工夫，带个路又累不着。再说我家也没啥好东西招待你们，不过粗茶淡饭而已。朱大人若不去，显见得看不起我这乡下的穷汉子了。”

汉子的话听起来生硬，却是实在话。

茶痴忙道：“朱大人最是体恤百姓的，怎会看不起你呢？”

朱说抬手拦住茶痴，对那汉子笑道：“那就听你，去你家吃饭。”他摸了摸怀里的几缗钱，心里不由得暗暗感谢母亲的提醒，每次外出，母亲总是交代他带点钱在身边，以备急用。今儿果然又用上了，待会儿吃了饭，给他饭钱，也就不白吃了人家的。

吃过午饭，四人前往天宝山。

天宝山瀑布，就像发怒的天神把天河搬到天宝山的绝壁之上，往下倾泻。

朱说站在山麓，飞流直下的瀑布，无可阻挡的磅礴气势与雄伟壮观的景象让他震慑。他的心似乎随着这飞溅着的、晶莹的激流，向着山外、向着天涯海角，头也不回地奔腾而去。

一首诗从他心底扶摇而起，在瀑布的轰鸣声中，他高声吟道：

迥与众流异，发源高更孤。下山犹直在，到海得清无？
势斗蛟龙恶，风吹雨雹粗。晚来云一色，诗句自成图。

夕阳西下，朱说与茶痴三人骑马缓缓而归，走出老远，依然有瀑布隆隆的声音隐隐传来。

茶痴挥鞭打马，往前赶上几步，与朱说并辔而行。他看着朱说笑道：“大人方才吟的瀑布诗，小老儿可否做解？”

许陈二人听了相视一笑，也催马靠近。

朱说笑道：“请先生解来。”

茶痴将马鞭子钩在手指上，眯眼望向远方，捋着胡须道：“大人诗中所言的瀑布，不同于一般的溪流河水，是从高山之巅飞奔而下的。那气势是何等的激昂磅礴，水质是何等的清澈无尘。而经过千回百转之后，再流入大海之时，还能清纯如初么？”说着，茶痴转头望向朱说：“这是诗的要旨，大人托物寄情，用‘瀑布’的清且直来警示自己。不知小老儿解的是也不是？”

许陈二人点头称赞：“朱大人写得好，茶兄解得妙。”

“人的一生，说长不长，说短也不短。就像这瀑布流出山外，流向大海一样，终究要走完这一生。”朱说轻轻地，似对他三人，又似对自己而言，“这其中有深壑险滩的阻挠，有污泥浊水的浸染，这些是不言而喻的。水是无知的，从高处来，向低处去，污染也好，阻挠也罢，只能听随环境的摆布。而人不同于水，人是有思想有智慧的，在生命的河流中，可以排除险阻，也能激浊扬清，这就要凭借各人的品德了。”

宋真宗天禧元年（1017年），朱说在广德三年任满，接到朝廷的一纸迁令：迁文林郎，任集庆军（今安徽亳州，又称谯郡）节度推官。文林郎是朱说的官阶，是文官的最低官阶之一，节度推官是幕职官名。

这日，朱说去衙门交接了手头上的事项，返身回家帮香草收拾行装。

谢夫人问：“说儿，你不去跟茶先生告别么？”

朱说想了想说：“娘，孩儿是该去告别的，也该去看看学堂里读书的学子们。可孩儿想，若茶先生知道我调任亳州，明日就要走了，他非得置酒饯行，我怕他破费，所以，孩儿还是不去辞别的好。”

谢夫人点头道：“嗯，你想得周到，这样最好。”

香草指着那扇写满字的屏风问：“夫人，咱们来广德三年，别的事奴婢不知道，也不懂。每天只见少爷在这屏风上写字，如今，这屏风写得满满的，是带走，还是不带走呀？”

谢夫人笑道：“傻丫头，屏风上写的是他与太守争论案情的事儿，已经写得满了，要带也带不了。去了亳州，你道他不会再买一扇来写？”

朱说见母亲与香草说得高兴，微笑地看着她们，心里却犯愁。来广德三年，每月的俸银仅仅维持一家人的日常开销，绝无盈余。从广德至亳州，七百里左右的路程，若是自己一人，骑马驮了行李，累点无关紧要。可是母亲年迈体弱，怎能受得住路途的风霜与颠簸。

朱说一咬牙，把心爱的白马牵至马市卖了，租了马车，第二天天未大亮，便带了母亲、香草前往亳州赴任。

亳州，在应天府南边大约70公里处。当年真宗皇帝驾幸应天府之前，曾先至亳州拜谒太清宫，并于当日下令升亳州为集庆军节度。

朱说迁文林郎，权集庆军节度推官，“权”为暂时代理，掌刑事判牍，从八品。

宋朝的官职有实授与暂代两种，然，宋朝的官职制度太过复杂，笔者在此一两句话也说不清。

朱说安顿好母亲，来衙门见过知州大人后，便去司理厅。

亳州通判杨日严，字垂训，河南人，进士及第，现掌管着亳州司理厅的所有刑法事务，是朱说的上级。

杨日严早就听说朱说在广德任上，为人刚直，不阿谀逢迎，秉公治狱。今见朱说容貌超然，心里便生了十二分的欢喜，因笑道：“朱老弟来得好啊，在亳州，咱二人将携手共同职掌讼狱勘鞫之事。”

朱说也听说过杨日严的为人，心中自是欣喜，能与志趣相投，政见相同的人共同处事，谁说不是人生中的一大幸事呢！

宋朝官吏的俸禄中，是含有职田的。《宋史·职官》中说，“以官庄及远年逃亡田充，悉免租税，佃户以浮客充”。

朝廷命官的职田，一般都赐封于祖籍。朱说心里犯愁，自己的祖籍是苏州吴县，还是淄州长山？三年前，他把母亲从朱家接出来，绝无可能再回长山朱家。可自己依然姓着朱家的姓氏，也不可能选择在吴县。

从衙门回到官舍，他迟疑地跟母亲说起这事儿。

谢夫人道："为娘早已想过这事儿，也早就想跟你商量。你以朱说之名进士及第，使朱家荣耀于淄州长山；又以朱说之名初仕广德，廉洁奉公，使你养父得教诲有方之名；你奉养老母，不沾朱家毫厘，虽未成家，却已立业，说儿啊！你可以复姓归宗了。"

朱说惊喜道："娘是说，孩儿可以认祖归宗了？可以复姓范姓了？"

谢夫人郑重地点头："是啊！你是苏州吴县范氏的子孙，你该认祖归宗了！"

"娘，孩儿是有功名之人，虽然官小位卑，却也是朝廷命官。认祖归宗，改名换姓，却非易事啊！"

"那如何是好？"谢夫人忙问，一丝忧虑泛上额头。

朱说安慰道："娘别着急，这事儿唯有请求皇帝的恩准，方才有效。"

"可皇帝如何知晓这事儿呢？再说，皇帝会管这些小事么？"

"娘，皇帝会管的。孩儿今儿就给皇帝上书，告知孩儿要认祖归宗的心愿。"朱说道，"只是，孩儿的职田，孩儿想选在应天府。"

"噢！为何不选在你生身父亲的祖籍苏州吴县？"

"娘，孩儿归宗复姓，只是孩儿的一厢情愿，还不知范氏宗亲是否愿意接受孩儿。"朱说道出心里的忧虑，"而且，孩儿在应天府苦读五年，对此地已怀有故土的情愫，那里有孩儿的同窗好友，离京城汴梁也很近。"

谢夫人笑道："你既已考虑周全，娘听从你的意愿。"

朱说又笑道："娘，因为应天府得天独厚的地理环境，朝廷官员大都把职田选在此处。孩儿官小职小，若要在应天府选职田，只能选离应天府较为偏远的地方。"

谢夫人问："那有多远呢？"

"应天府现今管辖六县，有宁陵、虞城、楚丘、下邑、谷熟、宋城。我想把职田落定在宁陵，娘觉得如何？"

谢夫人摆手笑道："娘老喽，不中用喽！既不懂天时地利，也不管世事如何。你今年 29 岁了，已经为朝廷办了三年的差事，思想细致，见解独到，像你亲生父亲。你办的所有的事儿，都不必说与为娘，娘都听你的便是。"

朱说喜道："娘，孩儿的性情真的像我亲爹？"

谢夫人目光幽远，似点头又像是摇头："你太像你爹了。"

朱说见母亲神情恍惚，忙道："娘，三年前孩儿回长山时，就想把朱谆朱诚接到一处的。只是那时孩儿尚未选定职田，加上他们二人不肯随我前去广德，当时孩儿也就未强求。如今，若把职田定在应天府宁陵，那我们就要在宁陵落地生根了。孩儿在任上公务繁忙，母亲年事渐高，香草姐姐也得嫁人。孩儿想把朱谆朱诚接来，与母亲住在一起，也有个照应，也不负了朱家父亲的养育之恩与教诲之德。"

谢夫人道："你天生一副慈悲心肠，从小就宽厚待人。然而，人在顺境之中，能不忘根本，懂得感恩，尤为重要。当初，朱谆朱诚没少欺负你，你不计前嫌，能与朱谆朱诚二人有福同享，这样做，你不枉读了圣贤之书。”

第二天，朱说至司理厅，向杨日严道出自己的身世，并说明如今奉母命要复姓归宗。

杨日严道：“这是好事儿啊！只是你是朝廷命官，改换姓氏可不是小事儿，是不是要奏请圣上？”

朱说道：“我正要上表请皇帝恩准。只是，我还得亲自去苏州吴县，寻找范氏宗亲商议复姓归宗的事宜。”

杨日严爽朗地笑道：“去吧！准你半月假期，认祖归宗是大事儿，切不可再耽搁了。”

当夜，朱说上表皇帝，详细述说自己随母改嫁的身世，如今想认祖归宗，更改姓名的愿望。他在表中写道：“名非霸越，乘舟偶效于陶朱；志在投秦，入境遂称于张禄。”

“名非霸越，乘舟偶效于陶朱”，说的是春秋时代范蠡的故事。范蠡助越王勾践打败吴国，称霸于诸侯。而自己则泛舟五湖不归，两次改名换姓，最后自称陶朱公。

“志在投秦，入境遂称于张禄”，说的是战国时代范雎的故事，范雎，魏国人，在魏国受尽凌辱，逃至秦国，改名为张禄，因辅助秦昭王有功，被拜相封侯。

朱说给皇帝上表的同时，也给淄州长山的朱谆朱诚俩兄弟写了信，信中情真意厚，言辞恳切，恳请他们来宁陵定居。并派得力之人亲自送至长山，千叮咛、万嘱咐一定要将他们接来宁陵。

苏州的春天，自与京都汴梁不同。那绿柳红桃掩映下的粉墙黛瓦，就如文人士大夫画笔下的一抹痕迹。青石板铺就的小巷，干净、曲折而幽深。小巷两边的楼台亭阁，画梁雕栋，显出精致而优雅的气派。偶尔从方格子轩窗露出的一张清秀的面孔，更让人惊艳。

朱说在船上，在岸边，在河边的廊棚下，那卖花的小女孩，那招揽生意的大爷，那水边洗衣女子相互逗笑的吴侬软语，让他既陌生又亲切。而他内心更多的是惊奇，他惊奇于江南风物的柔美和细腻，更惊奇于人们生活的清闲而优雅。他禁不住叹道：“这真是一片神奇的土地，难怪那个自称‘才子词人’的柳三变，一阕《望海潮》，一夜之间唱遍大江南北。”

朱说不敢流连于眼前的美景，他收敛起心神，坐船赶至生身父亲的老家——吴县。

船夫是一位健谈的老人，听朱说打听吴县范家，摇着橹，笑吟吟地说上了：“还真巧，你问我算是问对人了。听说范家的老太爷早年也是朝廷命官，只是故去得早。如今，范家的太夫人年纪大了，不管事了，所有的生意都是范老爷掌管。”

朱说心里暗想：听母亲说过，我有四个哥哥。老大早卒，老二名范仲温；老三进士及第，尚未出仕，便已病故；老四夭折，我是老五，名范仲淹。

他忙问：“老伯，范老爷的名讳是不是叫范仲温？”

老人哈哈一笑：“这个我就不大清楚了，范老爷常坐老翁的船，老翁还不曾问得。”

说话间船已到码头，朱说谢过老人就要下船。

突然，那老人朝岸边一个担着箩筐的青年男子喊道：“阿旺，你家来客人喽！”回头嘱咐朱说："客官就跟他走吧，他是范家的佣人阿旺。"随即又自言自语："今儿真是太巧了！"

朱说听了，在岸上笑道："老伯，这不是巧，是缘分！"

老人把缆绳系在岸边的石凳上，坐在一边，点燃烟袋，摇头轻轻笑道："缘分？依老翁看来，你的眉目、身材与范老爷一模一样，怕不是有缘！"

朱说随阿旺穿街过巷，来到一所院落，阿旺说："你来找我家老爷还真是巧，老爷出门几个月昨日方回。"

朱说笑笑，心里暗自庆幸。

一年轻女子来开门，阿旺问："阿疏，老爷在家么？"

那叫阿疏的姑娘迅速看了朱说一眼，眼神怯怯的，低头回道："在呢！今儿不曾出门，陪老太太在房里说话呢！"

阿旺放下肩上的担子，嘘口气道："总算是到家了。你去告诉老爷，有客人来了。"

阿旺引朱说来至客厅，他抓起八仙桌上的茶壶，倒了两碗茶，递给朱说一碗，自己仰脖一气喝下一碗，抹了嘴角的茶汁道："客官先喝口茶，我家老爷一会儿就出来了。"

朱说微笑点头，从这屋子的构造与摆设看去，虽不是富贵至极，却也是殷实之家。他轻轻啜了一口茶，忽听得阿旺道："老爷！"

朱说放下茶碗，抬眼看去，见一中年男子立在屏风之下，正在打量自己，眼里满是诧异。

朱说的心骤然狂跳起来，此人怎生如此面熟？他费力地思索，却想不起在哪儿见过。

阿旺道："这位便是我家老爷。"

朱说忙施礼道："在下朱说，淄州长山人，见过范老爷。"

范老爷听了淄州长山这地名，心里暗自一惊，忙问："淄州长山？莫非你是？"

朱说不待他说下去，接道："在下正是随母亲改嫁至淄州长山的范家之后。"

范老爷抢上前握住朱说的双手，喜道："果然是你！方才见你时，就觉得眼熟，似在哪儿见过一般，却又想不起来，原来是你回来了。"

朱说见范老爷一片真诚溢于言表，心里欢喜不尽，忙重新施礼："小弟见过兄长！"

范仲温忙拉住他的手："你我兄弟，何必如此！快坐快坐！"又朝阿旺道："快去告诉刘妈，晚上多烧几个好菜。"

阿旺答应着去了，阿疏重新沏了茶来。

血浓于水，任是时间、距离也隔不断的骨肉亲情。范仲温对朱说有说不出的亲切，他看着这个二十七八年未曾谋面，又比自己小十几岁的弟弟，眼里满是爱怜，他笑着，不知从哪儿说起，只一连声地说喝茶喝茶。

朱说此时的心，与这位同父异母的兄长，该是紧密相连的。不然，他何以感觉与哥哥有千言万语要说，却又不知从何说起。

还是范仲温先问："弟弟，你如今是在经商，还是在务农？"

朱说道："小弟于三年前进士及第，由朝廷派遣，任广德军司理参事，如今三年期满，又调往亳州，权集庆军节度推官。”

范仲温喜道：“兄弟果然出息了！你这次来江南，是公务路过此地，还是专程而来？”接着又问：“噢！姨娘现在安好么？”

朱说回道：“母亲身体尚安，劳兄长记挂！”便把自己选职田、定居宁陵等诸事说了一遍，最后道：“兄长，小弟这次回老家，是奉母命认祖归宗的。”

“认祖归宗？好啊！”范仲温极为兴奋，一下从椅子上站起来。后又觉不妥，这认祖归宗之事，可不是他说了算数的，还得请出范氏家族的三老四少，也得禀告给母亲知道。

范仲温见朱说期待的眼神，心里不忍，便安慰道：“认祖归宗是好事儿，也是大事，得族中长辈许可。不过，你也别着急，先安心住下，待为兄请示几位叔伯叔爷与母亲。”

晚饭后，范仲温吩咐阿旺带朱说去客房歇息，并嘱咐好生侍候。

连日的奔波，朱说倍感疲倦，胡乱洗了把脸，倒在床上便沉沉睡去。

范氏宗族几位年长的老人坐在陈夫人房里，仲温说了朱说此次专程而来，是为复姓归宗，陈夫人听了不语，手里捻着念珠，又似陷入深思。

仲温道：“朱说兄弟随母亲改嫁时，尚在幼年，如今已成就功名，是朝廷命官，想认祖归宗，也在情理之中。”

三叔伯道：“你父亲病故不到半年，谢姨娘不守贞操，改嫁他人。他随母改嫁，又姓他人的姓氏，这不是背叛了祖宗么？是给范氏列祖列宗脸上抹黑。”

大叔公道：“听说他三年前进士及第，如今，也不过是八品，芝麻粒儿大的小官，他要认祖归宗，莫不是想回来分你的家产？”

仲温摇头道：“我看朱说兄弟未必是那种贪婪之人。”

三叔伯冷笑一声：“人心隔着肚皮，是你能看得透的？”

陈夫人闭目捻着佛珠，把几个人的话全听在耳里。此时，她睁开眼睛道：“当初，谢姨娘改嫁，不是她所愿的，是我逼她走的这一步。这么些年过去了，我也曾托有生意往来的客户打听过，她母子二人受了不少苦，仲淹是个能吃苦的孩子，既然想认祖归宗，就依了他吧！”

仲温吃惊地看着母亲，想不到母亲在这件事上竟如此开明、爽快。

大叔公与三叔伯道：“他若是想来分家产，你也愿意？”

仲温道：“他是范氏子孙，是我同父异母的兄弟，若是想分家产，也在情理之中，我如何拒绝？”

陈夫人道：“我如今已是大半截子黄土里的人了，再多的家产也带不走。仲温你也已儿孙满堂，这事儿你就自个儿做主罢。明儿你与他三人对六面，决定了回我一声便是，不必再请示我了。”

第二日，仲温吩咐备了一桌酒席，仍然请来了大叔公与三叔伯等人，席间，大叔公以年长与尊长的身份道：“朱家兄弟，过往的那些事儿，不提也罢。今儿咱就开门见山，你认祖归宗，其意是在于范家的家产么？”

仲温听了，面露愠色，却也不便吱声。

朱说听了，心想：你是范氏长辈，居然称我为“朱家兄弟”，眼见得是未把我当作范氏子孙。说我认祖归宗，其意是来分范家家产，你未免太小看人了，我朱说的眼光难道就如此短浅？当即起身道：“我奉母命来此，是想认祖归宗，复姓范姓，除外，再别无他图。”

三叔伯道：“认祖归宗不难，若是前脚在范氏宗谱上写上你的名字，后脚你就要家产，那将如何？”

朱说按捺住心头的不快，沉声道：“想我十年寒窗苦读，曾立下誓言，将来不为良相，便为良医。是的，不错，我如今只是芝麻大的小官，可我岂是贪图范氏家产的不肖子孙？今儿若是让我入了范氏宗谱，又反过来要家产，我岂不是出尔反尔的小人！”

仲温唯恐叔公叔伯跟朱说闹僵了，忙拉朱说坐下，看看朱说，又看看叔公，那神色甚是为难。

大叔公看了三叔伯一眼，道：“你进士及第，是有功名之人，君子一言，重若千钧。若能如此，我们这些做长辈的，也无话可说了，今儿就入范氏宗谱罢。”

仲温紧紧拉住朱说的手：“兄弟，我范仲温有兄弟了！”

大叔公问：“你是重新取名呢？还是叫小时候的名儿？”

朱说道：“叔公，我还是叫父亲为我取的名字罢。自今日起，我终于能在人前说，我姓范，名仲淹，字希文了。”说毕，仰头喝干杯中酒，眼泪却止不住地流下来。

第十一章　河朔闲游　满目荒凉山河远

范仲淹回到亳州已是暮春时节，他顾不得回官舍看望母亲，便直接到了衙门司理厅。

杨日严见他风尘满面的，笑道：“你这么大老远的回来，也不先回官舍看你母亲。”

仲淹去屋外的水井打水洗了把脸，回道：“卑职为自己的家事而耽搁了这么些时日，心里着实过意不去。”

杨日严摆手道：“嘿！谁家没有个急事儿？我跟知州上官佖大人说了你的事儿，上官大人也赞成你早日复姓归宗。”从案上抽出一封书函：“噢！前几日收到朝廷给你的信函，想必是皇帝的回复来了，你快看看。”

仲淹急切地拿过来拆开，匆匆浏览一遍，喜道：“杨大人说得没错，这正是皇帝陛下的回执，皇帝准了卑职归宗复姓。”

杨日严笑眯了眼：“你赶快回家告诉你母亲，好让老人家高兴高兴。”突然又问：“你这次回苏州吴县商议的事情如何？”

仲淹见他关切之情溢于言表，由衷地感激道：“多谢杨大人挂怀！卑职这次回吴县老家，商议的事情非常顺利。范氏宗族允许卑职复姓归宗。噢！杨大人，从即日起，卑职姓范，名仲淹，字希文。”

杨日严拊掌笑道：“真是可喜可贺啊！”又沉下脸，“往后，不许你称我为杨大人，在我面前，也不许你自称卑职，成么？”

仲淹道：“那哪儿成啊！”

“我痴长几岁，你就称我杨大哥，”杨日严挥手道，“我称你希文老弟，就这样。你快回家罢，把家里的诸般事情都安顿好了，我这儿还有许多案件要审理呢！”说毕，推他出了司理厅的大门。

谢夫人天天盼望儿子回来，今儿听说皇帝准了儿子的奏请，范氏宗族也认儿子为范家血脉，心里压着的石头终于落了地，不由得轻轻嘘了口气，又问起陈氏夫人的近况，仲淹回道：“仲温哥说大娘年迈体弱，长年吃斋念佛，早已不过问家事了。”

谢夫人唏嘘不已，忽然又道：“朱谆朱诚带着家眷已到了亳州，你不在，这间官舍又窄小，我便吩咐他们在街对面的高升客栈住下了，等你回了再做定夺。”

仲淹喜道：“朱谆他们来了？这么说，他们已经同意了来宁陵定居？”

香草在一边说：“少爷，我去高升客栈请他们过来吧！”

仲淹想了想：“还是我亲自过去罢，这天也不早了，你快去准备晚饭，吃了好商量明天的事儿。”

朱谆在长山接待了仲淹派去的人，也读了那封情感真挚的信，却依然犹豫不决。

朱诚道：“哥，你还犹豫什么？三年前，朱说就要我们同他一起去广德任上的。你那时不去，是因为他初始做官，官小俸禄少，他也考虑到实情，就随了你。而今，他把职田选在了商丘宁陵。宁陵虽然离应天府远点，却属应天府管辖，离京城也近。他是个诚实善良的人，处事又周全，我觉得听他的不会有错。”

朱谆闷声闷气的：“我们三人是一起长大的，能不知他的个性？从小，他就比我俩懂事，又孝顺，又勤奋。父亲对他比对我俩还亲，父亲曾经说过，朱说将来会有出息的，如今果真应了父亲的话了。”

“他出息了不好吗？”朱诚道，“我看他对我们也是一片赤诚，不然，在接走母亲三年之后，还会再来接我们？”

朱谆看着门外那株桂花树：“我并不曾怀疑他的诚心，只是我面子上过不去。从小，我就没少给他难堪，尤其是最后一次。唉！不说了，说了我脸红。”

朱诚迟疑道：“哥，从信里不难看出，他接咱们去宁陵定居，说是他在亳州公务繁忙，让咱们照顾母亲，管理职田诸多事宜。其实，他是要报答父亲的养育之恩，把咱俩当亲兄弟一般照顾。若父亲在世，也会同意的。”

在朱诚的再三劝说下，朱谆打点着把宅院卖了，收拾了日常用具及细软，雇了三辆马车，往亳州而来。

在宁陵建起了自己的家园，仲淹松了口气。他最大的心愿是让母亲安度晚年，如今有朱谆朱诚的媳妇照顾母亲，朱谆朱诚管理职田，他就可以专心致志地处理衙门司理厅的事务了。

深秋的阳光，让人倍觉温暖，可那满地的落叶又给人凋零的衰败之意。

仲淹整理了几个月来要处理的各类案卷，轻轻嘘了口气，靠在椅背上举起双手，伸了个长长的懒腰。回头一眼瞥见挂在墙上的长剑，这正是醴泉寺方丈送给他的那柄剑。睹物思人，师父的话犹在耳边回响：“文能治国，武能安邦，方为国家之栋梁，方能担负起天下之重任。”

他起身取了剑，来至院中，撩起衣角掖在腰带里，拉开架势舞起剑来。地上的枯叶在他脚下吱吱作响，手中的长剑闪烁着白炽的耀眼的光芒，太阳浓缩成一粒小小的圆珠，随着剑身游走。金黄的剑穗，时而与剑身呈一条直线，时而又似穿柳双燕周身飞绕。仲淹的额头、鼻尖已沁出晶莹的汗珠。

“好剑法！好身手！”

一声喝彩自身后响起，仲淹收了剑，挺身而立。

原来，知州大人上官佖与儿子上官融已观看多时。

仲淹双手握剑抱拳施礼，笑道：“让知州大人见笑了！”

上官佖一脸的惊奇：“原以为你只是诗文好，未曾料到你的剑术也这般精湛神妙。”

仲淹被夸得不知所措，只嘿嘿地笑。

上官融上前朝仲淹施礼道：“范大人，我想学剑，你能收我为徒么？”

仲淹不答，只拿眼睛看着上官佖。

上官佖道：“你也不用看我，你愿不愿意收他为徒，是你自个儿的事。”

仲淹见上官融眼神恳切，正要说话，见杨日严走来，便打住了。

杨日严对上官融笑道：“有何不可？范大人不仅诗文好，剑术好，还有一宗好。”

上官融一双大眼睛疑惑地望向杨日严，心想，此人已是文武全才了，还有哪一宗好？

杨日严笑道：“范大人的琴艺堪称一绝！”

上官融两眼放光：“范大人来亳州一年有余，小生可从未听过大人弹琴啊！”

杨日严一声叹息：“唉！这天下的才子啊，各有各的怪僻。上官公子，你知道吗，你将要拜的这位师父，他的怪僻是，轻易不弹琴，平生只奏《履霜操》。”说罢，与上官佖哈哈大笑。

上官融是上官佖的儿子，自上官佖来亳州上任时，上官融便随同前来，一边侍候父亲，一边读书。如今遇上范仲淹这样的人，岂肯错过？

上官佖由衷道：“像希文这样的文武全才，真是少有，让你在亳州这个小地方，真是屈才！”

杨日严道：“岂止是屈才？依我看，是朝廷的一大损失。”

仲淹忙摇手道：“二位大人，二位兄长，你们可折杀希文了！”

忽然，一阵风吹过，将落叶卷得一片零乱，阳光越发柔和了。

上官佖皱了皱眉头：“融儿，你把院子里的落叶打扫一下，人在这儿活动，也少几许萧瑟之感。”

“落叶满径闲不扫，”上官融却道，“父亲，孩儿以为，秋天有落叶是秋天的本色，使得秋天更富于诗意，我们不能把人的情绪归结于季节的更迭变化。”

上官佖愣在当地，或许，是他不了解自己的儿子；或许是儿子渐已长大。

杨日严也未吱声。

仲淹却是满心欢喜，赞道：“说得好！我就喜欢秋天。春天播的种子，秋天里收获。秋天，树叶落了，芳草枯了，自有一种不需要任何东西去修饰的孤傲与洒脱。同时，秋天又是含蓄蕴藉的，她饱历了春天的繁盛、夏天的热情，不再追逐浮华与赞誉，而是静静地、悄悄地融入一片淡淡的秋光之中。”

上官佖吃惊地看着仲淹，第一次听他说这么深刻而富于哲理的话。

杨日严则微笑地捋着胡须。

上官融道：“老师，你的心胸如秋天的旷野般广阔而坦荡。”

“上官公子，”仲淹道，“我们要有进取之心，不能怨天尤人。正如你方才所说，我们不能把自己的情绪归结于季节的更迭变化。”

上官佖笑道：“融儿，看来，你是找对老师了。”

这天，仲淹与杨日严讨论一件狱讼，不知不觉地扯到十四五年前的“澶渊之盟”与

后来的“封禅”了。

二人感慨一番后，杨日严忽然道：“希文，你不是想去河朔之地走走的么？”

仲淹双眉微蹙，那双深邃的眼眸里，有几分杨日严不能明了的忧虑。他合上手中的案卷：“自后晋天福三年（938 年），石敬瑭皇帝割让燕云十六州给契丹后，中原便失去了一道天然屏障。北方门户洞开，无险可守，契丹铁骑随时可以南下，饮马黄河。太祖太宗两朝皇帝收复燕云十六州未能成功，我朝皇帝在真宗景德元年（1004 年）抵澶州北城，大败辽军，与辽国在澶州定下了停战和议，史称‘澶渊之盟’。”

“是啊！”杨日严接道，“澶渊之盟带来了我大宋与辽国相对稳定的局面。”

“十几年过去了，这种局面还能稳定几时？”仲淹起身走至窗前，望着院墙边那株高大的梧桐树。树枝上几片黄中带青的叶子，在瑟瑟的秋风中摇摇欲坠。“我大宋朝自太祖皇帝立国以来，就重文轻武，而忽略了天下武以靖之，文以持之的道理。如今从表面看去，大宋与辽国，稳定和平，边境贸易繁荣昌盛。在这种看似日久的稳定中，宋朝边境军备松弛，各种隐患势必日益严重。”

仲淹回头，见杨日严正瞪着一双充满疑惑的眼睛看着自己，惊道：“杨大人是不是觉得希文太过狂妄，抑或是杞人忧天？”

杨日严忙道：“希文老弟错怪愚兄了！愚兄是觉得老弟对边境与时势的分析入木三分，惊出一身冷汗！可怕的是，朝中竟无人有你这种深刻而长远的忧虑。”说毕，叹息不止。

仲淹苦笑一声：“我分析得正确能怎样？有深切的忧虑又能怎样？我不过是芝麻粒儿大的官儿，说的话除了你杨大人，任是谁，怕也不会听得进去。”

杨日严拉仲淹坐下：“既如此，你何不去边境看看？看边境的民众也好，看守边的将士也罢，哪怕是远远地看看被割舍的城池。日后，朝廷或许会派你去镇守边境，谁能料得到呢？”

杨日严的话勾起他的心事，他早就想去燕赵之地走走看看，只是司理厅的狱讼事务繁忙，一时抽不开身。

杨日严看出他的心事，笑道：“你就安心地去罢，司理厅的事儿有我呢！”

仲淹喜道：“杨大人既如此说，卑职就不推辞了。”

杨日严道：“去吧去吧！只是你先回家看看你娘再去。”

仲淹回到宁陵的家，陪母亲住了一宿。第二天，便背了那柄长剑，骑上那匹玉色骏马，往北方奔驰而去。

一路上，穿山冈，过树林，马蹄嘚嘚的声音，惊起林子里的群鸟，惊落路边草尖上的露珠。呼啸的寒风，吹得马鬃飘忽，吹得他的长衫猎猎作响。他多么希望自己有燕赵男儿的英雄气概，希望有一个更为广阔的天地，纵马驰骋。

这日，仲淹到了北方重镇成德军，也就是真定府（今河北正定）。真定府地处冀中平原，古称常山，正是三国里那位人人称道的常胜将军赵子龙的故里。

真定府位于北温带半干旱、半湿润季风气候区，其特点是春秋季短，夏冬季长。这不，亳州此时仍是仲秋，这儿却是北风刺骨的隆冬了。

仲淹骑着马，伫立在城楼之下，仰头看着门楼上“真定府”三个斑驳的大字。

所谓的城楼，就是一堵石墙。城门上方的瞭望台破旧不堪，一杆褪了颜色的旗帜，在呼啸的寒风中东倒西歪。也不见把守的哨兵，或许是躲在某处避风罢。城下有一条壕沟，想必从前是碧水流淌的，而今却干涸见底，这就是护城河了。

仲淹进得城来，牵了玉色马，行走在街市之中。街上行人很少，也都无精打采的。也不见有叫卖声，从街道两边的店铺门口看去，铺子里不见有鲜亮的货物。

仲淹不免诧异，听母亲说，三十年前，他就降生在这座小镇。那时的大街上，车水马龙，货物丰盈，而今竟萧条冷落到如此境地。他沿街找去，他要找真定府衙门，那儿是他生身父亲曾经做过节度掌书记的地方。

太阳白晃晃的，如同生病的妇人，憔悴无力。一阵风过，卷起地上的沙尘，向天空扬去，又往屋顶、树枝、行人脸上撒落。长街拐角处，有老汉在卖烧饼，仲淹嗅到香味，觉得身上寒冷，腹中饥饿。便系了马，买了两只烧饼，就一碗棒子面糊糊，吃得热乎乎的。

“老伯，府衙离这儿还远么？”仲淹问。

老汉抬头看了他一眼，嘴朝前一努：“你往东走，前面那座青砖瓦房便是。”

这是一所古老的青砖瓦房，那青砖的凝重，与风雨侵蚀后的残缺，似在向人们诉说往日的辉煌与今日的萧条破败。从街边通向大堂的这段路，竟芳草萋萋，似乎是一条荒芜了的山间小路。

仲淹想进去看看是否有人在里面办差，或许这就是一所荒废的宅院。他在门前的石凳上系了马，进门之前，他宁愿相信自己的假设是对的。

蓦然，一个声音冷冷地传来：“哪里来的野民？好大的胆子！青天白日的，进府衙干什么？”

一个衙役从门里出来，双手抱胸，立在他面前。

“是啊！我进衙门干什么？”仲淹想，“是喊冤？是报案？还是朝廷派出来视察的大员？都不是！”

仲淹笑道：“啊！这位小哥，我路过此地，见这所宅院还不错，想走近些看看。”

衙役骂道：“一所宅院？你也不睁开你的狗眼瞧瞧！这是普通的宅院么？这是真定府衙门！”

仲淹强压着怒火：“小哥，你咋出口伤人呢？”

衙役走近两步，抬手一掌推向仲淹前胸：“就骂你了！你想怎的？”

仲淹双脚不动，右手一抓一扭一推，三个动作一气呵成，快如闪电。衙役摔个狗吃屎，半天爬不起来。

仲淹笑道：“你赖在地上不起来，是要我来扶你么？”

衙役见仲淹走近，一翻身便跪在地上拼命磕头：“好汉饶命！好汉饶命啊！”

仲淹摇摇头：“原来是个欺软怕硬的家伙！难怪这府衙前面都长草了，有你这样不讲道理、仗势欺人的衙役，百姓怎敢进衙门？这衙门不进也罢。”正欲转身，斜刺里人影一闪，他警觉起来，我的马！

这匹玉色马可是他的命根子。

去年从广德调往亳州时，路上的行资不足，便忍痛卖了那匹白骏马，做了盘缠。后来，朱谆来宁陵，带了这匹玉色马来，见他往返于亳州与宁陵非常辛苦，要把马给他做脚力，仲淹死活不要。谢夫人悄悄道：“朱谆一直觉得愧对于你，你若不要这匹马，就越发显得生分。你接他来宁陵定居，是兄弟的情分；他送你一匹马，也是兄弟的情分。况且，朱谆要照顾家里、田里的事儿，出门也少，马闲着也是闲着，你何不要了马，既重了兄弟之情，也有了脚力，岂不两全其美？”仲淹这才要了玉色马，视若珍宝。

想到马，他一个急转身，飞奔而出，见马儿静静地立在门楼之下，悠闲地甩着尾巴，一颗悬着的心顿时安定下来。

经过这番周折，仲淹初来真定府时的兴奋与好奇已烟消云散，涌上心头的则是一种前所未有的忧虑。

太阳躲进了云层，天暗了下来，风，刮得更紧，也更冷了。他不想在此逗留，骑上玉色马，出了真定府，继续向北。

范仲淹骑马一路行来，沿途树木枯萎，土地干涸。散落在山间路边的村落，房舍破败不堪，偶尔遇见的老人与小孩，也是鹑衣百结，面呈菜色。他越往前走，原本沉甸甸的心就越沉重。

在应天府、亳州，人们常说现世是太平天下。自“澶渊之盟”后，境内物阜民丰，边境设置榷场，贸易繁荣，边民安居乐业。可眼前的景象，范仲淹心里除了难过，更多是愤慨与忧虑。

天渐渐黑下来，范仲淹骑马孑然而行，在这北方裸露而贫瘠的旷野中，在这寒风呼啸的暮色里，他平生第一次感到了孤独、无奈与忧愁。想当年游学关中时，自己也是孤身一人，可那时的心境是多么明朗，跟明镜似的。那时一心要寻古探幽，体察民情，以备将来为朝廷效力，为百姓造福。而今，已是朝廷命官，对眼前的状况却无能为力。

他在马背上摇晃着，沉思着。

忽然，玉色马停步不前，前蹄刨地，并喷着响鼻。仲淹收紧缰绳，抬眼四处看去，暮色朦胧中，见路边的山坡上有所院落，门前的竹竿上，挑着一盏昏暗的灯笼。

仲淹轻轻拍了拍玉色马的脑袋，笑道：“伙计，你是叫我住店了。若不是你，我昏昏沉沉地胡思乱想，也不知会走到哪儿去。”

仲淹跃下马背，牵马上坡，借着灯笼光看见，院门的木牌上写着四个潦草的大字：山水客栈。

院门是虚掩着的，仲淹推开门，把马牵进院中，正欲高声询问，却听见一阵咳嗽声。

一位须发皆白的老者，提着灯笼步履蹒跚地从屋里出来，每咳嗽一声，手中的灯笼便乱晃一下。

仲淹牵马立在院中：“老伯，我想住店。”

老者连咳一阵，喘息着：“住吧住吧！这年头，有人住店，已是稀罕事了。你是骑马的？噢！那就把马牵到后面的马棚吧。山野的夜能冻死人，别把马儿给冻坏了。”提了灯笼在前头照亮，领仲淹来至马棚。

仲淹拴了马，回头见老者从马棚一角提只竹筐过来：“这点马料还是去年的，虽然陈了，因为天气干燥，倒也未霉未烂，马儿吃了，总比饿着肚子强。”

仲淹连声道谢。

喂了马，仲淹随老人回到前屋。老者连咳带喘的：“楼上的房间久无人住，客官就住楼下吧。你先歇着，我去烧水。”

仲淹笑道：“老伯，我不累，住哪间屋都行。”说毕，随老人来到厨房。

老人往墙壁的砖缝中插了灯笼，往锅里舀水，叹息道：“我这里呀，水贵于油，若再不下雨，那坡下的水井底也要干裂了。”

仲淹问：“老伯，这儿多久未下雨了？”

“今年是最干的一年。春天还下了几场小雨，自那以后，就再没下过雨了。土地太干，冬麦播下就不见发芽。如今啊，只盼着下大雪，好让麦子生长。”

仲淹暗想，他一路行来，就不曾见过一丝一毫绿色的麦苗。他伸手拦道：“老伯，水这样金贵，就不用烧了，我今儿将就一宿，明儿一早就走。”

老人喘息道：“不洗也得喝口滚水，吃口热乎的不是？”转身从灶台边的柜中拿出棒子面：“不知客官是何方人氏，老汉我除了棒子面，也无好东西招待。”

仲淹忙道：“老伯，有棒子面就很不错了，我喜欢吃棒子面。”

老汉笑了，脸上的皱纹如刀刻一般：“老汉我在此处守了几十年，南来的，北往的，各色人等我见多了。今夜一见你，就知你是个心善之人，你就是不喜欢吃棒子面，也不好意思说出口。”

仲淹坐至灶下，抓把柴草塞进灶膛点燃：“老伯一人在此开这家客栈么？”

老人边和面边说：“本来是一家三口的，有老伴有儿子。可去年春天，”他抬头看了仲淹一眼，觉得他不像官府中人，又接道：“去年春天儿子被官府强派去边防当兵了，说是要实行募兵制，大灾之年，要灾民当兵。可怜我那孩子刚满十六岁啊！老伴整天哭泣，哭瞎了双眼，半年前掉到后山沟里摔死了，只剩了我一人。”

锅里的水开了，面也和好了，老人往开水里撒面，热气模糊了老人的脸：“原本我也不想再开这个客栈了，可我怕有朝一日，儿子回来找不着家啊！天天夜里，我点亮门前那只灯笼，只为儿子能回来，照亮这山坡的路。”

仲淹心底泛酸，他又往灶膛里添了一把柴草，火光映红他的面颊，映着他眼里闪闪欲坠的泪珠。

老汉手脚倒是麻利，一会儿便做好一锅棒子面糊糊，盛了一大海碗：“客官快趁热吃，凉了就不好吃了。”

仲淹接过碗，见他盖了锅盖，忙问：“老伯不吃么？”

“我咳嗽，夜间吃得过饱，又咳又喘，气短胸闷。”老汉摇手，“你快吃罢！”

仲淹忙放下碗，扶老人坐下：“老伯，你把手伸出来，我替你把把脉。”

老人惊奇地问：“你是郎中？”

仲淹把了一会儿脉：“老伯，你这是肺虚咳喘。”说毕，解开包袱，拿出一个小包来。暗想，幸好听了母亲的话，随身带了止咳的药。“这是甜杏仁，你每次取 20 克，用热水将皮泡软，去皮后砸碎，加水煮，若能加点小米就更好了。待熬成糊状，便可食用了。连服三日后，老伯的咳喘会有所好转的。”

老汉喜得抹泪：“哎呀！客官，这叫我如何感谢你啊！”

“老伯，你这么大岁数，给我做吃的，”仲淹端起碗，喝着面糊糊，“是我应该感谢你呀！”

第十二章　燕赵归来　三十从知壮士羞

夜的旷野，狂风恣意地刮着，一遍又一遍地横扫着大地，天边偶尔闪现的一两颗寒星，像怕冷似的，顷刻间又躲进云层。

范仲淹选了间窗户正对着马棚的客房，虽然屋外漆黑一团，但他听得见马儿的鼻息。他倚窗而立，神思却飘然物外。这一路走来的所见所闻，让他惊骇！这就是大宋的太平天下、昌隆盛世！

他真的希望，皇帝与朝中那些锦衣玉食的大臣，能走出金碧辉煌的皇宫与深深庭院。走向乡村，走向原野，来看看大地，看看百姓过的日子。

仲淹随手推开窗户，一股寒风嗖地蹿进来，扑灭了那盏摇晃不定的油灯，也冷却了他心中的愤懑。他深深吸了口气，屏住呼吸，听见玉色马轻微的鼻息声，便关了窗门，摸索着来到床边，和衣躺下。

正睡意蒙眬之时，忽听见门闩被轻轻拨动的声音，他悚然一惊，睡意全无。他没动，静静地躺着。如果是店家有事，会敲门叫他，而不是偷偷撬门。在这荒郊野店，除了盗贼，谁会半夜撬门而入？

门悄无声息地开了，又悄无声息地关上。

仲淹闭着眼睛，装着熟睡时的呼吸。果然，来人悄悄地立在床前听了一会儿，见床上的人呼吸平静，便打亮了手中的火石。在桌上床底下看了一遍，轻轻“噫”了一声，随手灭了火石，似立在房中思索。

突然，房中火光大亮，仲淹手执火煤子点亮了油灯，立在来人面前。

来人见仲淹突然现身，惊恐地问：“你、你是人还是神？”

仲淹笑问：“你看我像神仙么？”

“我明明见你睡熟了的。”那人犹自不解。

“在真定府衙门，是你跟在我身后么？想偷我的马？”

那人更惊奇了，睁大眼睛：“你咋知道的？”

“别问我是如何知晓的，”仲淹走至床边坐下，“我且问你，姓甚名谁何方人氏？年纪轻轻，为何正路不走，要做偷儿？”

那人坐在地上，叹息一声，一脸无奈：“唉！人哪，不是你想走哪条路，就能走好的。”

仲淹听他这话，禁不住“噢”了一声。

那人道：“在真定府衙门前，我见过你的身手，今夜也不想与你一争高下。我也无处可去，这屋里，比马棚里暖和多了，跟你说说也无妨。”

仲淹见他从容不迫的，心里倒生出一丝好奇："你倒气定神闲得很。"

原来，此人是距真定府不远的高邑县人，姓许，名青阳，今年二十五岁，生于一户殷实之家。幼时不好读书，偏好舞刀弄棒，练得一身硬本领。长大后，想考武举状元，可惜，朝廷的科考，只有文举，没有武举。

许青阳二十岁那年，天干无雨，冬天里的一场大火毁了他的家，只剩了他孤身一人，茫然无计之时，遇上官府募兵，他便成了一名守卫边境的士兵。

他也曾想，守卫边境，英雄总算有了用武之地。或许，命中注定他要以一身功夫而光耀许家门楣。

可事情并非他想象的那样好，边境守卫军队的兵卒，有的是灾民，有的是罪犯，还有老弱病残，练不得兵，打不了仗。又天下太平，无仗可打，守卫边境倒也轻松自在。可朝廷发的军饷，经过层层盘剥克扣，至兵卒手中，已是寥寥无几。

许青阳说到此，抬头见仲淹瞪着的一双大眼，在昏黄的灯光下，似闪着两团燃烧的火焰，他惊恐地往后挪了挪身子。

仲淹伸手拉起他："地上冷，你起来坐凳子上。"自己则在房中走来走去。

许青阳紧盯着仲淹，心里飞快地转着念头：此人莫非是朝廷派来视察边境的官员？可他单身一人，衣着简朴，既无马车行李，也无前呼后拥的护卫，难道是微服私访？

正胡乱猜测，冷不防听仲淹问："你既是边境守卫的兵卒，为何流浪在真定府？"

"唉！"许青阳垂下眼睑，"我与几个身强力壮的弟兄，不满长官克扣军饷，便想找上级长官说事儿。可是上级长官，官官相护，反说我们几个造谣生事，每人鞭打二十，扣两个月的饷银，发配到更远的地方做苦力。这天寒地冻的，我们又冷又饿，趁一个月黑风高之夜，逃了出来，他们几个投奔了占山为王的绿林好汉。"

仲淹奇道："那你为何不去？"

许青阳两眼失神地看着油灯："我虽无家可归，可在方圆百十里地，祖上几代都是清白之人。我不能光宗耀祖，却也不能污了祖上的清名。"

"你既不想污了祖上的清名，却又为何做了偷儿？"

许青阳定定地看了仲淹一眼，那目光如天边闪烁的星子般寒冷："我虽然落魄到一天吃不上一顿饭，可还不曾下手偷过。那天在真定府，见了你的玉色马，打心眼里喜欢上了，便一路跟着你。在府衙门前，见你与衙役的对话，觉得你不怕衙门，不倚仗自身的好功夫而随意欺负人，虽然那衙役该打。后来，就打消了偷马的念头。"

仲淹疑惑道："你不偷马了又为何跟着我到了此地呢？"

许青阳迟疑道："你是我所见过的各色人中，最与众不同的人。我猜不出你的身份，却看得出你身上有一种无形的气势。这种气势，是我在边境守卫的长官身上不曾看到的。你的一双眼睛虽然威严，可我能感觉得到几许温暖，就如我的父亲，我的兄长。"说着，竟然流下了眼泪，或许是想起了丧身火海的亲人吧。

他继续道："你骑马，我步行，而且饿着肚子，是赶不上你的。我要回家乡，必经此地。夜间太冷，我无钱住店，本想在马棚里将就一宿，却看到了玉色马，便知你住在此店。"

许青阳见仲淹仍然盯着他看，嗫嚅道：“你不是背着宝剑的么？既然知道你住在此店，我就想看看你的剑。”

仲淹笑道：“看来，你还真是个爱耍刀弄剑之人。”走至床前，从床里边取出长剑递给他。

许青阳忙起身，双手接过，“嗖”的一声拔剑出鞘，一股寒气直逼得灯花摇摇欲坠。

看了一会儿，他收剑入鞘，还给仲淹：“我看不出这柄剑的出处，只觉得年代久远，是柄好剑。”

仲淹依然将剑放于床里边。

许青阳像是松了口气：“这位大哥，所有的事儿，我已向你述说明白。你的剑也给我看了，将如何处置我，痛快点！”

仲淹奇道：“我为何要处置你？你既未偷我的马，又不曾偷我的剑。”

许青阳瞪大眼睛看着他：“这么说……”

仲淹点头道：“是的，你可以走了。只是天还未亮，外面寒冷，你在这儿睡一觉再走，也未尝不可。”

许青阳呆立片刻，又猛地跪下，颤声道：“大哥，我无处可去，你就收下我吧！在你身边做牛做马也强过要饭，强过做偷儿。”说到最后一句，声音极低。

仲淹未曾料到许青阳有这样的要求。他一个芝麻大的官，每月的俸禄仅能养家糊口，如今虽有了职田，却也有了朱谆一大家子要过活。但若不收留他，还真说不准这许青阳在走投无路之时，去做了绿林强盗，世上岂不是又多了一个害人的人了？

仲淹犹豫着，可许青阳祈求的眼神，让他不忍看，便轻声道：“按理说，我不能私自收留你，因为你是戍边的逃兵，理应送你归案。可鉴于你所说的一切，虽理无可恕，却情有可原，其责任不在你一人。我姑且收留了你，日后若有机会报效于国家，报效于朝廷，你应将功赎罪。”

许青阳听了，暗自欣喜：我果然未看错，此人果然不简单！苍天有眼，我遇到贵人了！又要给仲淹磕头。

仲淹一把拉住他：“起来吧！你不冷么？还跪在地下。”

第二天一早，范仲淹带许青阳出了山水客栈，站在路边，向山坡上孤零零的屋子望去。那盏被风霜雨雪侵染得颜色惨淡的红灯笼，依然在早晨的寒风中摇摆。他想着那风烛残年的老人，想着老人的儿子。走出老远，忍不住又回头，看一眼那盏代表着家的温暖的、早已看不出红颜色的灯笼。

这日，到了应天府地界。

仲淹对许青阳道：“我先送你回宁陵的家，你就跟我母亲和兄弟住在一起，日后有用你的地方，我自然会回去找你。”

许青阳不乐意：“我只想跟在大人身边，尽一点绵薄之力。并不想去你家做闲人，吃闲饭。”

仲淹思索道："我出门多日，衙门司理厅肯定有许多事情要处置，还是先送你回宁陵的家罢。"

回到宁陵，仲淹把许青阳交代给朱谆朱诚，又对母亲说了他的身世。并再三嘱咐青阳，要听朱谆朱诚的话，不可倚仗一身功夫横行乡里。若如此，就算神仙下凡，也不能救得了他。许青阳一一应了，说大人只管放心便是了。

自河朔归来之后，范仲淹只字不提自己的所见所闻。这日，他在司理厅埋头整理案卷。知州上官佖的公子上官融悄悄溜进来，站在他面前嘿嘿笑道："先生大人，听说你漫游了燕赵之地，能否给弟子说说那边的奇闻逸事？"

仲淹放下案卷："又是大人，又是先生的，我哪里受得起哟！"

一边看书的杨日严起身沏茶，见他一本正经的，笑道："你呀，就别难为上官公子了，他不是早就拜你为师了么？如何又不认账了？快说说你的燕赵之行，我也想听听呢！"

仲淹想了想，从桌上的一本书中抽出一页纸笺，递给上官融："在回来的路上，我作了首诗。"

上官融喜滋滋地接过，转身离去。

仲淹一时愣住："我还未开口说呢？你如何就走了呢？"

上官融从门外探头进来笑道："我先读诗，然后再来听先生讲故事。"

杨日严正喝一口茶在嘴里，见这师徒的情形，笑喷了一身的茶水："他还小，理解不了你忧国忧民的情思，还是说给我听听罢。"

仲淹一脸落寞："我在诗里写太平燕赵，其实，未见得太平。北方连年干旱，颗粒无收，民生日困。而官府竟以灾民、罪犯充当戍边的兵卒，军中不乏老弱病残，这样的军队如何打仗？而且，自澶渊之盟以来，边境较为安稳，十几年过去了，我方将士日久疲惫，无防患之意，必将给辽国造成可窥之机。"

杨日严似在专心听着，不语。

仲淹接道："边境戍边，是靠朝廷供给，朝廷哪来的银子？是向百姓重征敛税得来的。饷银到了边境，不知肥了多少人，也不知有多少兵卒连军饷都拿不到。再者，朝廷向百姓征敛税赋，不管是风调雨顺，还是灾年荒年，税赋不减。这样一来，百姓饥寒交迫，有人落草为寇，占山为王；有人则沦为盗贼，祸害乡邻，我大宋朝正逐渐地陷入危机。"

杨日严见他愁眉紧锁，所论之事虽是现实，却极为微妙。弄不好，有可能会被冠以"造谣生事、妖言惑众"而掉脑袋。便有意岔开道："前日，我有幸读了你的诗，你且听着，我还记得：

太平燕赵许闲游，三十从知壮士羞。敢话诗书为上将，犹怜仁义对诸侯。子房帷幄方无事，李牧耕桑合有秋。民得袴襦兵得帅，御戎何必问严尤。

仲淹笑道："杨兄好记性！"

“你在诗中并未直写百姓的贫困与戍边将士的懈怠，却以张良自况。张子房是汉朝的开国元勋之一，文韬武略，足智多谋。当年为汉高祖刘邦统一大业时，运筹帷幄之中，决胜千里之外，与萧何、韩信被誉为‘汉初三杰’。”

仲淹微笑不语，只待杨日严说下去。

杨日严喝口茶道：“至于李牧，他的故事就更精彩了。李牧是战国名将，在赵惠文王时，镇守雁门郡，任人为用，贮备货物，掌管课税，厚待兵卒，操练武艺，坚固城池，严防紧守。起初，李牧号召老百姓藏起所有的粮食及家蓄，并严明规定：若匈奴人入侵，未得出击的命令时，便迅速退回营垒坚守，不得擅自出击，让匈奴人抢无可抢，打无可打。违者，斩。如此数年，戍兵坚守边关，无一伤亡。百姓春种秋收，无一损失。为日后对匈奴人的反击，奠定了厚实的基础。”

仲淹为杨日严的茶碗续上茶水，摇头笑道：“杨兄见笑了！希文不过是纸上谈兵，实无真才实学。”

“希文老弟，你过谦了！为兄知你胸藏韬略，有经天纬地之才。可不在其位，不谋其政。你一个小小的亳州节度推官的话，又有谁能听得进去呢？而世间往往是：千里马常有，伯乐不常有！我只殷切期盼有人能识你这匹千里马！”杨日严叹息不已。

就在范仲淹与杨日严议论边境事之时，真宗皇帝年仅九岁的儿子赵受益被立为太子，赐名为“赵祯”。这一年，是天禧二年（1018年）。

伴随着太子赵祯的出生，民间就流传着一个绘声绘色的传奇故事：狸猫换太子。后来，这个故事被编成戏曲在舞台上演唱，至今不衰。

故事得从真宗皇帝的皇后刘娥说起。

刘皇后，单名娥，祖籍太原，生于公元968年，即宋太宗开宝元年。其祖父刘延庆曾于后晋、后汉时任右骁卫大将军，其父刘通曾于宋太祖跟前任虎捷都指挥使，领嘉州刺史，因此刘家举家从太原迁至成都华阳。

刘娥出生时，其母庞氏曾梦明月入怀。然而，刘娥出生不久，其父刘通奉命出征，战死沙场。因无子，从此家道中落，庞氏只好带着襁褓中的刘娥寄居娘家。

虽是孤儿寡母，庞氏也让刘娥读书识字。稍大后，刘娥跟艺人学了一手击鼗的谋生手艺，鼓儿词说得极好。十三四岁时，刘娥嫁给一个叫龚美的为妻。龚美是一个银匠，为了生计，带着刘娥至京城开封开了个银铺。

龚美为人随和，手艺精湛，又善于结交朋友，与一个叫张耆的人尤其交好。

张耆在当时的襄王府当差，一次去龚美的银铺，惊诧于刘娥的美貌，回府后禀明了襄王。

襄王就是如今的宋真宗赵恒，那时他叫赵元侃，尚未被册立为太子。赵元侃原本就是个好色之徒，天子脚下竟有如此美色，他岂肯放过？于是随张耆来到龚美的银铺，没费太多的周折，便一亲美人芳泽。

自此，赵元侃的魂便附在了刘娥身上。张耆见主子失魂落魄的，便出了个主意，给了龚美一大笔钱，把刘娥接进了襄王府，使其成为襄王府里名正言顺的宫女。

刘娥容颜俏丽，冰雪聪明，在银匠铺里与襄王一见钟情，到得襄王府，自然深得襄王千般呵护，万般宠爱。其时，襄王赵元侃尚未婚配，他二人的浓情蜜意让襄王乳母秦国夫人极为不满，认为刘娥以美色引诱襄王，有碍襄王前程。多次劝说襄王无效，秦国夫人一气之下告到宋太宗赵光义跟前。

宋太宗大为光火，下旨将刘娥逐出襄王府，不准再踏入京城半步。

赵元侃并没有将刘娥送出京城，而是藏匿在张耆家中，隔三岔五，与其私会。不久，十七岁的襄王赵元侃被改封为韩王，遵皇命娶忠武军节度潘美的八女儿，封为莒国夫人。六年后，潘氏因病去世，宋太宗又将宣徽南院使郭文的次女许配给他，初封鲁国夫人，后又晋封为秦国夫人。

宋太宗至道三年三月癸巳日，五十九岁的赵光义病逝，遗诏传位于两年前被册立为太子的赵元侃。其时，赵元侃更名为赵恒。

初登大统，宋真宗皇帝赵恒意气风发。五月，册立秦国夫人郭氏为皇后；六月，追封已故的潘氏为庄怀皇后，又广选天下美女充实后宫。然而，纵使后宫佳丽三千，也难让他忘情于刘娥。

至此时，刘娥已在张耆家中藏匿了整整十五年。

十五年来，得赵恒垂顾，刘娥虽幽居在张耆府中，过的却是主子般的日子。她博览经史文学，习研琴棋书画，此时的刘娥已非昔日击鼗女艺人可比。虽不能比之武则天身边的上官婉儿，却也是满腹经纶，不失为女中才子。

朝中大事刚刚理顺，赵恒就琢磨着把刘娥接回宫中，他要告知天下，刘娥才是当今天子最宠爱的女人。

刘娥风风光光地进了皇宫，于公元 1004 年，即景德元年，被册封为四品美人，而原先秦王府姬妾杨氏只被册封为五品才人。为了不让人鄙视自己出身微贱，刘美人求得赵恒皇帝恩准，令前夫龚美改姓刘，名刘美，并以刘娥之兄的身份任宫内右侍卫之职。

从此，后宫之中，郭皇后之下，唯刘美人最为尊贵。

刘娥虽受专宠，却并无恃宠而骄之态，与郭皇后和睦相处，也无僭位之举，后宫之内，无一不与她交好。

郭皇后为真宗皇帝生过三个儿子，但都不幸夭折，过度悲伤之下，于景德四年四月十六，病薨，享年三十一岁，谥为庄穆皇后。

至此，后位空置，赵恒想把心爱的女人刘娥册封为皇后。无奈群臣坚决反对，认为刘娥既无子嗣，又出身低微，不足以母仪天下。要求赵恒册立出身高贵的宰相沈伦之孙女沈才人为后，赵恒不同意，宁可后位空置，也不谈立后之事。

刘娥虽无皇后之名，因受专宠，早已统领六宫。眼见皇帝年近四旬，后妃所生的五个皇子都一一夭折，无奈自己却不能为皇帝生下皇子，焦虑之中，想出“借腹生子”的主意。

在赵恒与刘娥的周密安排下，九年前（大中祥符三年，也就是 1010 年），宫女李蓉产下一子，不待李蓉从剧痛中清醒，孩子就被抱进刘娥宫中，值事太监宣布：二品修仪刘娥生得皇子。

宋真宗皇帝赵恒兴奋异常，当即为皇子赐名“受益”，封李氏为才人。

刘娥并没有亲自抚养赵受益，而是交给情同姐妹的杨婕妤抚养。赵恒欲册立刘娥为后，仍然受到群臣的一再阻挠，很是恼怒，又不便发作。到大中祥符五年，赵恒觉得不能再拖，便一意孤行，于十一月末晋封刘娥为德妃，同时晋封杨婕妤为淑妃。

同年十二月丁亥日，宋真宗皇帝赵恒正式册立四十四岁的刘娥为大宋王朝皇后。不举封后仪式，不让官员进贺。封后诏书也回避朝臣公议，下令只将封后诏书传至中书省，皇帝就像在自己家里宣布一项家事。

群臣见木已成舟，也只得默认。

李才人天生的娇柔婉转，深得赵恒的垂爱，次年又诞下一女，加封为婉仪。只是小公主的夭折让她更加想念被强行抱走的儿子，虽同在皇宫之中，却无缘一见，终日抑郁。

这段“移花接木”的历史事件，在民间被演绎为戏剧《狸猫换太子》而广为流传。

但历史毕竟不是传说。

历史上的刘娥博古通今，才华超群，又常年侍奉在真宗皇帝赵恒身边，对家国大事熟稔于心，时常给皇帝以点拨与帮助。她不单单凭美貌取悦于皇帝，更以她卓越不凡的才情，让皇帝对她另眼相看。虽说强抢了李氏的儿子，那也是与真宗皇帝合谋的，并非民间戏剧《狸猫换太子》里描绘的阴险歹毒女人。

这就是为什么宋真宗皇帝赵恒不顾群臣反对，而在刘娥四十四岁渐渐老去且无子嗣时，还要册立她为皇后的原因。

然而，人一旦尝到权力的甜头，那么获取权力的欲望就会更大，何况是主宰天下众生的皇权。当真宗皇帝觉察到刘娥的野心越来越大时，已是病魔缠身。

第十三章　喜结连理　琴瑟和鸣遇知己

天禧三年（1019 年），范仲淹迁秘书省校书郎，仍在亳州任节度推官。北宋这个时期的官职比较混乱，官阶与职务混淆不清，比如一个吏部郎中，不一定在吏部任职，或许会派往杞县去当县令。那么，他的官衔就成了“吏部郎中知杞县”，吏部郎中是官，知杞县是“职”，官与职分家，官是虚名，职才是他名下实际的官。

一晃，又是一年，天禧四年（1020 年），范仲淹仍在亳州。

俗话说，立秋一日，水冷三分。可立秋已过数日，天气依然酷热难当，范仲淹在司理厅翻看案卷，只觉得身上汗津津的，衣衫黏在身上，极不舒服。只得拿起大蒲扇扇几下，继续看卷宗。

这时，上官融进来，手中捧一个圆圆的碧玉似的瓜，放在范仲淹书案上，笑吟吟的：“先生，家父让我送一只寒瓜（现在的西瓜）给先生解暑。”

范仲淹惊奇地看着瓜，瓜皮上黑绿相间的条纹，像是用笔画上去的。他摸着光滑的下颌：“很早以前就听说过寒瓜，今儿却是第一次见着。据说这瓜在五代以前就从西域传入我国东南沿海一带，因其性寒解热，被称为寒瓜。”

上官融笑道：“先生真是博学多才，这寒瓜是我家亲戚从海南带回的瓜子种的。”

范仲淹瞪着眼，嗔道：“哪有弟子这样夸先生的？快去请杨大人来，一起吃寒瓜。”

上官融应声而出，却一头撞在杨日严怀里。

杨日严进门，揉着胸口问：“上官公子如此匆忙，是你先生要打你么？”

上官融垂首道：“杨大人，弟子奉先生之命，去请大人来吃寒瓜解暑，不想，撞了大人。”

范仲淹笑道：“你就别寻他开心了，快拿刀来切瓜。”

上官融道：“二位大人请慢用，学生告辞！”

杨日严道：“你吃了再走。”

“不了。学生家里还有。”话音未落，人已跑去老远。

范仲淹与杨日严一人吃了两片寒瓜，剩下的分给衙役们吃了。

屋外依然阳光灼灼，风儿也似怕这秋后的烈日煎烤，不知躲在哪儿，树叶子纹丝不动，唯有几只蝉儿长一声、短一声有气无力地嘶叫着，给这炎热的天气更添了几分烦躁。

杨日严走至门边，抬头看了看天空，又看看院子，反身关了门。

范仲淹暗自奇怪：这大热的天，为何关门？正要发问，却见杨日严一改平日的笑容，走至身边，拉把椅子坐下，悄声道：“宫里出事了！”

范仲淹霍地站起来，惊问：“出事了？”

自大中祥符九年（公元1016年）起，真宗皇帝就龙体欠安，每日批阅奏章都要皇后刘娥陪在身边，并不时征询她的意见，有时干脆把朝中大事交给刘娥处置。

今年开春以来，真宗的病情越发严重，行动迟缓，说话口齿不清，而且记忆力急剧下降，宫中太医对此束手无策。皇帝焦虑的是，刘皇后参与朝政的兴趣日益浓厚，而心中的忧虑又不便对朝臣明言。当初要封刘娥为皇后时，招致朝中大臣的竭力反对，自己则一意孤行，下令只将封后诏书传至中书省，不举行封后仪式，不让官员进贺，如今若向朝臣说出刘娥的野心，岂不是打了自己的嘴巴？这枚苦果，还得自己咽下去。

然而，刘皇后参与朝政，凡事必问丁谓。丁谓误国，有识之士有目共睹。寇准、王旦等朝中重臣上奏，请皇上思宗庙之重，命太子监国，以固万世之基本。并建议选忠诚、正直且能坚持原则的大臣来辅佐太子监国。在奏章中，寇准着重道："丁谓、王钦若乃奸佞之臣，不能辅佐少主。"意在反对刘皇后参与朝政，反对丁谓、王钦若专权。

今年的夏天似乎格外炎热，真宗每天午饭后要小睡一会儿，他有个习惯，要枕着周怀政的腿才能安然入睡。

大宋朝有两个深得皇帝信赖的太监，一个是刘承规，已于大中祥符五年（1012年）病故，一个就是周怀政。

在真宗泰山封禅之前，就是周怀政亲自攀着梯子爬到承天殿的门顶子上取的"天书"。打那时起，真宗就视周怀政为最亲近的宦官，并将他安排在自己唯一的儿子赵受益身边。赵受益在资善堂读书，周怀政即为资善堂都监。

这天午饭，满桌的珍馐美味，真宗吃在嘴里，味同嚼蜡。

周怀政见真宗眉头紧蹙，食不甘味的模样，便用银筷子夹了几样看上去碧绿的小菜，哄道："皇上，这是刚从园子里采的新鲜蔬菜，对皇上的龙体最有好处，大鱼大肉吃了反倒腻味。"

真宗像听话的孩子似的吃了，觉得鲜嫩可口。

周怀政见状，又哄着吃了一小碗粳米饭，小半碗蘑菇汤。

饭毕，周怀政扶着真宗在园子里走动，以免饭后睡了积食，而真宗却显出疲惫的神色。

周怀政忙扶真宗回至寝宫，像往常一样，让他枕着自己的大腿，自己则轻轻摇着扇子。

也不知是天气燥热，还是心里烦闷，真宗左右是睡不着。便说起今儿早朝，寇准与几位老臣请求太子监国的奏疏，他正犹豫不决，是准了，还是不准。

周怀政心里正有一桩事不能释怀。原来，周怀政与刘娥的前夫刘美（龚美）曾经同在皇城司办差。刘美从不曾将周怀政放在眼里，处处与他为难，并扬言"只要周怀政有一点过错，必将他绳之以法"。周怀政怀疑刘美是奉了刘皇后之命针对自己。此刻，他心里琢磨着，真宗皇帝已病得连话都说不清楚了，若刘皇后主政，自己的下场便不堪设想。

他没有恳请真宗制止刘娥参与朝政，只轻轻絮叨太子如何聪明，如何好学。又说太子作风正派，不苟言笑，极具皇家风范。

真宗的脑袋枕着周怀政的大腿，眯缝着眼睛，盯着床前那只碧玉香炉里缥缈的青烟道：“平日在宫中，他也是从不随便说笑的。”

周怀政听了这句话，以为真宗赞同自己对太子的看法，心里一高兴，便脱口而出：“皇上圣明！太子已经十一岁了，愿皇上准了寇准、王旦几位老臣的提议，命太子监国，以巩固赵家万世之基业。”

真宗以少有的灵便迅捷地坐起身，一双眼睛紧盯着周怀政，那眼神里有怀疑、恐惧、愤怒、不安，更多是抹不去的无奈与忧虑。周怀政从不曾见皇帝这么复杂，这么变幻莫测的眼神。他吓得跪在床前，低垂着脑袋，等待着雷霆之怒。

周怀政不敢抬头，他觉得偌大的皇宫里，只有皇帝的呼吸声在耳边喘息，在宫殿之间缭绕。

半晌，真宗长叹一声，缓缓地却是坚定地说：“准了寇准、王旦的请奏，让太子监国！”

周怀政听了，忙叩头谢恩，起身又让皇帝枕着自己的大腿睡午觉。

真宗道：“你去吧，朕已无睡意。”

周怀政按捺住兴奋得要跳出来的心，轻轻退出寝宫。在门边交代宫女进去侍候皇上，自己则便往寇准府上而来。

寇准，字平仲，华州下邽（今陕西渭南）人，宋太宗太平兴国五年（980年）进士，以刚直不阿闻名于朝野，深得百姓的赞誉，也为自己在朝中树下了强敌。

寇准接待了周怀政，听他说明来意，心中欣喜。忙命家人去请知制诰杨亿来府，商量起草太子监国的诏旨，并做好了与杨亿一起辅政的准备。

岂料，寇准与杨亿起草太子监国的诏旨尚未向朝廷宣告，便被杨亿的妻弟张演酒后泄露。

刘皇后因寇准曾经铁面无私地处置过娘家亲戚，早就心生怨恨。如今又在拆自己的台，更是怒火中烧，趁真宗病重，下旨罢寇准为太子太傅，封为莱国公。

周怀政见寇准失利，便联络客省使杨崇勋、内殿承制杨怀吉，密谋发动政变，要杀了丁谓，让寇准回归相位，奉真宗为太上皇，拥立皇太子即位。

然而，周怀政尚未动手，已被丁谓得知消息，丁谓连夜赶到曹利用的府中商量对策。

曹利用一面派兵包围周怀政的住处，一面亲自去找杨崇勋、杨怀吉，策动二人自首告发周怀政。

周怀政被砍头，丁谓想乘机把寇准也置于死地，便诬告寇准参与了此次密谋。或许刘皇后良心未泯，或许她不想背着真宗做得太过，未杀寇准，只是再次罢了他的相位，逐出京城。

范仲淹听完杨日严的述说，一拳砸在书案上，震得茶碗歪斜，茶水四溢，砚池里的墨水喷起来，有几滴溅落在案卷上。

他激愤地问：“朝纲如此混乱，难道就无正直之士敢于直言？”

杨日严道：“正直之士？寇大人不是正直之士？李迪、王曾不正直么？后来，皇帝的病痛缓解了些，几日上朝不见寇大人，问左右为何多日不见寇爱卿，竟无人敢答。唯有李迪面奏皇帝，说寇准被奸佞之臣丁谓诬陷，已经逐出京城。丁谓当时反驳李迪，李迪一时怒起，举起手板向丁谓头上抽去，并道，李迪与丁贼不共戴天。”

仲淹叹道：“寇大人为人刚正，直言不讳，佐佑天子为大忠，是社稷之臣，竟几度遭贬。李迪李大人，公明亮直，疾恶如仇，是眼里揉不得半点沙子的人，对朝中奸佞也无能为力。”

屋子里异常闷热，仲淹起身推开两扇沉重的木门，霎时，一股风挟着几片落叶蹿进门来，在堂前乱转。不知何时，天上已阴云密布，树上的蝉也寂静无声。

仲淹感到一阵凉爽，他索性走至院中，仰首向天。突然，一道闪电如金色的长蛇，在云缝中乱窜，紧接着，一声惊雷在头顶炸开，似炸出无数个小雷，隆隆地向四面八方滚开去。

杨日严惊道：“希文快进屋，变天了！”

至天禧五年（1021 年），三十三岁的范仲淹调任泰州（今江苏泰县），监海陵西溪镇盐仓，此时，他的官衔全称为：“文林郎试秘书省校书郎，权集庆军节度推官，监泰州西溪盐仓。”“文林郎”是旧有的寄禄官名，“试”是尚未正式任命的意思，“权”是兼任，“监”是派往监察，这项差遣才是他真正的职务。“监”还有一层意思，是在矿区和盐区设置的特别行政区域，有的与县的范围相同，有的则小一些。泰州在今江苏泰县，海陵西溪镇是盐区，泰县县衙在海陵。

仲淹拿了朝廷的任命状，离了亳州。他打算先回宁陵看望母亲，然后再赴泰州西溪镇盐仓上任。

家里的一切，井然有序，谢夫人的身体看上去还算康健。

仲淹一进家门放下行李，便去厨下烧滚水泡了一壶茶，送至母亲房中，斟了一盏递给母亲：“娘，这是孩儿用亳州菊花泡的茶，您尝尝。”

谢夫人端起茶碗轻轻啜了一口，品味道：“嗯，入口有一股子清香，过后余味甘甜。”

“娘，亳州菊花以疏风散热，解暑明目见长。若是得了风热感冒，可取亳州菊花代茶饮，夏季也可与大米一起煮粥，以防中暑。”

“嗯，你把这亳州菊花给朱谆朱诚一些，让他们也尝尝。”

“娘放心！他们都有。”

谢夫人放下茶碗道：“希文啊，你回来正好，娘有事要与你商量。”

“娘，何事？”仲淹拉了凳子坐在母亲身边。

“为娘一直想给香草找个好人家，无奈香草死活不肯离开我，错过了几多好姻缘，为娘心里不忍。我看你前年带回家的青阳是个好孩子，何不让他俩成亲？”

仲淹笑道：“母亲大人这是要效月下老人牵红线啊！”

“休得贫嘴！娘说的是正经事儿。”

“是正经事儿，”仲淹仍然笑道，“可香草姐姐不是比我大么？青阳比我还要小呢！”

谢夫人嗔道：“谁说的？香草比你要小好几岁呢！小时候让你称她姐姐，是为了让你学会尊重家里的下人，而不是她比你大几岁才称为姐姐。”

仲淹问：“那他俩是否都有意呢？”

“我问过香草，姑娘家矜持些，她并未反对，只是低头笑，我说，只要笑了，就当是同意了这门亲事。”

仲淹笑道：“娘，我去问青阳。”起身便要出门。

谢夫人拦道：“青阳今儿随朱诚去乡下看田地了。娘问过朱谆朱诚媳妇，她俩说青阳愿意娶香草。我琢磨着，他俩成亲后，若愿意在咱家呢，还是一家亲；若想搬出去独住呢，也未尝不可，咱就当嫁了一个闺女。”

“原来娘已有了安排。”仲淹在母亲身边总觉得有一股说不出的暖意，他愿意听母亲安排家里的诸般事宜，他希望时光永远停留在这一刻，希望母亲永远井井有条地管理着家里的一切。

“别打岔，”谢夫人道，“再来说你。”

仲淹一怔：“娘，孩儿怎么啦？”

“你也老大不小了，不该成亲么？”谢夫人沉着脸，“俗话说，不孝有三，无后为大。古人又说，修身齐家治国平天下。齐家后方能治国，你孤身一人，既不能为范家续烟火，又何以治理国家？”

仲淹摸着后脑勺，样子颇为难堪：“孩儿也想娶妻生子，承欢母亲膝下，可就是没有月老给孩儿牵红线啊！”

谢夫人笑吟吟的：“已经有人上门说媒了。是太宗朝参知政事李昌龄的侄女，太子中舍李昌言的女儿。”

仲淹惊道：“娘，这是真的？”

“娘还能骗你？”

“可孩儿马上要赴泰州上任哪！”

谢夫人惊问：“泰州？你调任泰州了？何职？”

“文林郎试秘书省校书郎，权集庆军节度推官，监泰州西溪盐仓。”仲淹道，“只是差事变了，官阶并未升迁。”

“不论是几等官阶，只要是朝廷的派遣，你都要兢兢业业地做好自己的差事。”

仲淹郑重点头：“娘，孩儿记住了！”又带几分羞涩几分好奇地问：“娘，会有谁给孩儿说媒呢？”

谢夫人笑道：“李昌言的侄儿李纮，托人来给他的堂妹李芳卿说媒。”

“李芳卿？”仲淹掩饰不住内心的兴奋，“娘，李家的姑娘叫李芳卿？”

“媒人说李家有三个儿子，名晋卿、仲卿、耀卿，都进士及第，女孩儿名唤芳卿。”谢夫人道，“这李纮，听说在朝中任职，至于任何职，为娘说不上来。”

仲淹接道：“孩儿当年在应天府书院读书时，知道李纮此人。李纮少年时也在应天府书院求学，于大中祥符元年（1008 年）进士及第，蒙宰相吕夷简推荐，历监察御史而为殿中侍御史。”

过一会儿，仲淹又蹙眉问：“李家如此显赫，如何看上我这一介穷儒？”

谢夫人道：“李家虽为殷实之家，嫁女历来选寒门士子为婿。这女孩儿芳卿，听说最是知书识礼，温柔敦厚。而且，他家子弟也从不以祖上的荣耀而横行乡里。”

仲淹笑道：“既然娘亲喜欢，就应了这门亲事吧！”

谢夫人轻轻拍了拍儿子的手：“你倒是会讨好卖乖。”

“可是，”仲淹为难道，“娘，孩儿即将要去泰州啊！”

谢夫人沉吟道：“眼下已经入冬了，若待你去泰州再回时，只怕要到明年春天了。依我之见，你不如先把婚事办了再去泰州，何如？”

见母亲近于恳求的眼神，仲淹心里一阵难过。他是羞愧的，母亲一生坎坷，历尽艰辛，如今虽在自己身边安享晚年，却是年迈体弱。而自己呢，当年立下不为良相，便为良医的志愿，遥不可及。都说修身齐家治国平天下，今年已经三十三岁，尚未娶妻生子，还何谈治国平天下？俗话说，不孝有三，无后为大。这样既对不起范氏列祖列宗，更对不住为自己操劳一生的母亲。在广德、亳州任职，虽是朝廷派遣，却是位卑言轻，于朝廷无益，于百姓无助，谈何经世治国？如此蹉跎岁月，把光阴虚度，还不如娶妻生子，承欢母亲膝下，共享天伦。

仲淹心里叹息，口中道：“孩儿的婚事听娘安排。”

谢夫人大喜，一迭声的唤香草，快快去找朱谆朱诚回来，商议大事。

冬日的黄昏，夕阳染红了落叶的剪影；风，又把叶的梦想轻轻托起。

范家门前那两盏火红的灯笼，还有那副大红的楹联，给这萧条的冬日，平添了几分喜庆与温馨。

洞房花烛夜，是人生最大的喜事。

客人扶醉而归，朱谆朱诚夫妇忙着收拾，范家安静下来。

新房里，高烧的红烛，把窗户上、柜门上贴的红双喜字，映照得红彤彤的。仲淹抑制不住内心的喜悦，走向端坐在床沿的新娘，轻轻挑去她头上的红盖头。

新娘惊慌地抬头看了新郎官一眼，又羞涩地垂下眼睑，低头看着自己穿着红绣鞋的双脚。

仲淹被新娘秀美的容貌惊呆，尤其是方才那惊慌、羞涩的一眼。那一低头的温柔，仿佛三月的春风，从他心头轻轻地拂过，他的心融化了。

屋里静极了，静得只听见心跳。忽然，红烛“噼啪”一声炸了个花，窗外有压抑的笑声与说话声。仲淹不由得红了脸，他知道，窗外一定是朱谆朱诚的媳妇儿在偷听。他挨着新娘坐下，不敢看她的眼睛，只看着眼前的红烛，轻轻地说：“芳卿。”又轻轻咳一声：“听娘说，你叫芳卿。”

新娘头也不抬，悄声回道：“我的兄长名字后面都带‘卿’字，家父便给我取名芳卿。”

“好名字！真是人如其名！”仲淹由衷言道，“芳卿，你嫁给希文，是希文三世修来的福分！我这清贫的家，简陋的婚礼，真是委屈你了。”

芳卿抬头，眼里一抹淡然的神色：“我听堂兄李纮说过你当年在应天府书院读书的事儿，又说你在广德办学堂、平冤狱，所到之处，必为百姓办事，这才决意嫁给你。来李家求婚的公子王孙也不知有多少，我若是贪图富贵，早就做了有钱有势人家的贵妇了。”

仲淹捧起芳卿的双手，不知该说什么，只一连声的轻唤芳卿。

朱谆朱诚的媳妇儿笑吟吟地来到堂屋，把偷听到的话儿说给谢夫人听。谢夫人笑着啐道：“你俩个促狭的妯娌，看芳卿日后如何收拾你们。”正说说笑笑的，香草姗姗而来，要帮忙收拾屋子。

谢夫人拦道：“香草，今儿可不用你动手。”

朱谆媳妇一把拉过香草，摁在谢夫人身边坐下，笑道：“今儿你是新媳妇，由我们来侍候你。”

朱诚媳妇斟茶过来，一本正经的：“平日你没少侍候我们，今儿我们也侍候你一回。”

香草不知所措，谢夫人笑道：“你就受了罢！”

香草只得接过茶碗喝了一口。

谢夫人道：“香草，你打小就跟在我身边，没少吃苦。这么多年来，你从未想过要离开我，凡事你都替我想到、做到了，就如我的亲生闺女一般。今儿，希文跟芳卿成亲，顺便把你跟青阳的婚事也一起办了，实在是太简便、太寒碜了！好孩子，老身实在是对不住你啊！”

香草忙跪在谢夫人面前，含泪道：“老夫人千万别这么说！香草从小就没了爹娘，若不是老夫人收留，如今也不知流落在何处受苦。老夫人给了香草一个家，今日，又给香草选了夫婿，老夫人就是香草的再生父母，香草今生今世也不能报答老夫人的恩情！”

“哎呀！快起来！快起来！”谢夫人忙不迭地叫朱谆媳妇拉香草起来。抬头却见青阳站在门边，扭扭捏捏的，想过来又不敢的样子。

“青阳，你过来坐，门边冷。”谢夫人唤道。

朱谆媳妇打趣道：“是来找香草的么？离开这么一会儿就巴巴地找了来。”

香草跺脚小声道：“少奶奶！”

青阳红了脸：“少奶奶，我是来感谢老夫人的。方才在门边听了香草的话，香草说的都是我心里的话，我也不多说了。只请老夫人准许我跟少爷一起去泰州，也好有个照应。”

谢夫人忙摆手：“不成！你跟香草新婚，怎么能拆散你们！”

香草小声道：“老夫人，家里又不缺人手，在家闲着，还不如让他跟在少爷身边。你看人家大官小官的，谁没有个跟班的？”

谢夫人想了想：“这事儿还是等希文自己决定罢。”

正说话间，忽有琴声清扬而起，如一股春风漫过冬的寒夜。瞬间，冰雪融化了。青藤爬上了篱笆，杏花开满了枝头，梁间燕子呢喃而语，柳条儿在水面荡起涟漪。

朱谆媳妇喃喃道：“想不到希文兄弟弹得一手好琴！”

朱谆不知何时来到堂屋，接道：“这不是他弹的。凡从应天府书院出来的人都知道，希文只弹一支曲子。”

青阳心里奇怪，禁不住问：“只弹一支曲子？何曲？”

“《履霜操》。”朱谆答。

谢夫人眼角眉梢都是笑：“你们休要猜了，这是芳卿在弹琴。”

第十四章　西溪书事　敢议雄心万里途

西溪，这座东海边的小镇，虽是大宋朝的重要产盐之地，春天，不见桃红柳绿，不闻莺啭鹭鸣。秋天，没有红菱碧荷，没有芦花飞雪。苍茫的天地间，唯见浊浪排空，唯闻海风呼啸，间或有一两只落单的野鹤引颈长唳，悲鸣之声给这偏远之地更添了几分荒凉。

倚着栏杆，仲淹望向海边，一边是不知疲倦地撞击着岩石的海浪，一边是辛勤劳作的盐工。他的差事，是负责监督淮盐贮运转销，可以说是个闲差。

“老爷，外面风大。”青阳拿件夹衣，要给他披上。

“我哪有这么娇嫩，”仲淹苦笑道，“以前在广德、亳州还有案卷可看，有案情可查，如今我可真的成了‘闲老爷’了。”

青阳安慰道：“老爷，清闲是好事儿呀，有多少人想都想不到呢！”

仲淹进屋，坐在书案前，定睛看着青阳。

青阳被他看得不知所措，低头看看自己的衣衫，不解地问：“老爷，我身上有哪儿不对么？”

仲淹笑道：“你当初死缠烂打的非要跟我一起出来，怕不是来享清闲的吧！”

青阳摸了摸后脑勺，笑道：“老爷文韬武略集于一身，也只能委身于此偏僻之地，做个闲官。我一个粗人，能跟在老爷身边，已是天大的福分，哪有心思去想其他。”

仲淹笑问：“真未想其他？”

青阳一本正经道：“老爷，小人真未想其他，只想侍候老爷。”

“那就好！研墨！”仲淹挽衣袖吩咐。

青阳忙不迭地倒水磨墨，待他磨好墨，再去沏壶茶来时，见仲淹又倚着栏杆，望着海滩出神。而书案上，一笺纸上写满了字。

青阳低头看去，是一首诗：

卑牺曾未托椅梧，敢议雄心万里途。蒙叟自当齐黑白，于牟何必怨江湖？秋天响亮频闻鹤，夜海曈昽每见珠。一醉一吟疏懒甚，溪人能信解嘲无？

诗里虽不明言，可青阳从字里行间，看出老爷复杂心绪的流露。西溪，这偏远之地，并不是凤凰所能栖息的梧桐树。诗人有文才武略，能担当天下之大事，可雄心万丈，壮志难酬。如果像庄周、蒙叟一样随着日升月落，花开花谢，逍遥一世，也是人生一场。可诗人偏偏像战国时的公子牟，人在江湖，心忧国事。

乍一读来，这首诗看似诗人的自我解嘲，可青阳觉得自己读懂了老爷的心事。他把茶端给倚栏而立的仲淹，轻声道：“老爷，我在边境军中，曾听年老兵卒说过，像老爷这样进士及第的初级官员，想升为朝官是非常缓慢的。俗话说，不在其位，不谋其政，老爷空有满腹奇才，也不能尽其施展。如果朝中有人举荐，那就不同了。”说到此，他顿住了。

仲淹盯着他，笑问：“青阳，你这脑袋瓜子里，整日想些什么呢？痛快地说出来。”

青阳道：“去年冬天，小人随老爷来西溪，已有一年。今年二月，真宗皇帝驾崩，仁宗皇帝即位，小皇帝只有十三岁，实际上是太后垂帘听政。”

说话间，二人已进屋，仲淹坐在书案前，专注地看着青阳。

“想必老爷也知道，刘太后重用张知白。”

仲淹笑道：“你常常挂在嘴边说你是一个粗人，粗人竟然知道朝廷中事。许青阳，你可不简单啊！”

青阳笑着摸摸脸颊：“跟在老爷身边，耳朵里总会装点东西的。在宁陵时，常跟朱谆朱诚他们来往于商丘、应天府等地，听人说张知白善于识人，老爷难道未听说此人么？”

仲淹摸着颔下短短的胡须：“张知白，我当然知道。沧州清池人，端拱二年（989年）进士，历任龙图阁待制、御史中丞，如今是本朝的宰相，深受太后的信任。而且，张大人为人极其节俭，虽官居宰相，其衣食住行一如做宰相之前一样清苦，是我辈的楷模啊！”

青阳插嘴道：“张大人还善识人才。”

“是啊！张大人知人善任，当年向先皇推荐了晏同叔，还推荐了石延年。”

“老爷何不拜在张大人门下，”青阳给茶碗续上热茶，“若得张大人引荐，老爷何愁无用武之地？”

仲淹笑道：“绕了一大圈，原来你是在给我指点迷津啊！可贸然之间，谁知张大人是否接受我呢？”

青阳有点着急：“你不试试，哪里知道？这一年一年的晃悠过了，老爷的大好年华还不虚度了？”

仲淹看着青阳，那双有神的眼眸里闪着奇异的光彩。

乾兴元年（1022年）十二月，范仲淹给尚书右丞、枢密副使张知白寄去一封至真至诚的书信。信中道：

其大幸者，生四民中，识书学文，为衣冠礼乐之士；研精覃思，粗闻圣人之道。知忠孝可以奉上，仁义可以施下，功名可存于不朽，文章可贻于无穷，莫不感激而兴慨然有益天下之心，垂千古之志！

……

至于稼穑之难，狱讼之情，政教之繁简，货殖之利病，虽不能辨，亦尝有闻焉。

他对这位以清廉自律的宰臣充满景仰之心，自以为与他意气相投，真心渴望投在他门下，以施展自己的才华与抱负，希望听教于他而有益于当时，有垂于后世。

信寄出了，日子一天天过去，张知白没有回音。

春风，从西溪这座偏远的海滨小镇匆匆而过，不曾留下一抹绿意。那旧堤残坝上星星点点的野花，被海潮冲刷得憔悴不堪，仍在零乱的贝壳中，顽强地挣扎着。

仲淹带着许青阳行走在海堤上，巡视盐场、盐仓及盐灶。

海水煮盐的盐灶，在海岸星罗棋布。盐工们匍匐在烈日下的海滩上刮盐碱，辛苦异常。而远处的盐碱地，在阳光下泛着刺眼的白光，更加不忍目睹。

原来，泰州、楚州（今淮安）、通州（今南通），位于淮水以南，东临黄海，经常受海潮威胁。唐李承创曾于大历年间(766—779)在这三州修筑过一道海堤，但年久失修，颓坏已尽。因此每年秋季海潮泛滥时，沿海各州往往是屋倒房崩，盐灶摧毁，人畜不存，颗粒无收。汪洋退过之后，万顷良田便成了无法耕种的盐碱地，幸存的百姓无以为生，唯有四处乞讨。

仲淹站在海堤上，望向那一片刺目的白花花的盐碱地，心里滋生出一个惊人的念头。他要修筑海堤，要用海堤守护万顷良田，免了百姓背井离乡之痛，流离失所之苦。

这天，仲淹来到泰州县衙，向知府提议修筑海堤。

知府瞪着一双浑黄的眼睛，上下打量着仲淹，耐后，又眯着眼道："你是盐仓监官，只需管好你的盐仓，收齐朝廷要上缴的盐税便可。修筑海堤之事，不劳你费心！"

仲淹随即回道："知府大人，虽然老话说，不在其位，不谋其政。修筑海堤是利国利民的千秋大事，身为朝廷命官，为官一方，就要造福于民，怎可说不劳我费心呢？"

知府似被呛了一口海水，肥胖的脸庞红一阵白一阵，半天才问："好！就算本县同意修筑海堤，银子由何人出？人工从何而来？"

仲淹道："海潮冲毁的不仅仅是年久失修的海堤，更有百姓的生命、良田、房屋、庄稼及家畜。知府若向朝廷谏议，修筑海堤是功在当下，利在千秋的大事，朝廷怎会袖手旁观？"

知府把脑袋摇得如货郎鼓一般："海潮冲毁海堤，不在朝夕之间。多少年来，泰州有多少任知府如走马灯似的，来了又走了。况且，又不仅仅是我泰州的海堤被冲毁，还有楚州、通州，他们不主张修筑海堤，我又何必多此一举！"

仲淹耐心道："知府大人，身为朝廷命官，食朝廷俸禄，就要为朝廷尽职；为官一方，就要为一方百姓造福。你若带头修筑海堤，楚州、通州也会相应而起，百姓也会自动回来重建家园。"

知府竟恼羞成怒："你是在教训老夫么？老夫过的桥比你走的路都多，这些道理用得着你来说？老夫也想做点政绩出来，可这修筑海堤是件费力不讨好之事。你以为朝廷能拨多少银两？海潮来袭，百姓逃的逃，死的死，哪里去找人工？过了今年，本府所管辖的泰州只要不出大错，老夫就功德圆满，迁任他方，谁还愿守在这偏远的海滨之隅！”一甩袖子，背对仲淹。

仲淹料不到他说出这番话来，正欲离去，却见知府又转身冷笑道：“你作为盐监官，只需管好你分内的事儿，而不是越职言事。你如此热心于修筑海堤，莫不是想搞出一些政绩来，为自己铺好日后高升的坦途？”

仲淹无奈地摇摇头：“为官者，要上正其品，下正其行。要有大将之风度，要有所担当。不错，我是盐监官，负责征收盐税。可海潮冲毁海堤，海堤上还能建盐灶么？盐民逃荒而去，何人产盐？盐税又向何处收？海堤事关重大，知府大人难道就真的未想过？至于我是不是沽名钓誉，日后自有分晓。俗话说，路遥知马力，日久见人心。知府大人切莫以一己之私心而猜度他人之意。”说毕，出门而去，留下知府独自在那儿目瞪口呆。

青阳正在门前张望，见仲淹低头走来，满脸的心事，已猜到结果。

仲淹坐在书案前，沉思着磨墨。他决定给江淮漕运张纶写信，陈述海潮的危害，百姓流离失所，以及修筑海堤的意义。建议在通州、楚州、海州沿海一带，修筑一道坚固的捍海长堤，以阻挡海潮的侵袭。

北宋时期，设发运使负责漕运江淮等六路的粮食以供应汴京，发运使往往也兼管茶、盐等课税的收入，也称制置发运使。

张纶，颇有豪侠之气，对百姓有着深厚的同情心。在江淮道上，他目睹流离失所的难民，拖儿带女沿途要饭的情形，也曾取自己的俸银买衣置食，救济难民。

他读着范仲淹言辞恳切的来信，心想，这才是救百姓脱离苦难的根本。只有修复捍海长堤，保护良田，百姓才能安居乐业，便连夜上书朝廷，请朝廷任命范仲淹为灾情最严重的兴化县县令，管辖泰州、楚州、通州海堤修筑工程。

仲淹收到张纶的回信，兴奋之余又忧心忡忡。兴奋的是，在修筑海堤的事情上，找到了知音，得到张纶的支持。忧虑的是，朝廷不知如何回复。

“老爷，快来看啊！”

青阳的惊叫打断了他的沉思。他下楼来到院子，原来是墙角那几株牡丹花开了。

高高的院墙挡住了人、肆虐的海风，牡丹在四月温暖的阳光下，尽情绽放，艳妆浓香，千娇百媚。

“几株牡丹花开了，也让你大惊小怪的？”仲淹疑惑道。

青阳憨笑道：“小的不是想让老爷开心么？老爷整日忧心忡忡的。”

仲淹看着花团锦簇的牡丹花，若有所思：“当年，朝中重臣晏殊与吕夷简也曾出任过西溪盐仓的盐监官。晏大人在此任职时，为穷人兴办学堂，慕名来听他讲学的人络绎不绝，深得沿海百姓的爱戴。”

青阳惊讶地问：“就是那个从小被称为‘神童’的晏殊？还有，宰相吕夷简也在这里做过盐监官？”

“西溪地处海滨之隅，一眼望去，满目荒凉，唯有西溪人种植的牡丹长得好，是此地一大风景。吕大人在任时，亲手种了几株极品牡丹，精心培育，视若珍宝。为防人们随意采撷，还专门做了栅栏将牡丹围起来。每年牡丹花开，红的娇艳，绿的滴翠，紫的浓郁，白的纯洁。”仲淹说到此，略着思索道，“吕大人有首七绝诗，专为牡丹而作，你听着：

异香浓艳压群苑，何事栽培近海涯？开向东风应有恨，凭谁移入五侯家。”

青阳笑道：“老爷记性真好！”

“牡丹是花中之王，冠压群芳，却开在这偏远的海滨。吕大人是借牡丹花隐喻自己怀才不遇的境况。”仲淹道，“借吕大人的牡丹花诗，我也作一首，你听好了：

阳和不择地，海角亦逢春。忆得上林色，相看如故人。”

“老爷的诗，小人来解可好？”青阳笑道，“牡丹择地开放不是为了春天，无论这海滨多么偏僻，春天还是会到来。人也不能选择地方做官，即便在天涯海角，也要有一番作为。老爷，小人解的是也不是？”

仲淹看了青阳一眼，拍拍他的肩膀，仰面大笑。

盐场的夏季，烈日炎炎，海风猎猎。海滩上，有人刮碱，有人淋卤，也有人燃起熊熊大火煮盐。

仲淹正帮一位老人提水淋卤，见灶膛里的火渐渐小了，忙往里添了一把柴。待他起身时，见青阳在岸边四处张望，知他有事而来，忙向岸上招手。

青阳气喘吁吁地跑近来：“老爷，让小的好找！”

“何事？”

“老爷，有客人来访。”

“客人？”仲淹疑惑道。

“是滕大人。”

仲淹喜道：“是子京来了？你直说不就是了！你许青阳往日的豪气干云哪儿去了？几时学得扭扭捏捏的，像小丫头似的。”

仲淹告别煮盐的老者，拉过青阳手中的缰绳，正要上马，青阳从怀里掏出一封书信：“老爷，家里来信了。”

仲淹一把夺过信，急道：“青阳呀青阳，你就不能先把家书给我？”拆开看时，狂喜道：“芳卿生了！芳卿给我生了个儿子！”说毕，跃上马背，双腿一夹，催马奔去，留下青阳在那儿傻笑。

滕宗谅正在门前张望，仲淹翻身下马，二人相见，欢喜不尽。

仲淹亲自沏了茶：“贤弟，告诉你个喜事儿，我方才收到家书，你嫂子为我生了个儿子，我做爹了！”

滕宗谅喜道：“这可真是天大的喜事儿呀！恭喜兄长！”

仲淹嘿嘿笑着，半天才问：“贤弟，你今儿如何有空来我这儿？”

滕宗谅喝口茶道：“最近几个月，一直为了一桩棘手的案子在外奔波，前几日才结案，特来看望兄长。听说你向知府大人提议修筑海堤遭到拒绝？”

仲淹叹道：“谁说不是呢？修筑海堤的利害关系，我不说你也知道。知府大人不同意修筑海堤，我能理解。这条海堤，还是唐代在大历年间修筑的，至今已有250余年。多少年来无人管理，海堤早已不见踪影，海水倒灌，万顷良田变成寸草不生的盐碱地，百姓流离失所，四处逃荒。如今要修起来，确实是一项巨大的工程。好在张纶大人全力支持，他已上书朝廷，陈述修筑海堤与百姓生存的利害关系。”

滕宗谅重重放下茶碗，茶水溅了一桌：“兄长，朝廷若批了张大人的请命，我滕子京必定第一个站出来，挽起衣衫，与兄长一道修筑海堤。”

“好！就冲你这句话，天底下没有做不好的事，没有修不起的海堤！”仲淹一把抓住他的手，两双年轻有力的手，紧紧握在一起，仿佛要挽起那道海潮冲毁的长堤。

一路奔跑赶回来的青阳，倚着门框看到这情境，忍不住气血上涌，走近道：“二位大人，还有小人许青阳呢！小人也会为修筑海堤出一份绵薄之力。”

仲淹一掌拍在他脑袋上：“日后若再听你嘴里说小人小人的，当心我揍你！快去弄几个下酒菜来，今儿我要与子京老弟痛饮几杯。”

青阳摸着脑袋答应着跑出去，随即又进来道：“老爷要记得给刚出生的小少爷取名字啊！”像是怕仲淹敲他脑袋，说完便跑，惹得滕宗谅哈哈大笑。

仲淹突然赶至门外，冲青阳喊道：“去把富公子请来！”

滕宗谅笑问：“哪家的富公子？”

“海陵监盐税官富言的儿子富弼。”

“噢！”

仲淹见他一脸的不解，笑道：“朝廷在泰州海陵县地置海陵盐监，管辖八个盐场，西溪是其中之一。海陵，可是大宋朝海盐的重要出产地，每年产盐50万至60万石。所以，朝廷设置了监盐场、监盐仓、监盐税等等的官员前来海陵。富言就是新来的监盐税官，他儿子富弼今年十八岁，来海陵侍候父亲。”

“我听说过监盐税官富言，是洛阳人。他儿子富弼尚未见过。你说起这个少年，两眼放光，莫非他就是被誉为‘洛阳才子’的富弼？”

仲淹笑道：“正是此人！”

“前几年，在洛阳流传一段话：富弼年少时走在繁华热闹的街市上，一位熟人走近他，悄悄说，‘那个人在骂你呢！’富弼想了想说，‘或许是骂别人的罢。’继续走自己的路。那人又说，‘是指名道姓地骂你呢！你难道不是富弼？’富弼笑道，‘我是叫富弼呀，或许有人跟我同名同姓呢，肯定是骂另外一个人的。’那个骂他的人听了传话，羞愧不已，向富弼再三道歉。”

听滕宗谅说完这个小故事，仲淹道：“少年富弼分明是在装糊涂，这正是他聪明睿智之处。此人不同于常人，提笔能文，挽弓能射，待人恭谦，胸有大度，将来必是王佐之才！”

二人说话间，把一壶茶喝到清淡寡味。仲淹起身正欲换新茶，抬眼见富弼已到门前，笑道：“哎呀，你可来了！正说你呢！”

滕宗谅冷眼看去，这位“洛阳才子”一袭平常衣衫，略显稚气的圆脸，透出几分敦厚之气。一双明亮的眸子，却是精华内蕴，文采飞扬。他不由得在心里赞叹一声：好一个洛阳才子！果然名不虚传！

仲淹笑道：“富公子，这位是我的同年，更是挚友，滕宗谅，字子京，现任泰州军事判官。”

富弼含笑施礼：“小生富弼，见过滕大人。”

滕宗谅笑道：“方才，希文兄说起公子，喜爱之情溢于言表，富公子果然气度不凡！”

富弼含笑道：“小生名富弼，字彦国，二位大人往后就叫小生彦国罢。”

仲淹与宗谅二人相视而笑。

“老爷，酒菜来了！”青阳见老爷今儿一改往常的忧郁，笑容满面，精神抖擞的，他也莫名地高兴。说话竟模仿起酒楼里的小二哥来了，惹得众人哈哈大笑。

两杯酒下肚，滕宗谅感慨道：“希文兄，你我相识于大中祥符八年（1015年）的科考，一转眼，八九年过去了。岁月匆匆，如白驹过隙啊！细想前尘往事，青春的韶华，济世经国的抱负，已经被生活煎熬得苍白无色。”

仲淹放下筷子：“老弟，你看这酒，是用粮食酿造而成，虽然辛辣，却也香浓甘醇。得意者要喝酒庆贺，失意者要借它浇愁，谁会去想，这酒要经过多少道工序才能提炼而成。”又指着茶盏道：“又比如这盏清茶，茶叶经过了滚烫的水冲泡，才能有这幽幽芬芳的茶水。”

滕宗谅若有所悟。

富弼放下筷子，他专注地看着仲淹，眼神里有说不出的敬佩与崇拜。

仲淹又道：“人能活到一百岁，也不过是时光长河中的一瞬间，或富贵荣华，或穷困潦倒，都无法超脱于这繁纷杂芜的尘世之外。面对世间的功名利禄，人人都会迷失自己，无法真正做到无欲无求。然而，我们经历了人生路上的风霜雨雪，历尽坎坷艰辛，如这滚水冲泡的茶叶，留几许宁静、几分纯真、几缕清香，才不枉人生一世。”

滕宗谅拊掌笑道：“听兄长一席话，子京是醍醐灌顶啊！兄长，来，干了这杯！”说毕，一口干了杯中酒。回头对青阳道：“快把你家老爷的古琴搬来，我要抚琴一曲，以助酒兴。”

青阳却轻声问：“滕大人，我家老爷给小少爷取名字了么？”

滕宗谅笑道：“你放心！你家小少爷的名字早就取好了，在你家老爷的肚子里呢！”

仲淹看着青阳笑骂道：“这也要你小子瞎操心么？嗯，大名就叫范纯佑，小字天成。快去搬琴来！”

仲淹问宗谅："你想抚何曲？"

"反正不弹你的《履霜操》。"滕宗谅闭着眼睛，把头摆得拨浪鼓似的，逗得仲淹大笑。

青阳摆好琴，焚上香。

滕宗谅坐至琴前，挽袖闭目。

仲淹笑吟吟看着他，忽然，见他双手起处，清音袅袅。恍然间，眼前一片碧波悠悠，青荷含露；又似流水跌宕，情思缥缈。随即听他唱道：

东南沧海郡，幕府清风堂。诗书对周孔，琴瑟亲羲皇。
君子不独乐，我朋来远方。言兰一相接，岂特十步香。

仲淹听出，这是自己去年在滕宗谅官邸的文会堂上作的诗《书海陵滕从事文会堂》。

富弼兴奋不已，附在仲淹耳边悄声道："大人，小生读过你这首诗。"说毕，拿起筷子，敲着面前的菜碟子，跟滕宗谅一起唱道：

德星一相聚，直有千载光。道味清可挹，文思高若翔。笙磬得同声，精色皆激扬。栽培尽桃李，栖止皆鸾凰。琢玉作镇圭，铸金为干将。猗哉滕子京，此意久而芳。

第十五章　修筑海堰　巍巍长存范公堤

范仲淹的长子范纯佑出生的这一年，也就是天圣二年（1024年），范仲淹迁官大理寺丞，仍在西溪监盐仓任所。

秋天，朝廷批准了张纶的请奏，任命范仲淹为兴化县县令，管辖泰州、楚州、通州海堤修筑工程。

修筑海堤的告示在通州、楚州、泰州等地一张贴，四处流落的灾民闻声而来。随之而来的，还有反对修筑海堤的质问："修堤挡住了堤外的海潮，却不利于排除堤内的积水，如此兴师动众地修筑海堤，不是劳民伤财么？"

张纶目睹海潮给百姓带来的巨大灾难，而且，这么多年来，还未有人像范仲淹这样敢言敢为、主张修筑海堤的。无论如何，他都要支持范仲淹。他反问："海潮造成的灾害有九分，而堤内的积水造成的灾害只有一分，利多弊少，为什么不值得修筑海堤？"

范仲淹召集能工巧匠沿海勘察，带领四万多民工，先要刨去海堤上堆积的淤泥，再填上巨大的石块，为今后的海堤打下坚实的基础。

秋冬之交是多雨的季节。工程开始了一个月后的一天，突然北风呼啸，冰雹雨雪齐至。海水顿涨，海潮怒卷之处，刚刚筑起的海堤顷刻间荡然无存。许多民工被海浪卷走，数百万民工惊慌失措，四处奔逃。许多监工的官员也慌了阵脚，乱成一锅粥。

急切之间，仲淹在浪潮中安抚并引导慌乱的民工上岸，一眼瞥见滕宗谅正立在海水之中，神色自若地指挥民工撤离海堤。

仲淹抹了把脸上的雨雪，嘴角泛起赞许的微笑，心神镇定了许多。

这场突如其来的海潮使数百名劳工丧生，也冲毁了刚刚筑起的海堤，一时间，先前反对修海堤的人上奏朝廷，主张停工。

海潮之后，已停工数日，朝廷派人来调查时，张纶一再解释海潮的突发情况。然而，朝廷对是否继续修筑海堤举棋不定，又诏令淮南转运使胡令仪前往发生海难之处察访。

胡令仪曾在江苏东台任过县令，也曾目睹海潮带来的巨大危害与百姓流离失所的痛苦，所以，对于修筑海堤的重大意义，他心里非常清楚。

胡令仪找到范仲淹时，后者正在海堤上，一身泥水。

仲淹在高处找了块干净石头，请胡令仪就座。

胡令仪开门见山："范大人，想必你知道我的来意。"

仲淹点头："大人是奉了朝廷之命来实地察访的。"

"海堤动工刚刚月余，便发生了海难，死伤数百人，民间谣言四起，朝廷也拿不定主意。"胡令仪先不说自己的想法，他想看范仲淹真的是如有些人所说的沽名钓誉，还是如他自己所说的是为国计民生。“范大人认为这海堤还有继续修下去的必要么？”

仲淹几夜未睡踏实，一双眼睛布满血丝，见胡令仪问得如此轻率，心底的怒火腾地燃起，但他硬生生地把怒火压了下去，起身指着堤外一望无际的盐碱地：“胡大人，请你看看，这里曾经是肥沃的良田，炊烟袅袅的村庄，如今却是寸草不生的盐碱地。百姓流离失所，饿殍遍野。大人也曾做过东台县令，修筑海堤的好处，还须仲淹一再解释么？身为父母官，难道就不能站在百姓的立场，替他们想想么？眼看着这满目疮痍的原野，我们这些为官者，难道就能心安理得地食君之禄而置之不顾？”

胡令仪立在海堤之上，背着双手，白花花的盐碱地，在阳光下闪着刺眼的光，他微眯着眼睛却是坚定地说：“我要的就是你坚持下去的决心。”

仲淹道：“仲淹有坚持修筑海堤的决心，凡做大事者，应从大局着想，既选定了方向，绝不能半途而废，更不可因噎废食！”

胡令仪对眼前这位年轻人生出几许敬佩之情，他非常赞成仲淹的说法，不能因噎废食。便连夜上疏，向朝廷陈述修筑海堤的利弊，以及范仲淹为百姓的一番苦心，并主张立即复工。

朝廷下旨，同意复工。

然而，民间却又谣言四起：

“东海龙王发怒了，开工时未用三牲祭祀，所以，以海潮来惩罚。”

“今年不宜修堤筑堰，犯了龙虎相斗的忌讳！”

“死了这么多人，都是冤死鬼，我们再修下去，怕是要来找替身的。”

也有人说：“我们不干了，看官府如何打发这些死者的家属。万一我们有个三长两短，一家老小如何过活？”

海潮过后，天气晴朗，海面上风平浪静。初冬的阳光温暖地照着，可几千民工就是不上工地。

仲淹见这大好的晴天大伙儿不动，等雨雪一来，又不能施工，心里也不免焦虑。

这天，仲淹将那些爱说三道四的民工召集到一处，极神秘地说：“本官见你们精明能干，想派你们悄悄到民工中间去查访：有谁认识东海龙王？为什么龙王会发怒？如果有这样的能人，本官就派他去跟东海龙王请示，问龙王什么时候可以修筑海堤，并送去三牲及厚礼，以表示对龙王的敬意。”

这些人听了，惊出一身冷汗。

谁认识东海龙王？谁知道龙王是不是真的要三牲？谁敢下东海去找龙王交涉？没有被海潮卷走，已是万幸。若再说三道四，挑拨是非，说不定真会被丢进海里喂大鲨鱼了。

这些人回到民工中间，七嘴八舌地痛说一番，第二天一早，民工齐刷刷地来海堤干活。此后，再也没有流言蜚语了。

日子在四季轮回的风霜雨雪中过去，海堤一寸寸地在脚下筑起、伸延。流浪在外的百姓闻说修筑海堤的事儿，也陆续回来加入了修筑海堤的行列。

范仲淹站在海堤上，看着从脚下伸向远处的坚实的海堤，看着汹涌地撞击着海堤又

退却的海浪，那因日晒雨淋而黝黑的脸膛，露出一抹欣慰的笑容。

断桥不断，孤山不孤是杭州西湖的两大风景。

且不说断桥，单说孤山。孤山位于西湖西北角，是西湖上唯一天然形成的最大湖岛，系葛岭的支脉，东连白堤，西接西泠桥，孤立湖中，故名孤山，亦名孤屿。

孤山上有一奇人姓林名逋。

林逋（967—1028），字君复，浙江钱塘（今浙江杭州市）人。传说，林逋年轻时游历于江淮间，四十岁时，便到这杭州城外，湖水环绕，孤峰独立，宁静而清幽的孤山结庐而居，为草庐取名“巢居阁”。房前屋后遍植梅树，又养育了两只白鹤，以梅为妻，以鹤为子，终日吟诗作赋，终身不娶。林逋酷爱梅花，写的《山园小梅》最为人们传颂。诗曰：

众芳摇落独暄妍，占尽风情向小园。疏影横斜水清浅，暗香浮动月黄昏。霜禽欲下先偷眼，粉蝶如知合断魂。幸有微吟可相狎，不须檀板共金樽。

其中“疏影横斜水清浅，暗香浮动月黄昏”为流传天下的咏梅名句。

江南的春天是雨的季节，江南的雨是柔和而又有灵性的。当你倚窗而立，望向烟雨迷蒙的西湖，那堤上的依依杨柳，远处迷蒙的山色，还有那空灵的天幕，都会让你有一种如梦如幻的感觉。

这日一早，林逋就在梅林里转悠，嗅嗅红梅，看看白梅，肩上落了梅瓣，袖子沾了梅香。一双白鹤跟在身后晃悠悠地走着，时而引颈高歌三两声，这便是他最悠闲自在的日子。

忽然，阴沉的天空飘起了细细雨丝，片刻后，雨大了起来，淅淅沥沥地打在梅朵上。雨雾蒙蒙中，雨丝与花瓣缠绕，梅香与雾气纷飞。一时间，梅林显出另一番景致。

林逋引着白鹤回至巢居阁，站在檐下，远远地看着西湖出神。

鹤童把白鹤赶进笼子，见林逋望着西湖发呆。笑问：“老爷莫不是又想雨中游湖了？”

林逋捋着胡须道：“游西湖，是晴湖不如雨湖，雨湖不如月湖，月湖不如雪湖啊！”

鹤童低声嘀咕：“这都是你生造出来的。大晴天的游湖不好吗？偏要雨呀雪的游湖，湿淋淋，冷侵侵的。也不知你游了多少次雨湖、月湖、雪湖了。”

林逋晃悠着脑袋：“若不亲临其境，怎能体会得到这斜风细雨，杨柳含烟，山色空蒙的奇景？”

鹤童知道他是非去不可的，便不吱声，立在一边，等候他发话。

果然，林逋道：“今日我要独自泛舟西湖，若有客人来访，便如往常一般，放鹤！”

原来，林逋养的两只白鹤，夜间关在笼子里。每日清晨，鹤童把笼子打开，白鹤冲天而起，在天空飞舞盘旋，然后落地，或随林逋游玩觅食，或在梅林歇息。

每当林逋在山间散步，或泛舟湖上，或在寺庙跟僧侣闲谈，此时若有客人来梅林巢居阁拜访，鹤童便请来人在门前的梅亭歇息，开笼放鹤。白鹤出笼，展翅飞翔，在天空盘旋长啸。林逋听了鹤啸，便知有客来访，立即返回巢居阁。

今年的春季，格外多雨。此时，雨越下越大，梅花瓣在雨中漱漱飘落，一天花雨，一片迷蒙，花雨绵绵，幽香不绝。

鹤童站在梅亭向山下张望，远远看去，湖天一色，不见林逋的小舟。眼见风雨越来越大，心里不免有些担忧。

“请问小哥，这里是林逋先生的巢居阁么？”

一个声音冷不防自身后响起，鹤童吃惊地转身，见一位浓眉大眼，气宇轩昂的男子立在亭外，男子身后站着两位年纪稍长的人。三人虽都披了蓑衣，却也是头上眉尖尽是雨水，似从水里走出来一般。

鹤童忙道：“这里正是巢居阁。先生快快请进，外面雨大。”

三人进了亭子，脱了蓑衣，放在亭外。

先前问话的男子笑道：“小哥，我姓范，名仲淹，从海陵来拜访林先生。”又指着身边两人：“这是我的好友胡则、唐易。”

鹤童眉开眼笑：“我心里正琢磨呢，先生如此气度，定是不凡之人，万没料到竟是修海堤的范大人来孤山了！”忙戴了斗笠跑出亭子去，在门廊下开笼放鹤。

胡则吃惊地看着鹤童，不知道他是何用意。

仲淹笑道：“他在放鹤，告诉他家老爷，家里来客人了。”

两只白鹤似有灵性一般，从笼子里出来，昂首挺胸地走了几步，突然一展翅膀冲进雨幕，向湖面飞去。远远的，便可听见一阵阵清亮的鹤啸。

鹤童从屋里提了茶壶来，给三人斟了茶。

仲淹忍不住好奇道：“小哥，方才你称我范大人，你在这孤山之上，怎知我的名字？”

鹤童回道：“我家老爷虽不下山，但来孤山的客人却很多。那些南来北往的客人什么不知？什么不说？他们跟老爷说起修海堤的范大人时，无不满怀敬意的。”

仲淹恍然，抬眼望向雨幕中的梅花：“你家老爷才是世外高人啊！你看这一坡的梅树，一天的梅花雨，冷香清幽，淡雅高远，这就是你家老爷的人品啊！”

说话间，两只白鹤翩然归来，轻盈地落于亭前，鹤童忙去喂食。

胡则睁大双眼，惊异道：“希文，你看这两只白鹤走路的样子，悠闲自在、超凡脱俗，不带一丝半点人间的烟火气息。”

唐易呷口茶：“或许，这就是隐者的风范。”

胡则盯着唐易，一本正经道：“噢！差点忘了，你不就是隐士么？我说这白鹤的步态怎的如此眼熟，原来竟与唐处士相差无几。”说毕，三人哈哈大笑。

林逋弃舟归来，得知这位面孔黝黑的中年男子就是修海堤的范仲淹，顾不得一身雨水，紧拉住范仲淹的手，相携着进屋。

林逋与范仲淹、胡则、唐易三人在前厅分主宾坐下，鹤童重新沏茶上来。

唐易是隐士，林逋早有耳闻。

胡则曾任礼部郎中、工部侍郎、兵部侍郎等官职。在其位，谋其政，力仁政，宽刑狱，减赋税，除弊端。林逋虽结庐孤山，不问世事，却也听说过胡则，对他的为人十分钦佩。

范仲淹少年苦读，断齑划粥的故事早已流传于世。而他在广德军任司理参事时，不畏强权，不徇私枉法，为民请命，敢于直言，传说中写满屏风的刑狱辩论，让林逋惊奇不已。

如果说范仲淹在广德办学堂、兴教育，是对一方懵懂无知的百姓动了恻隐之心而做的善举。那么在海陵，一而再，再而三提议修复海堤，并以身作则，日夜与民工们一起劳动在修筑工地，则是以国计民生为己任了。海堤修成后，泰州、通州、楚州、海州流亡在外的三千多户人家，纷纷返回家园，从此产盐种田，安居乐业，把这条捍海长堤称为“范公堤”，有的百姓竟然改姓“范”。

仅凭这些，范仲淹足以让在孤山隐居了二十年的林逋惊为天人。

林逋见范仲淹一身旧布衣衫，却掩饰不住英武的体格，方正的脸上透着刚毅，尤其是那双浓眉下的眼睛，清澈明亮，有几许柔情，几许凛然，让人不敢直视又不忍掉头离去。

林逋吩咐鹤童撤了茶盏，自己则往室内捧出一套新的茶具来，亲自为范仲淹三人斟了茶。

这是一套纯白的陶瓷茶具，于晶润中透出几分朴拙古雅。

隐居之人总有许多常人无法理解的怪癖，比如这屋外满坡纷纷飘坠的梅花，比如那两只灵性的白鹤，比如这孤山之上的孤寂。

仲淹也不便相问，先前那茶碗好好的，茶也清香，为什么又换了？接过林逋递来的白陶瓷茶碗，道了谢，随手揭开碗盖，一股清香直透脑门。在这慵懒的春雨绵绵之日，令人精神为之一振。只见那白陶瓷的茶碗中，茶水黄中泛绿，刚呷得一口，便满口生津，香而不腻，不涩而甘。心想，怪道要换了茶碗，也只有这纯白的陶瓷茶碗，才配得上这浅黄嫩绿的茶汤，禁不住脱口道：“好茶！”

林逋见他连连咂嘴，喜得眉开眼笑：“范大人能品出这是何等茶叶所烹么？”

仲淹忙道：“林先生千万别客气，叫我希文就好。希文还真未品出这是何种茶叶所烹，这茶汤，色、香、味俱佳，如饮甘露一般，不似通常饮用的茶叶略带苦涩。”

林逋见胡则与唐易品茶后也是一脸的茫然，笑道：“老朽这茶果然不是一般茶叶所烹。”他指着桌上的一只陶罐：“这是去年冬天摘的蜡梅之蕊熏制而成。”

仲淹惊讶：“正是梅花的清香，我猜想这茶是不是掺了梅花瓣的。”

胡则道：“林先生，听说你隐居孤山，植梅养鹤，所结的梅子换得的银两物品，便供你日常所需。”

林逋笑道：“正是如此。”

“那你摘了梅蕊，就不会开花，也不会结子了。”胡则疑惑道。

唐易喝干梅蕊茶，赞道：“林处士真雅人也！”

林逋捋着花白的胡须笑道：“你看我这屋前屋后，坡上坡下有多少株梅树？一树梅子所换来的银子或者食物，无论多少，便是我一日的用度，绝不扯第二株梅树的收入。摘几树梅蕊制茶，不妨事的。”

仲淹叹息：“我读过林先生的很多诗，尤其是《山园小梅》让希文难忘，‘疏影横斜水清浅，暗香浮动月黄昏’实在是咏梅的千古佳句！林先生文采精华，却淡泊名利，如此清高古雅、高风亮节，在这个尧舜不遗人的年代，实在是难得啊！”

不知何时，雨停了，天空渐渐地明朗起来。

林逋带仲淹三人漫步于梅林间的小径上，一株株梅树，从屋前屋后蔓延开去，梅树枝柯如铁，虬龙盘曲，清劲苍古。不见绿叶，唯有朵朵花蕊，或低昂，或俯仰，或卷舒，或萌芽，或盛放，或枯萎，一干孤挺，节上生花。这繁枝密蕊，清奇骨骼，冷香幽绝，任是丹青妙手，怕也是难以描摹的。

一阵风过，花瓣如雨一般向三人头上肩上飘落，拂了一身还满，沾衣留香。

仲淹心里充溢着惊奇与赞叹，愈发敬佩林逋的行事与人品。三人绕梅林转了一圈，回到巢居阁。

鹤童已做好饭菜，林逋看着几个简单的菜肴叹道：“今日得三位高贤来此，实属幸事，孤山之上没有美味佳肴，唯有浊酒村酿款待，还望三位不要嫌弃才好。”

胡则唐易忙说来此处扰了先生的清静，何来嫌弃之说？

仲淹却道：“先生的梅、茶、鹤，还有这空气中弥漫着的梅香，是世间任何美味佳肴都难以比拟的。我三人来此享受到这一切，便是先生的深情款待了。”

一时饭毕，林逋道：“听说希文老弟的琴弹得好，而且平生只弹一曲《履霜操》，不知老弟师从何人？”

仲淹道：“希文幼时孤贫，只有先父遗留的古琴相伴。青年时曾游学关中，有幸遇到关中名士王镐、周德宝、屈元应等人，随他们学琴识谱，此后便爱上了弹琴，后又得名家崔遵度先生指点。”

林逋点头赞许：“难怪，这些人可都是世外高人哪！”

胡则极少说话，他的一生是在官场上摸爬滚打的，不畏强权，不攀富贵，不善察言观色。今天面对这位孤山之上隐居的老者，竟不知说什么。他看屋外天色已经暗下来，便示意仲淹告辞。

林逋见三人要走，竟有些不舍：“本想留下三位彻夜长谈，既然三位要走，老朽也不强留。只是，老朽曾读过希文老弟的《西溪书事》《西溪见牡丹》，尤为钦佩。今日有缘在此相会，下次相见也不知何时何地，何不留下笔墨，以慰孤山梅、鹤？”

仲淹忙道：“希文惭愧得紧！在先生面前岂敢动笔作诗？”

鹤童已在案上备了笔墨纸砚。

胡则唐易轻声道：“你就不要推辞了。再推，倒显得矫情。”

仲淹见林逋笑微微地立在一边，知道推却不过，便走至案边，挽袖提笔，略作思索，蘸墨写道：

萧索绕家云，清歌独隐沦。巢由不愿仕，尧舜岂遗人？
一水无涯静，群峰满眼春。何当伴闲逸，尝酒过诸邻。

第十六章　为母守丧　晏殊荐管应天府

天圣四年（1026 年）八月，虽是仲秋天气，因连日无雨，却也闷热难当。

这日，天刚蒙蒙亮，仲淹就穿衣起床，来到屋外的水井边，正要打水洗漱，冷不防青阳从身后抓过水桶，提一桶清冷冷的水上来。

“老爷，天还未大亮呢，怎的起这么早？”青阳放下水桶，揉着眼睛说。

“也不知怎的，近来总是睡不安稳。昨夜更是辗转反侧，一夜无眠。见天亮了，索性就起来了。身上汗涔涔、湿黏黏的，想打水洗漱，不料吵了你。”仲淹拎了湿帕子就往身上抹。

青阳一把拦住：“老爷，立秋一日，水冷三分。这井水生冷生冷的，一大早用冷水抹身子不生病才怪。”提了水桶往厨房去。

一会儿，青阳手上搭了件干净衣衫，端了盆热水来，笑问：“老爷擦洗身子罢。老爷几夜无眠，莫不是因为前日收到朝廷的新任命，睡不着么？”

仲淹摇头道：“监楚州粮料院，还不至于让我兴奋到失眠。也不知怎的，这几日竟莫名的烦躁。尤其是想到海堤尚未修完，我又要调走了，更是无法入眠。”

青阳恍然道：“是了。当今天下，如老爷这般尽忠职守的又有几人！”见仲淹拿眼瞪他，又忙问：“不知老爷几时动身赴楚州粮料院上任？”

仲淹接过青阳手中的干净衣衫：“明日动身去楚州。我即刻给淮南转运使胡令仪与副转运使张纶写信，恳请他们，无论发生什么，一定要坚持把海堤修下去。你即刻送出去，回来之后就收拾行李。”

青阳送信回来，已是午饭时分，不见老爷，料想他定是去海堤工地了，便收拾行李。正手忙脚乱之际，有人敲门唤许大哥。

青阳开门，衙役张三指着身后一人道：“许大哥，这位小哥说是你家仆人，来找范大人的。”

来人风尘仆仆，疲惫不堪的模样让青阳惊异。

青阳正待询问，却听来人带着哭腔道：“青阳哥，太夫人故去了！”

青阳一哆嗦，怀里抱的书卷掉了一地，他忙弯腰捡起，惊问：“这不是朱林么？你说太夫人怎么了？”

来人正是朱谆家的仆人朱林。见青阳问，竟一屁股坐在门槛上，有气无力道：“太夫人故去了！”

范仲淹日夜兼程赶回商丘宁陵的家中，谢太夫人的遗体已经入棺。

他走进灵堂，神情恍然。那堂前的白幔似母亲在秋风中飘拂的白发，那两只闪烁的滴着蜡油的白色蜡烛，如同母亲流泪的眼。他伸出手去，触碰到冰冷的棺木，霎时，他悚然一惊，母亲与他已阴阳两隔。他再也看不见母亲苍老而慈祥的容颜，再也握不住母亲瘦削而温暖的双手，再也聆听不到母亲睿智而亲切的话语了。

突然间，他觉得有几千几万支钢针刺向心头，心碎了，肠断了，肝胆俱裂。眼泪像决堤的江河，奔流而下，他扑在棺木上，放声哭叫："娘啊！"

男人撕心裂肺的一声"娘"，叫得身边人心魂俱凄。芳卿早已泪流满面，此时也忍不住失声痛哭。

香草正抱着纯佑，见芳卿哭倒在地，想去拉她，又腾不出手。慌乱之中，一眼瞥见青阳正傻痴痴地看着自己，忙把纯佑塞给他："你把孩子抱出去转转罢。"自己则去扶芳卿。

香草十一二岁就跟在谢太夫人身边，早把太夫人看作自己的母亲了。太夫人故去，香草如失了主心骨一般。可她不能只顾自己悲伤，老爷不在家，夫人芳卿身子柔弱，纯佑还年幼，都需要照顾。平日里，虽说有朱谆朱诚媳妇帮忙，但她们也各自有一大家子要侍候。所以，香草不敢有片刻的疏忽，这家里的里里外外，她都得细心打点。

"夫人可不能再伤心了，"香草在芳卿耳边轻轻道，"老爷大老远的赶回来，必是极劳累的，加上痛失母亲，老爷的身子骨如何扛得住？若夫人再累倒，这一大家子将如何是好？"说着，自己也禁不住热泪长流。

芳卿泪眼蒙眬地向仲淹看去，丈夫脸色微黄，下颌的胡须乱蓬蓬的，满脸的泪水，满脸的疲惫与憔悴。一个月前，婆母病重，丈夫回来过一次，如今看去，竟比一个月前苍老了十岁。她止住了哭，想去劝慰丈夫，却又停住了，随香草搀扶着，坐到一边的椅上。

香草忙去沏了茶来："夫人喝口茶润润喉咙，我去扶老爷去。"

芳卿忙拦道："你不要去！"

香草不解地看着她。

"香草，你家老爷你还不了解么？"芳卿叹息道，"我进范家做媳妇虽然只有五六年，却也知道老爷是个至孝之人。太夫人一生坎坷，历尽艰辛，老爷最想做的是孝敬母亲，让母亲安度晚年，却不料老母故去。老爷虽然至孝，也必定认为自己尚未尽到孝心，他心里必定有'子欲养而亲不待'的愧疚，你就让他哭吧。"

香草忙道："老爷可是天底下最孝顺的人。来宁陵住了这么些年，这方圆百十里，还未听说过有比老爷更孝顺的人。夫人还是劝劝老爷罢，老爷累了，也该喝口水歇歇了。"

仲淹安葬了母亲，整个人瘦了一圈。那双原本明澈有神的眼睛，更见深邃了。他向朝廷辞了官，为母亲丁忧二十七个月。

丁忧，源于汉代。古代官员的父母去世，丁忧是官员必须停职守制的制度。据《尔雅·释诂》："丁，当也。"是遭逢、遇到的意思。据《尚书·说命上》："忧，居丧也。"丁忧，就是遭逢居丧的意思。"遭逢居丧"时，儿女们会忧伤，会居丧，会遵循一定的民俗和规定"守制"。丁忧期间，丁忧的人不准为官。如无特殊原因，朝廷不可强招丁忧的人为官，如果朝廷由于特殊原因而招回丁忧的人为官，叫“夺情”。

许青阳只听说垂帘听政的皇太后刘娥重用张知白，却不知皇太后还看重一人，那就是晏殊。

晏殊，字同叔，抚州临川（今江西）人。经张知白推荐，十四岁就被先帝宋真宗赵恒特招，赐同进士出身。

晏殊擅填词，其词以情制胜。文辞典丽，雍容华贵，妙语天成，韵味独特，又不失清新雅淡，含蓄委婉，温润圆融，意趣横生的风格。在当时，有“倚声家之初祖”的美誉。

皇太后刘娥非常器重晏殊，更爱听其词，常在小皇帝仁宗面前夸晏同叔禀赋刚峻，处事谨慎，是治国安邦的贤良。仁宗自然懂得太后之意，天圣二年（1024年），晏殊升迁枢密副使。

晏殊得到重任后，因反对张耆任参知政事，而触怒皇太后刘娥。

张耆何许人也？当年，先皇赵恒还是襄王时，这个张耆就在襄王府当差。多亏了张耆牵线，先皇赵恒才得到美人刘娥。在先帝赵恒登基之前，美人刘娥曾在张耆家中，藏了整整十五年。直到赵恒登上皇位，才将刘娥迎入宫中，那张耆便是刘娥的恩人。

如今，刘娥贵为皇太后，垂帘听政，唯我独尊。满朝之中，谁敢反对皇太后的恩人张耆？晏殊实在是书生气重，自找苦吃。这次，他那文辞典丽，雍容华贵的诗词歌赋也救不了他了。

天圣五年（1027年）正月，晏殊被贬知宋州（今河南商丘），后改知应天府。这一年，与范仲淹同榜进士的蔡齐出任应天府知府，晏殊则任南都留守。

晏殊是务实之人，心里对被贬虽有怨气，却并不怨天尤人、意志消沉。他见应天府书院日益萧条，读书风气远不如从前，究其原因，学生少，是因为没有德学兼优的好老师，这便成了他的心病。

一日，晏殊应书院先生王洙、韦不伐的邀请，至书院讲学，回家时颇觉疲惫。侍女正沏上茶来，仆人晏麦进来报道：“老爷，知府蔡大人来访。”

蔡齐一向刚正廉明、不避权贵的个性，颇得晏殊敬重，每次接待他都郑重其事。此刻忙打叠起精神，整理衣衫，吩咐：“快请蔡大人！”说话间，已迎出书房。

一见面，蔡齐却道：“晏大人，子思此时来访，实在是不近情理。”

晏殊奇道：“蔡兄何出此言？难道今日有何特殊之处？还有，往后可不要开口大人，闭口大人的，就叫我同叔便可，你比我还长几岁呢！”

蔡齐笑道：“方才在门外听晏麦小哥说，大人刚从书院讲学归来，很是疲惫。但子思既已到了门前，也就进来了。”

侍女送茶进来，晏殊接过，亲自端给蔡齐，笑道：“多嘴的晏麦，他哪里看出我疲惫了？”

蔡齐接过茶盏，啜了一口：“听说大人为书院的事烦恼，子思特来向大人举荐一人。”

晏殊喜道：“我正为书院没有德才兼优的老师伤神呢！蔡兄推荐何人？快快道来！”

蔡齐笑道：“此人正在此地！说来也巧，他与我是同榜进士，有同年之谊呢！更巧的是，此人曾在应天府书院苦读五年，因为家贫，断齑划粥，曾自比为‘人不堪其忧，回也不改其乐’的颜回。大通六经之旨，尤其擅长《易》。”

晏殊睁大眼睛：“断齑划粥？我听说过此人的，是不是那个平生只弹奏一曲《履霜操》的范仲淹？此人还有个远大的目标，说是‘不为良相则为良医’。”

蔡齐点头：“正是此人！”

“可他不是在泰州修海堤么？”

“去年八月，因为母丧，范仲淹辞官丁忧，目前正在商丘宁陵的家中守丧。”

晏殊捋着胡须，沉吟道：“范仲淹积学于书，得道于心。不仅通晓儒家经典，而且阅历丰富，更难能可贵的是他刚毅果敢，不媚权贵，有一颗为天下百姓谋求福利的至诚之心。听说他在任广德军司理参事时，秉公执法，不枉不纵。在上司面前敢于直言，敢于据理力争，为百姓平冤昭雪。到泰州任职时，一个小小的盐监官，为了成千上万流离失所的百姓，再三上表朝廷，请求修复溃烂已久的海堤。使出外逃荒的百姓有家可归，有田可种，这是一种何等博大的胸怀啊！”

蔡齐惊讶：“原来晏大人对范仲淹了解得如此之深。”

晏殊摇头叹道：“想来惭愧！我入仕之初，也曾在西溪任过盐监官，却从未想过要修复海堤。”

蔡齐笑道：“大人在西溪兴办学堂，为偏僻、愚昧的海滨大兴讲学之风。据说当地人为纪念晏大人，又称西溪为晏溪呢！”

晏殊摆手道：“我那点事儿算不得什么，范仲淹才是百姓心中的有功之臣。听说，泰州一带的百姓，把那条海堤叫作‘范公堤’，有些人自愿改为‘范’姓。可见，天下百姓对‘救民疾于一方，分国忧于千里’的好官是怎样的期盼！范仲淹才是朝廷需要的经世治国的栋梁之材啊！”

蔡齐喝口茶道：“所以，我今日特来府上，向大人推荐范仲淹为应天府学院讲学，他的德行足以为天下学子之师。”

“你不是说他辞官丁忧，为母服丧么？”晏殊动了心，“若请他到学院执教，算不算‘夺情’？”

蔡齐笑道：“如果朝廷由于特殊原因而招回丁忧的人为官，叫‘夺情’。可范仲淹就在应天府，再者，为书院讲学不算做官，守丧讲学两不误，不算‘夺情’。”

晏殊有些担心：“也不知他愿意不愿意？”

“我想，他是愿意的。他曾在南都书院苦读五年，对书院有深厚的感情。”蔡齐起身道，“而且，他一向重视教育，当年在广德军任上，还为当地开办了学堂，兴起了读书之风。”

晏殊笑道：“你这就要走么？明日请范仲淹时，你可不能不去！他与你是同榜进士，有同年之谊。”

蔡齐笑道：“那是自然！”

大中祥符八年（1015 年），范仲淹走出苦读五年的应天府书院，赴京城科考，进士及第，从此步入仕途。

天圣五年（1027 年），范仲淹辞官丁忧，却被晏殊召到应天府书院掌管府学，与学问淹贯的王洙、韦不伐共同执教。

时隔十二年，生命中的一个轮回。十二年的时光，看似悠悠长长，实则是转眼即逝。这其中的经历如梦幻一般，让他唏嘘不已。

至应天府书院执教已有半年，半年来，他住在书院，为学生讲授，亦如十二年前读书一样勤奋恭谨。他讲授的儒家经典：《诗》《书》《易》《乐》《礼》《春秋》，并不仅仅要求学生死记硬背，专为应付朝廷开科取士而读，而是针对学生制定了严格的学规。

从任广德军司理参事，到兴化知县修复海堤，这一圈下来整整十二年。十二年后，再回书院给求学者讲授，无异于在积累生活经验的基础之上，让自己重新温习了儒学经典。

进书院读书的人，有哪个不是为了自己的前程、为了光耀门庭而来？而朝廷的科举制正是“专以辞赋取士，以墨义取诸科”。那么，天下读书人“舍大方而趋小道”也就不足为奇了。所以，虽然求学者济济一堂，若真的寻求有胆有识，有勇有谋者，十个当中怕是难找出一两个来。

范仲淹结合自己十几年来在各地为官所看到的、听到的，并亲身体验到的各种感受，他认为，“天下危困，乏人如此，将何以救？在乎教以经济之策，取以经济之才”，为朝廷培育经世济民的人才，才是根本。

他认为“六经”是“传治国治人之道”，所以，书院应当“夫善国者，莫先育才；育才之方，莫先劝学；劝学之道，莫尚宗经”。

今天，范仲淹又站在应天府书院这株古老的榕树下。榕树树干又粗了一圈，那树冠更是枝繁叶茂，在头顶上撑了开去，遮了一片天空。

他正沉浸在遐思之中，冷不防一个声音飘进耳朵。

“朱从道，你走路也背诵文章，摇摇晃晃、心不在焉的，小心摔跤，跌破了鼻子。”

仲淹循声望去，古榕树荫外的小路上，一位身着蓝布衣衫的年轻人背着双手，摇头晃脑地走着，口中念念有词。向他迎面走来的锦衣少年，身佩长剑，颇有几分江湖游侠的风姿。

说话的正是锦衣少年。锦衣少年突然转身，与叫朱从道的年轻人并排走着，带着嬉戏的语气道：“朱从道，大伙儿都说，你是我们南都书舍读书最用功，最有远大志向的学生。小弟不才，今儿有一事请教。”抱拳低头，作聆听状，眼底却流溢出几许坏笑。

朱从道似从书卷中回过神来，愣了片刻，见锦衣少年极诚恳的模样，便极诚恳地问：“不知叶学弟要请教何事？”

锦衣少年叫叶子茂，是商丘叶员外之子，生得浓眉大眼，体魄强健。家境富裕，喜着锦衣绣袍，读书却一般。叶员外望子成龙，期望他读书及第，光宗耀祖。而叶子茂却好舞刀弄棒，常叹生不逢时。学友们奇怪：如今天下太平，朝廷重用文官，正是读书进取，经世济民的好时机，为何自叹生不逢时？

叶子茂以为，正是生在太平盛世，才喟叹生不逢时。若是生在战火纷飞的年代，他岂不是能骑马挥剑，浴血沙场，保家卫国！学友们都道此人不可理喻。对此，叶子茂倒显得雍容大度，对学友们的嗤之以鼻不足为怪。只认为世间知音难觅，便把诸事不放在眼里。平日里，他乐善好施，却也好捉弄同学。

此时，叶子茂一本正经地问：“学长名称朱从道，请问你这‘道’是何‘道’？你读的经史子集中有‘道’么？你又将如何‘从’呢？”

他俩一问一答之时，身边已围了不少同学。仲淹正走近来，听叶子茂提出的问题，心里竟怦然而动。

朱从道以为叶子茂无非是问些儒家典籍上的疑难问题，万料不到他问起自己的名字。说是问名字，又不问名字出于何处。而这“道”的含义又太深刻，一时竟无法精确地回答，便怔住了。

叶子茂见他痴呆的模样儿，得意地看着围上来的学友，那目光似乎在告诉大家，看，我把南都书院最好的学生给难住了！然后，笑眯眯地拍拍朱从道的肩膀，扬长而去。其他人也一哄而散，只有朱从道犹自待在原地苦苦思索。

第十七章　教学育人　勉励学子皆从道

范仲淹在一边捋着胡须，饶有兴致地看着冥思苦想的朱从道。他似乎从朱从道身上看到自己当年求学的影子，他对这个年轻人产生了浓厚的兴趣。

但另一位年轻人，就是那锦衣少年叶子茂，更让他莫名的喜欢。朱从道在书院以好学上进闻名，叶子茂则以书剑飘零处世。

想必范仲淹自己也不明白，为什么他会喜欢叶子茂更多一些，或许是他身上那种无欲无求的个性吸引了他。道家讲究的不就是“无为”么？要么，是他身上那柄不离不弃的长剑吸引了他？

天下人都以为，如今是太平盛世，读书人只凭好文章便可高官厚禄，便可治理天下。唯有范仲淹知道，边境隐藏着怎样的危机。

此刻，他无暇顾及学生们对朝廷、对边境的看法与认知。他只想跟他们说说这个“道”。就在方才，叶子茂给朱从道的提问：什么是道？你将如何从道？这个问题远比他们本人更有意义。

六月，天气一天天炎热，蝉的鸣唱清越而悠长，给午后的沉寂添了几分生趣。仲淹在书舍伏案而书，青阳尚未进门便一迭声地唤：“老爷老爷……”

仲淹头也不抬地问：“怎么了？有老虎咬你屁股了？”

青阳立在一边，拉了衣襟往脸上扇风，嘿嘿笑道：“若真有老虎倒好了，正好练练拳脚，咱这一身功夫早就生疏了。”

仲淹放下笔，抬头笑道：“好小子！你这是在抱怨老爷我呢？是不是觉得跟着我，你许青阳英雄无用武之地？”

“老爷，青阳哪敢抱怨老爷！”青阳急道，“这太平天下，朗朗乾坤的，要功夫何用！”

仲淹站起身子，活动一下手臂，望向窗外。天，碧蓝如水，天边的云朵被风撕成一缕缕，又随风飘逝。院中的古榕树在太阳底下撑起一片阴影，蝉，悠然长鸣。他喃喃而语：“太平天下，朗朗乾坤？”

青阳听不清他说什么。

仲淹忽然扭头问：“我不是让你回家的么？如何又跑来了？”原来，芳卿怀了第二胎，即将临盆生产。

青阳拍着脑袋：“哎呀！老爷，小的是来给老爷报喜的呀！被老爷说老虎老虎的，就忘了。”

仲淹一把抓住青阳的手臂，喜道：“报喜？莫不是芳卿生了？是男？是女？”

“老爷，夫人又生了个小少爷！”青阳揉着手臂，龇牙咧嘴的，“老爷的手劲挺大的，把小的手臂捏得生疼。”

仲淹松开手，哈哈笑道：“你以为我每天闻鸡起舞，那功夫是白练了的？我只轻轻一握，就把你手臂捏疼了？你这样弱不禁风，还老想着当英雄，岂不叫人笑话？幸亏无仗可打，不然哪……”

青阳口中嘘着气：“老爷，若真的上战场打仗，青阳绝不含糊！”

仲淹拍拍他的肩膀，笑道：“好啦！你快回去吧！把家里的事儿多做些，不要让香草忙里忙外的。”

“老爷不回去么？”青阳奇道，“夫人还等着老爷回去给小少爷取名字呢！”

仲淹操笔挥墨，砚池里的墨汁已快干了，青阳忙舀了清水来磨墨，口中叽叽咕咕的。

仲淹道：“你几时学会像鸟一样说话了？说人话！”

“老爷今日若不回家，夫人肯定会责罚小的。”青阳小声地，却是一字一顿道。

“夫人是天底下最通情达理之人，如何为了这点小事而责罚于你？”

“可是，老爷，今儿夫人……”

仲淹搁了笔：“你先回去，我把这篇文章写好了，给学生们出题作文，傍晚就可以回家了。”

青阳倒头见稿纸上标题为《南京府学生朱从道名述》（当时，汴梁，如今的开封市为东京；河南府，如今的洛阳市为西京；大名府，如今的大名县为北京；应天府，如今的商丘市为南京），忍不住问：“这书呆子朱从道也能上老爷的文章么？”

“如何不能？你许青阳一样能被我写进文章里去，”仲淹抬头看着他，“我是借他的名字来阐明‘从道’的含义。你还不赶快回家？”

青阳本想问何为“从道”，见仲淹瞪着眼睛，忙换了话题：“小的这就走，老爷可要早点回啊！”

青阳急匆匆地往回赶，刚进村口，便见香草从池塘边起来，提了一桶衣物，吃力地步上石阶。

青阳忙跑过去，接过她手中的衣桶，见她通红的脸颊，半是怜惜，半是埋怨道：“看你，这大太阳底下，也不知包个头巾？”

香草伸直了腰，反手在腰间捶了几下，舒口气道：“哪儿顾得上包头巾？再说，我有那么娇贵么？”瞪了青阳一眼。

“我在心里娇贵你，只是你不明白罢了。”青阳小声嘀咕着，提了衣桶往头里走。

香草在后面跟着：“你说什么呢？我没听清呢！”

青头扭头道：“我说你不能少洗些么？留些明儿再洗。”

“你懂什么！”香草斥道，“坐月子的女人和小孩儿就是要侍候好，用的衣物都得是干净整洁的。这大太阳光天的，好洗好晒。不然，下起雨来，就无衣物尿布可用了。”

青阳放慢脚步，等香草走近，在她耳边期期艾艾地说：“草儿，啥时候你也给咱许家生个传宗接代的？”

香草的脸，红霞流转，也不知是晒的，也不知是羞的，她扭过脸去啐道：“这生孩子的事，是说生就能生的么？”

青阳嘿嘿笑着，伸手想搂香草的腰，香草身子一扭，别了开去。

说话间，二人进了前院，青阳放下衣桶，去檐下拿了长竹竿，一头搁在院墙上，一头放在窗台上搭了。又帮香草把衣服的水拧干，晒在日头下。

香草进里屋看了一眼，回头轻声问：“老爷呢？你不是去叫老爷的么？”

青阳放了空桶：“老爷忙着呢！说傍晚才能回家。”

香草正欲说话，却听见芳卿的唤声，便进了里屋。

“是青阳回来了么？”芳卿欠起身子问。

“夫人，是青阳回来了。”香草答应着，见床头边的矮几上空着的茶碗，手脚麻利地去冲了一碗红糖水来，递给芳卿。

芳卿接过喝了一口，一股香甜直沁心扉，奇道：“这是哪里来的？那年生纯佑时，我嫂嫂送来的红糖不是早就没了么？难道是珠儿与紫衣带来的？”

香草道：“今儿珠儿姐姐来时，说是舅老爷舅太太着她送了些吃的用的一应物品来，奴婢收了，放在隔壁屋里。后来，夫人堂兄家的紫衣姐姐也来了，送来的东西里面就有一包红糖，并交代奴婢，坐月子的人，喝红糖最好的，要记得冲给夫人喝。”

芳卿叹道：“我这堂兄堂嫂啊，就如自己的亲哥哥亲嫂子一样。”

香草笑道：“那紫衣姑娘也不错的。”

芳卿喝干碗里的糖水，叹息一声，出一会儿神，看看身边熟睡的婴儿：“我们李家虽是官宦之家，家风严谨，对待下人却是宽厚仁慈。珠儿、紫衣虽是我家买来的，我嫁给你家老爷之前，在家里与她们都以姐妹相称。跟你说过很多回了，不要自称奴婢，你可记住了？”

香草点头：“夫人，香草记住了！”

这时，青阳在门外小声问：“香草，天成少爷在里面么？我屋前屋后找遍了，不见他人影呢！”

天成，是仲淹给大儿子纯佑取的字。

纯佑正坐在窗下，静静地玩着几颗光亮莹润的鹅卵石，时而看一眼正在说话的母亲与香草，并不吱声。

这几颗石头，是仲淹修海堤时，在海滩上捡的。海滩上，有很多被海水冲刷得圆滚滚的石头。仲淹选小巧玲珑、晶莹剔透的捡几颗，带回家给儿子玩。纯佑得了这几颗石头，如得了宝贝一般，不许人碰一下，吃饭睡觉都不离身。

香草正要答话，哪知纯佑听了青阳的声音，忙把石头揣进怀里，连滚带爬地跑到门外，扑进青阳怀里，嚷道：“青阳叔叔，你怎么才回来呀！我快闷死了！我娘有了小弟就不理我了，香草姑姑也不管我了。我爹呢？有了小弟，爹爹也不要我了么？”

芳卿听了，无声地笑了。

香草笑道：“三岁的孩儿就这样聪明，长大了可了不得！”

“这孩子古怪精灵的！”芳卿道，“太聪明了未必是好事，人还是愚钝一点的好。”

香草道：“夫人还是躺下罢，坐久了日后会腰酸背痛的。孩子聪明还不好？”

芳卿躺下，对香草的问题不置可否，只问：“老爷是不是说晚间才回？”

香草奇道：“夫人知道了？青阳说的？”

“青阳不说我也知道，”芳卿道，“你家老爷的脾气你还不清楚？他除了衙门里的事，就是读书，哪里把家里的事儿放在心上！如今倒好，那个晏大人请他去应天书院掌管事务，还真是合了他的心意了。一个书痴进了书院，不是如鱼得水了么？”

香草收拾了茶碗与几件衣物，走至门边，忍不住回头问：“夫人不生气？”

芳卿笑道：“我生哪门子气？书院又不远，一个月他也回不了一两回。要生气也无从生起，再说了，生他的气有用么？”

“夫人先歇着，这天也不早了，我去菜园子摘菜做晚饭，说不定老爷已经在回家的路上了呢！”

“管他呢！你忙去吧。”芳卿又看看身边熟睡的婴儿，“我也乏了，先歇会儿。”

自谢老夫人去世后，朱谆朱诚就分开了去住。他们各自都有一大家子，男人们都在外头忙，妯娌们平时虽有个相互照应，紧要关头，还是香草一人忙里忙外。这不，她洗净了茶碗，倒扣着放在灶台上沥水，挎了竹篮子出了后门，往东边的菜园子去。

青阳带了纯佑在前院拿了玉米粒儿喂鸽子。

纯佑蹲着看鸽子啄食玉米粒儿，皱着眉头问：“青阳叔，爹爹说鸽子能飞，也能认识飞过的地方，所以又叫飞奴。可我每回看见它们时，不是咕咕咕地吃玉米粒儿，就是扑棱棱地飞到屋顶，从未见它们像秋天的雁一样飞翔过。”

青阳见他一本正经的样儿，忍住笑，惊讶地问：“你还认识秋天的雁？”

那孩子见青阳满是好奇的面孔，露出两排细细的牙齿，笑眯了眼睛：“香草姑姑说，秋天的大雁都要飞去南方过寒冷的冬天。香草姑姑教我看过，大雁在天空飞翔，一会儿排成一字，一会儿又排成人字，飞得可高了。”又低头看着鸽子，嘟着嘴，“可我从未见过飞奴在天上飞翔。”

青阳正不知如何回答他的问题，抬头一眼瞥见香草挎了竹篮出了东厢门，知她是去菜园子的。便道：“天成，我去溪边担水浇菜，你去帮香草姑姑摘菜如何？”

纯佑喜道：“啊呀！我最喜欢帮香草姑姑摘菜了！”

青阳去屋里担了空水桶，一手抱了纯佑，绕过前院，过了一道小溪，还未进菜园子，纯佑就高声嚷道：“香草姑姑，我来帮你摘菜了！”

香草闻声抬头，笑道：“你呀！是越帮越忙！”

六月的菜园子是最茂盛的，嫩嫩的尚未脱花蒂的丝瓜、黄瓜已吊满瓜架；豇豆也伸展着瘦长的身子，羞答答地藏在宽大碧绿的叶子底下。早栽的茄子、辣椒可以上桌了。

“香草姑姑，”纯佑站在地头兴奋地叫道，“我帮你摘茄子好不好啊！”

香草急道：“我的少爷！不用你帮！你站在那儿便好，上回还扯了一棵茄子秧。”

纯佑嘟着嘴：“那是它根基不牢！我是摘茄子，谁知茄子秧也跟着起来了！”

青阳正担了水进来，听了纯佑的话，笑得前仰后合："香草，你可听清了？根基不牢。平日里，你总说我跟老爷一起，学会了咬文嚼字。今儿这三岁的小少爷说出的话，才叫咬文嚼字呢！"

香草笑得抹眼泪，她走近纯佑："少爷，这丝瓜叶、黄瓜叶毛乎乎的，还有小虫子，若沾上身，会痒得很。你站一会儿，我再摘几个辣椒便可回家了。"

纯佑不理香草，转身道："青阳叔，我帮你浇水罢。"说毕，便去抢青阳手中的水瓢，俩人直闹得满头满脸都是水。

太阳已滑向西边的山坳，天气凉爽了许多。林子里，鸟儿的鸣唱也欢快起来，微风轻漾，溪水淙淙。

忽然，纯佑叫道："爹爹！爹爹回来了！"

青阳抬眼望去，果真见仲淹甩着双手走在村口的小路上。

纯佑连滚带爬地翻过栅栏，向路口跑去。

仲淹正急匆匆地走着，突然见儿子扑向自己，忙弯腰抱起，见他脸蛋红通通的，慈爱又带几分责备道："天成，又在哪儿淘气呢？你这小脸上是汗还是水？"

纯佑抬手指向菜园："爹爹，孩儿没有淘气，是来菜园子帮香草姑姑摘菜的。可姑姑不让我摘，怕我把茄子秧扯了，我就帮青阳叔浇水了。"

仲淹笑道："原来如此！"见青阳立在疏篱外向这边张望，又问："你们都出来了，你娘一个人在家么？你为何不陪着你娘呢？"

纯佑委屈道："娘有小弟陪着呢！娘有了小弟就不要天成了！"

仲淹笑道："娘怎会不要天成呢？小弟与天成都是娘生的，是亲兄弟呀！爹爹和娘一样疼爱你们。娘生你和小弟很辛苦，你要孝敬你娘。"

说话间父子俩进了前院，香草与青阳也从东厢门进了屋。

青阳从仲淹手中接过纯佑："少爷，来，我们去洗菜、烧火做饭。"

仲淹交代青阳、香草，不要称孩子为少爷，要叫名字，不能让孩子从小就在心里有一种高于他人的感觉。

屋子里的光线很暗，仲淹从外面进来，眼睛有点模糊。他来到芳卿的床边，轻声唤道："芳卿，我回来了！"

芳卿听了，忙探起上半身："老爷回了！路上热着了罢！"

仲淹忙从床这头抱了枕头让她半靠着，他挨着床沿坐下，仔细端详妻子的面容，抬手把她额头上沾着汗水的一绺头发拢向耳后，怜惜道："我不热，倒是你消瘦了许多，让你受累了。"

芳卿心头一热，拉过他的手。男人的手宽大、厚实、温暖，握住这双手，她心里踏实。口中道："女人生孩子不都是这样么？老爷何时生起怜香惜玉之心，学会卿卿我我了？"

仲淹被她问得嘿嘿地笑："我何时不知怜香惜玉？我又何尝不想与夫人花前月下，焚香对酒，琴棋书画，卿卿我我？只是我不想虚度了这大好的年华。待我们老了，择一处安静之地，看日升月落，听花开花谢，不好吗？”

芳卿笑吟吟的：“这才是书生气十足的范希文呢！你说过的话要算数啊！我可是等着的！”

他从妻子手中抽出手，边摸她的额头边说：“当然算数！噢！你额头上的汗是冰冷的。”忙拉过她的手把脉，叹道：“芳卿啊！你是官宦之后，富家之女，嫁给我范希文这样的穷酸，实在是委屈你了。”

芳卿嗔道：“又说起这样的话来了，孩子都有两个了，老夫老妻的，还说什么委屈不委屈的！”

仲淹眉头微锁，低声道：“你脉搏沉弱，气血亏虚，导致虚汗过多。虽是六月天，若是受了一点风，也是极易感冒的。”起身来至窗下的桌边：“我开个收汗的方子，明儿叫青阳去药铺捡三剂药回煎了喝。”

正说着，忽听得外面有人问：“这是范老爷的家么？”

接着听青阳从后面跑出来答应：“正是！请问阁下是？”

那人道：“小人是晏大人府上的仆人。晏大人听说范夫人生产了，嘱咐小人送些东西来。”

仲淹听了，忙出来，见来人正是晏殊的随从晏麦：“哎呀！是晏麦来了！快请坐！”

晏麦放下手中的篓子，抹了把额头上的汗水，笑道：“小人一路问来的。”

青阳送碗茶来，他接过一气喝干，又道：“晏大人嘱咐小的去乡下农家买了几只老母鸡，又买了二十来斤糯米。本想明日一早送至书院给范老爷的，大人吩咐小的现在就送来了。”

仲淹急道：“这如何使得？有道是，无功不受禄啊！晏大人的盛情我收下了，这些东西还请晏麦小哥带回去得好。”

晏麦笑道：“我家大人知道范老爷不会收，所以才叫小人送到府上。并要小人转告范老爷，说这点东西是晏大人自己掏银子买的，纯属朋友之间的往来，是给范夫人月子里补养身子的，跟其他事儿不沾边。”

仲淹搓着两只手道：“晏大人太盛情了！这叫我如何担当得起！”

青阳在一边道：“老爷，晏大人是念老爷在书院执教以身作则，无暇顾及家里，才以朋友的身份送些东西给夫人补身子的，并不是要贿赂老爷。晏大人官儿比老爷大，能如此体恤下属的官还真是少有。”

仲淹瞪他一眼：“就你话多！”

晏麦笑道：“这位大哥说的还真是这个理儿，晏大人也是这样对小人说的，只是小人愚笨，学不来。”他望向门外：“天快黑了，我得回去了。”

仲淹忙道：“舍下晚饭已快做好，你吃了便饭，叫青阳送你回去。”

晏麦起身道：“多谢范老爷盛情！小人趁天未黑赶回去，向我家大人回复。”

仲淹亲自送晏麦至村口，返身回屋时，见青阳正把篓子里的鸡抓起来，纯佑在一边数数。香草喜道：“足足有十只呢！这下好了，加上舅老爷家送来的补品，夫人这个月

子就不愁了。”

仲淹听了心里不是滋味，妻子坐月子还得靠亲戚朋友接济。

天色渐黑，香草把屋里的灯都点着了。

仲淹听孩子的哭声，忙进里屋。见芳卿正给孩子换尿布，换了干尿布，孩子仍然在哭。

他最怕孩子哭，孩子一哭，他的心就乱了。有时，他怀疑自己是不是心思太细腻了。

他从芳卿手中接过孩子，走至灯下端详。

奇的是，孩子一到他手中，就停止了哭泣。因为天热，没有包裹得太紧，孩子一只手抬起来晃了几下，便将手指头塞进嘴里吮吸。

仲淹失声笑道：“哎呀，芳卿啊！这孩子是饿哭的啊！”

芳卿竟有些过意不去，应道：“谁说不是呢！我奶水不足啊！”

仲淹听了，一迭声地叫香草。

香草慌慌张张地跑进来，见屋里大人孩子都好好的，嘘口气道：“老爷这样急的唤香草，香草还以为有什么事儿呢！”

仲淹拿起桌上两页纸笺递给她，笑道：“是我口气急了些。你把这方子给青阳，叫他即刻去街头的春回药铺，把这几剂药捡回。一张方子是收汗的，一张是催奶的。”

“还是老爷心细。”香草道。

“收汗的药煎了当茶喝，这催奶的草药，与母鸡一起炖了吃。”

香草接过方子：“老爷，我这就叫青阳去药铺捡药，回头把鸡杀了，连夜炖汤。”

芳卿轻声道：“让老爷操心了。把孩子给我罢，老爷还未给孩子取名呢！”

仲淹把孩子轻轻地放在她怀里：“让我想想，给孩子取个什么名字呢？”

芳卿含笑道：“也是奇了。前儿午后，我有些倦了，靠在枕上小睡一会儿，竟梦见夜间月光如水，花香馥郁。我正在庭院中散步，忽然从满圆的月亮中坠下一孩儿，我担心那孩儿摔着了，忙牵起裙袂接住。惊醒后，这孩子就出世了。”

仲淹看着孩子粉嫩嫩的小脸，喜道：“此子莫非是上天赐给我们的宁馨儿？”他略一思索，“这孩子就叫纯仁吧，小字尧夫。”

第十八章　上执政书　未敢忘怀天下忧

范仲淹的文章《南京府学生朱从道名述》在学院传开。

此文不仅仅是鼓励、教化朱从道一人。范仲淹是借朱从道之名，阐明“从道”的含义，以及自己对书院育人的主张。

书院育人，应培养有操守、有高品德、对国家有作为的人才，能把百姓的疾苦放在首位，以天下苍生为念。

范仲淹在文中说：所谓“道”，是“臣则由乎忠，子则由乎孝，行己由乎礼，制事由乎义，保民由乎信，待物由乎仁”。

随后，他在文中反问：“子将从之乎？”一个向学之人，如果能够追随此“道”，“然后可以言国，可以言家，可以言民，可以言物，岂不大哉？”

由此，应天府学院兴起一股读书说道的热潮。

一天傍晚，叶子茂佩着长剑，揣着文章来至范仲淹的住处，说是来请教先生如何做文章。说话间，见范仲淹和蔼可亲，便没有了拘谨。他打量着这间简陋的屋子，除了一些简单的日常用具，更多的是书卷。其实，墙壁上斜挂着的那柄长剑，才是他今天来此的目的。

叶子茂笑道：“听青阳哥说，先生虽是文官，剑法却是一流的，学生能否看看先生的剑？”

仲淹见他说起剑，顿生兴致，笑道：“有何不可！”便摘下墙上的剑，递给他。

叶子茂双手接过，拔剑出鞘，银光闪处，似有一股寒气扑面而来。

叶子茂啧嘴叹道：“真是把好剑啊！”又收剑入鞘，还给仲淹。

这剑，似乎触动了仲淹心底的往事。他望向窗外，那榕树叶子在落日的余晖下闪着耀眼的光。他想起了醴泉寺，想起了寺庙后山上，那几个他时常去读书的山洞，和那些苍松翠竹；他想起了博学智慧的住持师父，那柄伴随了他二十年的古剑，正是师父送给他的；他想起了和善的残月师兄和后院那片总是生机勃勃的菜园子。

叶子茂见他沉思不语，以为自己说话造次，冲撞了先生，忙道：“先生，学生莽撞了。”

仲淹挥手示意他坐下，笑道：“你说起剑，让我想起了二十年前的往事。当年，我正如你这般年纪，在长山醴泉寺借读，离开山寺时，师父送了这柄古剑给我。”

叶子茂轻声道：“学友们都知道先生曾在书院苦读五年，也都听过先生断齑划粥的故事。”

“是啊！离开醴泉寺后，我游学关中，结识了我人生中最重要的几位师长与朋友。

也是那段日子，我跟他们学会了舞剑、操琴。后来，我来到这所闻名天下的应天府书院，一读就是五年。那时我家境贫寒，读书非常节俭。”仲淹看着叶子茂，思绪却飘回到了那遥远的年代。

叶子茂道：“先生，我想不明白，读书固然是好，这世上人人有学问，个个懂经史百家，那将是一个太平昌盛的天下。这太平天下有人治理，可也得有人保护守住不是？”

仲淹未料到他突然转了话题，而这个话题正是他心底最深的忧虑。

朝廷久无忧，天下久太平。朝中多数大臣，过着歌舞笙箫，安逸奢靡的日子。不问民事，不问边防之事，一味地在皇帝面前粉饰太平。一个国家，不操练军队，不教化民众，这看似太平昌盛的天下，实则危机重重。

他未开口，叶子茂又道：“先生，朝廷为什么只重文士，而抑制武举？每隔三年开科以诗词歌赋取进士，却不开武科以武功论英雄。”

仲淹不知如何回答，他也想知道答案，但他不能把心里的忧虑说出来。他拍着叶子茂的肩膀笑道：“当年我离开醴泉寺时，住持师父送了这柄古剑给我。老人说，‘国家的栋梁之材，要文能治国，武能安邦，方能担负起天下重任。’子茂，从明儿起，你与我每天闻鸡起舞练剑如何？”

叶子茂兴奋道：“先生此话当真？”

“先生的话哪有不当真的！”仲淹笑道，“但你也得答应先生一件事。”

叶子茂长身而立，豪迈地挺起胸脯：“先生说的话，学生没有不听的。”

“你每日除了练剑以外，还必须解读儒学经典。”

此时的叶子茂豪气干云，与先生约定，每日四更鸡鸣时起床，练剑一个时辰，再读书。说毕，带着满心的欢喜辞别而去。

范仲淹望着他远去的背影，有几许莫名的希望在心里升腾。相对于读书刻苦的朱从道来说，他喜欢叶子茂更多一些的原因，是因为他那柄不离身的长剑，还有他那一股子保家卫国的心气劲。

这天，范仲淹给学生讲《易经》中的“无我”之境，即“道法自然”；“有我”之境，即“人道合一”，不觉已过了午饭时分。下课后，这才觉得饥肠辘辘。回到住处，抓了两把米洗了，来到门外的廊下，准备煮饭。抬头见有两人向自己走来，他认出那年轻的是书院的学生，身后跟着一个衣衫褴褛，神情困顿的书生模样的人。

年轻人走近来施礼道：“先生好！这位客人说要找先生。”

年轻人说毕离去，那书生对仲淹一揖到地：“孙复拜见先生！”

“孙复？”仲淹凝神看去，此人虽然神情困顿，眉宇间却有一抹清灵的书卷之气。他想起来了，去年遇见此人在街上乞讨，他吩咐青阳给过他十千钱。

仲淹返身进屋又抓了两把米洗了，与先前的米一起放进锅里，加了清水，边烧火边说：“看上去，你跟那些在街头巷尾行乞的人不同，像个读书人，而且正当壮年，如何以乞讨为生？”

孙复满面羞惭，垂首道：“先生有所不知，我本是读书人，并非好逸恶劳。只是老母无以为养，不得已偶尔出来为母亲讨点吃食。若每天能有一百钱，让母亲吃餐饱饭，我也就可以安心读书了。”

锅开了，米汤在沸腾，散发出诱人的米香。灶膛里的柴火红艳艳的，仲淹把火拍熄一些，余一些焖饭。

仲淹的眼睛红红的，似有泪光隐现。他从孙复的话里看到了自己当年的处境，从他身上看到了自己当年的影子，可又觉得自己当年不如他。

孙复虽四处乞讨，却能尽孝于母亲膝下，而自己年轻时则扔下母亲躲进书院。如今母亲已辞世，自己再也不能给母亲煮一餐饭，奉一盏茶了。

孙复见仲淹低头无语，心中惶恐。暗想，去年在街边行乞时，范先生给了十千钱，今天怕是不会再给了，便道：“先生，小生告辞了！”

仲淹收起思绪，抹把眼睛：“饭熟了，吃了再走也不迟。”

孙复迟疑道：“我在先生这儿吃饱了，可老母还在家里饿着肚子。”

仲淹拉了他往屋里去，把他摁在桌边坐了。自己则拿碗去外面盛了两碗饭进来，递一碗给他，又去书桌边的柜上拿了两碗菜来。这是昨天青阳送来的，一碗腌萝卜，一碗咸辣椒。

孙复捧着饭碗，闻着咸菜的香味，早已饥肠辘辘，他咽下口水，放下饭碗。

仲淹夹了一条咸萝卜放进嘴里，咬得脆脆地响，见他放下饭碗，笑道：“你是不是想家中老母没饭吃？可我早就听见你的肚子饿得咕咕叫了。你若不吃饱了，如何有劲去给母亲要吃的？快吃吧，吃完再说。”

孙复闻着咸辣椒特有的香味，又吞了口口水，小声道：“先生，小生想夹点咸萝卜咸辣椒，把这碗饭带回家给母亲吃。”

仲淹放下饭碗，叹息道：“我真是羡慕你啊！你虽然贫困，却能在母亲跟前尽孝。而我呢，子欲养而亲不待！”

孙复低头不语。

仲淹去书桌的抽屉拿了一叠钱给他：“这是十千钱，你先吃了饭，拿这钱去给母亲买些吃的。我去找几位掌管书院的先生说说，在书院为你谋个差事，既可养活母亲，也可安心向学。你看如何？”

孙复呆住了，突然跪在仲淹脚边，流着泪磕头。

仲淹忙将他拉起：“你快吃了回去，你母亲还在家里饿着肚子呢！”

孙复抓起筷子，也顾不得秀才的斯文了。夹了几条咸萝卜、咸辣椒，就着白米饭，呼啦啦的，吃得可香甜了。

仲淹见他狼吞虎咽的，忙给他倒了盏茶，笑道：“秀才，你慢点儿吃，别噎着了。”

孙复扒拉了最后一口饭，放下碗，抹着嘴道：“小生失礼了！先生。小生这就告辞了，回家安顿了母亲，明儿一早就来书院。”

从此，孙复就在书院里边做事，边跟仲淹研习《春秋》，每月拿三千钱回家养活母亲。

十余年后，人们都知道有位儒学大师，在泰山收徒讲授《春秋》，此人便是当年受范仲淹救助的穷秀才孙复。

夜已深沉，从那窄小的窗口，可以看见天边那弯新月，如一叶小舟泊在平静的湛蓝的海面。

仲淹躺在床上，毫无睡意。从考取进士以来，赴广德、调亳州、游河朔、任西溪盐监、知兴化、修海堤，直至掌应天府书院教席。这一路走来，他最忧心的，便是天下太平的表面所潜藏的危机。

有道是，不在其位不谋其政，自己位卑言轻，能说什么呢？纵然说了，又有谁能听？而且，自己尚在为母"丁忧"，来应天府书院掌管教席，是因为晏殊大人的抬爱。

然而，为官者，无论官大官小。上，要对天子负责；下，要替百姓作想。既踏上这条官道，就要有所担当，有所作为，才不负十年寒窗苦读的圣贤之书，更不能以一心之戚，而忘天下之忧。

仲淹披衣起床，点灯磨墨。他以《易经》"穷则变，变则通，通则久"的思想理念，结合自己过去十二年来在各处任职，以及游历河朔的所见所闻，指出当今天下存在的六个问题。

一、朝廷久无忧、苦言难入、国听不聪。

二、天下久太平、倚伏可畏、奸雄或伺其时。

三、兵久弗用、武备不坚、戎狄或乘其隙。

四、士未曾教、贤才不充、名器或假于人。

五、中外方奢侈、国用无度、民力已竭。

六、百姓困穷、天下无恩、邦本不固。

他分析了本朝自太祖建国以来的形势，针对这些存在的问题，他又提出了六个改变现状的对应措施：固邦本，厚民力，重名器，备戎狄，杜奸雄，明国听。

范仲淹提出的这六点应对措施，并非夸夸其谈，他又为如何具体落实做了精细的分析。

一、固邦本，国家职权的基础在州县的长官。因为，管理州县的官员，与百姓的利益与交往最为密切。他们最先了解百姓的疾苦与需求。所以，朝廷一定要选择德才兼备的官员管理最下层的州县，官吏要清正廉明，才能为民兴利，才能使国家基础牢靠，安如磐石。

二、厚民力，是要提高百姓的劳动能力，使人们不生懒惰之心，积极发展生产。

三、重名器，朝廷应"得天下英才而育之"，大力兴办地方学校，教之以儒家经典，选拔有用之人才济世安民。

四、备戎狄，与管理国家同样重要的是守卫国家。应设立武举，培养能镇守边防的将才，充实边郡，加强边境防患。

五、杜奸雄，要修复纲纪，抑制恩荫，约束皇亲国戚，平均官僚俸禄，戒兴土木工程，使奸人无隙可钻。

六、明国听，朝廷应奖赏敢于直言进谏之臣，而远离奸佞之臣。

范仲淹这篇洋洋洒洒上万言的《上执政书》，传至朝廷，老谋深算，心机深沉的吕夷简，面上虽不以为然，心里却惊骇不已。本朝之中，竟有范仲淹这样有着志虑忠纯、深谋远虑、经邦治国的良才！这样的人如果让他进了朝廷，岂不断了自己的前程？便把这篇《上执政书》压下不理。

宰相王曾读了《上执政书》，认为范仲淹的变革思想重点突出，思路成熟，措施具体，层次分明，而且自成系统。他赞叹不已，为大宋有这样的人才兴奋不已，如此卓越的人才若不为朝廷所用，实在是朝廷的一大损失。

王曾想，范仲淹既是晏殊召至应天府书院掌管教席，我何不让晏殊举荐他应学士院考试，而进入朝廷呢？只是，晏殊如今也是被贬之身，尚在应天府任南京留守。

事有凑巧，不多时，晏殊应召回京，任御史中丞。

天圣六年（1028年）十二月，范仲淹居丧期满，被任命为秘阁校理。

原来，朝廷急需馆职人选。馆，是指以馆、院、阁命名的几个最高学术机构。唐朝时设有集贤殿书院，掌管撰集文章、校理经籍之事。宋朝沿用唐制，以弘文馆、集贤院、史馆为三馆。988年，宋太宗又命人从三馆中选出真本书籍万余卷，连同古画墨迹，另置一阁，从此就有三馆一阁。这些馆、院、阁所设的官职叫作馆职。

晏殊回京任职后，向朝廷举荐馆职人选。王曾压下他的举荐书，私下里对他说："晏大人曾经举荐范仲淹掌管应天府书院，此人无论是在泰州修筑海堤，还是在南都任教，其功绩卓然，人们皆有目共睹。如此铮铮君子你不举荐，却举荐他人。"

晏殊恍然道："啊呀！我如何忘了范仲淹！差点遗漏了贤良了！"

当即，晏殊向王曾索回原先的举荐信，一把撕了，重新举荐范仲淹。他在举荐书中称范仲淹"为学精勤，属文典雅"，曾在泰州兴海堰之利，丁母忧时在应天府执教，讲习儒家经典，足不出户，是"独守贫素，儒者之行"的君子，希望朝廷给他一个机会参加馆职考试。

馆职虽无实职，却是文学高选，居官清要，必得经过朝中大臣推荐才有资格参加学士院考试，考试合格后，方可任命。

范仲淹有了晏殊的推荐，考试又顺利通过，即被任命为秘阁校理。

秘阁，是藏书的阁楼；校理，就是校勘、整理书籍。对范仲淹来说，秘阁校理的职位虽然没有实质性的职务，但毕竟是进了朝廷，能时常见到皇帝，也能获悉朝廷政事。更难得的是，这是一个能得到更大的提升，从而施展抱负的职位。

天圣六年（1028年）冬天，宋仁宗皇帝赵祯十九岁。

这位青春勃勃的皇帝，就是那个在民间的戏台上唱响的《狸猫换太子》中的太子。

赵祯五岁被封寿春王，九岁立为太子，十三岁登上大宝。当时因为嗣君年幼，先帝临终前的遗诏有“军国大事兼权取皇太后处分”，意思是把朝廷最高权力交给皇太后，由皇太后垂帘听政，因而朝中大事皆由皇太后刘娥一手操持。

丁谓，被先帝临终前封为晋国公，是辅佐大臣之一。他提出要去掉上面那句话中的“权”字，但遭到朝中大臣的一致反对。

权，代理也。

另一位辅佐大臣，宰相王曾直言道：“新帝年幼，不得已太后垂帘，政出房闼，这已是国运否背了，如何再能删掉这一‘权’字！本朝自太祖皇帝建国以来，吸取前朝教训，竭力矫正前代之弊端，对后宫干政，一向防范极严，当年太祖爷所定下的规矩中就有这一条。”

王曾理直辞正，丁谓、王钦若等人只好作罢，皇太后十分恼怒，却也无可奈何。

赵祯十五岁那年，皇太后张罗着给他选了几个近臣的女儿进宫为妃，其中最美貌可人的女孩儿是郭氏与张氏。

郭氏是已故的中书令郭崇的孙女，张氏是已故的骁骑卫上将军张美的曾孙女。

郭氏与张氏，都是十一二岁的女孩儿，花骨朵儿一般娇嫩。但在十五岁少年赵祯眼里，却是有分别的。郭氏虽生得清秀，却是一脸的暴戾之气，那双丹凤眼里更流露出一抹什么也不在乎的神色，这是一个在富贵之家被娇惯被宠坏了的女孩儿。

与郭氏站在一起，张氏显得单薄而文静，那双被长长的睫毛覆盖着的眼睛更显羞怯。那一低头的温柔，让赵祯无端地生出几分怜爱，几许柔情，他在心里对自己说，这个温柔的人儿就是朕的皇后了。

然而，皇太后却喜欢郭氏。郭氏一进宫，皇太后就封她为才人。此后，凡皇帝在后宫的所作所为，太后都一清二楚。赵祯知道，郭氏是太后的耳目了，便有意无意地冷落郭氏。

赵祯十六岁时，也就是天圣二年，皇太后张罗着给他册立皇后。

赵祯想立温柔敦厚的张氏为后，皇太后毫不掩饰她喜欢郭氏，用不必商量的语气，直接命皇帝册封郭氏为皇后，统领后宫。

赵祯心里虽一百个不愿意，但又不敢违抗皇太后的旨意，只得立郭氏为后，只是更加疏远她。

郭氏也是太年轻，少不更事，以为有了皇太后这个高大强硬的靠山，便连皇帝也不放在眼里。册封为皇后之后，在后宫更显露出从小就养成的任性刁蛮，唯我独尊的秉性。女人天生善妒，对于皇帝的冷落，她从不曾寻找自身的原因，反而将罪过强加在其他嫔妃身上。她不仅替皇太后监督皇帝的一举一动，更不允许其他宫女嫔妃接近皇帝。

赵祯碍于皇太后，敢怒不敢言，无奈之下，便把在女人身上使劲的心情收拾起来，跟在皇太后身边专心学习处理朝政。

第十九章　平台引对　一进朝廷任馆职

初冬，湛蓝的天空没有一丝云彩，显得格外高远而明净，那轮初升的太阳，红艳艳的，俯瞰着山川大地。收获后的原野空旷辽阔，但那穿城而过的蔡河、汴河上却是画舫悠悠，舳舻连绵，一派繁荣景象。

今天，正是皇帝诏大臣“平台引对”的日子。

皇帝诏见大臣，实际上是皇太后诏见大臣。太后垂帘，并不是太后在皇帝的龙椅后面隔着一道疏帘听政，而是皇太后与仁宗皇帝并排而坐，太后居右，皇帝在左。

如今的刘娥，早就不是当年那个击鼓卖唱的女子了，而是操纵着天下生杀大权的皇太后。

金碧辉煌的承明殿中，皇太后着一身褚黄色刺绣丹凤朝阳长袍，头戴龙凤紫金冠，神情端庄，雍容华贵。她那双有鱼尾纹的凤眼，隐含着几分精明干练，从容地俯视着殿中群臣。

宋仁宗皇帝赵祯，身着明黄色龙袍，头上的紫金冠衬得他脸庞丰盈，神态沉稳安详。那双毫无表情的眼睛平视着，他的思绪似乎不在承明殿内，而是在另一个不可知的世界里冥想。

值事太监尖细的嗓音刚落，群臣匍匐于地，山呼：“吾皇万岁！万万岁！”“皇太后万岁！万万岁！”

皇太后笑微微地抬起右手，轻挥袖袍：“众爱卿平身！”声音里透着女性特有的温柔与矜持，悦耳的余音在殿内悠悠回荡。

群臣从地上爬起来：“谢皇太后！”

丁谓像往常一样，手执牙牌，越众而出，朗声道：“启禀皇上、皇太后，如今虽是初冬时节，天气趋渐寒冷。但一连几日红日高升，雾霭尽失，这是天降祥瑞，昭示天下，皇太后治国有方，乃圣明之主。”

皇太后双眉轻轻一蹙，又舒展开来，含笑而言：“丁爱卿，今日不谈天象。”

端坐在一边的赵祯，双目平视，面呈微笑。心里却鄙夷道：又是阿谀奉承！冬日出暖阳，雾霭自然尽失。此乃正常天象，又哪里是天降祥瑞了？讨好巴结主子，也不知拣新鲜话题，老生常谈有何趣味？

正想着，却听皇太后问：“晏爱卿何在？”

站在大臣之间的晏殊听皇太后点名，忙出列垂首道：“启禀皇太后，微臣在。”

皇太后问：“听说晏爱卿举荐的秘阁校理范仲淹，是个很不错的贤能之人。”

吕夷简听了皇太后的话，心里悚然一惊。正欲说话，却听晏殊道：“范仲淹入仕之初，在广德军办学堂、兴教育；在泰州修海堤、救千万百姓于流离失所之中；丁母忧时，微臣请他掌管应天府书院，他提倡为国家‘择天下英才而育之’。实在是一位胸藏韬略，怀经世济民之才的国家之栋梁。”

宰相王曾出列奏道：“启禀皇上、皇太后，正如晏大人所说，范仲淹确实是位不可多得的贤能之才。”

赵祯正饶有兴致地听着，忽见吕夷简出列道：“启禀皇太后，微臣听说范仲淹出身贫贱，两岁随母改嫁，尚不知自己姓甚名谁，直到进士及第做官后，才将姓氏改过来。而且，此人天生倔强，当年在广德军掌管讼狱，为审理案件屡次顶撞上司，还把与上司辩论的内容写在家里的一扇屏风上。”

赵祯听了，面上不着痕迹，心里却将这位未曾谋面的胆敢顶撞上司的范仲淹记住了。

吕夷简说毕，回首目示身边的枢密副使夏竦。

果然，夏竦出列道：“启禀皇太后，微臣也听到不少有关范仲淹不识时务的传言。再者，范仲淹职位低微，已年过四旬，实在是不宜担任朝廷要职。”

皇太后在心里哼了一声，暗想，当年先皇宠幸于我，要册封我为皇后，正是你们这群人，说什么“出身低微”，“家族不显”，“年过四旬”，今儿我倒要看看这个范仲淹是不是你们所说的“劣性之人”。

皇太后扭头笑微微地问赵祯：“皇上意下如何？”

赵祯料不到太后会问他，沉吟道：“范仲淹既是晏大人举荐的，想必有其过人之处，太后何不一见？也好目睹此人是否如传言一般。”

皇太后点头赞同：“皇上说得是。”遂对晏殊道：“传范仲淹晋见！”

晏殊喜道：“回皇上、皇太后，范仲淹已在殿外恭候。”

吕夷简退回班中，他内心非常清楚范仲淹是怎样的人，这是个充满激情和斗志的人。从他在各处任职期间的事迹中不难看出，他同时又是个极端务实而不尚空谈之人。如果此人进入朝廷担任要职，将是自己最强大的对手。

太监尖细的嗓音响起：“范仲淹晋见！”

殿中群臣不自主地扭头望向殿门。

一位身材适中，气宇轩昂的中年男子，在众臣复杂的目光中，沉稳地步入承明殿。

他拜于丹陛之下，奏道：“微臣范仲淹叩见皇上、皇太后，敬祝皇上、皇太后万岁！万万岁！”

赵祯早已收起那始终平视的目光，紧盯着范仲淹，他心里有种莫名的兴奋，或者说是一种莫名的期待。似乎这个人的到来，会给他一成不变的生活带来某些变化。

皇太后依然面呈微笑，高贵端庄的神态里，流露出几分亲切随和，依然是那温柔悦耳的嗓音：“范仲淹，你站起来回话。”

“谢皇上、皇太后！”

范仲淹抬头望向并排坐着的皇帝、皇太后。在他眼里，皇太后虽然端庄高贵，虽然黄袍在身、皇权在握，但毕竟是年近花甲的妇人。而她身边那个正瞪着一双惊喜、好奇眼睛的青春勃勃的青年，才是大宋朝的未来与希望。

在范仲淹抬头打量皇帝、皇太后的这一瞬间，丹陛之上的皇帝与皇太后也正在细细地打量着他。

从范仲淹进殿，赵祯就全神贯注地看着他。此刻范仲淹抬头，他看到那张方正的脸庞上一双深邃、睿智的眼睛。这样一双眼睛镶嵌在这张脸上，他似乎读出了这张脸上所包含的内容，那是一种他人无法拥有的正直与刚毅，热忱与坦荡。

赵祯不知是被自己的发现所惊讶，还是为范仲淹的气质所倾倒，他微张着嘴巴，痴痴地盯着范仲淹。

皇太后微微侧头，见他这副呆相，便轻轻嗯了一声。赵祯如梦初醒，忙敛了心神，收了目光，正襟危坐。

皇太后笑道："范仲淹，你就是那个幼年随母改嫁、少年读书时断齑划粥的朱说？"

范仲淹躬身答道："回皇太后，微臣正是那个少年朱说。"

"你身为西溪盐监，却主张修复海堤。如今，通州、泰州、楚州、海州沿海一道长达 150 余里的海堤已经修成。百姓为纪念你的功绩，把这条海堤称为'范公堤'。你不居功自傲，沾沾自喜么？"皇太后微眯着眼，眼角的鱼尾纹更见密集，她似要看进范仲淹的心里去。

范仲淹不亢不卑："回皇太后，臣既是朝廷命官，食君之禄，就应担君之忧。为官者，就应救民疾于一方，分国忧于千里。修筑海堤，臣只尽了绵薄之力，张纶与胡令仪二位大人，才是修筑海堤的功臣。天下百姓都是懂得感恩的，他们的赞美，是对臣子的勉励，应该有更多的官员去关心他们的疾苦。而臣又有何功可居？"

赵祯想为范仲淹拍案叫好，但一眼瞥见端坐在右手边的皇太后，又把到嘴边的话咽了回去。

皇太后朗声道："好！好一个'救民疾于一方，分国忧于千里'！"

丹陛之下的王曾听了，微笑着看了晏殊一眼，晏殊也以微笑回报。

吕夷简面无表情，不知在想什么。丁谓在背后轻轻拉了拉他衣衫，悄声道："原来今日是专为范仲淹而设的'平台引对'。"他竟如木偶一般毫无反应。

皇太后笑道："范仲淹，你入仕以来，做了几任地方官，以你在各地的所见所闻，结合你所学的儒家经典，本朝现今存在哪些问题，这些问题将如何解决，你说来听听。"

范仲淹心里一沉，难道皇上、皇太后都不曾见过我呈上来的《上执政书》？既然太后问到了，我再说一遍又何妨？好在我身上带了一份。

殿内群臣寂静无声，吕夷简、夏竦、丁谓等各怀心事。

王曾、晏殊等面带微笑，静听范仲淹侃侃而谈，他指出本朝现今存在的六大问题，并提出六大应变措施。说毕，掏出怀袖中的奏疏《上执政书》，双手呈上。值事太监忙接过，转呈给皇太后。

皇太后接过奏疏，对殿中群臣道："众位卿家，你们都听到了范仲淹方才的陈述。你们都是饱学之士，谈起诗词歌赋来，个个是文采精华。想必你们也都有治国济民的良策，只是你们居高官，享厚禄，却不曾把肚子里的治国良策掏出来。范仲淹，一个小小的盐监，修海堤，明讼狱，兴教育，这桩桩件件，哪一件不是大事？一个辞官丁母忧的人，却‘不以一心之戚，而忘天下之忧’，这篇《上执政书》便是治国安民的良策，将被天下人传诵。难道，这些还不足以让诸位深思么？”

范仲淹离开秘阁，回甜水巷的新居时，已是薄暮时分。

这是一条远离闹市的幽深小巷，巷口有一眼古井，井水清洌甘甜，想必甜水巷因此而得名。

说是新居，其实是有钱人家空置了许久的旧宅，是芳卿的堂兄李纮盘下来的。

当李纮得知仲淹被召为秘阁校理时，由衷地替他高兴。他固执地以为，仲淹是难得的治国安民的栋梁之材，将来必定有一番作为。他也知道这位堂妹夫不喜热闹浮华，便盘下这所远离闹市的院落。

这是一座普通民居，堂屋两侧各有两间厢房，东边抱厦做了厨房柴屋，西边的两间小屋，青阳香草住了进去。院中植有两株桂树，窗下几兜芭蕉，屋后几丛瘦竹。

仲淹站在院门，见门顶的木匾上书着“苦竹居”三个大字。心想，这所院落的旧主人想必是个风雅之人，或许，还是个被贬之人，不然，何以苦竹自居？又微笑着摇摇头，伸手推开院门。

快满六岁的纯佑带着两岁多的纯仁在廊下玩，听院门响，那小的张开双手，像鸟儿一样，直扑进仲淹怀里。纯佑到底大些，有些腼腆，走至仲淹身边，轻声道：“爹爹回来了！”

仲淹一手抱了纯仁，一手牵了纯佑，笑问：“你二人在外面玩，你娘呢？”

纯仁细声细气地说：“娘在东厢房里，跟香草姑姑一起缝新衣裳呢！”

仲淹扭头看着纯佑：“天成，你今日读了哪些书？”

纯佑抬头仰望着父亲，眼神里满是钦佩，扬声道：“孩儿读了父亲在应天府书院掌教时写的文章。”

仲淹奇道：“噢！我写的哪篇文章？”

“《南京书院题名记》。”

“你读为父的文章有何用？”仲淹道，“你如今该读五经里的《仪礼》了吧。”

年幼的纯仁搓着两只小手：“爹爹，孩儿会背三字经了。”

仲淹忍不住亲他一下，惹得纯仁咯咯笑：“爹爹胡须好扎人。”

纯佑道：“我娘说，父亲的《南京书院题名记》骈散自如，典雅庄重，是一篇词采飞扬的好文章，写出了爹爹对书院的一片深情。”

父子三人已进了堂屋，纯仁挣脱仲淹的怀抱，向东厢房跑去：“我去告诉娘，爹爹回来了。”

仲淹摸摸纯佑的头：“是啊！我二十二岁那年入应天府书院读书，这一读就是五年，五年啊！料不到的是离开书院十二年以后，我又回到书院掌教，那可是我人生中最大的受益之地！”

纯佑满眼羡慕：“爹爹，孩儿长大了也要进应天府书院读书。”

芳卿牵着纯仁进来，见他父子俩有说有笑的，忍不住问：“你父子俩说什么呢？我也听听。”

仲淹笑道：“天成说长大了要去应天府书院读书呢！”

“他呀，这些日子天天念叨这句话。”芳卿边沏茶边道，“天成，你带弟弟去玩会儿，爹爹在朝廷办差也累了，先喝口茶，待会儿吃晚饭。”

纯佑是个极懂事的孩子，听了母亲的话，忙拉过黏在父亲身边的纯仁：“弟弟，我带你去院子玩。”

仲淹接过芳卿沏的茶，看着两个孩子的背影，叹道：“每天办差是很累，再累，我也乐意跟孩子们在一起，这才是人间至真至爱的天伦之乐啊！若母亲还健在，该有多好！”

芳卿每见他回忆起母亲，那双明亮的眼眸里总是饱含着晶莹的泪水，她感动于丈夫的孝心与赤诚之情，却不知如何安慰。只是走近他，为他轻轻按摩肩背。

仲淹返身握住她的双手，叹道：“芳卿，你嫁给希文真是委屈你了。想我为官十余载，依然是家徒四壁，一贫如洗。你操持这个家实在是不易啊！仅是这两个年幼的孩子，就够你操心的了。如今青阳香草也有了他们自己的孩子，家中事忙不过来，我看，还是再请个帮佣吧。”

芳卿静静地看着他，那宽阔的额头上渐起的皱纹里，似有无尽的忧思。她不懂国事，但她懂丈夫的心事。知道丈夫的心系在国事，系在天下百姓身上，她不能为丈夫分忧，却也不能让丈夫为家事担忧。

她从丈夫手中轻轻抽出手来，反握住男人粗糙而暖和的大手。温婉笑道：“希文，你不是家徒四壁、一贫如洗。往小里说，你有我，有两个孩子，有这个可遮风挡雨的家。往大里说，你是大宋的朝廷命官，心怀天下，情系百姓。我以为，你是天底下最富有的人。你有对国家对朝廷的赤胆忠心，有为天下百姓的忧戚之心。能嫁给你，是芳卿前世所修。往后，你不要再说我嫁给你是委屈的，好吗？”

仲淹觉得一股热流从心底直冲上鼻腔，他掩饰着端起茶碗，轻轻啜了口茶。把那热泪与幸福连同香茶一起细细地咀嚼、回味，慢慢地、不舍地吞进肚中珍藏。

夜幕已经降临，屋子里暗了下来。微风从窗口掠过，有竹叶细碎的吟诵，有倦鸟归巢的啾鸣。

这是个狂风吹不折，大山压不垮的汉子。他的感情无须甜言蜜语，只在那一举手，一投足之间，只在那眼神的一瞥之下，芳卿分明感受到了丈夫的无限柔情。她轻轻倚了丈夫宽厚的肩膀，听他柔声道：“芳卿，难为你懂我的心事，你是希文今生今世最珍爱的知己。”

突然，一个清朗的声音自门边响起：“哎呀！你二人卿卿我我的，有多少话儿说不完哪！黑灯瞎火的，也不点灯。”

那人说着话，已经跨进门来，一手抱着纯仁，一手提只食盒。

纯佑跟在他身边，提着两盒点心，进门叫道："爹，娘，舅舅来了！"

仲淹早已听出来人是谁了，忙迎上前去，从他怀里抱过儿子，哈哈笑道："哎呀！兄长夜至苦竹居，正好与希文对酌几盅。"又回头向芳卿道："你快去厨下，让香草炒两个下酒菜。"

来客正是芳卿的堂兄李纮。

李纮，字仲纲，李昌龄之子，李昌言从子（侄儿），大中祥符元年（1008年）进士及第，试秘书省校书郎、知歙县，后经蔡齐等人举荐，历监察御史而为殿中侍御史。

这所苦竹居，正是李纮为堂妹芳卿买下的。

芳卿点亮了油灯，屋里霎时亮堂起来，橘黄色的灯火轻轻摇曳，说不出的温馨在屋里流转。

芳卿沏了茶来，含笑道："哥哥请坐！"转身就要去厨房。

"妹妹，不必炒菜了，"李纮把手中的食盒放在桌上，"我已在街边的酒楼炒了几个菜带了来。"

纯佑在一边道："娘，舅舅还买了最好吃的点心。"

芳卿略带责备道："哥哥破费了！"

仲俺皱眉道："兄长每次来都给孩子们买东西，这无疑给了他们一个不成文的规定：只要舅舅来了，就有好吃的点心了。兄长，往后可不能再买东西了。"

李纮不以为然："我是孩子的舅父，是长辈，给孩子买点吃的玩的，理所当然，又不是在你的衙门里行贿。"说得仲淹也笑起来。

芳卿把食盒里的菜端出来，摆在桌上，一钵清炖狮子头，一钵羊肉汤，一盘卤牛肉切片，一碟香煎藕饼。四个菜热腾腾、香喷喷的。

李纮见仲淹看着菜，皱着眉头，忙道："这菜可不是为你买的，今儿是我妹子生日。"回头唤道："芳卿，我记得你是冬月初六出生的，离冬至不远。"

芳卿惊讶道："噢！今儿冬月初六，还真是我生日呢！我都忘了。"回头见丈夫一脸歉疚，忙道，"都一把年纪了，还过什么生日。"

仲淹歉疚道："是我不好，我居然把夫人的芳辰给忘了。"

恰巧香草过来说，可以吃晚饭了。

青阳把菜端了来，一盘葱花炒鸡蛋，一碗猪肉焖冬笋，两个自制的腌脆萝卜与咸辣椒，一碟油炸花生米。加上李纮带来的菜，一共八九道菜，看上去五颜六色，秀色可餐。

仲淹搓着一双大手问芳卿："从宁陵带来的那坛米酒还有么？"

青阳从怀里摸出一瓶杜康来："今儿是夫人生日，舅老爷来了，喝米酒有何趣味？我这儿有瓶好酒。"

仲淹奇道："你知道夫人今天生日？如何不对我说起？"

青阳笑道："香草记性好，她一早跟我说夫人今天生日，要我记得买瓶好酒。我看老爷挺忙的，每日里天不亮就出门，天不黑不归家，想跟你说也看不见人影儿。"

仲淹嗔道：“你看你，我问一句，你却说了一堆，都是老爷我的不是了。难怪今儿香草烧了个猪肉焖冬笋，敢是你们给夫人过生日的。唉！”

李纮忙道：“青阳，快给你家老爷斟酒。”

芳卿给两个孩子盛了羊肉汤，又添一碗递给香草：“你多喝点羊肉汤，孩子才有奶水。”

香草感激道：“多谢夫人！我奶水足够孩子吃的。倒是夫人自己身子弱，这天寒地冻的，应多喝点羊肉汤。”

李纮听了心里酸楚，他这个堂妹，虽不是金枝玉叶，也是官宦之家的大小姐。自小衣食不愁，何曾为一碗羊肉汤谦让！然而，这个堂妹夫，是他替堂妹看中的。他不正是看中了范仲淹“清而贤”的风神秀骨，才给堂妹做了红娘、牵了红线么？如今，堂妹过这种清贫的日子，也在他的意料之中。

第二十章　越级言事　劝太后还政于帝

李纮太了解仲淹的为人，他不想因为堂妹的生日、因为这碗羊肉汤而让他难堪，便装作突然想起一件事，抿一口酒道：“希文，你如何看待曹利用、曹汭叔侄的事儿？”

仲淹叹道：“曹汭只是赵州一个小小的兵马监押，倚仗其叔曹利用在朝中的权势，鱼肉百姓，为非作歹，其罪难恕。而又聚众酗酒，公然着黄袍，令群徒山呼万岁，是死罪。”

李纮道：“天禧四年（1020年），曹利用与丁谓为皇太后（当年的皇后）一举击败了宦官周怀政的密谋政变，他倚仗着这次天大的功劳而成为皇太后身边的宠臣，被封为枢密使。然而，曹利用恃宠而骄，用人唯亲，欺压同僚，这次事端，他怕是躲不过了。”

仲淹道：“我也知道曹利用素来专横，任人唯亲，他的亲朋好友多在各地任职。若说这次他侄儿曹汭的悖逆案与他有关，尚无确切证据。只是此人在皇太后面前也颇为倨傲，太后若不放过他，平日那些受他欺凌的大臣势必群起而攻之。”

李纮犹疑道：“你以为，这次皇太后对曹氏叔侄的处置，是因为听了你在《上执政书》里所说的‘杜奸雄，明国听’么？”

仲淹沉思道：“这点，我无法猜测。曹利用身为朝廷重臣，自己行为不端，对子侄有失教导，才落得如此下场。既是给朝廷敲了一记警钟，也是给所有大臣一个极大的教训。所以，朝廷任人为用时，一定要选品学兼优者，而不能仅凭当权者的喜好。”

纯佑端了饭菜，跟青阳坐到一边的小木桌上吃。

芳卿照顾纯仁吃饱了，回头见他二人不吃不喝，只低声说着话。嗔怪道：“看你俩，见了面总有说不完的话。这大冷的天，饭菜都凉了，还不快些吃饱肚子再说话。”

仲淹笑道：“我与堂兄虽说同朝为官，平日里也难得见上一面。今儿来家里了，自然要唠叨几句。”

李纮突然道：“噢！是了，再过几日便是冬至。今日早朝后，皇帝特意留下吕夷简，令他草拟冬至日在会庆殿为皇太后祝寿的仪式。”

仲淹问：“皇帝是委托吕夷简率百官为太后祝寿么？”

李纮摇头道：“是皇帝亲率文武百官在会庆殿为皇太后祝寿。”

仲淹扬声道：“哪有这样的事！天子有事亲之道，无为臣之礼。有南面之位，无北面之仪。这浅显的道理，皇帝难道不懂？”

芳卿忙道：“希文，你小声点，不要乱说话。”

李纮道：“妹妹，希文说得有道理。”又转向仲淹：“太后垂帘听政的头几年，还是很规矩的，处理朝政、任用官员尚能按大宋律法行事。近几年来，太后渐渐违背礼制，宠得娘家人及身边亲信飞扬跋扈、不可一世。幸亏朝中有王曾、李迪、蔡齐、薛奎等果敢正直之臣，时时劝谏，或拒绝拍马逢迎，才不至于使朝政更混乱、腐败。”

芳卿听了李纮这番话，轻声道：“哥哥，你少说几句。希文是个眼里容不得沙子的人，他进朝廷的时间短，有些事不太了解。你这一说，他如鲠在喉，寝食难安。以他耿直的个性，会拍案而起。”

仲淹愤然道：“皇帝率百官为太后祝寿，本身就违背了祖制，难道就没有大臣出面劝谏？”

“三年前，”李纮接过芳卿递来的饭，“皇帝要为太后做寿，太后或许是想到了先帝，迟疑着未曾答应。皇帝却执意要做，宰相王曾婉转谏道：‘陛下以孝奉母仪，太后则以谦让顾全国体，请遵照太后的旨意为宜。’皇帝不听，后来太后也欣然接受。”

仲淹皱眉道：“难道今年太后又同意了皇帝的意思？不然，皇帝何以命吕夷简草拟冬至日祝寿仪式？”

李纮点头：“太后必定是同意了。”

仲淹放下碗：“皇帝欲以孝行教化天下，是好事儿。但不惜以帝王之尊，率百官向太后上寿，则不成体统。既然无人敢出来劝谏，既然我范仲淹知道了，我就有责任上疏阻止这件事。”

芳卿婉言劝道：“希文，皇帝乃太后所生，皇帝为母祝寿是人之常情，天经地义。想你一身治国安民的抱负，却无处施展，好不容易跻身朝廷，有多少事儿做不完？若以这件事而得罪权贵，后果将不堪设想。”

李纮也劝道：“我方才所言，只是酒后闲话，并非怂恿你上疏劝谏。你如今虽是京官，却不是言谏官。稍有不慎，便会引祸上身。”

仲淹挥手打断他的话：“兄长此言差也！我等身为大宋朝臣，理当为朝廷效命，替百姓分忧。然而，为人臣者，若要因循守旧，瞻前顾后，不敢担当而听命于权贵，是有悖于圣贤教训的，我等岂不是白熬了十年寒窗苦？”

李纮道：“话虽如此，正如芳卿所说，我等位卑言轻，能劝得了皇帝、斗得过皇太后么？而且，吕夷简、丁谓、夏竦等人自私自利，妒贤嫉能，每每巧言令色，媚惑太后、皇帝，以保自身的利益，这些人岂肯站在公正公平的立场来看待问题？他们真正是朝廷的奸佞之辈。”

芳草青阳已撤去碗筷杯盏，抹了桌子，把油灯移至餐桌中央。

芳卿带了两个孩子去洗漱。

仲淹道：“我即刻就写奏疏，明日托人转呈皇帝。”

李纮惊讶道：“你真要上疏劝谏么？”

仲淹道：“如此不符国家礼制之事，我身为朝臣，岂能坐视不管？”他看着李纮的眼睛：“即使皇帝不听我的劝谏，即使明日就贬我出京，我也在所不惜。”

李纮起身抱拳朗声道：“好！这才是我给堂妹选中的妹夫！你若被贬出京，十里长亭必有我为你饯行的热酒！”说毕，告辞而去。

第二天一早，范仲淹揣了奏折候在承明殿外，等待退朝。

他一个小小的秘阁校理是没有资格早朝的，除非皇帝、皇太后点名要见他。他也想了很久，这份奏折托何人呈给皇帝呢？吕夷简、丁谓、夏竦等人是皇太后宠信的近臣，是不能坚持原则而取媚于皇太后的人，不足以托付。那么，只有托付给正直刚敢的宰相王曾与薛奎了。

退朝了，朝臣一个个出来，又一个个远去。

吕夷简、夏竦、丁谓等见范仲淹立在甬道一侧，眼里闪过一抹不屑，心里却难免嘀咕：此人候在此处何事？此人文才武略众所周知，如今又得皇太后赏识，犯不着得罪于他，无端地树一个劲敌。便又把那眼里的不屑换着虚情假意，笑着点点头，算是打了招呼。

范仲淹哪里去揣摸这些人的鬼心眼，远远地见薛奎、王曾出来了，忙迎了上去。

他二人见仲淹迎面而来，便停了脚步。

仲淹施礼道："学生见过二位大人！二位大人请借一步说话。"

王曾、薛奎见仲淹神色庄重，不知何事，便随他走至碧栏杆外。

仲淹轻声问："二位大人，听说皇帝要在冬至日率百官于会庆殿为太后拜寿，确有其事么？"

王曾不解地看着他："确有其事。"

薛奎捋着胡须饶有兴致地看着这个气格不凡的人。

仲淹语气庄重："天子有事亲之道，无为臣之礼；有南面之位，无北面之仪。难道二位大人不打算劝谏这种有违国家礼制之事？"

薛奎浅笑不语。

王曾摇头叹息："三年前，皇帝给太后拜寿，老夫就劝谏过，皇帝不听，拜寿照样进行。老夫平白地得罪了太后，未遭贬谪已是皇太后的宽宏大量了。"

仲淹从怀里掏出奏折，双手呈上："这是学生的奏折，劝谏皇帝放弃率百官给太后拜寿。学生位卑言轻，说的话不一定被采纳。但是，为人臣者，若只因循守旧，明哲保身，这又有悖于圣贤教训，学生岂不白读了圣贤书？"

王曾惊道："范希文不可冲动！老夫见你治学精勤，一身正气，独守寒素，有儒者风范，才让晏同叔举荐你，你切不可因此而失去了在朝廷为官的机会。有道是，不在其位，不谋其政。你若离开了朝廷，又将如何施展治国安民的抱负？"

仲淹坦然而笑："若朝廷真的需要学生，就不会因此事而罢免学生。"

薛奎突然接过仲淹的奏折："明日早朝，老夫替范先生呈上。"竟拢了奏折，独自离去。

王曾恳切道："你现在收回奏折还来得及。"

仲淹看着薛奎远去的背影，坚定道："大人，学生知道此次的劝谏，皇上必不会采纳。但既为臣子，当极力劝谏，方不失臣子的本分。"

王曾摇头叹息："这次，你若是被贬出京，想再进京入朝，怕是难上加难了。老夫明知你是对的，也赞成你的观点，三年前老夫就劝谏过，只可惜未起任何作用。今天，老夫仍然帮不了你。”

仲淹由衷道：“学生非常感激大人的知遇之恩，也感激大人今日好言相劝。但学生的所作所为，是有益于朝廷，有益于社稷之事，就算被贬出朝廷也在所不惜。”

王曾仰面向天：“对朝廷忠诚，对百姓怜悯，不以一心之戚而忘天下之忧者，唯范仲淹也。其心可昭，其诚可感。只是，官场险恶啊！”说毕，低头离去。仲淹看着他的背影，竟有说不出的无奈与沧桑。

承明殿中，灯火辉煌，香烟袅袅。皇太后刘娥与仁宗皇帝赵祯并排而坐，接受群臣的朝拜。

六十一岁的皇太后刘娥，近来头上添了不少白发，额头上的横纹与眼角的鱼尾纹也越发密集、深邃。但她白皙的面容与那一身皇太后的盛装，似乎还能掩盖日益侵袭而来的苍老。

是的，苍老。近几年来，刘娥越来越怕照镜子。那面陪了她近三十年的铜镜，真实地、毫不留情地记载着她头上每一根白发的生长，记载着她眼角眉梢每一条皱纹的增添。她贵为皇太后，说是垂帘听政，实则是大权独揽，操纵着天下人的生死存亡。然而，岁月却不会因为她的权势、因为她的富贵而眷顾于她，给她挥霍不尽的时间与美貌。

她怕在苍老中死去，更怕大权旁落。

她常常懊恼，为什么世上没有长生不老药，为什么孩子可以长大成人？她身边端坐着的皇帝，不再是曾经那个不懂世事的、唯唯诺诺的孩子了。他长大了，是个有思想、有见地的阳刚青年。终有一天，这个朝气蓬勃的青年，会夺去她手中至高无上的权力，把她赶出这座金碧辉煌的宫殿。

此时，她看着殿中山呼万岁的群臣，心中的忧虑暂且隐去，一股愉悦之情如春水般摇漾起来。她喜欢这种高高在上的、受群臣朝拜的感觉。她祈愿这种日子、这种感觉天长地久。

执事太监尖着嗓子喊：“有事上奏，无事退朝。”

话音未落，薛奎稳步出班，双手托着奏折，举过头顶，朗声道：“臣受秘阁校理范仲淹所托，将其奏折转呈于皇帝、皇太后。”

刘娥听是范仲淹的奏折，眼睛一亮，沉声道：“呈上来。”

赵祯听范仲淹的名字，心中一凛，却不动声色。

刘娥微笑着接过太监呈上的奏折，打开看了几行，脸上笑容渐渐凝固，那表情看去颇为古怪。

她把奏折递给赵祯：“这奏折是给皇帝的，就由皇帝处置罢。”

赵祯见太后读奏折时瞬间变了神色，心不免一沉。他打开奏折一目十行地看去：

……天子有事亲之道，无为臣之礼；有南面之位，无北面之仪。若事亲检内，行家人之礼可也。今顾与百官同列，亏君体，损主威，不可为后世法……

意思是，皇帝只能受拜，而不能拜任何人。皇帝可以有孝道，却没有为臣之礼。如果要表示孝道，可以在家里私下行儿孙之礼，但不可公开率百官行之。皇帝与群臣一起行礼，有损君威国体，不足为后世所效法。

赵祯读了奏折，那句“亏君体，损主威”让他心里莫名地涌起一股热流，但他面上仍然淡淡的。他知道有一双眼睛在盯着他，他若对范仲淹所奏之事表现出一点点热心，那么倒霉的必定是范仲淹。这是个难得的坦坦荡荡的正直之臣，他敢于直言进谏，却丝毫未给自己留后路。这样的人，正是朝廷所需要的人才，他不能因一时的痛快而让皇太后贬了范仲淹。

这些想法，在赵祯心里只是一闪而过。当下，他把奏折掷于地下，朗声道：“薛爱卿，你转告范仲淹，朕读了他的奏折。但朕以孝励天下，所做之事决不会有损君威国体。而且，朕意已决，冬至日率百官于会庆殿为皇太后祝寿。”

殿中一片寂静，时间仿佛静止了一般。

刘娥在值事太监“退朝！”的喊声中昂首离去。

吕夷简从地上捡起奏折，用殿中人人都能听见的声音念了一遍。面上故作惊骇，心里却是兴奋异常。暗想：范仲淹，你如此胆大妄为，不知天高地厚，看你如何在京城立足！回头一眼瞥见晏殊痴痴地立在原地，似受了惊吓一般，便走至他身边，讥讽里带几许幸灾乐祸：“晏大人，这就是你所说的为学精勤，有儒者之风的人才？只是，越级言事，害人害己啊！”

晏殊听他一句“害人害己”，心里更是惶恐。

王曾一脸忧虑，他拉薛奎出了承明殿，快步走至甬道一侧。小声地略带责备地说：“薛老，你怎可如此冲动，把范希文的奏折呈上去？难道你就未曾想到后果？”

薛奎捋着胡须道：“后果？老夫未曾想那么多。老夫只知，当今天下正如范希文所说，是‘天下久太平’，‘朝廷久无忧’。合该有人不计后果地站起来狠狠地敲一记警钟了。”

王曾顿足道：“可这警钟不该由范希文来敲啊！他若被贬，那些欺下媚上的奸佞之徒会拍手叫好，会更加猖獗。”

薛奎也感到事情并非简单，小心道：“太后不至于因为这件事而贬了范希文罢？若真如此，朝廷再也无人敢直言进谏了，还谈什么长治久安？”

王曾一甩袖子：“但愿如此罢！”

晏殊出了承明殿，直奔秘阁。

他在书堆里找到正埋头书写的范仲淹，劈头盖脸地斥道：“范仲淹，好一个狂生！你以为这朝堂是你家书房，由着你狂言乱语？你以为你是何人？一个小小的秘阁校理，竟敢越职言事！你不懂得‘不在其位，不谋其政’的道理么？你如此轻率，无非是想沽名钓誉。可你这是惹祸上身，是自讨苦吃！你会累及我这个举荐你的人受牵连！”

仲淹被这一顿突如其来的呵斥惊呆了，他未曾料到，他所尊敬的晏殊竟然如此胆小怕事。但是，在仲淹心里，他是尊敬晏殊的。从到南都书院执教，再到秘阁校理，都是因为晏殊的举荐。换句话说，他有今天“直言犯上”的机会，是晏殊给他的。晏殊比他小两岁，而他一直以学生的身份来尊崇晏殊。

仲淹亲自沏茶，递给晏殊，诚恳道：“先生请听希文解释。希文承蒙先生错爱，一再举荐才有今天。希文常常担心不能尽职尽责而使先生为希文蒙羞，今日却不曾料到，因为希文的直言进谏而得罪于先生。”

晏殊见他毫无愧疚之意，一顿手中的茶盏，茶水溅了一桌。他指着仲淹怒道：“你，大祸临头，不知悔改！还强词夺理，真是不可理喻！”便夺门而去。

仲淹回到苦竹居，已是掌灯时分。

芳卿正开院门张望，见他眉头紧锁，神情抑郁。无须问，便知他昨夜写的奏折，今日在朝堂之上遭到了非议。

她关了院门，扶了丈夫的臂膀，温婉笑道：“希文，正等你吃晚饭呢！”

仲淹看了芳卿一眼，心里生出几分愧疚，他极有可能被贬出京。他不能给妻子富贵，如今连最起码的安定也不能给她。但他既为臣子，向上进谏是他的本分，他不能因为想过安稳的日子而苟且偷生。

饭后，香草自去厨房收拾。孩子们刚吃过晚饭，不宜早睡。青阳抱着快两岁的女儿桂朵儿，与纯佑纯仁在西厢房读书。

芳卿先到书房点亮灯，沏了茶。待仲淹进来时，她正褪去琴衣。

这张古琴，是仲淹离开朱家去应天府书院求学时，母亲给他的，是父亲留给他的唯一遗物。如今，母亲也离他而去，只有这张古琴，一直伴随在身边。

卿芳见他盯着古琴，眼神黯然，因笑道：“希文，你在秘阁整天对着一大堆书卷，想必很乏了。你且喝茶，我为你弹一曲如何？”

仲淹知道，妻子不问朝廷之事，不问奏折之事，是不想给他再添烦恼。他感激母亲帮他找到这样一位慧质兰心，善解人意的女子为妻。面对这样的知己，他有何理由把烦恼带进家门？他喝口茶，笑道：“好啊！品茗合当听曲。”

芳卿净了手，点燃檀香，至琴台前坐下。凝神片刻后，素手挥处，一缕清音便在这简陋的小书房里弥漫开来，又听她婉转唱道：

阳和不择地，海角亦逢春。忆得上林色，相看如故人。

仲淹惊奇地睁大眼睛，妻子唱的词儿不正是自己任西溪盐监时写的《西溪见牡丹》么？记得写这首诗时，青阳为诗作解说：牡丹择地开放不是为了春天，无论这海滨多么偏僻，春天还是会到来。人也不能选择地方做官，即使在天涯海角，也要有一番作为。

难道，芳卿猜到了我会遭贬？这婉转清雅的曲子无疑是她自己所作，她配上这首诗，

是在安慰我，激励我。无论身在何处，无论官大官小，都要有一番作为。哪怕只能为百姓说一句话，做一点小事，也不枉了自己当初的意愿。

他走至芳卿身边，抚着她瘦弱的肩臂，柔声道：“芳卿，感谢你提醒了我，激励于我。”芳卿轻轻拍了拍他的手背，眼神清澈，温婉而笑。

仲淹走至书桌前坐下：“今日，托薛奎大人呈给皇帝的奏折，引起朝堂震动，连一向正直坦荡的晏殊大人也惊恐不已。”

芳卿离开琴台：“晏大人惊恐，在情理之中。因为，你是经过他的举荐，才得以考试而被朝廷任为秘阁校理。若你遭贬，必然会连累于他。”

“这点，我何尝不知？”仲淹面色凝重，“可今日他怒气冲冲地斥骂于我，说我一个小小的秘阁校理，‘越级言事’是‘轻狂邀名’。如此不顾后果，是害人害己。”

“难道你不能为自己的所作所为辩解么？”

“他不容我解释。”仲淹盯着摇曳的烛光，“我要消除他对我的误解，我范希文不是沽名钓誉之辈。芳卿，晏大人既然不听我说，我就给他写信。”

芳卿微笑点头，往砚台里注清水磨墨。

仲淹执笔写道：

上书于资政晏侍郎阁下：

希文蒙先生错爱，先为应天府书院教席，后又蒙先生举荐于朝廷，被任为秘阁校理。希文每日检点自身，常担忧不能尽心尽责，使先生为希文蒙羞。

希文始终相信圣人的观点，效法古人行事，上忠诚于君王，下忠诚于百姓。因此，对君主的过失应“有犯无隐，有谏无讪”。即便是冒杀身之祸，也要直言进谏而尽到做臣子的责任。

说我一个小小的秘阁校理，居然越职言事，是不自量力，我不这样认为。人们常说的“不在其位，不谋其政”，是指实际职务而言，并不是指向朝廷进言。就是市井中的百姓也有权利有责任给朝廷提意见，何况我大小也是朝廷官员。

如果认为我这次向朝廷上书，是轻狂邀名，我也不觉得有何过错。古代圣贤正是因为崇尚名教而使天下人努力上进。如果不崇尚名教，那么，作为天子，也会以为即便是尧舜也没有什么可值得仰慕的了，而如桀纣这样的暴君也没什么可怕的了。不崇尚名教，做臣子的会认为舜辅佐尧时，向尧举荐的高辛氏八君子并不值得尊敬，被尧舜流逐的共工、欢兜等小人也并不觉得可耻。这样一来，天下哪里还会有好人？如果人们都不爱惜自己的名声，那么，古代圣贤的贤名也将不复存在了。人也不能为声名所累，人，求善德之立，求与天下同安乐，是我等臣子应该做的。

这次直言进谏，我是出于对朝廷的一片忠诚而不顾后果。我一个小小的秘阁校理敢冒死进言，而你们这些高官却不能做到。是我狂妄邀名？还是你们这些高官厚禄者思虑不周？我范希文决不会因贪图富贵而屈其身，不因贫贱而改变初心。如果我将来被皇上重用，敢言进谏更有甚于今日。

若先生想要找一个谨小慎微不犯错的人，这种人如滔滔汴河水一样多，又何必向朝廷举荐于我呢！

芳卿在一旁看他洋洋洒洒写下来，在落款处题：希文拜上。心里几分赞赏，几分忧虑。

她欣赏崇拜丈夫刚直不阿，对天子忠诚、为社稷忧虑，敢作敢为的品格。但他辞论切直、无所避讳的个性又会给他带来无法估量的打击，这不免又让她担忧。她不能把心里的担忧说出来，她不能让丈夫因了她的一己之见，而对自己的坚持有所改变。但是，在她看来，丈夫只要是认准了的路，哪怕这条路上荆棘密布，他也会毫不畏惧地走下去。

仲淹轻轻吹了吹纸笺上的墨汁：“明日一早，叫青阳送去晏府。”

芳卿点头应诺。

仲淹抬头见妻子眉头微锁，轻轻握住她的手道：“芳卿，我知道你在为我担忧。可我更担忧，这满朝食君之禄的大臣，竟无一人敢站出来说一句真话。”

芳卿清浅笑道：“希文，我是担忧你得罪了皇太后，一旦离开了朝廷，便英雄无用武之地了。”

仲淹洒脱地一摆头：“离开了朝廷，到哪儿都能为百姓做事。”拥着芳卿的肩膀，把她扶至琴台前坐下：“夫人能否为希文再弹一曲？”

芳卿嫣然而笑：“夫君想听何曲目？”

仲淹敲着脑袋，故着思索：“不知夫人能否弹一曲《履霜操》？”

芳卿秀眉一扬：“有何不可？”那眉眼里含几许爱意，几许骄傲。

原来，芳卿初嫁时，仲淹在西溪盐仓，一年难得见一面。听说仲淹善弹琴，却只奏一曲《履霜操》。便寻来曲谱，悉心学了起来，只弹得娴熟自如。只是这许多年过去，还未曾在仲淹面前弹过。如今他竟提起要听此曲，芳卿心中不禁窃喜。今日弹此曲，既为夫君解了烦忧，又温习了琴技。当下便不再言语，凝神静气，双手挥处，琴声起时，如一溪春水流过山崖，汩汩淙淙，晶亮跌宕。

仲淹已坐回书桌，在清心洗耳的乐曲声中，提笔写下“乞太后还政疏”几个字，又听芳卿曼声唱道：

履朝霜兮采晨寒，考不明其心兮听谗言。孤恩别离兮摧肺肝，何辜皇天兮遭斯愆。痛殁不同兮恩有偏，谁流顾兮知我冤。

芳卿的歌声低回婉转，荡气回肠。且不说仲淹，只把那西厢的青阳香草与几个孩子，听得如痴如醉。

一曲终了，余韵不绝。

仲淹的奏疏也写就，他搁笔笑道：“夫人好一曲《履霜操》！只唱得希文文思泉涌，豪气倍增。”

芳卿收了琴，罩了琴衣。来至书桌前，见丈夫刚写就的奏疏，担心地问：“你要将这道疏呈上去么？”

仲淹回道：“既然写了，就是要呈上去的。”

“你今天反对皇帝率百官为太后拜寿的奏疏，已引起朝堂震动。众大臣都拭目以待，看太后如何处置你。若这道疏再呈上去，岂不是要更激怒太后？”

仲淹浓眉微锁：“先帝驾崩时，皇帝年幼，不得已太后垂帘。如今皇帝春秋已盛，勤奋善学，如何不能执政？朝中大臣虽有不满，也只会附随太后，而不敢明言。国家岂可主上复有一主？我既为臣子，当极力劝谏，太后应卷帘撤班，还政于皇帝。况且太后年事已高，放下朝中烦琐的事务，颐养天年，岂不是人生至乐！”

芳卿轻轻摇头：“恐怕太后不会有如此简单的想法。可这道疏又托何人呈上去呢？”

仲淹走至窗前，推开窗页，一股凛冽的寒风扑面而来。清冷的月光映得竹林影影绰绰的，园里的花草早已凋谢，唯有那几竿竹子依然苍翠。他沉吟道：“一客不烦二主。我想，这道《乞太后还政疏》还是麻烦薛奎大人了。”

第二十一章　一度遭贬　仲淹外放河中府

皇太后做寿，天底下，还有什么比这种机会更能讨好太后的？那些善于投机钻营者，挖空心思，费尽心机，把天底下的奇珍异宝、金银玉石尽力搜罗了来，呈进宫中。

这天，皇太后正在内宫看贴身侍女清理各处官员送来的礼品。在一只礼盒中，侍女发现只有一张单子，而别无他物。侍女起初以为是一张礼单，打开看时，竟是一份奏疏，她想是不是要把这份奏疏呈给太后。

正犹疑之时，却听太后问："何人的礼单？"

侍女回道："回皇太后，不是礼单，是一份奏疏。"

太后颇感惊讶："奏疏？奏疏如何放在礼盒里？呈上来。"

太后看毕，脸色铁青，额头上的皱纹像刀刻一般深邃。她暗自心惊：果然有人站出来了！近几年来，眼看着皇帝一天天地长大成人，心智与体魄一天天地成熟。她常常担忧手中的权力，会被这个青春蓬勃的青年夺了去。好在身边的近臣不提此事，就如刚正直言的王曾、薛奎也不敢提出让我还政于皇帝。可这个小小的秘阁校理范仲淹，竟然连上两道奏疏，公然反对于我，真是胆大包天！

昨日，你上疏反对皇帝率百官为我拜寿，我不处置你，是恐满朝文武百官说我小肚鸡肠。今日，你又上疏劝我还政于皇帝，是欺负我日渐衰老？还是想出风头讨皇帝欢心？

衰老，一股恐惧袭上心头。近来，她常感疲惫，暗叹岁月不饶人。她老了，小皇帝却已长大，这是人类生生不息的规则，任是谁也无法抗拒。

她最怕的是日渐衰老，最担忧的是皇帝夺了实权。而今，这两种忧虑相携而来，任是怕也无济于事。可为何不等我老得不能动了，再还政于皇帝呢？

范仲淹如此胆大妄为，难道就不怕我贬了他？莫非他身后有人？会是谁呢？满朝之中，谁会给范仲淹撑腰？谁会从中得到好处？在这人人自保的朝堂之中，谁敢反对我？莫非是皇帝？

想到皇帝跟范仲淹有勾结，她又暗自摇头。虽说皇帝已是成人，但就目前看来，尚且不敢跟朝中大臣结党同谋。范仲淹进朝廷任职不久，一个秘阁校理，撰集文章、校理经籍而已，官小位卑，不可能跟皇帝有关联。

那么，这份奏疏是谁放进礼品盒，带进宫中来的呢？既然你不敢明着呈上来，老娘就当没看见，量你皇帝小儿也不敢明目张胆地篡权夺位。

太后想罢，便把范仲淹《乞太后还政疏》笼进袖子中，不露声色。

冬至日，皇宫内张灯结彩，喜气洋洋。皇帝赵祯率文武百官于会庆殿为皇太后祝寿，热闹非凡，一片祥和富贵鼎盛之气。

仲淹在秘阁的故纸堆里，边校理经籍，边等待皇太后的处置。他很清楚，皇太后虽年事已高，权力欲却越来越大，而且朝廷内外都有她的亲信臣子、亲戚朋友手握重权，她绝不可能卷帘撤班。

仲淹也明白，他的《谏仁宗率百官上皇太后寿疏》与《乞太后还政疏》在朝堂之上，不会起到任何作用。他知道等待他的是什么，即便如此，他也要站出来说话，他要第一个敲响治国安民的警钟。

果然，在这之后，左司谏刘随及宋绶、刘越、孙祖德、孔道辅，还有仲淹的至交好友滕宗谅等人，皆上书请太后还政。但是，贪恋权势的刘娥一概不理，并不动声色地、慢慢地将上言者一一贬谪。

腊月，街头的年味渐渐浓郁，苦竹居的日子依然清贫。在富硕繁华的京城，苦竹居安静、清幽得如同被世间遗忘了。

直至年底，芳卿见朝廷尚无对仲淹的处置，以为皇太后对仲淹网开一面，仲淹仍可留在秘阁，她那颗悬着的心渐渐落位。

这日黄昏，天灰蒙蒙的，似挂了一层厚厚的旧棉絮，阴沉沉地压着灯火渐起的京城。

青阳在后院喂羊。这两只羊是他夏天买来的，养了大半年了，如今过年要宰一只，他心里老大不舍。

动物是有灵性的，青阳天天喂羊，这两只羊跟青阳分外亲热，每次见了他，便用脑袋轻轻抵着他的腿，柔柔地咩咩地唤着。

青阳搂着羊儿毛茸茸的身子，嘀咕道："羊儿啊，别怪我无情，喂养你们就是为了过年吃肉的。我家老爷虽是个朝官，可他的俸禄，仅能让一家人吃饱。我一个五尺汉子竟不能为老爷分忧，实在是羞愧得紧。"

"青阳，你嘀咕什么呢？"

青阳回头，见芳卿倚着后门，忙放开羊儿："夫人有何吩咐？"

芳卿看了看竹林外的天空，带几分焦虑道："天快黑了，像要下雪的样子，你带了灯笼，去迎迎老爷。"

青阳跳将起来，进西厢房拿了灯笼，往巷口奔去。

当仲淹跟青阳提着灯笼回到苦竹居时，夜空，已飘起了洁白的雪花。

芳卿见他二人回来，帮香草把饭菜端上方桌。

橘黄色的灯火轻轻摇曳，温馨、和睦、安详。

仲淹坐在桌前，看着热气腾腾的饭菜，眼角有些湿润。这温暖、和睦的家，因为他，又将面临离别和苦难。那颗刚直的心，因而一阵阵地痛。

仲淹的家里吃饭，从未有主仆之分，青阳香草与他夫妇同桌而食。

众人见他不拿筷子，也不动手。

纯仁年幼，不懂得父亲的眉头为何紧蹙，眼眶也红红的。他张开嘴，露出两只虎牙，天真、稚气地问：“爹爹又要作诗了么？”

仲淹如梦初醒，轻轻拍了拍纯仁的小脑袋，笑道：“你这个小脑袋瓜子倒是装着诗呢！爹爹不作诗，爹爹是感动。”

纯仁歪着脑袋，又问：“爹爹因何感动呀？”

仲淹拿起筷子塞在他手里：“你看，屋外天黑风高，大雪纷飞，有多少穷人衣不蔽体，食不果腹，背井离乡，流浪在外。而我与你，还有你娘、哥哥、青阳叔叔、香草姑姑，还有桂朵小妹妹，能在这温暖的屋子里，一家团聚，共吃晚餐，是何等的幸福与快乐！我们应该满足，更要时常想着那些衣食无着落的穷苦人。”

纯佑忽然道：“爹爹，今儿晌午，有位老奶奶带了一个跟我一般大的女孩儿，敲咱家院门。我跟娘开门时，她们已经饿得没有力气说话了。老奶奶不要钱，只要吃的给那女孩儿。老奶奶说，她饿死不打紧，女孩儿太小太可怜了。”说着，眼里竟溢满晶莹的泪水。他抹把眼泪：“我娘拿了刚蒸熟的窝窝头、茶水给她们，我把舅舅送我的未舍得吃的点心也给了小女孩儿。”

香草在一边道：“老爷，天成见那女孩儿衣着单薄，冻得瑟瑟发抖，把夫人给他缝的新棉袄也送了她。”

仲淹拉过纯佑，搂进怀里，叹道：“好孩子，你有一颗善良的心。”

芳卿见仲淹神色凝重，忙拉过儿子：“天成，爹爹累了一天了，你过来，让爹爹吃饭。”

一时饭毕，香草忙着收拾，青阳带了纯佑纯仁与女儿桂朵往西厢房去。

书房里，仲淹见芳卿欲语还休，便笑道：“芳卿，我知道你心里有诸多疑惑。”边说边提起棉包里的茶壶给妻子斟茶。

芳卿忙起身接过茶碗，心里的疑虑更重了。

仲淹坐在她对面，看着她的眼睛：“今儿，我已交搁了秘阁校理的差事。”

芳卿惊道：“你交搁了秘阁校理的差事？那你将做什么差事？”

仲淹知道她尚未明白，便道：“朝廷处置了一批上疏请太后还政的人，唯独未处置我，是何原因？”

芳卿摇头。

仲淹道：“那是因为，我那份奏疏被太后偷偷藏了，并未公开。今日一早，我上疏自动申请离京外放，太后当场朱笔批复：范仲淹外放河中府（今山西永济县）通判。”

过了正月十五，路边的积雪尚未融化，屋檐下还挂着半拉子冰凌，仲淹告别了妻儿，带着青阳，担了行李与书籍，往河中府去。

他本不想带青阳去，他与青阳一走，家里就没有男人了。一家妇孺，若有危急之事，他不敢想象。但芳卿与香草坚决要青阳随他一起去河中府，青阳更是要跟着他，并说：“青阳当年追随老爷，就是为了跟在老爷身边。如今老爷去河中府路途遥远，山险水恶，青阳怎能独自留在家里享福？”

好在有堂兄李纮，再三叮嘱他不要担心家里，苦竹居有他李纮看顾，如同仲淹在家一般，仲淹这才带上了青阳。

出了京城，远远地，便见长亭外歇着几辆马车。

走近去，竟是薛奎、王曾、晏殊与李纮等人在长亭中等候。仲淹有些吃惊，这些人来十里长亭，要送何人？

他知道李纮是来送他的，可他一再叮嘱过李纮，不要长亭送别，但他还是来了。

不等他走近，这些人都向他拢来，他忙趋步上前，一一见过。

王曾与薛奎除了摇头叹息，不知该说什么。仲淹有话要说，但长亭送别，不宜议论朝政，也唯有诚心诚意地感谢二位大人的关爱。

晏殊来此，是他不曾料到的。

晏殊吩咐晏麦从马车上取出温热的酒菜，摆上长亭内的石桌。

晏殊执杯在手，向仲淹躬身道："希文兄，今日当众位大人的面，同叔向兄长赔罪了。"

仲淹惶恐道："晏大人何故如此？休要折杀了希文！"

晏殊饮了杯中酒，负疚道："希文兄，读了你言辞恳切的信，深感你忧国忧民的拳拳之心，同叔寝食难安。想我自幼熟读圣贤书，如今却不能依圣贤而为。只明哲保身，得过且过，实在是羞愧难当啊！

王曾、薛奎、李纮等都知晏殊此刻向仲淹赔罪是何缘故，丝毫不曾因此而小看了晏殊，心里反而滋生出一股敬佩之情。

仲淹更是心潮起伏，然而，纵有千言万语，也只在一杯酒水之中了。他喝干杯中酒，头也不回地上了远行的马车，迎着初升的太阳，踏着积雪渐渐消融的泥泞之路，向前行去。

河中府，位于山西西南端与陕西交界处。

通判，是宋太祖针对五代地方权力过重的缺陷而设置的官名。宋初时，通判，在名义上是知府、知州的佐官，实际上是共同治理者，甚至是监视者，地方文件必须由通判批阅后方才有效。

这日，知府拿了朝廷的公文，来找范仲淹。

原来，早在宋真宗时期，先帝赵恒为泰山封禅，专为接天书、做祭祀而大兴土木。修建了太乙宫、洪福院、寿宁观等大大小小3000多间殿堂净室，专为收藏天书而盖的玉清昭应宫更是耗尽资材。岂料，天圣五年一场大火，烧了寿宁观及周边的殿堂。天圣六年，玉清昭应宫也毁于雷击引起的火灾，曾经雄伟壮观的3000多间殿堂，只剩下长生崇寿殿。

玉清昭应宫烧成一堆灰烬的第二天，皇太后召见辅臣，流泪道："先帝力成此宫，一夕延燔殆尽，犹剩一二小殿存尔。"

几位辅臣听出皇太后的言外之意，是要重修玉清昭应宫。

枢密副使范雍脱口道：“仅存一二小殿？还不如烧干净了更好。”

皇太后原以为众辅臣会附和她的话，提出重修玉清昭应宫，没料到有人竟说不如烧干净了更好。愕然之下惊问：“范爱卿何出此言？”

范雍回道：“先帝修这些宫殿，已耗尽天下物力财力人力，如今烧成一片瓦砾，是天意，并非人为。若皇太后重新修复，所耗之材将使百姓不堪重负，岂不是违背了天意！”

皇太后把目光转向其他辅臣，王曾、薛奎等表示赞同范雍之言。

玉清昭应宫是遭雷火烧毁的，仁宗皇帝赵祯认为是天意。是天意，就不可违。便派大臣祭告皇陵，并“诏天下不复缮修”，这事儿就暂且搁置起来，不再提及。

天圣八年（1030 年）年初，正是范仲淹到河中府任通判之时。

阳春三月，燕穿柳带，桃李争艳。温暖的阳光把皇城内重重叠叠的宫殿辉映得金碧辉煌，巍峨凝重。皇太后在侍从的簇拥下，漫步在花园之中。那常年葱绿的树木和姹紫嫣红的花朵，给这威严得近似冷漠的大内宫殿，添了几许妩媚与欢愉。

然而，太后每每望见那座烧成一堆灰烬的玉清昭应宫旧址，心里便堵得慌。任凭三月的阳光多么温暖，三月的春风多么柔情，也吹不开她的心扉，拂不去她心头的阴霾。

从花园回至后宫，太后郁郁不欢，前来请安的杨太妃问太后何故不乐，太后便把心中的烦恼说与她听。

太妃笑道：“我道何事？这玉清昭应宫，重修不重修，还不是姐姐一句话的事儿？姐姐何故烦恼，愁坏了身子骨岂不是朝廷与天下的损失？”

太后心想，可不是么？天下何其大也，资源何其丰富！重修一座玉清昭应宫，就苦了天下百姓？实在是言过其实、耸人听闻。于是，便顾不得皇帝曾经祭告皇陵“诏天下不复缮修”，下诏命河中府购买木材，运往京都，重修玉清昭应宫、寿宁宫及太乙宫等被烧毁的宫殿。

仲淹读了知府拿来的公文，沉思不语。

知府焦急道：“朝廷重修宫殿，急需陕西秦岭的优质木材，可蒲州山中土匪猖獗，第一批木材就被劫去，这如何是好？”

仲淹惊问：“难道知府大人已经派人去陕西购买木材了？”

知府道：“谁说不是？上月初，接到朝廷六百里加急文告，命本府速速购买木材运往京都。本府一刻也不敢拖延，忙派人前往陕西秦岭买木材，岂料，木材竟在本府管辖的境内蒲州被土匪劫走。今日，又收到朝廷催买木材的圣旨，本府早就听说范大人足智多谋，便来叨扰了。”

仲淹忙道：“知府大人不必客气，希文既是河中府通判，自然有责任过问辖内之琐事，何况这购买木材与土匪打劫都不是小事。”

知府忙问：“范大人有何高见？”

仲淹把朝廷公文往桌上一扔：“一、上疏朝廷，停购木材；二、征剿土匪，以安民心。”

知府惊出一身冷汗，似虚脱一般："范大人说的这两点建议，本府一件也做不了。"抬眼见仲淹一双不怒而威的眼睛直盯着自己，无奈地摇头苦笑："本府自两年前被贬到此地，原也未打算再回京城。如今本府已年过半百，在任职之地，不求有功，但求无过。皇太后垂帘，只手遮天，朝廷内外，所任用之人，不是她的亲戚，便是她笼络的亲信。她怎会听得进我这个被贬知府的劝谏？更何况是这修复宫殿之事。"

仲淹看着他花白的鬓发，心里叹息一声，语气和缓道："知府大人，给朝廷上疏，征剿土匪这两件事均由我来做，如何？"

知府惊道："范大人因何来到河中府任通判，我早有耳闻。若这次大人再公然反对重修宫殿寺观，就不想想会有怎样的后果？"

仲淹铺纸磨墨，头也不抬道："向朝廷进谏，是为人臣子的责任，我从未想过会有怎样的后果。朝廷既然贬了我一次，我也不怕再贬第二次。"说着话，笔下已写出《谏买木修昭应寿宁宫奏》，知府看了，不知是敬佩，还是不能理解，摇头离去。

第三天，仲淹请知府召集河中府城防官兵议事。

议事厅里，知府指着正副团练使田宏、李强二人道："蒲州土匪已劫了我府为朝廷购买的第一批木材，若姑息下去，不予追究，将如何去购买第二批、第三批？又如何向朝廷交代？"

田宏迟疑地问："知府大人的意思，是要上山剿匪，夺回木材？"

知府道："你觉得有何不妥么？"

田宏回道："大人，不是我胆小怕死。只是那土匪都是一些亡命之徒，聚啸山林多年。在山道抢劫过往客商，下山打家劫舍，抢掠钱财粮食，已是家常便饭。我还听说，土匪的营寨里，每日都有操练的口哨声，他们已是一支训练有素的军队了，咱这城防兵怕不是他们的对手。"

仲淹暗想，一个山大王都懂得操练军队，一个州县的城防兵却不是土匪的对手。这样的朝廷，如何让老百姓安居乐业？朝廷的大臣们、州县的老爷们都在想些什么、做些什么呢？

知府有些恼怒，此时却不便发作，只提高嗓门道："田宏、李强，本府与范大人已商量妥当，把你们的城防兵交给范大人指挥，进山剿匪，夺回木材。不知二位意下如何？"

仲淹虽已年过四旬，但他依然挺拔的身躯、充满睿智的眼眸让人肃然起敬。

田宏望向仲淹，暗想：早听说此人刚正不阿，不畏权贵，是第一个敢叫皇太后把皇权交给皇帝的人。若跟他一起，何愁干不成一番大事？日后也好在河中府扬名，免了人们总说团练使带的城防兵对付不了土匪。想毕，便偷偷踹了李强一脚，起身大声道："知府大人，我等愿随范大人鞍前马后，剿灭土匪！"

仲淹笑道："二位团练使身强力壮，定是战场上的勇士。但我们这次剿匪只可智取，不可强夺。"

知府、田宏、李强及众人都睁大眼睛，齐刷刷地看着他。

仲淹捋着颔下几绺黑色胡须道："昨日一早，我带了随从许青阳，扮成过往客商，到了蒲州，探得青峰寨的土匪头子原是个落拓江湖的秀才，自称白衣秀士。此人并不是本地人，我不免好奇，一个外乡人，一个穷困潦倒的秀才，居然能在这异乡聚众笑傲山林，还把一帮土匪管得服服帖帖的，那是一种怎样的气度与威望呢？”

知府暗道一声惭愧！我任河中府知府两年有余，竟不如一个刚来两个月的通判！他竟然把土匪的事情摸得如此清楚透彻，而我对此却一无所知。正想说几句场面上的话，以缓解气氛，却又听仲淹道：

“田宏团练使，土匪也并非你说的那样可怕，他们中间虽有些能人，但大多是好逸恶劳、偷鸡摸狗之徒。仗着人多势众，欺善怕恶，拳脚上的功夫未必敌得过你与李强。”

田宏李强哪里想到，新来的通判，竟然私自去探了土匪的青峰寨！这是何等的胆量与气魄！此刻又听仲淹肯定他们的拳脚功夫，一时，二人顿觉豪气充溢胸间，齐声道：“我等愿听范大人差遣，赴汤蹈火，在所不辞！”

仲淹朗声道：“好！二位有此英雄气概，若让那白衣秀士知道了，必定吃不香，睡不稳。”

知府见士气高涨，颇为兴奋。想不到平日里谈匪变色的城防兵，此刻都摩拳擦掌，跃跃欲试。心里不得不佩服范仲淹，一席话，不动声色地鼓舞了士气。便附在仲淹耳边轻声问：“大人何不趁士气高涨之时，拉起队伍上山去？”

“大人别急。”仲淹轻轻说，回头又对众人扬声道，“青峰寨的土匪，大多是河中府人氏，也有邻县的。有的是好吃懒做，专靠偷盗为生；有的则是迫于生计，无奈之下落草为寇。他们无论是出于何种原因去做土匪，只要他们放下屠刀，弃恶从善，便是好人，便是我们的兄弟与朋友。”

有人问：“范大人的意思是，我们不能杀了他们？”

仲淹道：“能不杀，最好不杀。”

李强摸着脑袋：“我糊涂了。”

仲淹笑道：“孙子兵法上说，‘不战而屈人之兵，善之善者也’。意思是，在攻城之前，先让敌人的军事能力（包括指挥能力和作战能力）严重短缺，根本无力抵抗，才是高明之中最高明的。”

田宏问：“可是，大人，我们如何能让土匪无力抵抗呢？”

仲淹沉思道：“这或许不是一朝一夕之事。”

知府急了：“范大人，这剿匪可不能拖延啊！朝廷要木材修宫殿，可不是闹着玩儿的。一旦皇太后震怒，这头上的乌纱帽掉了事小，就怕连脑袋一起掉了。”

仲淹看了知府一眼，向众人道：“田宏听令，你挑选二十名身强力壮、功夫过硬的兵士，组成一队，由我的随从许青阳指挥。其他的兵士分成两队人马，你与李强各带一支。所有兵士从即刻起，不得离开府衙半步，违者，斩！中餐与晚餐，均由府衙伙房供给。”

田宏不解其意，只高声应诺。

第二十二章　为安民心　青峰寨中智降匪

当夜三更时分，一支人马分三次从府衙出来，悄然无声地穿街过巷，出了河中府城东大门，消失在旷野的黑暗之中。

青峰寨的门楼上，高挑着四只大红灯笼，把门前的开阔地照得一片光明，从左至右，来回走动着一支由六人组成的巡逻队。门楼右前方的瞭望塔上，一名哨兵正抱着长枪，打着哈欠来回走动。

当巡逻的六人走过大门，往左侧而去时，一条黑影如猿猴般迅捷地攀上瞭望塔，哨兵无声倒下，就在此时，塔上传出几声斑鸠轻轻的叫唤声。

突然，从门楼右侧的树下草丛中，也发出几声斑鸠的叫声，同时跃出几条矫健的黑影，向迎面走来的六名巡逻兵扑去。

一盏茶的工夫，青峰寨门前的哨兵被许青阳的人不动声色地拔掉。

黑暗中，隐藏在树林里的范仲淹，向田宏李强耳语几句。田宏与李强带着各自的人马，兵分两路，左右包抄，围住青峰寨。

仲淹走出树林，青阳快步上前，低声道：“老爷，大门已经打开，土匪们睡得正香，何不命令兵士放火，烧他个片甲不留。”

仲淹摇头：“土匪虽然作恶多端，为害一方，内中却也有善良之人，不可滥杀无辜。”

青阳听了，附在仲淹耳边说了几句，便带三个身手敏捷的兵士往两侧住房摸去。片刻后，青阳等四人又返回，向仲淹道：“老爷，左右两侧的屋子都放了迷香，这一酣睡便是两三个时辰。”

仲淹道：“好！手段虽卑劣了些，但这样可以避免伤亡，我不想看见血淋淋的场面。”

青阳与其他三名兵士见仲淹面色凝重，神态威严，也不由得绷紧了神经。果然，仲淹道：“大局虽已被我们控制，但是，大家切不可掉以轻心。白衣秀士的几名贴身护卫，个个武功高强。而且，这白衣秀士也并非泛泛之辈。”又对青阳说：“你吩咐下去，没有我的命令，田宏李强的人马不得动手。”

仲淹话音未落，便听开门声，一个土匪揉着眼睛，嘴里嚷着：“麻五、拐六！”

仲淹一听，暗道不好！这是查哨的土匪。

果然，那土匪见无人应答，便警觉起来，“唰”地抽出背后的大刀，并大喊：“麦芽糖，快起来，保护大哥！”

就在这时，正中的房门大开，从里面跳出几条汉子来，那叫麦芽糖的大声问：“虎哥，何事大惊小怪的？”

说话间，王虎已经查看了东西两侧的屋子，见屋内众匪酣睡的情形，便知今夜是着了道了。他也不理麦芽糖，急匆匆地往正屋去，迎面却碰上白衣秀士。

霎时，寨子上下，齐刷刷地亮起灯笼火把，把个院子照得如同白昼一般。

仲淹与青阳等隐在门廊的阴影里，抬眼望去，土匪头子白衣秀士，一身雪白的衣衫，被六七个彪悍的汉子护着，立在正屋门前。

青阳正待说什么，却听白衣秀士朗声道：“有朋自远方来，不亦乐乎？既来之，则安之。何必躲躲藏藏？出来吧！”

青阳小声嘀咕：“真是个酸秀才！明明有人深更半夜打上门，还称朋道友的。”

仲淹暗中跟一个兵士耳语几句，兵士便消失在门外。

仲淹道：“此时还能说出这番话来，说明此人性情沉稳老练，大家都小心了，我们出去。”

仲淹健步走来，立在院中，身边跟着青阳与两个兵士。

秀才乍见仲淹，大吃一惊，暗道，此人怎的如此面熟？一双脚不由自主地向前迈出两步。王虎、麦芽糖忙护在左右，麦芽糖轻声道：“大哥别靠近，小心他们使诈！”

白衣秀士见仲淹身材英挺，相貌庄严，在他的青峰寨里，竟如山岳一般泰然，心里早怯了几分。又觉此人如此面熟，必定是在哪儿见过，一时竟想不起来。便轻摇着手中折扇，故作云淡风轻地说：“朋友寅夜到此，是要抢山头呢？还是想入伙？”

仲淹沉声道：“我等既不想抢山头，也不想入伙。”

白衣秀士“噢”了一声，收起了折扇。王虎附在他耳边道：“大哥，寨子里的兄弟都让他们迷倒了，这帮人来者不善。”

一个虬须汉子道：“虎哥，这帮人必定有外援，此刻趁他们人少，先解决了。”王虎点点头，其他七人早已刀剑出鞘。

麦芽糖“嗖”的一下跳至院中，举刀道：“来者报上姓名，麦芽糖不杀无名之辈。”

青阳失声笑道：“麦芽糖？老子还是七月的骄阳呢，晒融你！”话音未落，已仗剑在手，逼近麦芽糖。

说时迟，那时快，那名闪出门去的兵士，带着十几条壮汉，齐刷刷地跃进院中，护在仲淹身边。

麦芽糖惊得后退几步，怪叫道：“兄弟们一起上啊！”

青阳“唰”地挽一个剑花，一招仙人指路刺向麦芽糖，麦芽糖一个风摆杨柳，险险地避了开去。

白衣秀士见此情景，心想，这二十几人，看上去个个身手不凡，自己身边的兄弟不是对手，也不知这寨子外面埋伏了多少人马。便高声喝道：“住手！”一柄折扇指向青阳：“壮士何许人也？能否报上名来？”

青阳依然剑指麦芽糖，头也不回地答道：“老子乃河中府通判范大人手下，姓许，名青阳。”

“范通判？范仲淹？”白衣秀士忙步下几级台阶，惊愕地问。

麦芽糖趁势退回到他身边。

仲淹道："正是！莫非寨主认识范某？"

白衣秀士又问："两月前，听探子报河中府来了新通判，名叫范仲淹，是个一流的刚直不阿之人，本寨主并未放在心上。只是今夜见通判大人好生面熟，十四年前，范通判可是在广德军任过职么？那时，广德军有个司理参事叫朱说，不知大人是否认识？"

青阳杀敌心切，对仲淹道："老爷休得跟他啰唆，待我杀他几个再说。"说毕，就要挥剑而上。

仲淹喝道："青阳慢着！"心里却吃惊不小。此人如何知道他以前的名字？"十四年前，广德军的司理参事朱说，正是范某本人。请问寨主何许人也？如何认识朱说？"

白衣秀士顿足道："哎呀！白荣有眼无珠，见过恩人！"说毕，跑下台阶，跪倒在地，爬向仲淹。

青阳一把将仲淹向后推开，同时飞起一脚，踢翻白衣秀士。

王虎、虬须客、麦芽糖等飞身扑上，攻向青阳。

仲淹甩开护住他的兵士，拔剑猿身而上，一剑撩开王虎的大刀，左掌劈向麦芽糖的后背。这一幕如电光石火，待众兵士挥刀而上时，仲淹已解救出重围中的青阳。

眼见着一场血战即将开始，突然，"噼啪"一声巨响，震得众人耳鸣眼花，火红的光芒映得山林的夜空如同白昼。

众人惊愕地停下。

白衣秀士立在台阶上高声道："众兄弟切莫动手，听我把话说完，我姓白名荣，是广德军人。十四年前，在家乡遭人陷害关进大牢，这位范通判当年在广德军任司理参事。他翻阅刑狱案卷，认为我是被冤枉的，经过多方查证，与广德军的太守据理力争，为我洗清冤屈，我白荣得以再世为人。然而，待我回家时，老婆早跟人跑了，老母已经病死。悲痛之下，我疯疯癫癫的四处游荡，乞讨为生。后来流落到此，贫病交加，倒在山脚奄奄一息，是青峰寨的老寨主救了我。老寨主故去后，我便做了当家寨主，因我是秀才，便取名为白衣秀士。"

青阳低声问："世间哪有这样巧的事儿？老爷当年救的人如今是土匪头子？"

仲淹思索道："当年在广德军，我确实平了几桩冤案。事情虽然过去了十几年，但具体的人物、事件，我记得很真切，是有白荣这么一个人，只是我不记得此人的样貌了。"

白荣又道："范大人今夜来此，想必是为了被劫的木材而来。我白荣落草为寇，已有辱秀才之名，如今也无须为自己辩解。今夜，既遇见了恩人，白荣的一切也就交给恩人，是杀是剐，任凭大人处置。"

王虎、虬须客等惊叫道："大哥！你怎可毁了老寨主的一世基业？"

"你们无须多说，"白荣抬手制止，"平日劫得的钱财，已够各位一世挥霍的了，也该满足了。今日我遇见恩公，虽不能报恩，却也决不与恩公为敌。我愿随恩公归去，听候官府的发落。你们何去何从，白荣不强求，各位好自为之吧。"说毕，跳下台阶，跪在仲淹面前。

王虎、虬须客、麦芽糖等人不待白荣说完，一个鹞子翻身，飞上屋顶。那麦芽糖刚一落屋顶，便被人一脚扫了下来，其他人则消失在暗夜的山林之中。

原来，仲淹见王虎等人面呈杀机，无意归顺，便示意青阳注意屋顶，果然，王虎等人伺机逃窜。

仲淹道：“青阳，速命田宏李强带人马连夜搜捕山林，其他人则把这两侧屋里睡着的土匪绑了，把木材搬上马车。”

太阳尚未升起，草尖的露珠儿盈盈欲坠。知府大人在东城门之外，迎候胜利归来的范仲淹。

木材失而复得，仲淹的奏疏《谏买木修昭应寿宁宫奏》发出多日，却未收到朝廷的回复，知府大人怕朝廷降罪，执意要将木材运往京都，仲淹无奈，只得随他。

这日，仲淹接到堂兄李纮的来信。信中告知两件事，一是年初，仲淹给宰相吕夷简的《上时相议制举书》，得到皇帝与众辅臣的认可。朝廷恢复制科举考试，他的忘年之交富弼被录取。二是最近有一些传闻，朝廷或许会罢免所有官员的职田。

原来，仲淹到河中府任职之前，向宰相吕夷简上书议制举（制举是朝廷为选拔特殊人才而设置的专门考试，时设时废），建议恢复制科举考试。

他在书中写道：“善于治国者，无不先培育人才；培育人才的方法，无不先鼓励求学；鼓励求学的主旨，则在崇尚儒家经典。因为经书中都是圣贤相传的大道，能够学这种大道，学生的才能就会越大；才能越大，则能够成就的事业也就越大。”

当时的为学者，都不以经书为本，从政者也很少谈有关教化的问题。所以“文章柔靡，风俗巧伪”，学术界弥漫着只重表面、不求根本的浮夸风气。一旦恢复制举，不但可以选出埋没的人才，从而询访施政得失，而且可以乘这个时候，鼓励天下人求学，培育可造之才，正是“复小为大，抑薄归厚”。

他认为制举考试最重要的是内容，因为考试的科目往往影响读书人的读书方向。所以，他主张，应以六经为先，正史次之，再命考生论述时务，并提出实际的对策方略。往年的科举考试，都以诗赋为考试内容。有了正确的方向，才能把天下贤俊引向经邦济世之道，成为朝廷的辅佐之才。

仲淹给吕夷简的《上时相议制举书》发出后，又给忘年交富弼写信，要他时刻关注朝廷恢复制科举考试的消息。果然，富弼在制科举考试中，一举而中，脱颖而出。

青阳见他读信，时而眼睛眯成一条缝，时而又眉头拧成结，不解地问：“老爷一时欢喜一时愁的，舅老爷在信中说了些什么呀？是不是家里有事儿？”

“家里一切尚好。我的忘年交富弼，参加制科举考试被录取。”

“啊！富公子考取功名了！那太好了。”青阳喜道，“老爷，制科举考试，是不是比三年一次的科举考试要容易些？”

仲淹摇头道：“两者不一样，两者都不易。本朝规定，现任官可以参加制举考试，考‘贤良方正’科，无官者考‘茂才异等’科，富公子考的就是‘茂才异等’科。”

“富公子考取了，老爷为何发愁？”

“舅老爷在信中说，朝廷可能要罢免所有官员的职田。”

青阳盯着仲淹，嘴上不说话，心里却嘀咕：老爷又要管闲事了。

果然，仲淹道：“我从考取进士起，辗转各地，做了十几年的地方小官。深知州、县、幕职官员之苦，他们俸禄微薄，全靠职田维持家计。一旦收缴了职田，京官、朝官自有高俸厚禄，苦就苦了地方官吏。官吏衣食不饱，清廉的，也会变成贪官，最终伤害的还是天下百姓。”

青阳听了，忙铺纸磨墨，小声道：“老爷又要给朝廷上奏疏了。”

仲淹拿笔蘸饱了墨汁，笑道：“青阳啊，你还真懂老爷的心事。”

青阳嘀咕道：“小的能懂老爷的心事有何用？老爷给朝廷上的奏疏，哪一点不是为国为民？可又不曾给老爷带来过好处。这说明从皇太后到大臣，人人只想着自己。太后想着如何把自己手中的皇权抓牢，大臣们想着如何往上爬，做更大的官。满朝之中，无人往下想、往开处想。唯老爷把天下事放在心里，从不为自己着想。”

仲淹不理他，伏案写下《奏论职田不可罢》。

朝廷收到了木材，但这批木材对重修寺观宫殿来说，简直是杯水车薪，便又命河中府，继续购买陕西的优质木材，送往京城。

知府来找仲淹，额头上布满忧虑：“希文老弟啊，朝廷又要木材啦。”

仲淹明白，他那份劝朝廷不要重修昭应寿宁宫的奏疏，未起到任何作用。这不，又下诏催促买木材了。

仲淹尚未开口，知府又道：“上次的木材被土匪所劫，幸亏老弟亲自出马，巧计灭了土匪，夺回木材。这次，老朽就不知是否有如此幸运了。”

仲淹奇道：“青峰寨的土匪已经瓦解，再无匪祸，大人何故忧虑？”

“老弟，土匪头子白衣秀士，是弃恶从善了。可他手下的几员大将，至今尚未捉拿归案，老朽怕他们伺机报复，又来抢第二批木材。”

仲淹笑道：“大人，那逃跑的几个人，一时还成不了气候，绝不敢再劫官府的木材。”

知府微微红了脸，迟疑道：“希文老弟，自从剿匪后，这河中府上下人等，没有不钦佩你的。你武功高，有谋略，是文武全才，老朽有个不情之请。”

仲淹忙道：“大人说哪里话？若有派遣，希文定当尽力。”

知府道：“老朽是想把朝廷的差事办好，想托老弟亲自跑一趟秦地，购买木材。”

仲淹暗自思忖，知府看上去好像是怕土匪，实则是怕朝廷。朝廷如此下去，只怕是民心尽失。他对朝廷的忧虑，更见沉重。因笑道：“希文正要跟大人告假，去长安探望离别多年的好友。今日大人让希文去购买木材，真是两全其美的事儿！”

知府喜道：“果真如此，岂不是两全其美！”

第二天，仲淹带了青阳与几个身强力壮的兵士，离了河中府，径往秦地而来。

一路上的车马劳顿不必细说。这日，仲淹与青阳等人到了木材交易所在地，订购了所需木材。卖家也知是朝廷修复寺观宫殿所用，并不敢拖延，只因数量较大，须等三四天才能交货。

仲淹便留下青阳等人在此等候，自己则往长安城而来。

至长安，已是傍晚时分。街上灯火渐起，歌楼酒肆，丝竹之声隐约于耳，酒菜的香味在暮风中飘忽。

仲淹饥肠辘辘，无意观赏街景，走进一条僻静的小巷，正四处张望着找客栈，忽听背后一个声音问：“客官要住店么？”

仲淹转身，见一个店小二模样的人正往门楼上挂灯笼。门楣上悬一块小匾，上书着的“一片月”三个字，飘逸而空灵，心里不免暗赞一声：好风雅的店名。随即想起李白的《子夜吴歌·秋歌》：

长安一片月，万户捣衣声。秋风吹不尽，总是玉关情。何日平胡虏，良人罢远征。

想起这首诗，又不觉得这名儿风雅了，无端的又从心底生出几分悲凉来。连日的奔波，已使他疲惫不堪，他不想再到别处找客栈，也不去想李白诗里有几许苍凉，几许情思，便进了“一片月”。

店小二带他上二楼，絮絮叨叨地介绍：“一片月”才开张，干净、舒适自不必说，难得的是安静，住这儿便如回家了一般。

仲淹笑道：“我也住不长久，店里若有吃的更好；若无呢，我自去外面吃了。”

店小二一迭声说本店一日三餐供吃食，天南地北的口味都有，客官想吃什么自管说来。

仲淹道：“麻烦小二哥做碗刀削面罢。”小二答应着下楼。

仲淹倚窗而立，时而有风送来一两句乐曲声，他看着夜市中灿烂的灯火，心里感慨不已。当年游学关中时，二十刚出头，如今二十二年过去了，诸多往事随着岁月的风沙已烟消云散。唯有王镐、周德宝、屈元应几位良师益友，是他心头的牵挂。今日来此，也不知他们云游在何方。

小二送来一大碗刀削面，仲淹呼啦啦地吃了，胡乱洗了把脸，倒在床上酣然睡去。

第二天一早，仲淹起床洗漱了下楼来，大堂中已有客人在用早餐。

仲淹想去街市上走走，正要出门，忽听身后有人道：“客官请留步！”

仲淹回头，见一个面容清癯，须发雪白，精神矍铄的道士正笑吟吟地看着他。

仲淹大叫一声：“啊呀！这不是周道长，还能是谁！”

道士点头笑道：“正是贫道周德宝！朱说，你如何到长安来了？”

仲淹兴奋不已，拉了周德宝就往楼上自己的住房去，并吩咐小二送早餐上来。

二人坐定，仲淹把二十二年前，自己离开长安回到长白家中，又去应天府求学。及至科举及第，放官外任，复姓归宗。如今通判河中府，此次来长安是为了朝廷买木材等等简略地说了。

说话间，店小二送来早餐，二人边吃边说话。

周德宝道："长安一别，二十年有余。世事无常，王镐于天圣五年病故，屈道长回临海老家，不知生死。活该贫道与你有缘，无意间在此相遇。"唏嘘不已。

仲淹听得目瞪口呆："王先生故去了？天圣五年（1027 年），我正在南京应天府丁母忧啊！我还以为，此次定能见到你们三位，重温旧时情谊。不承想，与王先生已是阴阳两隔。"

周德宝见仲淹悲伤不已，并不相劝，只笑道："原来你叫范仲淹，范仲淹原来是你。"

"怎么？"仲淹惊问，"莫非道长听过希文的传闻么？"

周德宝捋着雪白的胡须笑道："贫道虽不问红尘中事，但有些事还是能传进贫道的耳朵的。别的且不说，单说泰州海堤。范仲淹修海堤，天下谁人不知，哪个不晓？如今，百姓把那条长达 150 余里的捍海长堤，叫作'范公堤'。更有甚者，许多百姓都改姓'范'了。"

仲淹摆手道："道长快别说了。百姓是最重情义的，你为他们做了一分事，他们便记着你的十分好。惭愧的是，希文尚未修完海堤，便回家丁母忧了。"

"若没有你的提议与一再坚持，这海堤怕是修不了。"周德宝道，"天下百姓，心里最明白，眼睛最明亮。还有，范仲淹是第一个胆敢劝皇太后把皇权交给皇帝的人。"

仲淹神色黯然："我胆敢劝谏又有何用？皇太后照例不听，依然主持朝政。这不，我这次来长安是替朝廷买木材的，专为修复烧毁的寺观宫殿所用。为这事儿，我也写了奏疏劝谏太后不要重修，以减轻百姓的负担，但仍然无用。"

周德宝笑道："不管是否有用，但你做到了他人做不到的事。想当年，你发愿说，不为良相便为良医。为相也好，为医也好，皆是朝廷之幸，百姓之幸啊！"

第二十三章　仁宗亲政　二进朝廷任司谏

天圣九年（1031年）三月，范仲淹改迁太常博士，调任陈州（今河南淮阳县）通判。太常博士属于太常寺，太常寺掌管宗庙祭祀之事。对于仲淹来说，太常博士只是一个空名，实际职务是通判。

陈州，春秋时代是陈国的所在地，距京都汴梁约150公里。仲淹在这里任职，离朝廷近了，离家也近了。

更让仲淹高兴的是，陈州的知州竟是杨日严。当年他在亳州任节度推官时，杨日严是通判。如今，他非常庆幸又能与这位对他有知遇之恩的长者共事了。

这日黄昏，仲淹与杨日严在州衙后院散步。

青阳匆匆而来。

仲淹奇道："不是让你在家里多待些时日，帮香草料理家务么？"

杨日严到底老练，见青阳眼角藏笑，必有喜事。因问："你家里是不是有喜事？"

青阳摸着脑袋笑道："大人真是神人！我家夫人生了小公子。"

仲淹听了，只嘿嘿地笑。

杨日严道："希文哪，准你几日假，赶快回家看看吧。"

"女人坐月子，我一个大男人能做什么？"仲淹道，"衙门里的差事可不能耽搁的。"

杨日严笑道："话是这么说。可女人生孩子，有你在，与你不在，是不一样的。快回去吧，陈州至京城，路程又不远，快马一天也就到了。若有重要的事情需你处置，我会派人去通知你。"

仲淹这才告假三天，跟青阳回到京城甜水巷的苦竹居。

第二天，仲淹抱着孩子，在房里来回走动。芳卿见他皱着眉头，盯着怀中的孩子，以为他在为孩子想名字，忍不住道："就给这老三取名为纯礼罢，小字夷叟，老爷以为如何？"

仲淹停步笑道："纯礼，好，好名字！"正要为这个"礼"字作解，忽听得老大纯佑在门外道："爹爹，舅舅来了，正在客厅等候。"

芳卿忙道："老爷把孩子给我，去招呼堂兄罢。"

李纮果然在客厅。

二人见面，也无须客套。李纮指着桌上的一堆东西说："这是给妹子的补品，这是给孩子的衣物，都是你嫂子准备的。听说你回家，我来找你说说话儿，便把东西带了来，你嫂子迟几日再来看芳卿与孩子。"

仲淹感激道："多年来，一直蒙兄长多方照应，希文何以为谢？"

李纮沉着脸道：“要说谢字，就别叫我兄长。”

青阳给二人沏上新茶。

仲淹见李纮心事重重的，忙问：“莫非朝中又有事儿了？”

李纮喝口茶：“你在馆阁时的同僚吴遵路，还记得吧？”

“当然记得，他是我在馆阁时的好友。”仲淹惊道，“此人满腹经纶，具有济世之才，且又廉洁清正，他怎么了？”

李纮叹道：“正因他能洞察朝中之事，又刚直不阿，上疏论事太切直，惹怒皇太后，被贬至崇州。”

“朝中的正直大臣，贬的贬，降的降，”仲淹忧道，“如今谁还敢向上进言？”

李纮一双眼睛紧盯着他：“如今，朝中大多是太后宠幸的近臣。各地的要职，也都是太后的亲戚担任。今儿说给你知道了，你可别管闲事，好好做你的陈州通判。陈州离家近，也好照顾妻儿。不然，又不知把你贬向何处，让一大家子为你担惊受怕。”

仲淹原本有话要说，见李纮恳切的神色，便把嘴边的话咽了回去。

然而，仲淹终究是没有把头缩回去，也没有把话咽回去，他还是写了折子递了上去。

明道元年（1032 年）二月，春寒料峭。

汴河两岸的杨柳尚未冒芽，燕子尚未归来。皇城内一个偏僻的宫殿——玉华宫，更是冷清寂寥，寒气逼人。玉华宫的主人李婉仪躺在床上，床前虽有只火盆，黑色的木炭已经燃尽，只剩下一堆白灰，虽有些余热，也挡不住从四面八方侵袭而来的寒气。

李婉仪手脚笔直地躺着，一条褪色的锦被盖在身上。她头发灰白，面容枯槁，却是那样的平静，似乎并未感觉到寒冷，又似乎沉睡在一个与现世不同的世界里。

侍女端来汤药，轻轻唤道：“主子，该吃药了。”

侍女连唤几声，仍不见李婉仪有何动静，便放下药碗，想把她扶起，拥在怀里喂她吃药。可触手之处，已是一片冰冷僵硬，不禁吓得大哭。

皇太后的宫中，温暖如春。燕笼里，炭火正旺；玉炉里，青烟袅袅。

皇太后与杨太妃正围着燕笼，喝着香茶，嗑着瓜子闲话，内侍太监送来一份奏折。

皇太后打开看后，脸色大变，将奏折掷下，一拳砸向茶儿，震得瓜子茶水四溅。

杨太妃小心地问：“姐姐何故气恼？这是何人的奏折？”又招手示意侍女收拾茶儿，拾起地上的奏折。

皇太后愤然道：“范仲淹，好一个狂徒！”

杨太妃低声道：“又是范仲淹，此人怎的如此多事！”

“他竟然把哀家比作唐中宗朝的韦后、长宁公主及上官婉儿，以‘斜封官’之事讽刺于哀家。”

杨太妃虽处深宫，却也知道“斜封官”的来历。唐中宗朝，韦后干预朝政，与安乐公主、长宁公主及上官婉儿等，倚仗权势，卖官鬻爵。无论是贩夫走卒、屠夫奴婢，还是文人士子，只要出钱30万，她们就以“墨敕”斜封，交付中书省授官。因此，这种用钱买来的官，被称作“斜封官”。

杨太妃暗想，范仲淹这份奏折还真戳中了太后的要害，也难怪她怒火中烧。这些年来，仅是太后的亲戚，也不知有多少做了高官的。心里这样想着，口中却劝慰道：“姐姐休要气恼！姐姐万金之躯，何等尊贵！岂可与此等沽名钓誉之辈怄气！”

皇太后余怒未息：“范仲淹因为越级言事，遭贬外任，竟不知悔改。一而再，再而三地上疏朝廷，言不该言之事。若不给他点颜色瞧瞧，往后还不知要说出什么来。”正要唤人写诏书，一名内侍急匆匆地跑进来。

皇太后怒道：“何事慌慌张张的？”

内侍吓得跪下，颤声道：“启禀皇太后，玉华宫的侍女来报，李婉仪、李婉仪……”

皇太后沉着脸，拖长声音“嗯”了一声。

杨太妃忙道：“你如何当的差？说话吞吞吐吐的，李婉仪怎么了？快详细道来。”

“李婉仪没了。”内侍颤声回道。

皇太后脸色骤变，看了杨太妃一眼，随即冷静地对内侍道：“不可对外张扬。”挥手示意他出去。

杨太妃听了暗惊，不知她这句“不可对外张扬”是何用意，李婉仪可是当今皇帝的生身之母。当初“移花接木”，是因为孩子小，又有先帝撑腰，尚且可以瞒天过海。如今，小太子长大成人，已是皇帝。而你正渐渐老去，此事还要瞒到几时？因试探着问：“姐姐将如何安葬李婉仪？”

皇太后捧了茶碗，头也不抬地对身边的侍从说：“传下去，不准举丧，不办葬礼，以宫中嫔妃的葬仪掩埋。”

几句寡淡的话，听得杨太妃不寒而栗。眼前这个女人，霸占了人家的儿子整整二十三年。凭着这个抢来的儿子做皇后，尽享荣华富贵，以至做皇太后而独揽朝政大权。如今李婉仪撒手西去，竟不准举丧，且只按宫中嫔妃的葬仪掩埋。可她能说什么呢？她只能暗自叹息，为李婉仪掬一把同情之泪。

此时，王曾已被贬在外，薛奎虽率直果敢，却不知内情，也就无从说起。唯有吕夷简在后宫耳目众多，且老谋深算。得知皇太后处置李婉仪的丧事竟如此草率，心里不免有几分隐隐的担忧。

这天，吕夷简退朝回到宰相府，吕夫人见他闷闷不乐的，心中诧异，以为又出了事儿，小心询问后，才知宫中死了一个嫔妃。她释然道：“我以为是什么大不了的事儿，不就是死了一个先帝的嫔妃嘛！”

吕夷简斥道：“你懂什么！若宫中死了一个平常的嫔妃，我能上心么？这死的可是皇帝的生身之母！”

吕夫人惊问：“噢！莫非是李婉仪没了？”

吕夷简摇头叹息：“李婉仪死了，皇太后竟然不准举丧，不准办葬仪。如此草率，让知道内情的人寒心啊！”

作为女人，吕夫人心气更是不平："岂止是寒心！这女人当年仗着先帝的恩宠，霸占人家的儿子，因此做了皇后。如今又霸着皇权，不肯退位。她也老了，总有死的那一天。等她死了，若皇帝知道了真相，还不刨了她的坟，灭了她刘氏满门才是奇事。"

吕夷简苦笑："你啊！这回还真说到要害了。我如今是提醒皇太后也不是，不提醒也不是。"

吕夫人问："此话怎讲？"

"我若提醒皇太后，按后妃的葬礼葬仪来厚殓李婉仪，怕她搁不住脸面，会降罪于我。若不提醒，日后皇帝知道了真相，怪我没有劝谏，同样会降罪于我。"

吕夫人急道："如今她只手遮天，掌管着天下人的生杀大权。你若让她下不了台，岂不是自讨没趣？你何不以知情人的口气，点拨她几句，看她是否能领会。若执迷不悟，那也怨不得人了。"

吕夷简思索着点头："只能如此了。"

第二天，吕夷简觐见皇太后，禀告完正事，似很随意地问："听说后宫死了一个年老的'嫔妃'，不知真假？"

皇太后老脸一沉，不悦道："你堂堂宰相，朝中有多少军机大事等着你处置，你竟有闲心来问一个年老宫女的死讯。"便拂袖离去。

吕夷简讨了个没趣，悻悻地出宫。不多一会儿，皇太后的侍从追上来："宰相大人请留步！皇太后召见。"

吕夷简返身回来，皇太后也不赐坐，只冷冷地问："吕爱卿方才何故问起嫔妃之死？"

吕夷简何等的聪明、圆滑！心想，你不明说，我也不挑明。只道："若皇太后不以刘氏家族为念，臣无话可说。若皇太后顾及刘氏一门日后的兴衰，臣则建议，这'嫔妃'的丧礼宜厚殓，绝不可怠慢。"

皇太后心中暗惊，一念之间，差点儿铸成大错。同时不得不佩服吕夷简考虑周全。顷刻间，脸色缓和下来，语气略带忧伤道："是李婉仪没了。"

吕夷简也不装聋作哑了，回道："微臣听说了。"

皇太后问："依爱卿之见，将如何处置？"

"依臣之见，在发丧之前，应先封李婉仪为妃，"吕夷简回道，"在皇仪殿治丧，按一品礼把李妃的灵柩存放于洪福寺，并以厚服入殓，用水银实棺。"

皇太后采纳了吕夷简的建议，追封李婉仪为宸妃，辍朝三日。

然而，要送灵柩往洪福寺时，皇太后的近臣说"岁月未利"，出殡时不宜从城门出，要凿城墙而出。

吕夷简觉得此事未免太过，便进宫欲见皇太后。

皇太后已知他的来意，拒不接见。

吕夷简只好对皇太后宠信的侍从道："凿城墙非礼，宜自西华门出丧。若丧不成礼，终有一天，有人会因此而获罪。到那时，千万别怪我吕夷简没有提醒你们。"

皇太后考虑再三，才准许丧礼按吕夷简说的方式进行。李宸妃的灵柩自西华门出丧，暂停柩于洪福寺，等待埋葬。

明道二年（1033年），新年刚过，皇太后便病倒在床，宋仁宗皇帝赵祯在床前殷切侍候。

三月，汴河两岸正是桃红柳绿，莺飞草长的烂漫时节。垂帘听政，权倾当朝的皇太后刘娥终究抵不过病魔的折磨，带着十二分的不舍留下遗诏："尊太妃为皇太后，军国大事与太后内中裁处。"

仁宗看着这份遗诏，闷闷不乐。他是孝子，却也是大宋国的皇帝。年幼时，侍候在母后跟前，从未违背过母后的意愿。如今，他已经二十四岁了，心智与体魄早已成熟。而母后临终仍然不肯把朝政大权交还给他，竟要另一个垂暮妇人来代替她垂帘听政。这究竟是为什么？他百思不得其解。蓦然，一个疑问从心底扶摇而出。他茫然四顾，从梳妆台上的铜镜中，竟被自己苍白而失神的表情惊得目瞪口呆。

奄奄一息的皇太后留下遗诏后，还想说什么，张着嘴，却发不出声音。只见她神情焦虑、无力地拉扯了几次身上的衣衫，便撒手西归。她的举动似有话要交代，众人却不明其意。

仁宗知薛奎通晓《易经》，善知人，又敢言敢为，便私下里问他，皇太后此举是何用意？

薛奎不假思索道："皇太后生前所穿戴的衣帽，是皇帝才能穿的服饰。皇太后此举是想告诉陛下，九泉之下，她穿这身衣服，不敢见先帝。"

仁宗忙命给皇太后换衣入殓。

明道二年（1033年）四月，范仲淹应诏回京，任右司谏。

夕阳西下，炊烟袅袅。苦竹居里，两株桂树，几兜芭蕉，数丛竹子，一墙蔷薇，绿的青翠，红的娇柔，一派暮春景色。仲淹从陈州风尘仆仆地回到苦竹居时，芳卿牵了三儿子纯礼，正在门前等候。

仲淹抱起纯礼，在他稚嫩的脸蛋上亲了一口，两岁的纯礼哭道："娘啊！爹爹的胡须扎人好痛啊！"仲淹却哈哈大笑。

芳卿笑着接过纯礼："你去告诉舅舅，说爹爹回来了。"

青阳担着行李随后进来，牵了纯礼往屋里去。

仲淹掩了院门，奇道："莫非堂兄来了？难怪你候在门外，必是堂兄说我今日回京。"

"这几天，堂兄天天来等你。"芳卿向廊檐下取了鸡毛掸子，拂去他长衫上的灰尘，"你这是如何走路的？一身的尘土。"

仲淹哈哈一笑："走路？你以为我是那斯文秀才，一步三摇的走啊！我跟青阳雇了快马，跑起来，自然是尘土飞扬。"

芳卿心里怜惜不已："你跟青阳必定是饿极了，香草的饭菜早已做好，快进屋吧。"

仲淹却走向书房："待我见了堂兄再吃饭。"他知道，李纮接连几天来等他，必是有要事相告。

果然，不等他坐稳，李纮嘘口气："你总算是回来了。"

仲淹见他眉头轻蹙，面色凝重，忙问："兄长因何事不安？"

李纮却道："我是为你发愁。"

仲淹惊问："为我发愁？这却是为何？"

芳卿送来茶水点心："先吃几块饼垫垫饥罢。"

仲淹抓起一块饼塞进嘴里，口齿不清地说："这饼不错，松软香甜。"

芳卿含笑道："这是我跟香草琢磨着做的，既能给孩子们解馋，又可以待客。"

仲淹抬眼看着芳卿，轻声道："有道是，巧妇难为无米之炊。这个家，这几个孩子，真是难为你了。"

李纮笑道："妹子啊，你看他这个馋相，饿了十天半月似的，还是先吃饭吧。"

青阳麻利地把饭菜摆上堂屋的八仙桌。

芳卿嘱咐香草另备了几碟菜肴，青阳香草带几个孩子在厨房里吃。

仲淹扒了几口饭，抬头问："是不是朝廷又有事了？"

李纮道："倒是没有大事。只是，皇太后驾崩后，朝廷内部的党派之争骤然加剧。吕夷简要按皇太后遗诏：'尊太妃为皇太后，军国大事与太后内中裁处'办事。参知政事薛奎与御史中丞蔡齐二位大人，以皇帝春秋已盛，熟悉天下民情，不必再有太后垂帘而竭力阻拦。"

仲淹忙道："薛、蔡二位大人是对的！后来如何？"

李纮咀嚼着咸萝卜，不知是萝卜太咸了，还是听了仲淹的话，皱眉回道："或许皇上自有打算，此事虽未告知天下，皇上已着手办理朝政了。"

仲淹若有所思："这事我得向皇上进谏，太妃决不可参与朝政。"

芳卿正进堂屋，听了仲淹的话，深深看了堂兄一眼。

李纮放下筷子："这正是我替你发愁之处。自天圣六年（1028年），你被召为秘阁校理，跻身馆职，却因越级言事而屡次遭贬。如今，皇上任你为右司谏，掌讽喻规谏，凡朝廷阙失，大事廷诤，小事论奏。你还能放着自己的职责而不谏？怕是更加无所顾忌了。"

芳卿轻声道："按说，我一个妇道人家，原不该管男人们的事。只是，看你近几年来，已经被贬几次，被贬的原因并非你自身的错，而是得罪权贵。依我看来，像你这般爱管闲事的秉性，实在是不宜回朝廷做官。常言道，伴君如伴虎。在朝中，虽然能施展你为国为民的抱负，可朝堂之上，也如风口浪尖一般啊！"

仲淹不语，只埋头吃饭。

李纮接道："妹妹说得无不道理。如今皇帝亲政，朝廷表面上是一派新气象，实则是急流暗涌。皇帝对内臣和两府重臣的调整已经开始，调你回朝就是一个例子。许多被皇太后贬出朝廷的大臣，已陆续召回。而那些曾经受皇太后重用的大臣，则被外放，这无疑给了某些人可乘之机。”

仲淹放下碗：“这是可以理解的。当初，皇太后临朝决事，难免得罪一些大臣。还有那些受贬谪的大臣，这些人如今未免不怀恨在心。”

李纮忽然低声道：“意料之外的是，皇帝已经知道皇太后并非自己的生身母亲。”

芳卿惊道：“难道那戏里唱的《狸猫换太子》是真的？不知又有多少人会因此事而获罪？”

仲淹看着芳卿，温和笑道：“《狸猫换太子》是民间艺人演绎的故事，不一定都是真实的。”又转向李纮：“我在陈州听说了此事，不尽翔实，不知皇帝是如何处置这事儿的？”

香草收拾了桌上的碗筷，芳卿给他二人沏上新茶。

李纮啜口茶道：“百善孝为先，皇帝以孝治天下，结果二十多年过去，竟然不知自己的生身母亲是谁，岂有不惊不悲不怒的？他命人至李宸妃停柩的洪福寺，开棺检视。结果见棺内注满水银，李宸妃着皇太后服饰，容貌栩栩如生，皇帝这才减了怒气。回宫后，封生母李宸妃为章懿皇太后，改葬于真宗皇帝陵墓永定陵。后又封皇太后刘娥为章献明肃皇太后。”

仲淹接道：“想必皇上此时才明白，为什么皇太后自始至终都不肯把朝政大权交给他的缘故了。如今，虽然他在生身母亲的丧礼中找不到可挑剔之处，但在心里，对皇太后多少还存有不满，甚至是反感。”

李纮道：“当初，吕夷简在皇太后面前冒死力争，才使李宸妃按礼制发丧，以至皇帝心存感激。所以，吕夷简仗着自己的功劳，在朝中威风八面。而且，此人圆滑世故，心机深沉，当初深得皇太后赏识，因而处事专横，又网罗了一些大臣在自己门下，若是对朝廷对国家忠诚之人，倒也罢了。可此人，从他往日的行径看来，实属奸佞之辈。”

仲淹叹道：“一个国家，宰相至关重要。皇帝是一种理念，一种原则。而宰相却是道德和忠诚的象征，是天下的基本准则不被损坏的一种保证。宰相又是天下学士中的精英，天降大任于斯人，他们要坚守自己对国家、对百姓的信仰，要寻求一种合理的制度，来保证自身的道德和忠诚不被邪恶所玷污。”

李纮盯着仲淹，心想，你倒是具备这样的准则，只可惜，千里马不被伯乐所识。

青阳进来说，舅老爷家的仆人李子赶着马车来了。

李纮起身道：“李子是来接我的，天色不早了，我该回家了。希文，你听为兄一句话，凡事多想想家里人，你看芳卿，脸色苍白，身子瘦弱。还有三个外甥，都是在长身体的年龄，你原也该在家里多照顾他们母子的。朝廷与天下百姓，不是一朝一夕的事儿；也不是你一人能担当得起、拯救得了的。你今年也四十有五了罢？人的一生，能有多少个春夏秋冬呢？”说毕，凝望着油灯，摇了摇头，又自嘲似的笑了笑。觉得自己这番话，在仲淹面前显得苍白无力，便挥挥衣袖，出门而去。

院墙上的蔷薇花，在四月柔软的夜风中摇曳生姿，花香沾人衣袂，清凉而温馨。仲淹与芳卿送至院外，目送马车消失在朦胧的月色之中，摇头笑道：“你如此劝我，你又何尝不是一颗忧国忧民之心？”

芳卿轻声道：“你俩呀！一样的秉性！堂兄每次来家，总说要劝劝你，劝你处事不要太露锋芒、不要太过认真执着，要给自己留条后路。可你们说来说去，反而彼此惺惺相惜，好像上辈子就是知音，就是来这人世间忧国忧民的。”

仲淹剪了双手，在院子里踱步，似未听见芳卿的话。

忽然，芳卿道：“噢！我差点儿忘了，前儿富大人来过了。”

仲淹慢声应道：“富大人？是富弼么？”

“不是他，还能是谁？”芳卿见他心不在焉的，嗔道，“天圣八年（1030 年），还是你鼓励他参加制举考试的。那时，他是无官者，考的是‘茂才异等’科。后来，你又做红娘，牵红线，把他介绍给晏大人。如今，他已是晏府的乘龙快婿了。”

仲淹见芳卿佯装恼怒的神色，忙打趣道：“多谢夫人相告！希文知道了。”

第二十四章　皇后直言　夷简被贬判澶州

皇城内，仁宗皇帝感受不到汴河两岸桃杏飞红，杨柳滴翠，草长莺飞的春之美景；更体会不到河中画舫悠悠，笙歌渺渺，水袖飘忽的妙处。禁宫之内的春景，一如他从小看惯的楼台亭阁一般平淡无奇。

仁宗在御书房里，正读范仲淹的《谏以太妃为太后疏》：

“臣听说章献太后遗诏，尊太妃为皇太后，军国大事与太后内中裁处。臣以为不可行。太后，母号也。自古以来，从未听说过，因曾经养育过皇上，就可代立为太后的。如今一位太后刚驾崩，随即又立一位太后，天下人岂不是要怀疑陛下，不可一日无母后之助？”这短短的几句话，让他心里热烙烙的。

虽然他早已决定，删去遗诏中“军国大事与太后内中裁决”之语，杨太妃仍拥有“太后”称号，只是不予正式册封。一来可免重蹈覆辙，二来也表示尊重章献太后的遗诏。

但这份奏疏，让他有知音之感。第一次在朝堂上见到范仲淹时，就对此人兴起了浓厚的兴趣，希望有朝一日，与他君臣同朝，共同治理天下。后来的种种，越发表现出他不同流俗、不媚权贵的个性，本着一颗为国为民之心，敢直言进谏。有这样的朝官，何愁天下不安定！如此有识之士，如何能让他流落在外？如今召他回朝，实在是明智之举。

仁宗批完奏疏，离了御书房，信步走在御花园的甬道上。

此时，暖阳斜照，皇城显得巍峨凝重。仁宗微眯着眼，任清风拂面，花香缠袖；听流水潺潺，鸟儿啾鸣，他心中油然升起一股难以表达的愉悦与感慨。自十三岁在先帝灵柩前即位以来，十一年过去了，今日，他才感觉自己是这座金碧辉煌的赫赫皇仪的真正主人。他想对夕阳、对流水、对大树、对花朵、对小鸟大声喊出心里话：朕是大宋天子！朕不是傀儡皇帝！

甬道的尽头，是一片竹林，间杂几株桃树。那桃花正灿若云霞，镶嵌在翠竹之间，红的娇艳，绿的沉醉。

竹林拐弯处便是郭皇后的仁明殿，仁宗不想见郭皇后，便绕过仁明殿大门，踏上宫殿后面的一条游廊，向尚美人住的慈元殿走去。

蓦然，有丝竹之声传来。仁宗停步，仔细听去，竟有人伴着琴声呜呜咽咽地唱道：

春艳艳，江上晚山三四点，柳丝如剪花如染。
香闺寂寂门半掩，愁眉敛，泪珠滴破胭脂脸。

他听出，这是南唐才子冯延巳的长短句《归自谣》。他自小就喜欢词曲，冯延巳的词读过不少。冯词虽直白却不浅不露，意境深远，情韵悠长，感情深挚、缠绵、执着。如今京城中有个叫柳三变的，善倚声填词，每填一词，都被歌楼女子唱遍京城。每每得之，也是爱不释手。

郭皇后任性刁蛮，专横善妒。当初，仗着皇太后撑腰，并不把皇帝放在眼里。多年来，仁宗对郭皇后也是厌而远之。自有了尚美人与杨美人，更是不曾跨进过仁明殿。

此时此刻，这幽怨的歌声却深深地吸引着他。他似乎看见悠悠春江，点点春山，纤细的柳丝，娇艳的桃花沐浴在金色的晚照之中。而那香闺中独居的孤寂女子，本以为赏春可以解忧抒怀，不料却平添了几分新愁。

这旷世的幽怨与愁苦，满腔的凄清与孤独，让他情不能自已。他暂时忘了是大宋的天子，只觉得自己是男人。他要知道是谁在唱曲，他要安慰这唱曲的女子，春天是多么美好，皇城里的晚照是多么温馨而甜蜜。

随行的太监见皇帝返身往仁明殿而来，忙小跑着去通报。

唱曲的是郭皇后。她做梦都不曾想到，皇帝会出现在仁明殿中，站在她眼前，带着一脸的惊讶与迷惑看着她，似看一个陌生人。

一向倨傲的郭皇后，此刻满脸惶恐。她惊慌地离开琴台，匍匐在地，颤声道："臣妾有罪！臣妾不该随意唱曲。请皇上恕罪！"

仁宗今儿不知是心情愉悦，还是第一次见郭皇后如此诚惶诚恐的模样。他一点儿也不生气，也无降罪之意，心里反生出一股怜悯之情。郭皇后进宫九年了，他从未像今天这样仔细地端详过她。匍匐在他脚下的这个女人，大宋国的皇后，他的结发妻子，若没有了专横、暴戾之气，倒不失为一个端庄典雅，温柔可亲的女人。

他想，或许是皇太后死了，她没有了强硬的靠山，才显得如此温顺、卑贱。做人就该如此，就该活得符合自己的身份。

他环视屋内，见地上齐刷刷地跪着一排宫女太监，便朗声道："都起来吧！"

郭皇后不动，仁宗伸出手去，拉了她的衣袖，郭皇后就势站了起来。

宫女送上茶来，随行太监扶仁宗坐在软榻之上，郭皇后垂首立在一边。

仁宗喝口茶道："唱曲抒情解闷，本是人之天性，朕岂会因此小事而降罪于你。"又指着软榻："你跪了半天了，腿也麻了，坐吧。"

郭皇后屈膝谢恩，坐下。

仁宗面带微笑："想不到爱卿有如此柔婉的歌喉与高超的琴艺，今日一听，真是人间仙乐，只是太凄清了些。"

郭皇后心里鄙夷道，你虽贵为天子，却是俗人一个。你有眼不识金镶玉，把张美人看得金贵，后来又宠幸尚美人与杨美人。这些脂粉堆里的俗物，无论是琴棋书画、经史子集，还是女红，如何能跟本宫相比！如今皇太后驾崩，你更是不把本宫放在眼里，今儿稍稍露一手，让你瞧瞧。

她心里发着狠，面上悲悲切切的，嘴上却道："臣妾一连几日不见皇上，心里惦记，一时忘形，便唱了这支曲儿，有扰圣听，请皇上恕罪！"

仁宋一时兴起，挥手道：“罢了！爱卿宫中不是有个会唱曲儿的侍女么？此时正夕阳满天，春桃烂漫，花香馥郁。如此良辰美景，何不命她来唱一曲？”

郭皇后猜不透皇帝今儿为何有此雅兴，又不敢问，只命人去唤那唱曲的侍女黄莺儿来。

黄莺儿袅袅婷婷地来至厅中，叩拜过皇帝皇后，垂首听候吩咐。

郭皇后含笑问：“不知陛下想听何曲？”

仁宗道：“民间有个柳三变，他作的《望海潮》，皇后可曾听过？”

郭皇后起身朝皇帝施礼，温婉笑道：“回陛下，这可真巧了！黄莺儿是钱塘人，这后宫的乐伶之中，属她的《望海潮》唱得最好。”回头命黄莺儿：“你把那《望海潮》细细地唱来。”

黄莺儿走至琴台坐下，拂了衣袖，纤指挥处，清清冷冷的，便如西湖碧波在眼前荡漾了开来，婉转的歌声悠扬而起：

东南形胜，三吴都会，钱塘自古繁华。烟柳画桥，风帘翠幕，参差十万人家。云树绕堤沙。怒涛卷霜雪，天堑无涯。市列珠玑，户盈罗绮，竞豪奢。

重湖叠巘清嘉。有三秋桂子，十里荷花。羌管弄晴，菱歌泛夜，嬉嬉钓叟莲娃。千骑拥高牙。乘醉听箫鼓，吟赏烟霞。异日图将好景，归去凤池夸。

这支曲子，仁宗不知听了多少回。他从未去过江南，但这首词，如一幅色彩明艳的画卷，展现在他的眼前。他沉醉于江南旖旎的风光与繁荣富庶；他惊讶于“烟柳画桥，风帘翠幕”的雅致；赞赏“三秋桂子，十里荷花”的天然美景，向往“羌管弄晴，菱歌泛夜，嬉嬉钓叟莲娃”的人间欢乐。

今天，那“怒涛卷霜雪，天堑无涯”的词句，从黄莺儿的嘴里摇漾而出，比往日更激起他心底的万丈豪情。这就是他美丽富饶的大宋朝，他的天下！

郭皇后见皇帝神情愉悦，兴致高昂，早把往日骄横任性的秉性抛到一边，殷勤侍候于左右。

暮色渐起，皇城笼罩在一片浓浓的雾霭之中，紫玉兰的香味若有若无，晚归的鸟儿飞得悄无声息。

仁明殿里灯火辉煌，仁宗本欲去尚美人宫中，眼见郭皇后殷切的眼神与卑谦的神态，不禁为之心动。随即吩咐身边的太监：“朕今夜就宿皇后宫中。”

太监躬身回道：“奴才这就去传晚膳。”

一时用膳完毕，皇后关切道：“皇上近来清减了许多，莫不是朝中事太过繁杂？皇上可要保重龙体啊！”

皇帝摸着脸颊：“朕近来瘦了么？朕倒不觉得。”又道：“连日来，朕把那些曾在皇太后面前阿谀奉承，粉饰太平的奸佞之臣都外放了。”

皇后惊问：“那朝中岂不是无人理事？”

皇帝挥手笑道："像李迪、范仲淹、薛奎等忠诚之士，如何不能为朕所用？"

皇后点头："往日皇太后在时，常常说起一个叫范仲淹的，此人倒是个一流的敢说敢谏的秉直之人。"

皇帝笑道："噢！皇后也有此见地！"

皇后若有所思："皇上，臣妾不想过问朝政，但请皇上允许臣妾斗胆问一句，皇上是如何处置吕夷简的？"

皇帝看了郭皇后一眼，云淡风轻地说："吕夷简自然留在朝中，他一向办事公正，忠诚可嘉。"

郭皇后不以为然："吕夷简可不简单，若他不附和、奉承、讨好皇太后，又如何能在皇太后面前左右逢源，稳稳地居于宰相之位？可见，他才是最善于见风使舵之人。"

仁宗心中一凛。暗想：郭皇后说得不无道理。皇太后在世之时，那些敢于直言进谏的大臣，如王曾、李迪、范仲淹等，哪个不是被贬出朝廷？范仲淹因为上疏言事，更是一贬再贬。吕夷简为何岿然不动？

他突然想起自己的生身母亲李宸妃，若不是吕夷简，李宸妃很可能被当作一个普通的嫔妃草草掩埋。

可吕夷简连这种隐秘的事儿都知道得一清二楚，他竟敢一而再，再而三地规劝皇太后按礼制安葬李宸妃。皇太后听从了吕夷简的建议，因为她明白，只有按吕夷简说的去做，在她驾崩后，便可保全她的名望与刘氏满门。同时，吕夷简又为李宸妃争得了名分，得到了皇帝的信任。

真是一箭双雕。仁宗想到此处，额头上沁出一层冷汗，此人心机深不可测，不可不防。

俗话说：天上神仙府，人间宰相家。吕夷简的宰相府，其豪华富贵自不必说。

下月初九，便是吕夷简五十六岁生日。

吕夷简思忖着，虽不是整寿，朝中同僚与门生，必来祝贺。虽不事张扬，说不得也要热闹一番。想来想去，觉得近来家中的歌儿舞女并无新鲜曲子可唱可舞。这可是头等热闹的事儿，切不可忽视了。

见主子发愁，府中奴才小心地说："市井之中有个专在教坊歌馆填词作曲的，何不让他填首新鲜词曲给大人庆贺？"

"叫这种人填词合适么？"吕夷简想，我堂堂宰相，让一个市井之徒作词弄曲，岂不失了身份？

"此人的词曲不知是否唱遍天下，但在京城，却是人人尽知的。"

吕夷简心里一动，忙问："此何许人也？"

"崇安才子柳三变，市井中人称'才子词人'，前年因科举落第而困居京城。"

"柳三变？原来是此人。那唱遍天下的《望海潮》，三秋桂子，十里荷花不就是他所作！"吕夷简抚摸着胡须吩咐道，"你去找到此人，让他给本府填首入情入景的词儿。至于酬金，就给丰厚点。"

家奴正待出门，门外却传来嘈杂的人声，一个尖细得冷漠的声音骤然而起：“圣旨到！”

吕夷简心里奇怪，天天上朝，这圣旨如何就下到家里来了？不及细想，便匍匐于地，听那钦差念“罢吕夷简为武胜节度使，同平章事，判澶州”时，他眼前一黑，险些歪倒。

送走钦差，吕府上下惴惴不安，吕夫人更是六神无主，心里惶恐又不敢相问。

吕夷简从地上爬起来时，竟出奇的冷静。这次罢免毫无由来，皇帝已经知道，自己的生身母亲之所以能按礼制安葬，是他吕夷简的功劳。况且，皇帝刚亲政时，就迫不及待地罢免了一批皇太后身边的近臣，并未动摇自己宰相的位置。

时至今日，那罢免的厄运何以降临到了自己的头上？多年来位居宰相之位，长期处于政治旋涡中心的经验告诉他，必定是哪个环节出了错，必定是皇帝听信了谗言。

他当即写了信，派妥当之人秘密送入宫中，交给与自己私交甚笃的入内副都知阎文应，托他暗中查访。自己则带了家人，往贬谪之地澶州（今河南濮阳）而去。

这年七月，京东一带大旱，江、淮各地蝗灾严重，河北、河东均有奏折上报灾情。年轻的仁宗皇帝，第一次独自面对灾情，一时手足无措。而那些从各处召回朝廷的大臣，丝毫不被天下灾情所动，只热衷于对皇太后垂帘听政时的过失加以指责，朝廷内外，一片混乱。

这日早朝，范仲淹提出，朝中大臣不要对过往所受的委屈念念不忘，要顾全大局。目前最重要的是想良策、出计谋救灾抚民，而不是追究皇太后垂帘时的过失。

一向以忠诚耿直闻名的工部尚书、平章事、集贤殿大学士李迪，此时背手而立，冷面无语。

兵部尚书、平章事、集贤殿大学士张士逊更是没有把范仲淹这个小小的“七品谏官”放在眼里。

户部侍郎王随却道：“灾荒年年有，今年未必重于去年。去年并未把救灾提上朝堂议论，不也过得很顺当么？”一番话说得云淡风轻。

仲淹看着这些被皇帝重新召回、并委以重任的大臣们，竟无一人能真正为朝廷分忧。他不是无话回答王随，而是突然不想跟这些人说话了。

仲淹步履沉重地回到苦竹居，纯佑带着纯仁在后院竹林里读书，青阳与香草的女儿桂朵儿已六岁了，正拿了青菜叶喂羊羔。一个十二三岁的女孩儿正抱着纯礼，立在一边看着。

仲淹不认得这个抱着纯礼的姑娘。他返回堂屋，正遇芳卿端着药碗从厨房出来，他忙接过来放在桌上，问：“那姑娘是哪家的亲戚？如何让她抱孩子？”

芳卿抹一把额头上的汗，笑道：“你今儿如何回得早些？

仲淹见她脸色苍白，神情困顿，忙扶她坐下，关切地问：“芳卿，你病了么？”拉了她的手，要给她切脉。

芳卿抽回手，温婉笑道：“我哪里有病？只是有些虚弱。”又岔开话题：“那姑娘叫碧云，娘家姓张，是钱塘人。堂兄买了她来，送给我们的。堂兄说我身体不好，纯礼经常生病，家里孩子又多，香草一人照顾不过来。”

仲淹搓手道：“这如何使得？”

芳卿拉着他的衣袖：“希文，我知道你不想接受堂兄的馈赠，可我还是想留下碧云。这女孩儿生得清俊，性情温和，手脚勤快，留下她好吗？”

看芳卿恳切期待的眼神，仲淹心里一阵难过，他最愧对的，就是芳卿了。他握着她的手道：“芳卿，是希文拖累你了。就留下碧云姑娘吧，对她，要像对待自家人一样。”

芳卿笑道：“这个自然。药快凉了，我去给纯礼喂药了。”

青阳提一篮子菜进门，见仲淹在家里，有些意外：“老爷今儿回家早些？”他放下菜篮子，从怀里掏出一只薄薄的油纸包：“这是驿站老王头送来的。”

仲淹疑惑地接过油纸包，折开看时，是一封信。信中工整、挺拔而清秀的笔迹让他赏心悦目，他带着浓厚的兴趣一行行地读去：

前些日子，听说先生被召回朝廷，任右司谏。我本欲写信向先生道贺，因俗事繁多，未能如愿。

右司谏，不过是七品官而已，对于先生这样德才兼备的贤者来说，算不得才尽其用的幸事。而我想道贺的原因，实在是因为，谏官关系到天下之得失，民众之公论。

而自先生入朝任命以来，我辈至今尚未听见先生的一句谏言。

我有些不解，是洛阳的士大夫，能预测到开头，却预测不到结果？还是先生有所期待才进谏呢？前朝的韩愈写《诤臣论》，以此批评阳城未能尽职进谏，后来阳城因为敢于进谏而闻名。人们都说：阳城开始不进谏，是因为有所期待，韩愈不知道他的用意而妄加批评，我认为这样说是不对的。当韩愈提出这样的批评时，阳城已经做了五年的谏议大夫，之后两年才开始在朝廷上为陆贽辩护，以及为阻止裴延龄做宰相而想撕了用麻纸写的诏书，他所做的，只不过是这两件事罢了。当时德宗在位，其天性猜疑，任用奸佞小人，判将权臣遍及天下，如此混乱的局面，难道就没有一件事值得进谏，而要等上七年么？难道当时就没有比为陆贽辩护、阻止裴延龄为相更为急迫的事情么？我认为，身为谏官，就应该早晨领命，晚上呈奏。幸而阳城做谏官七年，又恰巧有裴延龄、陆贽的事发生，只进谏一次就被罢官，也算是尽了职责。假如他只做了五六年就调任了，那么，作为进谏官，在五六年的时间里，一次未曾向皇帝进谏，又如何值得称道呢？

如今，各地的官员三年调动一次，有的一两年，有的半年就调动，若是这样，如何等待七年？当今皇帝亲自处理朝政，天下太平。天下虽无大事，但皇帝把你从陈州召回朝廷任谏官，难道不是为了想听公证与正直的言辞么？可到如今还未听见你向朝廷的进言，以让天下人知道朝廷有正义之士，而显示天子有纳谏之举。

那些十年寒窗苦读的书生，步入仕途后，往往抱怨不被重用，一旦重用，遇事时，不是说那不是我的职责，不宜进言；就是说我官小位卑，不敢进言；或者说我有所等待。最终无人向朝廷进言，不是很可惜么？

希望先生想想，皇帝任用先生为谏官的本意，是唯恐有错，担心遭到后代君子的诟病。先生应该向朝廷陈述自己公正公平的建议，既不负百姓的期望，又消除了士大夫的疑惑，如果是这样，真是幸运之至啊！

仲淹一气读完，看着落款处“欧阳修”三个字，一掌击在桌上，震得茶碗乱跳，茶水溅了一身，一个“好”字脱口而出。芳卿给纯礼喂了汤药，正从后门进来，惊得差点摔了手中的药碗。

欧阳修在信中引经据典，义正辞严地恳请范仲淹为社稷、为百姓担负起谏官的责任，勇于进谏。

芳卿见他抓着信，激动不已的模样，担心地问：“希文，你怎么了？”

仲淹把信递给她：“你读一读这封信，品一品这个叫欧阳修的人。”

芳卿疑惑地接过信，低头看去，当她再抬头时，眼里竟噙满晶莹的泪水。她看着丈夫呢喃而语：“大宋不止一个忧国忧民的范希文啊！还有这个叫欧阳修的人。希文，此人的心志、抱负不在你之下，必是你今后仕途上的挚友。”

仲淹喜道：“芳卿慧眼啊！不愧为希文的红尘知己！”

早朝后，仁宗刚回到福宁宫，内侍来报，右司谏范仲淹求见。

仁宗放下刚端起的茶碗，道：“宣！”

范仲淹进来行了臣子之礼，掏出一份奏折呈上。

仁宗打开奏折，见上面写着：《论宜全太后之德疏》。

范仲淹在奏折上说：“太后受托于先帝，护佑皇上长达十余年，政治上并没有什么大的过失，应该掩其小过，以全其大德。”

以天下为己任的范仲淹认为，一般人所指责的，不过是因个人恩怨而引起的利害冲突，与危及国家的政治过失比起来，根本微不足道。太后垂帘时，既然在施政上没有大错，就应该看在她曾护佑皇帝的分上，全其大德。且不必在一些细枝末节上，对已经驾崩的太后进行打击。若这样做，也有损皇帝的清誉。

仁宗读完奏折，似从梦中惊醒。他觉得自己跟范仲淹比，胸怀似太小了一些。皇太后虽不是自己的生身之母，但毕竟养育、培养了自己。作为一国之君，竟如此小肚鸡肠，听任臣子对太后的恶意谴责而不闻不顾，实在是有愧于先皇。

他抬头对仲淹道：“爱卿，太后在世时，你几次因进谏而遭外放，今儿竟敢得罪一批重臣，护太后之德，保朕之誉，足见你胸怀坦荡，光明磊落，天下还有什么比你的公允更让人信服的呢！”回头唤道：“来人！拟旨！”

内侍忙躬身小跑而来。

仁宗下诏说：太后“恩勤至矣”，并指责那些阿谀奉承的人，命天下人不准再谈太后垂帘时的政令是非。

此时，仲淹觉得，仁宗皇帝并非高高在上，冷漠无情，也是通情达理之人。

正凝思，忽听仁宗问："爱卿因何事沉思？"

仲淹忙敛了心神，回道："皇上，请恕臣冒犯之罪。"

仁宗微笑的模样和睦可亲："爱卿，这不是在朝堂之上，这是朕的福宁宫。在这里，朕与爱卿虽属君臣，实如朋友一般。你有话，尽管道来，朕正想向你请教国事呢！"

仲淹忙垂首施礼："皇上，君臣之礼不可逾越。"

仁宗唤侍女给仲淹沏茶。

仲淹受宠若惊，接过茶盏放在一边的茶几上，又施一礼："皇上，眼下江、淮、河东、河北、陕西各地旱灾、蝗灾严重，百姓颗粒无收。朝廷的当务之急是竭尽全力救灾。"

仁宗未置可否，似乎对仲淹这个话题不感兴趣。

仲淹见仁宗沉吟不语，心里着急，起身离座，跪在地上向仁宗叩首道："皇上，恕臣无礼。若是宫中一天没有吃喝，会是怎样的情景？"

仁宗脸色骤变，挺了挺原本笔直的腰身。

既然开了头，何妨说下去。

仲淹道："灾荒之年，表面上看去是百姓衣不蔽体、食不果腹，实则是国家的最大隐患。"

仁宗不悦："何以见得？"

仲淹道："皇上，臣绝非耸人听闻。天下灾荒饥馑，百姓生计艰难，或流浪他乡，乞讨为生；或偷盗抢劫，祸害四邻。更有甚者，抢占山头，聚啸山林，连官府也不曾放在眼里。若长此下去，这将是最可怕的一股势力。"

仁宗"噢"的一声，随即闭了嘴。听了仲淹最后一句话，他心里陡然升出一股恐惧之感。他不是害怕绿林好汉，而是羞愧自己竟然没有考虑到这一点。作为一国之君，应前考几百年，后测几百年，应运筹远谋，鞭挞宇内。

而眼前这位跪在他脚下的七品谏官，在皇太后垂帘时，劝其尽母道，还政于皇帝；今日，又劝朕尽子道，以全太后之大德。这是何等的襟怀与睿智？在灾荒之年，想百姓之疾苦，思天下之安定，这又是何等的善良与忠诚？满朝之中，那些高官厚禄的执宰大臣，谁能有范仲淹这样的胆识与气魄？

仁宗自亲政以来，今天是他感慨最多的一天。

第二天早朝，皇帝下旨：

"着右司谏范仲淹为江、淮安抚使；秘书丞刘越为京东安抚使；殿中丞滕宗谅为陕西安抚使；龙图阁待制孔道辅为京西、河东安抚使；右正言刘涣为河北安抚使。所到之处，以受灾程度大小给予相应的安抚赈济。"

第二十五章　赈灾归来　朝堂进食乌昧草

江淮自古就是富庶之地，历来有“天下赋税仰仗江淮”之说。无奈，天公不作美，旱灾连年，蝗虫漫天，那龟裂的土地如何能长出庄稼？就是野草也被蝗虫吞食已尽。

普天之下的老百姓，对皇天后土，对佛祖天神是极为依赖而虔诚的。天不下雨，求龙王爷降雨；地不长庄稼，求土地公公保佑五谷丰登。于是，贫瘠的土地上，龙王祠、土地庙应运而生。龙王爷、土地公公享受着人们的香火，而天空依然赤日炎炎，土地依然裂如龟背，人们依然食不果腹。

范仲淹视察各地，探究灾情。

这天，他带了青阳来到一座村落。正是午饭时候，村子里，鸡不鸣，狗不吠，不见闲人，也不见炊烟。

青阳见仲淹眉头紧锁，面色凝重，一件湖水蓝的旧长衫，早已被汗水湿透，紧贴在背脊上。他抬头看看火辣辣的太阳，轻声道：“老爷，已过正午了，找户人家讨碗水喝，吃点干粮罢。”

仲淹点头应允。

村里的人家，都是关门闭户的。主仆二人犹自不解，偌大的一座村庄，竟杳无人烟。

青阳道：“老爷，你在这屋檐下歇一会儿，我去找水。”

仲淹用手挡着阳光，眯眼看着眼前枯死的树：“这天上地下都晒得冒烟了，哪里找得到水！”

正说着，耳边有开门声，同时一个声音有气无力道：“找水喝？牛都渴死了。”

二人扭头看时，一位中年汉子正从屋里出来。大概是听青阳说去找水，便接了话腔。

仲淹忙上前问：“这位兄弟，你们村子里的人都去哪儿了？”

汉子打量他主仆二人：“你二人面生得很，想必是外地来的，村里人还能去哪儿？不是去外面乞讨，就是上山找野菜去了。”

青阳笑问：“你为何不去呢？你家有隔夜粮么？”

汉子白了青阳一眼，泛黄的脸色一沉，没好气道：“我家若有隔夜粮，我娘能饿病？我娘病着，我如何离得开！”返身带上门，提了篮子要走。

仲淹见篮子里装着香、烛与黄纸，心想，这是去龙王祠或土地庙上香的。便拦住他：“兄弟，我读过几天医书，兴许能医好你娘的病。”

汉子原本无神的眼睛倏地一亮，喜道：“真的？”随即，眼神又暗淡下来：“我无钱请郎中。”

仲淹笑道：“我分文不取。”

汉子满脸疑惑，但仍然把仲淹青阳引进屋里。

说屋里很干净，还不如说屋里什么也没有。因为天气炎热，一张因年代久远而泛红的竹床，就摆在正屋通向后门的过道上，竹床上躺着一位老妇人。前后门都敞开着，有一股穿堂风，倒也凉爽。

仲淹道："这穿堂风如何吹得！"

汉子回道："这鬼天气是要把人活活地热死，哪里顾得了许多。"

老妇人瘦骨嶙峋，见儿子带了两个陌生人进来，挣扎着要起来："保柱啊，你不是去土地庙上香还愿的么？这两位客人是谁啊？"

仲淹弯腰道："大娘，听你儿子说你病了，我来给你瞧瞧。"

保柱把篮子放在桌上，从墙边搬张凳子给仲淹，自己则蹲在床头，轻声道："娘，这位客官说他会瞧病，且分文不取。"

老人深陷的双眸看了仲淹一眼，叹息道："可抓药要银子啊！"

仲淹笑道："大娘别急，我先把把脉。"

保柱见仲淹蹙着眉头，在他娘的双手上按了半天，也不敢问，只急得在一边走来走去。

青阳低声安慰："你别着急，待我家老爷把了脉再说。"

保柱正想说什么，忽听仲淹道："青阳，你把大饼拿来。"

青阳不知何意，解开包袱，拿出两只大饼。

仲淹又问保柱："你家有水么？"

保柱看着青阳手中的饼，咽了口口水，一迭声地回道："有有！"忙去后面灶台上提一只土陶罐子来。

仲淹问："这是烧滚过的水，还是生水？"

"烧滚了泡的陈茶水，还热着呢。"保柱道。

"你把饼掰一半，揉细了，用水拌了喂你娘吃下，"仲淹道，"原该熬点清粥喝下的。"

"家里哪有熬粥的米。"老妇人说着竟红了脸，似乎没有米熬粥是很羞愧的事。

仲淹心里一阵难过，看着眼前的老人，又想起自己的母亲。

青阳帮保柱把大饼捏碎泡在热茶里，保柱去拿了一只汤勺来喂他母亲。

仲淹道："大娘慢些吃，饿久了的人，一次不可吃多了，隔两个时辰再吃。"

青阳道："保柱大哥，你方才不是说连牛都渴死了，没有水的么？"

保柱回道："是啊！这大半年不下雨，村里的池塘，村外的河流都干涸了。土地都晒裂了，哪里有水？"

老人吃完半碗泡饼，保柱放下碗："幸亏我家后面的小山坡下有个洞，里面有一点点沁泉水，不然，我跟我娘不饿死，也渴死了。"

仲淹暗道一声：难怪。

保柱道："今儿初一，我原本是要早起去给土地公公烧香的，因为要接沁泉水给我娘烧茶，才晚了。"

老妇人道："儿啊！娘吃了半碗糊糊，身上也有些力气了，还不快谢恩人！"

保柱听了，忙跪在仲淹跟前叩头，仲淹一把拉起。

保柱问："客官，我娘的病要不要紧啊？"

仲淹道："你娘是饿了。"又对青阳说："拿纸笔来。"

青阳笑道："老爷要纸笔何用？该吃点东西了。"

保柱拍着脑袋："你看我，光顾着我娘了，我给二位恩人倒茶。"

仲淹拿笔就着砚池里的残墨写了几行字："保柱，你拿这方子去抓药，给你娘煎水喝。连喝三天，你娘就会好了。"

保柱接过方子，小心折起来放进桌子的小抽屉中，却苦着脸。

仲淹把手伸向青阳，青阳睁眼看着他的老爷，似不明其意。

仲淹把眼一瞪，仍然伸着手。青阳极不情愿地从怀里掏出钱袋子，放在他手上。

仲淹拿出几缗钱给保柱："拿去给你娘抓药。"

保柱千恩万谢地收了。

一时，仲淹与青阳、保柱三人就着茶水吃了饼子。

仲淹见桌上放了一堆半枯萎的植物，顺手拿起一根："保柱，这是草，还是麦秸？"

"这是野燕麦，我们这儿的人也叫它乌昧草的。"保柱回道，"你可别小瞧了，灾荒之年，大伙儿就是靠吃乌昧草度日。只这草也快绝迹了，唉，别说乌昧草了，田头地边，连毒草都绝种了。"

仲淹道："保柱，你能把村里外出的人都找回么？"

保柱瞪大眼睛，吃惊地看着仲淹。

青阳笑道："保柱大哥，我家老爷是皇帝派来的钦差大臣，专为灾民开仓放粮的。"

老妇人一听钦差大臣，吓得哆嗦起来，要下竹床。

保柱早跪下连连叩头："小人有眼无珠，不识钦差大人，请大人恕罪！"

仲淹笑道："我是自己闯到你家里来的，你何罪之有？快起来吧，我还有差事交给你呢。"

保柱忙道："大人有何事差遣？小人定当尽力。"

青阳笑道："你只管找到村里的人，或者邻村的人，告诉他们，江、淮各地县、府明日开仓放粮。让大家相互转告，不要在外面流浪乞讨了。"

仲淹笑问："保柱，你们村子周遭有三四座土地庙呢，可看村里的情形，土地公公也未见得保佑你们啊！"

保柱点头又摇头："因为干旱，老百姓勒紧裤腰带，从牙缝里挤出钱来修龙王祠、土地庙。每逢初一、十五大伙儿争着烧香上供。这不，今儿初一，本该一大早就去龙王祠、土地庙上香的。可家里没水，我娘没饭吃，却不能不喝水啊！所以，天未亮我就去山洞里接沁泉水，直到晌午才接了一小盆，慌慌张张地出门便遇见了大人。"又笑着摸摸脑袋："或许是土地公公显灵了，让小人遇见钦差大人了。"

青阳笑道："你倒会想！明明是范大人在皇帝面前求得开仓赈灾，你却把功劳推给土地公公。"

“青阳，你还有干粮么？都给大娘留下。”仲淹从桌上拿一把乌昧草，“保柱，这乌昧草送给我如何？”

保柱心中疑惑，钦差大人什么山珍海味没吃过？这牛都不爱吃的乌昧草，拿去做什么？嘴上却道：“只要大人喜欢，尽可以拿去。”

他娘却道：“大人啊！若是丰年，咱也可以做一顿像样的饭菜招待大人，可如今，咱有愧啊！”

仲淹蹲在竹床边，带几分歉意道：“老人家，羞愧的不是你们啊！是朝廷，是那些执宰大臣，身为朝臣，食君之禄，却不能庇护天下子民。”说话的声音渐渐低下去。

青阳看着他家老爷，突然觉得心里格外难受，便催道：“老爷，咱走吧，此去崇州（即通州，治今江苏南通）还有半日路程，吴遵路大人还在那儿等着呢！”

保柱忙去找了只旧葫芦，把陶罐里的茶水倒了进去，递给青阳：“兄弟啊，这水你带上，路上给大人解渴。”

青阳大喜，正愁在路上找不到水喝呢。

仲淹却道：“这水你自己留着吧，过两个时辰给你娘再泡半只大饼吃，明日便可去县里领取粮食。开头几天只可熬点清粥喝，往后才可吃稠点儿的。”

保柱道：“我在山洞里放了一只小盆，等到傍晚，便会积攒半盆水了。”把装满水的葫芦塞在青阳手中。

范仲淹主仆离开保柱母子，顶着烈日赶路，直到玉兔东升，二人才跨进崇州县衙后院。

果然，吴遵路正焦急地在院中徘徊。

见范仲淹风尘仆仆地回来，吴遵路悄悄松了口气，忙迎向前道：“大人可回来了！下官正担心呢！”

仲淹笑问：“因何担心？”也顾不得许多，一进屋就脱掉湿透的长衫，青阳忙取了短褂给他穿上。

吴遵路端来凉茶，仲淹一气喝下一碗，抹把嘴道：“你我之间还是以兄弟称呼为好，不要大人下官的分得如此清楚。”

吴遵路笑道：“往日你我虽为秘阁同僚，今日你却是钦差大人，此礼不可逾越。”又递来一把蒲扇。

仲淹接过扇子问：“你还未回答我，因何而担心呢？”

“灾荒之年，流民泛滥，匪盗亦多。天黑了，大人尚未归来，下官如何不担心！”

仲淹听了，沉默不语。

吴遵路却打开了话匣子，说起今年的灾情。

吴遵路，字安道，江苏丹阳人。大中祥符五年（1012 年）进士，曾与范仲淹同任秘阁校理。因向皇太后上疏论朝廷十余事，言语切直，太后恼怒，将他贬知崇州（今江苏通州）。

吴遵路至崇州任知县时，正遇上蝗虫旱灾，他趁百姓尚未断炊之时，向本县富户募捐银两。派人从水路至苏州、秀州（今嘉兴）等地购买粮食，稳定粮价。又劝崇州百姓采集柴薪，卖给官府，以换官米。到了冬天，天寒地冻之时，官府又以原价把柴薪卖给百姓，官不伤财，民且蒙利，守得一方百姓安宁。后来，从外地流浪而来的人渐渐多起来，他又建起百余间茅屋，供流民居住，给流民置办柴米油盐，给病者医病。因此，其他州郡因灾情而死者不计其数，唯崇州平安无事，“不知其凶岁也”，百姓爱之如父母。

听吴遵路说荒年自救的经过，仲淹叹道：“若是各地的官员如你这般防患，就算天降灾荒，也能把灾情降至最低。”又道：“我要把你救灾的经验写出来，呈报给朝廷。请朝廷向天下颁布你在崇州救灾的方法，作为各地灾荒自救的榜样。”

吴遵路一揖到地：“下官所做的一切，只为自己所管辖的崇州百姓着想，从未想过留名，也未想过其他州县受灾的百姓。大人忧天下之忧，其悲悯博大的胸襟，让人羞愧。下官代天下百姓感谢钦差大人！”

仲淹用蒲扇拍了几下茶几，笑道：“哎呀！你一个大男人，怎的如此婆婆妈妈的？还不快些弄吃的来，我可是饿得前胸贴后背了。”

“哎呀！该死！光顾着说话，倒把吃饭给忘了。”吴遵路拍着脑袋出去了。一会儿又进来，手中多了只菜盒，一名衙役端了托盘跟在他身后。

吴遵路有些羞怯道：“饥馑之年，崇州百姓虽没有饿肚子，若想做一桌好饭菜招待大人，也是有点儿难的。”边说边从菜盒里端出一碗家常豆腐，一碗煮南瓜，一碗干虾萝卜，一碟豆腐乳，最后端出一碗咸鱼块，放在仲淹面前。

随来的衙役把一钵清粥，几张大饼放在桌上，拿了空菜盒子退去。

仲淹看着菜与饼，叹道：“有这样的饭菜已经是天堂了，你可知其他州县的百姓是靠什么度日的么？”抬头示意青阳拿出乌昧草。

吴遵路道：“这是乌昧草，也就是野燕麦。从外地逃难来的饥民中，就有人带着乌昧草的。往时，乌昧草是当柴烧的。”说着，从身边的柜子里拿出一坛酒：“大人，这是我来崇州时，好友送的一坛老酒，我一直舍不得喝，今儿与大人一醉方休。”便要斟酒。

仲淹拦住：“这酒留待明日再喝，今夜我有要事与你相商，还要给朝廷写奏疏。”

吴遵路岂不了解范仲淹？他二人供职秘阁时，无所不谈。知道他是个务实之人，此刻，他说不喝酒，就绝不会是故作姿态。便收了酒坛，二人落座，就着大饼喝清粥。

仲淹道：“从明日起，你把崇州府的事情安排妥当，帮我做赈灾之事。”

吴遵路放下筷子，起身应道：“下官遵命！”

仲淹喝口粥道：“今夜，我就给皇帝写奏折，请求朝廷免除江淮部分地区应该缴纳的粮食、茶、盐之类的税收。”

吴遵路正咬一口饼，连连点头，口齿不清道：“大人，这可是天大的好事啊！”

仲淹放下喝空的粥碗道：“明日着重做两件事，一是捣毁因灾荒而特意建造的龙王祠与土地庙，把各地灾民的精力与财力集中起来，致力于救灾。二是各地、府要实地勘查，凡因灾情死亡而导致田地荒芜的，免除赋税；家中只剩下孤贫老弱的，也依照实情减免

赋税，或者全免；逃荒回来重建家园的灾民，免除当年赋税。”（直到第二年范仲淹被贬出京，朝廷依然在逐条落实当年范仲淹安抚淮南时免除赋税的系列奏请。）

久久无雨的夏夜，天空蓝得深邃无垠，月牙儿撑着瘦瘦的身子，忧伤地泊在天心。钉在天幕上的星子，如同她的泪珠儿，垂垂欲坠。风儿缄默着，不肯轻易拂动，空气凝固得如同时光静止。

崇州县衙后院的一间客房里，一灯如豆。仲淹伏案而书，他先写了奏折《乞以崇州吴遵路救灾事迹颁诸郡为法》，又把这次巡视江淮的所见所闻归纳总结，向皇帝上《陈八事疏》：

一、控制和缩减有关粮饷发放及衣服制作供应单位的开支；

二、不滥赏。聚于艰难，散于容易，国无远备，非社稷之福；

三、削冗吏、禁游惰，让没有战斗力的士兵解甲归田；

四、减少江淮至京都粮食或货物的运输费用；

五、精减不需要的官员与官吏；

六、将购置于西北的战马归划于民间饲养；

七、朝廷要节俭用度，不可奢侈，减少国库开资；

八、各地建、修寺观的巨大花费最无实质意义，希望皇帝以土木之劳为戒，将所用花费转入其他用途。

“老爷，这里的蚊虫也太多了。”青阳从外面进来，双手不停地在身上挠着。

仲淹放下笔：“我正要派你的差呢！”

“老爷，是不是派小的去砸那蛊惑民心的祠堂？”

“那差事自有人去做，你要做的是到各地办医馆。”

青阳奇道：“老爷，小人何时给人医过病了？再说，老爷是来赈灾的，到各地办医馆却是为何？”

仲淹笑道：“叫你做郎中，还不把人医死？”说着从桌上拿起一张纸：“大灾过后必有瘟疫，保柱他娘得的就是瘟疫，好在被我们遇到了。这是我依据大娘的病情开的药方，你明天找几个得力之人，把药配齐，制成药丸，分配给各村镇的医馆。没得病的可以预防，得了病的尽可能地减少死亡。”

青阳见仲淹神色庄重，不敢贫嘴，双手接过药方。

京师，依旧繁华而喧嚣。

傍晚的皇城，飞檐高墙之间，悄悄弥漫着一层若有若无的淡青色的雾霭。那些没有灯火的宫殿与楼台亭阁，隐在渐渐暗淡下来的天幕之下，显得阴沉而神秘。

郭皇后的仁明殿，灯火辉煌，喜气盈屋。或许是因为皇帝最近常来的缘故，皇后的心情好了，笑容也多了，对宫女太监的语气也柔和了些。大伙儿心情轻松愉悦，虽不是欢声笑语，这殿里殿外，却是一团和气。

仁宗正坐在灯下，阅读范仲淹的奏折《陈八事疏》与《乞以崇州吴遵路救灾事迹颁诸郡为法》，还有一道疏，是请求士兵服役七年后，准许全部归农。

这三道疏，仁宗下午就读过，觉得言之有理。此刻再读，依然觉得范仲淹统观全局，目光高远，心怀天下，忠诚可嘉。他无不欣慰地想，有范仲淹这样德才兼备的臣子，何愁天下不治？又何愁天下不安？

兴奋之余，仁宗向郭皇后道："皇后也看看范仲淹的奏折，真是思路缜密，条理清晰，把天下事分析得入木三分啊！满朝之中，唯有范仲淹能想得如此周到。"

郭皇后盈盈施礼："恭喜皇上！贺喜皇上！皇上有此良臣，是朝廷之幸，天下百姓之幸啊！"

仁宗喜道："皇后这句话说到朕心坎上了，朕已准了范仲淹，采纳他提出的所有奏请。皇后，你再看看这种草。"

郭皇后回头，见皇帝身边的内侍端着托盘，托盘上只有一束被太阳晒得干焦尚留有几分浅绿色的草。她从托盘中轻轻拈起草，疑惑地望向皇帝。

仁宗道："这是范仲淹从江淮带回的，叫乌昧草，大半年来，受灾的百姓食用此草度日。"

郭皇后惊讶不已："若非听皇上亲口说百姓食此草度日，臣妾难以想象。人，怎可食用此草？这草干枯得怕是连牛羊也咀嚼不动的，只可当柴烧啊！"

仁宗叹道："若不是范仲淹，朕如何得见此草？朕为天子，深居皇宫，吃的是珍馐美味，穿的是绫罗绸缎。若不是范仲淹，朕如何想象得出，朕的子民过着如此艰难困苦的日子？"

郭皇后心里涌出几分难以言明的悲悯，她自幼养尊处优，锦衣玉食。如今母仪天下，统领后宫，哪里去体会百姓的疾苦？后宫之中，且不说别的，仅是一日三餐，便有无尽的浪费。想到此，她放下乌昧草，对仁宗道："皇上，臣妾将自今日起，以身作则，带领后宫戒奢侈，兴节俭，以示与灾民同辛苦，共患难之情。"

第二十六章　后宫争宠　宋仁宗恩眷别移

皇城，金堂华屋，在冬天的黄昏里，也倍感寂寥。料峭的北风在楼台亭阁，飞檐翘壁间呼啸而过。鸟儿不知踪迹，偶尔随风而起的一两片枯树叶子，也落地无声。

郭皇后用了晚膳，吩咐宫女在寝宫点上檀香，把床上的被子用暖壶焐了，等候皇帝的到来。

近几日，郭皇后显得心事重重。自皇帝带乌昧草来的那日起，郭皇后便在后宫带头节俭行事，竟引起其他嫔妃的不满。这些嫔妃不敢直接反对郭皇后，只骂范仲淹：满朝之中，就属范仲淹最多事，你想邀功，去赈灾就是了，何苦要弄一束牛羊都不啃的野草来折磨宫里人？

郭皇后觉得十分委屈，想找皇上诉说一番，而皇上却一连几日不登仁明殿。

派去打探消息的小太监进来报道，近几日，皇帝尤为宠幸尚美人与杨美人。而今日于申时起，皇帝就在尚美人宫中。

尚美人是后来进宫的，年轻貌美，善琴弈，能歌舞，颇得皇帝的欢心。她的父亲因女儿得宠而显贵，最近加官晋爵，恩宠倾动朝野。郭皇后尤为不满，已经与尚美人不咸不淡地口角过几次。

此刻，听小太监这么一说，郭皇后那按捺已久的暴戾之气，又陡然而起。盛怒之下，命几个小太监撑了灯笼，就要往尚美人的宫中而去。

郭皇后的贴身侍女青芷赶至门外，跪在她面前拦住她，恳求道：“娘娘，娘娘请听奴婢一句可好？”

郭皇后怒道：“青芷，你不想活了么？”

青芷叩首道：“娘娘对奴婢恩宠有加，奴婢说完这句话，就是死了也毫无怨言。”

霎时，仁明殿的宫女太监都跪倒在地。

郭皇后稍稍平息了火气，扬眉道：“有话就快说。”

青芷道：“娘娘，请恕奴婢言语不恭之罪！娘娘请想一想，此时已是戌时。皇帝上朝问政、批阅奏折，一天下来也累了，此刻想必已歇息了。若娘娘过去，皇帝就算面上不怪罪，心里也是不畅快的。若尚美人再添枝加叶，如此一来，奴婢担心对娘娘不利啊！”

皇城的冬夜，分外寒冷，天上那弯新月也似怕冷，悄悄躲进棉絮般的云堆里，再也不肯出来。风，从屋脊上飞掠而下，穿廊过巷，直往人衣领子里钻。郭皇后立在门外，禁不住打了个寒战，心头那股陡起的怒火渐渐熄灭。看着地上跪着的宫女太监，敛眉道：“还跪着，不冷么？都起来吧。”一跺脚，转身进了门。

青芷侍候郭皇后洗漱之后，帮她卸了头上的钗环，松了发髻。郭皇后感觉轻松了许多，躺在床上，却辗转反侧，不能入眠，直到天快亮时，才沉沉睡去。

蒙眬中，听得青芷轻呼："娘娘醒来！"

她睁眼见天已大亮，欲起身，又想起连日来的不愉快，便翻身朝床里侧身睡去。

青芷又轻声道："娘娘，天下雪了。皇上派人来说，请娘娘去西园踏雪赏梅呢！"

"下雪了么？昨儿还好好的晴天呢，怎么就下雪了？"她转头看着青芷，"你去回了罢，就说我身子不大好，不去赏梅了。"

青芷忙问："娘娘哪儿不舒服？奴婢去请太医。"

郭皇后道："不必，我躺躺就好。"

青芷伸手在她额上搁了片刻，并未觉得发热，心里便明白，皇后在赌气，可这气赌给谁看呢？又想，皇后赌气也好，撒娇也罢，都不是时候。她在宫中多年，后宫嫔妃之间的争斗，看似脂粉裙袂间的争风吃醋，实则是温情掩盖下的刀光剑影。

皇后虽逞强好胜，任性善妒，心地却是善良的。她到仁明殿来侍候皇后，也有六七年了，在这看似至尊至贵，实则冷漠无情的后宫，她看到了皇后专横、刁蛮下的柔弱与无奈。或许都是青年女子，皇后与她竟无话不说，名义上的主仆，私下里却如姐妹一般。她铭记着皇后这份真情，对她的照顾更是体贴周到。昨夜，她拦着皇后去尚美人宫中，是怕皇后吃亏。今天，她劝皇后跟皇帝一起去踏雪赏梅，也是怕皇后吃亏。

青芷在皇后床边轻轻说："娘娘在屋子里，不知外面的雪下得多美呢，那花园里的梅花迎雪而开，又该是怎样的一番景象呢！"

郭皇后翻个身，面对青芷，用手指点着她的脑门，笑骂道："你个死蹄子，大清早像只麻雀叽叽喳喳的，吵得人不得安宁。"又沉脸道："那尚美人不是集皇上三千宠爱于一身么？就让她冰天雪地里去陪着好了。"

"可是，皇上着人来请娘娘了啊！俗话说瑞雪兆丰年！娘娘这些日子领着后宫拒奢侈、兴俭朴，体念圣意，不就是为了受灾的百姓么？"青芷轻轻道来，"今儿这场雪下得多好啊！预示着明年的好收成呢！这是皇上皇后爱惜天下子民而感动了上天啊！"

郭皇后一下坐将起来，骂道："死丫头，拐弯抹角地说半天，你不直说你会死么？快快梳妆！"

雪花，纷纷扬扬，如同三月的柳絮在风中飘洒的清影。

流香阁在一片梅林之中，因为地势较高，登临阁上，皇家园林尽收眼底。

仁宗端坐在阁中，他身边，珠围翠绕地坐着尚美人、杨美人和其他嫔妃。四张桌上摆着各色点心，每张桌上都有一只小茶炉，茶壶里的水沸腾着，热气袅绕着流香阁，又被四面而来的冷风卷得无影无踪。

好大的雪，一夜之间，竟使宫墙瓦沟，楼台亭阁披上银装。放眼望去，一派素洁肃穆之景。梅树枝柯如铁，虬龙盘曲，清劲苍古。蜡梅开得最早，朵朵花蕊，如涂蜡染金。在这寒冷的园中，梅香更显得清幽馥郁，沁人心脾。

郭皇后踏进阁中，近乎威严的目光，似阁外的寒风，冷冷地扫过众人，在尚美人与杨美人身上稍作停留，便低眉浅笑，给仁宗请安。仁宗心情愉悦，吩咐宫人搬了软椅在自己身边，赐皇后座。

尚美人今儿穿了一件翠绿色起白花儿的软缎袄，外罩一袭银白色狐裘披风，杨美人则是一袭紫色裘皮大衣。郭皇后在黄色宫装外披了一件大红镶金的猩猩毡，在这冰天雪地里，显得光彩夺目，美艳不可方物，尚未开口，便以一种居高临下的尊贵之气压倒阁内争奇斗艳的众嫔妃。

那尚美人到底年轻，见郭皇后娇艳而不失端庄的仪态，心里便有些不自在。暗骂道：穿的衣裳再华丽，再招风，也挡不住年老色衰，皇上也不待见你。又见皇帝赐她坐在身边，脸上更挂不住了，便莲步轻摇地来到皇后跟前，施礼毕，笑道："今儿皇上恩赐众姐妹西园赏梅，皇后却如何迟了呢？"说罢，竟盯着郭皇后的眼睛，故作惊讶道："哎哟哟！皇后的两只眼圈都是黑的，莫非昨夜一夜未眠？"

郭皇后压抑着心头的怒火，冷笑着环视众人。

仁宗已走向碧栏杆，兴致勃勃地跟入内副都知阎文应谈梅，似未听见尚美人的话。

杨美人则端起茶碗，以品茶掩饰脸上的幸灾乐祸。其他嫔妃平时都受过郭皇后的气，此时也没有说话的余地，各怀心事，却都装着若无其事地观景赏梅。

尚美人恃宠而骄，见郭皇后无话应答，以为占了上风，更肆无忌惮了。她回到自己的座位，装作很倦怠的模样儿，幽幽地叹了口气："唉！昨夜我可是累啊！侍候皇上是能轻松的么？"

杨美人又不自在了，嗑着瓜子儿讥讽道："妹妹不是年轻妖娆么？年轻就是本钱，妖娆便能挑得皇上欢喜，自然得多侍候皇上。"

尚美人对杨美人的讥讽不以为意，她今儿是要跟郭皇后一较高低，又听她叹道："哎哟！杨姐姐哪里知道妹妹的心思！妹妹也不想聚三千宠爱于一身哪！是皇上离不开妹妹不是？妹妹也想像皇后姐姐那样，清闲、自在。只是太自在了，反而夜夜无眠。这不，皇后姐姐的眼圈都是黑的呢！"

郭皇后脸色铁青，心头的一股怒火已烧至眉毛。此刻，她全不顾青芷在身边悄悄地劝阻，腾地起身，几步蹿至尚美人跟前，没等尚美人回过神来，已扬起巴掌，朝她脸上狠命地扇去。口中骂道："你算个什么东西，竟敢讥笑本宫！你以为这是深更半夜的热被窝子底下，由得你撒娇、献媚、迷惑皇上！"

尚美人被两巴掌打得晕头转向，白嫩的面颊上顿时起了几道鲜红的手指印，她哇的一声大哭起来。众嫔妃不敢吱声，一个是专横的皇后，一个是得宠的美人。她们谁也不敢得罪，谁也惹不起，只待在各自的座位上，看上去冷漠、寡情，实则她们的内心，巴不得这两人闹得越凶越好。

尚美人又羞又恼，情急之下，捂着脸跑向仁宗，扑进他怀里，嘤嘤地哭。郭皇后火气未消，见她居然当着众人在皇帝怀里撒娇放泼，更是气不打一处出。奋力挣脱青芷的手，冲上前去，又扬起巴掌。尚美人见她居然追来再打，吓得蜷缩在仁宗怀里。

仁宗见郭皇后冲来，本能地把怀里的尚美人搂着一转身，用背挡住郭皇后。郭皇后收势不住，一巴掌拍中仁宗的后颈，手指一带，竟在他颈上划出两道浅浅的血痕。

仁宗忍痛喝道："放肆！"

郭皇后惊呆了，眼睛直直地看着仁宗。

仁宗怒道："你尊为皇后，张口就骂，动手就打！你何德何贤、何言何容来统领后宫？又何以母仪天下？"一甩袖子，竟拉了尚美人，一头钻进风雪之中。

郭皇后不知自己是如何回到仁明殿的。她呆坐在梳妆台前，木然地看着镜子里的人影。那是一张被愤怒扭曲的脸，而那愤怒之下，有多少不为人知的委屈与无奈！除了她自己，又有谁能懂呢？

青芷默默地侍立在她身后，神情沮丧，她在心里千百遍地谴责自己，千不该万不该劝皇后去西园赏梅的。若不去赏梅，就不会受尚美人的奚落，就不会发生这些事儿。

郭皇后从镜子里看青芷垂首不语，知她为今日之事内疚。安慰道："你也不要自责了，这事儿迟早是要发生的。我早就想扇她几巴掌了。皇上若要降罪，还怕找不到理由么？"

却说尚美人随仁宗回至慈元殿，倒在床上哭个不休。

尚美人自进宫以来，就得皇帝宠爱，在众嫔妃面前是何等的风光、何等的趾高气扬。今日竟当众挨打，越想越觉得丢了脸面，如何挽回这个脸面呢？若一味地撒娇放泼，只会惹皇帝厌烦，只会适得其反。皇帝虽贵为天子，却也是男人。男人最同情弱者，今儿若想争回脸面，唯有示弱，才能赢得皇帝的同情与维护。

尚美人从床上慢慢爬起，低眉垂首来至仁宗身边。

仁宗摸了一把后颈窝，手指上虽不沾血，却微微地疼。正恼火，抬头见尚美人可怜巴巴的样子，一把将她搂在怀里，抬手托起她的下巴。白嫩的脸颊上，清晰地印着几个血指印，一双妩媚的眼眸里，泪珠盈盈。他心里怜惜，暗暗骂道："好狠的婆娘，下手如此之重。"

尚美人见仁宗愠怒的脸色，抬手轻抚着他颈上的伤痕，娇声道："皇后打臣妾倒是小事。可陛下是千金之躯，九五之尊，岂能容人伤害！"

仁宗皱眉道："爱妃也有不是！你若不先用言语挑逗、激怒她，哪能生出这些事来？"

尚美人不悦，正欲回话，却有内侍太监来报，入内副都知阎文应求见。

仁宗来到外厅，命："叫！"

阎文应进来，仁宗问："何事？"

阎文应哈腰道："奴才来看看皇上颈上的伤。"

"不过是指甲划了一道痕，有何可看的？"

"虽是小伤痕，皇上却不可忽视了。"阎文应嗫嚅着想说什么。

仁宗见他吞吞吐吐的，皱眉道："有话就说。"

阎文应忙道："请皇上恕奴才死罪。奴才以为，寻常百姓之家，妻子尚且不能违背丈夫，更不能在丈夫头上动手，何况皇上贵为天子？皇后虽母仪天下，终是女流之辈，岂能动手打皇上？”

仁宗抬手摸了摸脖子，沉声道：“皇后是失手拍了朕的脖颈，并非有意。”

阎文应朝仁宗颈上看了一眼，故作惊讶道：“哎呀！皇上的脖颈都见红了，怕有不祥之兆啊！”

这句“不祥之兆”让仁宗心惊，他的天下，他的朝政大权才刚刚到手，尚未焐热，怎可现不祥之兆？

惯于察言观色的阎文应，捕捉到仁宗眼中闪过的惊恐，趁机道：“皇上，奴才去召吕相前来问问凶吉，如何？”

仁宗蓦然间觉得有了救星，忙道：“快去！”

何以去找吕夷简？原来，张士逊接替吕夷简任宰相期间，碌碌无为，毫无建树。在今年的蝗虫旱灾中，既无良策，又无行动，仁宗对他颇为不满，心里十分怀念吕夷简。

今年七月，当仲淹赴江淮赈灾时，恰逢张士逊犯事，遭三司使范讽弹劾，仁宗顺势罢了张士逊，复用吕夷简为相。

阎文应挑唆得仁宗召见吕夷简，但他并未派小太监去传旨，而是亲自到了吕府。把仁宗如何带郭皇后、尚美人赏梅；郭皇后与尚美人如何因口角而动手；仁宗又如何为了护尚美人而挨了郭皇后一巴掌，脖颈上还有指甲的划痕；等等，细细道来，此刻，仁宗皇帝正为脖颈上的血痕而惶恐不安，要召见吕相呢！

吕夷简听了阎文应的述说，面上不动声色，心里却是欣喜万分。他是个有仇必报的人，半年前被贬，出判澶州之时，托至交好友阎文应暗中打听，方知是郭皇后一句话，让他顷刻之间从宰相之位跌落。那时，他就在心里发誓，一定会将这次被贬的耻辱回敬给郭皇后。在澶州任上，他并没有太多的沮丧，因为他太了解张士逊、李迪等新任宰相了。张士逊昏庸无能，李迪年迈且太过耿直，这两种人都不会居之太久。他知道自己必定被重新起用，果然，范讽参倒了张士逊，他吕夷简又回朝了，又坐回宰相之位。他未料到的是，郭皇后这么快就要落入他的手中。暗喜之余，吩咐管家备一份厚礼给阎文应。

阎文应连连道谢：“相爷的心意，文应领了，却不敢收这份厚礼。郭皇后在后宫盛气凌人，骄横霸道，文应没少受她的冤枉气儿。今儿怂恿皇上找相爷理个是非曲直，一来是报相爷的知遇之恩，二来也是为自己出口气。”

吕夷简捋着胡须笑道：“这事儿急不得，我得想个万全之策，要么不出手，要么一击而中，绝不能留有余地。况且，郭皇后是误伤皇帝，不是有意而为。仅仅凭这点小事，还不足以让皇帝‘废后’。‘废后’可是国家的头等大事，要有说服天下人的事由，而且最好是能够造成‘众人皆曰废’的声势。你先回去，我随后就去见皇上。”

仁宗在福宁宫接见了吕夷简。

吕夷简煞有介事地查看了仁宗脖颈上的伤痕，故作沉吟道：“皇后贵为后宫之尊，最是知礼仪，懂四德的，怎可向皇帝动手？此事若传扬出去，皇帝将如何教化天下子民？”

仁宗觉得吕夷简把事情夸大了，心里不悦，口中却道：“皇后并非有意而为。朕这不能称之为伤，只是一点划痕。”

吕夷简唯恐仁宗心存善念，以至自己对付郭皇后的计划会落空。随即又道：“昔时，汉光帝乃东汉明君，因其皇后偶尔流露不快与怨恨之色，便废了，汉光帝乃不失为有道明君。而郭皇后居然敢打皇帝，她眼里何曾有皇帝？何曾有天下子民？臣以为，郭皇后不足以母仪天下。”

仁宗这才明白吕夷简之意，他是要朕“废后”啊！郭皇后虽是已故皇太后自作主张所封的皇后，但毕竟是朕的结发妻子。她虽善妒，但善妒是女人的天性；她虽专横，却也通情理、明是非。朕虽不待见她，却也不必为了这点小事而废了她。

想毕，仁宗对吕夷简道：“自古以来，立后与废后都是国家大事。无故‘废后’会引起朝政不安，也有损朕的道德名望。皇后母仪天下，不是你说废就能废的，更何况皇后并无大错！若因这点小事而废后，岂不让天下人耻笑朕无度量？”

吕夷简暗自思忖，“废后”之事，确实非同小可，但“废后”二字若非皇帝亲口道出，就不能成其为事实。当即躬身施礼道：“皇上，臣建议‘废后’，正是为了维护皇帝与朝廷的威望与道统，绝非小题大做。”

仁宗起身，踱至门外廊下，望着渐渐黑下来的天空出神。

雪，不知何时停了，随风流转的蜡梅花香，更见清幽馥郁。他有些迷茫，今儿早起，见雪花飘飞，梅花绽放，便生出赏梅的心思来。当今天子，带着众嫔妃踏雪赏梅，该是一件多么风雅之事。只是不曾料到，这风雅之事却生出许多事端来。

北风，掠过屋檐、树梢，携带着冰冷的雪屑与逼人的寒气，在楼阁之间、宫墙廊下恣意飞舞。

仁宗紧了紧衣袍，转头见吕夷简立在身后，挥袖道：“朕累了，你且去吧！”

吕夷简还想说什么，见皇帝低头进了殿，只得应声“诺”告辞出来。转过回廊，迎面见一人立在雪松之下。

这夜幕低垂，天寒地冻的，谁会站在树下？正自疑惑，却见那人快步前来，打躬作揖道：“相爷，文应在此久候。”

吕夷简见是阎文应，心里一动，附在他耳边如此这般一番，便离了皇城，坐上候在朝门外的轿子，径往家去。

用过晚餐，吕夷简走进暖阁。

暖阁内，一盆木炭火烧得正旺，暖烘烘的。十几株畏寒的花卉盆栽，或倚墙角，或置窗台，或搁于木架之上，正开得争奇斗艳。

窗台上放的是一株经过精心培育的桃树盆景，近尺高的桃树虬龙盘错，旁枝斜出，造型古雅。看上去枝条沉寂，但在这温暖如春的暖阁里，要不了多少日子，桃花便会灿然开放。

吕夷简最喜欢《诗经》里的句子：桃之夭夭，灼灼其华。前儿买回的侍妾，因生得面若桃花，妩媚妖娆，便为其取名为：桃夭。

吕夷简正小心地扯去树根边的一根杂草，耳听得仆人在门外轻声说：“老爷，右司谏范讽范大人来访。”

吕夷简心里暗笑一声：来得好快啊！口中却道：“有请范大人！”

范讽何许人也？范讽，齐州（今山东历城县）人，生得风流倜傥，不拘小节，颇有能耐。时任右司谏，为三司度支判官。与宰相张士逊素来不和，因一时议论冲突，便参了他一本，力使吕夷简重出江湖。

范讽有自己的如意算盘，他指望吕夷简得势后，以便提携自己。而吕夷简对他，则是避之唯恐不及。

吕夷简看不起范讽，认为这种为了高官厚禄而不择手段、不顾名声礼法之人，虽有些谋略，也只能在必要的时候加以利用。若是援引上来与自己同列，将来必会成为极大的祸患。

范讽在朝中大臣面前，向来以足智多谋、能说会道据称。吕夷简则认为他心思活泛却心术不正，尤其不喜欢他说话做事随随便便、不负责任的做派。虽然这次回朝重任宰相，是因为他弹劾了张士逊。而吕夷简却认为是自己治国安邦的才能让皇帝难以舍弃。所以，他心里对范讽并未存有丝毫的感恩，必要时加以利用，无事时离他远一些，说不准这种人的哪句话便毁了自己的前程。

吕夷简对范讽若即若离，可范讽打心眼里愿意跟在吕夷简身边。而且，他自以为有恩于吕夷简，吕夷简会很快提拔他的。这不，当阎文应奉宰相之命，把郭皇后与尚美人争宠，打了皇帝之事，添枝加叶地向他述说后，他顾不得天寒夜冷，急忙忙地来到宰相府。

第二十七章　为报前仇　夷简设计废郭后

范讽进得暖阁，一股温暖香甜的气息扑面而来，他禁不住深深吸了口气。暖阁里吸引他的不是那些珍贵的花草盆栽，而是壁上的字画，与博古架上的古玩。他暗想，论才智，我范讽不在你吕夷简之下；论手段，你吕夷简未必玩得过我。而你却是一人之下，万人之上的宰相。

范讽心里悻悻的，脸上却满是恭谦的笑容。他欲跪下叩头，吕夷简一把拉住他的手臂笑道："哎呀，这是在家里，贤俊不必行此大礼。来来来，快请坐。"把他引向软榻，又吩咐侍候在门边的佣人快给客人沏好茶。

范讽受宠若惊，一屁股坐上软榻，有种失重之感，忙将屁股向前挪，坐在榻沿上，稍稍挺直腰板，笑吟吟的："相爷，雪夜唤下官来府，不知有何见教？"

吕夷简心里冷笑一声：明知故问。面上却现忧戚之状，叹道："今儿皇上召见，原来郭皇后与尚美人争宠，郭皇后却打了皇帝一巴掌，皇帝脖颈上的伤痕清晰可见。"

范讽放下茶碗，故作惊讶："皇后打皇帝！岂不有违纲常伦理？这还了得！"

"谁说不是呢？"吕夷简接道，"皇帝心地仁慈，说郭皇后这一巴掌不是有意的，是错打了的。想'废后'，又恐因这点小事'废后'而惹天下人非议。"

范讽不以为然，不屑道："只有失手错摔了锅碗杯盏的，并无面对面错打了人的。何况挨打的是皇帝！"又道："皇后母仪天下，却不顾妇德而动手打皇帝，这事儿要是传扬出去，岂不令世人耻笑？相爷，下官以为，这并非小事，而是有损皇家乃至大宋国的大事。皇帝应当机立断，废了郭皇后。"其实，他心里明镜似的，郭皇后无大错，这分明是吕夷简想报复郭皇后而怂恿皇帝"废后"。

早在皇太后垂帘听政时，范讽就听闻皇帝不待见郭皇后。如今，又从阎文应口中得知，皇帝宠爱的是尚美人与杨美人，郭皇后就如打进冷宫一般。

范讽向来是个见风使舵之人，既是皇帝想"废后"，又有宰相吕夷简想报仇，何不顺水推舟，助他一臂之力？事成之后，吕夷简必定对我感恩不尽，在皇帝面前提拔我还不是他一句话的事儿。

想到得意之处，范讽差点儿笑出来声来。

吕夷简见他两眼放光，脸露微笑，疑惑地问："贤俊何故发笑？"

范讽忙敛了笑容，一本正经的："相爷，下官倒有一个天衣无缝的借口。既能让皇帝'废后'废得理直气壮，又能让满朝文武大臣及天下子民心服口服。"

吕夷简欣喜异常："噢！贤俊说来听听！"

范讽故作姿态地端起茶碗，慢慢呷口茶，悠然道："不孝有三，无后为大。民间就

有此说法，何况皇家？郭皇后自立后至今，已有九年，却无子嗣，义当废。”

吕夷简一掌击在茶几上，茶水四溅。他兴奋道：“贤俊果然足智多谋！仅凭这一点，‘废后’就足以让郭皇后哑口无言，让天下人心悦诚服。”又觉得失态，忙掩饰地大声呼佣人给范大人换茶。

范讽心里明白，这是要送客了。便起身笑道：“相爷，天色已晚，下官告辞！”

吕夷简忙道：“这冰天雪地的，贤俊好走。”

范讽摆摆手：“无妨，无妨。”二人哈哈笑着，各怀心事。

阎文应按吕夷简的吩咐，在后宫与大臣之间有意无意地透露“郭皇后被废”的消息。一时间，“郭皇后被废”的消息传遍朝野。

这天，仁宗招来吕夷简，气急败坏地问：“朕何曾说过要‘废后’？”

吕夷简恭谦道：“皇上是未确定‘废后’，那是皇上宅心仁厚。昨日，右司谏、权三司度支判官范讽说，姑且不论郭皇后打皇上是否有意，单说郭皇后自册立皇后，已有九年，尚无子女，义当废。”

仁宗暗自一惊，好厉害的吕夷简！这倒是一个极有说服力的理由。朕不喜欢她，可以冷落她，却不能废了她。

吕夷简见仁宗眼里闪着犹疑的光，故作漫不经心道：“皇后打了皇上，已经有失皇家威严。如今，朝廷内外皆知郭皇后被废。若不废，天下百姓对朝廷失却了敬畏之心。臣也不知如何挽回这个局面。”

仁宗倒吸一口冷气，盯着吕夷简故作深沉的脸：“如此说来，这皇后非废不可了？”

吕夷简垂首道：“皇上，皇后打人已失妇德；无子嗣，事关大宋千古。皇上切不可犹豫了。”

仁宗不语，背手走至窗前，朱红木几上的碧玉香炉里，青烟袅袅，空气里流转着若有若无的沉香气息。在这深冬寒冷的午后，这幽幽的香味，竟让他好生烦恼。

“皇上，”吕夷简走近来，轻声道，“臣有一个两全其美的法子，既让皇上不背负‘废后’之名，又可成全郭皇后的贤良之德。”

仁宗回头，急切地问：“爱卿有何良策？快快道来。”

“郭皇后自愧无子，自愿入道以修善缘。”吕夷简一字一句道，“皇上念其心诚，难拂其意，恩准居于长宁宫静修。”

仁宗面露轻松之色，随即又黯然道：“废黜皇后的消息一旦传出，不等下诏，朝中谏官们必定上疏请对，这些人可不好应付。”

吕夷简似在等仁宗这句话，回道：“请皇上即刻下诏，有司不得受理台谏奏章。谏官们就是有言进谏，待‘废后’的诏书一下，也无妨了。”

仁宗仰头长叹一声：“只能如此了！”

他这一声叹息，使得垂首侍立在一边的宫娥太监，听出了几分无奈与伤怀。这些卑贱的灵魂，他们无不自我安慰地想，原来，至尊至贵的皇帝也有做不了主的时候啊！

吕夷简却从仁宗这一声叹息里，听出了如释重负，听出了遮掩不住的内心的欣喜。他无不得意地想，若无你的威权，我报不了郭皇后的仇；若无我的谋略，你也废不了这个骄横霸道的郭皇后。这才是两全其美，你好我好的事儿。

仲淹自江淮赈灾回京，向仁宗交了旨，呈了《陈八事疏》《上元盐钱事疏》，并将带回的乌昧草当庭奉上。乞求仁宗以昭示后宫贵戚，品此草，戒奢侈，兴节俭。

回到苦竹居，仲淹便钻进书房，给自己开了两张药方，吩咐青阳去药铺捡药。

芳卿见他黝黑而瘦削的脸膛，两眼深陷，颧骨突出，须发蓬乱，心里痛惜不已。含泪道："希文哪，你哪里是钦差大臣返朝啊！你这模样分明是逃荒的难民！"回头见青阳拿了药方正要出门，忙唤住："青阳，你回来。"

青阳转身："夫人有何吩咐？"

芳卿从他手里拿过药方，看着他消瘦的脸，摇头道："我真的不明白，你那样壮硕的汉子如何也瘦成这般模样？"

仲淹不解地看着她，虚弱地笑道："芳卿，你今儿是怎么啦？我跟青阳一路奔波，快饿死了，还不叫香草做饭？"

芳卿抹了把眼泪，把药方揣进怀里，边往厨房去边道："青阳，收拾桌子，先吃饭。"

九岁的纯佑到底懂事些，舀了一碗汤，捧给仲淹："爹爹，先喝汤，润润喉。"

仲淹接过，爱惜地看着儿子，含笑问："天成，你已经长大懂事了，你娘带你们弟兄几个不容易，你要多多体贴、孝敬你娘。"

纯佑轻声道："爹爹，孩儿知道的。孩儿每天带弟弟读书，给羊喂老菜叶子，打扫庭院，不让娘操心。"

香草正端了一碟自制的腌辣椒萝卜条进来，接道："老爷，天成是天底下最懂事、最孝顺的孩子。老爷跟青阳不在家时，他就是家里的男子汉。"

正说着，碧云带着老三纯礼进门来，纯礼见仲淹须发蓬乱，面色黝黑，吓得躲至芳卿背后。又从芳卿臂弯里钻出头来，两只清亮的眼睛紧盯着仲淹。

碧云怯怯地走至仲淹跟前行礼，垂首低眉轻声道："老爷回来了。"

仲淹语气温和："快坐下吃饭吧，一家人不必行此大礼。"

芳卿从背后拉过纯礼，笑道："三儿，快来见过爹爹。"

纯礼就势钻进她怀里，仍然盯着仲淹，似自言自语地问："爹爹如何这般模样？就如前日在街边遇到的要饭的大爷。"

仲淹强忍着身体的不适，拉过纯礼，搂进怀里，用满脸的胡须磨蹭着儿子的脸道："好小子！爹爹居然成了街边要饭的大爷了。"

老二纯仁刚满六岁，此刻却像大人一般，满脸的正经，昂首道："爹爹，三弟无见识！爹爹一进门，孩儿就认出爹爹了。街边要饭的大爷哪有爹爹这般伟岸的气度！"

小小孩儿的几句话说得众人开怀大笑，青阳抱起纯仁在堂屋里转了一圈："还是咱们的二少爷见识高。"

桂朵儿在一旁看着父亲跟纯仁亲热的模样，一双秀气的眼眸里满是艳羡的神色。父亲若能抱着自己在院里转一圈，那该是多么快乐的事儿。

仲淹道："大伙儿快吃饭吧，青阳吃了去捡药，我可能在发烧。"

青阳惊道："老爷，我不吃饭了，这就去药铺捡药。"

芳卿却道："青阳，老爷开的药方治不了他自己的病。你快吃了饭，骑马去舅老爷家，舅老爷的至交好友杨林是宫中太医，你央求舅老爷务必请杨太医前来给老爷诊治。"

仲淹喝完纯佑盛的汤，起身道："你们吃吧，我去歇会儿。芳卿，不要总是去麻烦堂兄，谁家没有一大摊子事儿？我自己的病我还能治不了？"

芳卿扶了仲淹进房，面呈愠色："希文，这次由不得你！别以为我一个妇道人家，大门不出，二门不迈的。我何尝不知道，大灾之后必有瘟疫！你与青阳刚从受灾之地回来，都瘦成这般模样，刚巧你又病了。若是染了瘟疫，那如何是好？你不顾你自己，也不顾这几个孩子么？"

仲淹虚脱一般倒在床上，无力地摆手道："受灾之地确实有瘟疫，但我已在各地设置了医馆，并配制了预防救治的药丸。我与青阳也是服了药丸的，你放心好了，我得的不是瘟疫，是在路上受了风寒。"也不等芳卿回话，便沉沉睡去。

一连三日，仲淹吃了杨太医的药，只昏沉沉地睡觉。第四日清晨醒来，感觉往日沉甸甸的脑袋此刻无比轻松。

他穿衣起床，打开窗扉，冬日温暖的阳光与儿子琅琅的读书声，一齐涌进屋里来，间或夹着羊儿一两声叫唤。

他迎着阳光眯缝着眼睛，尽情地呼吸着冷峭而新鲜的空气，惬意地想，妻贤子孝，家庭和顺，这或许就是人间至真至极的天伦之乐罢。可是，天底下又有多少这样的天伦之乐呢？又有多少人如我这般满足于眼前的欢乐？

京城里的皇亲贵胄，王公大臣，过着灯红酒绿，纸醉金迷的日子，他们如何瞧得上我这样的天伦之乐。而民间百姓，又有多少人，上无片瓦遮风雨，下无寸土立足，过着食不果腹，衣不蔽体的日子。他们又是何等的渴望我这种天伦之乐！想到此，他原本愉悦的心情顷刻间又沉重起来。

"希文，你起来了！"芳卿在身后轻轻唤道，"你才好一点，如何又站在风口！"抬手关了窗。

仲淹笑道："看你这般小心的模样！我又不是三岁小儿。"

"你呀！病了还不如三岁小儿。"芳卿嗔道，"发烧时，尽说些'盐法通商''放兵归农'的胡话，生病也不安分。"

"哎呀！我果真说了'盐法通商''放兵归农'？"

芳卿觉得他问得奇怪，轻轻地呸一声："难道我还冤枉了你不成？"

半晌，仲淹皱眉道："这可不是胡话，这两点可是民生大计啊！也不知皇帝是否采纳了我的建议。"

芳卿见他眉宇之间笼着一层忧虑，后悔不改提起这个话题，忙安慰道：“皇帝虽然年轻，也是爱护天下子民的，必然会采纳你的建议。你快去洗漱了，吃早饭罢，吃饱肚子才有力气忧国忧民。”

仲淹就着酸酸脆脆的萝卜条，吃了两张饼，又喝了一大碗香浓的小米粥，摸着肚子道：“还是家里的饭菜好吃。”

芳卿在旁边做针线，看他一眼，嗔道：“咸菜小米粥能比得过山珍海味？”

仲淹正经道：“那得看如何比。咦！你和孩子们不吃么？”

香草过来收拾碗筷：“孩子们早吃了。老爷喝了几天的汤药喝得嘴苦，这大饼小米粥，清淡养胃，却不对口味。今儿，老爷病也好了，中午我烧几个好菜给老爷佐酒。”

正说着，纯礼从后门进来，扬声嚷道：“爹，娘，青阳叔抓到芦花鸡了！”

仲淹正想问青阳为何抓芦花鸡，纯礼却扑至他怀里，摸着他的胡须道：“爹爹的胡须上有粥糊糊。”

仲淹随手一抹，笑道：“爹爹方才喝粥时喝急了。”随即抱起纯礼：“走，跟爹爹去街上修面。”

纯礼挣扎着下地，仰面道：“爹爹，孩儿自己走，不要爹爹抱。”

芳卿放下手中针线，摸摸纯礼的头，看着仲淹：“你是该去修面了，胡子拉碴的，又消瘦，又无精神。”

仲淹歪着脑袋，看着纯礼，笑问：“爹爹很难看么？”

纯礼仰着稚嫩的脸，抬手指向堂屋墙壁上的钟馗捉鬼画像：“爹爹不难看，爹爹像钟馗！”

仲淹一愣，捋着胡须望向妻子。芳卿飞针走线，微笑不语。

仲淹携纯礼出了苦竹居，穿过悠长的甜水巷，往蔡河湾大街而来。

东京城，河道贯连，四通八达。五丈河、金水河、蔡河与汴河四条运河穿城而过，四时不绝的舟楫，给京城带来了繁荣昌盛。

蔡河湾是京城最繁华热闹的去处。冬日的阳光，明亮而温暖。大街上游人如织，两旁的店铺里，货物琳琅满目，各色招牌各有特色。河面上，商船繁忙，画舫悠闲。树下桥头的叫卖吆喝，茶坊酒肆里的丝竹管弦，人声嘈杂中显出一番盛世之景、融融之乐。

仲淹从未像今天这样在大街上闲逛过，眼前这盛世昌隆的景象，竟提不起他丝毫的喜悦。他的心底，固执地保留着江淮灾区的惨景，那是一片怎样的土地啊！赤日千里，河流干涸，土地龟裂。饥饿、瘟疫、死亡，紧紧追随着那里的人们。

若天下都如眼前这般风调雨顺、锦绣繁华；若天下百姓都如这大街上的人们一般衣食不愁、散淡闲适，那该是多么和谐的一统天下。

纯礼从未见过这熙熙攘攘的人流，紧抓着爹爹的手，怯生生地紧贴在爹爹身侧。一双眼睛却瞪得圆溜溜的，惊奇地看看这，瞅瞅那。在一个捏糖人的摊位前，拉着爹爹的手不走了。

仲淹收敛了心神，弯腰问：“你想要哪样？爹爹给你买。”

纯礼看着挑子上插着各色各样的糖人，眼花缭乱，不知该要哪一样。

捏糖人的老者慈眉善目，见纯礼不知要哪一样，便用竹签挑了一块糖膏，一双粗大的手，来回几绕，孙悟空手擎金箍棒便活生生地立在竹签上。

老者把竹签递给纯礼。

纯礼惊讶地看着糖膏变成孙悟空，又回头看看爹爹，仲淹点头笑道："快谢过老爷爷。"随即掏钱付了账。

仲淹牵着纯礼来到桥头。

这里另有一番景象。一些租不起店面的，或是流动小商小贩都在桥洞底下。有卖大碗茶的，有代人写书信、写对联的，有卖字画的，有算命卜卦的、有修面的。

修面的老李头正与卖字画的王三聊得起劲，见仲淹走近，笑容满面地迎上来，一边恭谦地问："客官可是要修面？"一边把椅子推向仲淹。

仲淹应声："正是。"嘱咐纯礼就在一边等着，不可乱跑，自己则半躺在椅上。

卖大碗茶的问："老李哥，你方才的话还未说完呢？"

王三笑道："他的生意上门了，哪有闲工夫跟你磨牙。"

"话说个半截子，吊人胃口。老李哥，你给客人修面，手忙着，嘴巴可是闲着的，那宫中的娘娘们打架的事儿后来怎样了？"

老李头还真是闲不住嘴巴子，边给仲淹修理胡须，边笑道："娘娘们打架，还能怎样？自然是皇帝宠爱的那个占上风了。"

算命先生睁着一双无光的眼睛，慢悠悠的："当今皇上宠幸的是尚、杨二位美人，那吃亏的岂不是郭皇后了？"

老李头笑骂道："你这瞎子，是眼瞎心不瞎。"

纯礼可不敢乱跑，在仲淹身边守着，一只手举着孙悟空，舍不得吃，一只手紧抓着父亲的手。桥洞底下行人少些，颇为安静。仲淹惬意地闭着眼睛，太阳斜斜地照在身上，暖暖的。听这几位聊着宫里娘娘们的事，就如听说书一般，并不在意。当听到算命先生说"当今皇上宠幸的是尚、杨二位美人，那吃亏的岂不是郭皇后了？"心里骤然一惊：这说的可不是当今皇宫里的事儿?

老李头道："可不是郭皇后吃亏了！想当年，刘太后垂帘听政时，郭皇后可是占尽了风光。把皇帝管得紧紧的，不得与其他嫔妃亲近。如今倒好，因为与尚美人争宠，失手打了皇帝一巴掌，皇帝要废后了。"

"废后？"仲淹听了"废后"二字，腾的一下坐起来，吓了老李头一哆嗦，手上的刀子差点划破仲淹的脸。

仲淹忙问："老伯，'废后'之事从何听来？"

老李头看着手中的刮脸刀，埋怨道："客官，你这一跳，老汉差点儿就伤着你了。"

仲淹重新半躺在椅上，笑道："老伯，这不是未伤着么？"

那代人写书信的中年男子忙完了一桩生意，接嘴道："这种事儿自然是从宫中传出来的。大街小巷都在说皇帝要'废后'的事儿，想必不是空穴来风。"

算命先生道：“京城看似太平昌盛，而别省则是灾害连年。皇帝不思百姓之苦，只在后宫寻欢作乐，无故地废黜嫡后，岂不叫民心惶惑？”

仲淹又一惊，这算命先生眼睛虽瞎，却有一双明亮的心眼。三言两语就把当前国事说得入木三分，心里不由得生出几分敬佩。

代人写书信的中年人忙道：“先生，谨防祸从口出！这事儿咱也只当作茶余饭后、街头巷尾的闲谈，可不敢议论朝廷政事。”

一时，众人都不作声。

仲淹净了面，付了钱，再无心观赏街景，抱起纯礼，匆匆回家。

刚进巷子口，便见青阳在院门外张望，见了他爷儿俩，忙跑上来接过纯礼，笑道：“老爷，舅老爷来了，我正要去街上找你呢！”

仲淹眉头紧锁，只“噢”了一声，便快步朝屋里走去。

芳卿在堂屋跟纯仁说话，见仲淹回来，笑道：“老爷精神多了。”

仲淹问：“堂兄何在？”

芳卿见他一脸愁云，忙敛了笑容：“堂兄在书房喝茶呢！”

李纮正一手端了茶碗，一手翻书。

仲淹进门，劈头问道：“堂兄，你可知宫中之事？”

李纮抬眼惊问：“宫中何事？”

仲淹拖了把椅子，坐在李纮对面，睁大眼睛问：“皇帝要‘废后’，可有其事？”

李纮放下茶碗，慢悠悠道：“有其事又如何？我来看你的病是否好转，不是来谈朝政的。”

仲淹急道：“堂兄，你我身为臣子，食君之禄，就应担君之忧。朝政如何谈论不得？况且，‘废后’关乎国家大事，无故‘废后’，会引起朝廷乃至天下不安定，更有损皇帝的道德声望。我是司谏官，怎能坐视不管！”

李纮叹道：“唉！就怕你的话没人听啊！”

随即，李纮便把郭皇后如何与尚美人争吵，如何误伤了皇帝；阎文应如何挑唆皇帝召吕夷简论理；吕夷简又如何以汉光武帝为例，怂恿皇帝“废后”等等，细细说了一遍。

仲淹犹自不解：“因为这点小事，皇帝就要‘废后’？堂兄，你说的可都是事实？”

李纮摇头：“是不是事实，我不曾去后宫查证。但此事从阎文应口中说出，就不会是谣传。”

仲淹沉思道：“阎文应原本就是小人。郭皇后在后宫是有些专横，些许小事得罪了他也是有的。他伺机报复，落井下石，实乃小人之心。而吕夷简身为宰臣，肩系国家重担，怎可与此人一般见识，怂恿皇帝‘废后’？”

李纮奇道：“你真未听说过么？”

仲淹莫名其妙：“听说何事？”

“上半年吕夷简被贬，托故交阎文应打听被贬缘由。得知是郭皇后在皇帝面前说，‘满朝文武，唯独吕夷简不奉承太后么？臣妾倒觉得他才是最会投机取巧、见风使舵之人’。想必，那时吕夷简就生了报复之心。如今，他又回朝重复宰相之位，有这样的契机，他能不报复郭皇后？”

仲淹叹道：“历代朝廷的宰臣，必是文武百官中的精英，应用绝对的忠诚与优良的品德，来维护朝廷与天下人的利益，而不是像吕夷简这样不顾一切地公报私仇。”说毕，往砚池中倒了点清水，动手磨墨。

李纮惊问：“你要写奏疏？”

“我不是司谏官么？向朝廷进言是我的职责。”仲淹头也不抬。

李纮盯着他写字的手：“这‘废后’不仅仅是为了郭皇后误打皇帝，还因为……”

“还因为皇帝对刘太后的怨恨，也因为皇帝宠幸新进宫的尚、杨二位美人。”

“你既知个中原因，就该明白，‘废后’是板上钉钉的事儿。你进谏也无济于事，何必因此而得罪于皇帝？”

仲淹不语，只低头书写奏疏。

李纮知道劝不了他，摇头叹息着出了书房。

芳卿正倚了门框，犹自沉思。见李纮出来，忙迎上前：“哥，你劝了么？”

“我如何劝得住？”李纮道，“希文的秉性，你还不了解？前日带杨太医来给他瞧病，我怕他病中操劳，伤了身子，‘废后’的话题都没敢提。”又摇摇头：“希文已过不惑之年，但当年的锐气丝毫未减。锐气是双刃剑，伤敌的同时，也会伤了自己。”

芳卿忧虑道：“这道理我何尝不懂？我以为他这次赈灾回京，又在病中，皇帝准他在家休养，日子一长，‘废后’的风波也就过去了，谁料，他还是赶上趟了。”

李纮安慰道：“妹妹身子骨一向不好，就莫操心他的事了，好好地调养自己才是正经。”从怀里掏一只小木盒子：“这里面是朋友从长白山带回的人参，你嫂嫂让我捎给你的。”

芳卿不接，歉然道：“劳兄嫂牵挂，芳卿实在是过意不去。”

李纮把盒子放在桌上：“我得回去了，就不去跟他告别，你照顾好自己跟孩子们吧。”

第二十八章　直言进谏　为保皇后又遭贬

青阳提着灯笼，随仲淹出了苦竹居。

白天原本就少有行人的甜水巷，此时更显得幽深而寂静。天空一片漆黑，不见星星。冷峭的北风，从巷子口仓皇地涌进来，在黑暗中跌跌撞撞，时而碰响檐铃，时而扑打窗棂，时而把地上的枯叶卷起，在半空中打着旋儿又落下。

青阳缩缩脖颈，拉拉衣领，抬头看看什么也看不见的天空，一手紧握灯笼柄，一手扶了仲淹，小声道："老爷，这风似刀子般割人，怕是要下雪了。"

"下吧，雪下得越大，明年的收成就会越好。"仲淹说着，摸摸怀里的《谏废郭后奏》，加快了脚步。

仲淹进待漏院尚未落座，御史中丞孔道辅，知谏院孙祖德，及谏官蒋堂、杨偕、马绛、宋祁、段少连等陆续到来。

孔道辅，字原鲁，乃孔子四十四代孙。其人才华飘逸，颇具胆识，亦是正直敢言之士。

仲淹上前见礼。

孔道辅凝神看着仲淹："闻说范大人赈灾归来，病倒在床。今日来此，身体可曾康复？"

仲淹施礼回道："多谢孔大人挂怀！希文已康复如初。"

孔道辅两条粗眉拧成结："范大人可曾听说'废后'之事？今日是否有疏上奏？"

仲淹答："下官正是听说了此事，今日特来向皇帝上疏。"

孔道辅叹道："从昨日起，有司已经拒绝受理台谏奏疏。"

仲淹心里一惊，有司拒绝受理台谏奏疏，必定是受了某人的指令。那么，这指令是何人所下？是皇帝？还是吕夷简？若是吕夷简，有司不呈转台谏奏疏，皇帝就听不见言官们的进言。若是皇帝，那么，皇帝是铁了心要废后了。

孙祖德在一边轻声道："孔大人，范大人，若有司今日仍然不受理台谏奏疏，那么，'废后'的传言就会成为事实。"

孔道辅沉吟不语。

仲淹抬眼看去，见台谏言官大多已来，朗声道："诸位同僚，有司拒绝台谏奏疏的呈转，皇帝就看不见台谏的进言。皇帝收不到谏言，便是谏言官的失职。"

孔道辅两眼放光："范大人意下如何？原鲁愿紧紧跟随！"

仲淹道："既是有司不呈转台谏奏疏，我等唯有伏阁请对！诸位若愿意，就请一同前往；若不愿意，范某也不强求。"

孙祖德、蒋堂、杨偕、马绛等齐声道："我等愿随范大人伏阁请对！"

此时已是五更天气，如刀子般冷峭的北风，拂不开天上如铅般沉重的乌云，唯在皇城的楼台亭阁间呼啸而来，飘忽而去，吹得落叶向墙角堆积。威严肃穆的皇城，格外萧条冷落。

垂拱殿，殿门紧闭，几名内侍垂首侍候在门边。

仲淹请求通报，台谏言官请求皇帝赐对以尽言职。内侍摇头道："今日皇帝不见台谏言官，大人请回罢。"

众人茫然，一时不知如何是好。

仲淹对执事太监道："请公公转达右司谏范仲淹的谏言，皇后不可废。请皇上尽早收回废后成命，不要让外界知道此事。"

孔道辅一时性起，扑在殿门上，拍打着铜环大声呼道："无故废除皇后，奈何不听台谏入言？"

突然，殿门吱呀呀打开，阎文应昂首挺胸而出，一副倨傲的表情。他微眯着双眼，斜斜地扫过众人，在仲淹身上停留片刻，一抖手中的诏书，冷冷道："皇帝有诏，众人听旨！"

仲淹及众人一齐跪在台阶之下，三呼万岁。

阎文应拖长声音念道："皇帝诏曰：皇后以无子愿入道，特封为净妃、玉京冲妙仙师，赐名清悟，别居长宁宫。"话音未落，便闪身进殿。

待众人从地上站起，殿门又紧紧关上。

仲淹与孔道辅等人冲上前去，拍打着殿门呼道：

"废黜嫡后，实乃国家之大事，皇帝如何不听谏言？"

"有司拒绝台谏奏疏的呈转，堵塞言道，公理何在？"

"谏官谏朝廷是非，谏官之责也！"

"废除皇后，有损圣德，请皇上三思啊！"

众人正激愤之时，殿门又打开一道缝，阎文应探个脑袋出来，朝众人道："皇上有旨，诸位谏官请往中书省政事堂，有话请向吕夷简吕大人说，吕大人自会向诸位谏官解释一切疑惑。"不等众人答话，他那颗肥大的脑袋迅捷地缩回门内，又飞快地把门关上。

中书省政事堂，是中书门下平章事吕夷简等人批阅文书，讨论、处理国事之地。此刻，宽大的厅堂里，只有吕夷简一人。

厅中，一盆炭火烧得正旺，炭黑火红灰白，一切都如此清楚明了。上天赋予人类的万事万物，都有其规律与特征，绝不混淆。反而是人，倚仗着手中的权力，翻手为云，覆手为雨，违背自然，颠倒乾坤。

吕夷简手捧书卷，看似在阅读，游移的眼神却不知飘落在何处。此刻，读书、批阅只是做样子。他知道即将到来的是什么，他早已准备就绪，好整以暇，等待着。

然而，吕夷简的内心并非像他表面那般平静，他也并非没有顾忌。朝中所有的谏官，他唯一忌惮的就是范仲淹。

自了解范仲淹以来，吕夷简就被他身上那股坚忍不拔的意志所震撼。一个出身贫苦的孩子，发奋读书，是可以理解的。但能几年如一日，划粥断齑，拒绝同窗赠送的饭菜，这就不是一般人能做到的。入仕之初，在广德审理冤案，办学堂，这倒也罢了。在海临监泰州西溪镇盐仓时，一个盐监官，硬是率众筑起一道长达150余里的捍海大堤。你能说他是为了经营仕途而积攒功绩么？那么这积攒功绩的背后所付出的艰辛与努力又多么令人惊叹与不可思议！吕夷简不得不承认，无论范仲淹修筑海堤是何用意，他在百姓心中已筑起了一道永不坍塌的捍海长堤。

及至范仲淹入朝任密阁校理，所管的闲事更多了。尤其让吕夷简不解的是，此人似乎有一颗对政治极其敏感的心，与一腔永不减退的激情。他就像一个剑术达到炉火纯青的剑客，他的每一道奏疏，就如一柄刺向对手的利剑，切中要害而让人无可退避。

吕夷简也非泛泛之辈。

吕夷简，字坦夫，其父吕蒙亨曾做到大理寺丞，其堂叔吕蒙正在宋太宗、真宗两朝曾三次任宰相之职。吕夷简进士及第后，经堂叔吕蒙正推荐，受到真宗的赏识。后仁宗即位，太后刘娥垂帘听政。吕夷简辅佐有功，受太后青睐，升至中书门下平章事（宰相）。因为郭皇后的一句话，他被贬出朝。如今虽然又复起为相，但郭皇后那一剑之仇，他非报不可。

在吕夷简看来，范仲淹这种性情刚直之人，实在是不宜做朝官。刚直者，易折易碎。柔韧者，可伸可屈。刚直，是他的优点，也是他的致命弱点，这种人在朝堂之上是没有立足之地的。

想到这儿，吕夷简眯眼笑了，似乎他已经抓住了范仲淹的致命之处。

侍从来报，范仲淹与孔道辅带领一干言谏官已到政事堂门前。

吕夷简放下手中的书卷，心想，到底是来了。随即道："有请！"

范仲淹、孔道辅、孙祖德、杨偕、马绛等，涌进门来，吕夷简含笑请众人落座。

杨偕不坐，立在堂中，施礼道："吕大人，我等的来意，想必大人心里明白，就无须客套了。皇上谕示，何以'废后'，当由吕大人向我等谏臣细说一切缘由。"

不待吕夷简开口，马绛质问："吕大人，有司为何不受台谏奏疏？不受台谏奏疏的转呈，也就是蒙蔽圣上听闻。吕大人难道不知这是欺君之罪么？"

吕夷简露出愕然的表情："有这等事？"

蒋堂冷笑一声："这等大事，吕大人岂有不知之理！想必这道令还是大人下的。岂不知堵塞言路，便是扰乱朝廷纲纪。"

孔道辅接道："堵塞言路之事稍后再论，还是请吕大人说说郭皇后所犯何错，皇帝为何要废黜嫡后吧。"

话已至此，吕夷简再也装不下去了，他抬手掸了掸并无灰尘的朝服，故作深沉道："不知诸位是否见过皇帝脖颈上的伤痕？那便是郭皇后所致。郭皇后统领后宫，母仪天下，尊荣至极，应懂得何为妇德，何为恭谦。在后宫之中，郭皇后不以贤良敦厚服众，竟为了争风而动手打人。若是打的别人倒也罢了，打的偏偏是当今圣上。此事传扬出去，岂不有失皇家体面？"

孔道辅抬手止道："据下官所知，郭皇后与尚美人争执，是皇帝护着尚美人，皇后才失手打中了皇帝的脖颈。因为这点宫闱小事，就要废黜嫡后？废后可是天下大事，无故废后，有损皇帝圣德，也不利于国家安定，请吕大人力劝皇上收回诏令。"

吕夷简轻笑一声："郭皇后自立后至今，已有九年，却无子嗣。有道是，不孝有三，无后为大。民间就有此说法，何况皇家？对此，朝中大臣早有议论，皇后当废。"

孔道辅怒道："作为臣子，对待皇帝皇后，就如儿女对待父母一般。父母不和时，当以谏止劝和，岂能顺着父亲的意愿，而抛弃母亲？"

吕夷简一时怔住，竟无话可答，半晌才道："昔时，汉光帝乃东汉明君，因其皇后偶尔流露不快与怨恨之色，便废了，汉光帝乃不失为有道明君。而郭皇后居然敢打皇帝，她眼里何曾有皇帝？何曾有天下子民？"

一直未曾开口的范仲淹，见吕夷简百般狡辩，便知他与皇帝早已串通一气，沉声道："吕大人此言差矣！汉光帝废后，实在是失德之举，如何能让当今皇帝效法？引导皇帝效仿前贤尧舜之美德，方不失为臣之道。"

吕夷简瞠目结舌，心思却飞快地转着。在范仲淹、孔道辅面前，他根本无法列出一个令人信服的理由。若这场争论持续下去，输理、受辱的必定是他自己。好在废后诏令已颁发，生米已成熟饭，绝不可让范、孔二人翻了此案。

想到此，吕夷简心里一动，满脸堆笑道："诸位大人消消气，老朽只是听从皇帝的意愿，诸位何不去找皇帝理论？郭皇后当不当废，还不是皇帝一句话的事儿。"

仲淹暗想，"废后"虽是国家大事，但实属皇帝家事。若无皇帝的旨意，吕夷简再阴柔狡诈，从中谋划，也不敢代替皇帝下诏令。今日跟他也论不出个子丑寅卯来，何不趁明日早朝时，跟皇帝说个清楚明白？当下便道："如此甚好。吕大人，我等告辞。"

离了中书省政事堂，阴沉的天幕下，飘落着细细的雪花。风，挟着雪粒子，扑打在脸上，冰冷而刺痛。

仲淹在前面低头而行，孔道辅、蒋堂等紧随其后。

杨偕问："范大人，这是要去哪儿？"

仲淹头也不抬，沉声道："回言谏司。"

马绛道："大人，不是要去垂拱殿找皇帝理论么？"

孔道辅紧跟几步，挨近仲淹，轻声问："你可是有了主意了？"

说话间，已到言谏司。言谏司可不比中书省政事堂，没有热茶、没有炭火，唯有一屋子寒气，简陋而冷清。

仲淹扫了众人一眼，目光落在孔道辅脸上："孔大人，按今日的情形，再去垂拱殿也无济于事。大家或许已经看出，皇帝与吕夷简是心意相通的。皇帝拒绝听谏言，吕夷简有意搪塞，把我等推来挡去。"

孔道辅问："范大人意下如何？"

仲淹道："我打算明日早朝，当着百官向皇帝极力陈情，劝皇帝收回'废后'诏令。"

众人表示，明日，愿随范大人跟吕夷简一较高低。

屋外，雪花纷纷扬扬，越下越大，皇城一片迷茫。

范仲淹、孔道辅等人前脚离开中书省政事堂，吕夷简后脚就到了垂拱殿。

仁宗正坐立不安，见吕夷简突然到来，似有了主心骨：“吕爱卿，你说服范仲淹、孔道辅等人了？”

吕夷简摇头：“陛下，范孔二人，岂是可以轻易说服的！”

仁宗自知“废后”之举有些孟浪，但事已至此，也不能为了谏官的几句谏言而收回“废后”诏令。天子，乃金口玉言，说出的话如泼出的水，不可收回，不可更改。只是，将如何服众呢？

想到此，仁宗面带愁容：“若范仲淹、孔道辅带着谏官继续闹下去，朕将颜面尽失。”

吕夷简笑道：“陛下，臣有话，不知当讲不当讲？”

仁宗忙道：“都这种时候了，还有什么当讲不当讲的！”

吕夷简敛了笑容，躬身道：“陛下，如今是百业俱兴，百姓安居乐业之景。因为皇帝的一道诏令，范仲淹、孔道辅率谏官伏阁请对，藐视皇上，扰乱朝廷纲纪，这绝非太平盛世所具备的好事。”

仁宗皱眉道：“你快说将如何处置？”

吕夷简道：“陛下，何不将范仲淹、孔道辅逐出京师？一来肃整朝廷纲纪，二来维护皇帝颜面，也可平息‘废后’之事所引起的不安。”

逐出京师？仁宗暗想，皇太后垂帘听政时，范仲淹几次因向朝廷进言而遭太后贬谪。朕正因为他的正直公允才召他回京，并任以谏官之职。况且，半年前派他前往江淮赈灾，所办之事甚合朕意。就今天的事来说，范仲淹反对“废后”也不算有错。如果因此而贬谪他，岂不跟当年的皇太后一样，不分曲直是非？

吕夷简见仁宗犹豫不决，轻声道：“陛下，明日早朝，范孔二人要在百官面前与陛下当庭辩论。”

仁宗眉头紧锁，思索片刻，一狠心道：“拟旨！罢范仲淹右司谏之职，出知睦州。罢孔道辅御史中丞之职，出知泰州。”

吕夷简脱口道：“睦州？是桐庐啊！陛下可知，这桐庐郡可是个山清水秀的鱼米之乡啊！”

仁宗冷眼瞅着他：“那又如何？”

吕夷简骤然一惊，忙垂首道：“陛下圣明！臣这就拟旨。”心里却想，贬范仲淹去桐庐，真是让他占尽了便宜。转念又想，终究是将他赶出朝廷了。

一夜的大雪，覆盖了楼台亭阁，大街小巷。虽是五更天气，积雪映得周遭一片明亮，白天喧嚣繁华的京城，此刻宁静而肃穆。

仲淹踩着积雪到达待漏院时，孔道辅、蒋堂、杨偕、马绛、宋祁、段少连等也陆续到来。

众人正寒暄，忽然一声“圣旨到”自门外响起。

众人皆惊疑地望向门口。

门帘掀处，阎文应昂扬着一颗硕大的脑袋，一步跨进门来。众人未及细想，便见他从怀中掏出一卷黄缎展开，尖着嗓门念：“宣：御史中丞孔道辅，右司谏范仲淹，因皇后移居别宫之事而率台谏伏阁请对，此种行径，历朝历代以来，闻所未闻。尔等滥用谏官之权，借进谏之名，聚众闹事，扰乱朝制，实难容忍。罢孔道辅御史中丞之职，出知泰州（今江苏泰县）；罢范仲淹右司谏之职，出知睦州（今浙江建德县）。孙祖德、蒋堂、杨偕、马绛等人各罚铜 20 斤。

“另：自即日起，御史、谏官，须密具奏疏，不得率众请对，以免扰乱朝堂，惊骇内外。钦此！”

范仲淹与孔道辅等人面面相觑，杨偕、马绛等人高声嚷道：“请问这是何意？”

阎文应冷笑：“何意？难道诸位听不明白圣旨？”随即又拖长声音道：“尔等还不接旨么？”

范仲淹、孔道辅等只得叩头领旨谢恩。

阎文应冷哼一声，拂袖而去。

杨偕愤然道：“我等谏官，向朝廷进言，职责所致。受此处罚，公理何在？朝廷将何以服天下人心？既然范大人、孔大人被贬出朝廷，我杨偕愿一路相随。”说毕，自去写奏疏，请求与范孔二人一同贬降。

马绛已在案前磨墨：“朝廷如此做法，实在是令人心寒，我马绛也愿与二位大人一同贬降。”

范仲淹拦道：“二位切不可如此！二位若随我俩同出朝廷，朝中之事，更无人敢谏，岂不正合了吕夷简的心意？”

无奈，杨偕马绛执意要与他二人同生死，共患难，写了请贬的奏疏，递了上去。

朝廷只催促范仲淹与孔道辅二人速速离京，并未准许杨偕马绛二人的请求。

正月初十，新年的余味还在空气中弥漫，河道上的商船画舫渐渐多起来，蔡河湾大街上的店铺酒楼也已开张。街上的游人衣帽光鲜，神情愉悦。拜年的、走亲访友的不一而足。最热闹的去处，要数歌楼酒肆了，文人士子，呼朋引伴，或听曲观舞，或诗酒酬和。

有“洛阳才子”之称的富弼，守父丧期满，婉言谢绝了朋友们的饮酒之邀，偕妻子往岳父晏殊府上而来。

富弼拜见岳父岳母，寒暄过后问：“岳父大人，小婿刚回京城，便听说了范希文被贬之事。小婿想去苦竹居拜访，不知可否？”

晏殊苦笑一声：“范希文于正月初五就带着家小离了京城，往睦州去了。”

富弼愕然：“初五就离了京城？怎的走得如此仓促？”

晏殊叹道：“唉！皇命难违啊！”

富弼思索道：“无论是人品，还是学识，范希文都值得朝廷百官敬重。而吕夷简则是一个精通权术，善于投机取巧，见风使舵之人。他极力怂恿皇上‘废后’，分明是挟私报复。难道皇上竟忠奸不辨？看不出他的用意？”

晏殊摇头道：“当年，郭皇后是皇太后垂帘时封的，皇帝并非满意。一直以来，皇帝对郭皇后就很冷淡，这一点，朝廷上下尽人皆知。这次，因为后妃争宠而误伤皇帝，吕夷简借此除掉郭皇后，其用心，哪个不知，谁人不晓？皇帝与吕夷简，只是相互利用罢了，苦只苦了范仲淹、孔道辅等谏臣。好在睦州桐庐是个养生的好去处，希望他放下一切，在那里好好休养。”

富弼从怀里掏出一本奏折递给晏殊：“贬谪范仲淹，实在是朝廷莫大的损失。昨夜我已写好奏折，劝皇帝重新召回范仲淹。等过了元宵节，朝廷开朝了，我就递上去。”

晏殊接过，随手打开，奏折上写道：

皇后自册封，居中宫以来，不曾听说有过错失。突然之间，陛下废黜了皇后，朝野议论纷纷。大宋自太祖、太宗、真宗三朝以来，未曾有过废黜嫡后之事。陛下既为太祖之孙，不能遵守祖宗之训，才有废黜嫡后之举。治家尚不能遵循道德规范，又何以治天下！

范仲淹身为谏官，遇到不合理之事，向朝廷极尽谏言，是他的职责，陛下何故加以罪责？即便他所谏不当，陛下也应宽容隐忍，并给谏官以鼓励。何况范仲淹所谏的，正是朝野上下所共有的心声。

陛下为泄一己之愤，不顾公议，废黜无罪的皇后，又贬谪忠良之谏臣，让天下人笑话，臣以为，陛下此举不足取。

四年前，范仲淹上疏皇帝切勿率百官给太后拜寿，又劝太后还政于陛下。后来太后崩逝，陛下亲政，正是因为范仲淹刚正不阿，对朝廷一片赤胆忠心，陛下才重用范仲淹，并委以谏官。

在朝堂之上，陛下曾多次谕示，朝廷中事，事无大小，若有过失，谏官务必直言不隐。范仲淹自任谏官以来，无论何事，有过就谏，其言辞恳切，无所避讳，如今却谏得贬谪他乡，难道这不是应陛下的要求而招来的灾祸么？

陛下先以进谏得当而褒奖进谏之人，如今又因进谏得不合自己的心意而降罪于人，若长久下去，陛下将如何指挥朝廷百官？若陛下每天于朝堂之上，再三强调谏官要如何直言不讳，只怕是谏官们皆以范仲淹为戒。如今朝廷之中，有些人不求有功，但求无过，不做难为之事。臣担心，有朝一日，国家有为难之事时，满朝之中，会有何人替陛下分忧呢？

微臣恳请陛下，速速召回范仲淹，复其谏官之职。

晏殊读罢，摇头叹道：“忠言逆耳，皇上未必肯听从你的谏言。”

果然如晏殊所料，富弼这道言辞恳切的奏疏，与其他官员的奏疏一样，如泥牛入海，渺无回音。

第二十九章　风雨江湖　心中犹存报君恩

怒号着的狂风似乎累了，偃旗息鼓，拖着疲惫的呼啸声渐渐隐去。雨停了，天空依然阴沉着，似挂了一张极厚的瓦灰色帷幔。浪，意犹未尽，却也只能无力地拍打着河堤与停泊的船只。

艄公钻出船舱，如释重负地嘘口气，抹了一把额头上的冷汗，喃喃而语："好险！"

几欲颠覆的船随着细浪轻轻摇晃，舱内，众人惊魂未定。

芳卿与几个孩子搂作一团，香草与碧云拥紧桂朵儿蜷缩在舱板上，青阳则寸步不离仲淹。

仲淹在船头负手而立，遥望江天，叹道："天地之间的事物真是神秘莫测，一会儿暴风骤雨，一会儿风平浪静。"

艄公扯起风帆，扬声道："先生受惊了！"

仲淹笑道："我第一次在水上走了三个月之久，也是第一次遇到这样大的暴风雨。"

艄公从容地摇橹，慢悠悠地说："在这淮水之上讨生活的人，打鱼的，行舟的，遇大风大浪可是常事。"

天上的乌云渐渐散开，太阳钻了出来，却苍白得如同病妇的脸。风，一波接一波从水面上掠过，荡起一股彻骨的寒气，直袭心窝。

仲淹望着迷茫的江天，感慨道：

一棹危于叶，旁观亦损神。他时在平地，无忽险中人。

青阳紧了紧棉袄，轻声唤道："老爷，进舱罢，外面冷。"

芳卿正收拾散乱的船舱，见仲淹弯腰进来，嗔怪道："咱这船可是差点颠覆，老爷如何还吟唱'一棹危于叶，旁观亦损神。他时在平地，无忽险中人'？方才可是真真切切的险啊！咱这一大家子，不就是'险中人'么？"

仲淹愣了一下，忙帮着扶起颠倒的箱笼。

几个孩子因为晕船，吐得一塌糊涂，碧云正在清扫。

纯礼脸色寡白，无力地靠着船舱，芳卿将他搂进怀里："早知水路如此难行，还不如就留在苦竹居，也免了这颠簸之苦。"

仲淹心里难过，口中却道："这次大风浪，于孩子们，也是一种人生历练。"

芳卿见丈夫不以为然，脱口道："若不是老爷向朝廷进谏反对'废后'，我娘儿几个何苦跟着受罪！"

仲淹一时哑然，这多年来，妻子跟着自己，受苦受累，任劳任怨，从未有过怨言。今儿的情形实在是太过凶险，几个孩子还未从恐惧中回过神来。看着他们惊魂未定的样子，心里暗暗自责。但他并不以为自己做错了什么。自己既是朝廷的言谏官，就该担起向朝廷进言的职责。虽遭贬谪，却未曾违背自己的心愿，也未辜负天下百姓的期望。

他牵着芳卿的手，走至舱口，指着茫茫水面上的船只："芳卿，你看那些船，他们都不是被贬的朝廷命官。他们有打鱼的，有经商的，也有走亲访友的，不都遇到方才的大风大浪么？"

芳卿沉默不语，仲淹低吟道：

妻子休相咎，劳生险自多。商人岂有罪？同我在风波。

"老爷、夫人，"香草在身后唤道，"折腾了大半天，还不累么？快进来喝口热茶吧。"

第二天早晨，仲淹在艄公的号子声中醒来，从船窗看去，辽阔的江天，晨雾缭绕，两岸峰峦叠嶂，苍翠葱茏。心中愉悦，便穿衣出了船舱，见青阳与艄公正悄声说话。

"船家，这是何处？"仲淹问。

"范先生起来了！已是桐庐境内，快到严陵滩了。"艄公回道。

仲淹倚着桅栏，放眼望去，太阳尚未升起，江面上缥缈着如纱薄雾。一群雪白的海鸥随着船尾的浪花飞舞嬉戏，两岸的山峰倒映在水中，江水如碧玉一般翠绿幽深。微风轻拂，远处小岛上的青芦，疏淡如烟。

看着如画的江景，仲淹心旷神怡。他不禁想起南朝梁时期的吴均在《与朱元思书》上描绘的桐江："风烟俱净，天山共色，从流飘荡，任意东西。自富阳至桐庐，一百许里，奇山异水，天下独绝。水皆缥碧，千丈见底……"

而严陵滩，不正是东汉高士严子陵隐居闲钓的去处么！在这纷争的尘世，若能如严子陵一般，隐居于此，该是何等的脱俗与闲适。

仲淹正遐思，却听青阳问："老人家，你这鱼卖么？"

原来，一位年过半百的老人与一少年，驾着小渔船正快速地从后面划来，与仲淹的大船并排着。船上已有小半舱鲜鱼，眼见是刚打起来的。

老人见问，放慢手中的橹，笑答："打的鱼自然是卖的，自家也吃不了这许多。"

青阳隔着桅栏，低头弯腰看着老人船舱里活蹦乱跳的鲜鱼，不知要哪条好，正待唤香草。却听老人道："见你的模样儿，就知是外乡人。我们桐江的鲈鱼，味道最是鲜美。想必客官未曾吃过，送你两条尝尝鲜吧。"扭头叫船尾的少年抓了两条大鲈鱼扔至大船的甲板上。

仲淹船上的艄公笑道："老家伙，你今儿可是亏了。"

少年撑起竹竿，小渔船迅捷地向前划去。老人扬声笑道："今日天好，风好，水好，鱼也好。在这桐江之上行舟，能相遇，能搭上话，便是有缘人，何谈亏字！”

仲淹听得诧异，脱口道：“好豁达的胸怀！”

艄公笑道：“这就是桐庐人。”

青阳掏钱正要扔向小船，小船却划出丈远。

香草过来拿了鱼，正欲问如何烹制。

艄公似看破香草的心思，不紧不慢地摇着橹，像唱曲似的：“江水煮鲈鱼，肉嫩汤也鲜哪！”

太阳缓缓升起，轻柔的江风收起了如烟的薄雾，江天更见清新如画。

青阳叹道：“这里是我平生见过的最洁净、最安宁的天地。”

艄公微笑不语。

纯礼从舱里爬出来，摇摇晃晃地走至青阳身边。

青阳俯身搂住他：“你还晕么？你昨日的样子差点把我吓死。”

纯礼紧紧抱住青阳的脖子：“青阳叔叔，我今日头不晕了。可是我不想坐船了，我想上岸。”

艄公抽口旱烟，惬意地吐着烟雾，眯着眼：“小公子，吃过午饭，船到桐庐郡，你就可上岸了。”

在水面上漂泊了三个月之久，一听要上岸了，众人心里一阵欣喜。芳卿忙唤碧云清理穿的用的，装进箱笼。纯佑纯仁也兴奋地收拾平日读的书卷与笔墨。只有桂朵儿，帮她母亲在船尾淘米煮饭。

仲淹坐在舱口，见舱内忙着一团。因笑道：“纯佑纯仁，你俩也不想在船上了么？这蓝天白云，青山秀水，远村岸树，鹭飞鱼跃，如画轴一般，随着船的移动而缓缓展开。如此美景，是如何也看不够的呀！”

纯佑纯仁相视而笑，低头不语。

芳卿笑道：“别说孩子，我也不想待在船上了。眼前秀水青山，和风丽日，确实可以荡涤胸中俗尘。只是这美景背后，谁知是不是又在酝酿着另一场暴风骤雨呢？这小小的船儿，还能经受得住昨日那样的大风浪么？这水面上的日子，终究不如陆地上安稳，还是上岸的好。”

仲淹听了，若有所思。

桂朵儿在细声细气地喊：“饭熟了，吃饭了。”

艄公看看天上的日头：“巳时已过，午时未到，你这是早饭中饭一起吃啊！”

仲淹喝口鱼汤，笑道：“人在旅途，不必有太多的讲究。早饭中饭一起吃，也省了诸多麻烦。老人家，你也来喝碗鱼汤，真是人间美味啊！”

艄公摆摆手：“我呀，早起就吃过干粮，还不饿呢。”

一时饭毕，碧云洗了碗筷，与香草把所有的杂物都收拢了，青阳装了箱笼，这才安心地坐下，静待船到桐庐靠岸。

仲淹却问纯佑：“你的笔墨纸砚呢？也都收起了么？”

纯佑猜测，父亲此时问笔墨纸砚，定是要用。忙从书箱里翻了出来，摆在船头甲板的小方桌上，要去添水磨墨。

仲淹盘腿坐下，拿笔舔了舔砚池里的残墨："这就够了，不用再磨。"

待芳卿过来，仲淹已搁了笔。

芳卿捧起诗稿，轻声念道：

> 重父必重母，正邦先正家。一心回主意，十口向天涯。
> 铜虎恩犹厚，鲈鱼味复佳。圣明何以报，殁齿愿无邪。

芳卿将诗稿递给一边候着的纯佑，叹道："视皇帝皇后为父母，本是为人臣子的尊崇之心。可是，你呀！一颗赤子之心，换来的也不过是贬谪他乡。这三千里水路行来，风雨无常，狂波巨浪，咱这一大家子差点儿葬身鱼腹。你竟然感念皇帝'铜虎恩犹厚'，把这渔人赠送的美味鲈鱼当作是皇帝的恩赐了。人未上岸，却已想着'殁齿愿无邪'报君恩了。唉！你心里有家国天下，只怕是，天下无人知你范仲淹。"

仲淹正待说话，却听艄公高声吆喝："船到码头，人上岸喽！"

四月的桐庐，正是三分桃红，七分柳绿，一片春深。

仲淹的新家，就在桐庐郡南面的芷兰溪畔，是睦州推事章岷帮着寻觅租赁的。

章岷，字伯镇，建州浦城（福建浦城）人，天圣五年（1027年）进士，如今任睦州推事。

这是一所典型的江南庭院，一带清澈的溪流绕宅而过，前院的葡萄架让孩子们兴奋，而后门的数竿翠竹与溪边的碧桃绿柳，更让芳卿心仪。

安置了大家住的房间，芳卿这才坐下歇口气。

纯佑纯仁忙着在书房里收拾书籍与笔墨纸砚，桂朵儿带着纯礼坐在葡萄架上荡秋千。那清润的笑声，如泠泠的溪流，洗却了芳卿一路上的疲惫与忧思。

她忽然想，若能在这幽静之处长久安顿下来，倒也怡然自在，希文的旧疾也可调养将息。又苦笑着摇摇头，自言自语道："只怕他未必想休养将息。"

第二天一早，仲淹吃过饭就要出门。

芳卿奇道："知州大人第一天到府，不穿官服么？"

仲淹笑道："我今日一不穿官服，二不带随从，只在街头巷尾走走看看。"出门沿着芷兰溪畔，往街上而来。

一路上，屋舍俨然，树木葱茏；莺啼蝶飞，花香绕鼻，只是少见行人。正自疑惑，却有隐隐的丝竹鼓乐之声随风飘忽而来。

仲淹循声寻去，来到土地庙前。说来也巧，今儿正是桐庐人祭祀土地神的日子。

土地庙门前已围满了人，想必庙内也是挤得满满的。

仲淹倚在一株香樟树下，饶有兴致地看着。片刻后，有女子婉转悠扬的歌声传来，细细听去，竟是一阕《满江红》：

暮雨初收，长川静、征帆夜落。临岛屿、蓼烟疏淡，苇风萧索。几许渔人飞短艇，尽将灯火归村落。遣行客、当此念回程，伤漂泊。

桐江好，烟漠漠。波似染，山如削。绕严陵滩畔，鹭飞鱼跃。游宦区区成底事？平生况有云泉约。归去来、一曲仲宣吟，从军乐。

寥寥数语，道尽桐江秀美景色与鱼鹭悠然自得的情趣。仲淹惊叹之余，那“游宦区区成底事？平生况有云泉约”一句，让他痴了半天，无端的，竟生出归隐林泉之念。

他问一位正听得摇头晃脑，陶醉不已的老者：“请问老丈，这所唱词曲系何人所作？”

老者瞥了他一眼，又转过头去，慢悠悠道：“连这词曲是何人所作都不知晓，可见你是外乡人。”

仲淹拱手笑答：“正是。”

老者手捋胡须：“此词曲是睦州前任团练使推官柳永所作。自有了这首写桐江的词，桐江人每年祭祀土地神都要唱这支曲子。”

仲淹粲然而笑：“啊呀！这样好的词曲，也只有柳三变能作得出。”凝神一想，又问：“老丈说前任团练使推官，难道柳永已调往别处去了？”

老者叹道：“谁说不是呢？柳推官已于上月调往余杭。老汉我活到这把年纪，从未见过柳推官这样的好官。知州吕蔚大人也算是好官了，却也不如柳推官才高八斗，学富五车。有些人哪，恃才傲物，不可一世。柳推官虽才高盖世，却平易近人。来此三年，也不知为睦州百姓做了多少好事！”

一位样貌斯文的中年人走拢来：“刘老伯，这位客官是你家亲戚么？如何又讲起了柳推官？莫不是听他的词曲儿就想起了他？”

老者白了中年人一眼，回头问仲淹：“客官，你是来走亲访友，还是路过此地？”

仲淹笑道：“我姓范，名仲淹，是……”

话未说完，那中年人一声惊叫：“啊呀！原来是新任知州范大人！失敬！失敬！”

说话间，已围拢一群人。

老者奇道：“你就是当年那个在泰州修海堤，劝皇太后交权，如今又因进谏反对‘废后’，被贬到睦州桐庐的范仲淹？”

仲淹笑答：“正是范某。”

中年人语调颇为急切：“刘老伯怎的如此啰唆？范大人的名声已遍天下，是当朝最刚直不阿，文能治国，武能安邦的贤良之才。因反对‘废黜嫡后’，被贬来睦州。”又向仲淹道：“闻说大人喜好抚琴，且平生只弹《履霜操》一曲，人称大人为‘范履霜’。大人的才学与柳推官不相上下，都是国家的栋梁之材，都是为百姓做事的好官啊！”

一席话说得范仲淹心绪难平，他自视无愧于朝廷，却有愧于天下百姓。胸中虽有治国抚民之良策，但不得施展。此刻，听人们对柳永的赞叹，旅途中的疲劳，与方才听曲时那一念归隐林泉之心，顿时又变成了一腔惠民之热血。

他连连摆手：“兄台过奖了！我哪里比得上柳永？柳永可是咱大宋朝填词第一人啊！”

众人见他这般亲切随和，便嚷道：“柳推官当年来睦州上任，就填了一阕《满江红》，写尽桐江的秀美风景。今日范大人何不填首词来，也好让我们常常吟唱。”

正闹得不可开交，忽见一青年男子在人群外挥手高呼：“范大人！”

那青年男子是睦州推事章岷，众人都是认得的。

中年人道：“章推官来找范知州，必有正经事，大伙儿还是散了罢。”众人便都散了去。

仲淹笑问：“你如何找了来？”

章岷施礼道：“下官去府上，原是想请大人四处走走看看的。青阳兄弟说大人一早就出来了，下官便一路寻了来。”

二人说着话，离了土地庙。

仲淹叹道：“睦州山清水秀，风景天然；水陆畅通，物资丰盈，更兼民风淳朴，实在是怡情养性的绝妙去处啊！”

章岷道：“闻说大人去年江淮赈灾，回京后大病一场。又因国事烦忧，更兼旅途疲劳，在下官看来，大人身体并未康复。此处山青水明，空气清澈，鱼肥米香，大人何不放开胸怀，在此休养将息？”

仲淹答非所问：“这秀丽富饶的鱼米之乡，若无你们这些官员的有效治理，怕也不会有此安泰祥和之景。我出仕以来，也任过几任地方官，这份融融之乐，我还是第一次见到。”

章岷连连摆手：“下官来此地时日不多，并无功绩。倒是上任知州吕蔚大人，还有团练使推官柳永大人，他们才是治理州县的贤能之才。”

二人走走看看，不觉已到富春江边。

清澈澄碧的江水，倒映着两岸苍翠的山峦，沙鸥翩翩，白帆片片。江边踏青的人们神情怡然，悠闲自在。真是“人行明镜中，鸟度屏风里”，在此仙境般的去处，哪里还有尘世间的烦恼。

章岷突然指着岸边的一处岩石：“大人请看，那块岩石，相传就是东汉隐士严子陵垂钓的地方。”

仲淹饶有兴味地走过去，坐在岩石之上，双目微闭，似在想象着严子陵当年垂钓时的超然自得，又似在享受着这无边的秀美风光与宁静。

严子陵的故事，他是知道的。严光，又名遵，字子陵，会稽余姚（今浙江慈溪市横河镇）人，原姓庄，因避东汉明帝刘庄讳而改姓严。严光少有才识，与东汉光武帝刘秀是同窗好友，后来助刘秀起兵。公元 25 年，刘秀即位后，曾几次请他出山，相帮治理天下，而他却隐于富春山中，颐养天年。此处岩石被后人称为“严子陵钓台”。

如今，钓台与青山同在，斯人却与江水共逝。仲淹心里感慨万千，他既向往严子陵闲钓山水的隐逸自在，更渴望仁宗皇帝也有东汉光武帝求贤若渴，知人善用的胸怀。

他突然问："严子陵既隐居、终老于此，想必他的后人也还在富春山中？"

章岷见他问得突兀，不解其意，答道："离此不远的余姚境内，就有严子陵祠。下官曾去凭吊过，只是破败不堪，也从未听人说起过他的后人。"

仲淹下了钓台，望着缓缓流逝的江水，若有所思："此处距离余姚不远，你可愿随我去严子陵祠，凭吊一番？"

章岷兴奋道："求之不得！"

正如章岷所说，严子陵祠堂已破败不堪。屋顶坍塌，房梁脱落，严子陵雕像也歪在一边，只有几堵断垣残壁，为那些细小的动物遮风挡雨。墙内墙外，长满了杂草野树。冬去春来，岁月也未曾忘记这个角落，覆盖了一层又一层的苔藓，留做印记。

返回的路上，仲淹默默无语。

章岷暗想，当年在富春江畔垂钓的严子陵，是何等的睿智洒脱，神采飘逸，而今也不过是随着岁月的风霜雨雪湮没在时光的尘埃里。

严子陵毕竟已成过往，而眼前的范仲淹，其博学多才，刚正秉直，身居庙堂，心怀天下的风神秀骨，则更让他仰慕不已。如今能与这样的人共事，是他章岷莫大的荣幸。此刻，他不知范仲淹在想什么，但他心里明白，像范仲淹这样的人，不会长留在睦州的，朝廷必定会召他回去。所以，他要分外珍惜与范仲淹在一起的日子。

二人回到芷兰溪畔时，正是夕照江流，鹭飞芦拂，渔歌唱晚。

章岷正欲辞别，仲淹却道："严子陵能使贫夫廉，懦夫立，有大功于名教。我想重修严子陵祠堂，让先生高风亮节，世代传承下去。"

章岷喜道："重修严子陵祠堂？大人，这可是流芳百世的好事啊！"

"祠堂破败，说明以前无人照看。"仲淹思索道，"如今，若重修了祠堂，必得有人看顾，若干年后，才不至于又成为断垣残壁。而我们这些人，是不可能在此长久逗留下去的。"

章岷不知如何作答。

仲淹又道："明儿一早，你做完手头上的事情，就召集州衙年长者商量，一是请能工巧匠重修严子陵祠堂。二是寻找严氏后人，让其负责奉祀祠堂之事。"

章岷施礼道："是，大人。"二人分手，各自离去。

八月，正是秋高气爽之时，严子陵祠堂已修缮完毕，章岷费尽周折，也找到了严氏后人。

桐庐的秋天，自有与别处不同的风光。且不说那篱畔开得绚丽的菊花，与那枝头垂垂羞涩的桂花朵儿。单是那山峦的青翠中点染着的丹枫，如火焰般燃着喜悦的希望，更兼那碧绿幽深的江水，与那泊在芦花丛里的小船儿。偶尔，几只鸟儿拍翅而飞，惊起一天的雪花芦絮，这幅天然的、夺目而又恬淡的画儿，任是丹青妙手，也是无法描摹的。

这日，严氏后人请仲淹参加严子陵祠堂的落成庆典。

清秋的早晨，太阳刚刚升起，江面上缥缈着一层薄薄的青色雾气。凉爽的风中，流转着桂花的幽香。

仲淹与章岷来到严子陵祠堂时，祠堂门前的大香炉里，青烟缭绕，四里八乡的百姓，已挤满祠堂内外。

章岷要进祠堂。

仲淹一把拉住他，绕过前院，来到东门。二人倚在门边，向里张望，见一老者立在堂中，手捧一笺纸稿，正高声诵读：

……

盖先生之心，出乎日月之上；光武之量，包乎天地之外。微先生，不能成光武之大；微光武，岂能遂先生之高哉？而使贪夫廉、懦夫立，是有大功于名教也。某来守是邦，始构堂而奠焉。乃复其为后者四家，以奉祠事。又从而歌曰：云山苍苍，江水泱泱，先生之风，山高水长。

老者读毕，跟身边的人说了几句什么，便退回屏风之后。众人正要四下散去，蓦地，清冷的琴声悠扬而起，随即，一女子曼声唱道：

潇洒桐庐郡，乌龙山霭中。使君无一事，心共白云空。
潇洒桐庐郡，开轩即解颜。劳生一何幸，日日面青山。
潇洒桐庐郡，全家长道情。不闻歌舞事，绕舍石泉声。
潇洒桐庐郡，公余午睡浓。人生安乐处，谁复问千钟。
潇洒桐庐郡，家家竹隐泉。令人思杜牧，无处不潺湲。
潇洒桐庐郡，春山半是茶。新雷还好事，惊起雨前芽。
潇洒桐庐郡，千家起画楼。相呼采莲去，笑上木兰舟。
潇洒桐庐郡，清潭百丈中。钓翁应有道，所得是嘉鱼。
潇洒桐庐郡，身闲性亦灵。降真香一炷，欲惠悟黄庭。
潇洒桐庐郡，严陵旧钓台。江山如不胜，光武肯教来。

琴声如溪水，晶亮跌宕，汩汩淙淙，清心洗耳。歌声似黄莺出谷，低回婉转，荡气回肠，仲淹一时听得呆住。

章岷惊道：“那老者诵的是大人作的《桐庐郡严先生祠堂记》，这不足为奇。可这女子唱的，是大人的《潇洒桐庐郡十绝》啊！”

二人正欣赏乐曲，青阳突然气喘吁吁地跑来：“老爷，朝廷的圣旨已送至家里。”

仲淹惊问：“何事？”

“因为一时找不到老爷，传旨的钦差说，朝廷派遣老爷前往苏州治水。”

章岷低声道：“下官果然未猜错，像大人这样的好官，在这儿是待不长久的。”

第三十章　改任姑苏　疏通五河治水患

早朝散后，仁宗回至御书房，内侍太监随后捧了一摞奏折，轻轻放在案上。

前几日的奏折尚未批阅，今日又是一摞，仁宗心里竟升起一股莫名的厌烦。他坐在案前，顺手拿了一本折子，翻开看了一眼，是疏通堰塘河道之事，随手扔至一边。一连翻了几本，有弹劾朝中大臣的，也有举报地方官吏的。暗想：疏通堰塘河道之事也要上奏请示，这点小事尚且不能担当，朕要你们这些州官县官又有何用？今日弹劾这个，明日举报那个，同朝为官，不能同心同德，为朕分忧。钩心斗角，争权夺利，一个个倒是劲头十足。

仁宗歪在椅上，看着案上的奏折，脑子里似堵了一团乱麻。一阵睡意袭来，顿觉眼涩神倦，不由自主地打了个长长的哈欠。闭着眼睛问：“几时了？”

身边的太监回头看去，阳光透过窗棂，正照在黄铜漏壶上，闪着亮晶晶的光。“回禀陛下，巳时已过，尚未到午时。”太监回道。见皇帝一副倦容，又小声道：“陛下先去睡会儿，再起来用午膳罢。”

仁宗身子不动，又问：“保庆太后的病可好些了？”

“回陛下，保庆殿的宫女来回，太后好多了，只是近来不喜饮食。”

仁宗道：“去问问太后想吃什么新鲜果蔬，或是清淡的菜肴，吩咐御膳房做了送去。”

“是。”

仁宗睁眼望向窗下那一地细碎的阳光，忽然道：“朕还是去保庆殿看看。”

“是，陛下。”太监转身朝殿外尖着嗓门喊，“摆驾保庆殿！”

当年的杨淑妃，如今的保庆太后，已垂垂老矣，但她端庄娴雅的举止，依稀可见当年的风采。

仁宗看着太后花白的头发，堆满皱纹的眼角，以及那佝偻的身躯，心里霎时涌出一股莫名的悲凉。虽是皇宫中的富贵之人，亦不曾逃过光阴的蹉跎。原来，岁月是如此的残酷无情与无所不在，它的风霜雨雪，洒向尘世的每一个角落，对每一个人都绝对公平与均匀。

保庆太后看见仁宗时，却是大吃一惊。眼前的皇帝，面色萎黄，形销骨立。那本该洋溢着朝露般明亮的眼眸，无精打采，布满血丝。

见此光景，保庆太后明白后宫传闻不假。自郭皇后被废，后位空悬，各宫嫔妃便各施本领，倚色争宠。尤其是尚、杨二位美人，夜夜侍寝。有时，甚至三人同榻，弄得皇帝精疲力竭，身心俱损，上朝精神困顿，批阅奏章力不从心。朝中之事由吕夷简掌控，后宫是阎文应一手遮天。这二人狼狈为奸，若长此下去，朝政混乱，国将何安？

仁宗虽不是她亲生，却是她倾注了毕生心血养大的，就如同自己的亲生儿子一般。

此时，保庆太后也顾不得许多，挣扎着下了软榻，跪倒在仁宗面前。

仁宗正哈欠连连，回味着昨夜两位美人的新巧花样，原想坐一会儿便回宫睡觉。冷不防太后有此举动，一个激灵，脑子清醒了些许，忙弯腰拉住太后：“太后何故如此？是儿臣做错事了么？”

保庆太后不起，垂首道：“陛下，哀家有个不情之请，请陛下应允！”

仁宗笑道：“太后快快请起，有话只管道来。”

保庆太后抬头望向仁宗，浑浊的眼眸里竟噙满泪水。

仁宗惊疑不已，正要问个究竟，却听太后哽咽道：“请陛下把尚、杨二位美人赶出后宫！”话音未落，保庆殿的宫人，与仁宗的随身侍从一齐跪下，吓得战栗不已。

仁宗变色道：“这是为何？”

“当初，郭皇后虽然专横任性，管理得后宫倒也安宁。如今，郭后被废，嫔妃们为争后位，以色侍君，淫乱后宫。陛下正值青春华年，如同殿前的玉兰树一般，本该生机勃发，神采飘逸。可陛下瘦骨嶙峋，面容萎黄，神情困顿，无一点年轻帝王的风采。陛下虽非哀家亲生，却是哀家一手养大，与亲生骨肉又有何异！陛下如此形状，可知哀家的心，痛至彻骨！”

仁宗自小跟在保庆太后身边，从未见过太后如此痛苦的神情，也从未听过如此深切的言语。此刻，他心里竟没有一丝恼怒。他也觉得自己近来食不甘味，气虚神疲，就连批阅奏章，也打不起精神。那一行行的文字便如一群苍蝇，在眼前嗡嗡飞舞，无法静下心神。

保庆太后见他脸色渐渐平和，知他根性良善，并未怪罪自己。又道：“陛下性情温厚，又重情义，若不便处置二位美人，就让哀家来做这件事罢。”

午膳后，尚美人正慵懒地倚着妆台，由几名侍儿侍候着取下头上的钗环，准备午睡。冷不防一个声音自门外响起：“传太后懿旨：尚氏恃宠而骄，贪恩无厌，以美色迷惑君王，淫乱后宫，以致皇帝身心疲惫，无力朝事。即日送尚氏居洞真宫修行，钦此。”

传旨的太监话音刚落，一旁笼着袖子的阎文应对侍立左右的太监道：“还不请美人上轿？”

尚美人早已吓得花容失色，披散着头发，连滚带爬，扑倒在阎文应脚下，拉着他的衣角哭喊：“我是冤枉的！我要见陛下！”阎文应抬脚踹翻她，掸了掸衣衫，哼了一声，转身走至门外。

另有几名太监已拖了杨氏过来。尚、杨二人见面，不禁大哭，搂在一处，不肯上车。

阎文应见状，上前朝二人劈头盖脸地一顿乱打，骂道：“贱婢，你们的好日子过完了，哭的日子长着呢！”回头示意众太监把尚、杨二人扔上马车，拖出宫去。

仲淹带着一家老小到达姑苏时，太湖周边的郡县，已是一片汪洋。正是秋收季节，庄稼却浸泡在水里。低处的房舍，有的已坍塌，有的摇摇欲坠。人们已迁往高处，屋顶

上的猫儿间或懒懒地“喵”一声，树丫上的鸡把头埋进翅膀里，只有那狗儿，对着白茫茫的水面，对着仲淹一家乘坐的牛车狂吠。

看着眼前的一切，纯佑忍不住问：“爹爹，这就是我们的故乡姑苏么？”

仲淹看了儿子一眼，转头望向一处棉花地，棉秆大半截浸在水里，有的棉桃已经开花，有的却已脱落。原本雪白的棉花看不出白色，因为积了水，蔫蔫地挂在棉壳上。他喃喃道：“是啊！这就是我的故乡姑苏。”

纯佑道：“孩儿从书上读到，自古以来，姑苏就有‘鱼米之乡’‘天下粮仓’之称，享有‘苏湖熟，天下足’的美誉。可如今，这里竟是满目萧条，苍凉得如同远古的荒芜之地。”

芳卿朝儿子摇摇头，纯佑懂事地收住了话腔。

芳卿望向丈夫，从他凝重的面容上，读出他心头的悲悯又深了几许，也读懂了他肩头的担子又重了几分。而她，竟不能为丈夫分担一点点烦忧，心情也分外沉重。

到苏州郡，仲淹来不及歇口气，吩咐青阳好生安置家中事务，自己则到了府衙。头一件事便是写告示，四处张贴，召集识水性的人来府衙。

第二天，果然来了不少识水性的人。仲淹仔细询问每年的水讯与今年的灾情，随后就带着他们去各地勘察水道。

姑苏四季分明，气候温和，雨量充沛。城内，河道纵横交错，湖荡密布，是天然的水乡之国。

姑苏东边有淀山湖与澄湖，西边有太湖与漕湖。太湖每年夏季都会发大水灾，淹没周边的郡县，每年因此而受损的百姓不下 10 万户。

太湖水，应北泄入江，东进淀泖，经黄浦江入长江。而太湖周围的诸多河渠，已被淤泥堵塞，不能将湖水输送入海，引起湖水倒灌，淹没田地房舍。

仲淹查出水患原因，总结前人的治水经验，提出“修围、浚河、置闸”三者逐一完成，环环相扣的治水方案。

水灾无情，急在当下。仲淹一刻也不敢耽搁，方案既定，便招募大批无业游民，先疏通吴淞江，再将常熟、昆山三十六浦中最大的五浦：茜泾、七鸦、浒浦、白茆、下张这些入江通海的支流，一一疏通。

河道里的泥沙，是由潮水日益冲积淤塞的。仲淹在每一处河道疏浚完成后，便在河道上游筑堤设闸。雨季开闸，泥沙随水流而下，河道便不会因泥沙而堵塞。旱季关闸，存储河水，灌溉农田，以解旱灾。

仲淹的思虑是极长远的，设置河闸后，又设镇屯兵，专门维护、管理河闸。

水，退了。赈灾救民，冬耕生产都是目前亟待解决的大事。仲淹在常熟、昆山等地忙得连轴转，待他回到苏州郡中，已是冬至。这才知道，朝廷调他去明州（今浙江宁波）的圣旨两月前就下到州府，转运使大人觉得治水正在进行，此时调走仲淹极为不妥，便上奏朝廷，言仲淹治水有方，希望留任苏州，以完成治水工程。仁宗皇帝这才重发圣旨，命仲淹留任苏州。

转眼到了腊月二十四，灾后的苏州，虽无丰年时的繁华，但那股年的味道，就如清晨飘忽在小河上空的雾，依然浓得化不开。临河的门楣、窗扉，风雨桥两边的廊柱，都挂起了一盏盏的大红灯笼。喜庆的气息如同小河里的水，穿过房前屋后，粘着小船的摇橹，咿咿呀呀的，绕着姑苏城，缓缓流动。

仲淹在府衙里，给晏殊写信。

太阳已经西下，屋里的光线渐渐暗淡下来，仲淹觉得眼前模糊，头也不抬道："青阳，为何不点灯呢？"

青阳应声进来，点亮油灯："老爷，今儿是小年夜呢！夫人嘱咐小的提醒老爷早点回家，今夜要祭灶王爷的。"

仲淹用笔头敲敲脑袋："我倒忘了！今年与往年不同，虽是灾害之年，五谷歉收，灶王爷还是要祭的。"搁了笔，吹着纸上的墨汁："给晏尚书的信已经写好，明儿你记得送往驿站。"

"老爷上回给吕夷简的信，有回信了么？"

"有。"仲淹离了书案，伸展了下腰身，"这次我在苏州治水，受到朝中不少官员的质疑却得到他的支持与认可。"见青阳一脸疑惑，又道："有的说，河渠里的淤泥沉积已久，几乎已填平河道，如今就是疏通了河渠，也未必能将内湖水引入大海。就算今年能将水引入大海，过个一年半载，河道又将被淤泥堵塞，岂不是年年要疏通河道？也有人说，疏通河道，得多少人力、物力？如此劳民伤财的事儿，又不能有所收益，不如不疏。"

青阳愤然道："这些朝官，他们整日里酒肉肥肠，不亲自下来看看，也不顾及百姓的生死。不疏通河道，苏州这个鱼米之乡岂不成了汪洋大海，苏州百姓岂不是都要饿死？"

仲淹叹道："有些人哪，坐在高堂之上，过着锦衣玉食、呼奴唤婢的日子，哪里看得见天下百姓的疾苦！"

青阳手脚麻利地收拾了，二人出了府衙，仲淹也不坐轿子，快步向家里走去。

青阳突然问："老爷，往日在朝中，吕夷简那奸贼，是惯于跟老爷作对的，这次有诸多人反对老爷治水，而他为何独独支持老爷呢？"

仲淹若有所思："吕夷简是饱读诗书之人，胸中自有治国之良策。只是在个人利益与权位面前，他不能置身其外。一旦弄权，就必然会使手段，欺上蒙下，打击同僚。但是，这次苏州治水，关系到朝政的安定与百姓的安危，这样的大事，他是能分得清的。"

冬天的夜空，幽蓝而高远。不见月亮，几颗星子，在遥远的天边闪着冷冷的光。风，从高空俯冲而下，又从河面上掠过，带着蚀骨的寒气，只往人怀里钻。河边人家的屋檐下，早早亮起的灯笼，红艳艳的光芒让人觉得温暖，偶尔一阵酒香菜香飘过，又让人饥肠辘辘。

过了脚下这座小桥，前面拐弯处便是仲淹在苏州的住所。

青阳突然一拍脑袋："老爷，我明白了。"

仲淹奇怪地看着他："明白何事？"

"吕夷简深知老爷满腹经纶，有一腔经世济民治国的本领，又有一颗悲悯天下百姓之心。

若老爷在朝，他唯恐老爷得到皇帝的重用而冷落了他。所以，他就想方设法地反对老爷。”青阳回道，“若老爷在地方为官，吕夷简就高枕无忧了，便装模装样地支持老爷。”

仲淹听了，没好气的：“青阳，你哪里学来这一套揣摸人心的高论？我并非你说的那样好，吕夷简也并非你说的那么不堪。往后切不可在人前往我脸上贴金，更不可妄自评论他人。”

青阳见仲淹神色庄重，忙连声应诺。

说话间，二人已到家门口。纯佑纯仁正搬梯子点亮门楼上的灯笼。

纯礼从灯影跑出来，扑进仲淹怀里，连声道：“爹爹，家里来客人了，带来好多吃的、玩的东西。”

纯佑见了，忙拉过纯礼：“三弟，爹爹忙了一天，很累了，不要猴在爹爹身上。”

纯礼挣脱纯佑，仰着稚嫩的面孔：“爹爹累了，我扶爹爹进屋。”

仲淹爱怜地摸摸他的头，问纯佑：“家里来客人了？”心里未免诧异，有谁会来呢？莫非是？

纯佑回道：“是伯父来了，说是有事儿找爹爹商量。”

仲淹暗想：果真是仲温兄长来了。便牵了纯礼，快步向里屋而来。

青阳帮纯佑纯仁把梯子搬进院子，关了院门。

无论是在天南，还是在地北；无论是相隔十年，还是二十年，时光与地域，纵使能隔断音信，也隔不断那股血浓于水的亲情。

仲温已在门廊下等候，仲淹抢步上前，一把握住兄长的手。

仲温含笑道：“希文，自你回家乡做了父母官，已有半年之久。为兄早该来看望你的，只因你公事太忙，不敢相扰。”

仲淹一时不知说什么，拉了仲温的手进屋。

堂屋里，一盆炭火燃得正旺，暖融融的。仲淹相携了仲温，在火盆边坐下。碧云送上一壶新沏的茶，给二人斟上。

仲淹满脸歉意：“兄长说哪里话？小弟回家，于情于理，都应先去看望兄长的。只是当时水灾严重，治水救灾，刻不容缓啊！”

仲温忙道：“为兄明白！你公务缠身，身不由己。我在乡间也听到传闻，说你为了治水，过家门而不入。你看你，又黑又瘦，比起天禧元年（1017年）你来苏州时，竟苍老了许多。”

“一晃一十八年了。”仲淹不由得感慨，“十八年的沧桑岁月，足以侵蚀人的容颜。只是这颗心，还如当年一般，总觉得还有许多事情未做，总有一种焦虑在心头。”

仲温摇头叹息：“希文哪，这天下的事，不是你一人能做得了的。我做生意，也跑过不少地方，各省各地，不是水灾，就是旱灾、蝗灾。可朝廷像你这样把天下事、把老百姓放在心里的官，实在是太少。而你，又太过耿直，向皇帝谏言也好，为百姓做事也好，总是奋不顾身。如此一来，你往往又遭受到最大的打击。”

芳卿进来，温婉笑道：“兄长还真是了解希文。”又看着仲淹道：“方才见你们说话，未敢打扰。我带孩子们已祭过灶王爷，该吃晚饭了。”

仲淹笑道：“祭了灶王爷，我肚子也饿了，吃饭。”

一时饭毕。

仲温道：“我原该在白天来的，只是你常在府衙，不容易见着。今夜小年夜，想着你应在家里，便请人把养的两头猪宰了，一是给孩子们带点鲜肉来，二是有件事想问你。”

仲淹道：“兄长，自我拖家带口来苏州，虽不曾与兄长见面，家里却蒙兄长多方照应，才让我专心于治水救灾，小弟感激不尽。今兄长有事，只管道来。”

仲温搓着手：“也不是什么要紧的事儿。为兄想，你自幼漂泊在外，如今回乡，又是家乡的父母官。你是否想过，要落叶归根？”

落叶归根？仲淹心头一震，他何尝不想！十八年前，他只身来苏州认亲，复姓归宗的情景，如在眼前一般。

仲温见他面呈疑虑，以为他还在计较十八年前的事，不免歉疚，嗫嚅道：“当年母亲虽有诸多不是，也已过世多年。如今这世上只剩下咱兄弟俩，为兄只望与你能时时相聚，并无他求。”

仲淹忙道：“兄长，苏州风光秀丽，物产富饶。虽患了水灾，只要治理得法，也是天下少有的鱼米之乡。最难得的是，苏州是小弟的父母之邦啊！落叶归根，与兄长长相厮守，是小弟梦寐以求之事，岂有不愿之理？只是购置土地，修造住宅，并非三五日之事，得从长计议。”

仲温喜道：“为兄已相中南园的一块地，明日你若有空，可前去看看。”

仲淹思索道：“这年关岁末的，明日怕不得闲。既是兄长相中的，必定是好的。待过完年，再议此事，如何？”

仲温拊掌道：“好！为兄就代你定下此处。”说毕向仲淹芳卿辞行。

仲淹苦留，无奈仲温执意要回去，并说，两家相距又不远，隔河相望，也可望见两家屋檐下的灯笼，只要闲了，可时常走动。

仲淹送仲温至码头上了船，听着木橹咿咿呀呀，载着灯火缓缓向对岸摇去。

正月，衙门里是比较清闲的，而民间，赶庙会的、唱大戏的，热闹非凡。尤其是正月十五元宵佳节，人们像是铆足了劲儿，要把那天上地下的喜庆与吉祥，都画在灯笼上，挂满屋檐与河边的树枝。

午饭后，仲淹要带纯佑纯仁去南园看宅基地，纯礼嚷着要去伯父家看灯。

纯仁取笑他：“三弟真是无见识，夜间才可观灯呢！岂有青天白日观灯的？”

纯礼回道：“夜间观灯的人太多，小孩儿不宜夜间观灯，唯恐被踩伤。白日里观灯，灯笼上写的诗词、谜语、故事，比夜间看得更清楚明白。”几句话说得众人大笑不止。

青阳一把抱起他，送上肩头，纯礼就叉开双腿，稳稳地坐在青阳的双肩上。

仲温的家不远，就在河对岸上游。今儿他们不坐船，沿着河边缓缓而行，过了月亮桥，折转向前便是仲温的家了。

本该是夜间挂出来的各式花灯，此时，已挂满沿河两岸。邻里之间好像较劲儿一般，一家比一家的新巧、别致。那灯笼上写的、画的，天上人间的故事，应有尽有。

在一座门楼前，纯佑突然指着一盏八角大灯笼惊道："二弟快看！好大的灯笼！上面写的竟是爹爹治水的故事。"

纯仁兴奋得面颊发红："哥，你看这边，老百姓把新修的河堤叫'范公堤'，建的关闸叫'范公闸'。"

仲淹听了，走近细看。果然，灯笼衣上用蝇头小楷写着自己治水过家门而不入的故事。

青阳笑道："老百姓的眼睛还是很亮的，能看得出忠奸善恶。"

仲淹道："天底下最不可愚弄的，就是老百姓。他们忠厚、善良，最懂得感恩。我是朝廷命官，治水救灾，是我分内之事。我仅仅是做了分内之事，却换来百姓如此的厚爱，我心里愧得慌。"

见纯佑纯仁望着自己，仲淹拉了他俩的手，边走边道："往后，你们若能入朝为官，切不可为了一点点付出，而以赐予者自居。天下百姓，永远是我们的衣食父母。百姓的利益，永远是为官者一生不懈的事业。"

纯礼骑在青阳的肩头，高声嚷道："爹爹，孩儿长大后，也要做一个好官，要像爹爹一样，'不以一心之戚，而忘天下之忧。'"

仲淹听了，觉得好笑，正待问他从哪里听来的。不料，身边有人朗声道："好！好一个'不以一心之戚，而忘天下之忧'！"

原来，众人走走看看，不觉已到仲温家门前。仲温与儿子正在门前挂灯笼，恰巧听见纯礼的话。

仲温从青阳肩上接过纯礼，抱在怀里，在他稚嫩的脸上使劲地亲着，惹得纯礼咯咯笑个不停。

仲温嘱咐儿子好生带着纯佑仨兄弟，自己则带了仲淹、青阳往南园而来。半路上，也没忘了去请风水先生一同前往。

到了南园，仲淹见园里虽杂草丛生，但地势开阔，倚山傍河，建房居住，实在是绝佳之处。

风水先生绕着此地转了几圈，收了罗盘道："这可是一块风水宝地，若买了去，建屋居住，世代必出公卿贵人。"

仲温喜道："果真如此？"

仲淹随手摘了一片树叶，沉思道："兄长，你看，在这里建一座学堂如何？"

仲温惊问："希文，你这是何意？"

仲淹笑道："此地若真是块风水宝地，能世代出公卿。与其我范家一门出公卿贵人，还不如在这里建一座学堂，召集天下年轻人来此读书受教，岂不是能为我大宋培育出更多的栋梁之材？"

仲温摇头叹息："你我兄弟虽不在一处长大，但民间流传你的故事，我只当是你做了分内之事，老百姓对你的感念。今日看来，你‘救民疾于一方，分国忧于千里’，此言当真不虚。”

傍晚，仲淹与青阳带着孩子，在仲温家里饮酒观灯归来，便给朝廷写奏疏，奏请在南园建苏州学堂。

二月末，姑苏河畔的柳枝，刚刚吐出鹅黄嫩芽，解冻的河水，暗涌着一季春潮，画舫连绵，桨声汩汩，那薄雾轻笼的清晨与黄昏，也鲜亮起来。

四月，苏州学堂落成后，仲淹请了两位闻名于天下的学者来此讲学。一位是“以圣贤自期许”，“以道德仁义教东南诸生”的宋学开山者胡瑗。另一位则是仲淹当年在应天府学院帮助过的穷酸秀才孙复。

第三十一章　破釜沉舟　以命相谏为郭后

景祐二年（1035 年）三月，朝廷事有变动，李迪罢黜，王曾任同平章事（宰相），蔡齐任参知政事（副宰相）。

远在姑苏的仲淹接到一纸诏命：知苏州、左司谏、秘阁校理员外郎范仲淹，调为礼部员外郎、天章阁待制，仍知苏州。

十月，仲淹判国子监，奉诏命还京。当他携家带小归来时，已是深秋时节。苦竹居里，依然翠竹葱茏，芭蕉叶阔。只那霜染的梧叶，随风而落，铺满石阶与井沿。

去年，仲淹带着一家离京去睦州时，李纮依然替他保留着这所宅院。如今归来，院子里的一草一木，屋内的一桌一椅，无不给他亲切之感。他感慨世事无常，却又轮回有序。而芳卿，欣喜之余，则不免替丈夫担忧。

晚饭后，芳卿感到疲惫，但她强撑着收拾孩子们的书箱与衣物。

香草拦道："夫人去歇着罢，这些事儿，有我和碧云收拾呢！"

芳卿道："男孩子散漫，各人的衣物与笔墨纸砚，乱作一团。"

纯佑正抱了一摞书去书房，见母亲忧虑，忙道："母亲放心！孩儿会帮二弟三弟收拾妥当的。"

香草笑道："大少爷真懂事！夫人不必太操心的，这两年来，你体弱多病，如今回至京城，就好好调养，我送夫人回房歇息罢。"

芳卿总觉得心头有事放不下，对香草道："我去看看老爷。"便舍了香草，往书房而来。

仲淹正给皇帝写回京的复诏，见芳卿进来，嗔怪道："从姑苏至汴京，二十多天的舟车劳顿，你不累么？还不赶快去歇着？"

芳卿端起茶壶，给他续了热茶，忧虑道："老爷这次回京判国子监，倒是合了老爷的兴趣爱好与志向。只是我知道，老爷的志向不仅仅是办学育人。"说到一半，又打住话头，半天不语。

仲淹抬头疑惑地看着她，芳卿欲言又止。

仲淹把手中的笔搁在砚台上，端起茶碗喝了口茶："我知道你的心思，你是在担心我，怕我多管朝中之事而又直言进谏。"

"我虽是女流之辈，近几年来，从你在朝中两进两出也不难看出，皇帝还是很看重你的。"芳卿温婉而言，"只是你，一身才子情怀，满腔书生意气，又心忧天下而不知自保，怎斗得过朝中的奸佞之辈？你已两次被贬，奔波于风雨江湖之上，饱尝羁旅行役之苦，如今年纪也大了，又体弱多病。若再有差池，这一家老幼将如何是好？"

仲淹握住她的手：“芳卿，此生，希文最对不住的人，就是你了。自你嫁进范家门，担惊受怕，奔波劳碌，未过上一天安稳日子，每每想来，我真是愧疚啊！”

芳卿抽出手，捂住他的嘴：“跟你说过多少次，不许再说这样的话。我并非阻拦你，只是，咱们年岁已大，而朝廷之风云变幻莫测，谁知道哪朵云彩里有雨？谁又知道哪朵云彩里有雷霆？我不求你高官厚禄，只求一家人安稳度日。希文，你可明白芳卿的心？”

见芳卿满腹忧虑，仲淹把想说的话咽进肚子里，拍拍她的手，笑道：“夫人放心！这回，我这个国子监只管学府的事，不问他人是非，可好？”

芳卿见他突然转沉重为轻松，答应得如此干脆，不免生疑。但话说到此处，再说也无益，还是等堂兄来了，让他再劝劝吧。转念又想，这世上或许没有人能劝得了他，心里的忧虑更甚。

天幕低垂，北风撕扯着雪片，在空中肆意挥洒。不消一个时辰，皇城内的花草树木，楼台亭阁都披上了一件柔柔的银衣。

仁宗退朝回宫，路过仁明殿，见郭皇后曾经坐过的轿子弃在殿侧的廊下，轿顶有一层薄薄的白雪。两株茶花在风雪中，那曾经嫣红的花朵儿，有的已经落在地上，有的花瓣已经发黑，蔫蔫然，毫无生气，只有那株迎客松昂然挺立。

人去楼空，物是人非，仁宗心里黯然。想起当年的废后经过，范仲淹、孔道辅等谏臣的话，犹在耳边。废后之举，实在是鲁莽了。

雪花纷纷扬扬，凛冽的寒风中，有一缕浓郁的梅香绕鼻而来。仁宗蓦然想起，那一年，正是雪中赏梅才引起废后事端，心里越发愧疚。

回至福宁宫，仁宗唤内侍来顺，命他带吃食去瑶华宫探望净妃。

来顺应诺，正待出门，仁宗又道：“慢着。”

他想起上次随手写了阕《庆金枝》让来顺捎给净妃，诗里有问候有歉意。而净妃的回诗，更是情丝千缕，哀婉凄切。猛然间，一股柔情挟着豪情，从心田扶摇而起。朕是天子，当初意气用事，废了皇后，如今虽不能恢复她皇后的身份，为何不能把她接进宫来？

他为自己这个大胆的想法兴奋不已，走至案前，提笔写道：

青螺添远山。两娇靥、笑时圆。抱云勾雪近灯看。妍处不堪怜。 今生但愿无离别，花月下、绣屏前。双蚕成茧共缠绵。更结后生缘。

写毕，又默念一遍，折叠起来，命来顺带去。

将近午膳时分，来顺回来了，交给仁宗一页纸笺。

仁宗展开看去，是净妃回的一阕《庆金枝》：

新春入旧年。绽梅萼、一枝先。陇头人待信音传。算楚岸、未香残。

仁宗读了，心中悲切，接净妃进宫的想法更加坚定。又命来顺道："你再去瑶华宫，传朕的旨意，朕将择日接净妃进宫。"

傍晚，阎文应就得知了这个消息。他这一惊非同小可，当年废后，他可是第一个出力的。若皇帝真的接回了净妃，再行宠幸，自己这条老命定将不保。

阎文应到底老奸巨猾，惊恐之余，他想起了吕夷简。吕夷简如今是皇帝身边的红人，是一人之下，万人之上的权贵。更值得庆幸的是，吕夷简跟他关系非同一般。想到此，他一颗忐忑不安的心，瞬间笃定。

次日，雪停了。天，依然阴沉沉的，北风吹刮得树梢墙头的雪屑四下纷飞，皇城内的楼台亭阁更见冷峭。

阎文应窝在房里，拨弄着火盆里的炭火，想着心思。

忽有小太监来报，瑶华宫的净妃病了。

阎文应一愣，摸着光溜溜的下巴寻思了一会儿，随即吩咐小太监："你去回禀皇帝陛下，就说我已经带太医去给净妃医治。"揣着一怀心思，往太医院而去。

净妃生病的第三天，早晨还是阳光普照，午后的天空渐渐黯淡下来。傍晚，竟淅淅沥沥地下起了雨。

阎文应一整天显得心神不宁，晚上胡乱吃了点东西，搁了碗，正要出门，那日来报净妃生病的小太监哭丧着脸进来道："净妃薨。"

第四天，朝野上下便传开了，被废的皇后，特封为净妃的郭氏，突然死于嘉庆院。

惋惜之余，人们不免奇怪，前儿还在瑶华宫的净妃，跟皇帝诗书往来，皇帝正盘算着接她回宫，却如何突然死于嘉庆院呢？一时，各种猜测如寒冬的风，在皇城内外乱窜。

仁宗痛惜郭氏之死，歇朝三日。

这日早朝，右司谏王尧臣出班，提出废后之死的种种可疑迹象，最后请奏："臣，恳请陛下，下旨彻查净妃生病前后记录的医案、太医，以及服侍左右的宫人。"

仁宗不允。只是当庭追复郭氏为皇后，不加谥号，也不行附庙之礼，就葬于佛寺。这一做法更引起朝中大臣的猜疑。

次日，朝堂之上，谏官姚仲孙、高若讷上奏弹劾阎文应。当初皇帝废后，受其怂恿。如今见皇帝与净妃和好，唯恐废后重入宫帏，便趁净妃生病，毒死净妃。证据虽不确凿，但疑点颇多。净妃偶感风寒，阎文应带太医诊治，为何不到三天就死了？为何把净妃从瑶华宫，搬至嘉庆院？恳请陛下着三司查究。

群臣齐声附议。

不知仁宗心里着何想法，只听他宣道："停阎文应入内都知之职，暂且羁押，由吕夷简与刑部，对言谏司所弹劾其罪详加查察。"

仲淹冷眼看着，半个月过去了，仍不见动静，也不知此事有何进展。每每想起阎文应当年与吕夷简勾结，扇动皇帝废黜嫡后的种种行径，他心里如同压了块石头一般沉重。

这天，他抽空来到言谏司，隔着门帘便听见里面有人说话，是右司谏王尧臣的声音：“此案尚未查明，案犯居然以体弱多病为由回家休养。皇上对此有何看法？难道不该给天下人一个答复么？”

另一人接道：“皇上命吕夷简查究此案，吕夷简与阎文应本是一丘之貉。当年就是他俩狼狈为奸，策动皇上废黜嫡后的。如今，吕夷简岂有不袒护阎文应的？这两人都是皇上最宠信之人，皇上若不再过问此事，此事也就不了了之了。”

仲淹在门外静立片刻，突然返身往家里走去。

回到苦竹居，他把自己关进书房，任凭芳卿如何呼唤也不开门。

半个时辰后，仲淹抱了一摞书出来，径往厨房去。待芳卿赶到时，他正把书一册一册地塞进灶膛，烧得浓烟翻滚。

芳卿心里忐忑不安，她太了解丈夫了。丈夫虽疾恶如仇，为鸣天下不平事，从不计后果，性情却也沉稳厚重。今日究竟是何事致使他如此反常？情急之下，也无计可施，唯有倚门垂泪。

香草正在洗菜，见老爷如此举动，心中诧异。想找夫人问个中缘由，却见夫人在门边流泪，心里更是不安，口中却安慰道：“夫人切莫着急，老爷是有分寸之人，不会有事的。”

一直默默无语的青阳走近芳卿，低声道：“夫人，我去请舅老爷来，可好？”

芳卿眼睛一亮，忙道：“好好好！赶快去！”

仲淹烧了书，把三个孩子叫至堂屋。当着芳卿的面，对纯佑道：“天成，明日，为父要上朝弹劾奸臣阎文应。若皇帝不听忠言，为父必被奸臣所害，或许就回不了家了。”

纯佑眼泪夺眶而出，哽咽地唤道：“爹爹！”

仲淹把儿子拥进怀里，替他抹去脸上的泪水：“好孩子别哭！你还小，只有十一岁，是爹爹难为你了。可你是老大，你娘一向体弱多病，爹爹自然要嘱咐你。爹爹不在时，你要照顾好你娘，带好弟弟。若爹爹死了，你兄弟三人可在爹爹墓前筑舍而居，读书耕田。长大后以教书为业，切不可做官。”纯佑含泪点头。

仲淹抬头看了芳卿一眼，又道：“我方才烧的，都是一些兵法书籍。若我这次弹劾失败，唯有一死，家里也会被抄。我怕他们抄出这些兵书，诬陷我素日心怀不轨，给范家带来灭顶之灾。”

芳卿说不出话来，唯有泪水涟涟。

院子的梧桐树，只剩了几片尚未黄透的叶子，在隆冬的寒风中萧瑟，欲坠未坠。东墙角的那兜芭蕉，早已不是夏季绿腰冉冉的妖娆模样。唯有后院的竹林，在苦寒的风中，依然青翠，依然风萧森森。

李纮随青阳到苦竹居时，已是暮色四合。碧云在堂屋点上油灯，芳卿顾不得问寒嘘暖，把仲淹今儿的怪异行径说给了堂兄。

李纮安慰道：“妹妹莫急，我在路上已听青阳说过了。”便往书房而来。

见李纮进来，仲淹一脸诧异：“天色已晚，堂兄如何来了？”

李纮未答，一眼瞥见书案上的奏折，他打开看了一遍又放下。拉把椅子坐到仲淹面前：“你是否想过，阎文应能权倾朝野，飞扬跋扈，究竟为何？”

碧云沏了茶，送至书房门前，芳卿接过，进来给他二人斟了。

仲淹喝口茶，把茶碗朝茶几一顿，茶水四下飞溅：“我何尝不知！阎文应身为内侍，倚仗皇上的宠信，吕夷简的庇护而骄横于朝廷内外。有时甚至矫造圣旨，参与朝中政事，连执政大臣也不敢轻易违抗他。此等奸佞之人，若一天不除，我大宋国便多一天的不幸。”

“你以为废后之死，其诸多疑点，皇上当真不知么？”李纮道，“不过是睁一只眼，闭一只眼罢了。吕夷简并非等闲之辈，此人擅长揣摸皇帝心思，也擅长官场权谋。这些年来，他排斥那些不合他心意的大臣，笼络权贵。朝野上下，他早已有了自己稳固的势力。而且，你在奏折中虽列出阎文应诸多罪责，但指正他害死净妃的证据确实不足。”

仲淹不待他说完，接道：“正因如此，这次我才决意破釜沉舟，以命相谏！”

李纮当然知道，仲淹是个说得出，做得出的人。他也知道，他今儿阻拦不了仲淹不去捅这个马蜂窝。他虽然明白堂妹请他来的心思，却也无计可施，正感到愧对堂妹。却听仲淹道：“堂兄，你来得正好，明日上朝之后，希文若有三长两短，芳卿与孩子们就托付给兄长了。”起身就要朝李纮行大礼。

李纮忙一把拉住：“希文，你这是做什么？”

芳卿背过脸去。

第二天，朝堂之上，出乎意料的是，仁宗看过仲淹的奏折，对身边的执事太监道：“拟旨：罢阎文应入内都知之职，发配岭南，即日离京。”（《长编》根据《百官志》辨明：阎文应被贬后辗转数地，宝元二年即 1039 年才去世。）

虽然没有彻查此案，但阎文应毕竟贬出了朝廷。

吕夷简这次未能救下阎文应，少了一双在皇帝身边的耳目，心里极为恼怒，却又无可奈何，只盘算着如何把范仲淹再度赶出朝廷。

要说吕夷简，绝非平庸之辈。当年虽是他的堂叔吕蒙正把他推荐给宋真宗，进士及第后，还是因为真才实学得真宗赏识。从真宗至仁宗，深得两朝皇帝信任，除了处事能力与胆略外，他的心计，也不是常人所能企及的。

他也并非气度狭窄之人，他对范仲淹丰富的学识、经世治国的能力与纯朴正直的性情，心底里很是欣赏。只是他心中对权力的欲望太过强烈，作为宰相，一人之下，万人之上，他既可左右皇帝的心意，更能操纵朝中大臣的命运。他以为，一山容不得二虎，朝中有他，又怎可容得下范仲淹！

自皇帝废黜郭皇后的事件发生后，吕夷简与范仲淹便结下了仇怨。而且，更为复杂的是，因为废后事件，朝中大臣围绕吕夷简、范仲淹两人渐渐形成了两个不同的党派。

如今，阎文应被逐出朝廷，吕夷简一党算是输了一局，心中的怨恨更深一层。

而在范仲淹心里，实无党派之争，只有对朝廷的忠诚，与维护天下百姓的公允之论。他忘了妻子与李纮的劝告，或者说，他从未把家人的劝告听进耳朵里去。每次上疏，言及天下事，莫不是言辞恳切，无所避讳。他这种直言敢谏的作风，让正直之臣大感畅快。

而吕夷简则头痛不已，却又抓不住他的把柄，无法对其下手。

这日，天色将晚，仲淹正匆匆往家里赶，冷不防路边闪出一人，伸手拦住他。

仲淹不认得此人，见他笑容可掬，也以礼相问：“尊驾因何拦住范某的去路？”

那人干笑两声：“范大人近来气色可不大好啊！莫不是话说多了？话多可是伤神哪！”

仲淹听了，心念转处，便知对方是何许人也，笑道：“有劳尊驾关爱！范某的身体虽不十分强壮，倒也无恙。”

那人又道：“鄙人闻得范大人有一副铁齿铜牙，今日得见，果然名不虚传。只是，范大人身为天章阁待制，不过是侍从官而已，并无言谏官的职责，何必多管闲事？这不是咸吃萝卜淡操心么！”

仲淹抬手推开此人：“回去禀告你的主子，讨论朝廷事务，向皇上建言进谏，正是侍从官的职责，范某怎敢不尽力而为之！”

当夜，吕夷简在饭桌上便知道了范仲淹的回复，撂了饭碗“哼”的一声：“以范仲淹的个性，岂是一两句话便可劝诫的？”

吕夫人扯块帕子揩着嘴：“范仲淹是属犟驴的？几次遭贬，不就是因为话多？却怎的不识时务？莫不是脑袋瓜子里缺根弦儿？”

吕夷简一甩袖子，斥道：“真是妇道人家，你懂什么！他就是这种宁折不弯的秉性。”

吕夫人眨巴着眼睛，不解地问：“听老爷这口气，倒是有几分赏识范仲淹呢，何不把他也笼络于自家门下？”

吕夷简摇头叹道：“说你愚昧，你还真不动脑子。范仲淹是何等样人？他满腹经纶，学富五车，又秉性耿直，无所畏惧。少年时便有‘不为良相便为良医’的宏图大愿，岂肯居于他人之下？”见夫人无语，又似自言自语：“只是这朝堂之上，有我无他，有他无我，我与范仲淹不能两存。”

吕夫人见丈夫说话时目光凛然，就算是她朝夕相处的夫君，也不免心惊，她小心地问：“老爷将作何打算？”

吕夷简端起茶盏：“他不是爱管闲事么？就让他去开封府吧！”

“叫他去做开封府尹？”

吕夷简为自己突然想到的这一妙着而得意不已，他捋着胡须，晃悠着脑袋：“开封府总管着京城的皇亲国戚、达官贵人，向来就是政事繁杂而难于管理的衙门。你范仲淹不是有经世济民之才么？老夫倒要看看，你将如何治理开封府？又如何有闲暇之心天天向皇帝建言进谏？倘若有一点差池，老夫就有本事让你再度滚出京城。”

景祐二年（1035 年）十二月的一天，仲淹接到皇帝诏书：诏命礼部员外郎，天章阁待制范仲淹，为吏部员外郎，权知开封府。

第三十二章　夷简用计　仲淹权知开封府

自范仲淹奉诏去开封府任职，吕夷简的心就如三月的春风拂过蔡河两岸的柳梢，温馨而惬意。他在怡然自得中冷眼旁观，他要看范仲淹如何处理开封府繁杂的政务，如何应对皇亲国戚与达官贵人，如何在治狱中犯错。只要他“立异不循法”，自有他范仲淹离开京城的日子。

这天是朝廷的休沐日，吕夷简想趁此到城中各处走走看看，不乘车，不骑马，只带了一个随从，往城中最繁华最热闹的去处——蔡河湾而来。

春天的京城，花香幽径，鸟语树梢；蔡河两岸，杨柳堆烟，杏花飞雨；碧水柔波中，商船繁忙，画舫悠闲。

吕夷简行走在街市之中，叫卖吆喝与丝竹管弦之声，嘈杂混乱。人来车往，烟尘轻扬。人们各行其是，与往日并无两样。

吕夷简只觉得，今日之京城与往日不一般。却又说不出，这不一般体现在哪里。难道是街市秩序井然？是买卖公平？抑或是人们流转在脸上的欢乐？

他听开封府前任府尹抱怨过，全京城的事都集结在开封府，大到朝廷大事，小到偷鸡摸狗、借钱不还、两口子拌嘴打架等鸡毛蒜皮的事儿，都由开封府处理。做开封府尹，一年要折寿半年，任你细心如麻，虔心理事，但还是错漏百出。

吕夷简倚在一株虬龙盘曲的桃树下，看着眼前热闹而安详的景象，思虑不断。突然间，从巷子里跑出几个孩子，手擎了风筝，嬉笑着，打闹着去河岸放风筝。其中一个女孩儿轻轻哼着歌谣，听不清词儿，另一男孩儿蓦地接腔唱道：“朝廷无忧有范君，京师无事有希文。”

吕夷简一时听呆了，他怔怔地靠着桃树，看着孩子们远去。一阵风过，那桃花瓣簌簌而落，竟落了一肩。

景祐三年（1036年）五月，北部契丹屯兵燕蓟，剑指南下。

宋朝，在太祖开国建都汴梁时，是因为“国依兵而立，兵以食为命，食以漕运为本，漕运以河渠为主”。五丈河、金水河、蔡河、汴河四条运河穿城而过，舟楫连绵千里，漕运连起四海九州。这是汴梁城得天独厚之处。

而汴梁自古就有“四战之地”之称。四战之地，即四面平坦，无险可守。汴梁虽是兵家必争之地，却非帝王之居。因而，太祖当年便有迁都洛阳之意。众臣莫不反对，但无人敢说话。

唯有铁骑左右厢都指挥使李怀忠，在太祖面前道出心中疑虑：“汴梁河渠纵横，漕运畅通，江淮每年都有数百万斛粮食，经漕运而来，养育着京师数十万兵马。若陛下迁都洛阳，将如何取得这些粮食？再者，大宋重兵屯于京师，安固已久，岂可动摇根本？”

太祖并未听进李怀忠之言，对当时还是晋王的太宗道：“朕迁都洛阳，只是想据山河之险而去冗兵，循周、汉故事以安天下。”

晋王却以为：“固守河山，在德不在险。”

待晋王等大臣告退后，太祖叹说：“晋王的话固然不错，只是在汴梁城中，依赖军队，以大批兵马取代山河之险，则不出百年，天下民力恐怕就要消耗殆尽！”

自太祖起，经太宗、真宗至本朝，已是第四代皇帝了，迁都之事再次被隆重提起。一时，朝野上下，各抒已见，议论纷纷。

五月的黄昏，苦竹居里，梧桐泛碧，芭蕉冉冉，翠竹幽幽。

仲淹推开院门，便见芳卿在收拾晒干的衣物。他忙上前从她手中接过，轻声道：“你身子弱，这些事儿让碧云与孩子们做吧，何必你亲自动手。”

芳卿想忍住咳嗽，泛黄的脸色憋得发红，又终于忍不住咳了几声，微微喘息道：“男孩子们，岂是做这等事的？他们最要紧的，是读书。”

仲淹看着日益瘦弱的妻子，一种莫名的忧虑袭上心头，他拉过芳卿的手，柔声道：“进屋罢，院里风大。我给你开的那几剂药吃完了么？你的病，怎的不见有起色？”

芳卿随他进屋：“我已经好多了。老爷今日回来得早些，衙门里无事么？”

纯礼听见说话声，从书房跑出来：“爹爹回来了！”

纯佑赶出来拉了纯礼，纯礼张着缺门牙的嘴笑问：“大哥何事？我要跟爹爹玩。”

“三弟，爹爹今儿回家早些，要跟娘说说话儿。你来，大哥教你识字。”纯佑轻声道。

仲淹与芳卿听了，相视而笑。

忽听青阳的声音：“老爷，有客人来访。”

仲淹看着芳卿：“莫不是堂兄来了？”

芳卿温婉而笑：“青阳称堂兄为舅老爷的，既称作客人，显然不是堂兄。”

二人正自疑惑，一个爽朗的声音自院中响起：“范公，我给你带客人来了！”

芳卿笑道：“这不是富弼来了么？”

“正是富彦国。”仲淹说着出了堂屋，来至院中。

此时，正夕阳西下，落日的余晖给小小的院落涂抹了一层明亮的黄色。微风中，蔷薇馥郁，桐花含苞，苦竹居宁静而温馨。

富弼笑吟吟地立在井台边，他身后一位眉目疏朗、神态潇洒的男子，正打量着这小小院落。

仲淹见了此人，眉开眼笑：“哎呀！这不是欧阳永叔么！真是贵客！快快请进！”一手挽了欧阳修，一手挽了富弼，进了自己的大书房。

青阳点燃了大烛台，芳卿沏了茶来，给三人斟上。

仲淹指着欧阳修：“芳卿，这便是明道二年给我写信，劝我向朝廷建言进谏的才子欧阳永叔欧阳修啊！”

欧阳修起身施礼，谦逊道：“范公过奖了！永叔见过师母！”

芳卿细细打量一番，赞道：“欧阳先生果然一表人才！我虽是妇道人家，却也知文如其人，读先生书信，便知先生为人。今日一见，果然如此。”

欧阳修由衷而言：“师母折杀学生了！师母就叫我永叔吧。”

富弼喝口茶，一本正经的：“师母一见永叔，便忘了彦国，彦国的文章也做得很好呢！”

芳卿笑道：“你从小就是满腹经纶、学富五车的洛阳才子，这京城之中，谁人不知，哪个不晓？都做这么大的官儿了，还要师母时时夸耀？”说得众人大笑。

芳卿收起茶盘：“我去帮香草做饭，待会儿，你们好生喝几盅。”便退出书房。

欧阳修向仲淹道：“学生早就想来拜访范公，无奈范公事务繁忙，白天无闲暇。今儿趁晚间无事，拖了富兄来府上相扰，实属冒昧。”

仲淹摆手道：“切莫如此！满朝之中，似你与彦国这样德才兼备者，又有几人？我是巴不得你们来苦竹居陪我说话呢！”

“吕夷简在皇帝面前使手段，调范公任开封府尹，”欧阳修道，“朝野上下，谁不知开封府政务繁杂而皇亲国戚居多！”

富弼接道：“吕夷简不过是想借开封府繁复的事务，使范公无暇顾及其他。”

欧阳修喝口茶：“恐怕他还有一个不可告人的心思，那就是期待范公在开封府出错，再次怂恿皇帝罢免范公。”

仲淹微笑不语。

富弼摇摇头：“可他却想不到，范公取古今治乱安危之道，整饬法纪，剔除弊政，把开封府管理得秩序井然，且深得民心。”说着，又笑了笑：“永叔，你丈人胥偃，官职是纠察刑狱吧，处处与范公作对。多次在皇帝面前说范公标新立异，不循法规。好在皇帝并未听进他的谗言。”

欧阳修一脸羞愧：“彦国兄，你快别提他了。一提他，我就脸红。为此事，我跟他吵过几次，如今已不相往来。”

富弼不知他翁婿之间已闹到这个地步，忙道：“你休要怪他，他不过是依附吕夷简而已。”

欧阳修不容富弼说完，向仲淹道：“范公，学生正是为此事而来，无论我岳父如何依附吕夷简，欧阳永叔此生最推崇的人是范公。”

仲淹笑道：“快别提此事！我了解你们，如同了解年轻时的自己。你与彦国，是激进奋发、以天下为己任者，都是治国安民的贤良之才。有道是，忠言逆耳。皇帝听不进谏官所谏，朝中大小事务，都依赖吕夷简，有些人依附吕夷简，这就不足为怪了。”

富弼突然问：“最近，朝中都在议论迁都之事，范公对此有何看法？”

欧阳修见富弼提及迁都之事，也专注地看着仲淹。

仲淹道：“我也听了不少。蔡齐、孔道辅等大臣上疏建议迁都。我以为，此时迁都毫无意义。”见富弼、欧阳修两人紧盯着自己，接道：“若此时迁都，势必造成百姓心理上的恐慌。洛阳是历代故都，有山河之险可依，边境不宁时可以退而守之。但洛阳废都已久，没有储备粮食，各种防护设施也已陈旧，种种情形表明，此时不宜迁都洛阳。”

欧阳修问：“范公的分析，莫不如是。若国情危急，将迁都何处？”

仲淹道：“唯今之计，是朝廷迅速从各方面修建洛阳，并充实洛阳的府库储备。陕西有余，可运而下；东路有余，可运而上。若如此下去，数年之后，洛阳必可达到战备状态。太平时，居汴京舟车通达之地，以便天下；危急时则迁洛阳，以保中原。”

富弼拊掌称赞：“此计既能解决汴京的后顾之忧，同时又未影响大宋的根基，实在是治国保国的良策啊！范公目光深远，思虑周全。大宋有范公，实乃朝廷之幸！百姓之幸啊！”

欧阳修紧锁的眉头舒展开来，心里对仲淹的钦佩与敬重又深了一层。

芳卿来请众人去客厅吃饭，听了富弼的话，忍不住道：“只怕是他的深谋远略，进得了朝堂，也合不了皇帝的心意。若是有人又拿来做文章，这个家又不太平了。”

欧阳修与富弼听了，相顾无言。

仲淹毕竟没有把芳卿的话听进去，第二天早朝，便向仁宗奉上了反对迁都洛阳的奏疏。

仁宗读了仲淹的奏疏，对他的分析也颇为赞赏，只是他不同意从现在开始修复洛阳。

仲淹反对迁都洛阳之事，真的被芳卿不幸而言中。

仁宗不采纳他的建议倒也罢了，却把仲淹的奏疏赐给吕夷简阅览，由此惹出一场事端来，震惊朝野。

吕夷简之才不在范仲淹之下，只是他胸襟狭窄，妒贤嫉能。当他读完这份奏疏，心里生出一股由衷的钦佩。他钦佩范仲淹目光深远、沉稳踏实的长远之计。但更嫉妒他超凡卓绝的才华，憎恨他纯朴正直、不畏权贵、不阿谀奉承、不随波逐流的秉性。以前，他无时不想，若范仲淹不具有这种令人生厌的秉性，必然会投在他吕夷简门下而依附于他。退一步说，若他们都身在朝廷之外，或许会成为惺惺相惜的知己。

吕夷简揣摸着，皇帝若赞成范仲淹的建议，就不会把奏疏给他阅览而征询他的意见。他太了解皇帝了，皇帝，虽贵为天子，坐拥天下，资质却平庸凡俗，而且墨守成规，保守居安。有时候，皇帝是宁愿装糊涂，任凭朝政中的弊病慢慢积累，也不愿正视弊端去解决它、纠正它。

这却正合了他这个宰相的心愿，朝堂之高，江湖之远，天下之大，岂无弊端？有了弊端，岂是一朝一夕就能解决的？天下事若都能十全十美，还要他这个宰相何用？

但此刻，他沉默着，那张木然的脸上，丝毫看不出内心起伏的波澜。他不能让皇帝看出他对范仲淹的钦佩与赞赏。朝堂之上，有他吕夷简，就不能有范仲淹。范仲淹太可怕了，三四个月的光阴，就把一个乱糟糟的开封府治理得如同他的家一样安宁祥和。他的一言一行，莫不是治国安民的良策，莫不威胁着他的相位。而且，阎文应被贬之仇尚未报呢！

吕夷简敛了心神，收了奏折，回禀道：“陛下，依臣看来，范仲淹的圣贤书读迂腐了，并无真才实学。不过是沽名钓誉，好大喜功之徒。其所作所为，实在是不切实际。”

吕夷简真是太了解当今天子了，宋仁宗赵祯，就是一个平庸而保守的皇帝，他根本无法理解范仲淹对大宋国兼顾理想与现实的最佳构想。在所有的、反对迁都洛阳的奏疏中，唯有范仲淹的建议，是最切合实际的权宜之计。而他，却听信了吕夷简的谗言。

范仲淹并未把吕夷简对他“务名无实”的诽谤放在心里，虚名也好，迂腐也罢，天下百姓的评价才是最好的口碑。他仍然在忙于开封府繁杂事务的同时，关心着朝中之事。

进京半年来，范仲淹目睹朝廷风气日益俱下，许多弊病，与吕夷简所用官员不无关系。吕夷简任人唯亲，利用宰相之职，培植党羽亲信，以致许多德才兼备之士无法进入朝廷中枢，因而严重影响了朝政。

范仲淹以为，皇帝处理朝政繁忙，对朝廷用人虽不宜一手掌握，却也不可不察。古往今来，治乱安危之道，莫不在于用人之得失。得人则治，失人则乱。而用人之得失，其责任皆在宰相。

他通过观察与探访，精心绘制了一张“百官图”。图中标明官员升迁的次序，其中，哪些是按朝廷制度顺序升迁的，哪些是走吕夷简的门路，受吕夷简暗中提拔的。他要向皇帝上疏，专议选拔人才之事。他把精心绘制的“百官图”托给值事太监，转呈给皇帝陛下。

这日，天还未亮，朝臣们陆续到了待漏院，进门就很自然地站在屋子的两边。东边一大堆人围着吕夷简，作垂首聆听状。只有少数大臣站在另一边，面呈不屑之色，却并不轻易说话。

吕夷简见范仲淹进门，心中不免一惊，你来做什么？莫非又要上疏进言？你瞧仔细了，老夫在朝堂之上的威望，可不是凭空得来的。你不是自视才识过人么？你不是胸藏百万治国安民的良策么？你满腹经纶又怎样？你刚正不阿又如何？你动不动就标榜自己“救民疾于一方，分国忧于千里”。你手中无权，你何以救民疾？又何以分国忧？你的想法像十岁幼童般天真，你的行为又像魔鬼般难缠。只是，若要跟老夫斗，你还欠些火候。

他背着双手，踱着方步绕到范仲淹身边，眉眼堆笑：“范大人不是讲究为人臣子的德行操守么？老夫走过的地方也不算少，却从未见过品行高尚之人。”

范仲淹看了他一眼，抬头望向屋顶那盏硕大的精美的宫灯，笑道：“天下品德高尚之人何其多也，只是吕相无缘相识罢了。有道是，物以类聚，人以群分，以吕相的德行，自然招不到品德高尚之士。”

吕夷简的脸色刷地一下变得惨白，他怔怔地看着范仲淹。一时间，待漏院里一片寂静。所有朝臣，面容怪异，有的面上兴奋，心里暗暗替范仲淹捏把汗。有的幸灾乐祸，静观其变。更多的则是追随吕夷简的人，对范仲淹怒目相向。

正如范仲淹所说，投在吕夷简门下之人，何来操守之说！而吕夷简方才也说，他此生见人无数，却从未见过有德行高尚之人。所以，这些人更应闭门深思。

傍晚，范仲淹回到苦竹居，与三小子纯礼逗乐了几句，吃了饭便进了自己的大书房。

往日，无论他有多忙，回家有多晚，都会跟芳卿说一些在衙门处理事务时遇到的新奇事。今天却眉头紧锁，心事重重。

芳卿问青阳何故。

青阳也不知所以：“老爷早上去待漏院，回到衙门时，也是这般模样。”

芳卿沏了茶，端进书房。见仲淹面沉如水，神情凝重，正伏案书写，她心里忐忑不安。

仲淹见妻子面露焦虑之色，欲言又止的模样，放下笔，拍着身边的椅子：“芳卿，坐。”

芳卿依言坐下，垂眼见他奏疏上开头的几个字：帝王好尚。她抬头看着他清瘦的面庞，深陷的眼眶，轻声道：“希文，朝纲混乱，国事维艰，不是你一人能扭转乾坤的啊！”

“是啊！”仲淹长声叹息，“可我为人臣子，担系着天下兴亡的责任，又怎可装聋作哑？”

芳卿往茶碗里斟茶：“我从你与堂兄的谈话中，也可揣摸朝中情形。如今皇帝宠信吕夷简，谏官们不敢上言谏诤。就算谏臣进谏，却不是规劝天子，而是一门心思弹劾同僚。时日一长，便台谏不分了，以致国情不能上达天听，而天子如何能从善如流？吕夷简利用职权，拉拢台谏大臣，独揽朝纲，岂是你一个小小的开封府尹能斗得过的？你位卑言轻，说话又不计后果，不怕得罪旁人，直率得令人生畏，怕是难得圣心赏识啊！”

仲淹沉思道：“吕夷简并非大奸大恶之人，只是利欲心太重。在皇帝面前，把小事说成大事，易事说成难事，甚至把一些尚未完成之事，说是自己经过诸多努力的建树。以此欺瞒皇帝，其目的不过是想稳住自己在朝廷的地位。”

芳卿眼里流露出几分愕然：“吕夷简并非大奸大恶之人？这是你对他的评价么？只不知，他是否领你的这份人情。”

仲淹拿笔舔了墨汁：“皇帝，虽说是九五之尊，却也不是完人。你知道吕夷简为何深得皇帝的宠信？”

芳卿摇头，顺手拿起墨条在砚池里轻轻研墨。

“当今皇帝最不愿看到、听到的，是朝廷内外慢慢积累起来的各种弊端。”仲淹分析道，“而吕夷简最会揣摸圣意，就蓄意掩盖各种矛盾与弊病，以体现自己任宰相时的功绩与天下安定的景象。”

芳卿叹道：“皇帝竟识不破吕夷简的欺瞒手段。”

仲淹写罢《帝王好尚》，芳卿以为他要歇息了，便停了研墨，可是他又铺了新纸。忍不住问：“老爷要上两份疏么？”

“我要上四份疏。”仲淹回道，“分别以四论来提醒皇帝看清当前的朝政事务。”

芳卿惊讶：“四论？”

“是的，”仲淹头也不抬，“《帝王好尚》《选贤任能》《近名》《推委》。”

芳卿无语，一股莫名的忧虑又涌上心头，可她能说什么呢？蓦然，她的心似被利刃割了一般剧痛，五脏六腑翻腾起来，她抚胸哎哟一声，又怕仲淹听见，忙掩了口。

仲淹听见了这声痛苦的呻吟，只道是她为自己担忧，正要安慰几句。抬眼却见芳卿痛苦的表情，一双温和的眼睛里饱含着晶莹的泪水，苍白憔悴的脸上，布满细密的汗珠。他慌了，扶着她肩问："芳卿，你病了么？"

芳卿见他焦急的模样，抹了一把额头上的汗水，展颜笑道："看把你急的！我哪是病了？是怕你上疏进谏遭人嫉恨。"

仲淹舒一口气："我以为你又生病了呢！"拿起笔，又道："你的病才好，身子骨还很弱，快去歇着罢！还有两份疏，一会儿就写好。"

芳卿为他续了茶水，轻声道："还早着呢！孩子们还在读书习字，我就在这儿看着你。"

第二天，范仲淹的四论摆在了仁宗皇帝御书房的书案上。

仁宗暗自思忖，范仲淹博古通今，胸藏文韬武略，实在是难得的人才。只是，此人个性太过执拗，爱认死理，撞到南墙也不知回头。在为人处事上，若能圆融一些，与吕夷简一起辅佐朕，朕的家国天下何愁不兴旺发达？

五月的天气，温暖而舒爽，仁宗离了他的龙椅，缓步到门边，望着殿外几株高大的柏树，两只不知名儿的鸟儿，时而停在翠绿的枝头，卿卿我我；时而上下翻飞，追逐游戏。看去似一双情侣，又似一对兄妹。若吕夷简与范仲淹，像这双鸟儿一样比翼于飞该多好！

有风拂过，挟带着几许花香，这楼台亭阁间的初夏之景，丝毫提不起他的兴致，反而有些烦闷。前几天，范仲淹上的"百官图"，明白无误地指责吕夷简利用宰相之权，按自己的喜好用人，已引起吕夷简的极度不满。今儿又上四论，把吕夷简比作西汉时的张禹。

张禹何许人也？当汉成帝还是太子时，张禹便是太子师。汉成帝即位后，张禹拜相封侯。朝廷每有大事，汉成帝必请教张禹。有一年日食，又地震频发。朝野上下皆认为天显灾异现象，必是昭示天下，王莽专权。汉成帝心中也以为如此，只是查无实证，便私下里询问张禹。张禹心里明镜似的，只是他年事已高，子孙又无权势，便不敢直言相告，只说灾难的变数，高深难测，并非人们所说的王氏专权。汉成帝自此不再怀疑王莽，最终导致王莽之乱。

仁宗又回至案前坐下，随手翻着范仲淹的四本奏折，思来想去，权衡不下，心里烦恼陡增，命太监传吕夷简觐见。

第三十三章　三度遭贬　正直之臣同赴难

吕夷简在仁宗皇帝的御书房里，奉读范仲淹的四论。读到自己被指为西汉时的张禹，败坏祖宗家法时，心头的怒火几欲冲冠而起。但他知道皇帝一双眼睛正紧盯他，他隐忍着，继续默读。

当“以小为大，以易为难，以未成为已成，以急务为闲务”一行字跳入他的眼帘，吕夷简像被烧红的烙铁烙了胸口一般，脸红到了脖子根。

他扔了奏折，跪倒在仁宗脚下，悲泣道：“陛下，并非臣心胸狭窄，听不进谏言，实在是范仲淹太过猖獗。他指责臣是‘张禹’倒无关大体，暗中却讥讽陛下是昏君汉成帝啊！”

仁宗心头的怒火已悄悄点燃，他扶起吕夷简。

吕夷简偷眼看去，见仁宗脸色惨白，又垂首道：“范仲淹前日的‘百官图’，已引起群臣的愤慨。今日又以四论挑拨臣与陛下的关系，欲使君臣不和而致朝纲大乱，范仲淹实在是大不敬啊！”

仁宗越听，越觉得吕夷简说得有理，终于按捺不住，一掌击在案上：“范仲淹把所有人都不放在眼里，难道对天子，他也不曾有一点敬畏之心么？”

吕夷简假惺惺地安慰道：“陛下保重龙体，请息雷霆之怒！范仲淹向来无视陛下之天威，也无视朝廷之法度。越级言事，荐引朋党，离间君臣。”

自古为帝王者，最忌“朋党”。既是结党，必然排除异己，必然有所图谋，必然对朝廷不利。朋比为奸，历来为君王所深恶痛绝，也为忠诚耿直之士所唾弃。正因如此，也常常被奸邪之徒所利用。

吕夷简为稳固相位，在朝廷内外培植亲信，结党营私。此时为达到目的，竟恶人先告状。他这一招也着实厉害，仁宗铁青着脸，一双手紧握成拳头，惨白的手背上，青筋隐现。

吕夷简见火候已到，知道不能再火上浇油，便以退为进，匍匐于地，叩首道：“陛下，臣，无颜与范仲淹同朝共事，请陛下允许臣告老还乡，颐养天年。”

仁宗忙道：“爱卿不老啊！何出此言？”

吕夷简跪地不起。

仁宗又道：“爱卿少安毋躁，朕自当妥善处置。”

话以至此，吕夷简不能再矫情了，唯恐皇帝真的准许他告老还乡，那才叫偷鸡不成蚀把米。他从地上爬起来，躬身告退。

吕夷简回至府中，不像往常一般，与儿孙逗乐，听曲观舞，而是把自己关进书房，

回想在御书房里的每一个细节。他自信方才在皇帝面前的一言一行都没有破绽，可皇帝的表情，着实难以琢磨。看他的脸色，算得上龙颜震怒，而龙颜震怒之下却没有下诏，将范仲淹或杀或贬。

莫非皇帝真的知道我结党营私？莫非他真的知道我平日“以小为大，以易为难，以未成为已成，以急务为闲务”的做法？这个该死的范仲淹，真是太可怕了！居然能以寥寥数语，概括出老夫多年来哄骗皇帝的心得。

汴京的黄昏，明丽而凉爽。蔡河之上，画舫悠悠，货船连绵；河两岸，杨柳笼烟，槐花吹雪，好一个芬芳清新的五月京城。

吕夷简关在书房里，却是一身的冷汗。一直以来，他为能揣摸皇帝的心思而沾沾自喜。今天，他竟失去了往日的自信。他后悔方才以退为进的计谋，他不能确定皇帝这次是留他，还是留范仲淹。既然不能确定，就得想个万全之策。

吕夫人听侍女说老爷一回府，便进了书房，再也未出来。

吕夫人心里疑惑，从侍女手中接过托盘，来到书房门外，轻轻敲门，柔声道：“老爷开门来。”

门开了，吕夫人见他眉头紧锁，面色沉郁，却不敢问，只把托盘上的参汤放在他面前，柔声道：“把参汤喝了罢，再大的事儿也大不过有副好身板。”

吕夷简似未听见夫人的话，眼睛茫然地看着她日益发福的腰身，那隆起的腹部，如同妇人怀孕五六个月的模样。

吕夷简猛然拍下脑袋，失声道：“哎呀，夫人哪！你来得正是时候！让我想起一件事来！”

吕夫人见他盯着自己的肚子大叫，心里恼怒。正要发话，又听他说想起一件事，便把嘴边的话咽了回去。

吕夷简却端起参汤，一气喝干，起身关了房门。抹着嘴问：“夫人可记得当今皇帝贵庚几何？”

吕夫人莫名其妙，想了想，眨巴着眼睛说：“二十六七岁吧。”

“是了，今年二十七。”吕夷简掐指算道，又压低嗓门，“皇帝青春华年，血气方刚，后宫的众多嫔妃，怎么就无人生养呢？”

吕夫人一脸惊恐：“老爷，你可别惹祸！”

吕夷简眼睛一瞪：“这是老夫的宰相府，不是蔡河湾大街！老夫在自己府里说话，还怕谁去告密不成？”话说得恶狠狠的，声音却低得如同耳语。

吕夫人似不解：“平白无故的，如何扯起这件事？当年的郭皇后，不就是因为无子嗣而被废的么？”

“女人哪！都这般不争气，连个娃也生不出来。”吕夷简摇头叹息。

吕夫人白他一眼：“那倒未必！三宫六院，一个个嫩如鲜藕般的美人儿，莫非都有病不成？自古以来，谁不知母以子为贵？她们都跟自己有仇么？是不是男人无用，也未可知！”

吕夷简见她出语惊人，吓得魂飞魄散，忙捂住她的嘴：“我的姑奶奶！你想害死这一大家子啊！”

吕夫人使劲掰开他的手，小声道：“不是你先问起的么？”

“因为皇帝二十七岁尚无子嗣，范仲淹自作聪明，曾密奏皇帝，建议立皇太弟侄为太子。”

“皇帝答应了？”

“答应？”吕夷简一甩袖子，“真是妇人之见！不到万不得已，皇帝岂能立他人之子为太子？”提起茶壶想倒茶，发现茶壶是空的，随手扔了，茶壶在桌上打了几个旋才稳住。

吕夫人且不管茶壶，盯着他问：“皇帝尚且年轻，范仲淹如何就管起这等大事来了？”

吕夷简捋着胡须，眯着一双原本就很小的眼睛：“范仲淹在找不自在！他以为，他是至诚之心，是为大宋国的将来着想。而皇帝，却是恼怒了好些日子。我正愁找不着他的把柄，竟忘了此事。幸好你进来，提醒了我。”

吕夫人瞪眼问：“我提醒了你？”

吕夷简不理她，望着窗外渐渐暗下来的天光，轻轻地却是冷冷地说：“范仲淹，你等着！这一次，老夫让你离京城更远。”

一连两天，吕夷简称病不上朝，而弹劾范仲淹请立皇太弟侄是别有用心的奏折却到了皇帝手中。

第三天早朝，皇帝诏书，以“朋党”罪罢免范仲淹天章阁待制、开封府尹之职，任饶州（今江西鄱阳）知府。

值事太监宣读诏书的话音刚落，一向附随吕夷简的殿中侍御史韩渎出列：“臣奏请陛下，将范仲淹朋党的官员姓名一一列出，悬于朝堂之上，以戒百官不得越职言事。”

众人惊骇，皇帝沉默着，并未说准奏。众人正胡乱猜测着，却见秘书丞、集贤校理余靖出列奏道：“陛下，臣自入朝任职以来，从未听说过范仲淹有‘朋党’之论。臣与范仲淹素无往来，但臣仰慕其为人至诚至真至纯，德才兼备，是朝廷不可缺失的人才。”

殿中一片寂静，余靖继续禀道：“范仲淹以前上疏请奏太后还政，后来又谏止废黜谪后，两次遭贬，都是因为陛下的家事。而这一次，仅仅是对大臣的谏言，竟遭到重处，岂不是有些怪异？况且，范仲淹言事，是出于公允之心。若他说得不对，陛下不听便可，怎可将其治罪？岂不闻，西汉时，汲黯在朝廷上说宰相公孙弘多诈；三国时，吴国老臣张昭论将，说大将军鲁肃粗疏。但汉武帝与孙权对双方都能宽容待之，并都加以重用。而陛下自亲政以来，竟然三次连贬进谏之人，这恐怕不是太平之政。臣，斗胆请陛下收回贬黜范仲淹的诏命。”

殿中安静得只听得见众人的呼吸，大家都低垂着脑袋，不敢仰视高高在上的宋仁宗皇帝。

侍立在仁宗身侧的太监，斜眼见他脸上汗油油的，几次欲起身，便移步上前，轻声唤道："陛下？"

仁宗极轻却是极果断地说："退朝！"

值事太监后退几步，一扬手中的拂尘，拖长声音道："退朝！"

两天后，仍然是早朝中。殿中文武百官，各怀心事。吕夷简看上去病好了，精神焕发地立在群臣之前。待仁宗坐上龙椅，众臣山呼"万岁"，叩拜之后，值事太监宣读诏命：罢秘书丞、集贤校理余靖之职，贬为监筠州（今江西高安）酒税。

太监宣读诏书的余音在殿内回荡，众臣之中，有惊骇的，有漠然的。也有人在想，余靖敢逆龙鳞，犯颜直言，今日遭贬，或许范仲淹在朝中真有"朋党"？

太子中允、馆阁校勘尹洙看了一眼噤若寒蝉的同僚，跨步上前，朗声道："臣钦佩范仲淹胸怀磊落，诚实可信的人品，朝中也有人说臣曾受过他的举荐。臣也当他是良师益友，算得上是范仲淹党人。而余靖与范仲淹素无往来，却坐'朋党'之罪，那么，臣更应该与范仲淹同贬才算合情合理。"

莫说殿中群臣诧异了，仁宗似乎不相信自己的耳朵，他双手摁着龙椅两侧的龙头扶手，向前倾着上半身，紧盯着尹洙。

尹洙那张英武的脸上，没有一丝胆怯。他昂首挺胸，目光清澈，直视宋仁宗皇帝赵祯。

仁宗转眼去看吕夷简。吕夷简内心嫉恨，居然有朝臣自愿随范仲淹一同贬黜。面上却盈盈浅笑，似乎在说：陛下，臣的话再也不错的，范仲淹的党羽一个个地跳出来了。

仁宗一时不辨真伪，心中烦躁且不必说，又一层恼怒袭上心头。昨日是余靖，今天是尹洙。朕的朝廷是怎么了？居然有人不恋皇城，不慕高官，而自愿坐"朋党"之罪，随范仲淹一起放逐！是范仲淹真的有"朋党"？还是范仲淹操守高尚？更或许是这些人都疯了？

想到此，仁宗脱口道："好！尹洙，你愿随范仲淹一起贬黜，果然是有情有义之人。朕若不准了你的奏，岂不显得朕不知世间情之为何物？朕就成全了你至情至性的品格。罢太子中允、馆阁校勘尹洙之职，降为崇信军节度掌书记，监郢州（今湖北钟祥）酒税。"说毕，拂袖而去。

五月的京郊，黄莺啼老，柳不吹绵。唯有长亭外的青草，沿着蔡河两岸向远处绵延，似要随着流水，随着游人，将一汪碧绿的草色，染翠天涯。

范仲淹带了一家老小，把衣物书籍装了箱笼，搬上马车，离了苦竹居，往河边码头而来。

快到码头时，青阳远远地就看见长亭边停有马车，以为是歇息的旅客，并不在意。一怀郁闷的心事，只替他的老爷不平，却又无可奈何。

纯仁从车中探出头来，向外张望。到底是孩子，眼神好，他一迭声地大叫："爹！娘！舅舅在长亭！"

青阳定眼瞧去，果真是舅老爷李纮。

仲淹已跳下马车，嘱咐纯佑纯仁帮青阳卸下箱笼，搬上客船。自己则快步往长亭而去。

冷不防身后一个声音传来："范公，范公！"

仲淹回头看去，见好友王质（1001—1045）拄着拐杖，由童子扶了，正蹒跚而来。

仲淹忙迎上去扶住王质，见他面容憔悴，不禁责怪道："贤弟贵体欠安，何必来此！若让人看见，报与朝廷，生出无妄之灾来，愚兄于心何忍！"

王质把拐杖往地上一戳，愤然道："范公说的哪家话？我王质在范公眼里竟如此是非不分、惧怕权贵么？"

仲淹扶他进亭中，李纮过来，三人见礼问好。

李纮吩咐随从李子，把带来的酒菜摆上石桌，三人不分主宾，依次而坐。

李子给三人斟上酒，侍立在侧。

王质举杯道："这些日子，我因病在家休养，不能在朝堂之上为范公喊冤辩护，心中羞愧。今日借李兄之酒，送范公一程。前方山高路远，范公当自保重！"一仰脖子，杯干酒尽。

仲淹与李纮见他神情肃穆，语言真挚，知他是耿直、慷慨之士，也无须客套，二人当即干了杯中酒。

李纮放下酒杯，沉声道："除了余靖、尹洙被贬，昨日又贬黜一人。"

王质瞪大眼睛，盯着李纮。

仲淹惊问："又有何人遭贬？"

"欧阳修。"

"欧阳永叔？"仲淹急道，"他如何也卷了进来？"

李纮提起酒壶，又满斟三杯："欧阳永叔平日最仰慕的便是你范希文了，这次你因进忠言而遭'朋党'之冤，他自觉位卑言轻，不能为你上朝堂辩护而难过。更兼朝廷不让越职言事，便给右司谏高若讷写了一封信。"

仲淹皱眉道："高若讷身为言官，却从未站在公正公平的立场向朝廷进言。此番景况，怕是听不进永叔的话。"

李纮独自喝口酒："永叔在信中钦佩希文是敢于直言的真君子，褒奖了余靖、尹洙的果敢行为。斥责高若讷贪恋官位利禄，而附随吕夷简。身为言谏官却俯仰应付，助纣为虐，诋毁贤者，真不知人间尚有羞耻之事。"

王质高声赞道："骂得好！骂得痛快！"

李纮道："他在信中最后写道，如果范公真有朋党之罪，那么我欧阳修今日说的这番话，足以称得上是范公的党人了。你何不把我的信交给皇帝陛下，将我也一并贬黜了，岂不干净！"

仲淹捶桌道："永叔太冲动了！高若讷岂肯放过他！"

李纮接道："高若讷读信时的心境如何，我不得而知。但他确实是听了永叔的话，把信呈给了朝廷。昨日，欧阳永叔就接到诏书：罢镇南节度掌书记、馆阁校勘欧阳修之职，贬为夷陵（今湖北宜昌）县令。"

仲淹摇头叹息："这是我未曾料到的。"

王质冷笑一声："皇帝宠信奸臣，奸臣堵塞言路，台谏司如同聋子的耳朵，只是个摆设罢了。朝廷从此休想太平了。"

青阳已将箱笼搬上客船，听夫人的吩咐来催促仲淹。

仲淹抬眼看看空中的日头，又看着眼前的二位挚友，一时也不知该说什么，朝二人拱手道："希文就此别过，二位请回吧。"低头出了长亭，登船而去。

李纮、王质立在河边，直望到仲淹的船帆如一只白鸥，融入水天相连处。

第二天天不亮，王质拄着拐杖来到待漏院。

有人窃语："这王质，是东京城里第一怪，前些日子因病未能上朝，倒省了些烦恼。"

一人接道："以前，王质在蔡州为官时，州内百姓为唐朝曾在当地作乱的蔡元济立庙。王质斥说，怎可为这种无耻之徒立庙？当即下令拆掉，给狄仁杰与奉命讨平蔡元济的李愬立庙，供世人奉祠。若他遇上范仲淹之事，岂有袖手旁观的！"

"可不！他向来以范仲淹为贤者，岂有不为他说话的？前些日子若是来了，这会子也不知被贬到哪里去了。"

说话的声音不大，却也不小，在这寂静的待漏院里，王质都听在耳里，他拄着拐杖，昂着头，倚墙壁而立，不理睬对方。

那先开口说话的人，踱至王质身边，附在他耳边细语："昨日，有人见你去码头送范仲淹了。若说李纮去送他，还情有可原，因李纮是范夫人的堂兄，是亲戚。而你，名声干净，去送一个犯朋党之罪的人，岂不是自甘沦为范仲淹的朋党？"

王质一掌推开他，翻着白眼道："范希文是世间少有的贤者，若能成为他的党人，倒是我王质的荣幸。"声音不大，在这凌晨的待漏院里，却震得众臣心跳。

那人羞红了脸，借着灯光扫了众人一眼，似要转移话题："这年头怪事多，祸事也有人掺和。那光禄寺主簿苏舜钦，新任左司谏韩琦，年纪轻轻的，也不想想自己往后的日子，竟也敢上疏指责吕相，真是不自量力。"

此时，门外有人高声咳嗽，门帘掀处，吕夷简沉着一张阴森森的脸跨进门来。

众人即刻静下来，待漏院里只听见灯芯燃烧时，偶尔发出的轻微噼啪声。

王质拄着拐杖咚咚地走至房中间，从怀里摸出几页纸，扬声道："诸位同僚，请看看，我这里有首诗，题目叫《四贤一不肖》。"

有的人不知所以，见吕夷简来了气氛压抑，想换个无关紧要的话题，便争相阅诗。

有知道缘故的，便不动声色，静观其变。

吕夷简端坐着，面沉如水，心却如煮沸的水般翻腾。昨日，他就读过这首诗了。《四贤一不肖》，四贤是指范仲淹、余靖、尹洙、欧阳修，一不肖指高若讷。诗作者，是现任西京洛阳留守推官，人称"仙游才子"的蔡襄。

这次他大获全胜，贬黜范仲淹，除去了心头之患，也报了阎文应的一箭之仇，并带出了余靖、尹洙、欧阳修三人，却因此成全了范仲淹的贤名，这是他不曾料到的。而眼前的王质、李纮，还有苏舜钦、韩琦，西京洛阳的蔡襄，又何尝不是怀着同仇敌忾之心来对付他？

读罢此诗的人，在悄悄找高若讷。有人回道，高若讷因愧疚，称病在家，几天未上朝了。

众人似乎也不像先前那般惧怕吕夷简了，议论声渐起。

这首《四贤一不肖》的诗，传播之快，范围之广，影响之大，怕是作者蔡襄本人也未曾料到的。从西京洛阳，至东京开封，市井之民，文人雅士，朝中官员，一时争相购买。听说，契丹使臣也买了此诗，带回本国了呢！

第三十四章　秋风萧索　痛失贤妻断知己

仲淹带着家人，车马舟船，辗转几千里，历时三个月，于景祐三年（1036 年）八月到达饶州（今江西鄱阳）。

在饶州州衙后面，有一所单独的院落，是前任知府腾出来的，青阳带纯佑纯仁细细收拾了，安置妥当，这个新家也就有模有样了。

仲淹则忙着与前任知府交接手续，交割完毕，已近黄昏。本想在州衙给朝廷写谢表，因惦记着芳卿尚在病中，又不知房舍收拾得如何，便收了案头的书卷笔墨，匆匆回到后衙。

小院里，有一株桂树，一株枣树。枣树上，枣子已荡然无存，秋风起时，半黄的枣叶簌簌而落，撒满井沿与门前的石阶。那桂树，却是绿叶繁枝，花蕊累累。花虽未开全，香气已馥郁袭人。

青阳找了块木板盖住井口，以免叶子落进井里，又拿了笤帚将一地落叶扫成一堆，正要用竹筐将叶子装进灶间，却见仲淹推门进来。

“老爷回来了！”青阳问，“衙门里的事交割完了？”

上午到时，箱笼包裹堆满院子，凌乱不堪。此时，却干净整洁。仲淹心想，这个家多亏了青阳与香草。自己虽是主人，则像客人一般，心里不免有几分自责。

“衙门里的事已交割完毕，”仲淹问，“家里都安顿好了吗？”

“老爷放心，”青阳回道，“已安置妥当。”随即又去装叶子。

仲淹进了屋，见芳卿正倚在八仙桌前，咳嗽不止。他几步跨过去，扶住她的双肩：“芳卿，你又咳得厉害了。”

芳卿见是仲淹，忙忍住咳嗽，一张苍白的脸憋得通红。

仲淹拉过她的手，要为她把脉。

芳卿抽出手：“不过是旅途疲惫了些，方才又在这风口坐了会儿，歇几天就好了，不碍事的。”

仲淹道：“可不！已是深秋了，这风如何吹得？快回房里去歇着。”

芳卿轻声道：“我想去厨房，看香草与碧云收拾得如何。”

仲淹笑道：“堂屋、厢房、书房都已妥当，厨房有何不妥？你先回房，我代你去看。”

仲淹刚出门，芳卿又咳起来，因为方才隐忍着，此时咳得更厉害。她觉得一股血腥气从胸腔里翻腾而起，夺口而出，一口鲜血喷洒于地。

她掏出手帕揩了嘴，盯着帕子上殷红的血迹，一刹那间，那颗柔弱的心，那颗为丈夫日夜悬着的心，就如门外的落叶一般苍白无力。

她所受的教育，是仁义礼智信，温良恭俭让。父辈说，这就是做人最起码的道德准则。从懂事起，她就按照这个准则来约束自己，从未有过雄心壮志，也从不逞强好胜。自嫁给仲淹后，她不求他高官厚禄，不求他香车宝马，只求与他在这烟火人间，风雨相携，琴书相伴，白头偕老。

回首算来，嫁给仲淹已有十四个年头。十四年的风霜雨雪，一路扶持而来，有花前月下，有琴瑟共鸣，也有红袖添香。更多的则是离别，是牵挂，是担忧，是风雨江湖的共同跋涉。而今回想起来，那一切竟是如此美好，如此的奢侈，奢侈到竟是那样的不可多得，又是那样的不可再求。

她挣扎着来到门外，想铲点浮土掩盖堂屋地上的血迹，以免仲淹看见而为她担忧。

她抬眼向天，晚霞消散在西方天际，秋天的苍穹是那样的清远而辽阔。两只离群的大雁，正奋力地飞过，留下几声长鸣。院中的枣树又飘下几片枯叶，桂花的香味沁人心脾。

她心里暗暗祈祷，愿孤雁在天黑之前找到雁群。

青阳送一筐落叶去灶间，又回到前院，见芳卿面色惨白，神情凄清，手里拿着铲子，却仰面向天。不禁诧异："夫人怎么了？这院子我已经收拾干净了，不用铲啦。"

芳卿无力地摇摇头，手中的铲子落在地上。

青阳捡起铲子，探究地看着她。

芳卿道："青阳，你铲些浮土去堂屋，把地上的血迹扫掉。记住，千万不可说给老爷知道！"

青阳见她嘴角有一丝凝固的血斑，心里涌出一种不祥之感。但他不敢吱声，忙铲了些土去堂屋。地上的血迹已经凝固，呈深褐色，用浮土也沾不起来。青阳还是把浮土撒在血迹上面，拿笤帚用力扫了扫，深褐色变成了土灰色，在堂屋黑色的土地上看去，依然触目惊心。

晚餐，在昏黄的油灯下，仲淹竟未看出芳卿脸色的异样。他心里惦着给朝廷写谢恩表，搁了碗筷，便进了书房。

芳卿没有去卧房歇息。她知道，她在这个世上的日子，只能按时日计算了。她不想躺在床上胡思乱想，她只想陪在丈夫身边，多看他几眼。

照例，碧云沏了茶来，芳卿接过茶盘，欲言又止。

碧云是个极聪慧的丫头，见芳卿神色有异，低眉屈膝："夫人有何吩咐，碧云当谨记于心。"

芳卿淡然笑道："你原是极勤快、极聪明的人儿，今后侍候老爷的事，我也无须多说。"端了茶盘进书房去。

碧云立在原地，对夫人的话不甚至明了。只是从此，心里便多了几分莫名的担忧。

芳卿进来，仲淹头也不抬："芳卿，你快去歇着罢，我这里不用你侍候。"

芳卿不答，放下茶盘，倚在一边看他写《饶州谢上表》。见他正写："有犯无隐，惟上则知；许国忘家，亦臣自信。"又"动静三思，始终一志"。

她懂的，他这是说，虽遭三次贬黜而素心依然不改，依然坚持自己的立场。忍不住叹道："希文，满朝之中，如你这般刚毅倔强、直言极谏、持节不阿之臣，怕是极少的吧。"

仲淹搁了笔："其实也不少。你看，余靖、尹洙、欧阳修，他们这次就是为了给我辩护，才遭朋党之灾。若不是极刚正不阿之人，如何能为了一个不相干之人，而遭受贬黜？还有苏舜钦、蔡襄、韩琦，这些年轻人，都是不畏权贵的耿直之士。"

他从怀里掏两页纸笺，递给芳卿："我给你看一封信，这是好友梅尧臣寄来的。我们在路上走时，这封信已先到了饶州府。今日在州衙交割时，前任知州给我的。"

芳卿展开看去，是一首《啄木》诗，与一首《灵乌赋》。

梅尧臣在诗中劝仲淹，不要像啄木鸟一样，啄了树木中的虫子，反而招来杀身之祸。对吕夷简这样的人，睁只眼，闭只眼，不要过于执着。

《灵乌赋》说仲淹在朝中屡次直言极谏，都被当作乌鸦不祥的叫声。他劝仲淹应学报喜之鸟，不要像乌鸦那样报凶讯而"招唾骂于里闾"。希望他从此管住嘴巴，除了随意吃喝外，不要多管闲事。

芳卿读完信，笑问："他如此好心好意劝你，你将如何作答？"

仲淹执笔蘸墨："我即刻回信，告诉他，我范仲淹'宁鸣而死，不默而生'，这便是我立朝为官的准则。"

一连几天，青阳心事重重的。香草只道他是旅途劳累了，又或者是跟老爷一起，见了太多的不平事，也未把他放在心上。

这天夜里，青阳终于忍不住了，靠在床头，对正在灯下做针线活的香草说："香草啊，你能不能不纳鞋底了？听我说说话。"

香草习惯地拿针在头发上轻轻篦了一下，嗔道："我又不是手听你说话，为何不能纳鞋底？说吧，我听着呢！"

青阳叹息一声，撑起身子，贴在香草的耳边，轻轻道："夫人吐血了。"

香草惊叫，原来纳鞋底的针扎进了手指，捂着冒血的手指，瞪眼骂道："青阳，你是不是疯了？嚼什么舌头呢！"

青阳压低嗓门道："姑奶奶，你小声点。这是真的，前天傍晚的事，夫人还让我铲土扫血迹呢！"

香草急道："那你不早说？"

"夫人一再叮嘱，不让我说的。"

香草骂道："你真是个榆木脑袋一根筋！"扔了鞋底，起身就走。

青阳一把拉住她，急道："你去哪儿？"

"我去跟老爷说，夫人病得很厉害了。"

"你疯了！什么时辰了？老爷夫人已经睡下了。"

香草一下坐在床沿，急得直掉眼泪。

青阳扯了手帕递给她："在途中，我见你天天给夫人煎药，以为吃药就会慢慢好起来。谁料，夫人的病越发重了。"

香草抹把眼泪："夫人原本身子就不好，为老爷的事担惊受怕，又一路奔波到饶州。就算是好人，也经受不了几下折腾的。"

青阳叹道："我活了这般年纪，从十几岁出门拜师习武，到边境当兵，又从军中逃出做偷儿，直到遇上老爷。见过的人，也不知有多少，还从未见过老爷这样人品的。"

香草冷笑："你这种人，能见识什么样的人？我家老爷从小就秉性耿直，光明磊落，是古往今来第一人！这天下，任是谁，也比不过老爷的。"

"是是是！你看看，"青阳并不介意香草鄙视他，"我们这次从京城到饶州，历时三个月，途经十几个州县。就因为老爷得罪了吕夷简，这些狗官，竟然无一人出面迎接。但老爷毫不介怀，这是何等的气度与胸襟！"

香草斥道："你懂什么？这些人都是墙头草，风吹两边倒的货色。老爷犯得着跟这些小人一般见识？你也别闲扯了，明儿还有事呢，早些睡罢。"转头"噗"的一下吹灭油灯，几把脱了外衣扯了被子蒙了头，却是辗转反侧，难以入眠。

转眼过了重阳节。有道是，九月重阳，提火进房，天气日渐寒冷。篱边的菊花渐已凋零，天空不见雁影，更显辽阔高远。

芳卿的病日益沉重。

这日，天刚蒙蒙亮，仲淹便叫醒纯佑："天成，你早点起来，我今儿要去城外的工地，你好生照看你娘。"

待纯佑穿衣起床时，仲淹已开院门出去。

香草熬了小米粥，特意煎了一盘豆腐，炒了一个青油菜。

碧云将粥、菜端到芳卿房里，纯佑接过："云姑姑，我来。"

碧云想扶芳卿坐起来，芳卿抬起瘦削的手，轻轻摇了摇，用微弱的声音说："碧云，去叫香草来。"碧云答应着去了。

纯佑笑道："香草姑姑的豆腐煎得真好，两面焦黄，外脆内软，娘快尝一口。"

芳卿慈爱地看着儿子，眼里饱含着泪水，她费力地给儿子一个笑容："娘不饿，你吃吧。"

纯佑端起粥碗："娘，孩儿已经吃过了。爹爹去衙门办差了，他嘱咐孩儿要好好侍候娘。娘吃饱了，病就好得快。"

芳卿拉过纯佑的手，声音低得几近耳语："天成，娘怕是好不了了。你今年已满十三岁，是大人了，要带好弟弟，不要让爹爹操心。"

纯佑吓得扔了碗，扑在芳卿身上放声大哭。

碧云正叫了香草，二人听见哭声，一齐扑进房来。

碧云把纯佑拉到门外，小声道："少爷万万不可哭！你一哭，夫人就更伤心了。"

香草捧起芳卿的手，流泪唤道："夫人，夫人！"

芳卿惨然一笑，流泪道："香草哭什么呢？你自小跟老夫人一起长大，最知老爷的秉性了。如今我去了，你跟碧云，要替我照顾好老爷和这几个孩子。"

香草抹把眼泪，把芳卿冰凉的手塞进被子里，从枕边抽出帕子，抹去她眼角的泪水：

“夫人说哪里的话！夫人很快会好起来的。”便起身来到后门外，青阳正在挖菜地。

香草上前夺了他手中的锄头，低声道：“快去衙门请老爷回家！”

青阳见香草眼圈红红的，尚有泪痕，忙问：“香草，怎么了？”

香草失声哭道：“夫人不行了，快去请老爷回家！”

青阳急道：“今儿老爷也不知在哪一处工地。”见香草六神无主的，便跌跌撞撞地向门外跑去。

青阳找了几处，方才在修筑城墙的工地找到满身泥水的仲淹。

待仲淹回到家时，已是午饭时分，芳卿没有等到他，已溘然长逝。

芳卿虽然面色萎黄消瘦，但容貌依旧端庄秀美，她躺在床上，安详得如同熟睡一般。

仲淹不相信芳卿死了，他不相信与他同甘苦、共患难的妻子，舍得撇下他和孩子，一人驾鹤仙去。他斜坐在床沿，拉起芳卿，将她的上半身拥进怀里，用下巴顶着芳卿的头，轻声道：“芳卿，你累了，好好睡一觉吧！睡醒了，依然为我研墨、为我弹琴、为我沏茶、为我缝衣。我的脚啊，穿上你做的鞋，走多远的路都不觉得累。”话未说完，泪水早淌了一脸。

芳卿去后，仲淹觉得这个家空荡荡的。书房里，再也没有芳卿相依相伴的身影；清晨或黄昏，再也听不见芳卿呼唤孩子们的声音。只有窗台下的那张古琴，在岁月的深处，记载着十四年来，有芳卿一路相随的苦乐年华。

时光流逝，斯人已去，空留一窗风寒。仲淹带着孩子，与青阳、香草、碧云在饶州过了一个凄清的新年。

这天傍晚，仲淹吃了晚饭便要进书房，见香草似有话想说，便问何事。

香草看了一眼青阳，青阳眨巴着眼睛，却扭过头去。

仲淹奇怪：“你俩这是演的哪一出？是不是有事？有事快说！”

香草轻声道：“老爷，前日大夫说了，老爷的病要仔细调治，不可忧思，不可劳累，尤其不可熬夜。”

仲淹笑道：“香草你忘了？我也会治病的。我自个儿的病，我自然知道如何调治。”转头问青阳：“是你怂恿香草说的？”

青阳道：“老爷，你到饶州快一年了，修城墙，固城基，挖坑排水。不是访贫，就是救灾。还亲自上工地，从未见你闲过。如今，鄱阳湖的水可蓄可放，春耕生产也已妥当。德化桥边的陶母德坊、先贤祠皆已建好，饶州府也没有什么大事急待解决，老爷是该好好休养一阵子了。”

仲淹抬眼望向门外，门外已是夜幕低垂，院里的枣树正开着浅黄色细碎的花儿，时而有一股香甜的味道，随风飘进门来。

他收回目光，看着青阳：“跟开封府比，饶州府的事务，也不知清闲了多少。这里的百姓纯朴厚道，不像开封府，尽是钩心斗角的达官贵人。在饶州，所有的事务，处理起来轻松顺畅。近月来，春耕播种也已收尾，我还真闲得有些不自在了。”边说边往书房走去。

碧云沏了茶，青阳忙端了，跟进书房，眉眼皆是笑：“老爷，既清闲了，那就好好歇着罢，不要写奏疏啊，作诗啊，弄到深更半夜。大夫说，老爷每天须早早安歇，对身体才有益处。”

青阳往茶碗里斟茶，又道：“老爷……”

仲淹打断他话：“你年纪轻轻的，怎的如此话多？你每天家里家外，也挺累的，早些去歇着。我读会儿书就睡，不到深更半夜，如何？”

青阳愣了愣，嘿嘿笑着退了出去，正要带上房门。

仲淹又唤道：“等等！”

“老爷，有何吩咐？”青阳返身进来。

“你明日去买几株树苗，”仲淹道，“我要栽在庆朔堂前。”

青阳问：“老爷，是饶州城北，那座快要完工的屋舍么？庆朔堂，是何意啊？”

仲淹笑道：“取古代诸侯藏朔之义，所以，取名庆朔堂。”

青阳见仲淹笑意盈盈的，摸着脑袋嘀咕：“我读书时去舞刀弄棒了，老爷说了，我也不知其意。”转身欲走，扭头又问：“老爷，是买松树、果树，还是花树啊？”

仲淹正喝茶，差点笑呛：“你少时未读书，连树苗也不会买了么？不要果树，其他树苗皆可。”

第二天一早，青阳买了十余株松树苗，四株海棠树苗，送至城北庆朔堂前。仲淹已亲自动手，挖好了树坑，在庆朔堂前后，栽了十余株松树，四株海棠。

青阳问：“老爷，这树苗是不是栽得密了些？”

仲淹道：“密就密点罢，也不知能活几棵。”

（若干年后，洪迈有《庆朔堂记》称：仲淹手植九松，今盈百尺。又有记载：庆朔堂东南角，有海棠两株，每到春天，花繁叶茂。）

栽好了树，仲淹到溪边洗手，饶州府的衙役领了一个道士模样的人前来，说找知州大人。

仲淹看去，正是城东城隍庙的道长程用之，将湿淋淋的手在身上擦了几下，施礼问好：“程道长好！”

程用之颔首，道了声无量寿佛：“今日天气晴朗，范大人可有闲情随贫道四处走走？”

仲淹笑道：“有道长相伴，既可观赏春日风物，又可聆听道长解惑传神，希文何乐而不为！”

青阳收了铁锹、锄头，自去不提。

仲淹随了程用之，沿湖畔逶迤而行。暮春三月，草长莺飞，杨柳成荫。微风起处，柳絮飘飞，于依依一碧中，平添几分雪意。人行其中，真是软风拂面，衣袂沾翠，神清气爽。

二人立于湖畔，遥望向对面苍翠秀丽的庐山。

程用之捋着花白胡须，神情怡然：“饶州自古民风好斗，历来的官吏又狡诈生事，欺压百姓。大人来饶州任职后，竟是民风淳朴，邻里和睦，这都归功于大人道义风骨的教化啊！我道家竟未能做到这一点，真羞愧得紧！”

仲淹回道：“这并非我个人的功劳。百姓原本就是纯朴厚道的，哪有人不想过安定祥和的日子？希文所做的，只是让人们的善良回归本真。”

说话间，二人经过一片茶园。翠绿的茶园如一汪碧水，在眼前荡漾开去。有年轻女子在采茶，欢声笑语，在茶园上空流转。

程用之指着茶园边的一座屋舍：“茶园的主人是贫道的朋友，进去歇歇脚，喝盏茶如何？”

茶园主人正在院中晾茶，隔着院墙见了来人，忙迎出来，喜道：“难怪清晨喜鹊喳喳叫，原来是有贵客临门。”

程用之一甩拂尘：“好你个柳青扬，原来你也是认官不认友的！”

柳青扬笑道：“道长不是好朋友么？朋友自然要随和些。”

仲淹打量着院子：“你也把我当好朋友看待才好。”

柳青扬进屋搬了凳子出来，带着歉意：“屋里太拥挤，只好请大人在院子坐了。”

仲淹不以为意：“院里就好，既可说话，也可观风景。”

程用之一个劲地催：“快把你家好茶沏一壶来。”

柳青扬笑道：“那是自然。”便进屋沏茶。

一会儿，柳青扬端了茶盘出来，给二人斟了茶，便絮絮叨叨地说开了。

原来，饶州风景秀美，气候温润，土壤肥沃。自唐代以来，便是名茶产地。饶州产的鸟嘴茶，被朝廷纳为贡品。

柳青扬沏的便是鸟嘴茶，是要向朝廷缴纳的贡茶。鸟嘴茶每年只采一季春茶，其制作程序颇为繁复。从采摘到成茶，共有七道工序，即采摘、晒青、晾青、做青、杀青、揉捻、烘焙，若其中一道工序稍有疏忽，就会降低茶的级别，便不能向朝廷进贡，茶农每年都为此担忧。

柳青扬见仲淹喝了茶眉头紧锁，便收住话题，小心地问：“大人，这鸟嘴茶的味道不够香醇么？”

程用之一双精亮的眼睛紧盯着仲淹：“今年春天雨水多，茶叶的收成原本就不高，再加上制茶工序上的缺失，茶农都担心交不上朝廷的贡茶，怕受罚啊！大人觉得这茶不好吗？”

仲淹似在想另一件事：“以前的鸟嘴茶我未喝过，今儿这茶，倒是味浓甘醇，喝后口舌生津，唇齿留香。”便放了茶盏，径自出了柳青扬的院子。

程用之忙跟了出来，柳青扬不知仲淹此话何意，望着二人远去的背影，心里沉甸甸的。

仲淹回到州衙，刚坐定，青阳进来道：“老爷，德兴银山银冶场管事来等候多时，因不知老爷几时回衙，便告退了。”

仲淹坐在案前静坐了一会儿：“前儿，我去过德兴银山，说是银冶场，其实根本无银可产，拿什么向朝廷贡银？”

青阳见他铺纸，忙走近磨墨：“老爷要给朝廷上疏么？前任州府是如何处置这事儿的？”

仲淹头也不抬：“他若处置了，还能留下这一摊子事？”

青阳默不作声，低头见仲淹写道：奏免贡茶鸟嘴茶，奏业已不产银的德兴银冶场贡课。

岁月不居，时节如流，转眼又过了中秋节。

仲淹每天从衙门里回来，有时看孩子们读书做文章，大多的时候是把自己关在书房里，除了读书，便是盯着窗台下的古琴。

自芳卿去后，他再也没有抚过琴。今天，他收敛了心神，走近琴台，想弹一曲《履霜操》。他要借琴声，穿越时空，穿越生死的界限，告诉芳卿，他的思念与忧伤与这屋外的秋夜一样漫长而凄清。

他坐至琴台前，伸手褪去琴衣，见琴尾处压有一页写了字的纸笺。他好奇地轻轻地抽出有些泛黄的纸，细细读去，竟是芳卿填的一阕《玉楼春》：

珠帘不卷风吹透，愁听寒蛩声断又。枕边诗页莫频翻，谁与闲吟茶代酒？　曲栏桂子香依旧，却看灯前人影瘦。蛾眉何似去年青，泪滴素弦沾满袖。

看上去，这首词是芳卿去年中秋节之前作的，那时她似乎已知自己不久于人世。

此时，天上星河，遥遥千里。月色如水般洒在院子里，枣树叶子簌簌作响，落满石阶与井沿。四周静悄悄的，唯有虫儿在树叶间，在草丛中幽幽而鸣，更添了秋夜的静谧与空寂。

仲淹读罢，不觉悲从中来，他扔了琴衣，抚弦吟唱道：

纷纷坠叶飘香砌，夜寂静，寒声碎。真珠帘卷玉楼空，天淡银河垂地。年年今夜，月华如练，长是人千里。

愁肠已断无由醉，酒未到，先成泪。残灯明灭枕头欹，谙尽孤眠滋味。都来此事，眉间心上，无计相回避。

这是一阕《御街行》，仲淹在词中道尽对妻子芳卿的深切思念与孤独滋味。

青阳与香草尚未安歇，听仲淹唱至“愁肠已断无由醉，酒未到，先成泪。残灯明灭枕头欹，谙尽孤眠滋味”时，早已泪水涟涟。

香草泣道：“想不到，如此铁石心肠之人，竟能作此销魂之语。”

青阳喃喃道：“老爷平生只奏《履霜操》而被世人称为范履霜，今夜这支不同的曲子，却奏出了如山一样重的情，如海一样深的愁啊！”

第三十五章　敬仰先贤　重撰狄仁杰碑文

宋仁宗皇帝赵祯的朝廷，自罢了范仲淹后，受重用的吕夷简也未使朝政有新的起色，朝中依然纷争不断。

景祐四年（1037年）四月，身为参知政事的王曾，早已不满吕夷简独断专权的做派，却又斗不过他，便不愿与此人同朝为官，多次向仁宗请求辞官归乡，颐养天年。而吕夷简也每每故作姿态，自求罢免。

二人来来去去的请求多了，仁宗不免奇怪，便私下里问王曾，有何不满足的，或是对朝廷有何看法。

王曾见问，便将吕夷简如何以权谋私，如何拉帮结派，又如何收受贿赂，一一道出。

仁宗就此盘问吕夷简有无此事，吕夷简当然不会承认，直嚷着要与王曾对簿朝堂。二人在仁宗面前互揭疮疤，唇枪舌剑，争得不可开交。

仁宗虽觉得王曾对吕夷简的检举有些言过其实，但吕夷简对自己的所作所为，也不能自圆其说，着实难脱嫌疑。心里不免暗骂吕夷简，枉费了朕多年的信任与重托。恼怒之下，将二人一同罢免，任用王随、陈尧佐为相。而这两人，正是吕夷简曾私下里向仁宗推荐过的。

王随、陈尧佐上任半年来，朝局的混乱秩序，较吕夷简任宰相时有过之而无不及，仁宗忧心不已。

景祐四年十二月，京都及周边地震，死者近两万人，伤者不计其数。此时正逢岁末年尾，天寒地冻。灾民得不到及时救助，死伤更深一重。各地灾情的奏折，如雪片般飞进朝廷。陈尧佐年迈多病，告假休养，王随是众所周知的庸才，其他大臣更是事不关己，高高挂起，过着灯红酒绿，欢歌逐笑的日子。

直史馆叶清臣上疏直言："一年之中，我大宋境内，灾难不断，必定是下失民望，上违天意。所以，上天才降灾难以启迪众人纯洁的内心。而陛下却不以为意，竟让内侍四处求神拜佛，这是于事无补的。范仲淹、余靖、尹洙、欧阳修等人因进谏而被贬，已近两年。如今，天下人宁愿咬断舌头也不愿谈及朝中事，这样的现象正常么？难道陛下就不该自我反省，自我咎责么？"

右司谏韩琦上疏道："地震发生在北部，这或许是上天对陛下的郑重警告，边塞可能要有战事了。请陛下从现在起，整饬军纪，充实粮草，以备不时之需。"

仁宗读了这些奏疏，身边又无可依赖之人，脑袋都木了。

饶州郡学已于景祐四年腊月落成。

宝元元年（1038 年）正月，刚过了月半，仲淹便邀了饶州城里的长者与文士，来到城东南——妙果禅院。原来，新落成的郡学与禅院相邻。

这里峰峦峻拔，林木苍翠，长堤环绕，湖水如镜，景致清幽秀美。新年已过，讲学的先生已经请来，学生也该上学了。一群人正围绕校舍转悠，忽见青阳急匆匆地走来。

青阳也不避众人：“老爷，朝廷来圣旨了。”

人们紧张地盯着仲淹，仲淹却平静如水：“何意？”

“调老爷知润州（今江苏镇江）。”青阳话音一落，在场的人似乎都松了口气，又七嘴八舌：“我就知道，范大人这样的好官，在咱们这儿是待不长的。”

“范大人来饶州仅仅一年半，办学堂，尊贤达，以自身的道义风骨教化民众。大人这一走，饶州民风怕是又要变回去了。”说者摇头叹息。

仲淹笑道：“诸位皆是饶州城的长者，又都是饱学之士。这学堂长期办下去，让年轻后辈学习儒家经典，讲孝，讲礼，讲义，而后治家治国，饶州民风自会越发淳厚。”

众人随仲淹走进郡学院内，院中植有十八株柏树。

仲淹见大家情绪低落，指着柏树笑道：“待柏树枝垂挂到地面时，我会重来此地。”众人唏嘘不已。

朝廷之中，有人惦记着范仲淹，也有人想方设法害他。

范仲淹这次虽是调往润州，未能回归朝廷，但离京城毕竟近了许多。仅仅是这一点，便引起吕夷简等人的恐慌。他们担心范仲淹被皇帝复用，便合谋捏造一些子虚乌有的罪名诬陷范仲淹。

仁宗耳根子软，不经思索，便欲将范仲淹贬往岭南。所幸参知政事程琳，在殿前极力辨别其中真伪，仁宗这才打消了再贬范仲淹的念头。

而此时，范仲淹正带了家小，辗转在饶州往润州途中。

这日途经江西彭泽，仲淹蓦然想起一事，忙唤青阳。

青阳跳下马车，来到仲淹车前：“老爷有何吩咐？”

仲淹道：“今夜就宿彭泽，我要去拜谒狄公祠。”

“狄公祠？”青阳迷茫地问。

纯佑在一边笑道：“青阳叔，爹爹要去拜谒的是唐代名臣狄仁杰祠。”

青阳一拍脑袋：“狄仁杰呀！我从小就喜欢听他的故事，我也要去。”便就近找了家客栈，安顿好香草、碧云与马车，与仲淹带了三个孩子一起来到狄仁杰祠。

狄仁杰祠内，整洁有序，纤尘不染，香火不绝。祠中有碑，碑文乃晚唐才子皮日休所撰。纯佑纯仁纯礼三人读碑文，纯礼似恍然大悟：“难怪爹爹要来拜谒狄公，原来狄公是同爹爹一样的人物。”

仲淹正看墙上的一幅字，听了纯礼的话，转过身，朝他脑袋上拍了两下：“小子不可乱说！狄公一生为官，终身清廉；为民请命，不畏权贵；惩治腐败，公正不阿，是爹爹平生最景仰之人！”

从狄公祠出来，天色尚早，青阳道：“老爷，咱还是往前走吧，到前面镇甸投宿。”

仲淹捋着胡须想了想：“今夜还是宿彭泽，我要为狄公重写碑记。”

纯仁抬头看着父亲：“爹爹是觉得皮日休的碑记写得不好吗？”

“皮日休是晚唐才子，文笔自然是好的。”仲淹笑道，“狄公为子极于孝，为臣极于忠。为父历来崇拜狄公人品之高洁，欲再写碑文以记。”

第二天一早，一家人上了马车，继续往润州而去。

马车摇摇晃晃的，纯佑读着父亲昨夜撰写的《唐狄梁公碑》，不禁深思。父亲或许是觉得前人皮日休为狄公所撰碑文，不足以表现狄公在他心中的高风亮节与卓越才识。所以，才执意为狄公重撰碑记。他咀嚼着文中的句子：“狄公为大理丞，抗天子而不屈；在豫州日，拒元帅而不下；及居相位，而能复废主，以正天下之本。岂非刚正之气出乎诚性，见于事业？”

纯佑已满十四岁，他渐已读懂父亲身上不同于常人的气节与才识。不论是在朝廷，还是在地方，父亲处理政务都是充满激情的，又是脚踏实地，不尚空谈的。这在泰州筑堤、苏州治水、开封府理政，都能显示出他这一性格特色。

羁旅行役，漂泊江湖，并未使父亲颓废，反而更坚定了他忧国忧民的信念。这一点，纯佑从父亲的行为中早已看出。而手中这篇重写的《唐狄梁公碑》，又说明父亲是以狄公为镜子，从先贤身上吸取公正忠贞的美德。而他的经历、遭际、事功、为人与狄公又是何等的相似！

看着父亲日益消瘦的面容，纯佑深感愧疚。自母亲去后，他没有照顾好父亲，更不能如母亲一般，从心灵上去理解父亲。从这篇碑文中看出，父亲史识过人，这不是发思古之幽情，也绝非浇胸中块垒之常情。

仲淹见纯佑痴痴地看着自己，奇道：“天成，你怎么了？为父的脸未洗干净么？”这一问，纯仁纯礼都笑了。

纯佑却羞涩地低了头，十四岁的少年郎，生怕父亲看透自己的心事。可是，崇拜父亲又有何不好呢？他抬起头，迎着父亲探究的目光，问：“爹爹因谏言三次遭贬，难道心里就没有一点点后悔，或者妥协么？”话一出口，纯佑就后悔了，他明知父亲绝不会向权贵妥协的。

纯仁愤然道：“大哥此话差矣！爹爹何曾妥协？你听，爹爹在饶州郡衙作的诗：

三出专城鬓如丝，斋中潇洒胜禅师。近疏歌酒缘多病，不负云山赖有诗。半雨黄花秋赏健，一江明月夜归迟。世间荣辱何须道，塞上衰翁也自知。”

纯佑忙问：“这诗何时所作，我如何未看到过？”

纯礼咧着没有门牙的嘴笑道：“我读过。”

纯仁回道：“去年中秋节后，爹爹在饶州所作。”又转头问父亲：“爹爹，三出专城，可是指曾为睦州、苏州、饶州三城州府？”

仲淹饶有兴致地看着三个儿子，见纯仁问，回道：“是此意。天成问的也未错，为父虽无妥协后悔之意，却也有仕途中的挫败之感。而这种感觉，也不过是借诗而发罢了，所到州县的事务仍然是为父要细致处置的。”

青阳骑在马上，忽前忽后，照应着两辆马车。时而听着他们的对话，时而微笑。此时跟在车尾，忍不住插嘴道：“三位少爷，老爷可不是吕夷简那种胸襟窄小之辈。老爷的豪迈旷达，非现世一般人所能知晓。这首诗中的潇洒，可不是一时的矫揉造作，而是天生的性情所致。”

仲淹笑骂道：“就你能！就你了解我！可别把他仨兄弟带坏了。”

青阳扬声笑道：“老爷，我虽未读《易经》，不懂相术，却也能看出，三位少爷日后必成大器。”

仲淹斥道：“越说越离谱了！看你把他们得意的。”回头看着他的三个儿子，脸上虽无半点笑意，眼里却溢满慈爱。

润州，地处长江沿岸，地势险峻，风景极为秀美。

仲淹到润州后，处理州内事务，一如在饶州一般轻松。闲暇之时，他最大的喜好便是游览名胜古迹。

这日游京口归来，他录下在途中所作的诗《京口即事》：

突兀立孤城，诗中别有情。地深江底过，日大海心生。甘露楼台古，金山气象清。六朝人薄命，不见此升平。

京口地势险要，历来是兵家必争之地。三国东吴孙权在此筑铁瓮城，置京口镇。晋时置晋陵郡，南朝宋置南徐州，隋置润州，宋升润州为镇江府。

仲淹赞叹京口地势险峻、风光秀丽之余，反思六朝风雨混乱，给百姓带来的灾难。而今安定的局势尤为重要，国家安定，百姓才能安居乐业，以天下为己任的责任更深植于心。

正感慨不已，忽见纯礼进来道：“爹爹，有客人来访！”

仲淹看看窗外，斜阳将翠竹的影子拉得老长，摇曳的竹叶在窗台上书写着无法辨认的字。他奇道：“这时辰，有谁会来拜访我？”

纯礼稚声稚气的：“来的是两位先生，他们说是爹爹的故交。”

仲淹牵了纯礼的手，出了书房。

堂屋中，果然有两位客人，碧云正在斟茶。

二人见仲淹进来，随即起身。

仲淹失声叫道：“哎呀！果然是故人到来！”来人竟是滕宗谅与魏介之。

仲淹欣喜之余，脱口道：“滔滔长江，天堑之险，能涉险过江的，多为名利所驱使。二位不顾惊涛骇浪，如履平地，就为了来看望我这个被贬之人？莫非，长江因你二人而风平浪静？”说得三人大笑。

魏介之道：“希文兄何不将方才所言以诗记之？”

滕宗谅拊掌道：“自然要记！我三人难得一聚，岂可无诗？”

仲淹却道：“诗先搁一边，咱三人相会，岂可无酒？”忙唤青阳，快快去炒几个下酒菜来。

青阳应了，忙去厨下吩咐香草碧云，快快炒几个好菜，老爷的同年好友来了。

香草发愁：“家里有没有好菜，老爷不知，你也不知？”

厨房的角落里堆着一堆青菜萝卜，还有几坛子随时可以搬走的腌制的辣椒与萝卜条，青阳一时愣住。

碧云在香草耳边细语：“姐姐，咱做萝卜丸子、萝卜汤罢。不是还有点儿从饶州带来的腊肉么？把邻居送来的新鲜竹笋炒了，再加几个腌制的咸菜，不也有四五个菜了？”

青阳全听进去了，喜道：“还是碧云聪明，你俩快炒菜，我去街上买几样卤菜，也就有了。”

掌灯时分，碧云把菜端上了桌子，看上去像模像样的。

仲淹惊叹不已，心里着实感激青阳香草。这么多年来，跟着他漂泊江湖，用平凡的心、勤劳的肩帮他支撑着这个家。

青阳见他沉思不语，以为他嫌菜不好，俯身轻唤：“老爷……”

仲淹如梦方醒，他原本就是豪爽之人，从不在意别人如何待他，却也从不怠慢亲朋好友。他歉意地指着菜道：“子京、介之，你二人可别嫌菜不好，这可是我家近年来最好的酒席了。”

滕宗谅沉脸道：“兄长此话就见外了，我二人可不是冲着吃喝来的。朋友贵在理解，贵在知心，更贵在一个义字上。”

魏介之举起酒盏：“希文兄，小弟先干了！”

仲淹与宗谅也干了。

仲淹一改往常爽朗之气，叹息道：“想当年，我们同年进士及第三百多人，是何等的意气风发！那时青春年少，自以为是天地钟灵毓秀之精华。饱读诗书，心怀天下，是安邦治国之栋梁！”

“如今竟有大半同年过世，坟墓上已是草色青青。而我们活着的，也是两鬓秋霜，青春不再。”

滕宗谅提壶给自己满斟了一盏酒，扬脖子一口喝干：“活着的人，仕途也走得艰难，莫不是这人的生死功名，都由上天掌管？”

仲淹吃了片咸辣椒，不知是酸的，也不知是辣的，吸着嘴：“管他由谁掌管！我们呀，只要心存忠信，只管明明白白地做人，坦坦荡荡地走路，不必为一些小人的恶语中伤而在意。圣人也曾漂泊流离，何况我辈平凡之人，岂能没有失意困顿之时？”扭头唤纯佑拿纸笔来。

纯佑应声而来：“爹爹，纸笔已备好。”

仲淹指着滕宗谅、魏介之笑道：“你这二位叔叔都是满腹经纶的大才子，今日来看望为父，为父实在是感激且兴奋，我要作诗赠予他二人，我念你写。”边说边喝干杯中酒，念道：

长江天下险，涉者利名驱。二公访贫交，过之如坦途。风波岂不恶，忠信天所扶。相见乃大笑，命歌倒金壶。同年三百人，太半空名呼。没者草自绿，存者颜无朱。功名若在天，何必心区区？莫竞贵高路，休防谗嫉夫。孔子作旅人，孟轲号迂儒。吾辈不饮酒，笑杀高阳徒。

待纯佑写完最后一个字，滕宗谅、魏介之早已拊掌喝彩，齐声叫好。

一时饭毕，仲淹请二人至书房落座。

滕宗谅问：“朝中最近发生一连串的事，不知兄台可知晓？”

魏介之笑道：“希文兄这两年遭贬在外，途中辗转跋涉的时光，并不比在州郡的时光少，哪里知道朝中之事？你就明白地说了罢。”

仲淹笑道：“介之依然率直。”

纯佑捧了茶壶进来，给三人斟了茶，转身要出去，滕宗谅道：“纯佑在此，听听朝中之事，也未尝不可。”

纯佑望向父亲，见父亲点头，便侍立在一边。

滕宗谅呷口茶：“你道吕夷简贬后，皇上是如何任王随与陈尧佐为相的？”他也不待人答，接道：“是吕夷简在贬之前暗中向皇上推荐的。他的本意，是用庸才代替自己，待二人毫无作为，颜面尽失之时，皇上自然会想起他，重新起用他。”

魏介之恍然：“可不是！陈尧佐老眼昏花，做不了事。王随与其他执政大臣不和，告病休养，中书省被人讥讽为‘养病坊’了。”

滕宗谅接道：“上半年，又逢山西地震，韩琦连上十几道疏，说王陈二人‘贻笑中外’‘紊乱纲纪’，要求皇上罢免二人，皇上犹豫不决。”

“真是咄咄怪事，难道皇帝还未看清二人底细么？”魏介之忍不住插嘴。

仲淹赞道：“韩琦真是好样的！不畏权贵，敢于直言！”

滕宗谅望向仲淹：“韩琦颇有几分希文兄慷慨激昂的气概，只是这样的人太少了。”

三人秉烛而谈，直至夜深。

其实，滕宗谅也并非知道事情的全部。

当仁宗犹豫不决时，韩琦又上奏疏，直言道：“陛下迟迟不予撤换他二人，难道是怕找不到辅佐的人才么？像杜衍、范仲淹、宋郊、孔道辅等人，哪一个不是有真知灼见的忠正之臣呢？即使陛下不中意这几人，那么，曾担任过执政大臣的王曾、蔡齐、吕夷简、宋绶也可以任用啊！”

结果，仁宗罢免了王随、陈尧佐，却并未任用韩琦推荐的人选，而是以张士逊、章德象接替。

朝中，有人见韩琦一再推荐范仲淹，知道拥护范仲淹之人不在少数，恐范仲淹重归朝廷，便又发诏，戒百官朋党，并告知天下。当初范仲淹之所以被贬，是因为他曾密请立皇太弟侄为太子，而不仅仅是诋毁大臣。今后，若有臣僚称荐范仲淹的，事涉朋党，宜戒谕之，故复下此诏。

参知政事李若谷读了此诏，向仁宗进言："近年来风俗薄恶，人心不古，动不动就以朋党二字诬害善良。常言道，物以类聚，人以群分。君子小人本来就各有其类，本质上就是不一样的。如果皆视以朋党，臣恐正直之臣反而会因此而无以自立。请皇上三思！"

仁宗心里是非常欣赏和看重范仲淹的忠诚与才干的，也有意倚重他。只是范仲淹的性情太过耿直，他每次谏言，从未因为自己是一国之君而留一点点情面，更何况是弹劾同僚？为此，仁宗又非常恼火。

历朝历代的皇帝，有几个喜欢忠言直谏的？他们喜欢的永远是阿谀逢迎之徒。所谓的"明君纳谏"，只是在某种程度上，在帝王理智的时候才接受的一些建议。

范仲淹不知道，他怀着一颗赤诚之心，向上进的忠言，都让仁宗觉得处处受其掣肘。而且，仁宗觉得，范仲淹这种直率得令人生畏的性情，在朝中，与其他执政大臣不好相处，他要的是一个一团和气的朝廷。

仁宗思虑再三，又觉得李若谷的话也无不道理。

宝元二年（1039 年）三月，范仲淹收到一纸诏命：移知越州（今浙江绍兴）。

从润州走水路至越州，途中要走三个多月，纯佑纯仁已经习惯了随父亲漂泊江湖的生涯，连最小的纯礼，也不晕船了。

这日天气晴朗，纯佑坐在船头与艄公闲聊，艄公突然道："前面便到钱塘了。"

纯佑猛然想起，父亲曾说路过钱塘时，要去拜访好友胡则胡侍郎的。便起身来至舱内，见父亲靠在被子上，微眯着眼睛，手中的书已滑落。

纯佑见父亲憔悴的面容，不忍心叫醒，却又恐误了父亲与老友会面的机会，便上前轻声唤道："爹爹，前面便是钱塘了。"

仲淹惊醒，转头望向舱外："果真到了。"他捡起书，自嘲道："人老了，看一会书就睡着了。"

纯仁笑道："爹爹不老，只是累了。"

此时未到午时，仲淹交代青阳，他上岸去探望老友胡则，船就在码头等候他。

青阳不放心他一人去，要跟了去，又放不下船上的一家人。便道："老爷带天成去吧，也好有个照应。"

仲淹想想，也好，便带了纯佑上岸。

待他父子二人从城里归来时，正是风烟俱净，落霞与鸥鹭齐飞的江天黄昏。

仲淹独立船头，背对晚霞，看着前方淡淡远山，茫茫江水，一时竟不知自己身在何处，更不知这江湖漂泊的生涯何时是尽头。方才与好友胡则见面时的喜悦之情，随着渐起的江风，飘逝得无踪无影。

然而，他天生又不是那种怨天尤人之人。他知道，人的一生很短暂，走过的路，做过的事，即便是错了，也绝不可能再回头。所以，他尽可能地不出错。如今，虽不能居高堂之上，施展自己济世经国的宏图大愿，但在民间，他仍然坚持自己“救民疾于一方，分国忧于千里”的信念。

青阳见他上船后，对着江水默默无语，不知发生了何事，拉了纯佑至船尾，悄声询问。

纯佑毕竟是孩子，笑道：“爹爹带我找到了胡侍郎的家。胡侍郎邀爹爹游西湖，并在游船上宴请爹爹。西湖的风景，天下一绝，而那游船上的酒宴也可谓豪华雅致至极啊！”

纯仁纯礼不知何时也来到船尾，纯礼咬着嘴唇问：“大哥，胡侍郎的酒宴，必定是有好鱼好肉的了。”

纯仁在他脑袋上轻敲一记：“小顽童，就知道吃！”

纯礼噘着嘴：“我不是小顽童，我已经九岁了，读了四书五经，经史子集。”

纯仁笑弯了腰：“你哪里就读经史子集了？还差得远呢！”

纯佑轻声问：“你二人莫吵了，要不要听爹爹写的诗？”

纯仁两眼放光：“我就知道爹爹会赋诗的，快快念来！”

纯佑从怀里小心地掏出一页纸笺：“爹爹吟诗时，我在一边先默默记下，过后才找游船上的管事，要了纸笔抄录下来的。”

纯仁一把抢过，展开来，在晚霞满天的江上读道：

西湖筵上赠胡侍郎

官秩文昌贵，功名信史褒。朝廷三老重，乡党二疏高。
涯业尽图籍，子孙皆俊髦。西湖天下绝，今日盛游遨。

下面还有一首诗：

过余杭白塔寺

登临江上寺，迁客特依依。远水欲无际，孤舟曾未归。
乱峰藏好处，幽鹭得闲飞。多少天真趣，遥心结翠微。

纯佑纯仁或许还不能理解此诗的妙处，青阳就不一样了。青阳虽读书不多，但这么多年来，随仲淹风霜雨雪，漂泊江湖，看着他的为人处世，与他所受的遭遇。猜想他的老爷，必是见了胡侍郎后，观赏了西湖及途中风光，在这漂泊途中，羡慕起人家的隐逸生活来，才有了“遥心结翠微”之念。

第三十六章　少年纯仁　仁者爱人如其父

越州州衙，位于卧龙山之南，北面有座蓬莱阁。范仲淹在闲暇之时，偶尔登临阁上，观景散心。

这日，他处理了一桩公案，见天色尚早，又登上了府衙北面的蓬莱阁。倚阁而望，湖光山色，揽于眼底；山风徐徐，绿意盈盈；蝶飞鸟鸣，花香绕鼻，不觉尘俗尽除，神清气爽。

蓬莱阁西面是座废弃的凉堂，一角倒塌，藤蔓缠绕，杂草丛生，无人光顾。

仲淹想，何不叫人把凉堂收拾了，重新修整一番？游人也好，打柴人也好，都可以在此歇脚。于是，便吩咐衙役清除四周的杂草，请匠人修理凉堂。

清除了野树杂草，凉堂西面的岩石下，骇然现出一口幽深的古井。仲淹颇为好奇，命人将井内的乱石杂物捞出来，并掏尽淤泥，井底却涌出了泉水。半天工夫，井水竟及井口。

第二天，仲淹上来查看，见井水清澈，呈白色。便用手捧了喝了几口，觉得入口凉爽，甘甜清冽。

几天后，一个风清日朗的日子，仲淹邀了几位文人雅士，他们各自带了越州的极品好茶及茶具，来至凉堂。取井水煮沸泡茶，茶水甘醇清润，沁人心脾，愉人性灵。

仲淹爱极井水清白，便将凉堂命名为清白堂，又在堂畔建一小亭，取名为清白亭。作《清白堂记》说：圣人在《易经》中画“井”，以明君子之道。我爱极这井中的泉水清白而有德义，所以才把它作为州中官师的规范。

金秋十月，建在卧龙山西侧的州学——稽山书院已经落成，仲淹忙着写信聘新昌学者石待旦来书院主持，并请建昌军南城的李觏来讲学。

仲淹写好信，正要叫人送去驿站，却有衙役来报，户曹孙居中因病去世，其子女幼小，家境贫寒，无力回乡安葬。

仲淹忙带了几个衙役赶去孙家，见其家徒四壁，境况凄凉。便从怀中掏出俸钱百缗，递给孙居中的妻子，孙妻双手接过，泪眼婆娑道：“民女谢过大人！只是我一个妇道人家，带着两个年幼的孩子，这山长水远，关卡重重的，如何扶得夫君的灵柩返乡？”女人的低声饮泣，比那号啕大哭更让人辛酸悲悯，在场之人，无不掬一把同情之泪。

仲淹略作思索，返身出门，径往河边码头而来。在码头上雇好了船只，才回州衙。

他找来一名年长稳健的衙役，嘱咐他护送孙居中的灵柩与妻小还乡，并交给他一页纸笺，上面是他亲手写的一首七绝：

十口相将泛巨川，来时暖热去凄然。关津若要知名姓，便是孤儿寡妇船。

衙役接过诗笺，茫然地看着他，心想，这一路上关卡重重，没有钱，这张纸有何用处？

仲淹笑道：“我已在码头雇好船只，也吩咐衙役帮忙抬灵柩上船。你在路上行走，沿途有关卡守吏阻拦，便将此诗拿与他们看。”

衙役当然知道范大人的名气，小心地收了诗笺，领命而去。

傍晚，仲淹回至家中，颇感疲惫，觉得精气神远不如从前，靠在椅背上，略作歇息。

纯仁拿了封书信过来，轻声道：“爹爹，应天府宁陵的伯父来信了。”

仲淹一听应天府，忙坐起身，拆开看时，果真是朱谆的来信。朱谆在信中说，仲淹多年奔波在外，也不知近况如何。家里这些年收成颇好，余粮成囤，叫仲淹派人去运几百石来。

仲淹兴奋不已，朱谆说家里有余粮，必是这几年收成好，去运些来也未尝不可。多年来，青阳香草碧云，跟着自己东西奔波，有时吃了上餐愁下顿，他们虽然从未叫苦，但他心里着实过意不去。主意已定，便给朱谆写回信。可这山长水远，路途遥遥，派何人去呢？

侍立在一边的纯仁，见父亲脸色由高兴而转忧虑，便问：“爹爹因何事烦恼？莫不是信中说老家有事？”

仲淹笑道：“倒不是有烦恼之事。你伯父叫去宁陵运些粮食来，只是你青阳叔风寒病刚好，尚须静养，不宜旅途颠簸，为父不知如何是好。”

纯仁一挺胸脯：“爹爹，孩儿可以去呀！”

仲淹心里一动，门外却响起一个声音：“我去才是正经！”纯佑端了药汤进来：“爹爹，这药汤不冷不热，快喝了。”

仲淹接过药碗喝了，抹着嘴道：“你二人已经长大了，是能替为父做些事了。”

纯仁急道：“爹爹，大哥身体纤弱，不宜长途奔波。让他留在家里，早晚侍候爹爹吃药，我去宁陵运粮。”

纯佑更急：“你才多大？这是单独出门，山长水远的，不是一大家子坐在马车上优哉游哉。”

纯仁涨红了脸，正要反驳。仲淹摆手道：“你二人先莫争，待我跟你青阳叔商量了再决定。”

晚饭时，仲淹说起此事。青阳一百个不赞成纯佑或者纯仁去宁陵运粮，说他自己一人足矣。

仲淹问：“你前日还病歪歪的，今儿好了？”

青阳把胸脯擂得咚咚响：“老爷听听！”

仲淹笑道：“郎中给人治病，是望、闻、问、切，从未有过听胸脯响就知道有无病症的。”

香草在一旁道："老爷，你就让他去吧！他哪里有病？分明是想混几个鸡蛋吃。"说得一大家子都笑起来。

纯仁忙道："爹爹，青阳叔病刚好，我随着一道去，也好有个照应不是？"

纯佑正想说话，仲淹看他一眼："天成大些，帮香草照顾家里一应事宜，尧夫随青阳去宁陵运粮。"纯仁高兴得差点没跳起来。

第二天一早，纯仁随青阳出门。他二人商定，去时轻便，就骑马。返回时要带粮食，再雇马车。

二人翻山越岭，风雨兼程，也不知走了多少日子，这日终于到了应天府宁陵。住了两天，纯仁担心父亲在家里牵挂，要往回赶。朱谆哪里肯让走，硬是将他俩留下，好茶好饭招待着。

青阳歇了几日，觉得已缓过气来，便向朱谆说明，再不动身启程，若在路上再耽搁，恐怕要在途中过年了。朱谆无奈，只得唤人把稻谷麦子装上马车，又足足装了二人在路上够吃一月的干粮，这才送他二人至路口，挥泪作别。

二人守着粮食，时而装船走水路，时而上岸走陆路，一路逶迤而来，已是腊月天气。

这日行至江苏丹阳，纯仁松了口气："再过几日，就到家了。"

青阳扬声问："你饿不饿？干粮早已吃完，进城才有吃的。"

纯仁摸摸肚子笑道："还能忍一时半会儿。"

青阳看着纯仁，一路行来，这个刚满十三岁的孩子，有着成人所不曾有的细致周到、果敢坚毅与吃苦耐劳的心劲，其个性像极了老爷。心里莫名地生出几许欢喜与钦佩。

天色向晚，二人决定进城歇一宿，明日一早赶路。

冬天的傍晚，街市上行人稀少，店铺关门也早。街上寒风扫地，寂静冷清，唯有赶路的人匆匆而过。

青阳先下车，在路边找了一家客栈，帮车夫把马车赶进客栈后院。

纯仁背了包袱，正要进门，却一眼瞥见街对面，一人缩了脖子，倚着墙角，面前摆了几幅字画。是卖字画的？这夜幕低垂，天寒地冻的，街上已无行人，哪里还有人买字画？

纯仁好奇心起，顾不得青阳阻拦，把包袱往他怀里一塞，跑过对街，蹲在那人面前，捡起一幅字细看。这是一首七言诗，诗曰：

十年一梦花空委，依旧河山损桃李。雁声北去燕南飞，高楼日日春风里。眉黛石州山对起，娇波泪落汝如洗，汾河不断天南流，天色无情淡如水。

纯仁心里一惊，好熟悉的诗句，可一时想不起是何人所作。忙低头看诗下面的落款，渐渐暗淡下来的天光中，石曼卿三个字龙飞凤舞地跃入眼帘。

他失声叫道："石曼卿，石延年？你是石先生？"

那人见纯仁看字画，心中一喜，以为有了买家。又见他不过一个少年，有些失望。

却听少年一口道出他的姓名，不免大吃一惊：“你是何人？如何认得石某？”

纯仁笑道：“我不认识先生，却读过先生这首诗。”

石延年失声笑道：“是了，你一个少年郎哪能认识石某。”

纯仁一本正经：“我父亲认识你呀！”

“你父亲？令尊是？”

“家父名讳上仲下淹。”

石延大叫道：“啊呀！原来你是范履霜范希文之子！”

青阳见纯仁半天未进客栈，担心出事，便寻了出来。见卖字画的大呼小叫的，正奇怪，却见纯仁帮那人收拾了地上的字画，拉着他往客栈而来。

青阳莫名其妙，只得随他二人进了客栈。

纯仁见青阳瞪眼看着他，笑道：“青阳叔，这是爹爹的好友石延年先生。”

青阳从未听过此人的大名，只是纯仁说了，那必定是老爷的好友，便抱拳道：“失敬失敬！”

纯仁又向石延年道：“石先生，今儿天色已晚，委屈你跟我们一起，在这简陋之地吃餐便饭罢。”

石延年是豪爽之人，此刻也不免羞愧：“今儿一幅字画也未卖，身上已无分文。若不遇见贤侄，怕是要受冻挨饿在街头。”

青阳叫小二来点了几个菜。

纯仁听父亲说过，石延年可是好酒量的，便要了一壶酒，叫青阳陪先生喝，自己则以茶代酒。

石延年三杯酒下肚，脸色红润起来，精神也振作了些，忽然拍着脑门：“看我，竟忘了问，贤侄缘何到此？”

纯仁回道：“我与青阳叔从应天府宁陵运粮回越州，路过此地。倒是先生，如何在此地卖字画呢？”

石延年叹道：“我原本是回老家奔丧的，无奈贪酒，夜间睡得死，被偷儿偷了行李盘缠。一时无计可施，便用身上仅有的几文钱买了纸笔，写了几幅字，在街边蹲了一天，无人问津。”

纯仁见他垂头丧气的，安慰道：“先生莫急，吃饱饭再想回家的事。”

青阳心想，这山长水远的，他身无分文，又手无缚鸡之力，如何回家？

提起回家，石延年想到家人正翘首等他，便扔了酒盅，趴在桌上失声痛哭。

纯仁道：“先生莫哭，我拉的这车粮食全送给先生。明儿先生拉去集市上卖了，就有钱回家了。”

青阳吃了一惊，瞪眼盯着纯仁，这么大老远的，来去近两个多月的日子，辛辛苦苦拉回的粮食，你一句话就送给一个素昧平生之人？

纯仁知道他反对，故意不看他。

石延年抬头，抹一把泪水，惊问：“你是说把从应天府运回越州的粮食全送给我？”

纯仁坚定地点头：“是的，稻谷与麦子，共五百斛。”

石延年睁大眼睛：“如此之多！不！贤侄的心意，我领了。这粮食我不能要。”

纯仁道：“石先生，你在此地人生地不熟，找何人借贷？况且又近年关，家里人正眼巴巴地等你回家呢！”

石延年无语，一脸悲戚。

青阳一个劲地递眼色，纯仁就是不看他。

一时饭毕，纯仁要了一间大房，留下石延年，自己则跟青阳挤一个铺。

夜间，青阳悄声道：“我的二少爷，这么大老远拉回的粮食，你一张口全给了人家，回家如何向老爷交代？”

纯仁道：“若是爹爹遇见此事，也会把粮食送给人家的。”

青阳急道：“可也不能全都送给他啊！留下一半，咱也不白跑这一趟。”

“送一半给他，有何用？”纯仁道，“一半也只够他回家的盘缠，他家里是等他回去治丧事的，他两手空空回去，家人岂不失望？帮人就要帮到底。”

青阳说不过他，拉了被子蒙了头，可翻来覆去的，哪里睡得着。

粮食都送人了，也就不用马车了，青阳与纯仁各骑了快马，抄近路往家里飞奔。行至越州，已是腊月十六。

这天，到得家门前，正是掌灯时分。青阳见东厢仲淹书房闪亮的灯光，竟一头钻进西厢自己的屋子，也不管纯仁如何交差。

纯仁直接进了父亲的书房，见父亲正低头写字，轻唤一声：“爹爹，孩儿回来了。”便侍立在一边。

仲淹抬头看着他：“回来了就好！在路上可遇见熟人？”

纯仁心里一惊：爹爹在家里如何知道？口中照实道：“遇见爹爹的好友石延年先生。他本是回老家奔丧的，因故滞留丹阳，无处借贷，在街上卖字画。”

仲淹惊讶不已：“石曼卿可是个磊落英才，豪放旷达，不拘礼法，不慕名利，酒量极大。如何沦落在丹阳卖字画？”

“正是喝酒误事，才落至如此境地。”

仲淹放下笔：“你身上虽无银两可赠，可你为何不把粮食送给他，他变卖了，就有回家的盘缠了。”

纯仁平静回道：“爹爹，孩儿把五百斛稻谷与麦子全都送给他了，与青阳叔空手而归。”

仲淹眼里流露出一抹欣慰：“正该如此！去吧！这些日子在路上累坏了，去厨房吃点东西，早点儿歇息。”纯仁应诺出了书房。

年味，随着蜡梅花的馨香，在越州城的大街小巷中弥漫开来，一派安详融和之气。

可京城，那端坐在金銮殿上的仁宗皇帝，正为西夏的大举进攻而焦头烂额。

位于大宋西北边境的夏国，被称为西夏，是由党项拓跋部在大宋初期建立起来的国家。

党项族源于我国古代的羌族，自唐朝起，一直居于今天的甘肃、宁夏、青海等地。其中居于夏州（今陕西靖边白城子）的一个颇为强悍的党项族部落叫平夏部，其酋长拓跋思恭，因率部参加平定黄巢起义有功，被唐朝封为夏国公，赐姓李，统辖着银、夏、宥、绥、静五州（相当于今陕西北部与内蒙伊克昭盟南部）。至北宋时期，宋太宗本想利用党项族的贵族内部矛盾，来消灭这支地方势力，却引起了以李继迁为首的党项部落的反抗。双方交战二十多年，宋朝不仅未能占领银、夏五州，反而失去西北重镇灵州（今甘肃灵武西南）。宋真宗咸平五年（1002 年），李继迁改灵州为西平府，作为夏国都城。

李继迁在一次战争中身受重伤，临终前清楚地意识到，战争虽抗衡了宋朝，但同样给党项族带来了深重的灾难，便嘱咐儿子李德明与宋朝议和。李德明继位后，归顺宋朝，接受了宋朝定难军节度使、西平王的封号，以向宋称臣换取了宋朝赐予的银、绢、茶叶及恢复边界贸易的经济利益。同时，李德明又接受辽国的册封，为大夏国王，却暗地里向西扩张，从回鹘手中夺得河西走廊最富饶的甘州与凉州（今甘肃张掖、武威一带）。经过三十多年的经营，西夏渐渐强盛起来。

明道元年（1032 年），李德明去世，其子李元昊继立为西平王。

元昊生得身材高大，虎背熊腰，轮廓分明的脸上，一双鹰隼般的眼睛，透着一股傲慢凶悍之气。他自幼读书习武，通番、汉文字，善绘画、懂佛经，最擅长的是策马挽弓。凭着这一身本领，屡屡劝他父亲不要对宋称臣。德明在世时，曾告诫他："我们党项人久战疲惫，这三十年来，所穿的锦绮、所喝的茶叶，均得宋朝所赐。为人，不可忘恩负义。"

元昊不屑道："穿皮毛衣裳，放牧畜禽，原本就是我党项人的习俗。英雄在世，就该图一番霸业，何必在意那锦缎绸绮之小事！"

元昊继位不久，便率兵攻占了瓜州、沙州、肃州（今甘肃安西、敦煌、酒泉一带），控制了整个河西走廊。至此，他统治的地域已迅速扩大。但元昊并不满足，他最大的愿望是东进侵宋。

他处心积虑地搜罗到宋朝的失意人士张元、吴昊作为谋士，设百官，建兵制，兴学堂。经常派人刺探宋朝军情民情，窥测山川道路，沿宋朝边境部署了十万人马。一切准备就绪，于宋仁宗宝元元年（1038 年）十月十一日，元昊正式立国，国号大夏，自称"始文英武兴法建礼仁孝皇帝"，向宋朝宣告终止臣属关系。

西夏对宋朝的公然挑衅，是蓄谋已久的。但对于大宋朝廷来说，事出突然，措手不及。朝堂之上，主战的、主守的立即分为两派，争吵各不相让，仁宗皇帝一时也难下决断。

宝元元年十二月，仁宗皇帝诏令：调任环庆路副部署、殿前都虞侯、邕州观察使刘平为鄜延路副部署；命三司使、户部尚书夏竦为奉宁节度使、知永兴军（今陕西西安）；命资政殿学士、吏部侍郎、知河南府范雍为振武节度使、知延州（今陕西延安）。由夏竦与范雍共同管理西北边境防卫事宜。

夏竦到任后，视察边境军情时，那颗心，如同西北风吹过的沙地，萧瑟而荒凉。

他向仁宗上疏道："西夏兵力强大而剽悍，从地利上来说，大宋已输给西夏。因为西夏对宋，只是侵扰边境，并不深入。而宋军征夏，则为远征。西夏所处地区为无水沙漠地带，若宋军深入，前有虎狼之军元昊，后无粮草补给，恐难持久。朝中那些主张攻打的大臣，根本不能比较敌我双方兵力与地理位置上的悬殊，只在高堂之上高叫着攻打。如今看去，不战就已然败了。"

夏竦的奏疏如严冬的一盆冰水，泼在那些专事夸夸其谈的大臣头顶，惊得目瞪口呆。这些在温柔乡里过惯了锦衣玉食的臣僚，除了担心好日子即将逝去，并无救国之良策。

然而，西北边境的状况，比夏竦看到的更为不堪。

北宋自太祖立国以来，实施的原本就是重文轻武的国策。澶渊之盟后，宋朝边境一直处于和平安定的状态。三十多年无战事，边境不修筑防御工事，兵士不操练刀枪武艺。步兵携带兵器与口粮，走几十里路便气喘不止，疲惫不堪。骑兵射出的箭，射不过马头二十步远。带兵的将领多是皇帝与高官达贵的亲戚，在军队中养尊处优，哪里懂得带兵打仗？而且，每年更换将领就如走马灯似的频繁，有道是："以屡易（经常调换）之将，驭（指挥）不练之士，故战则必败。"不修城池，不备粮资，军纪涣散，这样的军队，何以守卫边疆国土？

元昊对宋朝边境发起了多次小规模的试探性的进攻后，已充分了解了宋军边境的部署与实力。康定元年（1040年）正月，经过周密的策划与充分准备，元昊率夏军直逼鄜延路帅府延州。

西北边境狼烟骤起。

延州地势开阔，道路畅通，虽有守军，却无战斗力。而且，延州是元昊出入的必经之路，对延州，他志在必得。

延州的新任知州范雍，一介文官，哪里懂军事谋略？得知情报后，乱了阵脚，忙向朝廷请求增援。谁知第二天，元昊派部将贺真送来降书，说愿摒弃前嫌，归顺宋朝。范雍正怕打仗，见了降书，喜出望外，丝毫没有怀疑元昊的用意。对贺真厚礼相待，并向朝廷报喜，延州也不再做军事防备。

几天后，元昊率大军发起进攻，一举攻破延州外围的金晚、安远、塞门与永平诸寨，直抵延州城下。

直至此时，范雍才明白元昊的诈降之计，吓得肝胆俱裂。一面命紧闭城门，一面急召鄜州副部署使刘平、石元孙、黄德和三名大将率部增援。

刘平有勇无谋，素来又倨高自傲，何曾把个边远苦寒之地的番臣李元昊放在眼里？接到命令之后，磨刀霍霍，整装待发。

他的属下要求先派出一小队人马探明途中情况，大军再出发。

刘平斥道："大丈夫救人之难，赴汤蹈火如履平地，何况此际正是为国效力？"便率兵向延州进发。

而元昊自给范雍送了诈降书以后，便在延州附近的三川口（今延安市西北）设下埋伏，专等宋朝援兵。刘平轻敌冒进，率先头人马，一个不漏地掉进元昊精心布置的口袋之中。以宋军的作战能力，如何逃得出这重重包围？黄德和率队在后，见前面人仰马翻，不仅不救，反而逃得更快。刘平与石元孙被俘，士兵死伤殆尽。

至此，延州城东西四百里的屏障，全被元昊扫平，延州城变成了西北边境上的一座孤垒。毫无军事韬略的范雍彻底绝望，唯有紧闭城门，烧高香祈求佛祖保佑。

元昊大军包围延州城七天七夜。这天傍晚，突然北风骤起，大雪飘飞，一夜之间，竟积雪尺余。元昊见延州城坚固，一时攻取不下，又无补给，唯恐被风雪所困，便下令撤军，延州城这才逃过一劫。

三川口之惨败，仁宗又惊又怒，一气之下，将范雍降为吏部侍郎，调往知州（四川），任命韩琦为陕西安抚使。

延州城内的将士，听说范雍被调走，而接替的赵振，粗俗鲁莽，又胆小如鼠，更是惶恐不安。韩琦环顾大局，趁此上疏道：范雍虽怯弱无能，却也为边境之事尽力操劳，当留任延州，以安众心。若朝廷一定要更换帅才，普天之下，唯范仲淹能胜任。

仁宗何尝不知范仲淹之才？只是惊恐、危急之中，竟忘了在越州的范仲淹。范仲淹耿直的性情不适合朝廷，未必不胜任边境。何况如今，正四顾无人，接替延州的还真非他莫属。仁宗经韩琦一提，禁不住龙心大悦，立即准了韩琦的提议。

康定元年（1040年）三月，范仲淹接到朝廷诏书：诏命吏部员外郎、知越州范仲淹，恢复天章阁待制之职，知永兴军（今陕西西安）。

接到诏书当天，青阳以为仲淹会与他商量赴延州事宜。但直至与新任知州交割完毕，也未言及延州之事。

这日傍晚，仲淹在书房收拾书籍装箱，准备带去延州。青阳在门外徘徊多时，见仲淹专心致志的，并未打算跟他说事儿，忍不住推门进去，轻声道："老爷还有哪些要收拾的，我来吧。我的行头简单，好收拾。"

仲淹停了手，奇道："你的行头简单，可香草他们一大堆物什，还不够你收拢装箱的？"

"老爷不打算带我同赴延州么？"青阳睁大眼睛问。

说话当儿，纯佑纯仁也进来了，兄弟俩齐声道："我们也要随爹爹同赴延州。"

仲淹放下手中的书，坐至桌前："你三人来得正好，我有话说。"

三人走近来，侍立在仲淹身边。

仲淹道："这些年来，你们随我漂泊江湖、四处奔波，虽是贬黜，所到之地，饶州、润州、越州皆是气候相宜，物质富饶。日子过得清贫，却也舒适，一家人和和睦睦，其乐也融融。延州就不一样了，气候恶劣，物资匮乏，又处于战乱之中。"说着，拉过纯仁："你们随青阳回应天府宁陵，那儿有咱家的职田可以耕种，有朱谆朱诚照顾你们，我在延州也安心。"

青阳急道："老爷，我可是要跟你去延州的。老爷忘了么？当年，我就是从边境逃回的呀！对边境的事儿很熟悉的。”

纯佑上前一步：“爹爹，青阳叔护送香草姑姑与弟弟回宁陵，孩儿随爹爹赴延州。”

仲淹抬眼看去，纯佑挺立在面前，已是身材挺拔的大小伙子了。那俊眉大眼无不是自己当年的模样，而那清秀的面庞，却隐现着芳卿的影子。想到芳卿，仲淹心里一声叹息，一缕怅惘扶摇而起。可眼前是非常时期，容不得他有半点儿女情长。他略作思索：“我十六岁时，已单独外出求学了。你如今也有十六岁了，正是历练的时候，你随为父去延州罢！”

纯仁急道：“爹爹，孩儿也要去边境历练。”

仲淹笑道：“你是不小了，但你要照顾好弟弟。”

第三十七章　边关危急　仲淹携子赴延州

香草忽然进来，向纯佑纯仁道：“二位少爷先回自己的屋子罢，我有话跟老爷说。”

仲淹看着香草，不知她有何话要单独对他说。纯佑拉纯仁出了书房。

香草道：“老爷，香草自小跟随在老夫人身边，虽是买来的丫头，老夫人待香草如亲闺女一般。”

香草是仲淹养父任职湖南安乡时买的丫头。仲淹不知她此时说这些是何用意，但她的话，勾起了他对如烟往事的怀念。他怀念母亲，怀念在湖南安乡读书的日子。那书台夜雨，打在阔大碧绿的芭蕉叶上的滴答声，仿佛在耳边萦绕。尤其是那美丽的洞庭湖，那一湖碧波此时就摇漾在他温暖的心头。

青阳、香草见他面带微笑，一双眼睛像是盯着摇曳的烛火，又像是穿透了烛火，望向另一个他们不可知的世界。

青阳惊问：“老爷怎么了？”

仲淹回过神来：“我想起了在湖南安乡读书的日子，还有那个在洞庭湖打鱼的水松哥。”

香草笑道：“那个水松哥啊！咱们可是常常吃他的鱼呢！”

仲淹叹息道：“一晃四十多年过去了，水松哥若还健在，也有五六十岁了。”回头问香草：“你今儿如何提起这些事？”

青阳摇头：“这女人哪，说话就是着三不着四的。该说的不说，不该说的偏说。”

香草白他一眼，对仲淹道：“老爷，老夫人未把香草当外人，后来的芳卿夫人待香草亦如亲姐妹。如今，老夫人与夫人都不在了，香草也不把自己当外人，今儿特来劝老爷一句。”

仲淹笑道：“我也未把你当外人呀！有话你尽管说来。”

香草接道：“芳卿夫人去世也有三四年了，老爷，就算有我与青阳、碧云，还有几位少爷在，终究比不得夫妻之间的体贴、周到、细致。老爷此去延州，山高路险，又是边塞苦寒之地。老爷一忙起来，不知天光早晚，谁照顾老爷？老爷的病痛，难道老爷自己不清楚么？老爷再娶一房夫人罢！”

仲淹面上虽平静如水，心里却是万分感激：“香草，这个家，多亏了你与青阳，我才能安心于公务。正如你所说，延州是边远之地，寂寥而清苦。我自己倒也好说，何必连累他人？你放心吧，我带天成一起去延州，青阳护送你们回应天府宁陵。”

青阳急道：“老爷，若是遇上性情好，又知书识礼的女子，老爷就再娶一房又何妨？芳卿夫人在九泉之下，也会替老爷高兴的。”

仲淹笑道："好吧，我听你的。你们早些去歇息，明儿打点行装，准备起程。"

第二天，青阳带着纯仁纯礼，送仲淹与纯佑出了越州城，长亭之畔，杨柳青青，芳草绵绵。

青阳含泪道："老爷一路保重！青阳送香草与两位少爷到宁陵后，立即前往西北，去延州找老爷。"

仲淹道："这样也好，你也多保重！"话未说完，便听得远处有马蹄嘚嘚声。一个声音高喊："前面是范大人么？请等一等！"

喊声未落，一骑人马龙卷风一般，卷至跟前。那使者跃下马背，马高昂着脖子，仰天长啸，四蹄在原地踏着碎步。

使者单膝跪地，双手托着一束黄卷举过头顶："大人，朝廷六百里加急。改天章阁待制、知永兴军范仲淹，为陕西都转运使。"

仲淹跪地叩首三呼万岁，接过诏书称谢。辞别使者、青阳与两个孩子，带着长子纯佑策马而去。

青阳与纯仁纯礼，直望到仲淹纯佑的马转过山脚，才收回恋恋不舍的目光，返回越州城。香草带了桂朵与碧云已等候在堂前，见他三人回了，忙搬箱笼上马车，一家人望应天府宁陵而来。

仲淹与纯佑在途中，时而策马飞奔，时而放辔缓行。这日路过一座镇甸，父子二人吃了午饭，喂了马，也不停歇，继续赶路。此时已是四月天气，正是暮春时节，沿途却无红桃绿柳，村庄屋舍也是破败不堪的为多。

纯佑忍不住道："这些年随爹爹四处漂泊，所到之处，也都是风景如画，人烟稠密，显得繁荣昌盛。可这些日子，越往西走，越见得土地荒芜，往关内去的人倒是越来越多。"

仲淹幽深的目光越过三三两两的行人，望向荒凉的原野："你不见他们衣衫褴褛，形容憔悴？他们都是往关内逃难的难民。"

纯佑见父亲凝重的面容，后悔提起这个不愉快的话题，便又问："爹爹临危受命，这陕西都转运使究竟是何官职？要带兵打仗么？"

仲淹道："都转运使，是太祖皇帝立国之初，为削弱地方蕃镇权力，加强朝廷对各州的直接管理而建立的制度。朝廷统一财政收支，把全国分为若干路，每路管辖数个州，设转运使主管一路财赋、民政。有军事行动时，负责钱粮后勤支持。如有若干路需统筹办理，则设都转运使统一管理。如今，陕西有四路，朝廷便设了陕西都转运使。"

纯佑小声道："这一路看去，都是穷山恶水，哪里有什么钱粮收入？爹爹这个官不好做啊！"

仲淹看他一眼："快走吧，天色不早了，到前面找个村子住一宿，再有两日行程便到了。"双腿轻轻一夹马肚子，马儿奋起四蹄，向前奔去。

暮春的原野，黄沙漫卷，遮天蔽日。偶尔一只鸟儿从头顶飞过，留下三两声惊恐不安的啼鸣。被西北风吹得苍白的日头，缓缓向西天滑去，留下一抹如血残阳。

父子俩一路奔驰，来到一个破败的村庄前。仲淹看看渐渐暗淡下来的天空，勒住了缰绳，正在奔跑着的马儿扬起前蹄，仰天长啸。

纯佑从后面跟来，见父亲下了马，也从马背上飞跃而下：“爹爹，今夜就宿此处么？”

仲淹轻轻拍着马脖子，让马儿安静下来：“天色已晚，越往前村庄越少，今夜就在此处借宿。”

纯佑打量着眼前的村庄，村里的房屋，有一半倒塌，剩下半拉子土坯墙。此时应是做晚饭的时辰，没有炊烟，不闻人声犬吠。村子靠近路边的荒地，半人高的野蒿荒草，在黄昏的寒风中瑟瑟而抖。草丛中，骇然排列着一座座新坟。马的嘶鸣，惊起断垣残壁间的宿鸟，惊叫着飞向苍茫的暮色之中。

纯佑禁不住打个寒战：“爹爹，这村子如此荒凉，怕是没有人了。”

仲淹已踏上进村的小路：“进去看看罢，找个屋檐歇一宿，也比睡在旷野里暖和。”

父子二人牵了马进村，从村东走至村西，也不见有人，倒是惊得老鼠四处乱窜。二人来到一家院落外，正欲牵马进去，忽听纯佑惊道：“爹爹，有哭声！”

仲淹侧耳细听，果然有人在哭。这是一种压抑的哭声，是怕有人听到的低声饮泣。可是，这破败的村庄，渺无人烟，连狗儿猫儿都不曾有，还怕人听见？

仲淹正自不解，哭声徒然停了。似乎，那正哭着的人儿，遇见了更可怕的事儿，吓得不敢哭了。

忽听得柴门吱呀一声，随即又传来砰的关门声。

纯佑眼尖，大声道：“爹爹，这院里有人！我看见一个女子闪进屋里去了。”

仲淹把手里的缰绳扔给纯佑：“既是有人，就好办了，把马牵进去拴好。”自己则先进了院子。

纯佑拴了马，卸下马鞍与行囊，马儿轻松地甩着尾巴。

仲淹敲门，轻声道：“老乡，请开门哪！我父子俩是过路的，因错过了宿头，想在你家借住一宿。”

门未开，屋里有凳子移动的声音。仲淹抬头望向夜空，湛蓝色的天幕上钉着几颗寒星，显出天空的高远、寂寥。夜风吹在脸上，如刀锋般冰冷。他又敲门，又说了一遍同样的话。

门吱呀开了，屋里比屋外更黑，仲淹回头帮纯佑提了行囊进屋。正待说话，却听一个声音道：“雁娘，有客人来了？点灯！”这声音听去苍老而嘶哑，微弱的语气中带着不容抗拒。

灯亮了，昏黄的灯光带给人一丝莫名的欣喜与温暖。仲淹定眼看去，点灯的是位容貌姣好的年轻女子，因一时辨不出她的年龄，只连连道谢。

那女子倒是落落大方，在摇曳的灯光下，紧盯着仲淹看了几眼，见他满脸疲惫，却是一身厚朴之气。便向仲淹施礼道：“方才并非小女子不肯开方便之门，实在是被游兵散勇吓怕了。”

纯佑见她眼睛红红的，心想，方才哭泣之人定是这个雁娘了。

仲淹不解地问：“游兵散勇？难道，我大宋的边防兵打不过西夏军，反过来欺负自己的同胞？”

雁娘冷笑道：“那西夏军打进来，杀人放火抢了东西就走。我们宋朝的兵被他们打得七零八落，不敢回去的，也只有靠抢老百姓的粮食度日了。”

东厢房有咳嗽声，那苍老嘶哑的声音又起：“雁娘，一个姑娘家在客人面前议论边防大事，有失大家风范。”

雁娘小声嘀咕：“如今狼烟四起，延州以北的三十多个寨子都被西夏军占领。我们这个小村子已是人去楼空，哪里还有家？哪里还有大家风范？”

仲淹听了雁娘这几句话，心里暗自赞许，指着东厢房问：“请问姑娘，屋里是何人？”

雁娘敛眉垂首：“是家父，尚在病中。”

仲淹笑道：“我读过几天医书，或许能看好令尊的病也未可知。”

雁娘喜极：“真的？”抬眼见仲淹方正的脸上一双深邃的眼睛，在灯光下闪着两团火苗，莫名地红了脸，忙垂下眼睑：“可我家徒四壁，无钱给父亲医病呀！”

仲淹摇头：“我只诊治，不收钱。”说着便进了里屋。

雁娘忙掌了灯跟进来，方才说话的老者仰面躺在床上，瘦骨嶙峋的肢体，如同院子里被风干的树枝，只有两只深陷的眼珠尚能转动。

仲淹见他枯槁的面容，心中悲切，忙拉过他的手，为他诊脉。

老人却道：“客官，你也甭操心了，老朽的病是好不了了，说不准是今夜走，还是明日走。可老朽活到这把年纪，看人却从未看走眼，客官可不是寻常人哪！”

仲淹放下他的手：“我姓范名仲淹，是寻常人。”

老人两眼放光，使劲抬起头，惊道：“范仲淹？是在朝堂上最敢说真话的范仲淹么？”

仲淹点头又摇头：“老人家，那就是我。”

雁娘悄悄拉了纯佑的衣袖：“小哥，你随我来。”

纯佑随她来到灶间，雁娘点亮了灶墩上的油灯，往锅里舀了几瓢水，叫纯佑点火烧水，自己则拿了面盆出门去了后院。

锅里的水吱吱作响时，她才端了面粉进来，往盆里掺水揉面。纯佑在灶下偷眼看去，雁娘揉面的模样竟像极了香草姑姑，或者说她俊美的容貌像极了母亲。想到母亲，纯佑一时竟呆住，灶膛里烧了一半的柴草掉了出来，雁娘疑惑地看着他。

纯佑红了脸，忙把柴塞进灶膛。

雁娘问：“看上去，你们是父子俩，是往西去，还是往关内走？”

灶膛里的火光，映得纯佑的眼睛熠熠生辉，他回道：“那是我爹爹，我们是去永兴军。”话一出口，又觉得不能随便说出与父亲的真实去向，便打住话头。

雁娘一时未觉察，不解地问：“人家都往关内跑，你们父子倒好，却往关外去。难道不怕打仗，不怕西夏蛮子么？”

纯佑只笑不答，雁娘这才觉得纯佑是不想实话相告，笑道：“你还真是人小鬼大，怕我害了你们啊！”

纯佑急道：“姑姑，不是这样的。再说我也不小了，都十六岁了。”顿了一下，又问：“姑姑方才因何而哭泣？”

雁娘停了揉面，看着灶墩上的灯，幽幽道：“我爹怕是活不长了，下午已经晕过去两次。奇的是，自你们进屋后，他竟像好人一般。”

纯佑安慰道：“我爹会治病的，或许老爷爷的病从此就好了呢！”

雁娘又揉面，却是轻轻地摇了摇头。

说话间，锅里的水煮开了，雁娘麻利地往锅里下面团疙瘩。突然道：“你不说我也知道，你爹不是一般人，像朝廷微服私访的官儿。”

东厢房内，老人抬起干枯的手，无力地拉着仲淹的衣袖：“老朽姓聂，早年间来此避祸。今年七十有五，也该去了。只是放不下这老闺女，今儿老天爷开眼了，寒舍竟迎来了范大人这样的贵人。”想翻身起来。

仲淹忙摁住：“老人家有话只管说，我会尽全力帮你。”

老人喘息着：“我这闺女快三十岁了，尚未许配人家。一来她娘死得早；二来她读了几句书，长了脾性。觉得在这偏远荒野之地，没有能与她匹配之人，婚事便蹉跎至今。”

仲淹不知如何安慰，老人歇口气：“今儿遇上大人，真是天赐良缘！求大人把她带走吧，不管是做侍妾，还是做丫头，都是她的造化。”说着一口气接不上来，翻着白眼。仲淹忙给他抚胸，慢慢地才缓过气来，声音更见微弱：“她能随大人，老朽我也就瞑目了。”

仲淹十分为难：“老人家，我已年过半百，如何能娶你闺女？再说，我要去的地方烽火连天，岂是安身立命之所？不害了你家雁娘么？”

雁娘煮了一锅疙瘩汤，来叫仲淹去吃，在门口把她老父亲的话全听了去，心里正暗自欢喜。又听仲淹说不能害了她，心里又羞又急，一时竟不知如何是好。

一边站着的纯佑，早把她的神情看在眼里，便进了里屋，轻声道：“爹爹，孩儿虽是晚辈，不宜过问大人之事，但是，孩儿觉得雁娘姑姑跟孩儿的母亲一样贤惠善良，做的饭好香。而且，这村庄已无人居住，若再遇上游兵散勇，雁娘姑姑是很危险的，爹爹何不带了她一起去永兴军？”

仲淹思忖道：“这儿是不能住了。只不知雁娘姑娘是否愿意？若违了她的意，岂不是强人所难？这与强盗又有何区别？”

雁娘倚着门框，眼里噙满了晶莹的泪水。

老人见仲淹这么说，忙唤雁娘。

雁娘跨进门来，跪在老人床边，失声痛哭。

老人喘息道：“闺女啊，你随范大人去吧！你有了好归宿，老父也可以瞑目了。”

仲淹与纯佑吃了疙瘩汤，在柴房铺了棉絮睡下。纯佑到底是孩子，倒下便酣然入梦。

连日骑马，仲淹腰酸背痛，疲惫不堪，却无法入眠。他闭上眼睛，努力让自己睡一觉，可脑子里闪过的依然是白日看到的情景：空旷荒凉的田野，残垣断壁的村庄，形容憔悴的难民，村头新添的坟茔。快天亮时，才蒙眬睡去，也不知睡了多久，他被哭声惊醒。

他起身走至门边，哭声是从东厢房来的，他忙叫醒纯佑。父子二人来至东厢房，见雁娘扑在老人身上哭得死去活来。原来，那饱经沧桑的老人咽下了最后一口气。

仲淹劝住了雁娘，待天大亮了，在村头荒地挖了个坑，掩埋了老人。雁娘收拾了屋子，把有用的东西、衣物都带上，锁了门，随仲淹父子一路往永兴军而来。

就在范仲淹带着长子范纯佑日夜兼程赶赴永兴军的同时，朝中也发生了变化。

在更换执政大臣之前，富弼就借日食现象上疏说：日食，是天降灾异来诏示天下子民，说明天子施政有所偏差。劝谏仁宗，当前要应天变，通下情，要降诏求直言，解除越职言事的禁令。

富弼还建议，边关之事关乎国家的生死存亡，不应由枢密院单独承担，中书省宰相也应参与商议。枢密院与中书省并称“二府”，在处理国事之时，二府应当团结一致，共同切磋探讨。

出乎意料的是，仁宗竟爽快地采纳了富弼的建议。下诏枢密院，自今往后，凡有边境事务，必得有宰相参议。之后，特地在中书省别置一厅，专用于枢密院与宰相讨论边防事宜。同时，又下诏解除越职言事禁令。

三月，主管财政的三司使晏殊，调知枢密院事掌军事。工部郎中、天章阁待制张存知延州。曾被降为尚书左丞的宋绶，调知枢密院事。庞籍调任刑部员外郎、天章阁待制之职。

五月，范仲淹带着纯佑、雁娘风尘仆仆地抵达永兴军，接待他的是陕西安抚使韩琦。

在驿馆里，韩琦简单说了永兴军鄜延路、泾原、秦凤、环庆四路兵马状况与西夏军在外围的部署。仲淹听了，心情异常沉重。

是夜，夏竦、韩琦治酒设宴为仲淹接风洗尘。仲淹一来因旅途疲惫，二来因边关军情不容乐观，因而无心饮酒，只吃了碗饭，便辞别夏韩二人返回驿馆。

纯佑收拾了房间，把自己的住处用布帘隔出一半作厨房，取出带来的草药与药罐，给父亲煎药。

已过立夏，永兴军的夜，依然寒冷。天空，没有月亮，星子也似怕冷，躲在深不见底的黑暗之中。远处，时而一两声旅人的羌笛声被风拂断，显得突兀与怪异。驿馆门前灯火辉煌，车声辚辚，马嘶萧萧，这热闹之中，竟有着说不清、道不明的浮躁与焦虑。

雁娘隐在窗槅后面,看着眼前陌生的一切,忽然觉得,此处除了比村子里的人多以外，她还多了几分惶恐不安。她掩了窗扉，见纯佑忙进忙出的，心里又无端地生出几分笃定。自随他们父子一路西来，她眼里的纯佑，比同龄少年多了几分沉稳、内敛与至诚至孝。她知道这是来自少年父母的遗传，但她更相信这是仲淹言传身教的结果。不知不觉中，她对仲淹又添了几许爱慕与敬意。她来至纯佑身边，细细问及仲淹的生活习惯，以及草药如何煎熬。

第二天一早，仲淹向韩琦要了几名对前线阵地与战事比较熟悉的兵卒做向导，带了纯佑，骑着马，沿鄜延路、泾原、秦凤、环庆四路一一勘察地形与边防守备状况。并询问戍边将士的生活习惯，听取他们对西夏军的各种意见。一连数日，吃住都在前沿阵地。

勘察归来，仲淹陷入深思。雁娘几次问纯佑，这几日出门在外，究竟遇到了何事？为何老爷一脸的忧愁？纯佑笑着摇头，说无事。只是更加精心地侍候着父亲。

这天早饭后，仲淹吩咐纯佑笔墨侍候。

纯佑铺纸磨墨，仲淹在给朝廷的奏疏中，详述了自己到前线勘察后的分析：

“近年来，陕西边境经过多次战事，如今的防御兵力占一半以上，而关中却十分空虚。若元昊舍弃边城，直取关中，切断我大宋的军队与粮草后援，那么，前线宋军的处境将十分危险。

“朝中有许多大臣极力主张立即发五路大军，讨伐西夏。臣以为，西夏境内山川险恶，又遍布沙漠，其都城远在黄河以北，遥远而艰险，不易攻取。有道是，兵马未动，粮草先行。若宋军深入，绵延百里，粮草的运输极易遭到夏军的截夺。一旦粮草接应不上，就会有被歼灭的危险。如此轻举妄动，只会无功而有患。

“臣，经过实地勘察与深思熟虑后的对策是，加强边境守御的同时，关中一起备战。西路、北路、东路、中路各屯兵二三万，互为呼应。宋军人数虽多，却无良将精兵。由于几十年无战事，兵卒早已习惯太平日子，毫无斗志。西夏军人数虽少，但兵精马壮，尤擅骑射。

“目前，西夏看似兵强马壮，其国力却非常薄弱。粮食、绢帛、瓷器、茶叶等都需从宋朝输入。若宋朝封锁其物质的输入，只守不攻，对内修固城池，精练兵卒；对外坚壁清野，不与大战。两三年后，待大宋恢复军力，而西夏疲于战争时，大宋再发起反攻。”

仲淹写完搁笔，起身活动双臂。纯佑小声问：“爹爹，有句话，孩儿不知当讲不当讲？”

仲淹笑道：“平日在家里，为父或许有几分严厉，但你应该知道，为父最是崇尚广开言路的。你心里想什么，只管道来。”

纯佑垂首道：“孩儿无知，对边防战事并无良策。只是觉得，这次朝廷对爹爹的任命，是负责西北军事的一切后勤财政事务，而并非领兵打仗。爹爹的这份奏折，把敌我双方的国情，及对西夏的战略战术分析得如此透彻，皇帝会采纳么？”

仲淹面沉如水，背着双手走至窗前，看着外面来往的兵卒：“这就要看皇帝的决断了。”回头又看着纯佑：“你说得也有道理，我如今的职务是陕西都转运使，却上疏言战略战术，这也算是越级言事。只是，为父见边防状况如此松懈、涣散，于情于理，都不能袖手旁观。为臣者，对上，要忠于朝廷；对下，无愧于百姓。凡事不能拘泥于小节，皆应从大局着想，方不失为臣子的做派。”

纯佑不再言语，收起墨汁已干的奏折，小心叠齐：“爹爹，孩儿这就去驿站，将此奏折六百里加急送往朝廷。”

这日午后，尹洙突然来到仲淹的住处。二人当年因朋党之罪同时被贬，此刻相逢于塞外的战乱之时，悲喜之情无以言表。原来，尹洙正在夏竦手下任经略判官。

尹洙细细诉说着边塞的各种现象，把自己最看重的几员大将一一介绍给仲淹。二人促膝交谈，直到日落西天，月上栏杆。

几天后，韩琦送来一份诏书，是朝廷六百里加急诏命。

原来，五月初，仁宗皇帝罢了从马上摔下来的宰相张士逊，又一次复用吕夷简为相。

吕夷简再次恢复相位后，其处事作风大为改变。认为朝廷任命范仲淹为陕西都转运使，不足以发挥其长处，应加升范仲淹掌管兵权的职务。他向皇帝建议，任命夏竦为陕西都部署兼经略安抚使；提议以陕西都转运使、天章阁待制的范仲淹，为龙图阁直学士；以韩琦为枢密直学士。并命二人同为陕西经略安抚副使、同管勾都部署司事。

韩琦负责泾原路边防事务（今甘肃平凉），范仲淹负责鄜延路边防事务（今陕西延安），夏竦驻扎于永兴军（今陕西西安），三人互为犄角，成为大宋在西北前沿的最新防线。

韩琦带来诏书的同时，还有一封仁宗皇帝单独给仲淹的信。

仁宗在信中说，夷简极其看重仲淹之才，并极力向朝廷推荐于他，要求仲淹尽释前嫌。二人一个在前线，一个在后方，要精诚团结，方可为朝廷排忧除患。

仲淹读罢信，立即回信道：臣往日所议论的，都是国家大事，与夷简不存在个人之间的恩怨，更不至于对他抱恨于心。唐朝的郭子仪与李光弼素有怨隙，见面如同仇人一般。但安禄山作乱，郭子仪奉命讨贼之时，二人不计前嫌，握手泣别，以忠义共勉，终于把大乱平定，这实在是二人同心协力以致之。今吕相有郭子仪之心、之言，只可惜仲淹无李光弼之才、之力矣！

韩琦在一旁看了，无不敬佩范仲淹博大的胸襟与气度。

第三十八章　整顿边防　左氏春秋赠狄青

延州，位于陕西北部腹地，历来为兵家必争之地。素有“塞上咽喉”“军事重镇”之称，被誉为“三秦锁钥，五路襟喉”。

仲淹勒马嘉岭山腰，纵目望处，延州城里，城墙坍塌，街巷萧条，行人稀少。此时，已是六月天气，塞上应是风吹草低见牛羊的壮美景色。可眼到之处，却是土地荒芜，亦无牛羊啃青。

纯佑看着满目荒凉的延州城，又看看父亲紧锁的眉头，把到嘴边的话咽了回去，打马下山，护着雁娘的马车进城。

仲淹纵马越过纯佑与雁娘的马车，直奔延州府衙。

府衙门外，有一面庞黝黑、身材壮硕的汉子，眯着一双细长的眼睛正朝来路张望着，神情颇为焦虑。此刻正是午时，骄阳似火，他额头上布满细密的汗珠，轮廓分明的脸庞更显出边塞汉子久经风沙的沧桑与刚毅。

忽然传来马蹄声，眨眼工夫，一骑人马风一般卷至黑脸汉子面前。

黑脸汉子两眼放光，脸上的愁容一扫而空，上前笑问：“可是龙图阁安抚副使范大人？”

仲淹笑道：“哪里来的这许多头衔？本人正是范仲淹。”

汉子牵过缰绳，那双细长的眼睛在塞外的阳光下熠熠生辉，一丝笑容在黑脸膛上荡漾开来：“副帅来了就好了！副帅来了，延州的好日子也就来了。”

仲淹仔细端详这个兴奋莫名的汉子，忽然问：“壮士莫非就是延州都监周美周之纯？”

汉子大为惊讶：“末将正是延州都监周美，字之纯。副帅何以知晓？”

“你可认得陕西经略判官尹洙？”

“尹洙尹师鲁啊！”周美笑道，“他上月来勘察三川口之实情，在此与末将相识，结为至交。”

仲淹抹一把脸上的汗：“尹洙才智超群，精于史学，真诚友善，值得一交。他最喜谈军事，所著《叙燕》《息戍》《兵制》，颇有真知灼见。他还向我推举了另外两人，种世衡与狄青。”

周美快人快语：“种世衡字仲平，鄜州判官；狄青字汉臣，延州指挥使。此二人亦是末将好友，也于上月与尹洙相识，我四人相见恨晚。”

说话间，忽闻车马辚辚，二人回头看时，正是纯佑护了雁娘的马车到了。

周美早把府衙后的一所院落收拾了，纯佑把行李搬进去，一一安置。特为父亲收拾了一间大书房，将带来的书卷一册册放妥。又忙着去厨房煎药。

雁娘见了，打心眼里喜欢这个孩子，笑道："天成，往后就由我来照顾老爷，你只管做你自己的事儿。"

纯佑笑道："好呀，姑姑。咱俩分工，在外面由我照顾爹爹。在家里，由姑姑照顾爹爹。"顿了一下，又腼腆道："有句话原本不该我说，爹爹能娶到姑姑这样的好人，实在是我兄弟几个的福气。"

雁娘听了，低眉垂首，半天不语。

纯佑见状，以为自己说错了话，正不知所措。却听雁娘轻语："能遇到老爷这样的好人，才是我聂雁娘的福气，我唯有倍加珍惜。天成，你还叫我姑姑，不愿改口么？"

纯佑喜道："我可以唤娘了么？娘！"

雁娘竟湿了眼圈，轻轻应了一声，接过纯佑手中的药罐，去给仲淹煎药。

周美在自己的住处为仲淹接风，席间，他见仲淹面色凝重，以为他嫌酒菜不够丰盛。搓着两只粗大的手，一脸的愧疚："副帅，延州这几年战乱，土地荒芜，吃的用的，都比不得关内。今儿这些菜肴还是厨子费了心思做的。"

仲淹抬手止道："周都监说哪里的话？我自小吃过许多苦，受过许多委屈，却从未嫌弃过人家的饭菜不好。我是在想，我也来了这半天了，却未见知州张存张大人，莫非他真的未来延州上任？"

周美忙道："未将见副帅旅途疲惫饥饿，原想饭后向副帅禀报的。张大人迁延不肯来此赴任，说是家有八十老母尚需照顾。"顿了一下，又接着道，"张大人说家里有八十老母，实则是借口。他不懂兵法，惧怕打仗倒是真。"

仲淹忽然觉得心跳加快，冷汗涔涔，一阵晕眩侵袭而来，他以手支额，闭目内视，缓缓调节气息。

周美见状，一时不知所措，正要高声唤人，却见仲淹轻轻摇了摇手："不妨事！快吃饭，饭后你把延州的兵制与现状细细道来。"

一边侍候着的侍从见了，上前舀了一小碗羊肉汤，轻声道："副帅脸色苍白，一头虚汗，想必是饿了，先喝碗汤罢。"

仲淹从昨日午时到此刻，只吃过一点干粮，早已饥肠辘辘。他接过厨子递过来的汤，连声道谢。

一时饭毕，侍从收拾了碗筷，抹了桌子。

周美拿来一本卷宗，递给仲淹："副帅先看看库档。狄青去了军营，种世衡在鄜州，我已派人送信给他二人，明日一早便回延州府。"

仲淹点头，接过卷宗认真翻阅。他从未见过如此可笑而不合情理的兵制，他的心里也从未有过如此冲天的愤怒。但他隐忍着，他怕他从心里发出的雷霆之怒，与边境的不堪现状，吓倒门里门外这一干原本就心神俱疲的衙役兵卒。

原来，宋朝的军队有一个等级制度，为部署、钤辖、都监。朝廷曾有一条规定，把驻守边境的军队分成若干队。部署领兵一万，钤辖领兵五千，都监领兵三千。若有战事发生，无论敌方兵马多少，都由官衔最小的都监领兵三千，先出阵应战。

侍从送上茶来，给他二人斟上。

周美将鄜延路边防状况一一介绍完毕，那如火球般的烈日已滑向西窗。二人将一壶茶直喝到寡淡如水，不知其味。

边塞的日子，晴多雨少，夏季的白日尤显漫长。偶尔从旷野掠来的长风，挟带着漫天黄沙，穿过城堞，恣意扑打着城楼上的门窗。

仲淹回到住处，已是日落荒原，天地茫茫。

雁娘帮他褪去官服，换上宽松的裤褂，温婉地问："老爷可曾用过晚餐？若不曾用过，我这就去热饭菜。"

仲淹回说已在周美处吃过，因不见纯佑，便喊道："天成，我的长剑搁哪儿了？"

纯佑捧了长剑出来："爹爹的剑在这儿呢！"

仲淹接了剑，出门往院中一站，拔剑出鞘，把一柄剑只舞得如苍龙出海，凤舞九天。那横扫的剑风，与旷野卷来的长风相遇缠绵，寒剑迎着黄沙，发出急促而清脆的当当声。

仲淹收剑入鞘，立在院中，望着远处苍色的山峦，渐渐淹没在夜幕与沙雾之中，焦灼的心绪已渐渐平复。

雁娘拿了一件长衣给他披上："老爷，舞剑出了汗，夜风吹了易着凉。"便扶了仲淹进屋。

纯佑在一边看父亲舞剑，心里正羡慕得紧，忽见父亲收剑入鞘，望着原野发呆，他也不由得满腹忧虑。

他知道父亲的身体状况极为不好，父亲需要休息，需要静养。而边关繁杂的事务与随时可以燃起的战火，父亲岂能不管！景祐四年，父亲在饶州任所接待宾客时突然昏厥倒地，吓得他兄弟几个哭作一团。那时正是母亲去世不久，父亲病倒的那几日，他衣不解带，日夜守候在床边，唯恐再也见不到父亲。

正胡思乱想，一名衙役跨进院门，递上两封书信。纯佑接过，送去父亲的书房，并点了灯。

雁娘在厢房侍候仲淹洗漱了，换了一身干净衣裳，又端来煎好的药汤，仲淹喝了，径往书房来。

纯佑正在书房门外："爹爹，方才衙役送来两封书信，我已放在书案上了。"

仲淹点头："你进来。"

仲淹顺手把那两封信递给纯佑。

纯佑接过看去，是欧阳修与庞籍给父亲的回信。

原来，仲淹被任命为陕西经略安抚副使时，写信举荐欧阳修来延州担任掌书记。欧阳修在回信中说：范公的厚爱，永叔万分感激。只是永叔不能为一己之私利，而占据一个官位。范公是智慧之人，在民间必能发现许多贤能之才。今豪杰之士，往往已蒙收择，只怕山林草莽之间，还有许多知义慷慨之士，未得出门下。

纯佑心里赞叹不已。

庞籍在回信中说，他已被朝廷任命为陕西都转运使，一来感谢范公的举荐。二来告诉范公，知延州的张存，因嫌弃延州地偏贫瘠，又战火纷飞，迁延不肯上任，此后恐怕又成了范公的负担了。

纯佑读罢："爹爹是要孩儿给两位大人回信么？"

仲淹放下书："不必。我叫你来，是要叫你去做一件事。"

纯佑忙问："何事？"

"自明日起，你去军营跟兵卒一起操练、吃饭、休息，细致观察他们各自的特长，骑射、刀剑、长枪以及拳脚上的功夫。"

"爹爹，孩儿以为，作为戍边的兵士，仅仅是拳脚功夫过硬，还不足取。"

仲淹饶有兴致地问："那你以为，在战场上，一个兵士最可贵的品质表现在何处？"

纯佑回道："在永兴军的那些日子，孩儿随韩琦、尹洙二位大人下过军营，听他们讲过很多打仗的故事。孩儿以为，一个兵士有过硬的杀敌本领固然重要，还要不怕死，不怕累。在战场上，要服从上级指挥官的指挥，若遇紧急状况，应能分析区别敌我双方的形势，从而保存自己。"

仲淹拍拍儿子单薄的肩膀："还有一点至关重要。看人，要多取气节，就是注重人的道德修为。而不要在意他们是否有小缺点、小过失。去吧，为父等候你的消息。"

纯佑兴奋得脸颊通红："爹爹，孩儿这就去找周都监，让他给孩儿一匹战马，一副盔甲，还要一副弩与大刀。"

仲淹转身到书橱里找书："吃晚饭时，我与他已商议妥当，他自会备好。你且去歇息，养足精神，明日一早就出发。"

纯佑一挺胸膛："是！"

虽是六月天气，边塞的夜依然寒气袭人，仲淹秉烛夜读，不知几更，只觉身上寒侵侵的。抬头见雁娘正端了茶盘进来，手臂上挽了件长衣。

她放下茶盘，把长衣递给仲淹，看一眼窗下的漏壶，柔声道："老爷尚在吃药，不宜熬夜。已是三更天了，老爷该歇息了。"

仲淹放下书，揉揉发酸的双眼："睡不着啊！延州、鄜州，自古以来，就以'扼朔塞之咽喉，为镐京之管输'而著称，曾经是多么繁荣、富庶的边城。而今，城北三十多个寨子都被西夏人攻破，延州城已是一座街巷萧索，士气委顿的孤城了。"

雁娘不知如何安慰。往日清高自负的她，自跟了仲淹，早收拾起那份孤傲，竟恨自己学识浅薄了。她极想知道，在过去的岁月里，芳卿夫人是如何为夫君排忧解愁的，但总是话到嘴边，又咽了回去。夫君为边防战事操碎了心，又何苦去翻捡那些陈年往事，徒伤心怀。

仲淹穿上长衣，随手拿起书。

雁娘斟了茶，指着托盘上一碟黄澄澄的烘饼："老爷，这是我做的点心，不知是否合老爷的口味？夜深更寒，老爷就着热茶吃几块饼，或许会暖和一些。"她退出去，轻轻带上门。

仲淹吃了一块饼，心神恍惚，以前芳卿也常做这样的点心给他夜间读书时充饥。看着眼前的茶与饼，想起芳卿，恍若隔世。那颗在岁月的风霜雨雪中磨砺得比铁还坚硬的心，竟满是痛惜与愧疚。

他起身走至窗前，推开窗扉。边塞的夜空深邃而辽阔，一弯新月如一叶扁舟泊在西边天际，显得弱小而孤单。有风吹来，窗扉咿呀而摇，一阵呜咽之声随风飘过，仲淹侧耳细听，是城外的戍卒在唱思乡曲。此刻听来，这歌声竟如此凄凉而悲伤。

一连数日，仲淹带着周美、狄青、种世衡三人，视察延州城东西南北四大城门关隘，询问兵卒的衣食身体状况，并观看他们的操练。

这天黄昏，纯佑策马归来，交给父亲几页纸笺。

纸上记录的，是纯佑这些日子在各兵营里暗中探访记录下来的名册。他认为这些兵卒艺高胆大见识不凡，有将领之才，便将这些人名记了下来。

仲淹读了，眼角眉梢溢满笑意。转头看侍立在侧的儿子，原本白皙的面孔已被边塞的风沙吹得黑里透红，身量似乎也高了些许，清俊中显出几分英武来。

纯佑见父亲只盯着他看，笑问："爹爹，孩儿着这身战袍可像个戍边的英雄？"

仲淹摇头："你穿这身战袍的确有一股英武之气，只是，为父并未看出英雄来。"说罢哈哈大笑。及见儿子低头含羞，又道："快去把战袍脱了，换身干净衣衫，我已经闻到汗臭味了。"纯佑一溜烟地跑了。

七月，奉命知延州的张存姗姗来迟。

当夜，周美来报："副帅，张存张大人今日来了。奇的是，他既不带家眷，也无行李。说要连夜见副帅，有要事相商，托我前来禀告。"

仲淹思索道："有要事相商？难道他有对付西夏的良策？快快请进！"

张存一见仲淹，便是一副愁眉不展的模样。他说之所以今日才来延州，是因为八十老母病中尚需照顾。

仲淹笑道："张大人一片至孝之心，着实令人敬佩！今日来了，便安下心来治理延州。你托周美来说有要事相商，莫非张大人有对付夏军的奇谋妙计？何不快快道来？"

张存却道："范公，张某今夜来访，实是求助于范公。"

仲淹奇道："你今日方到，有何事求助于范某？"

"范公，我一介文臣，不知兵法，调我来延州，若是和平年岁，倒也罢了。可如今是硝烟弥漫，战火纷飞，我年老体弱，家有八十老母，这不是强人所难么？"

仲淹收起笑容："话可不能这么说。范某也不懂兵法，只要咱们为官者，在困难面前，精诚团结，共同协商，就没有过不去的坎。再说了，你不能戍边，又有何人是应该来戍边的呢？"

张存额头上沁出细密的汗珠。

仲淹道："你去前沿关隘、哨卡看看，我们的兵卒兄弟过的是怎样的日子？他们风餐露宿，淋风沐雨，夏天一身烈日，冬天一身雪霜，一碗饭里有半碗黄沙。难道他们都是没有父母兄弟姐妹的？难道他们生来命贱，就该来充军打仗？”

张存抹了一把额头上的汗水：“我早就听说过范公不近人情，又兼有一副铁齿铜牙，果真是名不虚传。朝廷封你高官厚禄，道理自然是在你手上。如今，唯范公能救我出延州，恳请范公帮忙！”他嘴上说着，双腿一屈，竟跪在地上。

纯佑早气得两眼溜圆，他见张存跪下，一把冲过来，双手拎着他的臂膀，就要扔至门外。

仲淹喝道：“不得无礼！”

纯佑放下张存，退至一边。

周美盯着张存，冷笑一声：“末将从京城到边关，也走过不少地方，却是第一次见识张大人这样的人品，真是大开眼界。”又转向仲淹：“副帅，他既无心在此，留下他也只是一副空皮囊，叫人见了心烦。不如让他滚出延州，落得干净。”

张存哭丧着脸，一副可怜模样。

仲淹背对张存：“既如此，范某也不便强留。我即刻写奏疏，上报朝廷，延州知州由我兼任。至于你张大人何去何从，还得听朝廷安排。在朝廷下达旨意之前，你不得离开延州。”

八月初，朝廷来了批复，同意范仲淹兼知延州，命张存知泽州（今山西晋城）。张存向仲淹千恩万谢后，便往泽州赴任去了。

谁说塞外草先衰，江南雁到迟？延州的八月，秋高气爽，艳阳普照，碧草葳蕤。

这一天，延州城与往日不同，城楼的城垛上，那在风霜雨雪中褪了本色的旗子，早已拔去，换上了簇新的旗杆旗帜，正迎着塞外黄沙，猎猎风展。百姓的脸上也漾起久违的笑容，见了面都相互问候：

“范大人今日在北城大练兵，不去看看？”

“哪里是大练兵？副帅是要集中鄜延路所有的兵马到场，亲自点兵点将，对付西夏蛮子。”

延州北城演兵场上，鄜延路各路兵马已经到齐，周美、种世衡、狄青也在其列。

仲淹身穿盔甲，站在点将台上，威武持重。纯佑青春年少，英姿勃发，侍立在他身后。

仲淹环视眼前的将士，朗声道：“本帅来延州的第一天，就听说了边防的规矩，有敌来犯时，先遣官小的领弱小之兵出战。打仗若不根据战场上的具体情况而选择将领，又以官衔大小定先后，这样的军队必败无疑。”队列中，轻微的人语过后，是一片寂静。

仲淹道：“今天，我向大家宣布一条新规定，老弱病残的兵卒即刻返乡。”队列中一阵骚动。

仲淹又道：“从鄜延路各路兵马中，我挑选了一万八千精兵，分作六队，每队各三千人，交给六位善骑射、有谋略的都监统率。”

纯佑上前，展开一张黄帛念道：“副帅所选的六位都监：周美、种世衡、狄青、张亢、朱吉、陈子俊听令。”

周美等六人出列，仲淹对他六人道：“我已选出十二位对弓箭与大刀都十分娴熟的勇士，分给你们做教头。你六人各领三千人马，自即日起，每日加强训练，不得有误。”

周美、狄青等六人齐声应“诺”，各领三千精兵，分六队而列。

退役的老弱病残、围观的百姓见此情景，兴奋不已，议论纷纷。忽听得一声：“带上来！”

众人抬眼望去，见一队兵卒押着十几个五花大绑的人走上点将台，正自疑惑。忽听一老兵道：“那不是克扣粮饷的张三么？”

另一人恨声接道：“不是他还能是谁？狼心狗肺的东西。”

“快看，虚报军功的李四也抓起来了。”

“那边上的四个，犯的何罪？”

“不就是在前线闹事，扰乱军心的王羲四人。”

边上一位老大爷不耐烦：“嚷嚷，就听你们几个嚷嚷了。副帅说话都未听清。”

一个手执羊鞭的青年道：“老叔，你也别嚷嚷了。快看，副帅说都押下去斩首。”

先前说话的老兵道：“斩得好！早该如此。不斩不足以整饬军风，斩给骄兵悍将看看，这就是军纪。范副帅若早来一年，就不至于死那么多兵卒兄弟与老百姓，延州城北的三十多座寨子，也不至于被西夏军扫平。”

自此，延州城一改往日萧条、颓废之气，兵卒练武，百姓耕种，城外原野上的牛羊也渐渐多了起来。

塞外的深秋，天气寒冷。这天，仲淹召集周美、狄青、种世衡等共商大事。

仲淹道：“我们练兵的目的，是要提高兵卒的战斗能力，加强现有的防御功能，但也不能坐在家里等敌人打上门来。诸位将军有何良策，只管道来。”

周美道：“未将以为，我们可以一边练兵，一边修复被西夏军攻破的寨子。”

种世衡拊掌称道：“未将也有此意，修复后我们守住边塞，更有利于打击西夏军。”

仲淹赞道：“好主意！”

正说到兴奋处，忽有探子来报：“副帅，一队西夏军正向城东而来！”

仲淹霍地站起身：“多少人马？”

“约有五千之多。”

仲淹环视在座的六位将领，狄青挺身而出：“副帅，未将愿领兵迎战！”

仲淹一拳擂在案上：“好！狄青迎战！其他五队人马准备接应。”

周美、种世衡、张亢等齐声应诺。

仲淹刚登上城楼，便见远处黄沙滚滚，蚀骨的北风夹带着狂乱的马蹄声，呼啸而来。那滚动的黄沙，离城门越来越近。

仲淹正自思索，狄青将如何迎战。

突然，从城门斜刺里杀出一彪人马，不摆阵势，不问来者姓名，趁对方的马尚未站稳，兜头就打。敌军被一阵强弩射得人仰马翻，还未回过神来，又被长枪大刀招呼上了。

一会儿工夫，敌军死伤一半，对方将领见势不妙，呼了一声，带着兵马夺路而逃。

仲淹正待传令，穷寇莫追。却见逃跑的敌军前方，从左右各杀出一队人马，给逃跑的敌军迎头痛击。其中，有一员猛将引起仲淹的注意。此人披头散发，戴铜面具，手持大刀，冲入敌阵，直杀得敌人鬼哭狼嚎，丢枪弃马。

这一仗，大获全胜，仲淹在城门迎接将士归来，却不见戴铜面具的勇士。便问狄青：“在战场上戴铜面具杀敌的勇士何在？我想见他。”纯佑在一边也急着想见此人。

周美与种世衡等人听了，微笑不语。

狄青双手捧着铜面具：“副帅，戴铜面具杀敌的便是末将。”

仲淹接过面具，朗声笑道：“我说呢，何人如此神勇，原来是狄青狄汉臣。尹洙之言果然不差！”

狄青见仲淹露出不解的神色，解释道：“少年时，因兄长与乡人斗殴，末将代兄获罪，因而面刺墨字。后来入军中，每逢打仗，便戴此面具。”

仲淹沉思片刻，回头向纯佑道：“你记住，今夜向朝廷拟写奏疏，往后若犯有刺字罪者，不刺面部，刺身体其他部位皆可。”纯佑郑重点头。

是夜，仲淹在安抚使府宴请狄青与众勇士。

酒过三巡，仲淹问狄青：“听尹洙说，三年来，你征战数次，无一落败。且每次都为先锋、打头阵，所向披靡。不知你是如何做到这一点的？不妨说出来，也好让其他将领效仿，我军少一些损失。”

狄青半晌才言：“末将出身贫寒，少读书，并无将兵之道。只是把兵卒当自家兄弟，凡事审慎而发，决不可以视兄弟之性命如儿戏。冲锋在前，是给兵卒兄弟们带头壮胆。每得赏金，便与兄弟们共享，这都是一些平常小事，不足挂齿。”言毕，竟红了脸。

仲淹见狄青谦逊如斯，不居功自傲，爱惜之情更甚。起身去书房拿来一本书，递给他：“你武功超凡，气节高洁，实是不可多得的将帅之才！这部《左氏春秋》送与将军。为将者，若不知古今，只不过是徒有匹夫之勇而已。将军虽勇猛过人，但也应懂得秦汉以来的将帅兵法，以提高学识谋略，为国尽力，为民解忧。”

狄青接过《左氏春秋》，郑重道：“承蒙副帅厚爱，末将定将发奋苦读，钻研秦汉将帅兵法。”

第三十九章　韩琦失误　任福兵败好水川

范仲淹经过周密而慎重的思考，决定先修固边城，在边境的前沿修筑堡垒，建立军事要塞。并采纳周美、种世衡等人的意见，派遣周美率兵修复金明寨、万安城。此地距延州城北三十里，是扼守延州的要冲。修复后并长期驻扎，抵御来犯的西夏军。

范仲淹以为，提高边境防御功能的同时，也不能单等敌人打上门来才被动应战。他要出击，打敌人一个措手不及。

在与狄青反复谋划后，命狄青率手下兵士，出其不意地攻打了芦子平、塞门寨等寨堡。西夏军没料到宋军会主动出击，一时惊慌失措，溃不成军，狄青夺回了几个军事要塞。

张亢率兵乘机修复丰林城，朱吉率兵修复承平、安南两寨。自此，延州城外围的军事防线，在整体上得到进一步加强。

虽然如此，但范仲淹并未掉以轻心，白天处理事务，晚上依然挑灯夜读，思考对付西夏军的对策。

纯佑见父亲来延州后，日夜操劳，日益消瘦，心里着急，却也劝不了父亲。从越州带来的草药已经吃完，就催着父亲重新开了药方，下午去城中药铺抓药回来，正忙着煎药。

雁娘过来道：“天成，你累了一天了，快去歇着，我来吧。”

纯佑很是忧虑：“爹爹吃了从越州带来的药，病情未见好转。这里的草药比越州的差多了，对爹爹的病怕是没有多大益处。”

雁娘道：“老爷是太操劳了，但凡省点心，少些思虑，身体自会好起来。”

纯佑无奈：“边关事务繁忙，爹爹如何能歇息？”

雁娘道：“我去劝劝罢，只怕老爷未必肯听。”纯佑也只得由雁娘去。

雁娘端了药进书房，仲淹放下书：“你还未歇着么？”

“老爷不也未歇息？快把药喝了吧。”

仲淹接过药碗，雁娘见桌上一页写满字的纸，起先以为是给朝廷的奏疏，细看之下竟是诗句，想看又不敢造次。

正迟疑间，听仲淹道：“这是我方才填的一阕《渔家傲》，你想看可以拿去。”

雁娘喜极：“多谢老爷！”忙收起词稿，又道：“老爷在此地任职，操劳国事应当本分，却也要为自己着想。若没有一副强壮的体魄，如何能更好地做事呢？天成很是担心老爷的。”

仲淹喝了药：“必定是天成自己不敢来，就让你来劝我了。延州城的安危，关系到大宋存亡，我如何能放下，只顾自己休养将息？这黄沙漫漫、烽火连天的边城，岂是养病之地？”

蓦然，有羌笛声起，牧马悲鸣。仲淹走至窗前：“你听，戍边的兵士又在唱思乡曲了。”

雁娘心里一阵难过，她委屈地想，你只知你儿子爱护你关心你。你可知我的心？我又何尝不是爱着你、牵挂你？你心里只有大宋国、只有戍边兵士，哪里有我聂雁娘的一席之地呢？想归想，面上却不敢流露出一丝愁怨。转眼见仲淹走回桌前又捧了书，知再说无益，便袖了词稿，收了药碗，退出书房。

这聂雁娘，把往日在父母面前的娇气，在村子里同龄人面前的傲气，抹杀得不剩一分一毫。当下去灶间洗了药碗，回至卧房，掏出词稿来读，竟被那浓郁的忧虑与悲凉之气所震慑，原来仲淹词道：

塞下秋来风景异，衡阳雁去无留意。四面边声连角起。千嶂里，长烟落日孤城闭。浊酒一杯家万里，燕然未勒归无计。羌管悠悠霜满地。人不寐，将军白发征夫泪。

雁娘生活的小村庄，虽不是西北边陲，却也是土地贫瘠，气候恶劣之处。或许她听惯了野马悲鸣，雁阵惊寒；也看惯了秋天的萧瑟，边民的贫苦。来到延州城，每天夜里，仲淹在书房读书，她除了送热茶点心，便是在房中做针线活。旷野的长风，携带着戍客凄切的歌声，幽怨的羌笛，与远处悲凉的胡笳、低沉的号角，从窗前呼啸而过。这些声音，在她听来，是那样的热闹而新奇。

而此刻，仲淹词里的衡阳雁、四面边声，却让她感到莫名的凄凉与落寞。一句“千嶂里，长烟落日孤城闭”，道尽边关孤城延州悲凉、肃杀的秋日风光与不利形势。

她知道，仲淹移知延州，是受任于败军之际，奉命于危难之时。如今守着这座危城，一面加强对兵卒的军事训练，一面抢修城外的寨堡。辛苦操劳自不必说，可对家乡的思念，那浓浓的乡愁，又岂是一杯浊酒能销蚀得了的？

她想着仲淹憔悴的面容，苍白的鬓发，心里一阵愧疚。方才还怨他不懂儿女情长，未把自己放在心里。可他心里，装的是大宋子民，是边关百万将士。自己能与这样的人朝夕相处，还有什么抱怨的！

雁娘小心地收起词稿。拔下头上的簪子，剔亮了油灯，拿出今儿一早从牧民手中买来的羊皮，天冷了，她要给仲淹缝一件羊皮袄。

西夏军虽凶悍，毕竟是偏居一隅的寡民小国，其国力薄弱，他们的方针是：向大宋发动进攻，力求速战速决。针对西夏军这一特点，范仲淹采取的是持久的消耗战。大宋虽非极其富有，毕竟疆土辽阔，资源丰富，能拖他几年，西夏未必能拖。

范仲淹在延州城的战略，从不败、到伺机进攻而制胜，沉稳持重，不急功贪进。由于指挥、调派合理，一切相机而动，西夏军对范仲淹防守的鄜延路沿线，竟不敢再犯。

然而，范仲淹的防御战略却遭到朝中部分大臣的反对。

韩琦也反对范仲淹的防御之计，主张向西夏发动进攻。他向朝廷上疏道：大宋拥有二十万重兵，只守着边境而不反攻，如此怯弱的现象，自古未有。若长此以往，只会耗尽士气。而二十万大军所需的粮食、马匹等物资消耗太大，会增加朝廷与百姓的负担，应集中各路兵力攻打西夏，速战速决。

仁宗看了范仲淹与韩琦二人的奏疏后，忙召集中书省与枢密院两府大臣共商西北军务。宰相吕夷简揣摸着皇帝的心思，主张进攻，理由是长期防御耗费太大。枢密副使杜衍以为韩琦之计非万全之策，同意范仲淹的积极防御。

但仁宗的求胜之心比任何人都急切，他采纳了韩琦的意见，同意向西夏发动进攻。诏令各省、府筹集五万头驴为西北前线运送军需给养，定于庆历元年（1041 年）春，由陕西的鄜延、泾原两路兵马进攻西夏。

范仲淹得知消息后，忙上疏朝廷，先汇报了自己在鄜延路的防御战略所取得的些微成就。又详细地分析：

“春季起兵，塞外雨雪大寒，地势开阔，且不说粮草辎重，仅将士行军，既无可依赖的屏障，又无更多的御寒之物。而西夏军习惯严酷的天气，占着有利地形，若向我军发起反攻，后果不堪设想。

“如今，鄜延路沿线的城堡均已修复，粮草、兵甲、车仗均已妥善，不惧敌人来犯。实则无须着急进攻，待天气和暖之后再出师，既方便了我军行动，亦可扰乱西夏耕种。即便不能获胜，也不致有大的损失。

“臣在鄜延路的策略是：修复废弃的城堡，逐步逼近夏军境内。因为是慢慢渗入，无须大量的军需补给，又可掌握敌情。若敌人大批来犯，我方坚守堡垒。若敌人分散兵力，我军乘机进逼。整暇以待，逼迫西夏议和归顺。

“另：臣请求，若朝廷决定进攻，请准许鄜延路按兵不动。臣主张在鄜延路沿线，继续快速修复各处城堡，以牵制西夏东边的兵力，使元昊无法全力应付西边的环庆、泾原两路兵马。如此一来，如同三路出兵，一般无二。”

仁宗内心深处是惧怕战争的，虽主张进攻，又无取胜的信心。见范仲淹把前线战况分析得有条有理，便准了他的请求。之后，又要求范仲淹再与夏竦、韩琦商议，相机而行。言语之间，虽未明说，仍有要范仲淹出兵之意。

陕西都部署兼经略安抚使、缘边招讨使夏竦，西北前线的主帅，往日在朝堂之中，最善揣摩圣上的心思。这一次，捧着诏令，却陷入困惑之中。皇帝既采纳韩琦主动进攻的意见，却也同意了范仲淹的防御战略。若范仲淹不出兵，其他两路兵马的将领，皆无作战经验，兵士怯战，岂不是败局已定？

夏竦一筹莫展，背着手在屋里走来走去，无意间瞥见门外廊下，尹洙正与人说话。他脑子里突然灵光一闪，范仲淹是个认死理的人，尹洙曾为他遭贬谪，算得上患难之交。若让尹洙去说服他，或许会同意出兵也未可知。想毕，忙吩咐侍从去请尹判官进来。

尹洙进来，施礼问：“主帅唤下官有何吩咐？”

夏竦一脸忧虑："朝廷诏令已下达，向西夏进攻的日子也已确定。然范公所议不同，执意不肯出兵。若鄜延路按兵不动，环庆、泾原二路则无胜算可握。尹判官与范公是知己之交，或许他能听你的劝说同意出兵。"

尹洙已明白夏竦之意，当即道："下官愿往延州，说服范公出兵。"

这天，尹洙到达延州城时，已是暮色四合。边城的冬季原本就十分寒冷，暮天的北风，漫卷着沙尘，无遮无拦地刮着，更是冷得彻骨。若迎着风张嘴说话，会灌满嘴的黄沙。

尹洙直奔仲淹住处，裹着一股寒风扑进屋里，朝纯佑哆嗦道："天成，快快烧火、沏茶！冻死我也！"

纯佑笑道："书房里有火盆的。"

尹洙进了书房，顾不得礼节，扑向火盆。

仲淹见尹洙到来，心里已猜出几分来意。见他冻得几乎失去知觉，忙把火盆的火拨旺。正待唤人，却见纯佑端着托盘进来。

纯佑把托盘搁在茶几上："尹叔叔，先喝盏热茶，吃几块饼垫垫饥，晚饭一会儿就好。"

尹洙喝了茶，吃了两块饼，这才坐直了身子，长长地嘘了口气。

仲淹笑问："回过神来了？"

"这才感觉回到了人间。"

晚饭后，他二人依然回到书房。

尹洙道："范公想必知道师鲁的来意，师鲁也无须绕弯子。此次攻打西夏，事关重大，范公何不顺天意，体民情，与夏竦、韩琦二帅一同出兵讨伐西夏？"

仲淹面色沉静："师鲁，今儿是晴天，只因是傍晚，你冻得尚且不知是在人间，还是在地狱。若是雨雪天气，野外的将士们将如何行军打仗？"

尹洙一时语塞，半晌才道："可如此耗下去，就能打败西夏么？同时，不也是在消耗我军的粮草与士气么？朝廷已经下旨，夏竦、韩琦二帅也确定了进攻的日子。若缺少范公鄜延路兵马的实力进攻，便不能稳操胜券。"

"此次进攻西夏，就算有我鄜延路兵马三处合一，也必败无疑。"仲淹语气庄重，"今日，我范希文若顺承了朝廷的旨意，而不能保全朝廷的军队，为将来留下大患，就算责罚于我，也不足以向天下人谢罪！"

仲淹见尹洙神情困顿，收住话题："师鲁连日奔波，今夜就早些歇息罢。"

尹洙在延州住了二十多天，任其说破天去，仲淹坚持不肯出兵。

尹洙认为仲淹不顾大局，叹息道："想不到范公如此怯懦，竟不如韩帅。韩帅在大事面前果断决策，能将胜败置之度外，而范公则显得谨小慎微了。"

仲淹料不到尹洙说出这种话来，他压抑着情绪回道："但凡出兵打仗，便关系到千百万将士的性命。这些戍边将士的性命，真的可以置之于胜败之外么？师鲁与韩帅的观点，恕希文不敢苟同。"

尹洙见仲淹坚决不出兵，只得扫兴而归。

庆历元年（1041 年）二月，韩琦巡边至泾原，与环庆路副部署任福商议用兵事宜。

一日，韩琦得探子报说，元昊近日欲攻打泾原西边的渭州（今甘肃平凉）。

韩琦一时性起，当即决定调集镇戎军的全部兵马，与元昊决一雌雄。为稳妥起见，又立即在附近村寨招募了一万八千壮士，共计三万人马都交与任福率领。命泾原部署桑怿为先锋，钤辖朱观、都监武英跟进，渭州都监赵津断后。

韩琦亲自给任福、桑怿、朱观等部署作战方法：“从怀远城经德胜寨至羊牧隆城，各寨堡相距只有四十里，且道路平坦，粮草辎重运输便利。”又特向任福道：“临战时，一定要看具体情况行事，若不能与敌军直接交战，便绕道敌后，择险要之地设埋伏，待敌军回头时再予以截击。”任福一一应诺，率部出发。

韩琦虽部署周密，心里仍忐忑不安，送大军至城外，又再三叮嘱任福，一定要按计行事，切不可贪功。若有违令者，就算有功在身也要斩首示众。

第二天，大军行至新壕外，任福与桑怿领轻骑数千，与朱观、武英兵分两路，向好水川挺进。行至怀远捺龙川，与镇戎军常鼎、刘肃会合。此时正是午时，日高马困，众兵士饥肠辘辘。桑怿向任福请示后，命伙夫在此埋锅造饭，人不解甲，马不卸鞍，吃过饭后继续前行。

行至张家堡南面，探子飞马来报，有一队西夏兵正向张家堡方向而来。任福率兵转过一座山嘴，果真见一队西夏骑兵，挟着一股黄沙，急驰而来。任福心中一凛，策马横刀，不等敌军勒马立足，就命众将士们冲杀过去。

霎时，人喊马嘶，杀声震天，黄沙翻滚，遮天蔽日。敌军阵脚大乱，死伤数百。敌军首领见状，便命撤退。夏军丢盔弃甲，落荒而逃，向北边遁去。

桑怿杀得性起，大声喝道：“哪里逃！追！”策马挥刀，率手下兵士一路追杀。

任福见夏军一路上丢弃的牛、羊、马匹与粮食，兴奋不已，也带了手下人马随后追去。

黄昏，残阳如血，倦马悲鸣。从旷野掠过的长风，卷起漫天黄沙，遮掩了西方天际的一抹亮光。天黑之时，任福与桑怿合兵一处，屯于好水川（今宁夏隆德城北）。

朱观、武英两路兵马，于天黑前在龙落川宿营，与好水川隔山相距五里，两军相约明日会师，全歼夏军。这一夜，任福、桑怿为出师大捷欢欣鼓舞，更为明天能围歼夏军而豪气倍增。

然而，夏军的惨败、溃逃、丢弃牛羊与辎重，是元昊设的诱敌深入之计。此时此刻，元昊已在好水川川口埋伏十万精兵，只待任福、桑怿带领宋军自投罗网。

第二天一早，任福、桑怿，朱观、武英两军会合。又得探马飞报，夏军兵力不济，仍然往北逃窜。

任福听了，精神抖擞，率兵穷追不舍。此刻，他早把韩琦的战略部署与千万叮嘱抛向了九霄云外，满心眼里都是杀敌立功。三天后，宋军已翻过六盘山，早脱离了原定的行军路线，粮食供应不上，众兵士已是饥饿难耐，但仍强撑着前行。

行至龙竿城北，望着近在眼前的城堡，疲惫不堪的将士们精神一振。忽见山路两边散落一些银白色的泥盒，任福觉得奇怪，走近时，听里面竟有咕咕之声，便命兵士打开看个究竟。

几名兵士打开泥盒，数百只鸽子扑打着翅膀，盘旋而起，带着清亮的鸽哨飞向乌云密布的天空。

任福与众兵士仰头看着飞翔而去的鸽子，正自不解。突然，四面山峦之中，涌出无数夏兵，刀光闪闪，寒气冲云。马蹄声、嘶喊声，如潮水般汹涌而至，瞬间把任福的兵马分成三截堵在六盘山南麓、好水川口内。

直至此时，任福才如梦初醒："哎呀！中了元昊之奸计了！"

然而，此时，宋军前不能进，后不能退。

桑怿急道："将军，这如何是好？"

任福叹道："我等已中元昊的埋伏，大军已被包围，如今唯有拼死一战！"话音未落，身边的兵士已身中数箭，倒于马下。

忽然，夏军中升起一面大旗，旗向右倒，山谷右边的伏兵起，瞄准宋军，箭弩齐发。旗倒向左边，左边的伏兵起。如此左右上下起伏，任福的兵马已乱不成军。又兼山路拥挤，哪里能施展拳脚？再者，这些兵士，大多是临时招募而来的，尚且不知临阵应敌，如何抵挡得了骁勇善战、以逸待劳的西夏军？一时间，死伤不计其数。

混战之中，任福已身中数箭，坐下战马也死了三匹。当他再次换马时，桑怿、刘肃已战死。一名护卫见他艰难地翻上马背，身上的箭插得如刺猬一般，便劝道："将军，末将护你去那边山岩躲避，等天黑了再做打算。"

任福在马背上坐稳，向空中吐一口血沫："我身为领兵大将，这一仗败得如此窝囊惨烈，其责任在我。我未按韩帅的部署行事，兵士死伤惨重，我哪有脸面去躲避？唯有以死报国！"一脚踹开护卫，挥刀催马，冲向敌群。因为身受重伤，身子不能灵活自如，砍倒几名敌军后，冷不防身侧一柄长枪刺来，正中咽喉。

任福从马背上栽落，一腔鲜血染红了黄沙。待几名护卫拼死挡住敌军的刀枪箭弩，抢至跟前时，任福已气竭身亡。

唯有朱观带着一队人马，撕开一条血路，冲出包围圈，来至一个小村落。仗着村中屋舍，以箭弩拒敌，至天黑夏军退去，在泾原部署王仲宝的援兵接应下，退出好水川。

韩琦在泾原城外三十里处，接到王仲宝、朱观带回来的残兵败将，已是心胆俱寒。他正欲带着这些侥幸逃生的兵士返回，却有数千名阵亡兵士的父兄妻子，捧着死者的衣物，提着纸钱，拥上前来哭诉道："几日前，你们随招讨使（指韩琦）出征，如今招讨使回来了而你们却战死沙场，你们的魂灵能随招讨使回来么？"一时，哭声震天，连鸟雀也敛羽抱团，惊恐不安。韩琦滚下马鞍，匍匐在众人面前，泪水渗透膝下黄沙。

范仲淹正与狄青、种世衡等大将商议修固边城之事，忽有侍从送来好水川惨败的消息。

仲淹心情格外沉重，独自登上城楼，望向长风肆虐的旷野，喟然长叹："此时此刻，怕是不能将胜负置之度外了。”

这一战，宋军阵亡一万余人，主将战死疆场。西夏军乘机大肆抢掠沿边州县，西北边防再度陷入危机之中。

韩琦自觉此次出击遭遇惨败，自己负有不可推卸之责，向朝廷上疏请求罢免。二府大臣考虑到罪不在韩琦一人，只罢去安抚副使之职，降为右司谏，知秦州（今甘肃天水）。

大获全胜的李元昊得意非凡，作诗说：“夏竦何时耸？韩琦未必奇。满川龙虎辇，犹自说兵机。”

这一败仗，虽证实了范仲淹有关西北军事战略的正确性，却未能改变朝廷主动进攻的计划。朝廷下诏给范仲淹：向西夏示弱，要求议和。同时，秘密聚集军队，攻打西夏。

大败之余，朝廷竟然还有如此荒唐的决策，范仲淹真是哭笑不得。在给朝廷的奏疏上，他认为：

报国之仇，不可仓促。像任福这样有多年戍边经验的将领，尚不能料敌，若临时派出的将领，各方面都不如任福，却要深入敌后，将会带来怎样的灾难？孙子说有备无患，“胜兵先胜而后求战，败兵先战而后求胜”。既无取胜的把握，怎可因报仇而轻言进兵？孙子还说“王不可以怒而兴兵，将不可以愠而致战”，作为将领，应以实际情势判断于己方是否有利，才能决定行动与否。

范仲淹仍然坚持积极防御、对西夏步步进逼的方略，继续修复延州前沿废弃的堡垒。巩固边城，精练士卒，招抚羌人，并要求其他各路军队也务必各自持重。

最终，仁宗采纳了他的坚守方略。

种世衡跨入帅府时，仲淹正立在地图前沉思。他望着副帅越发瘦削的背影与帽子边露出的几缕白发，心里竟莫名地一紧。正欲退出去，却听仲淹道：“仲平，你过来。”

种世衡吃了一惊，这也奇了，副帅并未回头，怎知是我来了？

仲淹指着地图问：“这是延州东北二百里处古宽州的废弃城堡，对此处，你有何想法？”

种世衡从小就随叔父种放学习儒学经典与孙子兵法，且疏财仗义，对手下兵卒仁厚有加，深得部下爱戴与拥护。尹洙曾以种世衡“有谋略，有胆识”向仲淹荐用，所以，仲淹才有此问。

种世衡走近地图：“副帅，末将正是为此处而来。”

仲淹有些意外地看着他：“噢！你说说看。”

“末将以为，在古宽州废墟上筑城，右边可屏障延州，左边可从山西运来粮食，北边则可进攻西夏边城。”

仲淹点头赞许：“这里正是延州的军事战略要点。只是，距西夏边城很近，若是在此处重筑城堡，夏军必定来争，其难度要比在其他地方筑城大得多。”

种世衡朗声道：“副帅，末将愿带麾下三千精兵赴古宽州修筑城堡。夏兵若敢来犯，末将就打！”

果然，元昊见宋军在古宽州筑城，一时也慌了手脚，派兵来抢这座废弃已久的故垒。夏军第一次来犯，种世衡就痛下杀手，杀他个人仰马翻，让他们知道，宋军并非都是弱小之辈。此后，夏军隔三岔五地来打，都被种世衡打得惨败而归。

种世衡就这样一边作战，一边抢修城堡。古宽州地势险恶，又无水源，众人认为，即便筑起了城池，也不宜长期防守。

种世衡请人测准了水井方位，出重金请匠人凿井。直凿至地深一百五十尺处，才有甘洌的泉水喷涌而出，众兵士兴奋地叫这座新城为清涧城。

范仲淹上表朝廷，命种世衡知清涧城。

种世衡便放开了手脚，一边招回逃亡的百姓与兵士一起开荒种地，所收的粮食，既丰富了百姓，又可充实军粮。一边又借本钱给商人，鼓励他们把别处的货物运进来，把此地的牛羊运出去，清涧城的经济逐渐活跃起来。

种世衡训练兵士，有自己独特的方式，他把钱绑于靶心，谁射中就赏给谁。如此一来，众兵卒皆为神箭手，与西夏人对垒时，马不停蹄，箭不虚发。清涧城，成为延州北面一座坚固的堡垒。

第四十章　纯佑领兵　大顺城外展雄风

却说元昊自胜了好水川一战后，那份与生俱来的刚愎自用无形中又增大了几分。

然而，范仲淹所管辖的鄜州路沿线，半年来，修复的一座座城堡，如一个个剽悍的哨兵，悍然守卫着延州城。他竟不能攻破其中一堡一寨，这又使他万分沮丧。更让他恼怒的是，那些曾经依附于他、帮助他攻打宋军的羌人，如今竟都投奔范仲淹而去。

原来，范仲淹每修复一座村寨，便有意切断羌人与西夏的联系，并派兵力保护他们。其时，若有羌人来投，范仲淹便发放粮食、种子、农具给他们，帮他们开辟农田，从事农耕。

元昊还听说，范仲淹在他自己的帅帐中亲自接待羌人酋长时，撤去卫兵，与酋长促膝长谈。因为范仲淹的职衔是龙图阁直学士，羌人都亲切地唤他“龙图老子”。

元昊在帐内生闷气，他的属下不敢吱声，唯有军师小声劝道：“大王，这延州城，怕是打不下来了。如今的小范老子（范仲淹），胸中有数万甲兵，不似大范老子（范雍）那般好对付。”

元昊沉思着。

军师又道：“近来在边境，常听到一首歌谣，其中有两句话说……”抬头看了元昊一眼，打住了话头。

元昊吼道：“说！”

军师小声道：“军中有一韩（琦），西贼闻之心胆寒；军中有一范（仲淹），西贼闻之惊破胆。”

元昊怒目圆睁，随手操起茶碗，就要朝军师头上砸去，心念流转之际，又收了手，将茶碗朝茶几上重重地一顿。厉声道：“军中有一韩？他韩琦的队伍在好水川，不是被我李元昊打得落荒而逃？若再有人唱此歌谣，斩！”

盛怒之下，元昊忽然想起，好水川之役前，他曾假意派使者高延德赴延州求和，却被范仲淹识破。而范仲淹也修书一封，派部下韩周随高延德来到西夏，对他晓以大义，劝他真心归顺大宋。

元昊悻悻地想，这小范老子还真是不好对付，可要我真心归顺大宋，想都莫想。眼睛向下一扫：“张丞相何在？”

丞相张元应声而出。

你道这张元何许人也？乃北宋华州（今陕西华县）人，因“累举进士不第”，而又自以为有王佐之才，不甘寂寞，便写诗明志：“好著金笼收拾取，莫教飞去别人家。”明白表示北宋朝廷弃人才而不用，他将为异国效力。于是从边境进入西夏国，其奇特行为引起了元昊的重视，认为张元有胆识，是奇才，便予以重用。张元也不孚众望，多次

进入宋朝境内刺探消息，为攻打宋朝边寨取得巨大战绩。这次好水川之役，便是张元所献的计谋。

张元献媚道："大王，属下有一计。"

元昊眉开眼笑："快快道来。"

张元捋着颔下稀疏的胡须："宋朝的规矩是，人臣无外交。而范仲淹背着朝廷，私自写劝降信，并派部下送来。且不说他是一心为了大宋朝廷，仅仅是这种背逆行为，便是灭九族的大罪。"

元昊喜道："若能让宋仁宗自己除了范仲淹，边境便可畅通无阻，大宋便唾手可得了！"

张元在他耳边如此这般地说了一番。

元昊听了，忙唤笔墨侍候，立时给范仲淹写了一封回信，派亲信野利旺荣随韩周来到延州。

延州城，野利旺荣向范仲淹呈上回信。

仲淹读了信，信是写给他的，却也是写给朝廷的。元昊在信中出语不逊，言辞无礼，他已经看出元昊居心叵测，面上却不动声色，只吩咐侍卫好生款待西夏使者。

侍卫带野利旺荣出去后，仲淹便把信交给纯佑："你把这封信原封不动地抄录一遍，为父自有用处。"

第二天，野利旺荣又求见仲淹。仲淹不语，只拿出元昊的信，吹燃火折子点燃了。一瞬间，元昊的回信，便化成一缕青烟，随风消散。

野利旺荣看得目瞪口呆，在他眼里，这位被羌人称为"龙图老子"的宋朝将领，面容清癯，身材单薄，看上去如何也经受不了旷野的风沙。然而，那坚定、凛然、无惧的眼神，却让他心生胆怯。当下竟不敢说话，悄无声息地退了出去。

纯佑问："父亲是想把抄录下来的信呈送给朝廷么？"

仲淹道："信是写给朝廷的，不能不呈上去。自好水川之战后，李元昊越发狂妄、强横。在这封长达 26 页的信中，有 20 页口气傲慢，言语不恭。若是将原信送上去，有损我大宋体面与皇帝的尊严。如今是特殊时期，恐朝廷进退两难，落入西夏的缓兵之计，耽误我方军事部署，只能将这几张有求和意思的呈上去了。"又唤韩周进来，吩咐他回京城送信。

纯佑心里忐忑不安，却也不敢多说。

皇城。

宋仁宗收到范仲淹派人送回的信，忙召两府重臣觐见。

吕夷简见皇上急召，不知何事，便早早地来到中书省，向皇上的近侍打听得是范仲淹给西夏李元昊私通信件之事。正琢磨着，抬头见参知政事宋庠与几位大臣朝这边而来，心里一动。

吕夷简再次复位以来，朝中大臣莫不畏惧他的权势，皆不敢与他相争。唯有参知政事宋庠，无处不与他抗衡，这让他恼怒不已。而皇上对宋庠的宠信，更让他忌恨于心。

宋庠跨进门来，施礼见过。

吕夷简眉头紧锁：“不知诸位大人是否知晓，皇上召见，所为何事？”

宋庠见他一副莫测高深的模样，知他在皇帝身边有人，便摇头答不知。

吕夷简似自言自语：“范仲淹真是太狂妄了！守边之将，无朝廷旨意，与叛臣李元昊私下往来，竟然还烧了李元昊给皇上的信。谁知被烧的信上有何密谋？若不是私通敌国，怎敢如此？”

宋庠惊道：“有这等事？人臣无外交。范仲淹胆大妄为，目无朝廷，这是大逆不道之罪啊！”

吕夷简偷眼看宋庠激奋的面孔，心里冷笑，面上却满是悲悯之情。

宋庠紧盯着吕夷简，猜度他的心思。暗想，若真如吕夷简所说，按他的一贯做法，范仲淹难逃此劫。这老贼权倾朝野，却处处与我作对，我何不依从他的意思，帮他除了范仲淹，或许能缓解他对我的态度。

正凝思间，太监报皇帝驾到。

仁宗示意身边的太监拿出范仲淹派韩周送回的书信，命众大臣传阅，问如何处置。

众大臣对西北边境的形式与战略似乎不太关注，对范仲淹与李元昊之事，却倾注了极大的兴趣。

宋庠接过那几页纸，一目十行地溜过。抬头见吕夷简沉稳冷静的面孔上，那双三角眼里，闪烁着狡黠莫测的寒光。暗想，这回就算是神仙下凡，也救不了范仲淹了。随即起身奏道：“启禀皇上，范仲淹身为守边大臣，无朝廷旨意，私交叛臣，又擅自烧毁李元昊给皇上的亲笔信，属实大逆不道！臣以为，对范仲淹不处以极刑，不足以整饬法纪、匡正朝纲。”

仁宗心里一怔，众大臣也闻之惊悚。

枢密副使杜衍忙道：“皇上，范仲淹在边境的功劳，有目共睹。此次与李元昊的书信往来，本意是想招降李元昊，怎可因此而定其罪？”

知谏官孙沔奏道：“范仲淹擅自与李元昊往来，错在事先未经朝廷批准；其意却是为了朝廷招降叛臣，臣以为，范仲淹无罪。”

仁宗望向吕夷简：“吕爱卿以为如何？”

众人将目光一齐投向吕夷简，范仲淹的生存死亡，似乎悬在他的唇齿之间。

吕夷简不紧不慢：“皇上，范仲淹此举实在是有些欠妥，但其本意是为朝廷着想，是想招纳叛臣，别无他念。目下边事未宁，正是用人之际，老臣以为，不宜深究。”

宋庠差点跳将起来，正要质问吕夷简，却见众大臣投来谴责的目光，便咽了到嘴边的话，脸色由青转白，煞是难看。

仁宗可是把他的表情看在眼里。暗想，到底是吕夷简，宽宏大度，不计前嫌，关键时刻，能以国事为重。相形之下，宋庠就差远了，作为朝廷重臣，参知政事，处事应持重谨慎。范仲淹，可是大宋在边境的良将，舍去范仲淹，还有何人可以安定边境？宋庠

如此孟浪轻率，真是枉费了朕的宠信。

第二天，圣旨下达，范仲淹被降为户部员外郎，贬知耀州（今陕西耀州）。擢陕西都转运使、礼部侍郎庞籍知延州兼鄜延路部署司事。韩周削去官职，监通州税。而宋庠则以朋党罪贬黜朝廷，知扬州。此时，已是庆历元年（1041 年）四月。

五月，正是春末夏初之际。皇城中，虽无乡村野外的草木欣然，却也抛却了浮躁与慵懒。仁宗漫步在花园中，天空沉静，阳光明媚，从楼台亭阁环绕而来的风，携带着花草的清芬，温柔得盈手可握。他抬眼向天，无不感慨地想，这就是他的大宋王朝，他的天下。若无战争，那该多好。想到战争，想到西北边境，他方才还浸润在五月清风里的愉悦的心，霎时又沉重起来。他收回目光，斜眼瞥见值事太监捧了托盘，朝这边匆匆而来，便立在原地。

原来是范仲淹呈上的《耀州谢上表》。表中详尽解释了与西夏交往，和烧毁来信的缘由。另有一表，表明自己长期被病魔困扰，请皇帝陛下准许他调到一个事务简单的小郡，调养身体。待病情好转，重回边境，报效朝廷。

仁宗在树荫下读完范仲淹的奏疏，将此事从头到尾琢磨了一遍。觉得范仲淹是个顾全大局，不计个人安危，敢决断，有担当的人。这样的人才，正是当前边境所不能缺少的，就算身体有恙，也不能调至其他小郡休养。便吩咐值事太监拟旨：命范仲淹调知庆州（今甘肃庆阳）、兼管勾环庆路部署司事。

无奈，范仲淹又拖着病躯，带着雁娘、纯佑跋山涉水，往庆州而来。此时，雁娘已有三个月的身孕，一路车马劳顿，早已疲惫不堪。

这日午饭后，马车颠簸在坎坷不平的路上。起初，雁娘的腹部隐隐作痛，从车窗望去，日头似乎总挂在车边，路似乎长得没有尽头。她不敢惊动仲淹，隐忍着。马车转过一道山嘴，从一道坎上碾过，车轮腾空而起，落地又弹起。随即，她的下腹如刀割般剧痛起来，一股热流从下身破体而出。雁娘暗道一声，休也！两行热泪夺眶而出。

仲淹见她脸色苍白，泪水长流，神情极为痛苦。又见她座位下面淌了一摊鲜血，知大事不好，忙唤停车。

纯佑骑着马走在前面，听父亲呼唤，忙折转身问何事，见雁娘倒在父亲怀里，奄奄一息，吓得不知所措。

马车夫抬头看看日头："大人，此处前不巴村，后不着店，日落前才能抵达前面驿站。咱只能往前赶，尽快找到一处人家才好。"

仲淹道："只能如此了，你把车赶得稳当一点。"

车夫应了一声，又向前赶去。

雁娘却出奇的平静，半倚在仲淹怀里，低声道："老爷身子骨不好，千万不要着急。雁娘从小摔打惯了的，这点儿事能扛得过去。"

仲淹忍不住泪流满面，将雁娘搂得更紧，在她耳边轻声道："雁娘，前面就有村庄了，你会安然无事的。"

一滴热泪落于雁娘脸庞，雁娘抬手为仲淹抹去眼泪，无声地笑了。下身的血，依然在流；她的心，满足、安宁。自随仲淹至边塞一年多来，何曾如此偎在他怀里，平静地听着他的呼吸与心跳，感受着他怀里的温暖与泪水的苦涩？她愿意太阳挂在西南天，永远不落；她愿意这山路长到没有尽头，她就可以永远偎在他怀里，永远。

仲淹握着她的双手，低声饮泣：“雁娘，希文是命苦之人，两岁上没了父亲。入仕途之后，想在母亲膝下尽孝，又没了母亲。后来，跟我受尽磨难的芳卿，又离我而去。雁娘，不要离开希文，不要扔下希文。”

西天，残阳如血；远处，山岚渐起。

纯佑骑在马上，想催车夫跑快些，又恐马车颠簸，真是忧心如焚。忽见前面山坳炊烟袅袅，喜得大叫：“爹爹，前面有人家了！”

仲淹在车内已泣不成声。

雁娘面如蜡纸，气若游丝，身下的血已慢慢凝固，变成深褐色。她听见了纯佑的喊声，用微弱得几乎听不见的声音断断续续地说：“老爷，人们最忌讳月子里的女人，不要去脏了老乡的家。”

仲淹搂紧雁娘渐渐冰冷的身子，肝胆俱裂。少年时，他曾发誓：不为良相便为良医。可如今，他既不是良相，亦不是良医。既不能为经世治国放手一搏，亦救不了怀里的女人。唯任那一腔热泪，在凄冷的暮风中，随黄沙洒落。

第二天一早，太阳尚未出山，仲淹选了一处山坡，掩埋了雁娘，如同当初掩埋雁娘的父亲一样。坟头的木牌上，“聂雁娘之墓”五个大字，在清寒的晨风中显得孤寂而刺目。

仲淹如虚脱了一般，任由纯佑把他掩上马车，继续向庆州奔去。

金秋十月，是农人丰收的季节，也是他们愉悦的季节。而皇城里的秋天却是西风渐起，落叶飘零。

边境之事，虽让仁宗寝食难安，但近来，由于范仲淹的清野固守策略在西北全线实施取得了效果，暂时的稳定，给了他些许慰藉。

今日早朝，他端坐在龙椅之上，抬眼望向殿中的文武百官，心里无不感慨唏嘘。这些衣冠鲜明的臣工们，若都有范仲淹一半的忠诚、才干与气度，他的大宋国何愁不坚固、不安宁？

谏官余靖的启奏打断了他的沉思：“皇上，陕西经略安抚使夏竦，在边事不宁的情形下，久任无功。臣以为，应当换能臣担任其职。”

谏官孙沔奏道：“臣附议。夏竦作为前线最高指挥，巡边时，竟带着歌儿舞女，在军帐之中娱乐。将士们极度不满，差点儿引起兵变。臣以为，夏竦不宜再任此职。”

仁宗不语，环视群臣，见无人再奏，便道：“朕今儿有重要决定向诸位爱卿宣布。”

原来，仁宗已与两府重臣拟定，从十月起，陕西前线正式分为四路：秦凤路（秦指甘肃天水的秦州，凤指陕西凤翔）、泾原路（泾指甘肃泾川的泾州）、环庆路、鄜延路（鄜指陕西鄜县、延指延州），以长安为中心，自东而西，鄜延、环庆、泾原、秦凤四路，自呈一扇状。

这四路指挥官分别是：鄜延庞籍，兼知延州；环庆路范仲淹，兼知庆州；泾原路王沿，兼知渭州；秦凤路韩琦，兼知秦州。这四人，除了担任各路部署司事兼知州以外，并兼本路马步军都部署、经略安抚沿边招讨使。

圣旨尚未到达边境，范仲淹在庆州的局面已经打开。

庆州羌人众多，在李元昊叛乱之初，羌人各酋长争相为西夏兵攻打宋朝做向导。但他们毕竟势单力薄，并不敢死心塌地倒向西夏，便在宋朝与西夏之间游离。

仲淹到任后，头一件事，便是犒赏羌人，并检阅他们的兵力，密切掌握他们的动向。

纯佑见父亲一到庆州，未曾歇息便带兵巡边，身子骨更见消瘦，他心里更着急。

这天傍晚，仲淹回到府中，胡乱吃了点饭便去了书房。

纯佑端了热水进来："爹爹，泡泡脚罢。"

仲淹放下笔，任由纯佑帮他脱去靴子，把他的双脚放进热水盆中。

纯佑抬头见他仰面靠在椅背上，微闭着眼睛，那两鬓白发衬得脸膛更见黝黑而瘦削。他轻轻地搓着父亲的双脚，待盆里的水渐凉时，便用干布擦干脚上的水，轻声道："爹爹劳累了一天，早些歇息罢。"

仲淹睁开眼睛，又拿起笔："你去歇着罢，我还有事呢。"

纯佑迟疑道："爹爹，以孩儿看来，这些羌人都狡诈得很，他们就如墙头上的草，在我们宋朝与西夏之间两边倒。"

仲淹道："正因如此，我才要给他们立下盟约。"

纯佑见父亲在摇曳的烛光下揉着眼睛："爹爹眼神不好，让孩儿来写罢。"

仲淹起身："也好，我说你写。"

纯佑执笔，仲淹说一句，他写一句：

"一、凡是伤人的罚羊百头、马二匹；杀害宋人的斩首。

"二、凡是与宋人负债争讼，一律送官审理。

"三、西夏兵入界侵犯时，凡不随本族逃避之人，每户罚羊二头，并扣押其首领。

"四、西夏兵入侵时，老人幼儿避入宋军城寨接受保护，宋军将负责供给饮食。若不入寨者，则罚羊二头。

"五、全族都不入宋军城寨者，囚禁其首领。"

自此盟约立定后，羌族各部落皆为宋朝所用。其他少数民族部落也纷纷依附宋朝，削弱了西夏的力量。

庆历二年（1042 年），这是范仲淹到陕西任职的第三年，也是他提出的西北军事战略被采用的第二年。

三月，江南已是草长莺飞，杏花烟雨。而这西北边陲之地，仍然是寒风裹沙，荒凉肃杀，站在城楼之上望去，旷野之中不见一丝绿色。

仲淹回到屋内，再一次仔细地看着挂在墙上的地图，头也不回地对立在门边的纯佑道："天成，你过来看看。"

纯佑闻言走近地图。

仲淹指着其中一处："这是马铺寨，位于延州与庆州之间，与金汤寨、白豹寨互为犄角。"

纯佑道："马铺寨不是被夏兵攻破了么？他们占据了金汤寨、白豹寨，而马铺寨如今是一堆废墟啊！"

"正因如此，才阻断了延州与庆州的交通与联系。若我军修复了马铺寨，就可以将庆州的防线向前推进，阻断白豹、金汤等寨堡，形成庆州周边的牢固防线。"仲淹转头看着儿子，"你有没有胆量领兵去修复马铺寨？"

纯佑眼睛一亮，朗声道："有！"

仲淹示意儿子坐下，轻轻却是坚定地说："马铺寨虽已残缺，但也有夏兵把守。你此去，首先要悄无声息地夺回旧址，不可放走一个夏兵，以防他回去通风报信，你才能赢得时间修城。"

纯佑郑重点头："爹爹，孩儿今夜就出发，攻其不备。"

仲淹又道："我派部将赵明随你前往。赵明多次与夏兵作战，对敌经验比你丰富。在战场上你不得任意妄为，凡事多与赵明商量。"

"孩儿记住了！"纯佑说完起身就要出门。

仲淹拦住："时候还早，你先去休息一会儿。还有，此事在出发前唯你与赵明知晓，不得告诉其他将士。"

边陲的三月之夜，寒气蚀骨，乱风起处，黄沙翻滚。没有星子月亮的天空低沉沉的，如一口漆黑的铁锅紧扣着大地。

纯佑与赵明率五千男儿疾驰在辽阔的旷野，马蹄声如闷雷一般敲击着沉睡的大地。

一名年轻的兵士扬鞭策马，高声问身边的人："王胡子啊，这月黑风高的，是要去哪儿埋伏么？莫不是夏兵来打庆州了？"

那个被称着王胡子的人闭嘴不语，只策马狂奔。

年轻的兵士紧跟着，因为开口说话，被风灌进一嘴沙子，他朝黑暗中连吐几口唾沫，含糊不清道："你看后面几十辆马车，盖得密不透风的。不知装的何物，这般神秘，今儿还是头一遭。"

王胡子在黑暗中回头看他一眼："你就不怕再吃一嘴沙子？"

午夜时分，纯佑已率轻骑先到达离马铺寨十里的小寨柔远。他在队伍前面勒马立足，扬声道："今夜率弟兄们来此，就是要夺回前面的马铺寨，并在马铺寨修筑新的城堡，以隔断白豹寨与金汤寨的联络，阻止夏兵对我大宋的侵犯。"

众兵士此时方才明白今夜的任务，正悄悄议论。忽听纯佑道："大家下马歇息片刻，用布裹紧马蹄，向马铺寨快速前进。"

轻骑兵像一阵风似的来到马铺寨半里外，纯佑在黑暗中传令停下，向身边的一名将领耳语几句，左手拿白布朝空中一挥，二十名精干兵士跃下马背，背着弩箭、大刀，齐刷刷地立在他面前。片刻后，纯佑带着他们消失在黑暗之中。

李元昊的守兵做梦也不曾想到，宋军会深夜潜入夏境，偷袭马铺寨。纯佑带的二十人分为两组，一组先向寨门前的岗哨摸去，悄无声息地干掉了搂着长矛、抱着膀子在寒风中打瞌睡的哨兵。另一组随即迅捷地向寨子里面摸去。寨子外面的大队骑兵见到进攻的信号，如狂风一般席卷而来。

不到一盏茶的工夫，纯佑的轻骑队已夺得马铺寨，赵明在后面的运输队也迅速赶到。

此时，东方天际已现鱼肚白。因长途急行军，将士们都很疲惫。纯佑、赵明重新安排了岗哨，命大家就地歇息，天亮后开工筑城。

修城的第五日，一小队送给养的夏兵来到马铺寨，远远地就见寨中人头攒动。那小头目心中诧异，不知寨中何时多了这许多人。待飞马近来，见是宋军夺了寨子，正在修筑城池，便号叫着挥刀冲杀过来。

突然，从城楼两侧嗖嗖地飞出如雨的弩箭，射向那一队剽悍的骑兵。一时间，夏兵死伤过半。正当此时，城门大开，一队宋兵呐喊着冲出来，杀得夏兵七零八落，那小头目见势不妙，夺马而逃。

第十日，一座稳固的城池便耸立在三月的暖阳之下。

纯佑得探子报，元昊得到情报后，气急败坏，已率三万骑兵赶来夺城。

赵明忧心忡忡："我们只有五千人，如何应对李元昊的三万兵马？这刚刚修复的城池，岂不是又要落入夏人之手？"

纯佑心里也没底，但作为主帅，绝不能先泄了气而动摇军心。他边收拾弩箭边道："五千人也要跟他三万人打，战死也要守住这座新城！"命传令兵集合队伍。

纯佑命一千人守在城楼之上，他带四千兵马在城外十里处，按一明一暗摆好阵势。

果然，元昊率兵马裹着黄沙狂奔而来，见纯佑严阵以待，冷笑道："区区几千人马，竟敢夺我城池？看我不将你们这些宋人踏成肉泥！"话音未落，便挥手进攻。

好一场厮杀，只杀得天昏地暗，山河悲泣。双方兵力悬殊太大，宋军一时招架不住，幸亏纯佑命弩箭手埋伏在夏军背后，一阵猛射，敌人骑兵落马无数。但他们毕竟人多，射杀能力又强，顷刻间便背靠背地围成一圈往外射弩。

纯佑与一名夏军将领杀了几个回合，对方使一柄大刀，力大无比。纯佑不想与其耗下去，便卖了一个破绽，双腿夹马跑开的同时，反手从肩后抽箭搭弦，返身射去。一箭将对方射落马下，正待上前取他首级，却听得呐喊声、马蹄声如滚雷般铺天盖地而来。正自惊疑，只听得一声："天成，我来了！"

敌我双方已经混战，纯佑认不清来人，只是这声音太熟悉，心头一喜：这不是青阳叔，还能是谁！一时精神大振，挥刀杀向敌群。

正是青阳率两万兵马，掩杀过来。

元昊见势不妙，便命夏军撤退。宋军赶至一条河边，正欲渡河追杀。青阳忙拦住："天成，临来时，老爷郑重交代过，不可过河追敌。这是元昊的老习惯，以佯败引诱我军上当。"

第四十一章　仁宗招来　欲振朝纲委重任

纯佑与青阳并肩立在城楼之上，放眼望去，战后的旷野，显得荒凉而肃穆，唯有附近山坡上，那若有若无的绿色与星星点点的野花，才显出春天的一线生机。

青阳看着纯佑："边塞的风沙好厉害呀，把你吹成杀敌勇士了。"

纯佑笑道："青阳叔，你就别笑话我了，你怎么突然到了这儿？香草姑姑、弟弟他们都还好么？"

原来，青阳送香草纯仁他们到了宁陵，原想立马到陕西来找仲淹的。无奈香草在途中生病，一直拖到去年下半才好转。今年初他便踏上西北之路，刚到延州，仲淹却改知耀州。等他到达耀州时，仲淹又带着纯佑到了庆州。昨日到庆州，正逢仲淹要率兵来增援马铺寨，青阳便在仲淹面前立下军令状，率两万骑兵奔马铺寨而来。

纯佑钦佩地望着青阳："从小就听爹爹说你当过兵，想不到你打仗如此勇猛神武。"

青阳望着城头上那在暮风中猎猎作响的旗帜，叹道："我从小习武，为的就是报效朝廷。唉，不说这些了。天成，老爷把这座重新修复的城池，取名为大顺城，希望大宋国风调雨顺，百姓安康。"

范仲淹对西夏的另一招——拖垮西夏，已初见成效。西夏原就是弹丸之地，又连年作战，国力大不如从前。况且，这两年又连连打败仗，无从掠夺宋朝物品，李元昊有求和之意。

西北边境的安定，取得了仁宗皇帝对范仲淹空前的信任与依赖。庆历二年（1042年）四月，朝廷为了褒奖陕西前线的四路沿边招讨使，任命韩琦为秦州观察使，王沿为泾州观察使，庞籍为鄜州观察使，范仲淹为邠州观察使。

仲淹接到朝廷诏命，并无丝毫欣喜。

青阳见他眉头微锁，不由得问："老爷，这观察使是多大的官儿呀？"

仲淹道："在唐朝初期，朝廷派遣朝臣，赴各处访察州县官吏功过与民间疾苦，有时叫巡察使，有时叫按察使，后来定名为观察处置使。"

青阳嘀咕："这官还挺复杂。"

仲淹喝口茶："到了宋朝，观察使与节度使一样，有其名而无其实，只当作荣称，而非实职。"

纯佑在一边小声道："我明白了，朝廷只是把爹爹原来的荣衔'龙图阁直学士'更换了名称，实际职位未变，只增加官禄而已。"

仲淹点头："正是如此。"

“可是，爹爹，朝廷为了笼络边城各少数民族，任命了很多部落的首领为观察使啊！若爹爹的‘龙图阁直学士’改为‘观察使’，岂不是跟那些首领一样的称呼？岂不是名号混淆了？如此一来，徒然让李元昊轻视。”

青阳急道：“这如何使得？我一路寻来，从延州至耀州，再到庆州，听到羌人都是唤老爷为‘龙图老子’的。那语气里有说不出的爱戴与敬仰，又亲切又随和。老爷原就是文官，做个‘龙图阁直学士’是应当本分，何故又改个武将的名号？”

仲淹笑道：“这回你还真说中了要点。皇上或许未曾想到，我原就是内朝近臣，到边塞节制诸将，是挟朝廷之声威，使敌人多几分畏惧。改任后，有失朝廷之重势。”

纯佑道：“皇上身边的大臣，哪一个是忠的？哪一个是懂军事的？哪一个能把边塞之事说出个一二三来？”

仲淹摆手：“此话不可乱说，忠臣是有的。为父这次改任，与朝臣没有太大的牵连。”

“朝廷对爹爹的改任，对边塞事务有影响么？”

“如何没有？”仲淹道，“为父常要求将士报效朝廷，要实实在在，不要虚报军功，自己却连连得到朝廷恩宠，如何能服众？主帅与士兵应当同甘共苦，我一人得赏，只能引起士兵的怨恨而失军心。”

青阳道：“这可是朝廷的旨意，再说，老爷也受之无愧。”

“我不能接受这种奖赏，我得向朝廷上疏。”

纯佑忙铺纸磨墨。

仲淹连上三道疏，请求圣上恩准其恢复原来的官衔。

朝廷接到仲淹的奏疏，吕夷简嘴上不说，心里却不以为然：范仲淹向来胆大妄为，敢逆龙鳞。想不到，朝廷给他加官晋爵，也不肯受。

但吕夷简更明白，西北战事，自三川口、好水川之役以后，西夏与大宋又经历过几次战役，虽然宋军小有损失，但元昊始终不能趋前一步，既抢不到宋朝的物品，也无法逼迫宋军后撤。从整个战局看，宋朝稳定了边境局势，危害也大大减轻。这是范仲淹的战略取得的成效，皇帝对范仲淹是宠幸有加。所以，这老狐狸也不从中刁难，任凭皇帝处置。果然，皇帝诏命，恢复范仲淹为龙图阁直学士。

西夏军在范仲淹、韩琦、庞籍的秦凤、环庆、鄜延三路讨不到丝毫便宜，而西夏国内的粮食物品日益匮乏，军队的给养已是朝不保夕。

为减轻国内负担，李元昊采纳了军师张元的建议：经渭州进入关中。因为，他探察到，泾原路沿线一马平川，无丝毫险阻可倚，易攻难守，是宋朝边境线最为薄弱的环节。

庆历二年（1042年）闰九月，李元昊率十万大军，兵分两路向渭州而来。

泾原路主帅、渭州知州王沿得知消息后，极度惶恐。他既不懂战略战术的部署，又无识人之才。慌乱之际，命副都部署葛怀敏为主将，率兵出战。

王沿之子王豫悄悄道：“父帅，葛怀敏非将才，不可派其领兵。”

王沿不予理睬。

王豫又道：“范仲淹大人早有警言，葛怀敏不通军事，且刚愎自用，不可带兵。请父帅速速换将！”

王沿瞪眼斥道：“你懂什么！”

葛怀敏率兵出发，三天后至马栏城。探子报说，夏军兵至定川。

葛怀敏召集部将传令：“夜宿马栏城，兵不解甲，马不卸鞍，天亮袭击定川寨。”

泾原路都监赵珣建议：“将军，末将以为，夏军长途跋涉而来，粮草不继，急于速战。我军固守马栏城，不愁粮草。在城外设置障碍，断其归路，待敌人斗志衰竭时再打，定能获胜。此时，他们正一路奔来，挟着一股高昂的斗志，若我军现在迎上去，恐遭他们所算。”

葛怀敏冷笑道：“尚未开战，你就长敌人志气，灭自己威风，岂不是扰乱军心？”又环视手下各路将领：“我们在这城堡里吃着喝着，等敌人打上门来？还不如老子先去杀他个片甲不留。”

第二天黎明，遥远的天际，隐现着几点寒星。长风掠过旷野，挟着沙尘与寒气，直往人怀里钻。

葛怀敏命部下兵分四路向定川寨（今宁夏固原县中和乡）进发。

果然，李元昊故技重施，率十万大军在定川寨设下埋伏，只等宋军进寨。葛怀敏陷入重围之后，夏军烧掉木桥，截断水源，举火攻城。

直到这一刻，葛怀敏才想起赵珣的建议，但为时已晚，只得硬着头皮率军突围。而退路已被堵截，宋军兵马在狭窄的长壕内自相践踏，死伤无数。

葛怀敏等 16 员将领战死，兵士 9400 余人被俘。夏军烧杀抢掠，沿途六七百里地的村寨几成废墟。这便是历史上的“定川砦之战”。

夏军长驱直入，兵临渭州城下，王沿吓得魂不附体，一面闭垒死守，一面六百加急，将军情报之朝廷。

泾州，与渭州相邻，是无守备之兵的。如果夏军攻克渭州，泾州必将不保。

泾州知州滕宗谅见情势岌岌可危，便召集数千农民进城防守，并以牛羊美酒犒劳他们。同时祭奠定川死难兵士，安抚阵亡者家属。百姓无不感佩滕知州的胆略与担当，泾州城里民心安定，众志成城。

范仲淹得到夏军南侵的消息后，紧急部署的同时，通知韩琦、庞籍共同出兵，援救渭州。

朝廷接到战报，仁宗忧心如焚，他盯着地图说：“若范仲淹出兵增援，朕就无丝毫忧虑了。”果然，新的战报传来，正是范仲淹等主动出兵，狠狠打击了西夏军，李元昊疲惫而返。

“定川砦之战”后，仁宗越发依赖范仲淹、韩琦，全面采纳范仲淹的军事部署。同意范仲淹与韩琦共同经略泾原，一起驻扎在泾州，便于互相援助。

庆历二年（1042 年）十一月，朝廷诏令文彦博知秦州、滕宗谅知庆州、张亢知渭州。同时，重新设置陕西四路都部署、经略安抚兼缘边招讨使，由范仲淹、韩琦、庞籍出任。

自此，范仲淹对西北边境的战略战术已得到全面实施。

庆历三年（1043 年）三月，京城的春天，与边塞自是两番天地。那河边的绿柳，田间的菜花，陌上的芳草，斜穿细雨的燕子，给这烟火人间平添了多少诗情画意，又给人们留下了多少遣绻留恋。

吕夷简退朝回到府中，吕夫人见他眉头紧锁、脸色阴沉，知他有心事。忙吩咐侍女去端参汤，小心地问："老爷，朝中有事？"

吕夷简恨声道："老夫几次以年迈多病为由，上表辞官，皇上一再挽留，足见对老夫的倚重。今日无端的，竟被陕西转运使孙沔参了一本，皇上也不再挽留老夫了，准了老夫辞官。"

吕夫人惊问："孙沔为何参你？"

原来，孙沔上疏指责吕夷简执掌国政以来，黜忠言、废直道，一无建树。尤其是重为宰相的近三年，以姑息为安，以避谤为智。如今西夏已有求和之意，天下祈盼和平，因此，这是一个'振纪纲、修废坠、选贤任能、节用养士'的大好时机。也唯有如此，才能恢复大宋昔日的昌平盛世。吕夷简既求去，如果不乘机矫正前过，而仍然以柔而易制者升为腹背，以奸而可使者任为羽翼，若再让这类人位居朝廷要职，则与汉朝的张禹，唐朝的李林甫，祸害朝廷又有何异！

"老爷就让他如此这般的骂了不成？皇上持何态度？"

吕夷简愤然道："皇上既准了我的请辞，必是认可了孙沔在奏疏上对我的指责。在朝堂之上，我也只能装大度，说孙沔这些药石之言，只恨晚了十年才听到。"

"老爷身子骨不好，辞了官，含饴弄孙，颐养天年，岂不自在？何必管朝廷诸多闲事。"

吕夷简斥道："妇人之见！西北边境方才稳定局势，契丹又趁火打劫，派使臣来要求割地、和亲。这桩桩件件，哪一件不是关系到大宋的存亡大事？闲事，亏你说得出口。"

听说"和亲"，吕夫人又来劲了，眨巴着眼睛问："和亲？似乎没有适龄公主啊？难道是哪位王爷家的女孩儿？"

吕夷简瞪她一眼："范仲淹举荐富弼出使契丹，拒绝了割地、和亲的无理要求。富弼仅凭一张能言善辩的嘴，只以增加岁币而解决了这件大事，老夫也不得不佩服他超人的智慧与胆识。"

侍女端来参汤，吕夫人接过，递给吕夷简："范仲淹也算是识人的。"

吕夷简喝了几口参汤，抹着嘴角："如今皇上对范仲淹可是倚重得紧，凡事迁就于他。我担忧的是，一旦我退出相位，皇上或许会招范仲淹回京。"

吕夫人撇撇嘴："老爷既辞了官，何必再多管闲事？咱只管享清福。西北边境也好，朝中杂事也罢，都不与我们相干了。"

吕夷简把碗往桌上一顿："不相干？岂不闻：朝中有人好办事？范仲淹上来对我吕家子孙能有好处？"

言及子孙，吕夫人又急了：“那如何是好？”

吕夷简冷笑一声：“我得推荐一个能为我说话的人进中书省。”

吕夫人眼睛一亮：“老爷，那夏竦不是频频地送礼物来么？他对老爷可是言听计从啊！”

吕夷简捋着胡须点头：“我这就向皇上写举荐书。”

又逢早朝之日，天未大亮，大臣们便陆续来到待漏院。

因时辰尚早，有的人闭目养神，有的人窃窃私语。忽听一人道：“皇上调范仲淹、韩琦回朝，出任枢密副使，并命他二人推荐守卫边塞的继任者。而他二人三番五次地推却，说是西夏和约尚未成功，责任重大，此非常时期，不敢离开边塞，也不敢举荐他人代替自己。范韩二人，可真是本朝第一大公无私之人啊！”

另一人接道：“夏竦，同样是戍边大臣，在边境几年，无丝毫功绩，连李元昊都轻视他，张榜告示：‘得夏竦首级来献者，赏钱三千文。’边境百姓看了告示，莫不鄙夷：‘三千文？买双草鞋都不够，谁会去费这个力气！’可见夏竦无能。”

“可吕夷简在辞官之时，偏偏向皇上举荐他做枢密使。听说，夏竦到吕府送了不少稀世珍宝，又结交了内侍蓝元震，内外都有人。”

御史沈邈道：“夏竦早年就巴结吕夷简，想做枢密使。但他为人阴险狡诈，吕夷简不敢与此等人同朝为官，便推诿不荐。如今，吕夷简辞官之前又举荐他，是想落个人情，以恩人自居，日后朝中有人替他说话。实则是，所荐非才。”

“吕夷简虽说辞了宰相之职，但他仍然在司徒的位置上，干预着军国大事。此人哪，要他断官，比断奶还难。”众人哄笑。

当年被诬为范仲淹“朋党”的余靖，已回朝任谏官，只听他拍下巴掌道：“诸位静静，且听余某说几句，夏竦几次上疏，称病辞官。这次听说以枢密使召用，竟日夜兼程赶回京城。若不尽快取消任命，待他面见皇上，鼻涕眼泪的一番感恩，加上又有内侍帮他说话，恐怕皇上也会为之迷惑。”

内中不知谁道：“上朝时辰已到，有话去陛下跟前说罢。”

朝堂之上，灯火辉煌，群臣匍匐叩首，山呼万岁，宋仁宗面带笑容，袍袖轻挥，朗声道：“众爱卿平身！”

余靖手捧奏折出班道：“陛下，臣有奏，夏竦不宜出任枢密使。”他倒是爽快，直截了当地说了出来。

接着，欧阳修、王素、沈邈、蔡襄等，手捧奏折齐声道：“臣有奏。”

值事太监用托盘将奏折一一收了，呈给仁宗。

仁宗细细看去，共一十八道奏折，都是弹劾夏竦的。他眉头微锁，心想，经吕夷简举荐，朕已同意夏竦出任枢密使，诏令已经下达，人怕是在回京的路上了。谁知竟有这许多大臣弹劾他！可见，夏竦此人也是行为不端。罢了，朕不能违背大多数臣子之意。

天渐渐亮了，殿内依然灯火通明。有人偶尔一两声隐忍的咳嗽，与那灯芯燃烧的噼啪声，给高大的殿堂更添了几分寂静。

仁宗思忖半晌，目光投向殿中的某一个角落："命杜衍充枢密使，夏竦由蔡州改知亳州。诏令即日下达。"

仲淹、韩琦拗不过皇帝，回京任职。

四月，朝廷新一轮的人事变动终于尘埃落定。晏殊为首相兼枢密使，杜衍为枢密使，范仲淹、韩琦、富弼同为枢密副使，皆为执政大臣。王素、欧阳修为知谏院。当年写《四贤一不肖》的蔡襄为秘书丞知谏院，余靖为右正言。这四大谏官中的余靖、欧阳修与蔡襄，均为景祐年间被吕夷简视为范仲淹朋党之人，冥冥之中，似又隐伏了一层危机，但又有谁知道呢？

仲淹带着纯佑、青阳又回到了苦竹居。

这日早饭后，仲淹正要出门，青阳道："老爷，我想去应天府宁陵把两位少爷接来。"

仲淹点头："去吧，把香草她们都接来，这几年给朱谆朱诚添了不少麻烦。"

青阳嘱咐纯佑好生照顾老爷，自己则往宁陵而去。

第五天傍晚，仲淹回到苦竹居，尚未进院门，便听见里面笑语阵阵。原来，青阳已从宁陵回来了。纯佑在讲边塞打仗的故事，纯仁纯礼二人盯着纯佑，听得津津有味，桂朵儿躲在廊柱后面，抿着嘴笑。不见青阳香草，估计是在厨房忙晚饭，碧云进进出出地收拾带回的行李。

仲淹差点儿没认出这丫头，真是女大十八变，几年不见，碧云已出落成俏丽的大姑娘了。

见仲淹回来，纯仁纯礼忙撇了纯佑，拥了上来。碧云无端地红了脸，低眉敛首地唤了声老爷，便跑开了。

晚饭后，碧云去厨房收拾碗筷，纯仁纯礼缠着纯佑讲边塞奇事。

仲淹看着香草苍老憔悴的面容，愧疚道："香草，这些年，这个家苦了你了。"

香草拢一拢鬓边的白发："老爷，当年老夫人都未曾把香草当外人，老爷何故分得如此清楚明白？"

仲淹笑着摆手："香草，我从未把你当外人，你就如希文的亲姐妹一般。"

"这才是了。老爷，见到你跟天成少爷平平安安的，香草心里就踏实了。"

"香草啊，这几年你带着孩子们，着实辛苦，但有件事，你却未做好。"仲淹凝望着摇曳的烛火。

青阳心里纳闷，不知仲淹所指何事。

香草也茫然地看着仲淹。

仲淹看看厨房，压低声音："碧云已是大姑娘了，你如何不给她找个好人家嫁了？芳卿不在了，我又在边塞，难道这不是你的事儿？"

青阳与香草相视一笑。

仲淹奇道："笑？有何可笑的？"

香草敛了笑容："老爷，在宁陵的这几年，门槛都被媒人踏破了，可碧云这丫头任是谁也不嫁，我也不知如何是好。"

仲淹笑道："难道她要学你？你当时也不肯嫁，那年我游河朔时，带了许青阳回来，你不也嫁了？"

青阳在一边嘿嘿傻笑，香草扭头啐了他一口，脸却红了："老爷，我那是听从老夫人的安排，哪里就看上他了。"

仲淹看着青阳哈哈笑道："如今再这样说，岂不迟了？"过一会儿又道："碧云是舅老爷李纮送到我们家的，还是请他帮忙吧，或许这丫头会听他的。"

青阳偷偷看一眼香草，香草却看着仲淹，欲言又止。

仲淹在西北几年，旧病几度发作，身体每况愈下。回到京城的这些日子，在纯佑、青阳与香草的精心照料中，精神也渐渐地疏朗起来。

五月，晨风轻柔而温润，院墙上的蔷薇花正开得娇媚，庭前的两株桂树枝丫繁盛，在初升的阳光下摇曳着青翠的叶片。仲淹一早就坐在树下读书，纯佑端了药汤来到他身边："爹爹，先喝了这半碗药吧，一会儿就要吃早饭了。"

香草熬了香浓的小米粥，蒸了素馅包子。

仲淹喝着小米粥就咸萝卜条，叹道："从南到北，从东到西，还是香草的饭菜香甜，吃了神清气爽。"

香草却羞惭道："老爷，京城中，那些高官富贵人家的厨子，每顿做的，可都是鸡鸭鱼肉。香草也只会熬小米粥，做个素馅包子。"

仲淹喝一口粥，吃一口咸萝卜，咬得脆生生地响："这你就错了，鸡鸭鱼肉吃多了，易得富贵病。哪比得了这小米粥，养心养胃养身体。"

纯佑与纯仁纯礼，低头吃粥，默默无语。

仲淹放下碗："天成，你吃完了把马车备好，随我出去。"

纯佑答应着。

青阳却道："老爷，今儿不是朝廷的休沐日么？老爷不在家里歇着，又要去哪里啊？"

香草正欲说话，却听院门响，有人在院外敲门。

纯仁快步出去，见一位慈眉善目的僧人正立在门外。那僧人见了纯仁，合掌道："阿弥陀佛。请问小施主，此处可是范仲淹范大人的居所？"

纯仁心想，这僧人开口就道出父亲的名讳，莫非是父亲的朋友？合掌垂首道："正是！师父请进！"

仲淹见纯仁带一位僧人进来，正自奇怪。

僧人道了一声阿弥陀佛，便不再言语，只看着仲淹微笑。

仲淹见他笑容可掬的憨态，似曾相识，只记不起在哪儿见过。忙道："师父快快请坐！天成沏茶来。"

僧人道谢坐下。

就在他转身坐下的当儿，仲淹一眼瞥见他耳朵后面的一颗黑痣，猛一拍脑袋，惊喜道：“哎呀！原来是残月师兄到了！”

僧人正是仲淹少年在长白山醴泉寺寄读时认识的残月和尚。

原来，今年初，醴泉寺失火被毁，僧众四处化缘重修寺庙。以前仲淹读书时的住持师父早已圆寂，众僧中年纪大点的就只有残月了。

残月向新住持说：“在西北边境打胜仗的范仲淹范大人，便是当年在佛寺寄读的朱说。如今已调回京城，弟子前去为重修寺庙化缘，范大人绝不会让弟子空手而归。”征得住持同意，残月便往京城而来。一路上化缘度日，历经两月有余，昨日才到京城。问清了仲淹住在甜水巷的苦竹居，今日一早便寻了来。

仲淹听了残月的话，沉思道：“残月师兄想必还未吃早餐吧。”回头欲问香草是否还有吃的，却见纯佑正端了粥与包子进来。

仲淹接过，轻轻放在桌上，笑道：“师兄请慢用，我去去就来。”径往书房去了。

待残月吃完，仲淹正出来，将手中的一封信与百缗钱递给他：“师兄出来多日，住持师父必定牵挂。师兄带了这封信，用这钱雇了马车，快回长山罢。”

残月见他一句也不提重修寺庙的事，只写了一封信，给一路的盘缠，叫他赶快回长山，心里早凉了半截。

残月和尚毕竟有多年的修为，当下也不问，接过仲淹的信，小心放进怀里。却坚决不肯收盘缠钱，说自己可以步行回长山。

仲淹哪里肯依，叫纯佑去街上雇了马车，送残月出城才罢。

马车摇摇晃晃的,残月想,出门时在住持面前夸下海口,如今就这么两手空空地回去,让师兄弟笑话尚在其次，重修寺庙才是头等大事。范大人为官清廉，无钱捐赠，也在情理之中。我何不沿路化缘回长山？也好多积点钱财。想罢，便欲叫车夫停车。突然又想，范大人在寺庙寄读时的住持早已圆寂，与现时的住持素不相识，无钱捐赠也就罢了，还写信做什么？便从怀中摸出信笺，展开读时，禁不住喜上眉梢。

原来，仲淹在信中写道，他当年在醴泉寺寄读时住的那间僧舍，靠近山坡的墙脚下有一个地窖，窖中有一瓮白银，可作重修寺庙之用。

残月惊喜之余，又感慨万千。范大人少年贫困之时，就不贪意外之财，这是何等的人品！他小心地藏起信笺，催车夫快马加鞭回长山。

却说纯佑送走残月师父后，惦记着父亲要出门的，匆忙返回苦竹居。刚进巷子口，便听身后马车辚辚，回头看时，见是堂舅李纮的随从李子驾着马车。心想，莫非是堂舅来了？忙问：“李子哥，是舅舅来了么？”

李子尚未回答，便见李纮从车窗探出头来：“天成，你爹爹可在家？”

纯佑喜道：“舅舅安好！爹爹早起说要出门的，不知这会子是否出去。”便快步跑进院门。

仲淹穿戴整齐，正步出堂屋，见纯佑喜滋滋地跑进来，便探究地看着他。

纯佑忙站住：“爹爹，舅舅来了。”

仲淹笑道：“这可巧得很，我正要去拜访他呢！”话音未落，李纮已跨进门来。

二人相对，一时无语。自景祐四年（1037年）仲淹被贬出京城知饶州，至今已有六年未见。六年的光阴，说长不长，说短不短。许多的事，许多的人，仿佛清晰得如同昨天，又仿佛朦胧得如云雾缭绕的远山。

碧云见舅老爷来了，知仲淹不会出门了，便去沏了茶来。

纯佑接过茶盘，见父亲与舅舅二人神情凝重，猜度他们或许是想起了故去的母亲。便轻声说："爹爹，请舅舅去书房坐吧。"

仲淹忙携了李纮进书房，纯佑给二人斟茶。

李纮啜口茶："听天成说，你要出门，若是有正经事儿，我略坐坐就走。"

仲淹笑道："可别！这几年在西北边境虽说忙得焦头烂额，日子却充实。如今回京任职，倒是有劲无处使，闲得慌。正要去府上找你说说话儿，你倒来了，你我岂不是心意相通？"

李纮放下茶盏："你说闲得慌，我想起前儿跟朋友在枫露清茶楼饮茶时，遇见欧阳修与苏舜钦，他二人说出的一番话，还真是真知灼见。"

仲淹不解："我闲得慌与他二人何干？"

李纮笑道："欧阳修虽年轻，见识却不一般。他认为你有治国安邦、辅佐君王的经天纬地之才，皇上不应将你闲置。"

仲淹颇感意外："噢！他在外面说这种话，恐怕不好。"

李纮不接他的话，又道："而苏舜钦则说，自你从边塞回京后，也不过是每天与两府大臣一起上朝，一起处理一些寻常事务，对国事既无建言，也无重大举措。你这样不敢作为，只会让朝中有识之臣与天下百姓寒心。"

仲淹听了，陷入深思。半晌才道："我朝自太祖立国以来，吸取前朝教训，罢除藩镇。认为掌管各路兵马大臣的军权太大，君弱臣强，便是国家不安定的缘由。当年，太祖杯酒释兵权时，并非为了天下安危，只是牢固天子地位而已。"

李纮接道："本朝重文抑武，是前所未有的。你看看，这西北边境带兵打仗的，哪有像样的武将？还不是你一个文官顶一方天地。"

仲淹抬手打断他："自古以来，天下武以靖之，文以持之，二者不可或缺。可自太祖朝起，直至当今，历时八十年，都侧重于文治。"

李纮听他说下去。

仲淹道："本朝一方面削弱武将兵权，一方面扶植文官势力。为笼络文士，朝廷开科取士也逐渐放松，致使文官越来越多，朝廷所付出的俸禄也就越来越多。除俸禄外，还有一些其他的恩赏，这些银钱都取之于百姓。另外，皇室大兴土木，建宫殿、修寺观，任意挥霍。为了防止农民反抗，与反击边境上辽、夏的侵扰，每逢荒年在饥民中招募青壮年为兵，致使吃军粮的人也越来越多。可天下太平日久，一旦边境有事，军队的战斗力又极差。这样一来，大宋的现状是官多，兵多，那么所需费用自然也就多了。"

李纮感慨道："是啊！眼前的这些弊病，朝堂之上，谁能看到？又将如何处置？或许，皇上一心调你回京，是为了给他出谋划策，消除这些弊端？"

仲淹叹息："消除弊端？谈何容易！变革，就要废除某些规矩，也就必定触犯某些人的利益。如今的大宋是内忧外患，国库空虚，民生不继，最要紧的是西北边境尚未安定啊！"

李纮故作惊讶："你范希文也有畏难的时候？在我印象中，你从来是不乏斗志的。有人说，你这次回京，要做一番事情来，方才对得起皇帝的恩典。"

仲淹喝口茶道："这辈子，我对不起的，唯有芳卿。"

说到芳卿，二人半晌无语。

李纮打破沉默："芳卿已经故去，你不必自责。人死不能复生，而活着的人，比死去的人更为艰难。"

仲淹约略说了聂雁娘之事，

李纮听了，唏嘘不已，只叹造化弄人。又道："你还是再娶一房吧，一个大男人带着三个孩子，屋里没有女人，总不是办法。"

仲淹摇摇头："不是还有青阳香草么？"

"青阳与香草是一家子,平日虽烧茶做饭、浆洗补裳的,可哪里就真的知痛知冷了？"李纮摆摆手，"我今儿是受人之托，来做红娘的。"

仲淹笑道："巧了，我正要找你做红娘呢！碧云丫头是你送到我家的，如今人家已是二十五六岁的大姑娘了，你帮她找户好人家嫁了，也算是积了德了。"

李纮冲他神秘一笑："我正是为她而来呢！"

仲淹喜道："你物色到人家了？那太好了，如此我也就放心了。"

李纮道："碧云姑娘看上你了，非你不嫁。"

仲淹把茶碗往桌上一顿，茶水溅起老高，沉脸道："这话可别乱说，有损人家大姑娘的脸面。"

李纮急道："我是那种人么？去年秋天，碧云之父张亢从钱塘来看望碧云，没承想她随香草与孩子们去了宁陵。也是思女心切，张亢又赶到宁陵。返回钱塘时，特意去找我，说此次来是因为家里给女儿说了门亲事。可那丫头死活不同意，张亢问明原委，也就随了她，请我从中牵线。"

仲淹沉声问："你就答应了？"

李纮哼的一声："你以为我愿意做这事儿？芳卿虽是我堂妹，却如亲妹妹一般。"

仲淹叹息道："是啊！看在芳卿的分上，你也不应揽这事儿。"

"可我更心疼你，心疼这几个孩子。"李纮瞪眼道，"因为我敬佩你的为人，把你当亲兄弟，这就是我为什么要来撮合这段姻缘的原因。"

仲淹挥手道："这件事暂且搁下，我跟你说点正经事儿。"

李纮提壶续茶。

仲淹道："西夏与大宋虽有议和的意思，却并未签约，我想请求陛下允许我回边塞。"

李纮睁大眼睛："你疯了？人家削尖脑袋往朝廷钻，你倒好，皇上调你回京了，你反而要去边塞。"边说边扯仲淹的衣袖："你看你，在边塞几年，呕心沥血，病魔缠身，瘦得只剩下一把骨头了。如今西夏与大宋虽未签约，却也不敢轻易冒犯大宋边境。你原就是文官，在边塞几年，为国竭智尽忠，深得皇上的信任与天下百姓的爱戴。可领兵打仗终究不是你的专长，你年轻时立志说‘不为良相，便为良医’，如今皇上给了你机会，又为何不好好地把握？”

仲淹眉头微锁：“冰冻三尺，非一日之寒。大宋长期积贫、积弱的局面，不是我一人能扭转的。而且，我在朝中的任职是枢密副使，是辅佐枢密使掌管国家军事政务的，不是随便就能给皇上建议这要变革、那要整治的。”

李纮沉思道：“皇上既然不顾诸多大臣的反对，把你从边塞调回，一定是想重用你，也必定会给你更大的施展才智的空间。”又扭头唤道：“天成，叫香草做饭，炒几个她最拿手的菜，好几年没吃香草的饭菜了。”

第四十二章　开阁召对　仲淹呈变革十事

七月的皇城，烈日炎炎。朝堂之上，众大臣衣冠整齐，神情肃穆。殿外，那几株参天大树上的知了，高声长鸣，一声盖过一声，给幽深、沉闷的大殿更添了几许燥热。

欧阳修出班奏道："启禀皇上，范仲淹、韩琦在边境建有奇功，二人才识超凡，秉性忠良。可自进京任职以来，也不过是天天与两府大臣随例上殿，处理寻常事务，对朝中大事并未有新的建议。臣以为，皇上应特召他二人，共商国家大事。"

仁宗沉默着，却是面带微笑。

谏官余靖奏道："皇上，臣赞同欧阳修的请奏。"

谏官蔡襄出班道："皇上，臣有奏。"

仁宗应："准奏。"

蔡襄道："参知政事王举正，性情懦弱，在他的宰相府上，连两个孙子争吃食物的是非都无法明辨，如何担朝廷的宰相之职？枢密副使范仲淹才识超卓，不应将他局限于枢密院掌管军政，而应委以更高的职务与重任。"

仁宗沉思片刻："准奏！罢王举正为礼部侍郎，知许州。擢升范仲淹为参知政事。"

范仲淹听了，忙道："启禀皇上，大宋的立法是，皇上任命宰辅，台谏负责监督。执政大臣由谏官推荐而得以任命，这是不合朝廷法度的，恕臣不能接受这项任命。况且，如今的西北边境看似平静，与西夏的和约尚未签署，臣请求回边境，恳请皇上恩准！"

仁宗不语。

仲淹接道："皇上，边境缺少的是将领。常言道，千军易得，一将难求，说的是将领在军队中的重要性，军气强弱，系于将校。臣以为，朝廷应精心挑选有功劳并武艺高强之人任将领，让那些胆小怯懦之人回家务农。"

众大臣皆点头赞同。

仲淹又道："提高军队的战斗力，应在乎：丰以衣食，使壮其力；积以金帛，示以厚赏；牛酒以悦之，律罚以威之。其中金帛与粮食，从各地殷实之家募捐，朝廷给予官职奖赏。"

仁宗正听到妙处，见他有些迟疑，示意他说下去。

仲淹接道："臣以为，西北边境的营田，也存在一些弊端。营田的本意是减轻百姓负担，增加边境收入。可当地官员或将多年无人耕种的贫瘠田地分派给百姓，收取租课；或将农户原来租种的田地派作营田，多收租税。而边境战事频繁，百姓已无力耕种原有的田地，又加以营田，所交课租皆为平白无故的缴纳。"

"爱卿以为将如何处置？"仁宗垂问。

仲淹回道：“皇上，臣请求朝廷废除陕西沿线的营田，农户原来租种的田地，只按旧额缴租。”

“准奏！”

仁宗话音刚落，富弼上前道：“皇上，臣有本奏。臣以为，把陕西四路经略安抚招讨使，交由郑戬一人统管，实非上上之举。范大人与韩大人二人不可同时在朝廷。应一人在朝廷，一人在边塞，一年交换一次，内外呼应，方为万全之策。”从怀中掏一封诏令呈上：“臣赞同范大人的意见，执政大臣不能由谏官推荐而获得任命，臣也不能因出使辽国而接受新的任职。”

众臣一片轻叹之声，仁宗却不置可否。

庆历三年（1043年）八月。

北宋，自太祖立国至仁宗庆历年，已84年。自真宗朝泰山封禅以后，国库日益亏空。且西北战事不断，边境用度更是急剧增加，朝廷只得加大对百姓的赋税征收。百姓不堪重负，奋起反抗。

边事与内乱，经济与军事现状日渐窘迫，宋仁宗坐立难安。他不能坐以待毙，朝廷的两储宰臣已焕然一新，他要利用这些重臣的智慧，来一个天下变革，重振威德以服四海。

这日早朝，仁宗再度任命范仲淹为参知政事，富弼为枢密副使。

众臣皆以为，仁宗的这次任命合情合理。

韩琦奏道：“皇上，范大人留用朝廷，合民心民意。只是大宋与西夏的和约尚未签订，恐西夏心怀怨恨而一拼到底。请皇上准许微臣速去西北边境。”

仁宗准了韩琦的请命，改命韩琦为陕西宣抚使，同时任命知制诰田况为陕西宣抚副使。

退朝后，欧阳修、余靖、蔡襄等人拦住范仲淹与富弼：“二位大人请留步。”

富弼问：“何事？”

欧阳修施礼道：“二位大人的新职务，可是皇上亲口任命的，跟我们台谏不相干，二位大人再也不可推托了。”

仲淹回道：“朝廷法度不可违，此次是皇上任命，是符合法度的，我等自然遵循。”

庆历三年九月的一天，仁宗命太监开天章阁，召集二府大臣知杂御史（知杂是掌杂事的意思）以上官员，朝谒太祖、太宗、真宗御容，观看祥瑞之物。之后，便赐坐，授以纸笔。

仁宗见众人诚惶诚恐的，温和笑道：“众爱卿都是饱学之士，胸中自有经世治国之良策。朕今儿想听听诸位对边塞防御及当今朝政之要务的变革与建议。”

太意外了！阁内一片寂静，静得只听得见众人的呼吸声。这几位皇帝精挑细选出来的重臣，心中惶惑。变革？这话题也太大了！哪里就敢提笔？

仲淹看着皇帝诚恳的面容与眼前的纸笔，暗自思忖，开阁召对是何等的恩宠；赐坐、

赐纸笔又是怎样的殊礼！想起昨日皇帝下的手诏：“朕重用尔等，是朝野上下的殷切期待。如今，韩琦已至边境任职，尔等就不要有诸多顾虑与回避，变革才是当世之急。”由此看来，皇帝想变革的决心毋庸置疑。

仲淹自入仕至今已有二十八年，二十八年的官场历练饱含了多少勤奋与艰辛，这其中的风险与挫折让他深知变革之艰难。可眼下，皇帝把他放在宰辅的位置之上，不正是他青年时的梦想么？他不正是要做一个良相，经世济民、匡扶社稷么？那么，他为何还犹豫不决呢？

九月的天气已趋清凉，而阁内似乎闷热难当，众人觉得身上汗涔涔的。

仁宗见大家正襟危坐，一言不发。他脸上温和的笑容渐渐隐去，带着几分焦虑，提高声音道：“朕请诸位爱卿出谋划策，共同治理国家，就不要有所顾虑。凡是所需变革的问题，朕都愿意听。”他环视众人，目光停在范仲淹身上：“范爱卿，你与富弼二人才识超凡，不妨列出一套治理国家的方案来。”

仲淹一怔，未料到皇帝会点到自己，忙起身，略作思索道：“皇上，大宋眼下的景况是，边境战事未息，境内民生难继，真可谓是内忧外患。若想创建大宋太平盛世的局面，急需大治。大治就得变革。变革，就要一反陈规，扫除旧弊。现今所存在的弊端已年深日久，非一朝一夕可改变。而凡事有轻重前后之分，须慎重斟酌，也须分轻重缓急，以求变革平稳顺利。”

仁宗舒展眉头，面露喜色：“爱卿言下之意，是心中有良策了？”

仲淹回道：“皇上，容臣与众位大人仔细商讨，再列出变革事项，供皇上参考。”

阳光和暖，金风送爽。虽是渐已萧条的季节，但这皇城中，楼台亭阁，雕梁画栋，苍松翠竹，金桂雏菊，仍显出一派富贵与闲静之气。

仁宗漫步在菊花丛边，看着一园各色菊花，脸上露出惬意的、欣赏的神色。他早已习惯了天下无事的太平生涯，对边境连年的战事，他由害怕到厌恶。如今边境已安宁，他要重振德威以服四海。

范仲淹的《答手诏条陈十事》已呈上他的龙案，他打心眼里佩服范仲淹超凡的政治思想、卓越的军事才能。更让他叹息不已的是，一个刚直不阿，浩气凛然的硬汉子，却有一副博大的悲天悯人之情怀。

仁宗回到御书房，又捧起范仲淹的《答手诏条陈十事》细细读来：

一、明黜陟，即严明官吏升降制度。当时，朝廷升降官员，不依据官员政绩的好坏，而是以资历为准。故官员不求有功，但求无过，苟且偷安，无所作为。仲淹提出考核政绩，破格提拔有大功劳与政绩卓著者，撤换有罪与不称职的官员。

二、抑侥幸，即限制侥幸做官和做官的途径。自太祖朝起，就有恩荫。官居高位者，每年都可自荐其子弟充任京官。一个为官二十年、学士以上的官员，其家中出任京官的就有二十人。这样自荐的京官，不仅不学无术，而且增加了朝廷的财政开支，更有甚者，他们还贪赃枉法，结党营私，扰乱纲纪。仲淹提出限制恩荫特权，防止这样的人充任馆阁要职。

三、精贡举，即严明贡举制度。北宋沿袭唐代“以辞赋取进士，以墨义取诸科”科举制度。仲淹认为，若要培养有真才实学的人，就应改革科举考试内容。应“教以经济之业，取以经济之才”，科举考试则要先重策论而后诗赋，把明经科要求死记硬背的，改为阐述经书的意义与道理。

看到这里，仁宗忽然想起，范仲淹曾经为此上过奏疏，只是朝廷当时并未采用。他叹息一声，摇摇头，继续往下看。

四、择长官。当时分布在州县两级的官吏，不称职者十之八九。有的放纵豪吏，压榨百姓；有的接受贿赂，为子孙打算。地方长官与百姓的利益休戚相关，是范仲淹最为关注的问题，他建议朝廷派出得力的人手，往各路检查地方政绩，奖励能员，罢免不才。选派地方官要通过认真推荐与审查，以防止沉滥。

五、均公田。公田，即职田，是北宋地方官的定额收入之一，但分配往往高低不均。范仲淹认为，供给不均，官吏就不能尽心办事。他建议朝廷均衡职田收入，没有职田的，按等级分配，使他们能足够养活自己，并督促他们廉节为政，而对那些违法者则予以惩办或撤职。

六、厚农桑，即重视农桑生产。范仲淹以为：“圣人之德，惟在善政；善政之要，惟在养民；养民之政，必先务农。农政既修，则衣食足，衣食足则爱体肤，爱体肤则畏刑罚，畏刑罚则寇盗自息，祸乱不兴。”他建议朝廷下诏令，要求各级政府与百姓讲农田利害，修水利，兴农利，并制定一套长期实行的奖励百姓、考核官员的制度。

七、修武备，即整治军备。范仲淹在西北前线多年，有诸多变革举措。他建议在京城附近地区招募壮丁，充作京畿卫士，以辅助正规军。这些卫士每年用三个季度的时间务农，一个季度的时间军事训练，寓兵于农，实施这一制度，可以节省给养之费。

八、推恩信，即广泛落实朝廷的惠政和信义。朝廷时而大赦天下，免除百姓赋税、徭役等，然地方官吏往往不予执行，致使皇帝惠及百姓的恩德尽成空言。范仲淹建议，今后不执行赦书所宣布之恩泽的各级官吏，应依法从重处置。不再追究百姓天禧年以前的“欠负”。朝廷每逢赦免，应选派得力官员往各地视察，监督朝廷政令一一施行。

九、重命令，即要严肃对待和慎重发布朝廷号令。朝廷“每降宣赦条贯，烦而无信，轻而弗禀。上失其威，下受其弊”。范仲淹以为，只有不可动摇的重法令，才能行天下之政。他建议朝廷必须制定可以长久推行的条令，删去繁杂冗赘的条款，裁定为皇帝制命和国家法令颁发下去。这样，朝廷的命令便不至于经常变更了。

十、减徭役。有的县人口自然减少，对官府的供给却依然繁重。范仲淹认为，应将人口少的县裁减为镇，将各州军的使院和州院并为一院。职官厅差人干的杂役，可派州城兵去承担，将那些本不应承担公役的人放回家，便不会因为繁重的徭役发愁了。

仁宗读了几遍《答手诏条陈十事》。

他拿着折子，觉得沉甸甸的。作为一国之君，虽无杀伐决断的个性，却也不是没有想法。他很清楚，从先皇真宗朝到今天，朝政中所存在的弊端，随着边境战事的发生，正日益显露出其严重性与不可忽视的危机。

范仲淹凭着超凡的政治才能、敏锐的洞察力与深远的目光，抓住弊端中的要害，完整地列出十项政改主张。他深知，这些弊端不可不更张以救之。然而，正如范仲淹所说，冰冻三尺，非一日之寒。这十项政改主张一旦实施，直接触犯的，是大多数高级官员的特权与利益。所以，仁宗虽然急于变革，却也不敢贸然行事。

十月，旷野已是满目萧条，皇城中的苍松翠竹，仍然泛着幽幽绿意，却也显出几分孤寂。

早朝，臣工分两边站定，殿中寂静无声。

仁宗身侧的太监尖声道："有事奏来，无事退朝。"

欧阳修抢先道："启禀皇上，臣有本奏。"

仁宗点头应允。

欧阳修朝右边站在第一排的范仲淹斜斜地瞟了一眼，抬头望向丹陛之上的仁宗："九月，皇上开天章阁征询变革之法，范仲淹富弼二位大人呈《答手诏条陈十事》这两件事，已传遍四海，天下人莫不翘首以待，可朝廷却迟迟未见动静。"

仁宗道："朝政所存在的弊端，不可不更张以救之。然，变革并非一朝一夕、一州一县之事，当慎重处之。"

欧阳修回道："皇上，范仲淹与富弼，是皇上精心挑选出来的大臣，他二人堪称治国安邦的栋梁之材，所提出的变革主张，也深得皇上的赞同。若皇上将这十项措施尽快地落到实处，实在是社稷之福，天下之幸啊！"

殿内群臣，神情肃穆，各怀心事。章得象虽为首相，却官居平庸，无所作为；晏殊为副相，虽文采出众，为人圆滑，明哲保身。无形中，范仲淹已担起了宰相的重任。

仁宗是非常欣赏、依赖范仲淹与富弼的。若没有范仲淹，西北边境如何守得住？若没有富弼，辽国趁火打劫，谁能解围？他的大宋江山何以安稳？他也喜欢谏官欧阳修，忠义、果敢，有一股子干劲。他看着眼前的这些大臣，心里颇为欣慰，也增加了几分笃定。

仲淹见仁宗沉思的面容，转眼望向富弼，二人相视片刻，富弼欲上前请奏，仲淹微微摇了摇头。

忽听仁宗道："朕开天章阁，赐纸笔，意在求更张朝政、治理天下之良策。范爱卿提出的十项措施，朕这几日仔细推敲了一番，第七项'修武备'，变革兵制，牵涉重大，此时不宜实施。其他九项，朕以为可以采纳。"

仁宗话音刚落，殿中群臣匍匐于地，齐声道："皇上圣明！"

仁宗袍袖一挥，朗声道："众爱卿平身！"又望向仲淹："范爱卿，新政主张是你提出的，将如何迈出第一步，还是由你来实施。"

仲淹上前道："皇上，臣所拟的变革措施，其中的第四条'择长官'至关重要。臣以为，只有各县、州的地方长官清正廉明、秉公执法，天下方可太平无事。变革，应从'择长官'开始。"

仁宗露出询问的神色。

仲淹道：“请皇上诏令，派出不畏权势、公正无私、精干得力之臣，分别考察各州、县官员的政绩、能力，听取百姓对他们的评价。而后，由他们建议，该地官员是升迁，还是罢黜。”

仁宗道：“准奏。”

第二天，朝廷诏令：

“擢盐铁副使张昷之，为天章阁待制、河北都转运按察史。

“擢知谏院王素，为天章阁待制、淮南都转运按察使。

“擢盐铁判官沈邈，为直史馆、京东转运按察使。”

……

北宋庆历三年（1043 年）十月，“庆历新政”从“择长官”入手，拉开变革的帷幕。

范仲淹在中书省，每收到按察使呈上的报告，便翻开各路官员的花名册，把鱼肉百姓、胡作非为的官员名字勾掉。

起初，富弼不以为意。认为变革，去除朝局中存在的弊端，就如在人体上治痈，只有忍痛把肉切开，去掉里面的脓，才能治愈。

这天，他见仲淹双眉紧锁，毫不留情地勾掉一个又一个不称职的官员，无不担心地说：“范公手起笔落，勾掉一个人轻而易举，但这一笔之下可要使他一家人痛哭呀！”

仲淹抬头望向富弼，目光露出不解的神色。

富弼笑道：“我是想，这每一位官员便是一个家庭的依靠，一旦被免，他一家人会哭成一团。”

仲淹用笔头点着贪官的名字，愤然道：“依靠？天下百姓依靠谁？不就是依靠朝廷么？贪官恶吏不除，何以肃整朝纲？何以对得住天下百姓？他一家人哭？一家人哭总比一州、一县的人都哭要好吧！”

富弼无言以对，只在心里，把对仲淹的敬佩又添了几分。

这日，仲淹、富弼等在中书省翻阅各路按察使呈送的报告，忽听门外太监高喊：“皇上驾到！”众人忙起身迎至门外，匍匐于地，嘴上呼万岁，心里却想，皇上今儿如何亲自到中书省？莫非有要事？

仁宗道一声“平身”，径自走进堂内坐定，待众臣起身跟进来时，从袖中掏出一本折子扔向仲淹的书案：“你们看看，将如何处置。”

众人心中忐忑，不敢吱声，唯有仲淹拿起折子细读。

原来，月初，高邮（今江苏高邮）知军（军事长官）晁仲约得知强盗头子张海率众盗贼欲进高邮城。晁仲约自知城中百姓无力抵抗，便说服城中富户共同出资，拿出金银布匹、牛羊美酒摆于城外，犒劳盗贼。那张海见不费一兵一卒就得这许多金银吃食，便不进城为难百姓，卷了财物，呼啸而去。

众臣听了，要求皇帝严惩晁仲约。

富弼奏道：“皇上，晁仲约未曾抵抗，是失职；犒劳强盗，是违规。臣以为，晁仲约当斩。”

仲淹忙道：“皇上，若斩了晁仲约，高邮百姓必定心寒。”

仁宗奇道：“这却是为何？”

仲淹回道：“若高邮城内有守军，而晁仲约不仅不抵抗，反而犒劳强盗，那么，晁仲约依法当斩。可事实是，高邮城里既无守军，又无兵器，根本无法抵抗。而且百姓也赞同晁仲约的决定，消财免灾。保得一方百姓的平安，便是一大善举。若杀了晁仲约，既伤了百姓的心，也不符合制定法令的本意。”

仁宗暗自思忖，觉得仲淹的分析颇有道理，便赦免了晁仲约的死罪。进门时怒气冲冲，离开时却面带微笑。

富弼虽然尊敬范仲淹，但对他方才的做法非常不满。待众人散去，只剩下他二人时，他犟着脖子问：“范公，如今是怕有法不依，我要严格执法，而你却拿出一套套的道理来阻拦，往后将如何管理他人？”

仲淹将他摁在椅子上坐定，倒碗茶放在他手边：“喝口茶，润润喉，消消气。”见富弼仍然黑着脸，便轻声道：“大宋朝自太祖立国以来，就未杀过士大夫，这是何等盛德之事！我们为何要轻易地去改变？今天你我手握重权，在朝中执行新政，你以为，同僚之中有几位与我俩是同心同德的？即便是皇上，他如此坚决地要求变革，而他的心意也是极易改变的。若今天轻易地引导皇帝杀戮臣工，他日皇帝杀顺了手，你我也难自保。”

富弼不以为然：“范公处事，真是越来越谨慎了。”

（多年后，富弼因谗言罢黜朝廷，知郓州。后重回京城时，宋仁宗不准他入城。富弼在城外乡村客栈，通宵徘徊，不敢上床睡觉。这时，他才想起范仲淹当年的话，绕床叹息：“范六丈，圣人也！”）

这是后来的事。

新政，紧锣密鼓地进行着。一大批居官位，只拿俸禄、不做事的官员被免。一些为人清正、有才干的中小官员被提升，各衙门办事效率普遍提高。财政、漕运等都有所改善，朝廷的局势焕然一新，百姓对范仲淹等人更寄予了殷切的期望。

这些日子，市井中流传着一篇《庆历圣德诗》，诗中说“众贤之进，如茅斯拔；大奸之去，如距斯脱”。众贤，指范仲淹、富弼等；奸，专指夏竦了。世人争相传诵，一时遍及天下。

这篇《庆历圣德诗》便是国子监直讲石介所作。

石介，字守道，兖州奉符（今山东泰安）人。年轻时仰慕范仲淹的学识与人品，于天圣五年（1027 年）入南都学舍，专门求学于范仲淹。范仲淹对他深刻的教育与影响，为他进士及第，以及后来成为北宋重要的思想家奠定了良好的学识基础。

石介身为国子监直讲，对朝局与天下苍生极为关注。如今，更为范仲淹、富弼等人的变革主张，带给天下人一个崭新的局面，感到由衷的欣喜。欣喜之余，便写下了《庆历圣德诗》。

富弼读了此文，兴奋异常，认为石介向天下颂扬了新政，便推荐给仲淹。仲淹却无不忧虑道：“石介此文，太偏激了些，不仅不会给新政带来丝毫好处，反而会坏大事的。”

富弼心里不以为然，却也未反驳。

时政，就如变幻莫测的天空，有时风和日丽，有时乌云密布。当石介沉醉在新政带来的喜悦时，一场巨大的政治风暴正围绕他的《庆历圣德诗》悄悄地孕育着。

夏竦，原是要赴京师任枢密使的，半道上被一纸诏令改知亳州。当时一腔愤懑，足以焚烧天边的云朵。起初，他以为是吕夷简推荐不力。三天后，收到皇宫内侍蓝元震的书信，便知道了事情的原委。自此，他更加密切地关注着范仲淹、富弼与朝政变革之事。

这日午后，夏竦正歪在廊下的睡榻上闭目养神。一名眉目清秀、身段窈窕的年轻女子给他捶背。夏府的家奴夏安悄悄地走拢来，轻声道：“老爷可醒了？”

夏竦眼皮也不抬地问：“何事？”

夏安从怀里摸出一页纸：“老爷，小的得了一篇诗赋。”

夏竦懒懒地骂道：“何人的诗赋值得老爷读！还巴巴地揣了回来，不长眼的东西！”

夏安小声道：“是国子监直讲石介写的《庆历圣德诗》，街上有人说，那上面有骂老爷的话。”

夏竦突然翻身坐起，劈手夺过夏安手中的诗稿。那捶背女子吓得缩了手，退到一边。

夏竦沉着脸，逐字逐句读完，扭头见捶背女子低眉垂首侍立在一边，一条计谋突然浮上心头，禁不住得意地笑出声来。

那女子与夏安不知老爷何故发笑，吓得不敢动弹。

“你这奴才，今儿倒是做了一件正经事。”夏竦瞟了夏安一眼，“你自去吧，我这儿不用你侍候。”夏安连声应诺，转身离去。

他起身对捶背女子道：“竹心，你到书房来。”

竹心随夏竦穿过花厅，绕过东厢房，来到书房。

夏竦示意竹心关上书房门。

竹心心中忐忑，不知何意，顺手关上房门，回头见她的老爷正翻箱倒柜地找什么。

一会儿，夏竦兴奋道：“找到了！”抬头见竹心倚在门边，神情怯怯的：“你过来，老爷能吃了你不成？”

竹心忙走近来，低低地唤了一声：“老爷。”

夏竦笑眯眯地盯着她：“竹心，你的字不是写得很好么？你也最擅长临摹别人的手迹。”

竹心垂首回道：“老爷，奴婢不常写字了。”

夏竦一手拿着一纸书信，一手拉过竹心：“从今儿起，府中的事不必你动手，你只管临摹这封信上的字迹，老爷自有重赏。”

原来，夏竦找到的是石介早年写给富弼的书信。石介在信中勉励富弼，既居官位，就要“行伊、周”之事。所谓“伊、周”是指商、周时期的贤臣伊尹与周公。“行伊、周之事”，就是鼓励富弼做伊尹、周公一样的贤臣，辅佐仁宗皇帝。

人，若无才无德，倒也罢了，最多不过是平庸，与他人无碍。而那些无德之人却有才，无事也能生出是非来，实在是搅弄风云之高手。

夏竦命竹心模仿石介的笔迹，将“伊、周”改成“伊、霍”。虽是一字之差，意思却完全变了。伊尹曾帮商灭夏桀，霍是指西汉大臣霍光，霍光则废昌邑王，改立汉宣帝。仅仅只改一字，便成了人臣意欲废除天子的意思了。

此时此刻，石介与富弼若是看到了夏竦书房里的情形，惊恐之余，怕也不得不佩服夏竦的聪明才智与奸险毒辣啊。

第四十三章　风云变幻　改革之路多险阻

恰在此时，监察御史梁坚，以滕宗谅在泾州任职时，挥霍公使钱十六万缗为由，将他一纸告到仁宗御前。

仁宗命太常博士燕度调查此案，燕度带给朝廷的结果是：账面上查出滕宗谅只用了三千缗，其余数十万缗不知下落。而滕宗谅自认：

“唯恐连累他人，已烧毁账簿，所有罪责，我独自承担。”

最令仁宗恼怒、也使大臣们感兴趣的便是滕宗谅自毁证据。一时，朝野上下，议论纷纷。

中书省。这日，富弼一进门便问：“诸位大人，你们如何看待滕宗谅之事？”

众人皆放下手中的事，唯有范仲淹埋头书写。

章得象双目微闭，捋着花白的胡须，似在深思。

晏殊是富弼的岳丈，见富弼双目炯炯的，转过身去，给女婿一个无言的背脊。

杜衍回道：“如何看待？当从重处罚，以戒后人！”

仲淹放下笔，接道：“以戒后人？若从重处罚滕宗谅，必定引起边塞军心不稳。”

众人都望向他。

仲淹起身踱至窗前：“滕宗谅之事，正发生于葛怀敏兵败定川砦之时。当时，渭州、泾州情势岌岌可危。渭州城有守备兵，尚可闭垒自守，而泾州却无兵守卫。在此紧急关头，滕宗谅冷静处置，用公使钱招募数千农民进城守卫。你等是否以为，农民守城不用吃饭？”

众人无语。

仲淹扫了众人一眼：“与此同时，滕宗谅还祭奠定川砦死难兵士，抚恤阵亡者家属，自此，泾州城民心稳定。难道做这些事都不用钱？这样有勇有谋有担当的守边者，也要从重处罚么？”

章得象、晏殊沉默无语。

富弼急道：“既如此，范公何不向皇上说明当时的情形？”

仲淹回到自己的书案边坐下：“我给皇帝的奏疏已经写妥。”

杜衍轻声道：“审理此案的燕度，说滕宗谅是‘不才之人’。”

仲淹微笑道：“杜大人，那环庆一路四州二十六寨，滕宗谅将所有事务都处置得妥妥帖帖，他是‘不才之人’么？想那燕度未必能处置得好。”

富弼冷笑道：“燕度抓住这件事，以为奇货可居，凭着一纸笔墨既扳倒了滕宗谅，又可给自己建立往上爬的台阶。”

仲淹收起奏折："边塞主帅唯有依仗朝廷的威望，才有威信可言，才能统率万千兵士。滕宗谅无大错，就要被重处，往后，其他人如何敢承担责任做事？如何统领诸军？我这就去见皇上，请求重新审理此案。若滕宗谅真的侵占公使钱，我范仲淹愿与他同行贬黜，接受朝廷的严惩。"

富弼正欲说话，见一名侍从进来，递上一封信道："田况田大人给诸位大人的信。"

富弼接过，递给杜衍。

杜衍读了递给章得象。

原来，田况接管庆州之后，经核实，发现滕宗谅并无大错，审理此案时，监察御史燕度小题大做，御史中丞王拱辰推波助澜。牵涉过多的边塞将领，已引起军心动荡。忧虑之下，便写信给诸位大臣，请他们把事实真相禀告给皇帝。

富弼也不管杜衍、章得象与他岳丈晏殊了，拉了仲淹就走："我随范公一起去求见皇上。"

庆历四年（1044 年）的正月，朝廷仍然处置了滕宗谅。范仲淹的竭力辩护，也只能让仁宗保留了滕宗谅天章阁待制之职，徙知岳州。

三月，朝廷诏令各州县建立学堂，正当人们为此欢欣鼓舞之时，新一轮的"朋党论"已悄然兴起。

这天傍晚，仁宗用了晚膳，困顿之意侵袭而来，便欲安寝。

皇后温婉劝道："皇上，那花园里的花儿开得正好呢，何不去逛逛，也便消食化气。"

仁宗笑道："皇后说得倒也是，朕近来总觉得胸腹胀闷，就算是珍馐美味也不曾吃得香甜，去园里转转也好。"便携了皇后往御花园来。

暮春时节，黄昏的天空，明亮而温馨。几只燕子悄没声息地穿梭在绿柳之间。枝头的杏花，正以曼妙的落姿，迎合着渐行渐远的春光。唯有那一丛丛青竹，一行行松柏，越发显得挺拔而苍翠。

仁宗突然道："花开花谢，一年一度，周而复始。人啊，不如花草树木，死而复生。朕虽贵为天子，又奈其何！"

皇后没料到，劝皇帝散步，竟惹出他如许感慨，正惶恐。又听仁宗道："朕推行的变革，正是要修正一切弊端以求太平昌盛，又焉能不流芳百世！皇后且自回宫，朕要去书房。"撇下皇后，径往御书房而来。

仁宗倚在灯下读书，觉得有些疲惫，伸了个懒腰。内侍蓝元震忙端上茶点，轻声道："皇上喝口茶，吃块点心罢。"

仁宗不接茶碗，拈了块芝麻糕咬一口，觉得香喷喷的，抬眼见蓝元震神色有异，欲言又止的模样儿，皱眉道："你几时学得扭扭捏捏的？有话就说！"

蓝元震嗫嚅道："奴才听闻，朝中又闹'朋党'之风了，不知皇上可曾知晓？"

"朋党"二字，如一道闪电划破漆黑的夜空，刺激着仁宗的神经。但他强忍着吃完手中的糕："说给朕听听。"

"朋党"二字出自一个内侍之口，仁宗竟不觉得奇怪，竟不追究一个深居后宫的太监，何以得知朝野之事。

在仁宗身边侍候了多年的蓝元震，是何等的精明、狡诈。他看出仁宗若无其事的外表下，那颗猜忌之心正被“朋党”一词牵动，嘴角的笑意一闪而过。

他装作漫不经心的：“皇上，奴才听说，那范仲淹、欧阳修、余靖、尹洙四人以前就是朋党，如今去而复返，又将写过‘四贤一不肖’的蔡襄，引为同例。一个结党，便可引进十几人；五六人结党，何愁不结成五六十人的朋党？他们以朝廷爵位俸禄作为私人恩惠，结党更加牢固。如此下去，不出三两年，这些人遍及朝廷的各大部门，做些危害国家之事，又有谁敢言？皇上又何以知晓其中详情？”

蓝元震一番话说得云淡风轻，仁宗却听得如雷贯耳，心惊胆战，这一夜，竟无法入眠。

第二天早朝，垂拱殿中，仁宗满腹心事，尚未开口，便见欧阳修出班道：“启禀皇上，臣有本奏。”

值事太监将其奏本递给仁宗。

仁宗翻开看时，见上面赫然写着：《朋党论》。因昨夜心里已生猜疑，今日见此奏折，更是疑窦丛生，便一目十行地看去。

欧阳修在奏折中，并不避讳他与范仲淹等人，是志同道合的朋友，他写道：“大凡君子与君子以同道为朋，小人与小人以同利为朋，此自然之理也。天子应以圣人之心，洞察君子与小人之真伪，近君子而远小人，方能治达天下。”

欧阳修逻辑严谨、论据充分的奏疏，并未能说服仁宗，反而使他的猜疑之心更甚。也许，对朋党的忌惮，是历代帝王的通病，他们坚信，朋党，是危极帝王之位最直接、最根本的因素。

仁宗合上欧阳修的奏折，抬眼望向殿中众臣：“自古以来，都是小人多为朋党，难道君子也有朋党？范爱卿对此作何看法？”

君子坦荡荡，小人长戚戚。仲淹跨步出列，施礼道：“启禀皇上，臣在边塞时，曾目睹，兵士当中，勇敢者自成一党，胆怯者也自成一党。这便是物以类聚，人以群分的自然现象。朝臣之中，有正邪之分，其道理相同，请皇上明鉴。若忠国者结党从善，于朝廷、于社稷又有何害？”

仁宗面上不露痕迹，心里却不悦：你这一番说辞，与欧阳修同出一辙，显见得是在包庇同党。心里的疑虑，自是又深了一层。

五月末，苦竹居的院子里，蔷薇花早已凋谢，剩下一墙缠绕的枝蔓与叶片，如一道天然的翠色屏风。

仲淹出了中书省，已是暮色四合，炊烟袅袅。晚风中，有酒菜的香味绕鼻而来，忽觉得腹中饥饿，便加快了回家的脚步。方至甜水巷口，便见纯佑立在院门处张望，心中莫名地一惊。

纯佑见父亲拖着沉重的步履，孑然而行，心中一酸，忙快步跑去，搀扶了父亲，轻声道：“爹爹受累了！”

仲淹心头一暖，又有些懊恼地想：我的模样必定是疲惫极了，不然，儿子何以用如此怜悯的眼神看着我，用凄清的语气问候于我？随即叹道："爹爹老了，不中用了！"

纯佑看着父亲斑白的鬓发、苍老的容颜，心酸道："爹爹不老，爹爹身体有恙，又不能休养，是太累了。"

说话间，二人已进院子，纯佑顺手关上院门，轻声道："爹爹，富大人来此等候多时。"

仲淹惊问："今日不见他上朝，他来此何事？"

纯佑默默摇头。

富弼正立在书房门边，见仲淹进来，一把关上房门。

仲淹见他神色异样，一颗心也不免悬起："彦国何事？今日不见你上朝呢？"

富弼压低声音："我岳丈托人捎信给我，有人把石介告到了皇帝御前。"

仲淹奇道："有人告石介？你何以如此恐慌？"

富弼急道："我还真惶恐了！范公请听我细说。"便从石介写信的事说起，信里明明写的"伊、周"，如今到皇帝手中，却变成了"伊、霍"。而且，还有一篇石介代写的废立诏。

仲淹这才感到事情非同小可，他眉头紧锁，忧愤道："'伊、周'改为'伊、霍'，虽是一字之差，其意却有天壤之别。好歹毒的奸佞之徒！"他看着六神无主的富弼："石介与你，是怎样的人品？仅凭一纸伪造的书信，皇帝未必相信，难道他不会对证笔迹？"

富弼苦笑道："范公真是急糊涂了。那奸贼有备而来，不知请了何方高手，专门临摹石介的笔迹，写得真假难辨。"见仲淹凝神不语，心里更是焦虑："今日一早，岳丈差人唤我去，说皇帝把信给他看时，他吓得跪在地上叩头，差点尿了裤子。你知道，我岳丈为人圆滑，又胆小怕事。皇帝再三说不相信此事，是有人栽赃陷害。但我明白，皇帝的猜疑心是最重的，他说不信，未必就真的不信。"

仲淹面沉如水，似未听富弼说话，突然道："原来如此！当初石介写《庆历圣德诗》时，我曾说过'石介言辞偏激，会坏大事的'，不幸被我言中。"

富弼问："何以见得？"

仲淹思索道："以石介开刀，必与《庆历圣德诗》有关。石介在诗中赞美我等是贤者，直指夏竦为奸佞之徒。是谁在暗中搅弄风云，就不难推断了。"

富弼惊恐地站起来："范公这一说，诸多想不通的事情，突然间都明白了。夏竦自视才学过人，为出人头地，最喜交结权贵。见我岳丈身居朝廷要职，不惜与我结交。我与石介之间的书信往来，他是知道的。昨日，未找到当年石介写给我的信，可如何到了夏竦手上了？"

仲淹踱向窗前，看着窗外的青青修竹，语气沉重："夏竦这次不仅仅是冲你而来，我也是他要打击的目标。而且，要打击我们的，也不仅仅只有夏竦一人。因为，我们的变革妨碍了某些人的利益与权位，夏竦只是在打头阵。"

"范公，我们将如何应对？"富弼无不焦急，"我岳丈生怕我连累了他，比我还着急，硬要我来找你商量对策。”

仲淹转身看着富弼：“臣子废立君主，是大逆不道之罪，是要株连九族的。自古以来，皇帝最忌惮的莫过于被‘废’，他嘴上说不信这些谣言，心里必是宁可信其有，不可信其无。”

富弼惊慌失措：“这一下要害多少人啊！”

“你我死了倒是小事，”仲淹苦笑道，“只是这罪名太大、太冤，若真的死在这个罪名之上，必将株连九族，遗臭万年。”

富弼一拳砸在桌上，震得茶碗砰砰响。

仲淹安慰道：“你也别着急，事情也未到不可收拾的地步。唯今之计，是你我抽身退步，离开朝廷，以保全名节与家人。”

富弼万分沮丧：“眼下唯有此路可走了，伴君如伴虎，还是离得远一点的好。”

六月，宋夏议和已经完成。元昊向宋朝称臣，宋朝封元昊为夏国主，并赐予西夏白银 7 万多两、绢 15 万匹、茶叶 3 万斤。

而就在此时，辽国向西夏发起进攻，辽主率十万大军亲自西征。如此一来，大宋朝廷又面临着新的挑战，宋仁宗因宋夏议和而安定下来的心，又悬在了半空。

垂拱殿中，早朝。

群臣对辽进攻西夏，意见各异。仁宗害怕战火重燃，对群臣的意见莫衷一是。

仲淹奏道：“皇上，臣以为，应增派军队保卫河东，以防辽国乘我不备突然南下。请皇上恩准臣出任陕西河东。”

富弼却道：“皇上，臣不同意范大人的意见。臣曾两度出使辽国，对其国内形势与边防状态有所了解，辽国绝不会侵犯我大宋，大宋不必庸人自扰。”

仁宗的目光从众臣脸上一一扫过，章得象与晏殊表情木然，无开口说话的意思。

杜衍奏道：“启禀皇上，臣赞同富大人的意见，辽国必不敢侵犯我大宋。”

八月，皇帝诏令：

“范仲淹以河东陕西宣抚使重返西北边境；

“富弼以河北宣抚使总理边关事务；

“欧阳修以河中宣抚使前往河中。”

离京前，范仲淹奏请蔡挺为管勾陕西、河东宣抚机密文字；郭固随行、教习军阵；张挺为随行指使。朝廷一一认可。

又要离开京城，离开甜水巷的苦竹居了。

出了城门，仲淹策马奔向一座小山坡，回头望去，四条运河缠绕而过的京城，河流如玉带飘摇，画舫、船只络绎不绝，皇城巍峨凝重，街市人来人往，喧嚣而繁华。

然而，他心里却涌出一股难言的惆怅，在这繁华背后，有多少不为人知的贫穷与不公，又有多少虚假与奸诈？那高高在上的、坐在金銮殿上的皇帝，又知道多少人间的疾苦？

纯佑带了马车随后而来，见父亲立在山坡上，久久不下来，也骑马奔来，小声道：“爹爹，马车在下面候着呢。”

仲淹这次赴边，仍只肯带纯佑。

青阳在一边道："老爷带上我吧，我上马能杀敌，下马能耕田。再说，老爷年岁也大了，有我跟着，多一个人说话，也是好的。"

仲淹笑道："如今边塞无战事，你去了也无仗可打。你年岁也不小了，多年来跟着我四处奔波，没有过个安生日子。你与香草在京里照顾好纯仁纯礼，就如同照顾我一般。"

纯佑悄悄道："青阳叔，若有仗打，我写信叫你去。"又向仲淹道："爹爹坐车吧，骑马累。"

仲淹道："好些日子未骑马了，先跑一阵子再坐车。"便策马往前奔去。

傍晚，来到一座小镇的驿站，仲淹下了马，扭头见纯佑从马车上扶下碧云，惊得张大嘴巴，半天合不拢。

原来，李纮见仲淹又要离京，心里生出几许抹不去的忧虑。宦海沉浮多年，也算是能看清当前朝中形势。仲淹一副病躯，这一去，不知何时才能归来。便暗中嘱咐青阳与纯佑，一定要把碧云带上。无论前程如何，身边有个知冷知热的人，也不至于孤苦寂寥。

听了纯佑的解释，看着碧云坚定的眼神，仲淹说不出要送碧云返回京城的理由。只叹道："碧云，你跟了我，真是委屈你了。"

碧云正不安，怕老爷要送她返回苦竹居。听了此话，心中狂喜，脸上红霞流转，垂首颤声道："能跟在老爷身边，是碧云的福分。"

这日到达郑州地界，仲淹吩咐纯佑停车歇马，他要去拜访闲居老家的吕夷简。

纯佑听了，心里很是不满，却也不便阻拦。只道："吕夷简当年使尽手段打压、排挤爹爹，爹爹如何还对他这般恭谦？"

仲淹看着儿子："他当年打压我，是为了保护他自己的权位与利益。后来，为了大宋的安危与边塞的稳定，他也曾大力支持我在西北前线提出的军事战略战术，表现出他对朝廷的忠诚。做人，要心胸开阔，对待事物，要看全面，而不仅仅是看细节。"

纯佑不语，心里却想，吕夷简当年依仗手中的职权，欺上蒙下，残害忠良。后来虽悔悟补过，也不能挽回当年的错失。父亲胸襟豁达，以国家为己任，平生对人从无怨尤，能容常人所不能容。而我范纯佑，是不屑于与吕夷简这类人为伍的。

吕夷简也料不到，范仲淹会来拜访他，一时喜上眉梢，忙吩咐摆宴招待贵客。又不免奇怪："朝中正是繁忙之时，你如何有暇外出？"

仲淹回道："特请奏经抚陕西、河东两路事务，料理完毕即回朝。"

吕夷简顿足惊呼："你这是自投陷阱，中了奸人的计了！既已出京，岂有再回朝的可能？即便是料理边境事宜，也是在朝廷更为方便。如此浅显之理，你如何不懂？"

仲淹听了一愣。

吕夷简见他发呆，又道："自你经略西北边境以来，皇上非常倚重、依赖于你。如今既同意你离开朝廷，必是他对你已经心生疑虑。若你此时在朝，无论发生何事，皆可随时解释。你生性耿直，光明磊落，你的对手不敢当面弹劾你。你这一走，既给了对手攻击你的机会，也让皇上对你产生偏见而不再信任你。"

吕夷简一番话说得仲淹悚然而惊，但为时已晚。

中书省。众臣坐在各自的位置上，心事各异。

御史中丞王拱辰跨进门来，见杜衍不在，便轻松地踱至章得象身边，笑吟吟的：“相爷，这中书省少了两个人，不觉得冷清么？”

章得象此人，在治国谋略上才学平平，在算计他人时，却心思缜密。他最忌惮范仲淹的博学睿智，生怕被裁出中书省。此刻，他当然知道王拱辰所指何人，便笑道：“老夫与晏相爷，都是喜欢清静之人。”

晏殊板着脸道：“为社稷效劳，替朝廷分忧，原就是须冷静思考、肃穆认真。若天天像戏园子那般热闹，成何体统！”

王拱辰拊掌而笑。

章得象抬手止道：“你且莫笑！老夫这里是清静了，连那写《庆历圣德诗》的石介，也深知朝廷不是嬉戏之地，上表请出，去濮州（今河南濮阳）做了通判。”他回头看了看晏殊，见他正闭目养神，又道：“只是你那御史台与知谏院，还热闹着呢！若也能如此这般，那我大宋朝堂，岂不与从前一样，回归于一团和气、从容议事的景况？”

王拱辰眨巴眼睛：“下官懂相爷的意思！多则十天半月，少则三五日，相爷便会看到与中书省一样清静安详的御史台与知谏院。”说毕，甩着袖子出了中书省，往自己的御史台院子去。

王拱辰边走边琢磨着，范仲淹与富弼，这两个最难对付的顶端人物已经远离朝堂，而他们推荐进来的那些人，若要大张旗鼓地扳倒他们，恐给人留下把柄。若要不显山、不露水地把他们赶出朝廷，还得费点心思。

王拱辰正低头沉思，冷不防与对面走来的人撞了个满怀，吃惊之下，张口便要骂人，却见那人道：“御史大人，小的有事正要找你呢！”

王拱辰见是晏殊的外甥——太子中舍人李定，不悦道：“你找我？何事？”

李定警觉地朝四周看看，见无人，方从怀里掏出一本薄册子递给王拱辰。

王拱辰见他鬼鬼祟祟的，心里生出几分厌恶，待展开看时，又仰天大笑：“哈哈，真是天助我也！”

李定惊恐道：“大人小声点！”

王拱辰忙四下里看看，低声道：“快走！找个僻静之地给我好好说说。”

庆历四年（1044年）十月，监进奏院、大理评事、集贤校理苏舜钦与众人商议：明日便是进奏院祭祀神灵的日子，何不把那累月积攒起来的废纸卖了，置办一些祭祀用品？

年轻、英俊的殿中丞、集贤校理王益柔回道：“苏兄放心，我们早已备了祭祀用品，还能置办两桌简单的酒席。”

苏舜钦眉头一扬：“能置两桌酒席？自范大人去后，这些日子有些憋闷，不如把京中名士请来，大家把酒畅谈，以抒胸臆，岂不好？”

王益柔笑道：“愚弟正有此意，正欲请示兄台，连那侑酒助兴的琴师歌女也一并请了吧！”

苏舜钦挥挥手：“歌女侑酒，乃风雅之事，文人聚会必不可少。你自去办理，有什么请示不请示的。”

祭祀神灵的这天，众人装容整洁，神情肃穆，祭祀完毕，已是正午时分。

王益柔拍拍巴掌：“酒席已在厅内摆好，请诸位入席。”

席间，苏舜钦见气氛有些沉闷，朗声道：“今儿借祭神之机，诸位才俊相聚，何不开怀畅饮，吟诗弄赋，抒情表意！”

工部员外郎兼史馆检讨王洙举杯：“我先敬大家一杯，请紫烟阁的绿漪姑娘弹奏一曲，以侑酒兴。”

话音未落，琴声悠扬而起，众人放开心怀，推杯换盏。

酒过三巡，太常博士、集贤校理刁约看着王益柔：“王兄有七步之才，何不吟首诗来，道眼前之景况？”

王益柔不胜酒力，已是春色满面，听了刁约之言，也不推辞，摇晃着来到窗下的书案边，拾笔便写，一首《傲歌》便龙飞凤舞滴落在纸上。他端详片刻，掷了笔，将诗稿递给一边看着的太常丞章岷。

章岷朗声读了一遍。

进奏院右班殿直刘巽笑道：“才子的诗，就请绿漪姑娘现谱了曲子，佳娘唱来，诸位意下如何？”

众人拊掌称绝。

一会儿，绿漪玉指拂弦，泠泠清音如溪水潺湲；佳娘歌喉乍放，如黄莺出谷。歌声随着琴声婉转而起，时而如珍珠落玉盘，时而似骤雨打芭蕉，直听得众才子如痴如醉。

李定说得唾液横飞，津津有味。

王拱辰冷笑一声：“你如何知道得这般详尽？莫非你也赴了酒宴？”

李定脸一红：“我倒是想去，可苏舜钦这厮，狂妄至极，竟不允我参加酒宴。”半晌又道：“祭祀那天夜里，我去紫烟阁，向那琴师歌女打听来的。”

王拱辰心想，苏舜钦风流潇洒，恃才傲物，如何看得上你？口中却道：“这事非同小可，你先自去。不要对他人提起，连你舅舅晏殊也不能说。”

原来，王拱辰一直把范仲淹当作自己升职的障碍，也想把杜衍赶出朝廷，给自己腾出位子，却又无处下手，便密切地注视着杜衍的女婿苏舜钦的动静。那可是个性情粗放、不拘小节、书生意气十足之人，不愁抓不到把柄。不承想，苏舜钦这么快就落在他手上了。

他盯手中的诗稿阴笑：“苏舜钦，你用公钱置酒宴娱乐，我参你一个‘监主自盗’。王益柔，枉你有七步之才，哼哼！《傲歌》，仅凭这‘醉卧北极遣帝扶，周公孔子驱为奴’之句，我就要你人头落地！除掉你二人，其他人就不足为虑了。范仲淹的‘朋党’，此时不一网打尽，更待何时！”

第四十四章　芳草无情　明月楼高休独倚

韩琦回至京中，便听杜衍述说了奏进院的饮酒案，朝廷已捕得所有与会官员，交由开封府审理。

韩琦问明前因后果，不由得深思。这京城之中，歌楼酒肆，官宦人家，哪一天没有酒宴？哪一场酒宴无歌女侑酒？为何一群青年才俊的酒后失态，会引起朝廷大动干戈，甚至痛下杀手？

若说王拱辰一伙是苟且营私、奸诈阴险之徒，为了一己私利，在暗处搅弄风云，扩大事态，那么，皇帝曾经深深信任、依赖着范仲淹与富弼变革，又因何推波助澜，使事情发展到不可收拾之境？

其实，韩琦心中明了。宋夏早已议和，也断定辽国不会入侵，打了多年的边境，已安定平和，这就意味着，大宋已无外患。

既无外患，必有内忧。在皇帝看来，朝臣结党，比民间暴动更为可怕。他相信内侍蓝元震有关范仲淹“朋党”之说，也相信石介与富弼有“废立”之心。何况，他天生喜欢安定，厌恶战争。如今，天下太平，正是他所要的富贵悠闲的天子生涯，又岂能让臣子替他指点江山！是天子挥剑、清君侧的时候了。

想到这里，韩琦不寒而栗。

杜衍无不忧虑道：“王拱辰抓住《傲歌》，做足了文章，王益柔怕是性命难保。”

韩琦剑眉紧锁：“苏舜钦、王益柔、章岷等参加酒宴之人，大多是范公推荐给朝廷的。他们受的处罚越重，范公的罪责也就越大，范公怕是再难回归朝廷了。”

杜衍急道：“苏舜钦是我女婿，我已无说话的权利。晏殊一向明哲保身，因富弼之事，也绝不肯开口。”他向韩琦一揖到地：“韩公，如今只有你能为他们一辩了。”

韩琦忙扶起他：“杜大人不必如此！我正有此意，只是有些事情不甚明了。”

杜衍问：“何事？”

“为了避免有人独进谗言，朝廷规定，二府大臣不可单独面见皇帝。”韩琦沉思道，“皇帝久居后宫，如何知道范公所谓的‘朋党’，又如何知道石介、富弼的‘废立’之说？对奏进院的祭祀酒宴，皇帝似了如指掌。”

杜衍道：“早就听说，夏竦与内侍蓝元震关系密切，皇帝要想知道什么，又有何难？”

韩琦回道：“这也说明了一个问题，皇帝对这些人所进的谗言深信不疑，所以，才会对一桩平常的酒宴大动肝火，交由开封府审理。”

杜衍心急如焚：“韩公，应尽快消除皇帝的猜疑之心。”

韩琦不语，抬眼望向屋角，一只大肚子蜘蛛正专心致志地结网。

第二天早朝，垂拱殿中。

韩琦递上奏折：“皇上，请恕臣直言，皇上向来仁厚，何必为苏舜钦、王益柔等人的酒后失态而发雷霆之怒？天下大事如此之多，朝中大臣，应与朝廷同休同戚，为皇上分忧，哪有闲暇拿一两句诗文大做文章？皇上圣明睿智，难道未曾觉察到一些人的别有用心么？”

仁宗略微挪了下屁股，心里或许有一点点悔意。但此时，他觉得屁股底下的龙椅，冷冰冰的，那一点点悔意瞬间又消失殆尽。他当然知道夏竦等人要打击的最终目标是谁，这也正是他想清除某些人的最好理由。但韩琦为他们的辩护，也代表了朝中一部分大臣的心愿，这点不能不顾及，他在心里盘算着。

庆历四年（1044 年）十一月七日，史称“奏邸之狱”的进奏院酒宴案，由开封府审理结案。

朝廷诏令：刘巽、苏舜钦以监守自盗罪罢官除名。王洙、刁约、章岷、江休复、周延隽、吕溱、宋敏求、徐绶、周延让等贬官，王益柔保住了性命，贬为复州税。

边塞的天空，碧蓝如洗，偶尔有孤雁掠过，丢下几声哀鸣，显得空旷而寂寥。长风从天外席卷而来，侵蚀了大地的颜色，挟带着黄沙，呼啸来去。

范仲淹在城楼上，也不知站了多久。辽阔的原野，萧条而冷落；连绵起伏的山峦，把那黛色一浪接一浪地延绵到遥远的天际。韩琦的来信，让他百般忧虑而失望。皇帝借些许小事，罢免了他推荐、选用的所有监司官员，其用意何在，不言自明。

当初皇帝期望整顿吏治的心情是何等急切；开天章阁赐笔设座的诚意是何等真挚；大力支持并推出变革措施，又岂有虚假！可转眼之间，皇帝对变革的态度竟完全改变。

屋里，碧云煎好药，正要送去书房。

恰巧纯佑从外面回来，接过托盘：“我去吧。”至书房却不见父亲。

一抹斜阳落在书桌上，砚池中的残墨闪着幽蓝的光，一页纸上草草地写着几行字。纯佑看去，是一阕《苏幕遮》：

碧云天，黄叶地，秋色连波，波上寒烟翠。山映斜阳天接水，芳草无情，更在斜阳外。黯乡魂，追旅思，夜夜除非，好梦留人睡。明月楼高休独倚。酒入愁肠，化作相思泪。

纯佑读毕，一时呆了。眼前的旷野是何等的荒凉肃杀，朝中的明争暗斗又是何等的严峻残酷。而父亲这阕词，以浓郁辽阔的秋景开头，展现出一派长空湛蓝、大地橙黄的高远境界，无半点深秋的衰败之气。这在才子诗人以伤春悲秋为基调的现世中，是怎样亮丽的华彩之作！

他见落款的日子为上月中旬，心想，自己或许把父亲的词意理解错了。他把词稿放回原处，默念着词的下片。可那从芳草天涯中透出的、漂泊异乡的羁旅愁思，又让他黯然凄怆。父亲生性疏阔，气度凌云，是他今生唯一之所景仰。在朝廷政局瞬息万变之时，他恨自己不能为父亲解忧，唯有细心照料父亲的饮食起居，以全一片孝顺之心。

纯佑起身往外走，突然一阵晕眩袭来，眼前一黑，栽倒在地。

待他醒来，屋里灯火明亮，父亲正焦虑不安地在床前走动，额头上的皱纹更见紧密。他想坐起，头晕得厉害，禁不住叹息一声。

仲淹忙过来摁住他："你总算是醒过来了，为父好生担心。"

纯佑咧嘴一笑："孩儿有点头晕，让爹爹操心了！"

碧云端了碗进来，见纯佑说话，喜道："醒了？"

仲淹将他扶起半倚在床头，接过碧云手中的药碗，一勺勺地喂他："方才请郎中瞧了，虽未确认是何病症，大抵也无关紧要，静心养养便好了。"

纯佑见父亲忧虑的面容，心中歉然："孩儿不能为爹爹分忧，反劳爹爹照顾。"

仲淹放下药碗："都是为父不好，拖累了你。似你这般年纪与学识，早应去博取功名了。"

"爹爹，孩儿不要功名。"纯佑急道，"跟在爹爹身边，照顾爹爹，便是孩儿今生最大的事业，只是今儿病倒，不能侍候爹爹了。"

碧云在一边道："你安心养病，有我照顾老爷呢！"

仲淹帮他睡平，掖好被子："边塞冬日酷寒，待过完年，春暖花开时，将青阳与你弟弟们接过来。一家人在一起，就算日子苦些，也强过两头牵挂。"

然而，仲淹并未能等到春暖花开，便收到朝廷的诏令。

庆历五年（1045年）正月二十八日，罢范仲淹参知政事，以资政殿学士出知邠州（今陕西邠县），兼陕西四路缘边安抚使。

同时，罢富弼枢密副使，知郓州（今山东东平），兼京东西路安抚使。

罢杜衍中书门下、平章事兼枢密使职，出知兖州（今山东兖州）。

二月底，仲淹带纯佑、碧云辗转到了邠州任上。不几日，青阳护送纯仁纯礼也到了。

晚间，仲淹问青阳，香草与桂朵儿如何没来。

青阳已是两鬓斑白，他搔着后脑勺憨笑道："收到老爷的信时，桂朵儿已经嫁了，婆家是住在甜水巷东头的。香草舍不得女儿，不肯来此，执意留在甜水巷的苦竹居，说是离女儿近些。"

仲淹连声道："好好好！桂朵儿嫁了好。香草离桂朵儿近些好，彼此有个照应。"

青阳看着他瘦削的身板，黝黑的脸膛，曾经宽阔、圆润的额头堆满皱纹，不由得心中酸楚。在京城，他许青阳见过的朝中大官，哪一个不是大腹便便、红光满面；哪一个不是妻妾成群、拥红偎绿；哪一个又不是茶楼里进，酒楼里出？

那一本正经的晏殊大人，家里养着成群的歌儿舞女且不说，为了一个宠爱的姬妾，差点跟结发妻子闹翻。还有先前那个以公正廉洁闻名的寇准，家里每日必有酒宴，每次酒宴必令歌舞取乐，然后再给予歌儿舞女奖励。

而他的老爷，家里不来客人就不得食肉，日子清贫得如同普通百姓一般。像这样清廉公允，心怀天下的好官，却连连遭到罢免，他想不通，这天下还有没有公允？皇帝佬

儿有没有良心？

青阳越想不通，心里就越不是滋味。他恨自己无能帮老爷，只徒叹奈何。

仲淹只见他蔫蔫的，哪里知道他的心思。只当他山长水远的走累了，便嘱咐他早点儿歇息。

邠州，辖新平、三水、永寿、宜禄、定平五县，仲淹管理起来并不劳累，所以，他在邠州的日子比较清闲。

清闲，对于仲淹来说，只是表面上的轻松，他心里对朝廷的牵挂与忧思，除了他的家人，在邠州，怕是无人知晓。

邠州的秋天多阴雨，潮湿而幽冷，难得有晴日。这一天，却是碧空如洗，阳光和暖。仲淹在州衙处置了几桩事，觉得腰酸背痛，便离了书案，在屋中舒展身腰。

通判笑吟吟地进来："大人，今儿难得天晴，风和日丽的，手头上的事又已处置完毕，大人可愿随下官去城外松云楼登高远眺？"

仲淹笑道："登高远眺，可滤尘俗，可濯浊气，可宁心神，可健体魄，有何不可？"

通判拊掌道："范大人文可治国，武能安邦；诗词歌赋，文辞隽美，这是大伙儿有目共睹的。听说大人一曲《履霜操》弹奏得极好，今儿何不让下官们一饱耳福？"

仲淹歪头作凝思状："《履霜操》？倒是许久未弹了。"随后，豪爽地一挥袖子："今日就弹奏一曲，松云楼上，请备琴！"

通判喜道："邠州的文人雅士，早就想一睹大人风采，下官这就去告知他们。"

仲淹从松云楼顶层下来时，一楼的酒宴已经摆就，临窗的案上果真有一张古琴，几位衣帽光鲜的乡绅已静候在此。

通判介绍道："大人，这桌酒宴，是这几位乡绅置办的。未请歌舞乐伎，诸位就以诗词佐酒如何？"

一位面目清俊，神态儒雅的中年男子笑道："在范大人面前，如何敢言诗词？真是贻笑大方了。"

仲淹忙摆手："我哪是什么方家！在边塞几年，事务繁忙，气候恶劣，原本气喘咳嗽的毛病，时常发作，哪有写诗作赋的意趣。"

正说话间，忽听窗外有人长叹："唉！张生真可怜，孤独一人，也不知是何方人氏。"

另有一人接道："这人读书读糊涂了，病重时，不知留下只言片语。如今死了，也无人收尸。"

仲淹听得断断续续的，心中疑惑，走至窗边，探头望去，见一堆人围在一处，七嘴八舌地议论着，忙回头吩咐跟在身边的青阳去打听清楚。

不一会儿，青阳进来回道："老爷，是一个客居邠州的读书人死了，在此地无亲朋好友，无人料理后事。这些人是邻居，想替他收尸，却无棺材墓地，又无送葬器物，正犯愁呢！"

仲淹听了，想起自己曾经读书、游学的日子，一时心中酸楚，禁不住红了眼眶。哪里还喝得下酒，咽得下饭？便向几位乡绅告辞出来，问青阳身上带了多少钱。

青阳捂着胸口，低声道：“老爷，这是给天成少爷买药的钱，还有，冬日临近，天气寒冷，也要给家里人添过冬的衣物。”

仲淹抬眼望向远处的山峦，觉得模糊不清，便揉揉眼睛：“这读书人孤苦伶仃，客死他乡，我遇见了，便是与他今生有缘，能不管么？俗话说，死者为大，入土为安。天成的药过几日再买无妨，现在还不是太冷，冬天的衣物下月再添置也不迟。”

青阳只得从怀里摸出钱来，交给一个领头的人说：“你带人去把下葬的一应事务办齐了，早些安葬了罢。”

那人接过钱，瞪眼望着仲淹，一时说不出话来。

仲淹见状忙问：“是钱不够吗？”

那人转身向其他人挥手：“快跪下，给知州大人叩头！”众人齐刷刷跪下叩首道谢。

仲淹忙道：“应该感谢的是你们哪！大伙儿快快起来！”

虽是初冬天气，已十分寒冷。仲淹咳嗽越发厉害，纯佑的头晕病也未见好转。好在纯仁纯礼都在跟前，帮着碧云、青阳悉心照料着一家人的饮食起居，闲时给纯佑读书解闷。天若晴好，便把纯佑背至院子里晒太阳，或乘上马车，去郊外转转。

这日是州衙休沐日，用过早餐，仲淹在书房里，与几个孩子谈论儒学经典与文人掌故。

纯礼眼睛盯着父亲，思绪却神游在外。昨夜，他读了父亲为故去的友人王镐写的《鄠郊友人王君墓表》，便被文中隽美的文辞所吸引。此刻，他的神思便在“山姿秀整，云意闲暇，紫翠万叠，横绝天表”的圭峰山上遨游。

仲淹见他目驰神往，脸上满是向往之情，禁不住问：“三儿，你在想什么呢？”

纯礼一惊，见父亲与两位兄长都盯着自己，暗想，父亲正讲儒学经典，而我却神游物外，不禁脸颊绯红。垂首轻声道：“昨日读爹爹写的《鄠郊友人王君墓表》，孩儿好生钦佩！方才无端地想起圭峰山之美景，想起文中之句‘及月高露下，群动一息，有笛声自西南而起，上拂寥汉，下满林壑，清风自发，长烟不生。时也，天地人物洒然在冰壶之中’。”

纯仁接道：“爹爹，在那冰清玉洁的天地间，那抚笛之人该是怎样的超然物外啊！”

仲淹顺手从书案上拿过文稿，叹道：“我二十岁那年游学关中，与名士王镐结识，一晃三十七年过去了。三十七年前的那个月夜，王镐说，那抚笛之人是位落拓书生，每逢月夜，便在圭峰山下抚笛，四十年如一日。”

纯佑喃喃道：“红尘浊世，月下抚笛四十载，他的心，当如明月般宁静、清远、皎洁，实乃真君子也！”

仲淹见纯佑憔悴的面容，委顿的神情，心里好不难过。他想安慰儿子，一时竟不知如何开口，正思索时，青阳进来道：“老爷，方才衙役送来一封信。”

仲淹忙问：“这样急急地送来，莫非是朝廷发的诏令？”待接过看时，竟是李纮的来信，展开读毕，半晌作声不得。

纯佑忙问：“舅舅在信中所说何事？爹爹何故忧虑？”

仲淹把信递给纯仁，纯仁轻声念给纯佑听。

原来，范仲淹、富弼、杜衍相继离开朝廷后，朝政又落入章得象、夏竦等蝇营狗苟、庸碌无为之辈手中。先前执行的新政，已不了了之。而对新政的攻击，反而多了起来，其意不在新政措施本身，而是指责提出新政措施的人——范仲淹。

韩琦把诸事看在眼里，但不敢明白地为范仲淹辩护，因为范仲淹是自己请求再赴西北的。便以富弼为由，向仁宗上疏：希望皇上明察秋毫，勿疑朋党之说，重新启用范仲淹与富弼，并以西北边事委派此二人。然而，仁宗并未采纳他的意见，今年三月，罢韩琦枢密副使，出知扬州。

七月，石介于任上病亡。其时正遇徐州孔直温谋反事发，夏竦上疏说："在孔直温家搜出石介的信，石介其实未死，而是受富弼之命，潜入契丹，策划起兵之事。"并要求皇帝派使臣至石介家中开棺验尸。

当地点刑狱吕居简对这个荒唐的旨意甚为反感，气愤道："此举是对死者的大不敬，有悖忠厚仁爱之道。开棺验尸，若石介真的死了，朝廷将作如何说法？况且，石介的丧事，并非他一家人能操办得了的，还有许多外人帮忙，为何不召集众人询问？若众口一词，就让大家具结作保，难道就不能回复朝廷的旨意？"朝廷使臣原就觉得此事荒唐至极，便赞同吕居简的处理办法，回朝廷交旨。

欧阳修从河东回至京师，朝廷所发生的这桩桩件件、骇人听闻之事，让他心气难平。以他天资刚劲、见义勇为的个性，自然容不得奸佞小人攻击范仲淹等人，便上疏为范仲淹、杜衍、富弼与韩琦四人辩护。希望皇帝审察爱憎之私，辨其虚实之言。并说他四人"平日闲居，则相称美之不暇；为国议事，则公言廷争而无私"。如《汉史》中所说，忠臣有不和之节，而小人却把他们诬为朋党。况且，当初，他四人多次推脱皇上委任之职，可见并非贪恋权位之人。

然而，仁宗早已把他人的谗言听进心里，对范仲淹、富弼的怀疑已深入骨髓，并未能听进欧阳修的进言，反而相信欧阳修是范仲淹一党。今年八月，欧阳修遭贬官降职，知滁州（今安徽滁县）。

纯佑尚未听完信的内容，脸色已经铁青，他悲愤道："夏竦岂不知石介已死？只是他本意不在石介，而是因为石介曾受爹爹推荐，加深石介之罪，是欲置爹爹于死地。"

仲淹点头道："夏竦之目的，正如你所说。"

纯仁骂道："好一个忠奸不分的昏君！"

青阳急道："老爷何不上疏向皇上辩解？"

仲淹面窗而立，轻声吟诵道：

数年风土塞门行，说着江山意暂清。求取罢兵南国去，满楼苍翠是平生。

纯佑与纯仁相视无语，他们知道，此诗虽是父亲写给友人张焘的，但表述的却是他自己想退隐林泉的心迹。听父亲此刻再诵此诗，心中不禁黯然。父亲一生为朝廷、为社稷殚精竭虑，却数次遭贬谪。戍边几年，饱受风沙雨雪之苦，落得一身疾病，两鬓风霜。他们不知如何安慰父亲，但也明白，纵使最华丽的语言，也丝毫不能抚慰父亲为国事操劳、替朝廷担忧的忠心。

仲淹对青阳道：“你觉得，皇上还会信任我么？我现在要做的，是主动向朝廷请求解除兵权，改往内郡任职。”

青阳愤然道：“难道皇帝是不讲理的么？”

纯佑冷笑道：“天子手握至高无上的威权，又极具猜疑之心。对臣子的信任，岂能久远？不过是此一时，彼一时。”

仲淹走至案边：“我这就写奏疏，待朝廷圣旨下达时，邠州州学也应落成了，我也就可以放心地离开了。”

纯礼上前磨墨。

皇城里的冬天，与邠州自不一样。邠州，是人间烟火里的萧索与冷峭。皇城，则是富丽堂皇中的尊贵与冷漠。

御书房里，仁宗倚着蒸笼，烤着双手，温暖而惬意。书案上搁着范仲淹的《陈乞邓州状》，还有一盘未吃完的精致点心与半壶香茶。

范仲淹在奏疏里说：“臣一直犯患有肺疾，每至秋冬便发作得更厉害。若边塞军务紧急繁重之时，臣也不敢自求安乐，定当为国效力。如今西事已定，而邠州原应由武臣管理。希望陛下，宽恕微臣之无功，体察微臣之多病，许从善地，就访良医。”

仁宗读到这一段话时，心中生出几许歉意。

当他看范仲淹“于河中府、同州，或京西襄、邓之间，就移一知州，取便路赴任，示君亲之至仁，从臣子之所望，得养天年”等语时，一种轻松愉快的情绪又冲淡了那一点点歉疚，几乎未加思索，便下诏令：罢范仲淹陕西四路缘边安抚使，徙知邓州（今河南邓州）。

庆历六年（1046 年）元月，河水尚未解冻，天地间仍是一片萧条冷落，范仲淹拖着病重的身子，带着家眷长途跋涉，来到邓州任所。

邓州的春天，温馨而明媚。虽然仲淹的衣褶里仍残留着边塞的黄沙与寒风，虽然他心里仍纠结着对天下对朝廷的忧虑与责任，虽然他对变革的失败仍有着深深的痛楚，但这红桃绿柳，杏花烟雨，暗香流转的春色，还是把他的心情慢慢地装点得温暖柔润起来。

邓州毕竟靠近京城，无论是医药，还是其他，都比邠州强上百倍。纯佑的头晕渐渐减轻，仲淹的病也好了许多。

一直以来，邓州便是朝廷大员的退隐之所，政务清简，民风淳朴。如今，加上仲淹的合理管理，更是锦上添花，显现出“庭中无事吏归早，野外有歌民意丰”的太平盛景。

七月，碧云产下一子，给这个颠沛流离的家添了无尽的欢乐。仲淹老年得子，甚是欣喜，为儿子取名纯粹，小字德孺。

第四十五章　不以己悲　先天下之忧而忧

小纯粹满月后，虽已入秋，天气还是很闷热。一日晚饭后，一家人坐在院子里纳凉，听仲淹讲些历史故事。微风拂面，弦月如钩，几只萤火虫，忽明忽暗，忽前忽后地飞着，惹得纯礼拿着扇子满院子扑打。

月前，香草已来邓州侍候碧云母子。此时在厨房收拾完毕，拿了把蒲扇出来，在碧云身边坐下。看着她怀里熟睡的婴儿，轻轻道："天气虽然炎热，夜里也是有露水的，不可久坐，早点回房罢。"

纯礼正扑得一只萤火虫，用两根手指头轻轻捏着，在小纯粹头上来回摆动。

纯仁失声笑道："三弟今年贵庚啊？还玩萤火虫？可惜小弟还不能陪你玩呢！"

一句话说得大家都笑起来。

纯礼却一本正经的："我今年十五岁了啊！人，无论多大，都要有一颗童心，方不被世俗浊流所淹没。都跟你似的，少年老成。"说毕，又去追萤火虫。

纯仁一下愣住了，仲淹听了诧异，三小子出语惊人啊！

有人敲院门，青阳忙去开了门，黑暗中，来人问："请问这里是范大人的家么？"

青阳回道："正是。"

来人似松了口气："总算找到了。"

仲淹忙道："青阳，谁啊？快进屋说话，外面黑灯瞎火的。"

纯仁已进堂屋点了灯，碧云抱着孩子随香草进了厢房。

来人是位四十开外的汉子，见了仲淹忙施礼道："想必这位就是范大人了。"

仲淹端详着此人，示意他坐下说话。

纯礼送上茶来。

来人喝了茶，从随身带的包袱中掏出一个纸包，双手捧给仲淹："我从岳州来，受滕宗谅大人所托，给范大人捎来一幅画与一封书信。"

仲淹喜道："是子京啊！"凑近灯光，拆信看时，果真是滕宗谅的笔迹。又回头吩咐纯仁："先去给客人做点吃的，把客房收拾干净，好让客人歇息。"

那汉子道："大人不必忙了，我是贩卖茶叶的，货物都存放在客栈里，明儿一早还要赶去洛阳呢！"便起身告辞。

仲淹道："既如此，我也不留你。纯仁，点了灯笼，送客人去客栈。"

纯仁自去送客，不提。

仲淹来到书房，将灯拨亮，展信细读。

原来，滕宗谅因人弹劾滥用公使钱一事，于庆历四年（1044 年）二月，被贬至岳州（今湖南岳阳）。

滕宗谅是憋着一股怨愤之气到岳州的，到任后，他励精图治，体察民间疾苦，惩治恶俗，整饬狱讼。仅一年时间，便把岳州治理得井井有条，政事和顺，百姓安乐，荒废的事业也兴旺发达起来。

政务轻松后，滕宗谅便着手重修岳阳楼。

岳阳楼是唐代岳州城西门上的城楼，因年久失修，已残破不堪。滕宗谅每每登危楼远眺，洞庭湖与君山尽收眼底，心中便会生出许多感慨。

重修岳阳楼，同僚中有人反对，有人担心，修楼资金从何而来？然而，滕宗谅一不用库银，二不敛财于民。张榜告示于民间：凡有欠官府旧债不能偿还者，自愿捐献，抵消债务。

告示一出，民间负债者争相捐献，有物资、有钱财，修建岳阳楼绰绰有余。

重修后的岳阳楼，扩大了原有的规模，雄伟壮丽，气势恢宏，耸立于洞庭湖畔。

最后，滕宗谅在信中说："天下郡国，非有山水环异者不为胜，山水非有楼观登览者不为显，楼观非有文字称记者不为久，文字非出于雄才巨卿者不成著。范公文章器业，凛凛然为天下之时望，又雅意在山水之好。附名家画作《洞庭晚秋图》，请公为岳阳楼作记。"

仲淹惊奇于滕宗谅以催收烂债聚财修楼的做法，更惊讶于《洞庭晚秋图》的精湛美妙。

这一夜，仲淹未能成眠。他想起少年时，养父在澧州安乡（今湖南省安乡县）任县令，自己在安乡的读书台；想起兴国观讲《易经》的司马道长；想起在洞庭湖上捕鱼的水松哥。而洞庭湖四季的美景，更似历历在目，挥之不去。

那时，他天天去读书台读书，听司马道长讲学。多少个清晨与黄昏，他行走在洞庭湖畔，那日出的辉煌，日落的壮丽；那雨中的旖旎，月下的清幽；那浪尖的白鸥，岸边的兰草，都让他流连忘返。

最让他刻骨铭心的，是狂风暴雨时的湖面，那滔天的浊浪，折断的船桅，那哭天喊地的往来商客，让他对自然、对天地生出无限的敬畏与恐惧。那些日子里，他玩得忘了回家，又让母亲生出多少担忧啊！

从此，那一湖洞庭碧波，多少年来，就摇漾在他青少年绮丽的梦里，摇漾在他坎坷艰辛的仕途。如今，又从他苍老而忧虑的心底摇漾而出，淹没了他的思绪。

一连数日，仲淹从衙门里回来，不是在院子里徘徊，就是把自己关在书房里。他的心中，似乎装满了洞庭湖的千顷碧波，时而明净如镜，时而浊浪滔天，让他寝食难安。

一家人都不知他因何如此，也不敢询问，只把茶饭汤药侍候周到。唯有纯礼，不去观看他的脸色。这天，见他回家直接进了书房，也跟了进来，指着壁上的《洞庭晚秋图》问："爹爹，洞庭湖真有画上画得这么好吗？"

仲淹坐在案前铺纸，头也不抬道："比画上的更好。八百里洞庭，南接潇湘，北通巫峡；烟波浩渺，湖山辉映。春夏秋冬，雨雪天晴，各呈不同景色，何止万千气象！"

纯礼见父亲铺纸，便上前磨墨，心里却想，真有这样好的地方？

仲淹提笔凝思，落笔成文。只一盏茶的工夫，一篇前无古人，后无来者，天下传诵的散文《岳阳楼记》写成。

纯礼轻声读道：

庆历四年春，滕子京谪守巴陵郡。越明年，政通人和，百废俱兴，乃重修岳阳楼，增其旧制，刻唐贤今人诗赋于其上。属予作文以记之。

予观夫巴陵胜状，在洞庭一湖。衔远山，吞长江，浩浩汤汤，横无际涯；朝晖夕阴，气象万千。此则岳阳楼之大观也，前人之述备矣。然则北通巫峡，南极潇湘，迁客骚人，多会于此，览物之情，得无异乎？

若夫霪雨霏霏，连月不开，阴风怒号，浊浪排空；日星隐曜，山岳潜形；商旅不行，樯倾楫摧；薄暮冥冥，虎啸猿啼。登斯楼也，则有去国怀乡，忧谗畏讥，满目萧然，感极而悲者矣。

至若春和景明，波澜不惊，上下天光，一碧万顷；沙鸥翔集，锦鳞游泳；岸芷汀兰，郁郁青青。而或长烟一空，皓月千里，浮光跃金，静影沉璧，渔歌互答，此乐何极！登斯楼也，则有心旷神怡，宠辱偕忘，把酒临风，其喜洋洋者矣。

嗟夫！予尝求古仁人之心，或异二者之为，何哉？不以物喜，不以己悲；居庙堂之高则忧其民；处江湖之远则忧其君。是进亦忧，退亦忧。然则何时而乐耶？其必曰“先天下之忧而忧，后天下之乐而乐”乎。噫！微斯人，吾谁与归？

时六年九月十五日。

纯礼读毕，惊喜道：“爹爹这是给岳阳楼作记啊！读此文，孩儿犹如亲临其境，波澜壮阔的洞庭湖如在眼前一般！”

纯仁不知何时立在他身后，接道：“三弟，洞庭湖风雨阴晴景色不同，登楼人的心境也各自不同。爹爹借此含蓄委婉地规劝滕叔叔，虽在贬谪之地，也应‘不以物喜，不以已悲’，先忧而后乐。”

他从这庄严质朴、生动贴切、凝练简洁的文字中，读出父亲精警深刻的隐喻，惆怅悲沉的情怀。看着父亲苍老的容颜，斑白的鬓发，心情格外沉重。

秋天，虽是万物萧条，却也是最宜登高远眺，东篱把盏，赏菊吟诗的好时光。这天，天气晴爽，仲淹与友人赏菊宴游归来，写了两封信，让纯仁明日一早送去驿站。

纯仁问：“爹爹，前几日收到邠州州学来信，他们不是请爹爹为新落成的州学作记么？”

仲淹指着其中一封信道：“这里便是为他们写的《邠州建学记》。”

纯仁有些迟疑地问：“爹爹每到一处，最为重要的事，便是兴办学堂。爹爹以为，天下事，唯教育重于一切么？”

仲淹看着儿子，点头道：“我以为是的。国家最大的忧患，莫过于缺乏人才。我发现很多人的聪明才智，并不比古人低，岂是慧而贤者都在古代？这其中的原因，就是没有学堂，没有让人们从小就受教育的机会。”

纯仁小心地问：“爹爹也打算在邓州建学堂么？”

仲淹笑道：“有此打算。前几日与几位同僚商定，把城东南隅的百花洲重新修建成州学，正请匠人设计，下月便可动工了。”

纯仁兴奋道：“爹爹，待学堂建成，孩儿也可以去上学么？”

仲淹应了一声：“那是自然。”又指着另一封信：“你尹洙叔叔在筠州（今江西高安）病困交加，无药医治，我想接他来邓州养病。这是我给朝廷的请疏，待朝廷的回复到了，你便可动身去筠州，把他接来。”

纯仁连声应诺。

尹洙到邓州时，已病入膏肓，仲淹为他请了名医，一家人悉心照料着。

一天傍晚，仲淹来到他的房间，问他想吃什么。尹洙摇头道：“就算有山珍海味，我也吃不下了。我的两个儿子在渭州，烦请范公转告他们，我即将远行，不能照顾他们了。”

仲淹看着他形销骨立的模样，心中悲戚，安慰道：“你只管安心养病，我与众好友会照顾你的家人，绝不会让他们流离失所。”

尹洙微弱地笑了：“我已油枯灯竭，范公不必为我难过。生老病死，乃天地间最自然之事，既无鬼神，亦无恐惧。”那神态、那语气竟无丝毫的悲切之感。

仲淹心里涌出敬畏之情：“你一生的气节与行为，都值得世人景仰。我会托韩琦、欧阳修执笔作文，使其永存后世。”

庆历七年（1047年）四月的一天，尹洙在邓州去世，仲淹为其料理后事，并派人将灵柩送回尹洙的故乡洛阳安葬。

处理完尹洙的丧事，仲淹如虚脱了一般。近年来，老友一个个逝去，他心里生出几许惆怅。他不是怕死，正如尹洙所说，生老病死乃天地间最自然之事。人死了，灰飞烟灭；人活着，才能做更多有益于天下百姓的善事。可人，终究拗不过天，也拗不过命，还是顺其自然吧。

既是邓州知州，把邓州治理好，才是分内之事。至于朝廷，至于朝政中的弊端，至于那皇帝迫切要求而又亲手废除的新政措施，既不让你过问，就让它随风去吧！可真的能心安么？你范仲淹在《邓州谢上表》中不是说“敢不孜孜于善，战战厥心？求民疾于一方，分国忧于千里”么？不是说“不以物喜，不以己悲”，“士当先天下之忧而忧，后天下之乐而乐”么？

是的，我范仲淹虽遭贬黜，但澄清吏治、忧国忧民之心却无人能改。既如此，还有什么可以怨忧的？明儿百花洲的“春风堂”里不是还有众多的士子等着听我讲学么？

七月，天气炎热，百花洲便成了邓州人最好的消暑之地。

先不说那流水淙淙、九曲环绕的野溪，也不说那浓阴匝地、凤尾森森的苍松翠竹间，楼台亭阁、红墙碧瓦、朱栏隐现。单是那一湖摇曳的风荷，足以让人流连忘返。

文人士子，或邀三五好友，或溪边弹琴，或林下论诗。姑娘小媳妇，也会呼朋引伴，穿红着绿，或亭间小坐，或抚栏观花。于怡然自若中，显出邓州政事通达，人心和顺的融融之景。

这天，仲淹在“春风堂”讲《礼记·大学》，谆谆教诲满堂士子，无论何时、何境，士子都应注重个人品德的自我修养与完善。

纯仁也在其中，见父亲汗水涔涔，衣衫沾在背脊上，显出精瘦的骨架，心里怜惜，却不敢吱声。

学生张载于心不忍，起身走至窗下的木案，倒碗茶递上去：“大人，天气炎热，喝口茶再讲罢。”

仲淹称谢接过茶碗，学堂的气氛十分融洽，众学子可以提问，可以讨论，也可以争辩。

纯仁找了把蒲扇，走至父亲身边，轻轻扇着。

一个叫韩维的学生起身道：“先生，学生想问一个话外题。”

仲淹含笑点头。

韩维问：“百花洲里的楼台亭阁，或以花草树木，或以环境命名。比如：嘉赏亭、菊台、览秀亭等等，为何咱们的学堂叫‘春风堂’呢？”

仲淹笑道：“汉代学者东方朔将孔圣人比作‘春风’，意为所到之处万物生长，是以学堂取名为‘春风堂’。”

众学子心中恍然，正议论纷纷。忽有一年轻人进来道：“大人，邓州城里几位长者与文士，还有邻县的几位乡绅与旧官，已在百花洲的嘉赏亭里等候大人。”

仲淹望向窗外，日影已斜，将梧桐树影拉得老长。便向来人道：“你先自去，我随后就来。”

仲淹最喜欢在黄昏时刻游百花洲，湖里，碧水涟漪，荷叶田田，鱼戏水波，蜻蜓点蕊。岸边，修竹垂杨，杂花满树，欢声笑语，游人怡然。牧童在溪边横笛，采菱女在荷塘轻讴。一片田园风光，令人尽洗尘垢，心胸为之清爽。

纯仁扶着仲淹已到嘉赏亭下，纯仁轻声道：“爹爹，今儿是七月十五中元夜，孩儿先回家，待晚间再来接爹爹可好？”

仲淹惊道：“今儿十五么？”正欲说什么，亭上的人已看见他父子二人，有人大声道：“范大人，快上来啊！我们已等候多时了！”

纯仁忙道：“爹爹快去吧。”

仲淹上了亭子，见桌上摆满茶水果品，一侧的文案上，笔墨纸砚一应俱全，尚有墨汁未干的诗稿。笑道：“诸位好兴趣啊！想必写了不少好诗。”

一鹤发童颜老者，抬手指向亭外：“美景当前，若无诗酒，岂不辜负了？”

一中年文士拱手道：“若论诗赋，当推范公为最！”

仲淹摆手道：“在诸公面前，希文可不敢当这个‘最’字。”

文士诵道：

芳洲名冠古南都，最惜尘埃一点无。楼阁春深来海燕，池塘人静下仙凫。花情柳意凭谁问，月彩波光岂易图？汉上山公发新咏，许昌何必诧西湖？

一年轻学子拊掌道：“只读此诗，便陶醉在百花洲的楼阁、池塘、花柳、月彩里了！不知此诗是何人所作？”

文士笑道：“此诗乃范公作的《依韵答王源叔忆百花洲见记》。”

正说着，几名使者提了食盒上来，收了果盘，又摆上酒菜。此时太阳已经落山，天色渐渐暗下来，使者将亭子四周边角灯笼点亮。

风，从天边缭绕而来，在荷塘深处逗留，摇曳得芰荷清香四溢。又携着荷香直往嘉赏亭上蹿，亭中之人，就着荷香、美酒，推杯换盏，你一言我一语地形容这百花洲的美景。

不知谁喊一声：“看哪！好圆的月亮！”

众人抬头看去，果然，一轮明月如玉盘一般挂在东边天际。

仲淹喜道：“何不熄了灯笼，在月光下饮酒谈诗岂不更妙？”

众人齐声叫好，有人吹熄了灯笼。

霎时，如水的月光漫进亭子，一片清辉香影。众人默默无语，生怕惊扰了这荷塘月色，梧露藕香。那花间草梢的虫鸣，给这清幽的百花洲，更添了几分静谧。

忽然，一支玉笛隔着荷塘，清扬而起。那笛声分花拂叶，渡水而来，似燕飞雨帘，如落花缤纷。

众人听得痴了，也无人寻问何人抚笛。

鹤发老者突然道：“今夜乃七月十五中元夜啊！难怪如此圆月。”

几位年轻人手舞足蹈：“如此良辰美景，若无诗，岂不辜负了这荷塘月色、玉笛清音？”

仲淹忽然抓起筷子，敲着青花碗沿唱道：

南阳太守清狂发，未到中秋先赏月。百花洲里夜忘归，绿梧无声露光滑。天学碧海吐明珠，寒辉射空星斗疏。西楼下看人间世，莹然都在青玉壶。从来酷暑不可避，今夕凉生岂天意。一笛吹销万里云，主人高歌客大醉。客醉起舞逐我歌，弗舞弗歌如老何？

这一夜，直闹至月上中天，万籁俱寂，众人才扶醉而归。

转眼已是庆历八年（1048年），正月的一天，天气晴朗，阳光温暖，几位朝廷致仕（退休）的旧官与文士，来给仲淹拜年。大家坐在院子里，闲话品茶晒太阳。

不知谁先开口，说朝廷的二府大臣，自范大人、富弼、韩琦、欧阳修贬黜后，又换

了一帮人，直如儿戏一般。

一老者奇道：“晏殊为人老成持重，明哲保身，如何也贬黜朝廷？”

“晏殊虽文采出众，也喜奖掖人才，为官却是圆滑。”中年文士道，“他被贬，是因为当年给李宸妃写墓志时，未说明是当今皇上的生母。另一条罪责是，驱使官兵为自己建置住宅。”

纯仁从屋里端了壶热茶，给众人添上，又去端了几盘果品来，撤了残盘。

仲淹忽然问纯仁：“请画师绘制的《百花洲图》可曾送来？”

纯仁回道：“昨日傍晚送来了，忘了告诉爹爹。”

仲淹道：“你去把图拿来给众位叔伯观赏，我书房案上的新诗稿也一并拿来。”

纯仁拿了图并诗稿出来，众人看图，都夸画的跟真的一样。再读诗，竟如亲临其境一般，诗云：

献百花洲图上陈州晏相公

穰下胜游少，此洲聊入诗。百花争窈窕，一水自涟漪。洁白怜翘鹭，优游羡戏龟。栏杆红屈曲，亭宇碧参差。倒影澄波底，横烟落照时。月明鱼竞跃，春静柳闲垂。万竹排霜仗，千荷卷翠旗。菊分潭上近，梅比汉南迟。岸鹊依人喜，汀鸥不我疑。彩丝穿石节，罗袜踏青期。素发频来醉，沧浪减去思。步随芳草远，歌逐画船移。绘写求真赏，缄藏献己知。相君那肯爱，家有凤皇池。

那老者捋着雪白的胡须：“晏相公虽有凤皇池，怕也不及邓州的百花洲啊！”

“那可不！园林再好，也是人工雕琢，岂有百花洲的韵致天然。”

仲淹把图卷了，与诗稿一并交给纯仁：“你今儿就送去驿站给晏相公寄去。”

诵诗的文士道：“在下明日要去陈州探望姑母，这诗图交与我，亲自送至晏公手中，岂不比驿站妥当？”

仲淹喜道：“交与贤俊自然妥帖。”

正说得热闹，忽见衙役带一位朝廷使者模样的人进来：“大人，圣旨到！”

众人惶恐，不知圣旨说的什么。

仲淹接过看时，是调他移知荆南府的诏令。

听说仲淹要调走，大家一时急了，拉着使者道：“朝廷命官在地方任职，不是三年期满么？范大人来邓州还不到两年呢，如何就要调走？”

也不知为何，院门竟围满了人，七嘴八舌地嚷嚷，舍不得范大人离开邓州。

使者道：“你们请求留任范大人的意见，我可以带回朝廷，但也得看范大人自己的意思。”

仲淹沉思道：“我这就写奏疏，向朝廷请求自愿留任邓州，请贵使带回朝廷。”

二月，朝廷诏令，范仲淹复知邓州。

闲适的日子，总是过得太快。范仲淹复知邓州的一年，倏忽而过，三年任期已满，再也无由留在此地。

他是喜欢风景宜人、民风淳朴的邓州，但他毕生最向往的，是以旖旎的山水、秀美的风光而独步天下的杭州。

皇祐元年（1049 年）正月，范仲淹向朝廷请求调往杭州任职的愿望已获准。一家人收拾行装，准备上路。

今年是朝廷科举大比之年，纯仁要赴京赶考，正在自己的房里收拾书箱。纯礼进来道：“二哥，爹爹让你去书房。”

纯仁随纯礼来至书房，见大哥纯佑与青阳都在，心里不免诧异，以为父亲要叮嘱自己考试之事，便拉了纯礼，倚着纯佑坐下。

仲淹看着他道：“明儿我们启程赴杭州，你去京城赶考，为父也不能照顾于你，你青阳叔随你同回苦竹居，照顾你的饮食起居。”

纯仁道：“爹爹放心，孩儿能照顾好自己，只是孩儿暂时不能孝敬于爹爹跟前，也不能照顾兄长了。”

纯佑抓住他的手，微笑地看着他。

仲淹望向纯佑，心里愧疚，若不是跟着自己在环境恶劣的西北几年，或许，纯佑也不至于得此病痛。

纯仁似看出父亲的心思，安慰道：“请爹爹放心，往后无论如何，孩儿都会照顾好大哥的。”

仲淹悲戚之中，又无比欣慰。他相信自己的孩子，都有着纯朴、善良、至真至孝的秉性。他暗暗舒口气，平缓了心绪：“今儿有一件事，要跟你们商量。”

纯佑道：“爹爹请讲。”

“我自幼贫寒，学会勤俭自律。即便后来身居官位，依然清廉节俭自持。你们兄弟跟随我，也是过着清贫简朴的日子。所以，这些年来，为父也有一些积蓄。”

纯佑纯仁不知父亲何意，只等他说下去。

仲淹道：“这次去杭州任职，我想顺路回趟苏州老家，与你们的伯父商量，在苏州买良田，立义庄。”

青阳张了张嘴，想说什么，到底没说出来。

纯佑脱口道：“爹爹，孩儿曾听闻，苏州老家的人因担心爹爹分他们的家产，而阻止爹爹认祖归宗。”

仲淹喝口茶：“范氏族人开始是反对我认祖归宗，最后也同意了。如今他们已经故去，唯仲温兄长是我的亲人，我建义庄周济范氏族人，有何不妥么？”

纯佑问，“咱们在洛阳购买田庄，修建住宅，爹爹致仕后，颐养天年，不好吗？”

青阳有点不安地看着仲淹，因为这事儿是他告诉纯佑的。不料，仲淹却道：“人，若有精神道义上的愉悦，何须为外在的身体营造居室？今年我六十一岁了，修造了园林，又能住多少年？再说，我有很多朋友在洛阳建有园林，他们自己也极少去游玩，我若要去，谁还会不同意呢？”

纯佑不再言语，纯仁也不吱声，他们太了解他们的父亲了。自他们兄弟懂事以来，父亲不仅自己勤俭节约，还谆谆教诲他们节俭自持。父亲后来虽然官居参知政事，贵为二府大臣，家里若是没有客人，是绝对不准许有两道荤菜的。每日就寝之前，都要检查当日的吃喝用度，有没有奢侈浪费的地方；所做的事情，有没有不对之处。若没有，就安然睡下；若有，第二天则必定想法为百姓多做一件有益之事来补偿。

第四十六章　范氏义庄　慈善创立八百年

暮春的雨，给江南平添了几分妩媚。那空灵的天幕，朦胧的西湖，缠绵的岸柳，滴翠的树叶，莫不如诗如画。而那湖面上的小船，悠然如士大夫笔下的水墨。若此时，你在湖畔烟柳下徘徊，你脑子里或许会跳出韦庄的诗句来：春水碧如天，画船听雨眠。

雨，赋予江南水乡美的神韵，也赋予江南文人诗的灵感。而诗人则以自身的喜怒哀乐，寄情于这潇潇春雨。

仲淹带了家眷，由邓州奔杭州，途中去苏州仲温家住了月余，又往杭州而来。在路上接到朝廷的喜报，今年科举的黄金榜上，纯仁榜上有名。

纯佑无比兴奋："二弟今年方二十二岁，便进士及第，实在是可喜可贺！"

仲淹心中甚为欣慰，欣慰之余，也有几分难过："天成啊，你若不是随为父东奔西簸，或许早已成就了功名。"

纯佑忙道："跟随在爹爹身边，是孩儿应尽的本分，孩儿心里从未有过遗憾。如今二弟进士及第，是范家的荣耀，更是孩儿的荣耀。"

仲淹点头，一股热流涌上眼眶，他掩饰着揉揉眼睛，望向车窗外："这雨下得昏天黑地的，眼睛也大不如从前了。"

纯礼忙递了帕子过来："爹爹，外面的雨早停了。"

仲淹接过帕子，把话题岔开："为父心中最为宽慰的是，在苏州老家建义庄之事，前日已跟你们的伯父商量妥当。"

纯佑接道："这次在苏州伯父家住了些时日，孩儿觉得，伯父是个厚道稳健之人，义庄之事，有伯父操持，爹爹大可放心。"

仲淹点头称是。

纯礼忽然问："二哥是进士了，还会来杭州么？"

纯佑笑道："新进士等朝廷的任命，外放州县之官，择日上任，你二哥如今是没工夫陪你玩了。"见他痴呆呆的，又安慰道："青阳叔过几日就来杭州了。"

纯礼却道："过几年，我也要参加科考，跟二哥一样，金榜题名，光宗耀祖。"

皇祐元年（1049 年）七月，朝廷诏令：擢升范仲淹为礼部侍郎，仁宗派内侍亲至杭州赐凤茶。

仲淹非常珍惜凤茶，不可浪费一点点，要喝时，必亲自沏茶。

这日又沏茶，青阳与纯佑在一边看着，见他小心翼翼地，青阳不以为然："老爷，不就是茶么？看上去跟家里的茶差不多。"

仲淹笑道："咱家的粗茶可没法比。这是馨掩灵芝，味滋甘醴的龙凤上珍。"

青阳轻声嘀咕："我喝在嘴里一样的苦。"

仲淹却道："苦，才是良药。思苦口以进言，励清心而守道。"

青阳道："老爷这样说话，我听不懂。我只懂老爷的心，那是对朝廷的忠心，对天下百姓的善心与关心。"

纯佑笑道："青阳叔，爹爹是以茶苦而言心志清纯。"

"我不懂这些文词儿。"青阳道，"我只知道，老爷胸藏韬略，在边关，指挥千军万马可守疆土；在朝中，出谋献策可治天下。古往今来，有几个像老爷这样的臣子？可皇帝佬儿，不辨忠奸，不分青红皂白地把老爷贬黜朝廷。这会子又提升，又赐茶的，也不知安的什么心。"

纯佑看了仲淹一眼，小声道："安的什么心还不明白么？对爹爹，皇帝是，天下危急时，用；天下太平时，贬。这会子又提升，又赐茶的，是因为爹爹已经远离了朝廷，而且身体又不好。皇帝再也不会担心有'朋党'的威胁了。"

青阳瞪一眼纯佑："所谓'朋党'，是奸佞之臣对老爷的诬陷！"

仲淹已沏好茶，斟了三盅："你二人少说几句，尝尝我沏的茶。"

青阳喝口茶，咂咂嘴，想说什么，抬头见仲淹看着他，便把想说的话咽了，改口道："老爷，听说钱塘江观潮乃天下第一奇观，下次可要带我去见识一下。"

仲淹道："要想观潮，每天都有，但每年的八月十八，钱塘江潮水最大，是观潮的最好时机。"

纯佑接道："爹爹前日与漕运使孙甫大人观潮，回家写的《和运使舍人观潮二首》，孩儿最喜其中一首。虽未观潮，读诗亦如亲临其境。"

"噢！"仲淹放下茶碗笑问，"你最喜哪一首？"

纯佑轻轻吟诵：

何处潮偏盛，钱塘无与俦。谁能问天意，独此见涛头。
海浦吞来尽，江城打欲浮。势雄驱岛屿，声怒战貔貅。
万叠云才起，千寻练不收。长风方破浪，一气自横秋。
高岸惊先裂，群源怯倒流。腾凌大鲲化，浩荡六鳌游。
北客观犹惧，吴儿弄弗忧。子胥忠义者，无覆巨川舟。

青阳叹道："哎呀！原来钱塘潮如此雄伟壮观啊！江城为之摇晃，岛屿欲被推走，那可是排山倒海之势啊！"

纯佑眯起双目，神往道："潮来之时，天上风云变幻，水中白练千寻。尤其是'声怒战貔貅'一句，更如冲锋陷阵的勇士，在战场上呐喊厮杀。此情此景，让我想起马铺寨之战，真是惊心动魄。"

仲淹打断二人的话："你们哪，就不要躲在书房里读诗了，亲自去看看，方能体会钱塘潮的雄伟壮观。”

青阳兴奋道：“天成，咱可不想等到明年八月十八，明日就去，如何？”

纯佑含笑点头。

仲淹道：“去吧！青阳照顾好天成。”

青阳应声：“是！老爷！”便转身出门。

仲淹又唤他回来，拿出一本奏折道：“建昌人李觏，是老夫挚友，博学通识，尤长于礼。虽出身寒微，但能刻苦自勉，勤于著述，以求康国济民。有这般人才，实在是我大宋之福。他三月来访时，我忙于救灾事务，直至昨日方给朝廷写了举荐折子，你送去驿站，不可有失。”

青阳接了，出门往驿站而去。

十月，仲淹收到兄长仲温的来信，说义庄诸事已妥，只求风调雨顺，年年都有好收成。

仲淹兴奋道：“明年秋天，义庄便可向族人发放粮食了。”

而第二年，也就是皇祐二年（1050年），吴中大灾，饥馑荒年，百姓纷纷逃离家园，四处乞讨。

杭州，仲淹一边开仓放粮救济饥民，一边思索对策。

他召集州衙官员商议：“州衙的粮仓里，赈灾的粮食是有限的，只能缓解燃眉之急。然而，春天没有播种，秋天何来收成？靠天地收成是无望了，其他州县已是饿殍遍野，我不能眼睁睁地看着杭州百姓也逃离家园，饿死路头。”

众人听了，也提不出好的建议，只默默地看着仲淹。

仲淹思索道：“每年的端午节，都会有赛龙舟，若赛龙舟，就会用大量的人工……”

通判不解：“大人，恕下官无礼，这饥馑荒年的，无钱无粮无力气，如何赛龙舟？”

仲淹笑道：“我突然想到几个方法，说给你们听听，如何？”

众人都知，只要是范大人任职过的州县，都是人民和顺，五谷丰登。可今年吴中是大灾之年，连朝廷都无对应之策，范大人难道有起死回生之法力？既然有，岂不是杭州百姓的福气？当下齐声应道：“请大人道来。”

仲淹分析：第一，虽不是端午节，官府也鼓励杭州百姓举行龙舟竞渡。能办得起竞渡的，必定是富户。既是竞渡，必用大量民工，这样一来，便可让那些壮年劳力，不至于因饥饿而携家带口的外出逃生。

第二，杭州人信佛虔诚，城里寺庙多。丰年香火鼎盛，大灾之年也应鼓励寺庙多办佛事，百姓既可做工，也可享用斋饭。

第三，明天召集各大寺庙的住持，提醒他们，灾荒之年修建庙宇，工钱便宜。

第四，官府要建仓库、修学堂，需要民工。这个消息要尽快发散出去，让全城百姓都知道。

第五，今年吴中大灾，各地粮价疯涨，斗米需120贯钱，咱杭州城把米价涨到180贯。

众人正听得入神，觉得范大人的几个办法真是妙绝天下，当听到把粮价涨到180贯时，一个个又目瞪口呆。

仲淹喝口茶，解释道："把粮价提高到180贯，说明杭州粮少。把缺粮与粮价的行情写上布告，沿江张贴。各地商人看了，必定抓住赚钱的机会，运粮来杭州。那时，杭州的粮食多了，粮价自然会下跌。"

众人这才恍然。当天，大家听从仲淹的吩咐，分头忙碌起来。

从春至夏，杭州城里一片繁忙景象，哪里像是大灾之年。

西湖，杨柳如烟，碧波荡漾；龙舟竞渡，锣鼓喧天。

寺庙，法相庄严，香火旺盛；善男信女，礼佛虔诚。

城里城外，仓库一座座建起；一些破败的庙宇，也修葺一新。

尤其是各地商贩运来的粮食，已堆积成山，杭州粮价回落，趋于平稳。

大灾之年，吴中一带，百姓流离失所，饿殍遍野。唯杭州城中，一片安宁祥和，无一家一户外出逃难。

九月，下了几场透雨，天气渐渐转凉，灾情也得到缓解，人们都松了口气。

这日，仲淹在州衙办了几桩公务，觉得身子一阵阵发冷，似浸在水里一般，咳嗽也一阵紧似一阵，便收拾了书案，欲起身回家。不想青阳此时闯进来："老爷，苏州来人了！"

仲淹的心陡然一紧，忍住咳嗽，抢至门外，门外正是仲温的仆人范安。

范安见仲淹出来，一下跪倒，放声悲道："我家老爷故去了！"

仲淹顿觉有无数只尖牙利齿的虫子，从心里头钻出来，往上爬，爬至喉咙，他再也忍不住，张嘴"哇"的一声，一口鲜血喷涌而出，人则向后倒去。

青阳一步抢过来扶住，对范安吼道："还不快起来！"

范安吓得脸色煞白，从地上爬起来，只顾搓手。

青阳急道："快把老爷扶到我背上，驮老爷回家。"

仲淹这一倒就是十来天，待身体略为好转，便挣扎着起来，为二哥仲温写了墓志铭。他无不悲哀地想，二哥仲温，他在人世间最亲的亲人，也离他而去。他清楚地记得，当年征得母亲同意，去苏州范家要求复姓归宗时，遭到范氏族人的反对，唯有二哥一人同意。虽然与二哥相处不长，但二哥忠厚老实，勤俭善良的个性，正对了他的脾胃，这便是亲兄弟。如今，义庄正兴旺起来，二哥却不在了。

十月天气，已十分寒冷，仲淹病情也反复无常。

这日，纯佑去书房看望父亲，隔着厢房便听见咳嗽声。那一声紧接着一声的咳嗽，痛在他心坎上，他至门边轻声唤道："爹爹，屋外阳光和暖，孩儿把书桌搬至院中可好？爹爹可在太阳底下写字看书。"

仲淹想了想："书房里确实阴暗潮湿些。"回头吩咐正在磨墨的纯礼："三儿，帮你大哥把书桌搬至院中，笔墨纸砚也一并带出来。"

仲淹坐在院墙下，身上暖和了许多，咳嗽也缓和了些。

纯佑迟疑地问：“爹爹今儿要写什么？是有关义庄的事宜么？”

仲淹执笔在砚台边舔了两下：“是啊，你伯伯不在了，千余亩的田庄，事务繁杂，若无规矩，便不易管理。”叹息一声：“为父老了，又犯肺疾，说不准何时就随你伯伯去了。”

纯佑急道：“爹爹只需静心调养，少些思虑，便无大碍。”

仲淹抬头看了儿子一眼，满目慈爱：“天成，为父的病是好不了了。然，生老病死乃属天然，无须怨尤。为父当年的愿望是，不为良相，便为良医。而今，为父既未能治国，亦未能济民，就连自己的儿子也不曾照顾好。”

纯佑眼圈一红：“爹爹……”

仲淹放下笔，握住他的手：“为父知道你想说什么，你只需照顾好你自己，便可让为父少些担忧。”

纯礼在一边道：“爹爹，孩儿跟二哥早已商定，会尽心照顾大哥的。”

仲淹点头：“是了，这才是好兄弟呢！”

日头影子慢慢移向屋后，屋顶上的炊烟，在风中飘散，厨房传来饭菜的香味。

仲淹把写好的义庄规矩递给纯佑：“你看看，是否还有添加的。”

纯佑接过细读。

义庄规约：

一、每房按人口领米，每人每天一升，每月领一次，即每人每月领三斗。如果是糙米，加领二成。

二、男女满五岁便可算入人口。

三、出嫁女子如果有儿女，并在家居住十五年、年满五十岁以上的，可以领米。

四、冬天每人领布一匹，十岁以下、五岁以上的减半。

五、每房有一位奴婢可以领米，但不可领布。

六、有吉凶之事增减人口的，及时登记。

七、每房各自设置领米的记录簿子，月末时由掌管人批准领米，不可预先隔月或跨月领取。掌管人也设置簿册管理，簿册开篇记录各房人口数字。掌管人私自挪用或透支出去的，允许各房监督，勒令填补赔偿。

八、女儿出嫁领钱三十贯，再婚的领二十贯。

九、娶亲的领钱二十贯，再次娶亲的不领钱。

十、宗族子弟做官的，如果在家等待任命、守丧，或者任职川、广、福建而留在家乡的，或者任近地官职确实有原因留在家乡的，都可依照以上条例领取米、布、钱等。

十一、各房丧葬事宜：尊长辈去世，先领钱十贯，下葬时再领十五贯；子女辈去世，先领五贯，再领十贯；十九岁以下丧葬共领钱七贯，十五岁以下领三贯，十岁以下领二贯，七岁以下及奴婢都不领钱。

十二、乡亲、宗族以外姻亲，贫困者或急难者，或遇灾荒不能度日者，经过诸房共同考察属实，量行赈济。

十三、每房从皇祐二年十月开始领白米、冬衣。皇祐三年以后，每年收成要存留两年的粮食，作为储备。遇灾年，只领粮食，其他一概不领。两年储备粮若有余，方可发丧葬费，再有余便可发嫁娶费，还有余，可发冬衣。若储备粮不足，遇吉凶事，众人商议均衡领取费用。若储备钱粮依然不足，发钱次序为：先丧事后喜事，丧事中先领尊长辈，再顾及晚辈；如去世者辈分相同，则根据去世时间的先后领钱。储备粮过多时，不得卖出，需储备三年的粮食。储备粮超过三年，考虑陈米折损，允许秋季卖出、换回新粮储备。

右仰诸房院，依此共同遵守。

纯佑读毕，抬头道："爹爹思虑周全，这规约上的桩桩件件，极为详尽，孩儿再也没有什么可以补充的了。"

仲淹道："这份规约的内容里，未提及义学。义学所请的老师、所用的学舍，以及其他用项均由义庄供给。"

纯佑喜道："爹爹在义庄设义学了？"

纯礼回屋里沏壶茶来，给他二人斟了。

"是啊！"仲淹喝口茶，"我少年时无学堂可读书，寄读于寺庙。如今为族中子弟办学堂，希望他们珍惜时光，求学上进。"

纯礼在一边想说什么，张了张嘴，却又未说出。

仲淹看着纯礼："我已经六十多岁了，又病魔缠身，也不知能活几年几月。义庄往后就要靠你们兄弟支撑管理下去，绝不可半途而废。"

纯礼忙道："爹爹只需静心休养，身子骨便会硬朗起来。"

纯佑看着父亲憔悴的面容，消瘦的身躯，心里泛酸，一股热泪涌上眼眶，他借势抬头看去，天高云淡，一行征雁正向南飞去，一只小雁落在雁行后面，"嘎嘎"叫着，追赶着。

青阳从里屋出来："老爷，吃饭吧。"

仲淹起身道："吃了午饭，我带三儿去苏州，把义庄的规约定下来。在宗族中选派几名公允正直的子弟，专门管理义庄。"

青阳道："我跟老爷去吧，三少爷还小，不会照顾人。"

纯礼忙扯青阳的袖子："青阳叔，我哪里小了？我会照顾好爹爹的。"

仲淹对青阳道："他也不小了，义庄的事务应该让他熟悉，日后也方便管理。"

仲淹与纯礼从苏州回时，已是十月底。

晚饭时，青阳突然道："老爷，我差点忘了，前几日有位自称王安石的人来过，想拜见老爷。见老爷不在府中，便留下一封信，说过几日再来。"

仲淹问："有此事？信呢？"

青阳忙去找了来，递给仲淹。

仲淹接过看时，见上书着：上范资政先状。

原来，此人是鄞县（今属浙江）知县王安石，今年二十九岁，仰慕仲淹的为人与治国谋略，渴望能拜见。

几天后，王安石果真来了。

交谈中，仲淹看出，王安石思维敏捷、洞察力强，是务实之人，对朝廷有这样的后起之秀深感欣慰。

而王安石则从范仲淹治国与从政经历中汲取了更多的经验，这对他日后的改革，不能不说是一种最大的帮助。

皇祐二年（1050 年）十一月，范仲淹收到朝廷诏命：以户部侍郎官职知青州（今山东青州）。

这天，仲淹在州衙与新任知州交割完毕回至家中，已是傍晚时分，他吩咐青阳与纯礼帮忙收拾书籍装箱，抬头见纯仁进来，惊喜之余，不解地问：“你不是在长葛任上么？如何来杭州了？是探亲？还是来杭州办差？”

纯礼嘴快：“爹爹，二哥必定是知道我们要去青州，赶来送行的。”

纯仁轻轻拍一下他的脑袋，向仲淹道：“回爹爹的话，孩儿以为，为人子者，不能为了自身的衣食俸禄，而轻易离开父母。况且爹爹与兄长身体有恙，孩儿更应侍奉在跟前。所以，孩儿辞了官，日夜兼程赶来，到杭州方听说爹爹徙知青州。”

仲淹道：“既辞了官，就随我们一起去青州吧。”

纯仁扶仲淹坐下，看着父亲满头的银丝，憔悴的面容，轻声道：“朝廷是何用意啊？诏命爹爹以户部侍郎徙知青州，兼青、淄、潍、登、莱、沂、密、徐州及淮阳军等九州岛军安抚使。几年来一直将爹爹外放，这次算是重用么？”

仲淹道：“青州是京东东路路治所在，地处要害。皇上将为父改此巨藩之守，赐予九州连帅之大权，自然是重用。”

纯仁忧虑道：“可爹爹的身体……”

仲淹道：“近年来，为父已觉得日渐衰老，身心疲惫，本欲退闲养病。不承想又受皇上信任，委以重托。为父也唯有竭尽余力，以报皇恩。”

第四十七章　鞠躬尽瘁　留得夕阳无限时

皇祐三年（1051年）三月，青州已是三分桃红，七分柳绿，一片春深。

仲淹与纯仁、纯礼、青阳下了马，傍着马车慢行在温软的春风中。草地上，花儿盛开。雨后的麦苗，嫩绿清爽。青葱的树林中，时而飞起几只鸟儿，带着欢快的鸣唱，从头顶掠过。那浅蓝的天空，悠然着几朵白云，衬得天空高远、辽阔。

纯仁忽然道："爹爹，今儿是三月初三上巳节呢！"

仲淹望向草地上悠闲的人们，恍然着："难怪呢！人们是在踏青呢！"

芳草地上，妇人孩子寻些荠菜花来，戴在头上，那淡青的小白花儿，插于鬓角发际，别有一种天然韵致。

也有家境殷实的，请了歌者，带了酒食出来，已于那溪边树下摆了杯盘碗盏，浅斟低唱，自娱自乐。

仲淹看着眼前的一切，沉醉在这一片浓浓的春光之中。

纯仁小声问："爹爹少年时不是在淄州长山（今山东邹平长山镇）度过的么？何不回去看看？"

马车夫听了，笑道："加把劲赶路，前面就到长山了。说不定有好多长山人在城外候着，想一睹大人风采呢！"

一阵紧走，仲淹一行到了淄州长山城西，远远的，便见十里长亭处有一群人。

仲淹下了马车，正欲吩咐纯礼前去打探，忽然，迎面走来两个年轻人，笑容可掬地问："请问尊驾，可是往青州去的范仲淹范大人？"

仲淹回道："正是老夫。"

谁知那两人跳将起来，转身往回跑，一面扬手喊道："是范大人来了！是范大人！"

长亭边上的人群涌上来，待仲淹走近时，一位须发皆白的老者上前施礼道："大人，小老儿这厢有礼了！"他一招手，人群齐刷刷地跪下叩首。

仲淹忙拉住老者："老人家，快快请起！"又向众人抬手道："父老乡亲们，快快请起！快快请起！"

老者道："大人在长山读书时，小老儿那时只有三十多岁，这一晃三十多年过去了，小老儿已经老朽，大人却是誉满天下的良臣。"

一位中年人走近老者，拉了他的衣衫，轻声道："三叔公，咱们迎大人回家罢。"

老者一拍脑袋："啊呀！小老儿糊涂了！"又回头招手："孩子们，鼓乐奏起来，迎大人回家！"

此时，正是夕阳西下，霞飞满天。仲淹一家人在鼓乐声中，被乡亲们簇拥着来到少年时的旧居。

仲淹立在院中，当年那株桂花树依然枝繁叶茂。神思恍惚间，他仿佛看见母亲倚在桂花树下，翘首盼儿归来的清瘦身影。仿佛听见忠伯拿了浮麦喂鸡时，嘴里唤鸡的声音。三十多年前的一切如在眼前般清晰，又恍若梦一般的虚幻缥缈。

院中早已摆好了桌椅，那老者请仲淹坐正中，有年轻的媳妇送来了茶水果品。

老者指着院中年轻的后生："这些都是村里的后辈，他们从小就听过大人少年时读书的故事，敬仰大人的品格。今日恰逢大人回乡，何不为他们指点一二？"

仲淹笑道："为人之道原也没有捷径可走，也不必羡慕别人的成就。少年人，唯有苦读圣贤之书，立大志，于富贵、贫贱、毁誉、欢戚面前，不动其心，而有志于天下。"

院中人听了，频频点头。

一位年轻人近前施礼道："大人，小生自懂事起，便以大人为楷模。今日幸逢大人回乡，小生斗胆请大人赐墨宝，以勉励村中后辈。"

仲淹微笑应允，说话间，笔墨纸砚已摆在案上。

仲淹执笔写道：

寄乡人

长白一寒儒，登荣三纪余。百花春满地，二麦雨随车。鼓吹前引道，烟霞指旧庐。乡人莫相羡，教子读诗书。

第二天一早，仲淹离开长山时，众乡邻送至十里长亭之外，依然不肯离去。

仲淹执意不允再送："此去青州，不足百余里，闲暇之时，希文必会再来探望众乡亲。"众人只得依依而别。

仲淹来青州，是接替富弼的。

这日，仲淹与富弼交割完毕，富弼执意要走，仲淹送他至青州城外的十里长亭。

长亭中，石桌上摆着送行的酒菜。富弼接过仲淹斟的酒，仰面一口吞下："范公，彦国皇命在身，不敢耽搁，就此别过！"

仲淹叹息道："我这一生中，不是被朋友送别，就是送别朋友。每一处的十里长亭，都该铭记着我范希文的拳拳之心，殷殷之情。"

富弼含泪道："今日一别，不知何时再见，公自当保重！"

仲淹已是老泪纵横，挥手道："送君千里，终有一别。你走吧！"

富弼掩面出了长亭，登车后，竟不敢回头，只催马车夫快走。

长亭外，古道边，芳草碧边天，微风过处，有莺声啼起。仲淹揉揉发胀的眼睛，目送富弼的马车转过山脚。

青阳在一边轻声道："老爷，富大人的马车已经远去，咱回吧。"

仲淹收回目光，转身欲出长亭，忽觉眼前一黑，身子向一边歪去。

青阳早收拾了食盒，拎在手中。此刻见状，忙扔了食盒，抢过来一把扶住，急道："老爷这是怎么了？"也不及细想，便抱了仲淹上了马车。

青阳抱着仲淹瘦弱的身躯，毫不费力，他的心却沉甸甸的，一层泪花涌上眼眶，也顾不得擦泪，向车夫道："快回青州城！"

马车颠簸中，仲淹醒来，见躺在青阳怀里，忙挣扎着坐起："我这是怎么了？"

青阳心里悲戚，口中安慰道："老爷是太累了，歇息几天便好了。"

仲淹朝车窗外看到了哪儿，随口应道："你也无须安慰我，我自己的身子骨，我自己知晓。"

说话间，马车停了。青阳扶仲淹下车，要往家去。

仲淹却道："你先回去吧，我去州衙。"

青阳急道："老爷该回家歇息。"

仲淹皱眉道："你如何也轻重不分？这进城的路上，你没见那逃荒而来的饥民？"

青阳道："见了又如何？我只知老爷身体不适。富大人甩手走了，何其洒脱，把个烂摊子丢给老爷。"

仲淹沉声道："切不可如此说话！富弼是治理州郡的好手，青州城的诸多事务很有条理。若不是河朔水灾，也不至于有如此之多的灾民逃难来此。"

青阳还想说话，仲淹道："你既不放心，就跟我一起回衙门，如何？"

青阳只得随了他。

仲淹到了衙门，召集所有官员议事。青阳不放心，怕他再次晕倒，守在门边，一双眼睛紧盯着他的老爷。

仲淹对众人道："河朔大水，青州已遭鱼池之殃。如今正是青黄不接之际，又涌来许多饥民。赈济救灾，是当前大事。只是州衙的储备粮食，能否挺过这一关？诸位大人有何良策，不妨说来听听。"

内中一人道："大人在杭州救灾的故事，下官等早有耳闻，那些方法可真是前无古人，后无来者。"

另一人接道："是啊！大人在各地任职时，其救灾经验极为丰富，这次青州救灾，我们都听大人的。"

青阳在门外听了，气得牙根痒痒的，你们这些人，一个个肥头大耳，红光满面的，不操心，不出力，说几句好听的话儿，便把事儿都推给我家老爷。他站起来，想说几句，又怕仲淹不高兴，便忍了，重又坐下。听仲淹道："我这就上疏朝廷，请求留足一年所需的军用粮食，其余的用来救济灾民。另外，我列出几种救灾方法，你们分头去执行。"

众人听了，自是欣喜。

岂料，仲淹又道："另有一事，昨日与富大人交割时，得知青州的赋税要到博州（山东聊城）缴纳。"

通判起身道："回大人，正是如此。每到缴纳赋税时，青州百姓都是自己运送粮食前往博州。其路途遥远不说，还得自负沿途的费用与损耗。对此，百姓一向是有怨言的。"

仲淹道：“昨夜，我想了一个主意，改变一下纳税的方式。”

众人由衷欣喜。大家都知眼前这位范大人可是位变革能手，青州这小小的地方，有范大人这样的官来治理，岂有不和顺的。

仲淹扫了大家一眼：“我想，先由州衙派专人将每家每户应交纳的赋税，折算成缗钱，在青州本地缴纳。再由州衙派人携带缗钱前往博州，购得粮食，代青州百姓缴纳赋税。诸位认为此法可行得？”

众人听了，心想，这下得省了多少麻烦！都忍不住拊掌称道：“这下好了！既有救灾良策，又省了纳税的烦恼。”

直至秋后，灾情方有好转，仲淹的心情也轻快了许多。

这日，州衙已收齐青州百姓的赋税钱，仲淹挑选出几个得力稳妥之人，又唤来青阳：“我想让你跟着他们去博州，代百姓缴纳赋税，你可愿意？”

青阳笑道：“老爷派遣，青阳自然乐意。”

仲淹点点，交代道：“我从来往的客商中得知，博州粮价远远低于青州粮价，你们到达后，要四处张贴告示，以高出博州粮价的价格收购粮食。”

其中一人不解地问：“大人，低价粮食不好吗？为何要用高出他们的价格收购？”

仲淹道：“在博州，只有以高出他们的价格收购粮食，你们才能顺利买到粮食。只要购粮的价格不高于青州便可。”

众人点头。

仲淹又道：“你们此去博州，是代百姓办事的，不可太浪费，吃住在寺庙即可，既给寺庙添了香油钱，也节约了花销。

青阳与众人都一一应了，带了缗钱往博州而去。

秋天，天空格外高远、辽阔，那飘逸的云朵下南归的雁行，给人无尽的遐思，又有几许莫名的惆怅。

表海楼，又称表海亭，位于青州南阳河北岸，万年桥北东阳城城墙之上。历来为文人骚客登高远眺，把酒临风之绝佳去处。

这天，仲淹与青州城的几位文士、乡绅登楼赏山玩水。

仲淹凭栏而立，目光从远方起伏的黛色山峦收回，望向楼下清澈的南阳河水。夕阳下的河面上，波光粼粼，微风拂过，闪动一河细碎的金子。

仲淹忽然咳嗽几声，侍候在侧的纯仁忙上前，关切地问：“爹爹可有不适？楼上风大，还是回家吧。”

仲淹却道：“你看，远处的群山，树木奇秀；脚下的河水，蜿蜒静流。夕阳虽减了威力，却依然温暖。眼前这一切，让为父心胸豁然，身上的病痛也好了一半了。”

纯仁心痛地看着父亲，是啊，父亲虽然瘦弱衰老，精神却是大好，也就不再劝父亲回家，只默默地守候着。

一位退仕的旧官笑道：“范公有此感慨，何不写下来？刻于此处，流传于世，定将给表海楼增光添彩。”

仲淹笑道：“诗是可以写的，却也未想留名于后世。”

纯仁听了，忙走向案边铺纸。

文人雅士聚会，笔墨纸砚是必不可少的。

仲淹挥毫，俄顷而就。

众人围拢来，内中一人念道：

登海表楼

一带林峦秀复奇，每来凭槛即开眉。好山深会诗人意，留得夕阳无限时。

那旧官拊掌赞道：“好一个‘留得夕阳无限时’！唐人李商隐有‘夕阳无限好，只是近黄昏’句。与范公比起来，其格调、气象低迷许多。范公一生满怀治国济民之道，公允正直，却屡次遭贬，其胸襟竟如这辽阔的蓝天大地，充满蓬勃的朝气，实在是令人景仰！”

仲淹摆手道：“哪有你说的这般好，老夫只是不颓废罢了。”

傍晚，仲淹与纯仁从表海楼回到住处时，青阳正捧着碗喝水。

纯仁喜道：“青阳叔从博州回来了！”

仲淹笑道：“你这是如牛饮水呢。”

青阳放下碗，用衣袖抹了把嘴：“痛快！渴死我了。”

仲淹问：“此次差事办得如何？”

青阳回道：“我们几人一到博州，就按老爷说的，把粮价提得比博州粮价高一点，四处张贴告示。果然如老爷所料，博州人很快就来找我们，未出五天，便购得足够缴纳赋税的粮食。”

仲淹微笑地看着青阳。

青阳以为仲淹不相信他说的，急道：“我们缴纳了赋税，还盈余数千缗钱呢！”

仲淹喜道：“噢！那可太好了！这盈余的钱得退回给青州百姓，如此一来，博州百姓增加了收入，青州百姓减轻了负担，真是一举两得啊！”

后来，青州百姓因此事而特为仲淹立祠塑像，供奉香火，常年祭拜。至熙宁年间，王安石变法的“均输法”之要点，正是范仲淹在青州的做法。这些都是以后的事。

重阳后，天气便一日寒似一日，天空再也不见南飞的雁行，显得更加空旷静寂。收割后的原野，草木枯竭，树叶凋零，也更加萧条冷落。

仲淹的病情越发严重了，衙门里的许多事务都力不从心，只得交给通判与下属去处理。

皇祐三年（1051年）十一月初的一天，仲淹把自己用黄素小楷手书的唐人韩愈的文章《伯夷颂》交给纯仁：“这是我前几日写就的，你送去驿站，寄给京西转运使苏舜元。”又转身从书桌上拿起一份奏折：“这是给朝廷的折子，也一并送去。”

纯仁低头看一眼折子，写着《陈乞颍亳一郡状》字样。

仲淹道：“为父年事已高，又犯肺疾。自去年冬天以来，精神大不如从前，记忆也逐渐衰退。”

见纯仁悲切的眼神，仲淹温和地笑了：“安抚一路九州岛军，其兵马公事繁杂，为父一副病躯弱体，如何应对得了？只怕耽误了朝廷与地方政务。所以才请求朝廷于颍、亳二州选一处，让为父养病。”

仲淹越是说得轻松，纯仁心里越发凄然。父亲的一生，是艰苦自律，勤劳节俭，先忧后乐的一生。若不是自觉病情严重，是绝不会向朝廷发出如此请求的。

纯仁恨自己无回天之力，不能替父亲解除病痛。一时内心自责、悲切，他强忍着泪水，走至窗前，掩饰着打开父亲书写的《伯夷颂》，顿觉眼前一亮。父亲的黄素小楷，运笔流畅，结构完美，左右笔画之间，错落有致，从整幅字看去，更有一种轻灵飘逸之感。

纯仁忍不住轻声诵读：

士之特立独行，适于义而已。不顾人之是非，皆豪杰之士，信道笃而自知明者也。一家非之，力行而不惑者，寡矣；至于一国一州非之，力行而不惑者，盖天下一人而已矣；若至于举世非之，力行而不惑者，则千百年乃一人而已耳。若伯夷者，穷天地，亘万世，而不顾者也。昭乎日月不足为明，崒乎泰山不足为高，巍乎天地不足为容也。

当殷之亡，周之兴，微子贤也，抱祭器而去之。武王、周公，圣也，从天下之贤士与天下之诸侯而往攻之，未尝闻有非之者也。彼伯夷、叔齐者，乃独以为不可。殷既灭矣，天下宗周，彼二子乃独耻食其粟，饿死而不顾。由是而言，夫岂有求而为哉？信道笃而自知明者。

今世之所谓士者，一凡人誉之，则自以为有余；一凡人沮之，则自以为不足。彼独非圣人，而自是如此。夫圣人乃万世之标准也，余故曰：若伯夷者，特立独行，穷天地，亘万世而不顾者也。虽然，微二子，乱臣贼子接迹于后世矣。

纯仁是熟悉韩愈《伯夷颂》的，今日读来，仍然觉得，“特立独行”既是韩愈对伯夷的称颂，也是韩愈终生立身行事的原则。可对于伯夷、叔齐来说，未免有些推崇过高，不足服人。因而，此文在当时，并未引起人们的引用与关注。

在纯仁看来，父亲的这卷黄素小楷，不仅是一件书法精品，更是一种表旌古贤节义，提倡纲常操守的精神寄托，是父亲心声与言行一致的真实流露。

然而，仲淹与纯仁都不曾料到，苏舜元收到这卷黄素小楷手书的《伯夷颂》后，视若珍宝，分别请文彦博、富弼、晏殊、杜衍、蔡襄等诸家题跋。连当时反对“庆历新政”的陈执中、贾昌朝等，也敬观题记。

这卷黄素小楷的《伯夷颂》，因为伯夷之气节，韩愈之文章，仲淹之手书，在当时被誉为三绝。

至南宋初，此卷落入奸佞之臣秦桧之手，他也曾题诗以记。

至元代，牟巘以为，韩愈《伯夷颂》以“士之特立独行，适于义而已”立论，用来评说伯夷、叔齐，或许过高，用来评说范仲淹一生言行，则至为恰当。韩愈文章与范仲淹品格，相得益彰。

扯远了，话说回来。

宋仁宗收到范仲淹的请奏，不知是心怀愧疚，还是对范仲淹尚有几分眷顾之情，随即准了范仲淹徙知颍州（今安徽阜阳）的请奏。

皇祐四年（1052年）正月，天地一片寒素，南阳河水幽深凝重，两岸的枯柳，尚无生机。范仲淹告别了青州送行的百姓，带了家人，扶病就道，移知颍州。

一路行来，天气转暖，几乎是在一场夜雨之后，辽阔的原野上，山青水碧，树木葱茏，连鸟儿的鸣唱也格外清脆悦耳。

然而，从青州至颍州，山高路险，舟车劳顿，仲淹的病越发严重，咳嗽咯血不止，潮热不退。咳急了，一口气接不上来，原本苍白的面孔憋得通红。既不能平躺于马车之中，又无力倚车而坐。纯仁与青阳轮流将他抱在怀里，半坐半躺。

到达徐州时，已是四月末。

这天，仲淹又咯血不止，几度昏迷。一家人急得六神无主，纯佑纯仁纯礼只搂着父亲淌眼泪。

青阳果断道：“咱不能再往前走了，就在徐州找郎中给老爷医病。”

仲淹忽然以极微弱的声音对纯仁道：“为父的好友孙沔是徐州知州，你们去找他，若有空闲的官舍，可以借居几日。”

孙沔热情地接待了仲淹，并很快在州衙后院收拾出几间官舍，安顿了这一大家子。

纯仁帮着收拾妥当了，松了口气，寻思着去哪儿请郎中。

孙沔似看出他的心事：“公子初来乍到，怎知道去哪儿找？我早派人去请徐州城最好的郎中了。”

说话间，一名衙役带了一位须眉雪白、面色红润的老人，神采奕奕地跨进院里来。

衙役对孙沔道：“大人，若不是说给范大人医病，葛神医是断不肯出门的。”

葛神医竟然不看孙沔，好似这位徐州的父母官不存在一般。他那颗雪白的头颅高昂着，一双精光内敛的眼睛，望向屋顶上的天空：“不是说范大人病重么？哪还有闲工夫磨牙！”

纯仁正惊奇地看着这位鹤发童颜的老者，他早听说孙沔官声不大好，却也未料到，竟如此不得人心。又想父亲遇到这样的神医，必定会好起来。及听到他开口说话，忙不迭地说：“老人家，请随我来。”

葛神医为仲淹把了脉，又翻开一双眼皮看了看，起身来到外屋，一脸凝重。

纯仁跟出来，一颗心提到嗓子眼，眼巴巴地看着老郎中。

老人一声叹息：“老朽听过不少范大人的故事。范大人年轻时日子过得清苦，不曾有良好的底子。中年时又不懂得保养，风霜岁月，羁旅行役，人哪，能抵得住几度消磨？”又朝一边的孙沔瞟了一眼，摇头道：“越是赤胆忠心之人，越是过得艰难。苍天不公啊！”

一番话说得纯仁心惊肉跳，热泪双流。

葛神医开了方子，递给纯仁：“范公子，令尊的病拖得太久了，若是去年此时来此，老朽尚有把握医治。唉！”

纯仁接过药方，双手颤抖，含泪道：“老神仙，老神仙救救家父啊！”

葛神医似乎在这一瞬间苍老了十岁，他无力地抓过自己的包袱，拖着与来时决然不同的步子，走至院中，仰面长叹：“苍天啊！老朽枉为名医啊！竟不能救范公一命！”在众人惊愕的目光中，蹒跚而去。

宋仁宗得知范仲淹病重，留在徐州治病，动了恻隐之心，特派使者前往徐州送药探望。

这天，纯仁送走朝廷来的使者，侍候父亲喝了汤药，便忙着翻医书，对照着辨认昨日从山上采回的草药。

仲淹喝了药，觉得疲惫，想睡一会儿。又仿佛纯佑牵了两匹神采飘逸的骏马，在门外候着。

看着这神骏的马儿，仲淹跃跃欲试，又担心自己身子无力。哪知飞身跃上马背时，竟是精神抖擞，身轻如燕。惊讶之余，他策马狂奔，和暖的风，从脸庞掠过，掀起的衣袂，猎猎作响。青翠的山冈，葱茏的树林，飞快地闪向身后。惊起的鸟儿，鸣叫着掠过头顶。

依稀仿佛，他已飞马驰过粉墙黛瓦、流水清泠、姹紫嫣红、莺飞草长的江南。来到寒风萧瑟、满目荒凉、胡笳凄切、牧马悲鸣的西北边关。

心神恍惚间，他勒马而立，苍茫四顾，眼前竟是长烟落日，孤城耸立。蓦然，一彪人马如狂风席卷乌云般向这边涌来，呐喊声，厮杀声，混合着战马的嘶鸣，惊天动地，那狂乱的马蹄踏得尘土与黄沙遮蔽了落日的余晖。

仲淹一时豪气陡起，正要挥刀催马向前，却一眼瞥见纯佑已杀入敌阵之中，心里一急，大声喊道：“天成！”

“爹爹！爹爹！”仲淹睁开眼睛，见纯佑纯仁纯礼围在床前，正泪眼汪汪地看着自己，原来是一场梦。

仲淹挣扎着坐起，纯仁伸手搂住他，触手之处，竟是又冷又湿的汗水。扭头对纯礼道：“爹爹身上都汗透了，快去拿件干净衣衫，打盆热水来。”

纯仁纯礼给父亲擦洗一番，换了干净衣裳。

或许是换衣时，受了一点儿风，仲淹想咳嗽，却咳不出来。一口浓痰堵在喉咙口，咽不下去，又吐不出来，胸腔里似有一台水车在抽水，呼噜呼噜的。

纯佑在一边泪水长流，眼睁睁地看着父亲承受病痛的折磨，却不能替了父亲。

仲淹从枕头底下摸出一本奏折，颤巍巍地递给纯仁。

纯仁接过，泪眼模糊地看去，竟是父亲给朝廷的《遗表》。他忙拉了纯礼出门来：“爹爹何时写的《遗表》？”

纯礼回道：“前几日你送走韩琦叔叔派来的人后，又跟青阳叔去山里找药，至天黑方回，爹爹就是在那日下午写的。”

待纯仁纯礼再进来时，纯佑已侍候父亲重新躺下。

屋外的阳光，与鸟儿的欢唱，从狭窄的窗口挤进来，脆生生跌落在床前，一地晶莹。仲淹双目微闭，不再是鼾声如雷，那疲惫中显出几分安详的面容，似在雁阵惊寒、边声四起的塞外，偷得半日清闲，一觉睡去，梦回江南燕语纤浓的春天。

后　记

皇祐四年（1052 年）五月二十日，北宋一代名臣范仲淹病逝于徐州。

宋仁宗皇帝赵祯读到范仲淹的《遗表》时，禁不住泪流满面。

范仲淹在《遗表》上说，自己灵医不效，积疴见困，已神不在形，气将去干，那冥冥幽壤便是自己的归宿。为官期间，因得皇帝陛下的依赖与重托，自己也期望对江山社稷有所贡献。然而，“事久蔽则人惮于更张，功未验则俗称于迂阔。以进贤援能为树党，以敦本抑末为近名”。

仁宗皇帝陷入深思。

范仲淹贬谪后，韩琦、欧阳修等为其辩护，他自己却一言不发。因为，他目睹了新政措施的实施，到被朝廷明令废止；目睹志同道合的朝臣被调离、罢免；又眼看着朝廷积弊依然如故。他内心该有多么痛楚与愤懑！这短短的几句申诉，既表明了他一贯坚持的政治立场，也体现出他对朝政的关注。

他期望皇帝陛下：“调和六气，会聚百祥，上承天心，下徇人欲。明慎刑赏，而使之必当；精审号令，而期于必行。尊崇贤良，裁抑侥幸，制治于未乱，纳民于大中。”

这便是范仲淹一生孜孜以求的理想。

洋洋洒洒的《遗表》，一言未及家事，对范氏后代的恩泽亦只字未提。仁宗皇帝特遣使者至徐州，询问范家人有何需求。

纯佑纯仁纯礼的回答是，他们如父亲一样，对朝廷无所求。

朝廷特赠范仲淹兵部尚书，谥文正，后加赠吏部尚书，停止上朝一日以表哀悼。

范仲淹葬于西京洛阳，仁宗皇帝亲自书写墓碑“褒贤之碑”，富弼撰写《墓铭志》，欧阳修撰写《神道碑铭》。

各地百姓闻范仲淹去世的消息，皆痛惜不已。那西北边境羌人如同父亲去世一般，在寺庙举办三日哀悼仪式。

清代冯梦祯说：“宋范文正公学术则为纯儒，立朝事业则为纯臣，垂范子孙则为贤祖宗，而师表百世则为殊绝人物。”

范仲淹，是中国数千年的历史长河中，极为罕见的、几臻完美的伟人。

2016 年 5 月 22 日初稿于古城

2016 年 10 月 21 日修改于古城